1869

LITTLE WOMEN

小婦人

Louisa May Alcott 路易莎·梅·艾考特

柯乃瑜——譯

推薦序

好女孩典範

知名作家・自由時報花編副刊主編　彭樹君

馬區家的四姊妹，是我的童年好友。

雖然她們住在南北戰爭時期的美國，與我不僅相隔了東西兩個半球，還相距了一整個世紀的時光，但我對她們卻是如此熟識：溫柔美麗的瑪格、正直勇敢的喬、善良害羞的貝絲，還有嬌蠻任性的艾美；我懂得她們的快樂與悲傷，也知道她們的祕密與煩惱，她們就像住在我家隔壁一樣，我常到她們的屋子去拜訪，冬天與她們一起溜冰，夏天與她們一起野餐；我特別喜歡和喬一樣躲在樹上看書，但偶爾會陪貝絲彈琴，或是聽瑪格唱歌，看艾美畫畫。

喔，對了，還有那個與喬同年的鄰家男孩小羅，因為他的出現，讓四姊妹的生活有了不少有趣的變化，也讓我對馬區四姊妹的生活畫面有更多想像。

美國作家路易莎・梅・艾考特這本在一八六八年出版的《小婦人》，是我十歲生日那年，母親送給我的書。我一翻開它就喜歡極了，也因為不斷重讀這本書的緣故，讓我對馬區四姊妹瞭若指掌。

其實不只如此，我甚至覺得自己與喬的喜好與個性簡直如出一轍，根本就是另一個我：熱情正直但還沒學會溫柔，對於閱讀與寫作有無比狂熱，或許是自我的投射作用，我特別偏愛這個角色。喬不只是我的好友，也是我的姊妹，甚至是我自己。

馬區四姊妹是牧師的女兒，在書中的年齡從十二歲到十七歲，正是青春少女時期，她們雖窮，卻有很好的教養。父親上戰場去了，但母親對她們有著溫柔慈愛卻充滿原則的指導，讓她們懂得在貧窮之中也要保持尊嚴與優雅，永遠要心懷美善，要盡己所能去幫助別人，要愛人如己，也愛己如神。這本書對當時的我有著類似典範的作用，讓我願意去成為那樣的女孩。

路易莎・梅・艾考特後來又寫了續篇《好妻子》，主題是愛情與婚姻，當它隔了幾年在台灣出版的時候，書中的馬區四姊妹多了年歲，我也離開童年進入青春期，正是對愛情充滿憧憬的時候。當我讀到喬竟然拒絕小羅的求愛時，簡直傷心欲絕又驚駭莫名，彷彿她拒絕的是屬於我的幸福，我恨不能進入書中去搖晃喬的肩膀要她多想想，不要做出錯誤的決定。那時的我還太年輕了，並不真正懂得人生。

多年後的今天，我再重讀《小婦人》與《好妻子》，有一種與故舊重逢的喜悅，而我現在的年齡，也早已超過馬區四姊妹在書中的年紀，對於人生總算有了一些體會與了解，但我發現，不管時間過了多久，書中所關切的主題，關於女性發自內心的美，關於親情、愛情與友情，關於人生真正的價值，以現在的眼光來看還是真理般的存在。

我想，如果我有個女兒，我也會把《小婦人》這本書當成禮物，在她十歲生日的時候送給她，就像當年，我的母親把這本書送給我一樣。

目錄

第二部　好妻子

第一部 小婦人

第一章
成為朝聖者

喬躺在地毯上抱怨：「耶誕節沒有禮物，算什麼耶誕節。」

瑪格低頭看著自己的舊洋裝感嘆：「沒有錢真是可憐！」

小艾美心有不甘：「有些女生什麼漂亮東西都有，有些女生什麼都沒有，真是不公平。」

貝絲在自己的角落裡很是知足：「但我們有父親、有母親，還有彼此呀。」

這番振奮人心的話讓四個年輕女孩的臉龐在火光照映下亮了起來，但喬悲傷的發言讓大家再次黯淡。「我們現在沒有父親，而且有好一段時間都不會有。」她沒說的是：「或許永遠不會再有，」但各自都在心裡補上，想著遠戰沙場的父親。

大家沉默了一分鐘後，瑪格換上不同的語氣：「妳們都知道母親為何提議今年耶誕節不要送禮物，因為今年冬天對大家來說都很辛苦，她覺得我們不該在男丁辛苦抗戰之際花錢享受。我們的力量微薄，但仍可以做點小犧牲盡一己之力，按理說要很樂意，我卻做不到，」瑪格搖搖頭，遺憾地想著所有自己想要的漂亮東西。

「但我不覺得那一點點錢會有什麼幫助。我們每人有一塊美金可以花，全捐給軍隊也幫不上什麼忙。母親或妳們不要送我任何東西沒問題，但我很想買《水精靈與辛椽》[1]給自己。我已經垂涎很久了，」喬是個大書蟲。

「我打算把錢拿來買新樂譜，」貝絲的輕嘆只有壁爐刷及水壺架聽見。

「那我要買一盒好的輝柏牌彩色鉛筆，我真的很需要，」艾美下定決心。

「母親沒有規定我們該怎麼運用自己的錢，應該也不會想要我們全都放棄。那就各自買點自己想要的東西開心一下吧，我們這麼辛苦應該可以犒賞自己一下，」喬扯開嗓門說話並低頭檢視鞋跟的模樣就像個男生。

「我確實應該犒賞自己，成天教那些累死人的小孩，其實我多想待在家好好休息啊，」瑪格再次開始抱怨。

「妳哪有我一半辛苦啊，」喬說。「把妳跟緊張又囉嗦、讓妳忙個不停又永遠不滿意的老太婆成天關在一起，關到妳想破窗而出或大哭為止，要嗎？」

「抱怨是不好的，但我真的覺得洗碗盤、清潔環境是全世界最爛的工作了。我做到好難受，手又僵硬，根本沒辦法好好練習鋼琴。」貝絲看著粗糙的手大聲嘆氣，這回所有人都聽得見了。

「我不相信妳們有誰會比我辛苦，」艾美大喊，「妳們不用跟那些沒禮貌的女生當同學，要是課堂上問題答不出來就找妳麻煩，嘲笑妳的洋裝、父親沒錢就**過磅**妳，鼻子不好看也羞辱妳。」

「如果妳指的是誹謗，那我懂，可是過磅什麼啊，父親又不是青菜，」喬笑著糾正她。

「我知道我想說什麼，妳不用**風刺**我。本來就該要用有深度的字，加強自己的**造指**，」艾美高傲回嗆。

「孩子們，不要鬥嘴。喬，妳會不會希望我們還擁有小時候父親失去的財富？唉！要是沒有煩惱，我們該會有多幸福乖巧！」瑪格還記得家中曾有的榮景。

1　*Undine and Sintram*，十九世紀德國浪漫派作家穆特・福開（Friedrich Heinrich Karl de la Motte）在當時最受歡迎的兩本小說之合訂本，可說青少年人手一本。其中，*Undine*中譯本有民國五十六年的沈櫻版《婀婷》及民國三十四年的徐志摩版《渦堤孩》。

「那天妳還說我們比金家小孩幸福，因為雖然他們有錢，還是一天到晚吵架抱怨。」

「我確實這麼說過，貝絲。至少我是這樣覺得。畢竟我們雖然要工作，卻懂得苦中作樂，套句喬的話，我們是爆笑一族。」

「喬的用語真是粗俗！」艾美評論之餘相當不贊同地看著攤在地毯上伸懶腰的身軀。

喬立刻坐起身，雙手插進口袋裡開始吹口哨。

「喬，不要這樣。一副男孩子樣！」

「所以我才要這樣。」

「我最討厭粗魯不淑女的女孩子！」

「我就是不爽那些假惺惺的做作女！」

「小小巢裡的鳥兒都同意，」和事佬貝絲唱起歌來，搞笑的表情讓兩個尖銳的嗓音都軟化為笑聲，這次鬥嘴到此結束。

「妳們倆，夠了，兩人都有錯，」瑪格以大姊姿態開始教訓妹妹。「喬瑟芬，妳已經到了該甩掉男孩子氣、行為舉止要得宜的年紀了。小女孩的時候沒關係，但現在妳長得這麼高，頭髮也盤了起來，就該記得自己是個淑女。」

「我才不是咧！如果盤起頭髮就算淑女，那我寧可綁兩條辮子直到二十歲，」喬扯下髮網驚呼反駁，甩散一頭栗色長髮。「我真不想長大成為馬區小姐，穿上長裙活像個端莊的陶瓷娃娃！身為女生已經夠糟了，畢竟我喜歡男生的遊戲、做男生的工作，擺出男生的姿態！不是男生實在讓我很失望。現在更慘，我是多想跟父親一起去打仗，卻只能待在家打毛線，跟枯燥乏味的老太婆沒兩樣！」

喬搖動手上的藍色軍襪直到棒針如響板般相互敲響，毛線球則彈到房間另一端。

「可憐的喬！真是可惜，但這也沒有辦法。妳只能藉由讓名字聽起來男性化、假裝是我們兄弟這樣稍微滿足一下，」貝絲撫摸著那頭粗髮，手中傳遞著再多洗碗打掃等家事都無法改變的溫柔。

「至於妳，艾美，」瑪格接著繼續說，「妳實在太過挑剔故作端莊。現在這樣的態度只是讓人覺得好笑，但不小心的話，妳長大就會變成裝模作樣的小番鴨。我喜歡妳不刻意優雅時的禮貌態度與文雅措辭。可是妳用詞誇張就跟喬說粗話一樣糟。」

「喬是個男人婆，艾美是小番鴨，那我是什麼呢？」貝絲也等著一起被訓話。

「妳還會是什麼，當然是小甜心，」瑪格溫柔回應，沒有人反駁，因為這隻「小老鼠」是全家的寵兒。

年輕讀者都喜歡知道大家「長什麼樣子」，所以我們就趁著她們在屋外十二月雪安靜落下而屋內爐火熱情燃燒、枕著暮色打毛線之際，花點時間描述一下四位姊妹。屋內非常舒適溫馨，儘管地毯已褪色、家具也樸實，牆上卻掛了一、兩幅不錯的畫作，閒置空間擺滿書籍，窗台上的菊花與藜蘆盛開，屋內洋溢著宜人的居家氛圍。

瑪格莉特十六歲，是四姊妹中的大姊。她非常漂亮，身材圓潤、膚色白皙，有著一雙大眼、棕色頭髮豐厚柔軟、嘴型動人，還有一雙她相當自豪的白皙玉手。十五歲的喬非常高䠷纖瘦又留著棕髮，讓人不禁聯想到小馬，還有她永遠不知該如何擺放、總是礙手礙腳的細長四肢。她的嘴型線條分明、鼻型有些俏皮、銳利的灰色眼睛好似能洞視一切，視情況出現熱切、搞笑或沉思的眼神。濃密長髮是她最美之處，卻常常紮入髮網只為了不要礙事。圓肩的她手大腳大，服裝走寬鬆風格，有著女孩迅速長成女人但不喜歡如此的彆扭模樣。大家暱稱貝絲的伊莉莎白是個臉色紅潤、頭髮滑順、眼神明亮的十三歲女孩，非常害羞、聲音膽怯，臉上永遠是不受打擾的平靜表情。父親稱她為「寧靜小少女」真是再適合不過，因為她似乎總快樂地活在自己的世界裡，探出頭也只為與少數她信任與愛的人交會。艾美年紀最小卻是最重要的人，至少她自己是這麼認為。標準的雪姑娘，藍色眼珠、金髮捲在肩頭、膚色白皙身材纖細，是個隨時注意自己舉手投足的少女。至於四姊妹個性如何，繼續看下去便會知道。

六點鐘響，貝絲掃起爐灰後將居家拖鞋擺在壁爐前加熱。光是看見那雙舊鞋就讓四個姊妹感染某種魔力，那表示母親即將回到家，大家於是換上好心情迎接她的到來。瑪格停止訓話、點亮檯燈，艾美不用人請便讓出躺椅，喬忘了自己有多累，坐起身拿起拖鞋再靠近火焰一點。

「拖鞋很破舊了，媽媽應該要換雙新的。」

「我想說可以用自己那一塊錢買給她，」貝絲說。

「不要，我來買！」艾美大喊。

「我是大姊，」瑪格才開口喬便堅定地打斷她：「爸爸不在，現在我是這個家的男人，我會負責買新拖鞋當禮物，因為爸爸要我在他離開期間特別照顧母親。」

「這樣好了，」貝絲說，「我們每個人都為她買樣耶誕禮物，不要買給自己。」

「親愛的，果然是妳會說的話！那我們要買什麼呢？」喬驚喜地說。

大夥兒認真思考一分鐘後，彷彿看見自己美麗雙手而聯想到的瑪格宣布：「我要買一雙好手套給她。」

「軍用拖鞋，再好不過了，」喬大喊。

「幾條手帕，而且都要車邊，」貝絲說。

「我要買一小瓶香水。她喜歡香水，而且也不會太貴。這樣我剩的錢還可以買彩色鉛筆，」艾美接著說。

「我們要怎麼送給她呢？」瑪格問。

「全擺在桌上後帶她過來，看她打開所有包裹。妳不記得以前我們都怎麼過生日了嗎？」喬說。

「以前每次輪到我戴著皇冠坐上椅子，看著妳們全部走到身邊給我禮物、吻我時，我都好害怕。我很喜歡那些禮物與親吻，但是大家圍坐著看我打開禮物真是煎熬，」貝絲說著，烘烤晚餐要吃的麵包同時也暖暖自己的臉。

「就讓媽媽以為我們要買東西送自己，然後給她個驚喜。瑪格，我們明天下午就得去採買。耶誕節晚上的舞台劇還有好多東西要準備，」喬雙手背在身後，抬高下巴來回踱步。

「這次結束後我不打算再演戲了。我太老了，」瑪格陳述，但其實每次只要玩起換裝打扮，她都還是跟小孩一樣興奮。

「我知道只要妳還能把頭髮放下，戴著金色紙做的首飾、穿著白色拖尾長袍到處走，妳就不會停止演戲的。妳是我們的最佳女主角，要是妳離開舞台，我們就玩完了啊，」喬說。「我們今晚應該要排戲。艾美，過來練習昏倒那一幕，妳全身僵硬得跟石頭一樣。」

「沒辦法啊，我又沒看過任何人昏倒，我也不想讓自己跟妳一樣直接撞地板，搞得自己渾身瘀青。如果可以輕鬆倒下，我就會倒下。如果無法，我就會優雅地倒在椅子上。就算雨果拿槍對著我，我也不管，」艾美回嗆。她沒有任何演戲天賦，卻因為個頭小，適合在壞人出場的情節中扮演大聲尖叫的角色。

「像這樣。雙手緊握，拖著不穩的步伐橫越房間，口中還要狂喊『救我！羅德利果！救我！』」喬就這樣放聲誇張尖叫，真的很嚇人。

艾美有樣學樣，但雙手僵直伸出，踉蹌行走宛如機器，她的「噢！」聽起來也比較像是有針刺著她全身而非出於恐懼與憤怒。喬沮喪低吼，瑪格放聲大笑，貝絲則放任麵包烤焦直盯著眼前的有趣景象。「沒用啦！時間到了妳盡力就好，要是觀眾笑妳可不要怪我。瑪格，來吧。」

接下來便一切順利，因為佩德羅以毫無間斷長達兩頁的發言戰勝世界。巫婆夏甲對著壺中燉煮的蟾蜍施了糟糕的咒語，效果非常奇特。羅德利果非常有男子氣概地扯斷鏈子，雨果則是吞下砒霜，伴隨著瘋狂的哈哈笑聲懊悔地掙扎死去。

死去的壞人坐起身搓揉手肘。「這是目前為止表現最好的一次，」瑪格說。

「喬，真不知道妳是怎麼編寫、演出這麼精彩的表演。妳根本就是莎士比亞上身啊！」貝絲驚嘆。她深信姊姊妹妹們對什麼事都有著無比天賦。

「也不盡然，」喬非常謙虛。「我覺得《巫婆的詛咒》及《悲劇歌劇》是不錯，但我還想嘗試《馬克白》，要是我們有暗門給班戈鑽就好了。我一直很想嘗試殺人的那段。『我眼前所見的是匕首嗎？』」喬翻了白眼喃喃自語，雙手在空中揮舞亂抓，模仿她見過的知名悲劇演員。

「不是，是烤叉，而且叉的是母親的拖鞋不是麵包。看來貝絲也很想當演員啊！」瑪格大喊，排戲也如往常一般在哄堂大笑聲中結束。

「寶貝女兒，看到妳們這麼歡樂真讓我開心，」門口傳來輕快的聲音，演員與觀眾轉身迎接那位充滿母愛的高䠷女士，她臉上掛著「我能為妳效勞嗎？」的神情讓人看了便心情愉悅。穿著打扮並不特別高雅的她看來卻相當高貴，四個女孩都覺得灰色斗篷與一點也不時尚的綁帶無邊圓帽下藏的是世上最優秀的母親。

「寶貝女兒，妳們今天都好嗎？今天有太多事情得做，要把明天必須送出的箱子準備好，所以我來不及趕回家好好吃一頓正餐。貝絲，有人打電話來嗎？瑪格，感冒還好嗎？喬，妳看來累死了。寶貝，來親我一下。」

問候女兒的同時，馬區太太把濕淋淋的衣物脫下，穿上烘暖的拖鞋，坐上躺椅把艾美拉到自己大腿上，準備要好好享受忙碌一天後最幸福的時光。女兒們都以自己的方式忙著讓母親感到更舒適。瑪格負責擺好餐具碗盤，喬搬來木材、將椅子擺好，但只要是她碰到的東西無不掉落、翻轉、散落一地。貝絲在起居室及廚房間來回走動，安靜地忙碌著，艾美則坐著雙手交叉抱胸，指使所有人。

全部圍坐桌前後，馬區太太以格外開心的表情宣布：「等我們簡單吃過晚餐後會給妳們一個驚喜。」人人臉上如陽光乍現迅速露出燦爛笑容。貝絲無視手上握著餅乾拍起了手，喬把餐巾拋向空中呼喊：

「信！是信！為父親歡呼三聲！」

「沒錯，很長一封信。他很好，而且應該能挺過寒冷的冬季，我們不用擔心。他祝大家耶誕節非常快樂，信裡還有特別寫給妳們四姊妹的一段話，」馬區太太說話的同時拍拍口袋，彷彿裡面裝了什麼寶藏。

「快點吃完啊，艾美！手不要在那邊翻來翻去對著盤子傻笑，」喬急著迎向驚喜，喝茶差點嗆到，手中的麵包塗了奶油的那一面落在地毯上。

貝絲乾脆不吃了，悄悄溜回她那陰暗的角落醞釀等待喜悅來臨的時刻，也等其他人準備好。

「我覺得父親已經超過徵兵年齡也不再健壯無法當兵，卻還是擔任隨營牧師出征，真是偉大，」瑪格的語氣滿是溫柔。

「真希望我能當個鼓手或是什麼小販，忘了那個叫什麼。不然當個護士也好，就近協助他，」喬沮喪地大喊哀號。

「睡在帳篷、吃各種難吃的食物，還要用錫杯喝東西，日子想必不好過，」艾美嘆息。

「媽媽，他什麼時候會回來？」貝絲的聲音有些顫抖。

「親愛的，除非他生病，否則還要好幾個月。他會盡可能留在軍隊裡認真工作，我們也是一分鐘都不會要他提早回來。過來聽我讀這封信吧。」

大家都靠近火爐，母親坐在大椅上，貝絲貼在她腿邊；瑪格與艾美各靠著一邊扶手，喬從後方貼著椅背，這樣信裡如果有感人內容就不會有人看到她的表情變化。在那樣辛苦的年代，很少有信不感人，特別是父親們寄回的家書。這封信沒怎麼提到生活的艱辛、所要面對的危險或必須戰勝的思鄉之情。而是一封愉快、充滿希望的信，生動地描述軍營生活、行軍過程及軍中消息，直到最後，筆者才透露出內心對家中女兒的父愛與思念。

「請向大家轉達我的愛，並附上我的吻。告訴她們，我白天想著她們，夜裡為她們禱告，而且只要想到她們也那麼愛我就感到安慰。要等一年才能再見到她們似乎很久，但請她們不要忘了，等待的過程中我們都要努力工作，才不至於浪費這段辛苦的日子。我知道她們都會記住我說過的話，而且會好好愛妳、認真工作、勇敢對抗她們內心的敵人，並以最美好的方式戰勝自己，等我回到她們身邊時會更愛我的小婦人並以她們為榮。」聽到這一段，每個人都開始啜泣。喬對滑落自己鼻尖的大淚珠一點也不感到難堪，艾美則毫不在意會弄亂自己的捲髮，把頭埋在母親肩上哭：「我是個自私的女孩！但我一定會變得更好，之後他才不會對我失望。」

「我們都會的，」瑪格哭著。「我總是太在乎外表、討厭工作，但我會盡可能不要這樣了。」

「我會盡量變成他最愛稱呼我的『小女人』，不要那麼粗野，盡力做好我在這裡該做的事，而非一直希望自己身在別處，」喬心想著要在家控制脾氣可比下南方面對幾個叛軍難多了。

貝絲什麼也沒說，用藍色軍襪擦去眼淚後開始拚命編織，完全不浪費時間努力做好手邊的事，溫柔的小小心靈則下定決心，要在一年後父親開心返家時，成為父親希望的那個樣子。

馬區太太打破喬說完話後的沉默，精神奕奕地說：「還記得妳們小時候會假裝走上《天路歷程》嗎？妳們最喜歡我把碎布包綁在你們背上當負重，給妳們帽子、手杖及紙卷，然後把地窖當做毀滅之城，從地窖開始一路旅行到屋頂，那裡擺滿了妳們收集要打造天城的美麗物品。」

「真的很好玩，特別是要溜過獅子身旁、打敗惡魔亞玻倫，還有穿越妖怪蟄伏的死蔭谷，」喬說。

「我喜歡包裹倒落滾下樓梯那段，」瑪格說。

「我不太記得了，只記得我很害怕地窖及黑漆漆的入口，然後很喜歡在樓頂吃蛋糕配牛奶。要不是我年紀已經太大不適合了，還滿想再演一次的，」艾美在十二歲便宣布自己已經成熟，要放棄幼稚的東西。

「親愛的，我們永遠不會老到不適合這件事，因為我們永遠都在以不同形式演出這齣戲。我們的包袱在此，道路就在眼前，對於恩惠及福氣的渴慕便是我們的嚮導，帶領我們穿越困難與錯誤，平安抵達真正的天城。我的小小朝聖者，妳們要不要再次開始，這回不假裝，而是認真啟程，然後看看在父親回家前妳們能走多遠。」

「母親，真的嗎？那我們的包袱在哪裡？」艾美是個極度缺乏想像力的女孩。

「妳們每個人剛才都已經說出自己的包袱了，除了貝絲。我還真的希望她沒有包袱，」母親說。

「我有。我的是碗盤跟雞毛撢子、羨慕擁有好鋼琴的女生，還有害怕人群。」

貝絲的包袱實在可愛惹得大家想笑，但沒有人笑，不然會很傷她的心。

「就這麼辦吧，」瑪格沉思了一番。「其實就是換個方式讓自己變好，但有個故事依循或許會有幫助，因為我們確實想要變好，但這不簡單，我們會忘記然後不盡全力。」

「我們今晚身陷憂鬱潭，母親就像書裡的『天助』拉了我們一把。我們也該像基督徒那樣擁有指引方向的書卷。這該怎麼辦呢？」喬很高興能如此想像，讓無趣的差事顯得浪漫。

「耶誕節早上看看妳們枕頭底下，就會看到妳們的指南，」馬區太太回她。

她們討論著新計畫的同時，老漢娜將桌子清乾淨，繼而擺出四個工作籃，女孩們揮舞著針線為馬區姑婆縫製床單。非常無趣的針線活，但今晚沒有人抱怨。大家採用喬的方法，將長長的縫合處分為四個區塊各稱為歐洲、亞洲、非洲及美洲，進度因此順暢，特別是她們在縫製時一邊討論所縫到的各個國家。

九點一到她們便停止工作，跟平常一樣唱完歌後才去睡覺。除了貝絲，沒人能從那台老舊鋼琴裡變出什麼音樂，但她就是能夠輕柔敲擊泛黃的琴鍵，以美妙音樂為她們唱的簡單歌曲伴奏。瑪格的音色清脆如笛，她與母親共同帶領這個小小合唱團。艾美歌聲高亢，喬則隨興地跟著曲調哼唱，總在不當之處冒出低鳴或抖音，再憂鬱的曲調也變得滑稽。因為母親生來就有著好歌喉，打從她們口齒不清地唱出「一傻一傻辣雞雞」開始，睡前合唱便成為家中傳統。早晨便以母親遊走家中唱出美如雲雀的歌聲拉開序幕，夜晚也以同樣生氣勃勃的歌聲畫上尾聲，因為女兒們永遠聽不膩那耳熟能詳的催眠曲。

第二章
耶誕快樂

灰濛濛的耶誕清晨裡，喬第一個起床。壁爐前沒有掛長襪，有那一瞬間，她覺得失望，就像很久以前沒有看到因為塞滿禮物而掉落的長襪那樣。這時她想起母親的承諾，手伸到枕頭下，拿出一本深紅色封面的書。那是她非常熟悉的書，美麗的古老故事描述了最為美好的人生；喬認為，對即將展開漫長旅途的朝聖者來說，這是最適合的指南。喬以「耶誕快樂」喚醒瑪格，要她看枕頭下有什麼。瑪格抽出一本綠色封面的書，裡面附有相同照片，還有母親題的字，這些字讓她們覺得這份禮物彌足珍貴。不久，貝絲和艾美也醒來翻找，找出一本鴿子灰及一本藍色封皮的書，然後大家圍坐討論直到東方隨著天明而泛紅。

儘管有些虛榮，瑪格莉特天性和藹虔誠，而且對妹妹們有潛移默化的效果，特別是對喬；喬對她有著暖暖的愛，而且因為她總是和藹溫柔地提出建議，喬也都會遵從。

「妹妹們，」瑪格看著身旁的一頭亂髮再看向房間另一端的兩頂睡帽，嚴肅地說：「母親希望我們閱讀、珍愛這些書並記在心上，所以我們應該即刻開始。以前我們很虔誠，但父親離家加上戰事讓我們心煩意亂，忽略了太多事情。妳們要怎麼做都可以，但我會把我這本放在這張桌上，每天早上起床讀一點，因為我知道那對我會有幫助，讓我能順利度過一天。」

接著她翻開新書，開始閱讀。喬伸出一隻手攬住她，兩人臉頰貼近一同閱讀，焦躁的臉龐出現難得的寧靜表情。

「瑪格真的好優秀！艾美，來吧，我們也照做。太難的字我會幫妳，如果我們不懂，她們也會解釋給我們聽，」貝絲輕聲說，為美麗的書及兩位姊姊的好榜樣而感動。

「真高興我的書皮是藍色的，」艾美說完後房間裡安靜到只剩下輕柔的翻頁聲，冬陽悄悄攀上她們聰穎的頭腦及嚴肅的臉龐，祝她們耶誕快樂。

「母親在哪裡？」半個小時後，瑪格和喬跑下樓謝謝母親送的禮物。

「天知道啊。有個奇怪的窮鬼跑來乞討，妳們媽媽就立刻跑出去看人家需要什麼。從來沒有人像她這麼愛分送食物、飲料、衣服跟柴火，」漢娜說。瑪格出生後漢娜就一直住在家裡，大家都把她當成朋友而非僕人。

「我想她應該很快就會回來，所以先把餅煎上，把東西準備好，」瑪格檢查放在籃子裡的禮物，確定藏在沙發下的整籃禮物已經準備就緒，隨時可以拿出來。「奇怪了，艾美那瓶香水呢？」瑪格沒看到那個小瓶子而接著問。

「她一分鐘前拿走了，可能是要綁上絲帶之類的吧，」喬在屋內到處彈跳讓新的軍用拖鞋不那麼僵硬。

「我的手帕看起來很不錯吧？漢娜先幫我洗好、燙平，然後我自己在上面繡字，」貝絲相當驕傲地看著自己繡得非常努力但仍有些歪斜的字母。

「這孩子真是可愛！她居然繡上『母親』而不是『馬區太太』。太好笑了！」喬拿起一條手帕大叫著。

「這樣不對嗎？我覺得這樣比較好，因為瑪格名字的縮寫跟馬區太太一樣，可是我只想讓媽媽用，」貝絲一臉困擾。

瑪格對喬皺眉頭，接著對貝絲微笑：「親愛的，沒關係，這個主意非常好而且很有道理，因為這樣就沒有人會搞混了。我相信她一定會很喜歡。」

「母親回來了。快點，把籃子藏起來！」聽見大門甩上及走廊上的腳步聲，喬驚呼。

艾美匆匆走進客廳，看到姊姊們都在等她時表情有些尷尬。

「妳去哪裡了，還有妳身後藏什麼啊？」瑪格看到懶惰的艾美一大早戴著帽子、披著斗篷出門感到相當驚訝。

「喬，不要笑我啦！我本來沒打算讓大家提前發現。我只是想去把小瓶香水換成大瓶的，而且把我的錢都花在這上面了。我真的想努力變得不自私。」

說話的同時，艾美亮出與先前廉價款不同的漂亮瓶身，她真誠謙卑、盡量無私的模樣讓瑪格立即擁她入懷，喬誇她是「大好人」，貝絲則跑到窗邊為她摘下最美麗的玫瑰妝點高貴的香水瓶身。

「經過今天早上的閱讀及我們討論要好好表現之後，我對自己的禮物感到很羞愧，所以一起床就跑去街角換。我很開心，因為現在我的禮物最漂亮。」

大門再次砰地關上，女孩們把籃子塞到沙發下，回到餐桌旁期待享用早餐。

「媽媽，耶誕節快樂！要非常快樂喔！謝謝妳送我們的書。我們讀了一點，打算每天都要這麼做，」她們異口同聲大喊。

「女兒們，耶誕節快樂！很高興妳們立刻開始讀了，希望以後也會繼續讀下去。但在我們坐下前，我有話要說。距離我們家不遠處，躺了位可憐的婦女及她的新生兒。另外六個孩子全擠在一張床上以免凍死，因為他們沒有爐火。那裡沒有東西吃，年紀最大的男孩跑來告訴我他們又餓又凍。女兒們，妳們是否願意把自己的早餐送給他們當耶誕禮物？」

等了將近一個小時的她們其實早就餓極了，於是大家沉默了一分鐘，但也只有一分鐘，因為喬急切大呼：「還好妳在我們開動前回來了！」

「我能不能幫忙提東西去給那些可憐的小孩子？」貝絲積極地想幫忙。

「我負責拿奶油跟瑪芬，」艾美非常有氣魄地放棄自己最喜歡的食物。

瑪格已經把蕎麥蓋起來，並將麵包全堆在一個大盤子上。

「我就知道妳們會願意，」馬區太太露出欣慰的微笑。「大家都來幫我，回來後我們就吃麵包跟牛奶當早餐，晚餐再好好彌補妳們。」

快速準備好後，大家便列隊出發。幸好時間還早，她們又走後面巷道，沒什麼人看見她們，也就沒人會取笑她們這個古怪的行列了。

那個可憐、貧瘠又光禿禿的房間裡，窗戶破裂、沒有爐火、床單破損，一件舊被子下擠了生病的母親、哭號的嬰兒及一群飢餓蒼白的小孩，拚命想取暖。

女孩們走進房間時，那些大眼睛全盯著她們看，發青的嘴唇漾起微笑。

「喔，我的天哪！天使來看我們了！」可憐的婦女喜極而泣。

「戴了帽子跟手套的搞笑天使，」喬這麼說讓大家都笑了。

幾分鐘後，彷彿真的有仁慈神靈在做功。負責帶來柴火的漢娜生起火，用舊帽子及自己的斗篷把方格玻璃窗上的破洞堵住。馬區太太給那位母親喝茶及吃粥，安慰她自己會盡量幫忙，並視如己出溫柔地為小嬰兒穿上衣服。同時女兒們則擺好餐具，讓孩子們圍著爐火坐定，彷彿餵養眾多嗷嗷待哺雛鳥般餵食他們，談天說笑然後試著了解他們搞笑的破英文。

「真好吃！」「兒童天使！」可憐的孩子們吃著東西一邊驚呼，將發紫的雙手伸到溫暖火焰前取暖。從沒人說過她們是兒童天使，但她們非常喜歡，特別是喬，她從出生就被人認為是《唐吉訶德》裡的「桑丘」[2]。早餐時光過非常愉快，雖然她們自己一口也沒吃到。她們幫助陌生人舒適安頓後離開，雖然在耶

2 唐吉訶德由於沉迷騎士遊俠小說，便說服農夫桑丘跟他一起上路。桑丘代表的是一個頭腦簡單、心直口快的角色。

誕節早上把早餐送人而自己只能以麵包及牛奶果腹，但整座城市就屬這四位飢餓的女孩最快樂了。

「愛鄰居勝過自己就是這樣，我很喜歡，」瑪格在大家把禮物擺出來時這麼說，母親則在樓上挑些衣服給可憐的侯梅一家。

桌上的陳列不算特別華麗，但那些小包裹卻充滿了愛，還有紅玫瑰、白菊花及低垂的藤蔓插在中間的細長花瓶裡，讓桌面更顯優雅。

「她要來了！貝絲，開始吧！艾美，開門！為媽媽歡呼三聲！」喬來回奔跑大聲指揮，瑪格則準備引導母親坐上主位。

貝絲彈奏起最輕快的進行曲，艾美砰然打開門，瑪格帶著無比威嚴護送母親。馬區太太又驚喜又感動，眼裡掛滿笑意仔細看過所有禮物，閱讀上面的小紙條。拖鞋立刻套上腳，新手帕塞進口袋前還噴滿艾美的香水，玫瑰花緊繫胸前，舒適的手套則宛如量手訂做。

經過好一陣子的大笑、親吻及解釋，種種讓家庭節日在當下更加美好的簡單表達方式，讓大家甜蜜到許久之後都難以忘懷；過後又各自忙碌工作。

早上的慈善活動與送禮儀式耗去太多時間，接下來整天都花在準備夜晚的慶祝活動。女孩們年紀太輕無法經常進出劇院，又不夠有錢無法負擔私人演出的龐大開銷，因此她們發揮巧思徹底落實需求為發明之母的道理，需要什麼都能自己做出來。有些製作還真的相當巧妙，厚紙板做成的吉他、傳統船型奶油碟裹上銀紙當做古董燈，從醃漬工廠撿回的罐頭錫蓋可剪出許多碎錫片，灑在舊棉被上成為閃閃發亮的華麗長袍，還有同樣好用的菱形錫片黏成的盔甲。她們的偌大臥室裡見證過許多純真狂歡。

由於男士不得進入，喬剛好能盡興地扮演男性角色，徹底滿足於朋友送她的赤褐色皮靴，它來自於朋友認識的貴婦認識的演員。那雙靴子、一把陳舊的花梢劍及某位藝術家曾用於作畫的男性開衩貼身短上衣，都是喬最珍貴的收藏，每逢演出必派上用場。她們的劇團規模小到兩位主要演員必須同時扮演許多角色，因此，能夠記住三、四種不同角色，還能快速穿脫不同戲服與管理舞台，如此努力真是值得讚揚。對她們來說，演戲是訓練記憶力的絕佳方法，也是無傷大雅的娛樂活動，更善用了無數的時間，而這些時間原本可能只是用來無所事事、孤單寂寞或從事較無意義的社交活動。

耶誕夜裡，十二位女孩擠在假裝是劇院一樓前排座位的床上，坐在藍黃相間的印花棉布幕前熱切期待開場。幕後傳來好些騷動和耳語、一縷油燈的煙，不時還傳出艾美的緊張傻笑聲，因為她總會在興奮時變得歇斯底里。此時鈴聲響起，布幕刷地拉開，《悲劇歌劇》正式開演。

僅有的節目單上出現的「幽暗樹林」，以幾盆矮叢、地板上的綠色厚毛呢及遠處的山洞來呈現。山洞用曬衣架作屋頂、五斗櫃為牆，山洞裡的小火爐熊熊燃燒、上面架了黑色鍋子，還有位巫婆俯身看著這一鍋東西。舞台很暗，火爐發出的光芒十分有效果，特別是當巫婆取下蓋子時，鍋裡還飄出真正的蒸氣。靜待一會兒讓激動的觀眾安靜下來後，身側長劍鏘鏘作響的壞人雨果大步邁出，戴著垂邊軟帽、蓄有黑鬍、肩披神祕斗篷、腳踩靴子。極度憤怒地反覆來回踱步後，他重拍額頭聲嘶力竭地吼出他對羅德利果的恨、對莎拉的愛以及他大快人心要殺了前者贏回後者的決心。雨果粗嘎的聲音及偶爾情緒激動時的大吼都非常精彩，觀眾趁他停頓換氣時用力鼓掌。他以習於接受大眾讚美的姿態鞠躬，然後偷偷潛入山洞，以命令的語氣要夏甲出來：「聽好啊，奴才！我需要妳！」

臉上掛著一綹灰色馬鬃的瑪格走出山洞，身穿紅黑相間長袍、手持長杖，斗篷上還有著神祕標誌。雨果向她索求讓莎拉鍾愛他的藥水，以及能摧毀羅德利果的藥水。夏甲戲劇效果十足地答應做出這兩種藥水，進而召喚能帶來愛情春藥的精靈。

來呀，來呀，自汝之家而來，
飄逸精靈請聽吾喚！

生以玫瑰，食以露珠，
汝能否醞釀咒語及藥水？
以汝之能速攜來此，
帶來吾所需之芳香春藥。
使其甜美強烈又速效，
精靈啊，回應吾！

輕柔樂聲響起，山洞後方白色雲層中浮現翅膀閃亮、一頭金髮及頭上戴有玫瑰花冠的小小人影。精靈搖晃著魔杖唱出……

吾來矣，
遠自銀色月牙之外，
那輕盈飄逸之家。
魔咒在此，
務必善用，
否則將快速失效！

精靈將鍍了金的小瓶子拋到巫婆腳邊後隨即消失。夏甲接著召喚另一種精靈，但這回出現的精靈一點也不甜美，而是碰地出現醜陋的黑色妖精，粗啞地回話後朝夏甲扔了一個深色瓶子，繼而嘲諷地大笑消失。吟唱出他的感謝後，雨果將藥水塞進靴子裡離開，夏甲則告訴觀眾，由於雨果過去曾殺死她的幾個朋友，所以她對他下了詛咒，打算阻撓他的計畫作為報復。布幕繼而落下，觀眾休息吃糖之餘討論著演出有多麼精彩。

布幕再次升起前，一陣敲打聲耽擱了時間，但看見舞台上展現的絕佳木工大作後，沒有任何人再有怨言。著實精彩之作。高塔聳至天花板，位於高塔中段的窗戶裡有點燃的油燈，白色窗簾後方則出現莎拉，穿著藍銀色相間的美麗洋裝等待著羅德利果。他穿著華麗服裝上場，頭戴羽飾絨帽、肩披紅色斗篷、一頭栗色長髮並攜帶吉他，當然，還穿了那雙靴子。他跪在塔前，以讓人融化的美妙嗓音唱出情歌。莎拉以歌回覆，然後在一番歌唱對話後，她答應與他一同逃走。接著便是戲裡最重要的特效。羅德利果變出共有五階的繩梯，把一端往上拋要莎拉爬下來。她小心地爬出窗戶，手搭在羅德利果肩上正準備要優雅往下跳時，「嗚呼！嗚呼啊，莎拉！」她忘了自己的下襬。裙子卡到窗戶後，整座塔搖搖欲墜而後轟然倒下，這對多舛的戀人便淹沒於廢墟中。

一陣尖叫中，赤褐色靴子從殘骸中凸出亂晃，一顆金色的頭也浮冒出來驚呼：「就跟妳說吧！就跟妳說吧！」殘忍的父親佩德羅鎮定地衝上台拉出他女兒，拖到一邊……

「不要笑！還假裝一切都沒事！」繼而命令羅德利果起來，極度憤怒又輕蔑地將他逐出王國。儘管高塔倒在身上明顯嚇到他，羅德利果仍堅持對抗這位老先生，拒絕移動。如此無畏的示範點燃了莎拉的勇氣。她也挺身對抗父親，後者下令將兩人關在城堡最深處的地牢。矮胖的僕人拿著鐵鏈上台把他們帶走，他的表情非常恐懼而且顯然忘了自己該說的台詞。

第三幕是城堡大廳，夏甲出現於此來解救小倆口並終結雨果的性命。她聽見雨果的腳步聲便躲起來，看見他將藥水倒進兩杯酒中要求害羞的小僕人「端給地牢裡的囚犯，告訴他們我不久後將過去」。僕人把雨果拉到一旁說話，夏甲則趁機將兩杯酒換成沒下過藥的酒。「奴才」費南多端走換過的酒杯後，夏甲再把原本要給羅德利果喝的有毒酒杯放回原位，吟唱許久的雨果感到口渴一飲而盡後陷入瘋狂，在一連串的空中亂抓與踱步後噗通倒下死去；夏甲則以動人且激動的歌曲告知他，她幹了什麼好事。

這一幕真是驚心動魄，不過可能有些人會覺得大量紅髮突然滾落，多少減損壞人死去的戲劇性。大家要他在布幕前謝幕，他多禮地帶著夏甲出現，後者的歌聲則是公認比整體演出都還要美妙。

第四幕出現灰心喪志的羅德利果，因為聽說莎拉要離開他，羅德利果準備要自殺。就在短刀正要刺入心臟時，窗下傳來美妙的歌聲告訴他其實莎拉很愛他但身陷危險，如果他願意便能救她。一把能打開門的鑰匙從外拋入，一番狂喜下他扯斷鐵鏈，衝去拯救他所愛的人。

第五幕一開始便是莎拉與佩德羅的激烈爭執。他希望她投身修道院，但她不願意，莎拉苦苦哀求佩德羅後正要昏厥，羅德利果正好衝進來求她下嫁。佩德羅不同意，因為羅德利果不是有錢人。兩人比手畫腳激烈爭執但依然沒有共識，羅德利果打算抱著筋疲力竭的莎拉離開，此時膽怯的僕人拿著來自於早已神祕消失的夏甲所給的信箋與包包上場。夏甲告訴大家，她將贈予這對年輕愛侶無可計數的財富，而佩德羅若不成全他們便會遭逢厄運。袋子打開後，大量錫幣灑落舞台直到地上滿是銀光閃爍。這位嚴父徹底投降，毫無怨言地同意，大家歡樂齊唱，布幕則在小情侶屈膝接受佩德羅以最為浪漫的方式獻上祝福的同時落下。

掌聲熱烈響起之際卻發生了讓他們措手不及的事。作為劇院一樓前排座位的折疊床啪地折了起來，吞沒所有仍處於興奮狀態的觀眾。羅德利果與佩德羅立刻衝向前拯救大家，每個人都毫髮無傷地獲救，只是笑到說不出話來。大夥興奮未退，漢娜卻已現身說：「馬區太太跟大家問好，請小姐們下來吃晚餐吧。」

連演員們都對此感到意外，下樓看到餐桌時，又驚又喜地望著彼此。看起來媽媽特意為她們準備了些點心，但是從家道中落後便沒再見過如此盛宴。桌上的冰淇淋有兩大盤，白色、粉紅色都有，還有蛋糕、水果與讓人瘋狂的法式糖果，桌面正中央則擺了四束產自溫室的美麗花朵。

無法呼吸的姊妹們先是瞪著餐桌，再望向看來樂在其中的母親。

艾美：「是仙女送的嗎？」

貝絲：「是聖誕老人。」

「是母親。」儘管鑲有灰鬍與白色眉毛，瑪格仍露出極為甜美的笑容。

「馬區姑婆一時興起送了晚餐來，」喬突發奇想地叫著說。

「都不是。是老羅倫斯先生送來的，」馬區太太說。

「羅倫斯小子的祖父！他怎麼會想到要這麼做？我們根本不認識他啊！」瑪格非常驚訝。

「漢娜把今天的早餐盛會告訴他家僕人。他是個性情古怪的老先生，但這件事卻讓他心情很好。他與你們外公多年前曾相識，於是今天下午很有禮貌地捎來訊息，希望我能讓他聊表心意送點小東西給孩子們慶祝耶誕節。我無法拒絕，於是你們今晚便可好好享受一番，彌補今天早餐只吃了麵包與牛奶。」

「是那個小子要他這麼做的，我敢說一定是！他是個好人，真希望能認識一下。他看起來像是很想認識我們，但太害羞，瑪格又太一本正經，碰到也不讓我跟他說話，」喬說著，大家在一片「哇！」、「啊！」讚嘆聲中著傳遞盤子，冰淇淋也一點一滴消失。

「妳們是說住在隔壁大房子裡的人吧？」四姊妹當中有人問。「媽媽認識老羅倫斯先生，但說他很高傲，不喜歡與鄰居往來。他把孫子管得很緊，如果不是去騎馬或跟家教老師一起散步，就是要他用功讀書。我們曾邀請他來參加派對，但他沒來。他從沒跟我們女生說過話，但母親說他人很好。」

「我們的貓有一次走失，就是他抱回來的。我們隔著籬笆討論板球之類的，聊得正開心時他看到瑪格出現就走了。我打算哪天要跟他認識一下，因為他真的很需要學會玩樂，」喬下定決心。

「我喜歡他彬彬有禮，看起來就像小紳士，所以適當時機下我不反對你們認識。花是他親自送來的，當時我不知道妳們到底在樓上做什麼，所以沒邀他進來。他轉身離開時，聽到樓上傳來自己顯然無法參與的嬉鬧聲，露出很渴望參與的神情。」

「母親，還好妳沒邀請他進來！」喬看著自己的靴子大笑。「不過我們還有別的戲，改天可以邀他來看。或許還能請他幫忙演出。那樣一定很歡樂吧！」

「我從沒收過這麼精緻的花束！好美喔！」瑪格興致盎然地端詳花束。

「真的很漂亮，但我覺得貝絲的玫瑰更甜美，」馬區太太聞著腰間半枯的小花束。

貝絲貼在母親身邊輕聲說：「真希望能把我的花送給父親。他的耶誕節恐怕不會有我們的快樂。」

第三章
羅倫斯小子

「喬！喬！妳在哪裡？」瑪格在通往閣樓的階梯底部大喊。

「在這裡！」上方傳來乾啞的聲音，瑪格跑上樓後發現妹妹裹了小毯子窩在暖陽窗邊的三腳沙發上，邊啃蘋果還捧著《繼承雷德克里夫》大哭。這裡是喬最喜歡的藏身處，她最愛帶上五、六個冬季小蘋果及一本好書，享受那裡的寧靜以及寵物鼠抓抓的陪伴，抓抓就住在附近而且一點也不在意她出現。瑪格現身時，抓抓溜進洞裡。喬甩乾臉頰上的眼淚，等著聽有什麼消息。

「是好玩的！妳看看！賈汀納太太捎來明晚活動的正式邀請函！」瑪格揮舞著手中珍貴的紙張大喊，繼而如小女孩般開心朗讀。

「『賈汀納太太會很樂於看見馬區小姐與喬瑟芬小姐前來參加新年除夕的小小舞會。』媽媽認為我們應該去，那我們要穿什麼呢？」

「問這個有什麼意義？妳明知道我們要穿府綢洋裝，因為也沒有其他衣服了，」喬滿嘴都是蘋果。

「要是我有絲綢洋裝就好了！」瑪格嘆息。「母親說或許等我十八歲會有，但要等兩年真的好久。」

「我們的府綢看起來跟絲綢沒兩樣，而且也夠好了。妳的那件還跟新的一樣，但我忘了我那件燒到而且扯破過。我該怎麼辦啊？燒壞的地方很明顯，我怎麼穿得出門呢。」

「妳一定要盡可能安靜坐好，不要讓人家看見你的背面。前面都還好。我會拿新絲帶綁頭髮，媽媽會借我她的珍珠小胸針，我那雙新的高跟便鞋很漂亮，手套雖然沒有我希望的那麼好但也還堪用。」

「我的手套被檸檬汁染色了，又不能買新的，看來我只能不戴手套去參加，」喬向來不太在乎打扮。

「妳一定得戴手套，不然我就不去，」瑪格非常堅持。「手套比什麼都還重要。沒有手套就不能跳舞，妳不跳舞我的臉要往哪裡擺？」

「那我就安靜坐好。反正我也不喜歡跳舞，在那邊滑來滑去又不好玩。我喜歡滿場飛舞跳躍的那種舞蹈。」

「妳不能請母親幫妳買新的，手套那麼貴妳又那麼粗心。妳上次弄髒其他手套的時候，她就說過今年冬天都不會再幫妳買了。不能勉強用一下嗎？」

「我可以抓在手裡不讓其他人看到手套有多髒，但也只能這樣了。啊，不對！我知道可以怎麼辦，我們各戴一只乾淨的手套然後手握髒的手套。妳覺得如何？」

「妳的手比我的大多了，會把我的手套撐壞的，」瑪格非常重視手套。

「那我就不要戴手套去啊，我才不在乎別人怎麼說！」喬不耐煩地重新拾起書本。

「好啦，給妳戴！但不要弄髒，而且請表現好一點。不要把手插在身後，不要盯著人家看，也不要把『我的媽媽咪呀！』掛嘴邊好嗎？」

「別擔心。我會盡可能端莊正經，努力不要惹上麻煩。快去回妳的信，讓我讀完這個精彩的故事。」於是瑪格來去「心存感激地接受邀請」，然後檢查洋裝並開心地縫上她唯一的一條真蕾絲綴邊；喬則繼續讀完故事、啃完四顆蘋果，還跟抓抓嘻鬧了一番。

新年除夕，起居室裡空無一人：兩個妹妹擔任梳妝助手，兩個姊姊則全神貫注於最重要的「派對梳妝打扮」準備工作。梳妝過程很簡單，但眾人聊天嘻笑之際仍是不斷跑上跑下，屋內一度還瀰漫強烈的頭髮燒焦味。瑪格希望能有幾綹捲髮圍繞臉龐，喬便用燒熱的火鉗夾住捲在紙裡的髮捲。

「本來就會那樣冒煙嗎？」貝絲靠在床上問。

「是蒸發的濕氣，」喬回她。

「味道好奇怪！聞起來很像羽毛燒焦，」艾美一邊說著一邊撫順自己頗為自豪的美麗捲髮。

「好了，我現在要把紙拆掉，妳們將看到一圈圈的捲髮，」喬放下火鉗。

她把紙拆下卻不見一圈圈捲髮，因為頭髮跟著紙一起落下；驚恐的美髮師將燒焦髮束排列在受害者眼前的衣櫃上。

「這……我……啊！妳幹了什麼好事？我毀了啦！不能去了啦！我的頭髮啊，我的頭髮！」瑪格沮喪地看著額頭參差不齊的雜亂捲曲，不停哭號。

「我真是有夠倒楣！妳不該要我幫忙的。我總是毀了一切。真是對不起，但火鉗太熱了，所以我搞砸了，」可憐的喬看著一團團焦黑小煎餅很是痛苦，留下懊悔的眼淚。

「沒有毀了，只要把前面頭髮捲一下，綁上絲帶時讓尾端稍微貼近額頭，看起來會像最新流行。我看過很多女生這樣做，」艾美安慰姊姊。

「誰叫我那麼想精心打扮。要是我沒打頭髮的主意就好了，」瑪格任性地哭著。

「我同意，原本是那樣柔順又漂亮。不過沒關係，頭髮很快就會長出來啦，」貝絲靠過來親吻並安慰這頭毛剪壞的羊。

經歷了諸多相較輕微的災難後，瑪格終於完成打扮，而在全家協力之下，喬也紮好頭髮穿上洋裝。她們裝扮樸素卻依舊美麗，瑪格是銀色厚呢、藍色絲絨髮帶、蕾絲綴邊及珍珠胸針。喬是紅褐色厚呢搭配硬挺男士亞麻衣領，唯一裝飾則是一、兩朵白色菊花。兩人各自戴上一只乾淨淺色手套，手握一只髒手套，展現出「優雅自在」的感覺。瑪格的高跟便鞋很緊，害她腳很痛但她不願承認；喬頭髮上的十九根髮夾似乎全部垂直插進頭裡，讓她非常不舒服，不過，不優雅毋寧死，對吧！

「親愛的，祝妳們玩得愉快啊！」馬區太太朝優雅地走在人行道上的姊妹們說。「晚茶不要吃太多，十一點我派漢娜去接妳們的時候就要離開。」大門在身後匡啷關上後，窗邊傳來叫聲……

「女兒啊女兒！妳們倆口袋裡都有乾淨手帕吧？」

「有啦，有啦，非常乾淨，瑪格的手帕還灑了香水，」喬一邊走著一邊大笑回應，「就算今天地震來臨要逃難，媽媽應該也會問有沒有帶乾淨手帕吧。」

「這是她高貴的品味而且也相當合宜，真正的淑女就是該有整齊清潔的靴子、手套跟手帕，」瑪格自己也有不少「高貴的小品味」。

「好了，喬，別忘了洋裝髒的那一面不要給別人看到。我腰帶的位置端正嗎？頭髮這樣看起來很糟嗎？」瑪格在賈汀納太太家的梳妝室鏡子前再次打理了一番後轉過身。

「我知道我一定會忘記。妳如果看到我又做錯什麼就眨眼提醒我好嗎？」喬扭正衣領，快速撥順頭髮。

「不要，眨眼不是淑女該有的行為。如果有問題我就挑眉，沒問題我就點頭。抬頭挺胸，步伐小一點，如果有人介紹妳認識別人，不要跟對方握手。淑女不該跟人家握手。」

「妳是怎麼學會這些禮節的？我永遠學不起來。裡面音樂聽起來很歡樂吧？」

她們有些膽怯地前往舞會。雖然不是什麼正式的大型聚會，對鮮少參加派對的兩人來說已經算是盛大活動。賈汀納太太是高貴的老太太，親切打過招呼後便請六個女兒中的大姊莎莉代為照顧她們倆。瑪格認識莎莉，很快便感到輕鬆自在；但喬對女孩子或女孩子閒聊的話題沒有興趣，只能緊靠著牆面站立，感覺自己就像花園中的小馬那樣突兀。

房間另一端有五、六位快樂的小子正在討論溜冰，她多麼渴望能過去加入他們，溜冰是她的一大樂趣。她向瑪格暗示自己的想法，後者的眉毛立即揚起，警告她不准動。沒人來跟她說話，身邊的那群人也一一消失直到最後只剩她一人。她不能隨意遊走找樂子，否則別人會看見她洋裝背面燒毀的痕跡，因此她只能絕望地看著人群直到大家開始跳舞。立即有人邀請瑪格跳舞，過緊的高跟便鞋輕舞飛揚，根本沒人猜得到穿那雙鞋的人，表面微笑內心卻疼痛無比。

喬發現有位紅髮大男孩正朝她所在的角落前進，怕是要來邀請她跳舞，於是溜進拉上窗簾的牆間凹處打算靜靜享受獨處時間，然後偷看外面就好。只不過，另有一位害羞人士也選擇了相同藏身處，喬身後的窗簾剛落下，轉身便發現自己眼前正是那位「羅倫斯小子」。

「糟糕，我不知道這裡有人！」結結巴巴的喬正準備快速離開，跟溜進來的速度一樣快。

男孩雖然有些吃驚，但仍是大笑並友善地說：「別管我，妳願意的話就留下來。」

「這樣不會打擾你嗎？」

「完全不會。我只是因為不認識什麼人，起初感覺有點尷尬，就進來了，妳懂的。」

「我也是。拜託不要走，除非你情願離開。」

男孩再次坐下，緊盯著自己的鞋看，直到喬設法要營造輕鬆的氣氛而有禮貌地說：「我以前應該看過你，你就住我們附近對吧？」

「就在隔壁。」他抬起頭放聲大笑，因為眼前端莊正經的喬，跟他印象中把貓送回時一起聊板球的模樣差很多，讓他覺得有些好笑。

他的笑聲讓喬放鬆許多，她也跟著大笑並真誠地說：「我們都非常喜歡你送的耶誕禮物。」

「是爺爺送的。」

「不過應該是你讓他有這個念頭的吧？」

「馬區小姐，妳的貓還好嗎？」男孩深色的眼眸閃爍趣味，但仍試著表現得像個紳士。

「羅倫斯先生，非常好，感謝你。但我不是馬區小姐，叫我喬就好，」這位年輕小姐如此回道。

「我也不是羅倫斯先生，叫我小羅就好。」

「小羅．羅倫斯，真是奇怪的名字。」

「我的名字是希爾多，但我不喜歡，因為同學都叫我多拉，所以我要大家改叫我小羅。」

「我也很討厭我的名字，太感性了！我真希望大家不要叫我喬瑟芬，全都改叫我喬。你是怎讓那些男生不再叫你多拉的？」

「我痛打了他們一頓。」

「我不能痛打馬區姑婆，看來只能忍受了。」喬嘆息放棄。

「喬小姐，妳不喜歡跳舞嗎？」小羅看著她，彷彿覺得這個名字很適合她。

「要是空間足夠我是很喜歡，當然也要大家活潑熱情一點。在這種地方跳舞，我肯定會打翻東西、踩到人家的腳或是做出什麼糟糕的事情，所以我盡量不要惹麻煩，讓瑪格能好好跳舞。你不跳舞嗎？」

「有時候會。但我在國外生活了很多年，回來的時間還不夠久，不知道這裡都怎麼跳舞。」

「出國！」喬驚呼。「跟我分享故事！我最喜歡聽人家描述旅途中發生的事了！」

小羅似乎不太知道該從哪裡說起，但喬熱切提出的問題很快便讓他滔滔不絕，從在瑞士的沃韋鎮就學開始說起，那裡的男學生都不戴帽子、湖面上有許多船，放假時則跟老師一起在瑞士境內健行散步。

「真希望我也在現場！」喬大喊。「你有去巴黎嗎？」

「去年冬天就在那裡度過。」

「你會說法文嗎？」

「在沃韋只能講法文。」

「說句法文來聽聽吧！我會讀法文，但不會唸。」

「Quel nom a cette jeune demoiselle en les pantoufles jolis?」

「你說起法文真好聽！我想想看……你剛說的是『穿著漂亮高跟便鞋的女生是誰』，對吧？」

「Oui, mademoiselle.」（「是的，小姐。」）

「那是我姊姊，瑪格莉特，但你明明知道那是她！你覺得她很漂亮嗎？」

「是啊，她讓我想起德國的女孩子，她看起來清新安靜，跳起舞來很淑女。」

小羅對姊姊的讚美有些稚氣，卻讓喬滿心歡喜，決定記下來回家轉述給瑪格聽。兩人繼續偷窺外面、評論大家、隨興聊天，直到他們感覺就像老朋友。小羅很快便不再那麼害羞，因為喬的男孩子氣讓他很放鬆；喬也再度變回那個開心的自己，因為她已經把洋裝的事情拋到腦後，這裡又沒人會對她挑眉。她越來越喜歡這個「羅倫斯小子」，還多打量了幾次以便事後跟姊妹們描述他的長相，她們沒有兄弟、堂表兄弟也很少，所以男生對她們來說是很陌生的生物。

「黑色捲髮，棕色肌膚，深色大眼，鼻子英挺，牙齒整齊，手腳較小，比我高，以男生來說彬彬有禮，性格也相當不錯。不知道他幾歲？」

喬差點問出口但即時阻止了自己，難得機伶地試著改以迂迴方式打探。

「我想你應該就快上大學了吧？我看你都在啃書，我的意思是，很認真念書。」不小心就脫口而出「啃書」讓喬很不好意思。

小羅露出微笑但沒有絲毫訝異，聳聳肩說：「還要再一、兩年吧，反正十七歲以前還不會。」

「所以你才十五歲嗎？」喬看著眼前的高大男孩，以為他早就滿十七歲了。

「下個月滿十六歲。」

「真希望我也能上大學！你看起來好像不太喜歡學校。」

「討厭極了！不是苦讀就是玩樂。我也不喜歡同學的生活方式，我是指在這個國家裡。」

「那你喜歡什麼？」

「去義大利住，以我想要的方式享受生活。」

喬很想問他，他想要的方式是什麼，但他糾結在一起的深色眉毛看來頗為嚇人，於是腳打起拍子順勢改變話題：「真好聽的波卡舞曲！你不試著跳跳看嗎？」

「要是妳也一起跳的話，」他翩翩行禮。

「我不能跳舞，我跟瑪格說過我不會下場跳舞的，因為……」喬停了下來，看似無法決定是要把話說完還是要大笑。

「因為什麼？」

「你不會說出去吧？」

「絕對不會！」

「我有個喜歡站在火爐前的壞習慣，不小心就會燒壞衣服。像這件就燒壞了，雖然已經仔細修補過還是看得出來，瑪格要我不要亂動其他人才不會看到。你想笑的話可以笑，我知道很好笑。」

但小羅並沒有笑。他低頭看了一下，臉上的表情讓喬很是困惑，接著他溫柔地說：「沒關係，跟妳說我們可以怎麼辦好了。那邊有個長廊，我們可以盡情跳舞也沒人會看見。請跟我來吧。」

喬向他道謝後開心尾隨，看到對方手上戴的珍珠色乾淨手套時，真希望自己的兩只手套都乾淨。長廊裡沒人，他們盡情跳了波卡舞，小羅很會跳舞，還教她都是搖擺與彈跳的德式舞步，喬非常喜歡。音樂停止後，兩人坐在階梯上喘息，小羅正在描述海德堡的學生慶典時，瑪格出現找尋妹妹。她招手示意，喬不情願地跟著她走進側邊房間，發現她臉色蒼白地坐在沙發上，抓著腳。

「我扭到腳踝了。該死的高跟鞋跟歪了害我拐到。實在好痛，根本站不了，都不知道我這樣要怎麼回家，」她痛得扭動身軀。

「我就知道妳穿那雙蠢鞋會傷到腳。對不起，但我不知道還能怎麼辦，我們不是叫馬車回家就是要整夜待在這裡，」喬邊說邊溫柔地按摩她受傷的腳踝。

「馬車太貴了我叫不起。而且我敢說一定叫不到車。大部分人都是搭自家馬車來，這裡離馬廄又太遠，沒辦法派人去叫車。」

「我去吧。」

「絕對不行！現在已經過九點，外面黑得跟什麼似的。我也不能住在這裡，房間都滿了，莎莉今晚有些女生朋友要一起留宿。我就休息到漢娜來的時候，然後盡可能用走的回家吧。」

「我請小羅去叫車好了，他會願意去的，」想到這個辦法讓喬看似鬆了一口氣。

「天哪，不可以！不要跟任何人說或請別人去。把我的靴子拿來，然後把這雙高跟便鞋跟我們的東西擺在一起。我沒辦法跳舞了，晚茶過後就留意漢娜到了沒，她一來就跟我說。」

「大家現在要去吃晚茶了。我留下來陪妳吧，我情願陪妳。」

「不用啦，親愛的，妳去吃吧，然後幫我端杯咖啡回來。我累到不能動了。」

於是瑪格把腳上靴子藏好斜躺在沙發上，喬則亂闖了一番才來到餐廳，先是誤入碗櫥，然後打開某間房門卻看見賈汀納老先生正在享用個人的茶點。她衝向餐桌倒好咖啡，結果又立即灑出導致洋裝正面跟背面一樣糟。

「真是糟糕，我真的有夠蠢！」喬驚呼，拿瑪格的手套擦拭禮服的同時又毀了一只手套。

「我能為妳效勞嗎？」耳邊傳來友善的聲音。小羅一手端著滿滿的一杯咖啡，另一手是一盤冰淇淋。

「我本來想幫很累的瑪格拿點東西，但有人撞到我，結果就是現在這副模樣了，」喬沮喪地來回看著髒裙面及被咖啡染色的手套。

「真是太慘了！我正想把這些東西給人，我拿去給妳姊姊好嗎？」

「太感謝你了！我帶你去，可是我不要自己端，不然只會再次打翻。」

喬負責帶路，小羅則好似慣於服務女士，先是拉來小茶几，然後為喬也端來第二份咖啡與冰淇淋，熱心親切到連挑剔的瑪格都說他是「好孩子」。三人正愉快地吃糖果、討論箴言，並與另外兩、三位路過的年輕人安靜玩著「數七」[3]的遊戲時，漢娜出現了。瑪格忘了腳痛，太快站起而不得不緊抓住喬，還痛得大喊。

「噓！什麼都不要說，」她低聲說，繼而提高音量：「沒什麼，我只是扭傷腳而已，」然後跛著腳上樓穿外套。

漢娜一直罵人，瑪格一直哭，喬則不知該如何是好，最後她決定自己解決。她溜下樓找到僕人，想請他幫忙叫馬車。但對方恰巧是臨時受雇的僕人，對周遭環境完全不熟悉；喬正急著四處找人幫忙時，小羅剛好聽見她的話，於是提議一同搭乘祖父剛好派來接他的馬車。

「時間還很早耶！你不是真的現在就想走吧？」喬看起來鬆了一口氣卻不知是否該接受。

「我每次都提前離開，真的！拜託讓我送妳們回家。妳也知道我順路，而且聽說外面在下雨。」

就這麼決定了，喬非常感恩地接受提議，還把瑪格發生的意外告訴他，接著衝上樓將其他人帶下來。漢娜跟貓一樣討厭下雨所以沒有任何意見，於是她們歡樂優雅地乘著豪華的密閉式馬車離開。小羅坐在外面的駕駛座上，讓瑪格有空間能把腳翹高，女孩們也能自由討論派對的過程。

「我玩得很開心。妳呢？」喬把頭髮弄得亂七八糟，讓自己感到舒服。

「我也是，直到我扭傷腳。莎莉的朋友安妮．莫法特滿喜歡我的，還邀請我在莎莉去拜訪的時候同去住上一個星期。莎莉打算在春天歌劇團來訪時過去，要是母親到時願意讓我去就太完美了，」瑪格想到就覺得開心。

「我看到妳跟我逃離的紅髮男子共舞，他人好嗎？」

「非常好！他的頭髮是赤褐色不是紅色，而且人非常有禮貌，我跟他一起跳了美妙的雷多瓦舞。」

「他跳新舞步的時候看起來好像抓狂的蚱蜢，我和小羅忍不住大笑，妳有聽到我們笑嗎？」

「沒有，但那樣真是沒禮貌。你們從頭到尾都躲在那裡做什麼啊？」

喬與她分享自己的冒險過程，說完時她們已經到家了。再三感謝後，她們道了晚安溜進家裡，希望不要吵醒任何人。不過門才嘎地打開，兩頂睡帽便竄出，兩個很想睡卻很興奮的聲音響起……

「跟我們說說派對的情況！告訴我們嘛！」

雖然瑪格覺得偷渡食物「很不得體」，但喬還是為兩個妹妹帶了一點糖果回家，聽完當晚的精彩片段後，兩位妹妹也就很快地安靜下來了。

「我必須說，這種感覺真的很像自己是什麼年輕時髦的淑女，參加完派對後搭馬車回家，還有女僕服侍穿著睡衣的我，」瑪格說話的同時，喬正用山金車草藥包裹她的腳傷，幫她梳頭髮。

「雖然我們的頭髮燒焦、禮服老舊、各戴一只乾淨手套，還因為蠢到真把太緊的高跟便鞋穿出門而扭傷腳踝，我還是相信年輕時髦的淑女玩得都不會比我們還開心。」我也覺得喬說得沒錯。

3 一八六四年出現的兒童遊戲Buzz，數到七或七的倍數就要改發出蜜蜂般的嗡嗡聲（buzz）。

第四章
包袱

「唉喲，要再次扛起包袱繼續努力真的好難喔，」派對結束隔天，瑪格如此嘆息，假期已結束，經過一星期的歡樂，她無法輕易重回原本就不喜歡的工作。

「我真希望隨時都是耶誕節或新年，那樣會有多好玩啊！」喬沮喪地打著呵欠。

「我們其實不該像這樣享受生活，可是能這樣不工作，享受著晚茶及花束、參加派對、坐馬車回家、閱讀及休息，真的很棒。就跟其他人一樣，妳們也知道我一直都很羨慕能這麼做的女生，我真的好喜歡奢華的生活，」瑪格正設法從兩件破舊洋裝中選出一件較不破舊的。

「我們沒有那種命所以不要抱怨，就像媽媽那樣扛起包袱打起精神往前邁步吧。我想馬區姑婆對我來說依舊會像《老人與海》，但等我能心甘情願地背她時，她就會從我背上滾下來或輕到我沒感覺。」

這個念頭引發喬的想像讓她心情大好，但瑪格的心情可沒好轉，因為四個嬌縱孩子加起來的包袱，似乎比過往更加沉重。她甚至沒心情像平常那樣打扮自己，在領口繫上藍色絲帶並且把頭髮梳漂亮。

「打扮了半天卻只有那些愛生氣的小小人看到又有什麼意義？根本沒人在意我漂不漂亮，」她用力關上抽屜一邊喃喃自語。「我得要終其一生辛苦勞役然後老去變醜又尖酸刻薄，只能偶爾享有一絲絲的歡樂，都是因為我很窮所以不能跟其他女生一樣享受生活。實在太可悲了！」

瑪格就這樣帶著受傷的表情下樓，吃早餐時也非常不好相處。大家似乎都有點情緒不佳，開口就是抱怨。

貝絲頭痛所以躺在沙發上，想靠貓兒及三隻幼貓撫慰自己。艾美因為功課都沒做又找不到靴子而焦慮不安。喬則是大吹口哨吵吵鬧鬧地準備出門。

馬區太太正忙著寫完必須立刻寄出的信，漢娜則脾氣暴躁，因為她起晚了。

「還真沒見過一家子都這麼愛發脾氣的！」喬打翻墨水壺、兩邊靴子鞋帶都拉斷又坐在自己的帽子上後大發脾氣。

「妳是脾氣最大的那個！」艾美落在寫字板上的眼淚洗去了完全算錯的算式。

「貝絲，妳要是不把這些討厭的貓關進地窖，我就淹死牠們，」瑪格氣呼呼地想甩掉爬上她的背緊抓不放的小貓，那隻貓就像刺果，黏在伸手摸不到的地方。

喬大笑，瑪格叫罵，貝絲在哀求，艾美則不停哭號，因為她想不起來九乘以十二是多少。

「女兒們啊，請安靜一分鐘！我一定要趁早上收信前寄出這封信，妳們的抱怨會害我分心，」馬區太太大喊的同時畫掉信裡第三句寫錯的句子。

大家安靜了片刻，接著漢娜大步走進房間的聲音劃破寂靜，她在桌上放了兩個熱騰騰的捲餅後又大步走出去。這些捲餅是家中早餐必吃得食物，姊妹們稱為之「暖手筒」，因為熱騰騰的捲餅能在寒冷早晨溫暖她們沒有暖手筒的手。

無論漢娜有多忙碌或暴躁都不會忘記要做捲餅，因為她們上班的路程遙遠又寒冷刺骨。這些可憐蟲沒午餐吃，又很少能在下午兩點前回到家。

「小貝絲啊，多抱抱貓咪讓頭痛趕快好。媽媽，再見。我們今天早上是兔崽子，但回家後就會是原本的天使。瑪格，走吧！」喬拖著沉重的步伐離開，內心覺得她們這群朝聖者不該這樣開始一天。

姊妹倆每次都會在轉角前回頭看，因為母親都會在窗邊點頭微笑，對她們招手，彷彿不這樣她們就無法撐過一整天。無論原本心情如何，最後再看一眼她那充滿母愛的臉總能讓兩姊妹感覺彷彿沐浴在陽光下。

「要是媽媽對我們揮舞拳頭而非送上飛吻，那也是我們活該。畢竟像我們這麼不知感恩的無恥之徒還真沒見過，」喬很是自責，將行走於大雪中及刺骨寒風中當成贖罪。

「不要用這麼討厭的形容詞，」瑪格透過層層的包巾說著，她把自己包得活像個厭世的修女。

「我喜歡用有意義的強烈字眼，」喬抓住飛離她的頭正準備翱翔的帽子。

「妳愛怎麼形容自己都可以，但我不是兔崽子也不是無恥之徒，也沒有要讓人家這樣叫我。」

「妳是飽受挫折的人，今天格外生氣是因為妳無法隨時生活於奢華之中。可憐的孩子，等我賺大錢，妳就能盡情享受馬車、冰淇淋、高跟便鞋及花束，還會有紅髮男孩陪妳跳舞。」

「喬，妳實在很可笑！」瑪格因此大笑，心情終於好轉。

「還好我很可笑，不然我要是跟妳一樣感覺飽受挫折又沮喪，我們就真的糟了。幸好我總是能找到笑點提振精神。不要再抱怨了，回家時要開心，這樣才對。」

喬拍拍姊姊的肩膀以示鼓勵，然後分道揚鑣準備展開各自的一天，兩人都緊握著溫暖小捲餅，嘗試歡樂地面對寒冷的冬天、辛苦的工作，以及渴望享樂卻未能滿足的年少情懷。

馬區先生為了幫助落難的朋友而失去財產時，最年長的兩個女兒拜託父母讓她們能夠至少賺錢養活自己。認為即早培養能力、勤勉及獨立精神很好的父母同意了，兩人帶著即便有重重障礙也能克服的滿心善意去工作。

瑪格莉特成為女家庭教師，小小收入讓她覺得自己很富有。正如她所說，她「熱愛奢華」，因而最大的困境便是貧窮。她比其他姊妹還要難忍受現況，因為她還記得家裡曾經很美麗、經濟寬裕、樂趣重重，沒有任何匱乏。她很努力不要羨慕或感到不滿足，但年輕女孩會渴望擁有漂亮的東西、要好的朋友、成就及幸福的生活，這些都是很正常的事。她每天在金家都看到自己想要的東西，金家年長的姊妹最近剛剛開始參加社交活動，瑪格經常看到精緻的禮服與花束，聽到劇院、音樂會、雪橇派對及各種玩樂的花絮，看人家揮霍買下對她來說無比珍貴的小東西。可憐的瑪格其實很少抱怨，但不公平的感覺有時會讓她對所有人心懷怨恨，因為她還不知道自己光是擁有能讓生活幸福的恩典便已相當富足。

喬則正好適合馬區姑婆，後者不良於行，需要好動的人來服侍她。膝下無子的老太太在他們家遭遇困難時提議要領養一個女兒，提議遭拒時相當惱怒。其他朋友對馬區一家說，他們就這樣告別機會，不可能出現在富有老太太的遺囑中了，不過視錢財如糞土的馬區一家僅說：

「我們不能為了財富放棄女兒。無論貧窮或富有，我們都要在一起並享受有彼此陪伴的幸福。」

有段時間老太太根本不願意跟他們說話，但碰巧在朋友家遇見喬時，後者的搞笑表情與直率態度竟博得了老太太的好感，於是提議找喬來作伴。喬一點也不想去，但因為沒有更好的工作機會出現還是接受了，結果出乎大家意料與這個暴躁的親戚非常合得來。偶爾氣氛也會非常暴烈，喬還一度怒氣沖沖地回到家說她再也無法忍受了。但馬區姑婆總是很快又雨過天晴，然後急迫地要求她回來工作讓她難以拒絕，畢竟她心裡其實很喜歡這個暴躁的老太太。

我猜真正吸引她的是那偌大圖書館裡，從馬區姑爺過世後便開始堆積灰塵養蜘蛛的藏書。喬還記得這位溫柔的老先生，他會讓她用大字典堆成鐵路與橋梁，用拉丁文書裡的詭異圖片說故事給她聽，街上碰到時還會買薑餅給她吃。滿是灰塵的昏暗房間裡，幾尊半身雕像從高大書櫃上方俯瞰，有舒適的椅子、地球儀，最棒的是她高興時隨時可徜徉的浩瀚書海，在在讓她覺得圖書館是個天堂。

每當馬區姑婆午睡或有朋友來訪，喬便會快步來到這塊靜土，蜷縮在單人小沙發上，跟其他書蟲一樣貪婪地閱讀詩、羅曼史、歷史書、旅遊書及圖畫書。但幸福的時光總是短暫，因為每當她正讀到故事高潮、欣賞歌曲中最為甜美的一段詞，或書中旅人正經歷最危險的冒險行程時，耳邊便會響起尖銳的「喬—瑟芬！喬—瑟芬！」。這時她便得告別天堂，在接連幾個小時中去纏羊毛紗、洗那隻貴賓狗，或讀貝歇漢

[4]的散文。

喬的志願是要做件轟轟烈烈的事。她還沒決定是什麼事，打算交給時間來決定，但她同時也發現最痛苦的是無法盡情閱讀、跑步或騎馬。脾氣暴躁、牙尖嘴利及活潑好動的個性在在讓她惹上麻煩，而她的人生則是一連串的大起大落，好笑又悲哀。但在馬區姑婆這裡所受的訓練正符合她的需求，儘管得一再忍受「喬—瑟芬！」的呼喚，只要想到能賺錢養活自己就讓她很開心。

貝絲太害羞無法上學。她試過但實在太痛苦了，於是留在家裡跟父親學習。即便在父親離家、母親也奉命為「軍人救援協會」奉獻技能與體力後，貝絲依舊認真地盡可能在家自學。她是個擅長家務的小女孩，協助漢娜打理家裡，讓必須外出工作的人覺得乾淨舒服；除了被愛，她沒想過要任何報酬。她過著寧靜的漫漫長日卻一點也不孤單或無聊，因為她的小小世界裡住滿了想像的朋友，而且她天生勞碌命。每天早上她都要抱起六個洋娃娃為它們穿衣打扮，因為貝絲還是個孩子，還是那麼寵愛她的寶貝。這些娃娃沒一個完整漂亮，全都在貝絲接收前遭到遺棄，姊姊們不想要後就落到她手上，因為艾美才不想要老舊醜陋的東西。正因為如此，貝絲格外珍惜它們，還為這些殘破的洋娃娃成立醫院。她從不曾將它們充滿棉絮的身體當做插針包，也不曾打罵過它們，即便是最不得人疼的娃娃也不曾遭到冷落，全都以不曾間斷的無比關愛餵養、穿衣、照顧及愛護。其中一個殘骸來自喬曾經百般呵護娃娃的年代，一生多舛經歷摧殘後棄置於破布包裡，直到貝絲從那可怕的殘破中救出並收容她。娃娃的頭已經不見，於是貝絲纏上一頂小帽子代替；雙手雙腳也都斷了，她便用被子裹住娃娃以遮蔽殘疾，讓這位重病患者睡在最好的床上。若有人知道她對這個娃娃是多麼百般愛護，大笑之中也還是會覺得感動。她會為娃娃準備鮮花，讀故事給娃娃聽，藏在外套裡帶娃娃出去透氣，對娃娃唱搖籃曲，而且每天睡前都會親吻那髒兮兮的臉龐，輕聲說：「可憐的寶貝，好好睡喔。」

貝絲也跟其他人一樣有自己的煩惱，畢竟她不是真的天使只是平凡的小女孩，她經常會如喬所描述的「啜泣一番」，因為她沒有最好的鋼琴也無法上鋼琴課。她是如此熱愛音樂，非常努力學習，而且相當有耐心地在那台老舊的樂器上練習，覺得應該要有人（並非暗指馬區姑婆）對她伸出援手。但沒人伸出援手，沒人看見貝絲獨處時如何擦去滴落泛黃琴鍵上的眼淚，沒有人注意到她那種不像平常自己的狀態。她工作時開心唱歌，永遠不會累到無法陪伴媽媽及姊妹們，她日復一日對自己滿懷希望地說：「只要我很乖，總有一天會圓我的音樂夢。」

世界上有許多貝絲這樣的人，就這麼害羞安靜地坐在角落直到有人需要她們，歡樂地為他人而活，沒人會注意到她們的犧牲奉獻，直到火爐邊的小蟋蟀不再唧唧叫，甜美的陽光也不再，徒留寂靜與陰暗。

若有人問艾美她最大的試煉為何，她應該會立即回答：「我的鼻子。」她還是襁褓中的嬰兒時，喬曾不小心鬆手把她摔進煤箱，因此艾美堅持是那次跌落導致她的鼻子永遠變形。她的鼻子不像「琵翠亞的」[5]那樣又大又紅，只是有點扁而且無論怎麼捏都無法讓她長出貴族該有的高挺鼻梁。除了她自己根本沒人在意，鼻子也很努力在長高了，但艾美發自內心想要高挺的希臘鼻，因此只能靠一直畫很多張高鼻子畫像來安慰自己。

姊姊都叫她「小小拉斐爾」，因為她相當有繪畫天分，臨摹花朵、描繪仙女或用古怪的創作來圖解故事，都是她最快樂的時刻。老師抱怨她不在寫字板上算數學，反而在上面畫滿動物，地圖集裡的空白頁也都用來臨摹地圖，滑稽至極的諷刺塗鴉總會在最不幸的時刻從她的書本紛飛而出。她盡可能地取得優異成績，並靠著當個行止合宜的模範生來躲過懲戒。同學都非常喜歡她，因為她脾氣很好並擁有輕鬆取悅他人

4 William Belsham（1752–1827）為英國政治作家及歷史學家。

5 指的應是瑞典女性主義作家 Fredrika Bremer 一八三九年的著作《The Home》中的人物 Petrea。

的能力。大家都很欣賞她的氣質、優雅與才藝，除了繪畫，她還會彈奏十二首曲子、用鉤針編織，用法文朗讀而且唸錯的字不到三分之一。她經常感嘆「爸爸還有錢的時候，我們會這樣那樣」，讓人深感同情，同學也覺得她使用艱澀字眼「非常高雅」。

艾美就快變成被寵壞的孩子，大家都縱容她，慣養她的小小虛榮與自私。但是，有件事卻澆熄了她的虛榮心。她只能穿堂表姊的舊衣服。芙羅倫絲的媽媽一點品味也沒有，艾美因此痛苦地穿戴紅色而非藍色的綁帶無邊圓帽、不合身的洋裝及過分華麗的圍裙，這些都不適合她。衣服其實很好，製作精美只是略微磨損，但艾美的藝術眼光因此飽受折磨，特別是今年冬天，因為制服是暗紫色加黃點，還沒有修邊。

「我唯一感到安慰的是，」她眼泛淚光對瑪格說：「母親不像瑪利亞・帕克斯的母親那樣，會在我不聽話時把我的裙子往上摺並縫起來。天哪，真的很可怕，有時候她的洋裝會短到及膝而不能來上學。每當我想到這種**恥乳**，就覺得其實自己的扁鼻子及印有像煙火那般有許多黃點點的紫色洋裝也沒什麼了。」

瑪格是艾美的知己也是規勸她的人，而基於某種奇怪的異類相吸效果，喬對溫柔的貝絲來說也是如此。害羞的貝絲只會對喬誠實說出自己的想法，在無意識間對她輕浮冒失的姊姊的影響力也比家中任何人都還要大。兩個姊姊對彼此來說非常重要，卻也各自保護一位妹妹、以自己的方式照顧她們，彷彿像她們所說的「扮演媽媽的角色」，運用小婦人的母性本能照顧妹妹，就像照顧遭棄的玩偶。

「有沒有人要分享什麼？今天真的很讓人沮喪，我很需要來點娛樂，」瑪格在傍晚大家坐下一同做女紅時說。

「我今天跟姑婆在一起的時候發生超詭異的事，真的很精彩，所以我要跟大家分享，」喬先開始，她最愛說故事了。「本來我正在朗讀那沒完沒了的貝歇漢散文，聲音跟平常一樣低沉單調，準備等姑婆睡著就立刻拿出更好看的書拚命讀到她醒來。結果我竟然也開始打起瞌睡，在她還沒睡著前先打了個超大呵欠，接著她就問我嘴巴張那麼大都能把整本書吞下去了是什麼意思。

「『我還真希望能吞得下書，這樣就能結束了，』我努力克制不要沒禮貌。

「然後她開始教訓我所犯下的罪孽，要我靜坐反省，她則去『迷失』一段時間。她很快就睡得渾然忘我，所以等她的帽子開始像頭重腳輕的天竺牡丹上下擺動，我就馬上從口袋裡掏出《威克斐牧師傳》[6]開始閱讀，一隻眼睛看著書一隻眼睛盯著姑婆。讀到書中人物全都掉進水裡那段，我突然忘了要安靜於是放聲大笑。姑婆因此醒來了，但午睡過後的她心情總是比較好，竟要我朗讀一段故事，看看到底是怎樣的輕浮作品會比如此重要又富教育意義的貝歇漢還吸引我。我盡量生動呈現，她也聽得很開心，沒想到她卻說……

「『我聽不懂到底在幹什麼，孩子，從頭開始讀起吧。』

「我就從頭讀起，盡可能讓普利羅斯一家人聽來有趣。我一度故意停在最刺激的地方，怯怯地說：『夫人，好像讓您太累了。要我停下來嗎？』

「她重拾原本停頓而滑落的編織作品，透過鏡片朝我射來銳利的視線，如常簡要地說：『把這章唸完，小姑娘，不要沒禮貌。』」

「她有承認喜歡那本書嗎？」瑪格問。

「當然沒有啊！但她就沒再提起貝歇爾的散文了，今天下午我折回去拿手套時，就看到她非常認真在讀牧師傳，完全沒聽見我在大廳裡大笑跳著捷格舞，慶祝接下來的好時光。其實只要她願意，她的生活可以多麼美好啊！她雖然很有錢，但我並不羨慕她，因為我覺得有錢人的煩惱跟窮人一樣多，」喬接著說。

「這讓我想到，」瑪格說，「我也有故事要分享。不像喬是好笑的故事，而是讓我回家途中好好思考

6 *The Vicar of Wakefield*為愛爾蘭作家奧立佛・高德史密斯（Oliver Goldsmith）發表於一七六六年的小說。

了一番。今天我在金家注意到人人都很激動，有個小孩說最年長的哥哥做了非常可怕的事，所以爸爸把他趕走了。我聽到金太太在哭、金先生大聲說話，葛芮絲和艾倫經過我身邊時都把臉別開，以免被我看到她們的眼睛有多紅腫。我當然什麼都沒有問，但很替她們難過，同時也很慶幸自己沒有不受控制的兄弟，會做出讓家人蒙羞的壞事。」

「我覺得在學校蒙羞，比壞男孩會做的任何事都還要令人難堪，」艾美搖著頭，彷彿體會了什麼深刻的人生道理。「蘇西・帕金斯今天戴了漂亮的紅玉髓戒指來學校。我真的非常想要那只戒指，滿心希望自己就是她。總之，她畫了一張戴維斯老師的畫像，鼻子無敵大還駝背，泡泡對話框裡寫著『小姐們，我盯上妳們了。』我們正在笑那幅畫的時候，他**真的**盯上了我們，然後命令蘇西把寫字板拿到前面。她嚇到**動蛋**不得但還是去了，結果妳們猜他做了什麼？他揪住她的耳朵——耳朵耶！妳們想想那有多丟臉！然後把她帶到朗讀的講台上，要她在那裡罰站半小時，把寫字板舉高讓大家都能看見。」

「同學們沒有笑那幅畫嗎？」喬回味著那般窘境。

「笑？沒有一個人敢笑！大家都安靜坐好，我敢說蘇西幾乎哭倒了長城。當下我一點也不羨慕她了，因為我覺得在這種事情過後，就算有幾百萬只紅玉髓戒指也不可能讓我心情好轉。我絕對不可能忘得掉這種極度煎熬的屈辱。」艾美接著繼續做功課，對於自己能夠順利一口氣吐出兩組艱澀用詞感到相當自豪。

「我今天早上看到讓我開心的事情，本來想在晚餐時分享，但我忘了，」貝絲邊說話邊整理喬那亂七八糟的籃子。「我替漢娜去買牡蠣的時候，羅倫斯先生也在海產店裡，但他沒看到我，因為我躲在裝魚的木桶後面，他則忙著跟魚販卡特先生買東西。有位貧窮的女子帶著水桶及拖把走進店裡，問卡特先生能不能讓她幫忙清洗店裡好換一點魚肉，因為她沒有晚餐給孩子吃，工作一天後又沒賺到什麼錢。卡特先生正在忙，凶巴巴地回她『不可以』。看起來飢餓又難過的她正要離開時，羅倫斯先生突然用拐杖彎曲的那一端勾起一大條魚朝她伸去。她又驚又喜，直接抱住魚，不斷向他道謝。他要她『趕快回家去煮魚』，她就非常開心地趕忙離開了。他人真的很好吧？她那個樣子真的很好笑，緊抱住滑溜溜的大魚，然後一直祝福羅倫斯先生在天國的家會『很好』。」

聽完貝絲的故事大家也都笑完後，她們接著請母親說個故事；母親思考一會兒後嚴肅地說：「今天我坐在工作室裡裁剪藍色法蘭絨夾克時，突然很擔心妳們父親，想到他要是有個萬一，我們會有多孤單無助。這樣想當然不好，但我就一直擔心著，直到有位老先生帶著衣服訂單進來。他坐在我身旁，看起來可憐、疲憊又焦慮，所以我跟他聊起了天。

「『您有兒子在服役嗎？』因為他帶來的單子不是給我的。

「『是的，夫人。我本來有四個兒子，但兩個已戰死沙場，一個是戰囚，現在我要去見另外一個，他正因重病住在華盛頓的醫院裡，』他鎮定地說。

「『先生，您為國家貢獻了不少，』這時我對他已不是憐憫，而是尊敬。

「『根本不夠多啊，夫人。要是我還能派上用場，我願意自己去。但我已經沒用了，所以奉上我的兒子，而且無償奉上。』

「他極為爽朗地這樣說，神情也十分誠懇，似乎真的很高興能付出一切，我因而感到羞愧。我也不過是奉上一個家人就想了這麼多，他卻毫不吝嗇地奉上了四個。我還有四個女兒等在家給我安慰，他僅剩的兒子卻在遙遠的地方等著他，甚至可能是等著與他道別！想到自己這樣幸福便覺得自己擁有許多，也感到開心，於是我幫他把東西包好、給了他一點錢，然後由衷感謝他為我上了一課。」

沉默了一分鐘後，喬說：「母親，再跟我們說一個故事，像這樣寓意深遠的故事。如果不是太不真實或說教意味濃厚的故事，我聽了事後都會反省。」

馬區太太露出微笑即刻開講，因為她已對這群小小的聽眾說了許多年的故事，很清楚她們的口味。

「很久很久以前有四位女孩，她們衣食無缺、生活相當舒適愉快，還有深愛她們的好朋友與父母，但是，她們仍然不滿足。」（聽到這裡她們淘氣地偷看彼此，開始認真做著手中的女紅。）「這些女孩急於要當好孩子，許下不少雄心壯志卻沒能認真遵守，總是重複說著『要是我們能有這個就好了』或『要是我們能那麼做就好了』，卻一再忘記自己已經擁有多少，以及她們實際上可以做的事情有多少。於是當她們問老婦人什麼樣的咒語能讓她們快樂時，老婦人便說：『當妳們感到不滿足時，想想自己擁有的幸福，然後心懷感恩。』」（此時喬快速抬起頭好似要說什麼，但發現故事還沒說完又改變主意。）

「女孩們很懂事，決定試試老婦人的建議，不久後便驚訝地發現自己有多幸福。其中一位了解到，就算有錢也無法讓有錢人遠離羞辱與悲傷；另一位則發現，她雖然很窮，卻比某個充滿煩惱又虛弱而無法享受富裕生活的老太太來得幸福許多，因為她擁有青春、健康與好心情；第三位認為，雖然幫忙準備晚餐很讓人討厭，要向人乞討晚餐更難；第四位則意識到，連紅玉髓戒指的價值也比不上良好的表現。於是她們決定停止抱怨，享受已經擁有的幸福並成為值得擁有這般幸福的人，否則幸福可能不會增加反而全部消失。我想，聽從老婦人的建議，絕對不會讓她們感到失望或遺憾。」

「媽媽妳實在太狡猾了，竟然拿我們自己的故事來教訓我們，結果根本是說教而不是說故事！」瑪格大喊。

「我喜歡這種說教，跟父親以前對我們說的一樣，」貝絲若有所思地直接把針插入喬的插針包上。

「我沒有像其他人那麼常抱怨，但從現在開始我會更小心，蘇西的下場便是警鐘，」艾美的結論宛如寓言。

「我們都要記取教訓，不可以忘記。如果我們忘記了，妳只要像《湯姆叔叔的小屋》裡的克洛伊老太太那樣對我們說：『想想妳們擁有的恩惠啊，孩子！想想妳們擁有的恩惠！』」喬接著說。雖然她跟大家一樣都把教訓謹記在心，卻總是忍不住要從說教中獲得小小的生活樂趣。

第五章
敦親睦鄰

「喬，妳現在到底是要去做什麼啊？」下雪的午後，瑪格看著妹妹穿戴橡膠靴、舊長袍及帽子，一手持掃帚另一手持鐵鏟橫越走廊。

「外出運動，」惡作劇的光芒在喬的眼裡閃爍。

「我還以為今天早上出去散了兩次很久的步已經運動夠了！外面又冷又無聊，我建議妳還是跟我一樣待在火爐旁取暖保持乾燥吧，」瑪格打著哆嗦。

「絕不聽取妳的建議！我沒辦法整天不動，而且我不是貓，不喜歡在火爐旁睡覺。我喜歡冒險，所以要外出探險。」

瑪格回到火爐前繼續暖腳，閱讀《撒克遜英雄傳：艾凡赫》[7]，喬則精力充沛地動手挖出步道。積雪很淺，於是她很快便用掃帚在花園裡掃出一條步道，讓貝絲能在太陽出來及重病娃娃需要透氣時散散步。這座花園隔在馬區與羅倫斯家中間。兩家房子都位於帶有鄉間風味的城郊處，那裡有小樹林、草坪、大花園及安靜的街道。兩棟房子中間隔了一道矮叢。矮叢一邊是老舊的棕屋，少了夏天會覆蓋牆面的藤蔓與花朵，如今看來光禿襤褸。另一邊則是富麗堂皇的石砌公館，清楚地展現各種奢華享受，從偌大的馬車屋及

7 *Ivanhoe* 為蘇格蘭歷史小說家、詩人沃爾特・史考特爵士（Sir Walter Scott, 1771-1832）所寫。

悉心照料的花園、溫室，到路人可從華麗窗簾中窺及的美麗事物比比皆是。

然而，這棟豪宅卻是看來孤單且了無生氣的房子，沒有小孩在草坪上嬉鬧，沒有充滿母愛的臉龐在窗邊綻放微笑，而且除了老先生及他的孫子，根本沒有多少人進出。

在喬豐富的想像力當中，這棟華屋好似魔法宮殿，充滿沒人享受的燦爛光華。她一直都很想見識深藏其中的輝煌也想認識那個羅倫斯小子，他看起來也很希望有人認識他，只是不知該從何下手。自從上次派對過後，喬便積極設想了許多方式來認識他，但最近都沒看到人，喬甚至以為他已經出城了。直到某天她瞄到樓上窗戶裡出現一張棕色臉孔渴望地盯著她們的花園，看貝絲和艾美打雪球戰。

「那個男孩多想融入社會想要玩耍，」她對自己說。「他的祖父根本不懂怎樣才是對他好，就把他一個人關起來。他需要有很多快活的男生或是年輕有活力的人當玩伴。我打算過去跟那位老先生這麼說！」

這個念頭讓喬大感興趣，她最喜歡大膽行事，那些詭異表現總讓瑪格震驚不已。「走過去試試」的計畫在她腦中揮之不去。在這個下雪的午後，喬決心要嘗試看看。她看到羅倫斯先生駕車離開後，動身朝矮叢的方向挖出一條路，在那裡稍事休息視察周遭。四下無聲，一樓窗簾全都拉起，沒有僕人，除了樓上窗邊倚著纖手的那顆深色捲髮頭，根本不見其他人影。

「他在那裡，」喬心想，「可憐的孩子！在這個慘淡的日子裡孤單生著病。太可憐了！我來丟個雪球吸引他注意看外面，然後致上問候。」

輕柔的雪球往上拋出後，窗邊的男孩立刻轉過頭來，臉龐不再無精打采，一雙大眼亮起，嘴角浮現微笑。喬點頭示意、大笑，揮舞著掃帚大喊：「你好嗎？生病了嗎？」

小羅打開窗戶，聲音如烏鴉般嘶啞：「好多了，謝謝妳。我得了重感冒，整個禮拜都關在家。」

「真是可憐，那你有什麼娛樂？」

「沒有。這裡悶死了。」

「你不看書嗎？」

「很少，他們不讓我看書。」

「不能找人讀給你聽嗎？」

「有時候祖父會讀給我聽，但他對我的書沒興趣，我不想每次都麻煩布魯克。」

「那請人偶爾去看你啊。」

「我沒有想見的人。男生都很吵鬧，會讓我頭痛。」

「沒有什麼好女孩會願意讀書給你聽、陪伴你嗎？女孩子都很安靜而且喜歡當護士照顧人。」

「我一個也不認識。」

「你認識我們啊，」喬才開口便大笑住嘴。

「對耶！那妳願意來我們家嗎？」小羅驚呼。

「我一點也不安靜不乖巧，但母親允許的話我就過去。我會去問她。乖乖把窗戶關上等我過去。」

說完後，喬便扛著掃帚大步回家，心想大家不知會對她說什麼。想到有人要來作客讓小羅非常興奮，開始忙著打扮準備，他就像馬區太太說的是個「小紳士」，所以為了尊重訪客，他梳了那頭捲髮、換上愉快神色，還整理了儘管有五、六位僕人打理仍然亂七八糟的房間。不久後門鈴大聲響起，樓下傳來堅定的聲音指名要找「小羅先生」，一臉驚訝的僕人繼而跑上樓通報有年輕女性來訪。

「好的，帶上來吧，她是喬小姐，」小羅走到小起居室門口迎接喬，後者看起來臉色紅潤自在，一手端著有蓋的盤子，另一手拎著三隻貝絲的小貓。

「我來了，而且帶了全部家當，」她輕快地說。「母親要我代為問好，她很高興我能幫上忙。瑪格要我帶一些她做的奶凍，她做的奶凍很好吃；貝絲覺得她的小貓能為你帶來安慰。我知道你會覺得好笑，但我無法拒絕，她很想幫上忙。」

事實證明，貝絲的搞笑出借剛好派上用場，小貓讓小羅瘋狂大笑而忘了要害羞，馬上變得友善好相處。

「奶凍好漂亮，看了真捨不得吃，」小羅開心地看喬掀開蓋子，奶凍周邊圍繞一圈綠葉及艾美最愛的天竺葵紅花。

「這沒什麼啦，只是她們都想表示友善。叫那個女僕幫你收起來下午茶的時候吃。吃起來一點都不麻煩，而且很軟嫩所以吞下去不會傷喉嚨。這個房間好溫馨喔！」

「如果房間整齊是很不錯，但女僕很懶惰，我又不知道怎麼讓她們聽我的話。這還讓我滿傷腦筋的。」

「我只要兩分鐘就能搞定，因為只需要這樣——掃一下壁爐；這樣——把壁爐架上的東西扶正，然後把書放這裡、瓶子放那裡，沙發搬離開燈旁邊，再把枕頭拍鬆一點。就這樣，都好了！」

房間也真的都好了，因為喬邊笑邊說話的同時，已經把東西全部整理好，讓房間呈現出不同的感覺。小羅看著她，敬佩到說不出話來，當她示意要他坐在沙發上時，他吐出滿足的嘆息並感恩地說：「妳真是親切！沒錯，房間就是需要這樣。現在換妳坐在大椅子上，我來負責招呼妳。」

「不行，我才是來招呼你的人。要我唸書給你聽嗎？」喬深情款款地望向鄰近彷彿在召喚她的書。

「謝謝妳！但那些書我都讀過了，妳不介意的話，我情願聊天就好，」小羅說。

「完全不介意，要是讓我開口，我可以講一整天的話。貝絲說我永遠不知道何時要閉嘴。」

「貝絲是那個臉色紅潤、幾乎永遠在家，有時會拎小籃子出門的那位嗎？」小羅興致盎然。

「沒錯，那就是貝絲。她是我的寶貝妹妹，非常乖巧。」

「漂亮的那個是瑪格，然後捲髮的那個是艾美，對吧？」

「你怎麼知道的？」

小羅的臉瞬間刷紅，但仍坦白回答。「因為我常聽到妳們呼叫彼此的名字，有時我獨自在樓上，就會忍不住看著妳們家，妳們總是看起來很歡樂。這麼沒有禮貌真是不好意思，但有時候妳們會忘記放下擺了花的那扇窗的窗簾。燈亮起時，看著壁爐及妳們與母親圍繞桌前的景象就好像一幅畫。她的臉正對著我，在花瓶後方看來那樣慈愛，我實在忍不住要凝視。因為我沒有母親。」小羅藉由撥火來掩飾自己無法控制而顫抖的嘴角。

他孤獨渴望的眼神直達喬的心裡。她所接受的教育非常單純，不會動任何歪腦筋，就算已經十五歲還是單純坦白得像個孩子。小羅既悲傷又孤單，她能感覺到自己的家庭是多麼富裕幸福，因此亟欲與他分享。她的表情非常友善，平常尖銳的聲音也異常溫柔：「我們從此不會再拉上窗簾，我也允許你想看就看。不過我真希望你不只是偷看，而是直接過來找我們。母親人真的很好，她會給你許多幫助。然後只要我拜託貝絲，她就會唱歌給妳聽，艾美會跳舞。我和瑪格會用搞笑舞台道具逗得你哈哈大笑，我們會玩得很愉快。你祖父會讓你過來嗎？」

「如果你母親向他提，他應該會同意。雖然看不出來，但他其實人很好，我想做什麼幾乎都可以，只是他怕我會打擾陌生人，」小羅的臉色愈發透出光彩。

「我們不是陌生人，是鄰居，而且你永遠不用覺得自己會打擾我們。我們想認識你，而且我已經想很久了。我們搬來這邊還沒有很久，但已經認識所有的鄰居，除了你們。」

「因為祖父都與書為伍，不太在乎外面的世界。我的家教老師布魯克先生也不住這裡，所以平常沒有人陪我出去，只能待在家裡。」

「太可惜了，你應該要盡量去拜訪所有邀請你前去的地方，這樣你就會有多朋友，還有很多美好的地方可以去。不要害羞，只要你繼續堅持，很快就不會害羞了。」

小羅再次臉紅，但不是因為喬說他害羞而生氣，是因為喬是如此充滿善意，就算唐突也讓人覺得友善。

「妳喜歡妳的學校嗎？」男孩盯著火看，喬滿意地環顧四周，彼此稍微沉默了一會兒後，他換了話題。

「我沒有上學，我在工作，負責服侍姑婆，她是個可愛但愛生氣的老太太，」喬回他。

小羅張嘴想問其他問題，卻即時想起問太多人家的私事很沒禮貌，於是又尷尬地閉上嘴。

喬很欣賞他這麼有家教，她也不介意拿馬區姑婆來開玩笑，於是生動地描述了這位暴躁的老太太、她的肥貴賓狗、會講西班牙文的鸚鵡以及任她徜徉的圖書館。

小羅聽得很開心，當她說到曾有位正經的老先生來追求馬區姑婆，結果精彩告白才說到一半，那隻鸚鵡竟然扯下他的假髮讓他大大不悅，男孩往後倒一直狂笑到流眼淚，女僕還探頭進來看發生了什麼事。

「哇！聽這些故事對我的健康實在太有幫助了。再多說一點，拜託，」紅著臉歡樂到不行的他從沙發靠枕裡抬起頭來。

喬對於自己成功逗笑他相當得意，於是真的繼續「多說」，分享她們的戲劇與計畫，對父親的盼望與擔憂，還有姊妹們居住的小小世界裡所有最精彩的事件。接著他們開始討論書籍，喬發現小羅跟她一樣熱愛閱讀、讀過的書甚至比她還多，讓她很是歡喜。

「妳如果這麼喜歡看書，那就下樓來看我們的藏書。祖父不在家，所以妳不用害怕，」小羅準備起身。

「我什麼都不怕，」喬甩頭回他。

「我也相信妳不會怕！」他激賞地看著她，但內心覺得若遇到老先生情緒不佳時，她應該還是會有點害怕。

整棟房子的氛圍都好似夏天，小羅帶著喬參觀一個接著一個房間，任她隨時駐足欣賞引起她興趣的東西。最後兩人來到圖書館，她又蹦又跳開心拍手，每次格外喜悅時她都會這樣。圖書館裡排滿了書，還有畫作、雕像及喧賓奪主滿是硬幣與珍品的小櫃子，高背厚軟墊躺椅、古怪的桌子與銅器，最棒的是龐大開放式壁爐周圍還鋪滿了精巧的磁磚。

「藏書量真是太驚人了！」喬讚嘆著，深深沉入絲絨椅，極為滿足地環視周遭。「希爾多．羅倫斯，你真是全世界最幸福的孩子，」她非常感動。

「人不能單靠書籍而活，」小羅靠在對面桌子上搖頭。

他還來不及繼續說下去，門鈴便突然響起，喬焦急驚呼：「我的老天爺啊！是你爺爺！」

「是又如何？妳說過妳天不怕地不怕的，」男孩一臉淘氣回她。

「我想我還是有一點點怕他，雖然不懂為什麼要怕。明明是媽媽說我可以過來，而且你的病好像也沒有因此惡化，」喬鎮定了下來，但眼睛仍盯著門看。

「我的病因此好太多了，這都要感謝妳。我只怕妳已經跟我聊到很累了。我們聊得太開心，我都捨不得停下來，」小羅無比感恩。

「少爺，醫生來看你了，」女僕向他示意。

「妳介意我離開一下嗎？我非去見他不可吧，」小羅說。

「不用管我，我在這裡可是如魚得水，」喬回他。

小羅離開後，這位客人便自己找樂子。她站在老先生精美的肖像畫前端詳時，門再次打開，她頭也不回果斷地說：「我現在很肯定自己不會怕他了，他有著仁慈的雙眼，雖然嘴部線條冷酷看似意志力過人。他沒有我外公那麼帥，但我喜歡他。」

「謝謝您，女士，」身後傳來粗啞的聲音，她驚愕地發現，身後站的可是老羅倫斯先生。

可憐的喬回想著自己剛說的話，臉紅到無法再紅，心跳快到令人不適。有那麼一瞬間，她急著想逃走，但覺得這麼做實在很懦弱，姊妹們一定會取笑她，於是決定要留下來盡可能扭轉眼前窘境。再次注視對方後，她發現濃密眉毛下那雙生氣勃勃的眼睛比畫中的還要仁慈，甚至還閃爍著慧黠的光芒，大大降低了她的畏懼。那個愈加粗啞的聲音在可怕的沉默後突然冒出：「所以妳不怕我，是嗎？」

「不太怕，先生。」

「而且妳覺得我沒有妳外公那麼帥？」

「是沒有，先生。」

「而且我意志過人，是嗎？」

「我只是說出自己的感覺。」

「但儘管如此妳還是喜歡我？」

「是的，先生。」

老先生對這個答案很滿意。他笑了笑，與她握手，以手指抬起她的下巴及臉龐嚴肅端詳；放下後，他點點頭說：「妳沒遺傳到妳外公的五官，但絕對繼承了他的精神。親愛的孩子，他是個好人，但更重要的是，他是個非常勇敢又正直的人，我很榮幸曾與他相識。」

「謝謝您，先生，」喬毫不介意他說的話，因為她非常同意。

「那妳都對我孫子做了什麼？」下個問題非常直接。

「我只是來敦親睦鄰，先生。」喬向他提起自己來訪的原因。

「妳覺得他需要一點鼓勵，是嗎？」

「是的，先生，他看來有些孤單，年輕人的陪伴對他或許會有益。雖然我們只是女孩子，但只要能夠幫忙都會很樂意，畢竟我們都沒忘了您曾送來那麼美好的耶誕禮物，」喬興奮地說。

「嘖嘖！那是我孫子的主意。那個可憐的婦女還好嗎？」

「非常好，先生。」喬接著劈哩啪啦地訴說侯梅一家的近況，她母親找到更有錢的朋友來資助這家人。

「跟她父親一樣愛行善。我會找個時間去拜訪妳母親，請妳代為轉達。下午茶鈴響了，為了我孫子，我們都比較早喝茶。請下來繼續敦親睦鄰吧。」

「若您願意，我很樂意留下，先生。」

「不願意就不會邀請妳了。」羅倫斯先生伸出手臂讓她勾，展現非常傳統的紳士風度。

喬邊走邊想：「瑪格不知道會怎麼想？」她露出興致盎然的眼神，想像自己回家跟大家分享這段故事的過程。

「欸！這小子是中了邪嗎？」老先生看著小羅狂奔下樓，後者發現喬竟然勾著令人心生敬畏的祖父的手臂時，大吃了一驚。

「我不知道您回到家了，祖父，」他說，喬則得意地瞄了他一眼。

「看你這樣吵吵鬧鬧狂奔下樓我就知道了。來喝下午茶吧，這位先生，然後給我稍微拿出點紳士風度。」看似撫摸地輕扯了一下孫子的頭髮後，羅倫斯先生繼續往前走，小羅則在他們背後表演一連串搞笑動作，讓喬差點大笑出聲。

老先生沉默地喝了四杯茶，觀察兩個年輕人彷彿相識多年聊個不停。孫子的轉變他可是看得一清二楚。小羅的臉上如今有了色彩、光芒及生命，舉手投足間充滿活力，而且發自內心地快樂大笑。

「他說得沒錯，這孩子很孤單。我倒要看看這幾個女孩子會如何改變他，」羅倫斯先生一邊觀察、聽他們聊天，一邊思考。他喜歡喬，她那古怪坦率的個性很合他意。而且她對小羅的情況似乎很能感同身受。

羅倫斯家若像喬所謂的「正經枯燥」，那絕對不可能跟她合得來，因為這種人總讓她感到害羞彆扭。不過因為他們直率好相處，她反而自在，能給人留下好印象。他們起身時，她主動表示要走了，但小羅說還有東西要給她看，便帶她到特別為她開了燈的溫室裡。喬有置身在童話故事裡的錯覺，在溫室裡享受兩旁開滿花的牆面、溫柔的燈光、濕潤宜人的空氣、垂掛周遭的繽紛藤蔓與樹木；她的新朋友則忙於剪下最美麗的花朵，多到雙手都抱滿了。接著他把花紮成一束，用喬樂於看到的快樂表情說：「請把這些送給妳母親，告訴她，我非常喜歡她送來的藥。」

他們在偌大的會客室裡找到站在壁爐前的羅倫斯先生，但喬的注意力全放在琴蓋掀開的雄偉鋼琴上。

「你會彈鋼琴嗎？」喬以尊敬的眼神看著小羅。

「有時候，」他非常謙虛。

「拜託請你現在彈一下，我想聽聽看，然後跟貝絲分享。」

「妳要不要先彈？」

「我不會彈，太笨學不會。但我非常熱愛音樂。」

於是小羅彈琴，喬則聽著琴音，奢侈地將鼻子埋在天芥菜及香水月季裡。她對「羅倫斯小子」的尊重與敬愛大幅提升，因為他彈得一手好琴卻毫不驕傲。她很希望貝絲也能聽見他彈琴，但她沒有這麼說，只是一直讚美他直到他滿臉通紅，然後祖父前來相救。

「這樣可以了，小姐，可以了。給他吃那麼多糖不好。他的琴藝還算可以，但我希望他在其他更重要的事情上也能有這麼好的表現。要走了嗎？我真的非常感謝妳今天來訪，希望妳能夠再度來訪。請幫我向妳母親問好。晚安了，喬醫生。」

他溫柔地與她握手，但看起來似乎有點不開心。走進大廳後，喬問小羅她是不是說錯了什麼話。他搖搖頭。

「不是，是因為我。他不喜歡聽我彈鋼琴。」

「為什麼不喜歡？」

「改天我再告訴妳。約翰會陪妳走回家，因為我不能出門。」

「不需要啦。我又不是什麼小女生，而且也不過就是幾步路。但是你要好好照顧自己，好嗎？」

「我會的，但妳還會再過來吧？」

「只要你答應恢復健康後會來看我們。」

「我會的。」

「小羅，晚安！」

「晚安，喬，晚安！」

說完了整個下午的冒險故事後，全家人都很想親自去拜訪，因為每個人都覺得矮叢另一邊的大房子裡有吸引她們的事情。馬區太太想去跟未遺忘自己父親的老先生暢談父親的生前事，瑪格渴望能在那溫室裡散步，貝絲為了雄偉的鋼琴嘆息，艾美則迫切地想見識那些精美畫作與雕像。

「母親，羅倫斯先生為什麼不喜歡小羅彈鋼琴？」喬天性好奇。

「我不確定，但我想應該是因為他兒子，也就是小羅的父親，他娶了身為音樂家的義大利女子，讓驕傲的老先生很不開心。那位女子美麗大方又有成就，但他不喜歡，因此兒子結婚後他們沒再見過面。兩人在小羅還小時便過世了，之後由祖父接回家扶養。我猜出生於義大利的這個孩子天生孱弱，老先生很怕失去他，因而格外小心。小羅天性喜愛音樂，因為他跟他母親一樣，所以我猜他祖父是怕他也想成為音樂家。總之，孫子的琴藝會讓他想起自己不喜歡的那位女子，因此才像喬說的那樣『怒目而視』。」

「我的天哪，真是浪漫！」瑪格驚呼。

「真是無聊！」喬說。「他想當音樂家就讓他去啊，何必送他去唸他討厭的大學，徒增折磨。」

「也難怪他有這麼漂亮的深色大眼及良好家教，義大利人都很優秀，」瑪格比較感性。

「妳又知道他的眼睛跟家教如何了？妳幾乎沒跟他說過話耶，」喬可是一點也不感性。

「我在派對上見過他，而且從妳所說的可得知他很有教養。他感謝母親送藥給他的那段說得很好。」

「我想他指的是奶凍吧。」

「妳真是笨啊，孩子！他指的當然是妳。」

「是嗎？」喬睜大了眼睛，因為她想都沒想過。

「我還真沒見過妳這種女生！人家稱讚妳都不知道，」瑪格表現得就像是很懂這種事的淑女。

「我覺得那根本是鬼扯，請妳不要壞了我的興致就好。小羅是個好人，我喜歡他，我才不會那麼感性地想什麼讚美之類的狗屁。因為他沒有母親，我們大家都要對他很好，而且他也可以來我們家玩，對吧，媽媽？」

「沒錯，喬，非常歡迎妳朋友來家裡玩。我希望瑪格能記住，小孩子想當多久的小孩子都可以。」

「我都還沒進入青春期呢，但我可不會說自己是孩子，」艾美如此評論。「貝絲，妳說呢？」

「我正在思考我們的『天路歷程』，」貝絲她一個字也沒聽進去。「想到我們是如何脫離泥沼，下定決心要當乖孩子才能穿過小門，再努力爬上陡峭的山坡，那麼，或許隔壁那充滿美好事物的房子會是我們的美宮。」

「首先，我們必須穿越獅群，」喬似乎頗期待這個展望。

第六章
貝絲尋得美宮

事實證明那棟華廈確實是座美麗的宮殿，但花了大家好些時間才終於都進入，最難穿越獅群的是貝絲。老羅倫斯先生是最大的獅子，儘管在他來訪與每位姊妹笑談或溫柔對話過、與她們母親聊過以前的事情後，已經沒有什麼人會怕他，膽怯的貝絲還是會怕。另一隻獅子則是她們很窮而小羅很有錢的懸殊差異，這讓她們不敢接受任何會無法回饋的善意。但是過了一陣子後，她們發現小羅其實視她們為施惠者，無論他怎麼做都不足以表達自己是如何感謝馬區太太的慈愛款待、姊妹們興致勃勃的陪伴及她們樸實的家為他帶來的慰藉。因此她們很快便放下自尊心，彼此交換善意，不再在意誰付出較多。

那段時間裡發生了許多好事，讓這段新的友誼如春季的草皮蓬勃生長。大家都喜歡小羅，他私下也對家教老師說「馬區家的四姊妹真是好人」。年輕人以討喜的熱情接納這位孤獨的男孩、對他百般重視，他也覺得這些心思單純的女孩子如此純真的友誼很吸引人。不曾有過母親或姊妹的他很快便感受到她們帶來的影響，而她們認真忙碌地工作則讓他對自己懶散的生活感到羞愧。他已經厭倦了唸書，對人群更感興趣，總是蹺課跑去馬區家，布魯克先生不得不向上報告自己的不滿。

「沒關係，讓他放個假，以後再補課，」老先生說。「隔壁的好心小姐說他太用功了，需要年輕人陪伴，需要玩樂及運動。我想她說得對，我就像他的祖母對他太過保護。只要他快樂，就讓他做想做的事情吧。他在隔壁那個尼姑庵裡不會惹出什麼麻煩，而且馬區太太能為他做的事比我們還多。」

他們真的玩得很愉快。舉凡演戲及設計舞台布景、滑雪橇及溜冰樂，在老房子客廳裡度過愉悅的傍晚時光及不時在豪宅裡舉行的歡樂小派對。瑪格隨時都可以進入溫室徜徉於花叢中，喬貪得無厭地瀏覽新的圖書館、提出讓老先生震驚的評論，艾美則盡情臨摹畫作、欣賞自己喜愛的美麗物品，小羅則扮演了非常出色的「豪宅主人」。

但是就只有貝絲，雖然渴望那台雄偉的鋼琴，就是提不起勇氣進入瑪格口中的「幸福之邸」。她跟喬去過一次，但老先生事前不知道她如此膽小，他濃密眉毛下的眼睛硬是盯著她瞧，又非常大聲地「嘿！」了一聲，嚇得她「雙腳不停發抖」，她從沒跟母親提起這件事，但逃走後她便發誓再也不會靠近那棟房子，就算是為了最心愛的鋼琴也不願意。無論大家如何說服或誘拐都無法讓她戰勝恐懼，直到這件事離奇地傳入羅倫斯先生耳裡，他便開始想辦法彌補。某次短暫造訪時，他巧妙地將話題導向音樂，談起他所見識過的出色歌手、聽過的優美管風琴，還分享了精彩迷人的軼聞，讓貝絲無法繼續躲在遙遠角落而是深受吸引地悄悄接近。她停在他坐的椅子後面，站在那裡聽著，眼睛睜得好大，雙頰因為這罕見的行為而興奮泛紅。羅倫斯先生把她當成蒼蠅毫不在意，繼續說著小羅上的課及他的老師。不久後，他彷彿突然想到而對馬區太太說：「那個小子現在都不碰音樂了，我是很高興，因為他之前有點太沉迷音樂。但鋼琴還是很需要有人彈。女士，妳的女兒願不願意三不五時過來彈奏一下，妳知道的，讓鋼琴不要走音，好嗎？」

貝絲往前踏了一步，緊握雙手以免拍起手來，因為這個誘惑實在令人難以拒絕，光想到可以在那台華麗樂器上練琴就讓她難以呼吸了。馬區太太還來不及回答，羅倫斯先生便詭異地點點頭，微笑繼續說：「她們不需要跟任何人見面或說話，隨時都能過去。因為我都把自己關在房子另一端的書房裡，小羅經常不在家，僕人在九點後也都不會靠近會客廳。」

他起身，彷彿準備要離開了，貝絲下定決心要開口講話，因為最後這個條件讓她再滿意不過。「請代我將剛才的話轉告那幾位小姐，如果她們不想來，那也沒關係。」此時一隻小手伸進他的手裡，貝絲滿臉感激地抬頭看他，非常誠懇卻也十足膽怯地說：「喔，先生，她們很想去，非常想去！」

「妳就是那個愛音樂的女孩嗎？」這回他沒再以嚇人的「嘿！」開頭，非常仁慈地低頭看她。

「我是貝絲。我熱愛音樂，而且我會去練習，只要您確定沒有人會聽見我彈琴或被我打擾，」她不想顯得沒禮貌，說話同時還為自己的厚顏而發抖。

「連個影子也不會有，親愛的。房子裡大半時候都沒人，妳隨時高興都能來暢彈一番，我會非常感謝。」

「先生，您真是非常仁慈。」

他友善的表情讓貝絲臉紅得像朵玫瑰，但她已經不再害怕，反而感激地用力握了他的手，因為她不知該說什麼來感謝他送的這份珍貴禮物。老先生輕輕地撥開她額頭上的頭髮，彎下腰親吻她的額頭，以少有人聽過的語氣說：「我曾經有個小孫女，她有著跟妳一樣的眼睛。願上帝祝福妳，親愛的！日安，女士。」說完他便匆忙離去。

貝絲與母親一陣狂喜，接著，因為姊妹們都不在家，她便衝上樓去跟她的病患娃娃家人分享這美好的消息。那天晚上，她歡樂無憂地唱著歌，大家還取笑她，因為她半夜趁艾美睡著時在妹妹臉上假裝彈鋼琴吵醒她。隔天，看著老先生與孫子都出門後，貝絲躊躇了兩、三次，終於從側門溜進，如老鼠般無聲無息地順利來到夢想之物所在的會客廳。當然，就這麼剛好有些相當容易的樂譜擺在鋼琴上，貝絲伸出顫抖的手指，幾度駐足觀察、聆聽，最後終於碰到夢寐以求的樂器。那一瞬間，她忘了恐懼、忘了自己、忘了一切，只記得音樂能帶給她說不出的喜悅，好比摯友的聲音。

她一直待到漢娜來帶她回家吃晚餐，但回家後她也沒有胃口，只是坐在那裡對著所有人微笑，全然處在幸福之中。

從那天開始，幾乎每天都會見到小棕帽穿越矮叢的身影，來去不見蹤影的音樂精靈出沒在偌大的會客廳裡。她從來都不知道，其實羅倫斯先生會打開書房門聆聽他喜愛的傳統曲目。她也從來都沒看到小羅駐守大廳，警告僕人不要靠近。她甚至沒有懷疑架上那些練習曲本及新歌都是特別為她放的，當羅倫斯先生來到家裡跟她聊起音樂，她只想到他真是好人，還跟她分享那麼多對她有幫助的事。於是她真心享受著，並且發現到，難得她的所有夢想都可以成真。或許是因為她對這些祝福如此心懷感恩，所以獲得更多的祝福。無論如何兩者她都應得。

「母親，我要幫羅倫斯先生做一雙拖鞋。他對我這麼好，我一定要謝謝他，又不知道還有什麼其他方法。可以嗎？」在羅倫斯先生那次的重要來訪後過了幾週，貝絲問媽媽。

「可以啊，親愛的。他一定會非常喜歡，而且這樣感謝他很好。姊妹們會幫妳忙，材料費我來支付，」馬區太太特別喜歡滿足貝絲的要求，因為她很少開口要東西。

和瑪格與喬認真討論許多次後，她們決定了樣式、採買了材料，開始製作拖鞋。圖案非常恰當又漂亮，以深紫色襯托素雅又朝氣蓬勃的三色堇簇，貝絲日以繼夜不停忙著，偶爾碰到困難才求救。她非常善於針線活，在大家還來不及厭倦前就完成了。接著她寫了一封短箋，由小羅幫忙趁某天老先生起床前偷偷放在他的書桌上。

激動過後，貝絲開始等著會發生什麼事。一整天過去了，隔天也過了好一段時間都還沒傳來任何表示收到禮物的消息，她開始擔心自己是否冒犯了這位性情古怪的朋友。第二天下午，她外出跑腿順便帶可憐的病患娃娃喬安娜去做每日例行運動。回程才剛走上家門前那條街，就看到三，不，四顆頭來回出現在客廳窗前，一看到她出現便有好幾隻手朝她揮舞，歡樂地尖叫著：「老先生寫信來了！快來讀啊！」

「喔，貝絲，他送妳……」艾美不像樣地比手畫腳說話，但話還沒說完，喬便碰地關上窗戶逼她閉嘴。

貝絲小鹿亂撞地匆忙上前。才到門口姊妹們便抓住她，如凱旋遊行的隊伍般簇擁著她進入客廳，異口同聲指著前方：「妳看那裡！妳看！」貝絲看了，臉色立刻因過於驚喜而刷白：佇立眼前的是一小台箱型鋼琴，光亮的琴蓋上還擺著一封信，如招牌般指名給「伊莉莎白・馬區小姐」。

「給我的？」貝絲緊抓住喬喘息，彷彿隨時要暈倒，畢竟這件事實在太讓人不知所措。

「沒錯，就給妳一個人，我親愛的寶貝！他人真的很好吧？妳不覺得他是世界上最親切的老人嗎？這把鑰匙跟信放在一起。我們沒把信打開，但都等不及要聽他寫什麼了，」喬緊抱著妹妹，遞上信。

「妳讀啦！我沒辦法讀，我有種好奇妙的感覺！這實在是太美好了！」貝絲把臉埋進喬的圍裙，因為這份禮物而有些心煩意亂。

喬才攤開信紙便放聲大笑，因為映入眼簾的第一行字是：「馬區小姐：小姐，您好——」

「真是好聽的稱呼！我真希望有人也會這樣寫信給我！」艾美認為傳統的稱謂相當優雅。

「我這輩子穿過許多雙拖鞋，卻從沒有一雙如您所送的那麼合腳，」喬繼續唸。「三色堇是我最喜歡的花，而這些花將讓我永遠記住送禮的溫柔女孩。我是有恩必報的人，相信您會讓這個『老先生』送您一樣東西，那樣東西曾經屬於他失去的小孫女。由衷感謝並祝您平安，您滿心感激的朋友『詹姆士·羅倫斯』上。」

「好了，貝絲，我敢說這絕對是值得驕傲的榮耀。小羅告訴過我羅倫斯先生有多疼愛死去的那個孩子，非常小心地保存她所有的東西。妳想想，他把她的鋼琴送給妳，都是因為你有著藍色大眼又熱愛音樂，」喬努力安慰著不曾如此顫抖興奮的貝絲。

「看看這精美的燭台，收攏的綠色絲綢琴罩上繡了金色的玫塊，漂亮的譜架與琴凳，一應俱全，」瑪格接著掀開鋼琴展現其美貌。

「『詹姆士·羅倫斯上』。他竟然這樣寫信給妳，要是我跟同學說，她們一定會覺得很棒，」那紙條深深打動艾美。

「彈彈看啊，寶貝。讓我們聽聽小鋼琴的聲音，」漢娜總是分享著這一家人的喜悅與悲傷。

於是貝絲試彈了一下，大家都說那是她們聽過音色最美的鋼琴。顯然才剛調過音及整頓過的鋼琴雖然非常完美，但最迷人的還是當貝絲充滿感情地輕敲美麗的黑白琴鍵、踩著光亮的踏板時，圍繞在鋼琴四周的開心臉龐上所流露的極致幸福感。

「妳必須要去謝謝他，」喬有點半開玩笑，因為她不覺得這個孩子真的會去。

「是的，我打算要去。我想我現在去好了，以免等下想一想又害怕。」讓全家人震驚的是，貝絲還真的慎重走入花園，穿過矮叢，進入羅倫斯家的門。

「要死了，這真是我見過最詭異的事！一架鋼琴就讓她轉性！要是平常的她是絕對不可能去的，」漢娜看著她的背影呼喊，其他人則因為這個奇蹟而說不出話來。

要是她們看到貝絲後來做了什麼會更驚訝。信不信由你，她不給自己時間思考便敲了書房門，同樣的粗啞聲音喊出「進來！」時她也進去了，直接走到看來有些錯愕的羅倫斯先生面前，伸出手以僅是些微顫抖的聲音說：「先生，我是來感謝您的……。」她沒說完話，因為他看來是那樣仁慈讓她完全忘了自己要說什麼，只記得他失去了深愛的小孫女，於是伸出雙手圈住他的脖子，親了他。

就算房子屋頂突然掀開，老先生也不會那麼驚訝。但他非常喜歡，是的，出奇地喜歡！而且這個輕輕一吻讓他既感動又開心，徹底融化了他的所有防備，就這樣把她抱在腿上，長滿皺紋的臉頰就這麼靠著她的粉嫩臉頰，感覺就像是自己的孫女又回到身邊了。貝絲從那一刻起不再怕他，就這麼坐在他腿上與他愜意聊天，彷彿他們已經認識了一輩子。因為，愛能排擠恐懼，感激能戰勝驕傲。回家時，他陪著她一路走到她們家的大門前，親切握手後又碰一下自己的帽子示意再見才大步走回家，莊嚴堅毅一如他這種氣派英勇的老先生該有的態度。

女孩們看見這幕後，喬又跳了捷格舞來表達她心中的愉悅，艾美驚訝到差點掉出窗外，瑪格則是雙手向上伸驚呼：「世界末日真的要來了吧。」

第七章
艾美跨越恥辱的深谷

「那個小子真是好個獨眼怪啊，不是嗎？」某天，艾美看著騎在馬背上的小羅喀噠喀噠經過，熟練揮舞馬鞭。

「妳怎麼可以這麼說？他明明有兩隻眼睛，而且還是很漂亮的眼睛，」喬驚呼著，不准任何人批評她的朋友。

「我又沒說他眼睛不漂亮，不懂妳為什麼要這麼激動，明明就是在欣賞他騎馬的姿態。」

「喔，我的天哪！這個孩子想說的是半人馬，結果竟然變成獨眼怪，」喬瘋狂大笑。

「妳不用這麼沒禮貌，我只是**口物**啦，就像戴維斯老師說的，」艾美引用錯誤的拉丁文回敬喬。「我只是希望能擁有一點點小羅花在那匹馬身上的錢，」她是自言自語，卻又好像希望姊姊們能聽見。

「為什麼？」瑪格溫柔問道，因為喬又在取笑艾美的二次口誤。

「我非常需要錢。我負債累累，但是還要再一個月才輪到我領賣廢物賺來的錢。」

「艾美，妳負債？什麼意思？」瑪格表情嚴肅。

「我欠了至少十來個醃漬萊姆，但是沒錢就不能買，因為，妳們也知道，媽媽不准我在店裡賒帳買東西。」

「說清楚點吧！所以現在流行萊姆嗎？以前是流行把橡皮擦掐成一塊一塊來揉成球。」瑪格努力憋笑，因為艾美看起來好嚴肅，好像真是什麼重要的事。

「因為啊，女同學都會買醃萊姆，如果不想被認為很吝嗇就要買。現在動不動就會需要萊姆，同學在學校的時候都會在座位上吃萊姆，或是下課時用來交換鉛筆、串珠戒指、紙娃娃或其他東西。要是欣賞某個同學，就會分她一顆萊姆。要是在生某個人的氣，就會當著對方的面吃萊姆卻連讓對方吸一口都不肯。大家會輪流請客，我已經收過好幾顆卻一顆也沒回送過，但我應該要回送，因為這算是人情債啊。」

「要多少錢才能還清這些債，並且恢復妳的信用呢？」瑪格拿出錢包。

「二十五分錢就綽綽有餘了，剩下幾分錢還能買給妳們吃。妳們不喜歡萊姆嗎？」

「沒有很喜歡，妳可以把我的份吃掉。錢給妳，盡量省著點用，畢竟也不算很多錢。」

「喔，謝謝妳！有零用錢真好！我要來好好享受一下，我這禮拜都沒嘗過萊姆。要不要收下人家送的萊姆實在讓我為難，因為我知道還不了，不過我真的好想吃。」

隔天，艾美到學校時已經遲到，卻還是忍不住要以情有可原的虛榮心炫耀那個濕掉的牛皮紙包，然後再收到抽屜最深處。接下來幾分鐘內，艾美．馬區有二十四顆（她上學途中先吃了一顆）美味萊姆，而且要請大家吃的謠言已傳遍她「那群」朋友，她也變得異常受朋友歡迎。凱蒂．布朗立即邀請她參加下次派對。瑪莉．金斯利堅持要把自己的手表借她戴到下課，愛挖苦人的珍妮．史諾曾經粗鄙地嘲笑艾美沒有萊姆，此刻卻立即盡釋前嫌並表示願意提供幾題難到嚇死人的數學題目答案。但艾美並沒有忘記史諾小姐曾經如何刻薄地說「有些人鼻子很扁但還是聞得到別人的萊姆，有些人驕傲得很但還是有臉開口要來吃」，因而立即以暗示摧毀「那個史諾女孩」的希望：「不用突然那麼有禮貌，我是不會給妳的。」

那天早上恰好有個知名人士來訪學校，艾美畫工精美的地圖頗受好評，如此榮譽讓敵人史諾小姐心生怨恨，馬區小姐則擺出小孔雀刻意炫耀的姿態。不過，可惜啊！驕兵必敗，滿心想報仇的史諾徹底反將她一軍。貴賓致上陳腔濫調的恭維後鞠躬離席，珍妮便以假裝提出重要問題為掩護，告知戴維斯老師艾美．馬區的抽屜裡有醃漬萊姆。

戴維斯老師早已宣布萊姆是違禁品，並嚴正發誓要公開懲罰第一個被發現違規的人。這位堅持不撓的老師在猛烈的漫長戰爭後成功禁止學生嚼食口香糖，將沒收的小說與報紙成堆燒毀，查禁私人郵局，禁止做鬼臉、亂取綽號及畫諷刺漫畫，另外還有許多措施，讓他能以一己之力制服五十來個難以管教的女學生。男孩子就已經夠考驗人的耐性，天知道女孩子更是如此，特別是對強橫獨裁且比狄更斯筆下的布林伯博士還要不會教書的神經質男性來說。戴維斯老師通曉希臘文、拉丁文、代數及各種學問，因此他是人們眼中的好老師，至於禮貌、道德、情感及榜樣等特質則不太重要。珍妮非常清楚，選這個時候揭發對艾美來說最為不幸。戴維斯老師早上顯然喝了過濃的咖啡，當天吹得又是會導致他神經痛的東風，學生對他的推崇也不到他認為自己應享有的程度。因此，套句某位女同學簡單明瞭但不怎麼優雅的譬喻來形容：「他跟巫婆一樣神經質，跟熊一樣愛生氣。」「萊姆」二字一出好比火上加油，他泛黃的臉立刻通紅，非常用力拍桌，嚇得珍妮異常快速地跳回位子上。

「女同學們，請注意！」

嚴厲命令一下，吵雜聲瞬間平息，五十雙有藍、有黑、有灰也有棕的眼睛，順從地盯著他嚴肅的表情。

「馬區小姐，到前面老師的桌子來。」

艾美外表鎮定地起身從命，但內在的恐懼讓她感到沉重，她因為良心的譴責正想著那些萊姆。

「把妳抽屜裡的萊姆一起帶過來，」意外的指令讓還沒離開座位的她停下動作。

「不要全拿去。」隔壁思緒清晰的同學低聲說。

艾美倉促地抖出六顆左右的萊姆，把剩下的擺在戴維斯老師面前，心想只要是人，聞到那樣的美味應該都會大發慈悲。不幸的是，戴維斯老師特別討厭這款流行漬物的刺鼻味，厭惡讓他更加憤怒。

「只有這些嗎？」

「不……不是，」艾美結巴了。

「馬上把剩下的拿來。」

她絕望地看了朋友們一眼，聽命行事。

「妳確定都沒有了？」

「我從不說謊的，先生。」

「我知道。現在把這些噁心的東西，兩個兩個丟出窗外。」

最後一絲希望破滅，期待已久的點心就這麼遭到掠奪後，眾人齊聲發出一陣嘆息。漲紅臉又羞又怒的艾美來來回回難受地走了六趟，每一回她極度不願地從手中拋出兩顆飽滿多汁的萊姆時，街上傳來的歡呼便讓女同學們更加苦悶，那表示自己原本期待的盛宴反而為愛爾蘭籍小孩帶來歡樂，後者可是她們不共戴天的敵人。這一切都讓人難以忍受。憤慨或乞求的眼神全飄向鐵面無私的戴維斯，還有位極度熱愛萊姆的同學痛哭失聲。

艾美扔完最後一趟回來後，戴維斯老師嚴肅地「哼！」了一聲清喉嚨，極具效果地說：「各位同學，妳們還記得我一個星期前說過的話吧。發生這件事我很遺憾，但我訂下的規矩不容逾越，我也從不食言。馬區小姐，手伸出來。」

艾美嚇了一跳，雙手藏在身後，說不出話來的她改以更有效果的祈求眼神看著他。她是「老戴」（大家都這麼叫他）的愛徒，而我個人相信，若非一位憤憤不平的女同學忍不住發出噓聲，他很可能會食言。儘管那噓聲非常微弱，仍惹惱了易怒的老師，也注定了罪魁禍首的命運。

「馬區小姐，手伸出來！」是她沉默哀求所得到的唯一回應，因為驕傲而不願意哭或哀求的艾美咬緊牙關，挑釁地抬頭挺胸，小小手掌毫不閃避地挨了幾下打。次數不多力道也不大，但對她來說沒有差別。這是她生平頭一次挨打，在她眼裡，她所承受的恥辱深刻到宛如直接將她擊倒。

「妳現在要在台上罰站到下課，」戴維斯老師決定既然都開了頭，就要徹底落實懲罰。

實在太糟糕了。光是讓她回到座位、看著朋友同情的表情或少數敵人心滿意足的模樣就已經夠慘了，要帶著剛加諸的屈辱面對所有人根本就無法想像；有那麼一瞬間，她以為自己會就這麼昏倒在地，哭到心碎。飽受委屈的悲傷及想到珍妮．史諾讓她撐了下去，在那可恥的位置上站定後，將目光鎖定於如今看來彷彿位於人海上方的火爐煙囪，蒼白靜立。看著眼前的可憐人，同學很難專心念書。

之後十五分鐘裡，那個敏感驕傲的小女孩經歷了永遠無法忘懷的屈辱與痛苦。對別人來說可能就只是荒謬或沒什麼大不了的事，對她來說卻是痛苦的經驗，因為過去十二年來她都在愛中成長，不曾挨打。「我回家還得告訴大家這件事，她們一定會對我很失望！」想到這裡就難受的她忘了手痛及心痛。

十五分鐘感覺起來就像是一個小時，但最後還是結束了，「下課！」成了她最期盼的兩個字。

「馬區小姐，妳可以走了，」戴維斯老師無論看起來或感覺起來都很尷尬。

艾美以讓他難忘的責備眼神看了他一眼，不發一語步入前廳，匆匆收拾東西後激動地對自己宣告「永遠」不再回來。回到家時她非常悲傷，等姊姊稍後也都到家後，家中立即展開一場眾人義憤填膺的會議。馬區太太話不多但看來不安，盡可能溫柔地安慰她難過的小女兒。瑪格以甘油及眼淚浸泡遭受凌辱的手，貝絲覺得就連自己最愛的小貓也無法撫慰艾美的悲傷，喬憤怒提議該要立即逮捕戴維斯老師，漢娜則對著「壞人」揮舞拳頭，用力搗爛晚餐要吃的馬鈴薯彷彿杵下搗的正是那個人。

除了艾美的好朋友，沒人特別在意她的離去，但眼尖的少女們發現戴維斯老師整個下午都相當親切且異常緊張。喬在放學前出現，表情嚴肅地來到教師書桌前遞上母親寫的信，收拾好艾美的私人物品，離開時在門前腳踏墊上小心地刮除靴底汙垢，彷彿不想讓學校的灰塵沾在她腳上。

「好，妳可以暫時不去上學，但我要妳每天跟著貝絲一起念書，」當天晚上馬區太太說。「我不贊成體罰，特別是對女孩子。我不喜歡戴維斯老師教書的方式，也不覺得跟妳往來的那些女孩對妳有任何好處，所以我會先問過妳們父親的意見再決定要改送妳去哪裡念書。」

「太好了！我真希望同學都離開，讓他那所爛學校撐不下去。光想到那些好吃的萊姆我就好生氣，」艾美聽起來就像個犧牲的烈士。

「我不覺得妳失去萊姆有什麼好難過，妳違規了，不聽話就是該接受懲罰，」母親嚴厲的回應讓她非常失望，她以為大家都會很同情她。

「妳的意思是，妳很高興我在全校面前丟臉嗎？」艾美大喊。

「我不會選擇用那種方式來懲罰錯誤，」母親說，「但我覺得比起其他莽撞的方式，那樣對妳或許會更有好處。親愛的，妳越來越自大，是時候該矯正妳的態度了。妳擁有諸多天分與美德，但真的不需要太過炫耀，再厲害的天才也會因為自大而壞事。真正的天分或美德都不怕遭人長久忽視，就算真的遭到忽視，只要知道自己擁有並懂得善用如此特質便該讓人滿足，謙遜便是最迷人的能力。」

「正是如此！」躲在角落與喬下西洋棋的小羅大喊。「我以前認識一個女孩，她擁有極為出色的音樂天分卻完全不自覺，她從不知道自己獨處時創作出來的音樂有多美，就算有人告訴她，她也不會相信。」

「真希望我認識那個好女孩。或許她能幫助我，我實在很笨，」貝絲站在他身邊認真地聽。

「妳認識她啊，而且她對妳的幫助多過任何人，」小羅歡樂的深色大眼裡閃耀無比的淘氣光芒，看著她，貝絲的臉突然刷紅，把臉埋在面前柔軟的椅墊裡，難以相信自己突然明白的答案。

喬讓小羅贏一局，因為他讚美了貝絲，而後者受到稱讚後無論如何誘惑也不願再為大家彈奏。於是小羅盡可能地開心唱歌，甚少對馬區一家展現自己情緒化一面的他表現格外活潑。他離開後，整個晚上都陷入沉思的艾美彷彿有了什麼新的想法，突然說：「小羅是才華洋溢的人嗎？」

「是的，他受過非常良好的教育又有才華。只要不被寵壞，他將來會成為很出色的人，」母親說。

「而且他也不自大，對吧？」艾美問。

「一點也不。所以他才這麼吸引人，大家都很喜歡他。」

「我懂了。才華洋溢又優雅是很好，但是不能愛炫耀或驕傲，」艾美若有所思地說。

「適當呈現的話，從一個人的態度與談吐便可看出並感受到，沒有必要大肆炫耀，」馬區太太說。

「就像沒有必要一次把所有的綁帶無邊圓帽、洋裝及緞帶全穿戴上，就只為了讓人家知道妳有這些東西一樣，」喬接著說，以大笑結束這次訓話。

第八章
喬對抗魔鬼亞坡倫

「姊姊，妳們要去哪裡？」某個週日下午，艾美走進房間發現瑪格和喬偷偷摸摸穿戴整齊準備出門，讓她頗感好奇。

「妳不要管。小女孩不要一直問，」喬嚴厲地回她。

小時候，最讓我們傷心的便是人家這樣說，更讓人難過的則是要我們「乖乖喔，閃遠一點」。這番侮辱讓艾美非常生氣，決定就算要求上一個小時也要知道是什麼祕密。她改對向來無法堅持拒絕她的瑪格連哄帶騙：「拜託告訴我啦！妳應該會願意讓我跟吧，貝絲整天都黏著她的鋼琴，我根本沒有事情好做，真是孤單。」

「親愛的，不行啊，因為妳沒有受到邀請，」瑪格正要開口解釋，喬便不耐煩地打斷她：「好了，瑪格，妳要是說出來就都毀了。艾美，妳就是不能去，不要跟小孩一樣在那邊抱怨。」

「妳們要跟小羅出去，我知道。你們昨天晚上在沙發上窸窸窣窣還有大笑，但我出現就閉嘴了。妳們是不是要跟他出去？」

「是這樣沒錯。好了，安靜不要吵。」

艾美住嘴改用眼睛觀察，看見瑪格將扇子放進口袋。

「我知道了！我知道了！妳們要去戲院看《七城堡》，」她大喊，繼而堅定地說：「然後我也要去，母親說過我可以去看，我也有自己的零用錢，妳們不先跟我說真是太過分了。」

「妳乖乖聽我說，」瑪格安撫她。「母親不希望妳這星期去，因為妳的眼睛還沒好，無法承受這齣奇幻劇的燈光。妳可以下週跟貝絲與漢娜一起去，會看得更開心。」

「我比較喜歡跟妳和小羅一起去。拜託讓我跟。我已經感冒好久了，都關在家裡，真的好想出去玩。拜託啦，瑪格！我一定會很聽話，」艾美盡可能地擺出小可憐樣哀求她。

「帶她一起去好了。如果讓她穿暖一點，母親應該不會介意，」瑪格心軟。

「如果她去我就不去，我不去小羅一定會很不高興；而且他只有邀請我們兩個，就這樣帶艾美一起去很沒禮貌。我想她應該不會想出現在沒人要她去的地方吧，」喬很生氣，因為她討厭在想玩得盡興時還得照顧麻煩的小鬼。

她的語氣及態度讓艾美很生氣，後者邊穿靴子邊以最惱人的方式說：「我要去。瑪格說我可以去，而且如果我自己付錢，就跟小羅沒關係。」

「我們的座位已經事先訂好了，所以妳沒辦法跟我們坐在一起，但妳又不能單獨坐，小羅可能就得把他的位置讓給妳，搞得大家都很掃興。再不然就是他會再幫妳安排位置，可是人家又沒邀請妳，這樣很不好。所以妳哪裡都別想去，就給我待在這裡，」喬責罵著，匆忙之間又刺傷手指，因此更加憤怒。

瑪格正試著要跟套上一只靴子坐在地板上嚎啕大哭的艾美講道理時，小羅剛好在樓下呼喚她們，於是姊姊只能匆忙下樓，留下哭號的妹妹。這個妹妹不時會忘記要當個小大人，表現得像是被寵壞的小孩。一行人正要出發時，艾美靠著欄杆威脅大喊：「喬．馬區，妳一定會後悔這麼做的，走著瞧吧！」

「聽妳鬼扯！」喬砰地關上門。

他們看得很開心，《鑽石湖之七城堡》果真一如他們所希望的那樣精彩美妙。但儘管紅惡魔很有喜感、精靈光芒耀眼、王子與公主也俊美無比，歡樂之中，喬仍感覺到那麼一點難受。精靈皇后的黃色捲髮讓她想起艾美，換幕之間她一直在想，妹妹會做什麼來讓她「後悔這麼做」。她和艾美這輩子有過不少激烈衝突，畢竟兩人脾氣都急躁，只要稍微被刺激便會暴怒。艾美會取笑喬，喬則會激怒艾美，偶爾就會爆發衝突，但兩人事後都會為此感到羞愧。喬雖然是姊姊卻最缺乏自制力，難以控制經常讓她惹上麻煩的火爆脾氣。她的怒火來得快也去得快，事後也總會坦白認錯誠心懺悔，更加努力克制脾氣。姊妹們常說，她們很喜歡激怒喬，因為事後的她總溫柔得像個天使。可憐的喬拚命想更乖巧，但內心的敵人卻能隨時點燃戰火打敗她，經過多年的耐心努力後這個敵人才被馴服。

回到家後，她們看見艾美在起居室裡閱讀。進門時，艾美仍舊很受傷，眼睛沒離開書本也沒問任何問題。原本艾美的好奇心應該會戰勝內心的埋怨，但貝絲剛好也在場，她便從貝絲的問題中得到該劇的精彩描述。喬上樓把她最漂亮的帽子收好時優先檢查衣櫃，因為上回跟艾美吵架後，艾美扳回一城的方法是把喬最上層的抽屜抽出翻倒在地板上。但這次東西都在原位，她再迅速瞄一眼所有櫃子、包包與箱子，全無異樣，心想艾美應該已經原諒並遺忘了。

喬錯了，因為隔天便發現讓她暴怒的事。近傍晚時，瑪格、貝絲和艾美都坐在一起，喬突然衝進房間氣喘吁吁且激動地問：「有人拿了我的書嗎？」

瑪格和貝絲立即回答「沒有」，一臉驚訝。艾美默不作聲地撥著火，喬注意到她臉色泛紅，馬上對她開刀。

「艾美，妳拿走了！」

「我沒有。」

「那妳一定知道在哪裡！」

「我不知道。」

「妳說謊！」喬抓住她的肩膀，凶狠的表情足以嚇倒比艾美還要勇敢的小孩。

「我才沒有說謊。我沒有拿書，不知道書在哪裡，而且我才不在乎。」

「妳一定知道什麼，最好馬上告訴我，不然我會逼你說出來。」喬稍微搖晃她。

「妳要罵就罵，反正妳再也看不到那本無聊的書了，」艾美大喊，對於局勢逆轉很是興奮。

「為什麼看不到？」

「因為我燒掉了。」

「妳說什麼！我那麼喜歡而且再三琢磨，打算在父親歸來前寫完的書？妳真的燒掉了？」喬臉色刷白，雙眼燃起怒火，焦急地緊抓住艾美。

「對，我燒掉了！昨天我就跟妳說，我會讓妳因為對我那麼凶而後悔，我就要讓妳後悔……」

艾美話沒能說完，因為喬的熊熊怒火吞噬了她，喬用力搖晃艾美的身體直到她的牙齒不斷顫抖，喬哀傷又憤怒地哭喊：

「妳這個惡毒的女孩！我再也寫不出同樣的東西來了，我這輩子絕對不會原諒妳。」

瑪格衝上前拯救艾美，貝絲急忙安撫喬，但喬已經無法控制自己，賞了妹妹耳光後離開房間奔向閣樓的老沙發，在那裡獨自結束這場紛爭。

樓下的風暴在馬區太太回家後平息，她聽完前因後果便很快讓艾美明白，自己對姊姊犯下了何等錯誤。喬的那本書是她的驕傲，全家人也視它為她輝煌文學生涯的起點。其實書裡不過就是五、六則童話故事，但喬非常認真全心投入，希望能寫出可出版的好作品。她不久前才用心地謄寫完那些故事，把舊手稿毀掉，因此艾美的那一場火吞噬了她多年的心血。對其他人來說不算什麼損失，對喬而言卻是極為重大的災難，可說是無法彌補的過錯。貝絲難過的程度可媲美失去小貓，連瑪格也不願為她最疼愛的妹妹艾美說話。馬區太太的表情既嚴肅又悲傷，讓艾美覺得，除非這個如今讓她比誰都還懊悔的過錯能獲得原諒，不會再有人愛她了。

喬在晚茶鈴響出現時，臉上表情可怕到讓人不敢接近，艾美鼓足了勇氣才敢溫馴地開口：「請原諒我，喬，我真的非常對不起妳。」

「我這輩子都不會原諒妳，」喬的回答非常冷酷，並從那刻開始徹底不理她。

沒人再提起這件慘劇，就連馬區太太也不提，大家早就學會，喬生氣的時候跟她說什麼都沒用，最好的辦法就是等發生某件事或等喬出於寬容的天性，軟化她的怨恨並癒合傷痛。這個夜晚並不快樂，雖然大家照常做女紅，母親也依舊大聲朗讀布雷莫、史考特或艾吉沃斯的作品，但還是感覺缺少了什麼，家中甜蜜的平靜氣氛不再。這種感覺到了歌唱時間更為強烈，因為貝絲只能彈琴，喬呆立如石柱，艾美陷入崩潰，只剩瑪格和母親兩人唱歌。儘管她們奮力歡唱，兩人美妙的歌聲卻沒能如往常和諧，曲根本不成調。

母親親吻喬與她道晚安時，低聲說：「親愛的，不要含怒到日落。原諒彼此，相互協助，明天又是新的開始。」

喬很想把頭靠在母親胸前哭盡所有哀傷與憤怒，但眼淚是缺乏男子氣概的脆弱象徵，她又傷得太深暫時無法原諒艾美。因此她用力眨眼，搖搖頭，粗啞地說給旁邊的艾美聽：「這麼做真是可惡至極，她不值得我原諒。」

說完後喬直接上床去，當天晚上也沒有任何歡樂或私密的閒聊。

艾美對於自己試圖和好卻遭拒絕感到相當生氣，反而希望自己當初沒有低頭就不會感覺更受傷，於是以更令人生氣的方式誇耀安慰自己品德出眾。喬看起來仍像雷電交加的烏雲，整天都不順。早上非常寒冷，寶貴的捲餅卻掉進水溝，馬區姑婆焦躁不已，瑪格非常敏感，回到家後貝絲又一臉悲切與傷感，艾美則一直批評有些人總是說要當個好人，但是別人樹立良好典範後卻連試也不試。

「大家都好討厭，我找小羅去溜冰好了。他總是善良又歡樂，一定能讓我打起精神，」喬對自己說完後就走了。

艾美聽到冰鞋的相互撞擊聲，望向窗外不耐地驚呼。

「妳看！她答應過下次會帶我去，因為這是今年最後一次結冰。可是現在也沒辦法要這個火爆的人帶我去。」

「不要這樣說。妳真的很不乖，她才沒辦法原諒妳害她失去寶貴的寫作本。或許她現在會原諒妳了，我想如果妳選對時間試著再次道歉，應該會成功，」瑪格說。「跟在他們後面，但是等到喬跟小羅在一起心情好了再開口，然後找個安靜的時刻親她一下，或是隨便做點好事，我相信她又會真心跟妳和好的。」

「我試試看，」艾美覺得這個意見很合她意，手忙腳亂地準備好後，匆忙追在那兩位消失於丘陵間的朋友身後。

走到河邊的距離並不遠，但兩人早在艾美追上前便著裝完畢。喬看到她出現，轉身背對。小羅沒看見，因為他正小心翼翼沿著岸邊溜冰，鞋尖輕觸冰面聽聲音，因為在嚴冬寒流來襲前曾有一陣子的氣溫比較高。

「我先溜到轉彎處看安不安全，我們再開始比賽，」艾美聽到他溜走前這麼說，他穿著毛邊大衣、戴著帽子，像個俄羅斯小子。

喬聽見艾美在身後因奔跑追趕而喘息，還有急著穿上冰鞋一邊跺著腳、朝手呼氣取暖的聲音，但她沒有回頭，只是繼續緩緩沿著河岸溜冰彎曲前進，多少刻薄地因妹妹受苦而感到稱心，雖然其實不甚如意。她一直在內心醞釀著憤怒直到怒意占據了她；沒能立即驅散的邪惡念頭與感覺都會如此蔓生。

小羅轉過彎時朝身後大喊：「貼著岸邊溜，中間不安全。」喬聽見了，但艾美正忙著要站穩，根本沒聽見。喬回頭望了一眼，內心豢養的小惡魔在耳邊說：「管她有沒有聽見，讓她自己照顧自己。」

小羅已經轉過彎消失無蹤，喬正要轉彎，艾美則仍遠遠落後，朝河中央更平緩的冰面滑去。在那一瞬間，停下腳步的喬內心升起一股異樣的感受，本來打算要繼續往前溜，卻突然停止，轉過身，剛好看見艾美雙手前伸往前跌，遇上融冰落水後激起大片水花，伴隨而來的尖叫聲嚇得喬心跳快要停止。喬想要向小羅呼救，卻叫不出聲。她試圖要往前衝，雙腳卻好似失去所有力氣，頓時只能靜止不動，一臉驚恐地盯著漂浮在深色水面上的藍色帽子。有什麼迅速與她擦身而過，接著傳來小羅的呼喊：「找根横木來，快點，快啊！」

她不知道自己是怎麼辦到的，但接下來幾分鐘內，她就好似遭到附身的人，無意識地遵從小羅的指示動作，後者則相當沉著地平趴在冰面上，伸長了曲棍球棒撐住艾美，直到喬拆下柵欄的横木拿來，然後兩人合力將受驚多過受傷的艾美救起。

「好了，再來我們必須盡快帶她回家。把我們的衣服都裹在她身上，我來把這雙該死的溜冰鞋脫下，」小羅大喊著將自己的外套披在艾美身上，拉扯從沒那麼複雜難解的鞋帶。

他們協力將全身濕答答、不住哭泣顫抖的艾美帶回家，經過一番騷動後她捲著被子在溫暖爐火前睡著了。混亂的過程中，喬幾乎不發一語、心不在焉，且神色蒼白狂亂，身上的衣物凌亂不堪，裙子破損，雙手則因為冰、横木及難解的釦環而傷痕累累布滿瘀青。艾美酣酣睡去，家中恢復寧靜後，坐在床邊的馬區太太將喬喚來身邊，為她包紮受傷的手。

「妳確定她沒事了嗎？」喬輕聲說，懊悔地看著那頭差點徹底消失在危險融冰下的金髮。

「完全沒事，親愛的。她沒有受傷，而且應該也不會感冒，你們很聰明，把她包得密不透風又立刻帶回家來，」母親語氣輕快。

「都是小羅的功勞，我根本沒看好她。母親，如果她死了，都是我的錯。」喬跪坐在床邊流下懊悔的眼淚，娓娓道出過程，痛苦地責怪自己是如何狠心，也在眼淚中感謝自己躲過最嚴厲的懲罰。

「都是我那該死的脾氣！我試著要改，結果我以為改好了卻又更加猛烈地爆發。母親，我該怎麼辦？我該怎麼辦？」喬絕望哭喊。

「親愛的，觀察並禱告，永遠不要放棄嘗試，也永遠不要覺得自己無法戰勝缺點，」馬區太太讓一頭亂髮的喬靠到自己肩上，溫柔無比地親吻喬沾滿淚水的臉頰，讓她更加放聲痛哭。

「妳不懂，妳不知道情況有多嚴重！情緒來的時候我好像什麼事都做得出來，我會變得很凶殘，傷了人還樂在其中。我好怕有一天真的會做出什麼可怕的事，毀了自己的人生也讓所有人都討厭我。母親，請妳幫幫我！」

「我會的，孩子，我會的。不要哭得這麼傷心，記住這一天，發自內心決定再也不要重蹈覆轍。親愛的喬，我們都會受到不同的事物所惑，有些甚至比妳的嚴重，需要花上一輩子才能克服。妳覺得自己的壞脾氣無人能敵，但我以前就跟妳一樣。」

「母親，妳嗎？可是妳從不生氣啊！」喬頓時驚訝到忘了懊悔。

「我努力改了四十年，到現在也只算成功控制而已。我這輩子幾乎每天都在生氣，可是我已經學會不要讓人看出來，並希望能學會不感到生氣，雖然那可能又要花去我四十多年的時間。」

那張喬最愛的臉龐透露出的耐性與謙卑，比什麼教訓或斥責都還要深刻犀利。從母親身上獲得的同情與信心讓她立即感到安慰。知道母親也有跟她一樣的缺點、也試著改過，讓她更能接受自己的缺點，也加深她改過的決心，不過對十五歲的女孩來說，四十年的觀察禱告感覺相當漫長。

「母親，有時候馬區姑婆罵人或其他人讓妳擔心時，妳會緊抿嘴唇離開房間，那就是妳在生氣嗎？」喬覺得與母親更加親近了。

「是啊，我學會克制自己不說那些不加思索便衝到嘴邊的話，如果覺得控制不住即將脫口而出，我就會暫時離開，讓軟弱邪惡的自己能夠平復點，」馬區太太微笑回答並嘆氣，將喬的一頭亂髮梳順紮起。

「妳是如何保持平靜的？我真的很困擾，因為尖銳的字眼總在我還沒想清楚前就脫口而出，而且我總越說越過分，到最後甚至會因為傷害人及說那些可惡的話而樂在其中。我親愛的媽媽，拜託告訴我妳怎麼辦到的。」

「以前我的母親會幫我……」

「就像妳幫我們一樣……」喬感激地親了母親一下。

「但我在比妳年紀大一點點的時候就失去了她，因為我太驕傲不願意對其他人坦承自己的弱點，好多年來都只能靠自己努力。喬，我過得非常辛苦，還因為失敗流了許多悲傷的眼淚，我是那麼努力卻仍徒勞無功。後來妳父親出現了，我感到非常幸福，控制脾氣就變得容易。可是慢慢地，我身邊有了四個小女兒，我們又那麼窮，老毛病又發作了，我天生缺乏耐性，看到孩子缺什麼都讓我很痛苦。」

「可憐的母親！那是誰幫妳克服的？」

「喬，是妳父親。他不曾失去耐性、不曾懷疑或抱怨，永遠抱持希望歡樂地工作與等待，讓人羞於在他面前發脾氣。他幫助我、安慰我，讓我明白必須以身作則展現出希望女兒們擁有的美德，因為我是妳們的榜樣。為妳們努力比為自己努力來得容易。每當我言詞尖銳時，妳們露出的驚嚇或訝異表情就是比任何話語都還要有用的斥責；而孩子們對我的愛、尊敬與信心，則是我成為大家的榜樣所能獲得最甜蜜的獎賞。」

「喔，母親，我將來要是能有妳一半好就滿足了，」喬非常感動。

「我希望妳會比我更好，親愛的，但妳必須繼續注意妳父親所謂『內心的敵人』，否則就算不會毀了妳的人生，也會帶來悲傷。妳已經受到警告了，要謹記，並全心全意努力控制暴躁的脾氣，才不會為你帶來比今天更甚的悲傷與悔恨。」

「我會努力，母親，我真的會。但妳一定要幫助我、提醒我，避免我脫軌。以前有時會看到父親手指置於嘴唇前，以溫柔但嚴肅的表情看著妳，妳就會立刻緊閉嘴巴離開。那是他在提醒妳嗎？」喬輕聲問。

「是的，我要他以這種方式幫我，他也不曾忘記要藉由這個小動作及溫柔的表情阻止我說出許多尖刻的話。」

喬看到母親說話時眼眶泛淚、嘴角顫抖，怕自己說了太多於是焦急地低聲說：「我不該觀察你們也不該提起這件事嗎？我不是故意無禮，只是想到什麼就跟妳說，這樣讓我很自在，而且我在這裡覺得很安心又快樂。」

「親愛的喬，妳想對妳母親我說什麼都可以，我最大的快樂與驕傲來自於女兒都能對我吐露心事，並知道我有多愛妳們。」

「我以為我讓妳難過了。」

「親愛的，不是這樣，只是聊到妳父親讓我想起自己有多思念他、有多感激他，因此更要忠實地看顧並努力為他保護女兒們。」

「但妳還是要他上戰場，母親，他離開時妳沒有哭，到現在也都不會抱怨，好像不需要任何幫助，」喬很不解。

「我將自己最好的獻給我愛的國家，將淚水留在他離開後才釋放。我們都只是盡自己的本分，相信最終一定會因此而更快樂，所以為什麼要抱怨呢？我看起來不需要幫助，是因為我有個比妳父親更好的朋友，能安慰我、扶持我。我親愛的孩子，生命中有許多困難與誘惑才正要浮現，但只要妳學會感受天父的力量與溫柔，一如妳對塵世父親的信任，便能戰勝並超越一切。妳越是愛天父、信任天父，越會感覺與祂更親近，也就越不需要依賴凡人的力量與智慧。祂對妳的愛與關懷永遠不會倦怠或改變，沒人能剝奪，甚至還能為妳帶來一輩子的平靜、幸福與力量。全心相信，所有煩惱、希望、罪惡與悲傷都倚靠神，就像妳對自己母親自在坦承一樣。」

喬以抱住母親作為答覆，沉默中，她首次如此誠心禱告，讓內心沉靜。在那悲傷又幸福的時刻裡，她不僅了解懊悔與絕望有多苦澀，也了解克制自己與自我控制有多甜美，在母親牽手帶領下，她更加靠近了那位「朋友」，後者永遠以比父親還要強烈及比母親還要溫柔的愛迎接每個孩子。

艾美在睡夢中嘆氣挪動，喬抬起頭，彷彿急於立刻開始彌補自己的過錯，臉上出現不曾有過的表情。

「我竟然含怒到日落。我先前不願意原諒艾美，今天要不是有小羅，搞不好就太遲了！我怎麼能這麼壞心？」喬半自言自語地俯瞰妹妹，溫柔撫摸散在枕頭上的濕髮。

艾美彷彿聽見她說的話，張開眼，伸出雙手，露出感動喬的笑容。兩人都沒說話，但隔著被子緊緊抱住彼此，誠心地親吻對方，完全釋懷也忘了先前的衝突。

第九章 瑪格來到浮華世界

「我覺得我真是幸運，那些孩子此刻正好得痲疹，」某個四月天裡，瑪格站著整理「出遠門」的行李箱，妹妹們都陪在她身旁。

「安妮・莫法特人也真好，沒忘記她答應過的事。能好好玩上十四天一定很過癮，」喬伸長手折裙子的模樣，看起來就像一台風車。

「而且天氣很好，這樣真好，」接話的貝絲正在整理自己的寶貝盒裡繫領口及綁頭髮的絲帶，特別為這次的重要活動出借給姊姊。

「真希望是我要穿戴這些漂亮東西去玩，」艾美嘴裡含著許多根針，巧妙地把針全都插進姊姊的插針包中。

「我希望妳們都能一起來，但既然不行，我回來後會把所有的故事跟妳們分享。妳們都這麼大方借我東西、幫我一起準備，我至少也該這麼做，」瑪格環顧房間，望向那套再樸素不過、對她們來說卻近乎完美的服裝。

「母親從百寶箱裡拿出什麼給妳？」問話的艾美沒能在場親眼目睹馬區太太打開那個稱為百寶箱的杉木箱，裡面裝有過去生活富裕時留下的少數紀念品，等待適當時機要送給女兒們。

「一雙絲質長襪、那只雕刻精美的扇子，還有美麗的藍色腰帶。我本來想穿那件紫色絲綢洋裝但沒時間修改，也只好將就穿我的舊棉布洋裝了。」

「那跟我新的薄棉襯裙很搭，再繫上藍色腰帶就會很美。真希望我沒摔壞我的珊瑚手環，不然就能借妳了，」喬熱中與人分享或贈與，但她的東西往往保存狀態都不好無法派上用場。

「百寶箱裡有一套漂亮的古典珍珠飾品，但母親說鮮花配年輕女孩才是最美麗的裝飾，小羅也答應我不管需要多少鮮花都會派人送給我，」瑪格說。「我來看看，我有新的灰色外出服，貝絲幫我把帽子上的羽毛捲了一下，然後週日及小型派對可以穿府綢洋裝，不過春天穿這件有點太厚，對吧？要是有那件紫色絲綢洋裝該有多好，唉呀！」

「沒關係啦，反正還有大型派對穿的府綢洋裝，而且妳穿上白色根本美如天仙，」艾美還在想著內心嚮往的那箱珍寶。

「那件領口不夠低，裙襬也不夠搖曳，但也只好這樣了。我的藍色居家洋裝看起來真不錯，才剛重新修邊整理好，看起來就像新的。我的絲綢長外衣完全不夠時髦，綁帶無邊圓帽跟莎莉的也差很多。我本來不想說什麼，但我的傘真的讓我很失望。我特別告訴母親要買黑色傘面配白色手把，但她卻忘了，買回的是綠色傘面配黃色手把。傘很堅固得體所以我不該抱怨，但我知道跟安妮的絲質傘面配金色傘頂擺在一起會很沒面子，」瑪格相當不悅地端詳那把小傘。

「那就去換，」喬提出建議。

「我才不會這麼傻，也不想傷媽媽的心，她還特別費心幫我準備這些東西。我這想法很無理取鬧，但我不會對這想法低頭的。絲質長襪跟兩雙新手套是我最大的安慰，喬，妳人真好，把自己的也借給我。有了兩雙新手套，舊手套又洗乾淨可以平日用，讓我覺得自己非常富裕優雅。」瑪格瞄了一眼放手套的盒子為自己打氣。

「安妮．莫法特的睡帽上有藍色及粉紅色蝴蝶結，妳可以幫我縫上幾個嗎？」她對著剛從漢娜手中接過一疊雪白薄棉布送回房間的貝絲說。

「我覺得不要比較好，花俏的睡帽跟沒有任何裝飾的樸素睡衣不搭。窮人不該假裝，」喬堅定地說。

「我只是覺得，如果衣服上有真的蕾絲，睡帽上有蝴蝶結，也許就會讓我感到滿足快樂吧？」瑪格感到不耐。

「妳那天還說只要能去安妮·莫法特家玩，妳就很開心了，」貝絲跟平常一樣在旁默默評論。

「我是這麼說過沒錯！好，我確實很開心，不該為這種事煩惱，不過人擁有的越多真的會越貪心，對吧？行李已經打包好了，只剩下要請母親幫我打包的晚禮服還沒放進去，」瑪格打起精神，眼神從半滿的行李箱移向熨燙修補多次的白色棉布洋裝，也就是她特別強調的「晚禮服」。

隔天一切美好，瑪格格調十足地出發享受十四天的新鮮生活。馬區太太相當不情願地同意讓她造訪，擔心瑪格莉特回來後會比先前還要不滿現況。但瑪格不停哀求，莎莉也答應會好好照顧她，加上整個冬天都做著討人厭的工作，能夠稍微享受一番感覺很不錯，於是母親終於讓步，女兒也因而能擁有她的時尚生活初體驗。

莫法特家非常時尚，房子非常華麗，裡面的人也相當高雅，讓樸素的瑪格起初有些膽怯。不過，他們生活方式雖然浮奢，人卻非常友善，很快便讓來訪賓客放鬆。或許是因為瑪格莫名感覺得出來，他們並非什麼特別有教養或特別聰明的人，即便鍍了金也遮掩不住他們內在的平凡，因此她不會那麼緊張。能夠過著如此奢華的生活當然很不錯，出入都搭精美馬車，每天穿上最美華服，什麼事都不用做只要享受就好。這種生活正合她意，沒多久便開始模仿身邊人的態度與說話方式，裝腔作勢故作優雅，說話夾帶法文、把頭髮上捲、洋裝改窄，盡力搭上時尚話題。她越是看安妮·莫法特擁有的漂亮東西，越是羨慕並感嘆自己沒錢。現在想到就覺得自己家徒四壁相當悲慘，工作感覺上比以前更艱難，而且儘管有了新手套與絲質長襪，她仍感覺自己極度匱乏非常可憐。

不過她沒什麼時間抱怨，因為她們三個女孩成天忙著「開心玩樂」。白天逛街、散步、坐馬車、拜訪朋友，傍晚則去看戲或在家嬉鬧，安妮的朋友很多，也很擅長娛樂大家。安妮的姊姊都是漂亮淑女，有一位還訂婚了，對瑪格來說那是非常有趣又浪漫的事。莫法特先生是歡樂的胖胖老先生，認識瑪格的父親；莫法特太太則是個歡樂的胖胖老太太，跟女兒一樣非常喜歡瑪格。大家都對她非常好，讓暱稱為「小雛菊」的她變得趾高氣昂。

為傍晚小型派對準備打扮時，她發現已經不適合穿府綢洋裝了，其他女孩子都已改穿上薄洋裝、打扮得非常美麗。她拿出與莎莉的新洋裝相比更顯破舊、上不了檯面的薄棉布洋裝。瑪格注意到其他女孩看了她的洋裝一眼再望向彼此，溫柔卻相當驕傲的她臉頰因而泛紅。大家都沒說什麼，但莎莉主動幫她梳理頭髮、安妮幫她繫上腰帶，已訂婚的姊姊貝兒則讚美她的手臂白皙。可是她們的善意舉動只讓瑪格覺得大家是同情她很窮，她獨自看著大家嘻笑聊天如蝴蝶輕盈飛舞，內心感到相當沉重。女僕將裝滿鮮花的盒子拿進來時，她內心的苦澀正沸騰。她還來不及說話，安妮已經把蓋子掀開，所有人都圍著盒子對裡面美麗的玫瑰、杜鵑花及羊齒驚呼。

「這一定是送給貝兒的，喬治每次都會送花給她，不過這次也太美豔動人了，」安妮深吸了一口花香驚嘆地說。

「男子說是送給馬區小姐的，紙條在這裡，」女僕插話，將紙條遞給瑪格。

「太有趣了！是誰送的？我們都不知道妳有男朋友了，」女孩子們圍繞著瑪格，好奇又驚訝地七嘴八舌。

「紙條是母親捎來的，花則是小羅送的，」瑪格語氣淡然，但內心非常感激他沒有忘記自己。

「是這樣啊！」安妮表情怪異。瑪格將紙條塞進口袋裡以對抗所有的忌妒、虛華及不實的驕傲，因為那充滿母愛的寥寥數語對她很有幫助，美麗的鮮花也大大鼓舞了她。

心情又好得差不多以後，她先拿起幾株羊齒與玫瑰留給自己，然後快速將其餘鮮花紮成許多適於別在朋友胸前、頭髮上或裙子上的小花束分送給大家，安妮的大姊克萊拉說她「真是貼心的女孩」，每個人都因為她為大家費心的小心思感到相當愉快。如此大方的舉動似乎讓她不再沮喪了，其他人紛紛去向莫法特太太展示自己的打扮時，她將羊齒貼著捲髮、玫瑰花別在如今看來也沒那麼寒酸的裙子上，看見鏡子裡的自己眼神發亮相當開心。

當天晚上她玩得非常開心，盡興跳舞。每個人都對她很好，還有三個人稱讚她。安妮要她唱歌，有人就說她的聲音美妙無比；林肯少校問：「新來的那個眼睛很漂亮的小女孩是誰？」莫法特先生則堅持與她共舞，讚美她「舞步輕快不拖泥帶水」。因此整體而言她非常開心，直到不小心聽見讓她相當不舒服的對話。坐在溫室裡的她正等著舞伴為她端來一杯冰淇淋，正好聽見花牆另一面傳來某個聲音：「他幾歲啊？」

「我猜十六或十七歲吧，」另一個聲音回答。

「對她們其中一位來說應該算很不錯的安排吧，不是嗎？莎莉說他們現在感情很好，老先生也很寵愛她們。」

「我敢說馬區太太已經盤算好了，而且雖然還有點太早，她會小心進行的。那個女孩顯然還沒想到這麼遠，」莫法特太太說。

「但她好像知道，騙大家說那是她媽媽捎來的，而且漂亮的花送進來時臉立刻泛紅。可憐的孩子！她要是能打扮時髦一點會很漂亮。妳覺得我們星期四若提議借她洋裝，她會生氣嗎？」另一個聲音問。

「她很驕傲，但我不覺得她會介意，畢竟她就只有那麼一件破舊的薄棉布洋裝。她今天晚上搞不好還會扯破裙子，這樣剛好就可以提議借她一件像樣的。」

此時瑪格的舞伴出現了，發現她滿臉通紅、情緒激動。她非常驕傲，而這份驕傲恰好派上用場，用以掩飾她聽完方才對話後的屈辱、憤怒與不恥。因為她雖然單純天真，卻還是聽得懂朋友的閒言閒語。她試著要忘記卻做不到，不斷在腦海裡重複那幾句「馬區太太已經盤算好了」、「騙大家說那是她媽媽捎來的」及「破舊的薄棉布洋裝」直到眼淚就要奪眶而出，讓她想立刻飛奔回家訴苦尋求建議。既然不可能回家，她只好努力裝開心，而在一片激動之中竟也成功了，沒人想得到她有多努力。一切都結束後，她很慶幸終於能安靜躺在床上，思考、懷疑、生氣，直到頭痛欲裂，幾滴自然落下的眼淚為燒紅的臉頰降溫。那些善意但愚蠢的話語為瑪格開啟了全新的世界，也嚴重干擾她至今如孩子般在舊世界幸福生活的平靜。她與小羅的單純友誼，就這麼因為無意中聽見的沒營養對話而遭到破壞。莫法特太太總以自己的想法臆測他人，她口中馬區太太對女兒的巧妙安排讓瑪格對母親的信心有些動搖；而女孩們認為洋裝寒酸是世上最悲慘的事，於是對她投以不必要的同情，這也讓她原本認為窮人家女兒就該穿著樸素的理智決心越漸薄弱。

可憐的瑪格整夜不成眠，起床時睡眼惺忪又不開心，一半是因為埋怨朋友，一半是為自己沒有把話說開糾正大家而感到羞愧。那天早上每個人都拖拖拉拉，到了中午才有力氣拾起針線活。瑪格立即感覺到朋友的態度不同了。她覺得大家似乎更尊重她，對她說的話格外感興趣，而且看著她的眼神顯然充滿了好奇。這一切改變讓她受寵若驚卻不明所以，直到貝兒小姐停止書寫並抬頭以有些感性的語氣說：

「親愛的小雛菊，我送了邀請函給妳的朋友羅倫斯先生，邀請他來參加星期四的派對。我們都想認識他，而且這樣對妳是最好的恭維。」

瑪格的臉再次泛紅，同時卻也淘氣地想戲弄這些女孩，於是嚴肅回答：「妳人真好，但我想他不會來的。」

「親愛的，為什麼不會？」貝兒小姐問。

「他年紀太大了。」

「孩子啊，妳這是什麼意思？請問他幾歲?!」克萊拉小姐驚呼。

「我想應該近七十歲了，」瑪格低頭認真數著針數以掩飾充滿笑意的眼神。

「妳這狡猾的孩子！我們指的當然是年輕那位啊，」貝兒小姐大笑。

「沒有這個人啊，小羅還是小男孩。」瑪格笑著看這些姊妹聽她描述那位所謂的情人時互看的奇怪表情。

「大概跟妳差不多吧，」南說。

「跟我妹妹喬的年紀比較接近，我八月就滿十七歲了，」瑪格甩了甩頭。

「他人還真好，送那些花來給妳，」安妮的表情依舊不解。

「是啊，他常送花給我們，因為他們家有很多花，而我們都很喜歡花。我母親和老羅倫斯先生是朋友，所以我們幾個小孩子玩在一起也很正常，」瑪格希望她們就此結束話題。

「顯然小雛菊還沒到參加正式社交舞會的年齡，」克萊拉小姐對貝兒點了點頭。

「大家都非常純樸天真，」貝兒小姐聳聳肩。

「我要出去幫女兒們買些小東西，妳們兩位需要什麼嗎？」莫法特太太行動遲緩，宛如裹了絲綢與蕾絲的大象。

「不用了，女士，謝謝您，」莎莉說。「我星期四有新的粉紅色絲質洋裝可以穿，什麼都不需要。」

「我也不用……」瑪格開了口，卻想到自己確實想要很多自己無法擁有的東西，沒能繼續說完話。

「那妳要穿什麼呢？」莎莉問。

「再穿我那件白色的舊洋裝，不過要先補好，因為昨晚不小心扯破了，」瑪格語氣故作輕鬆，內心卻相當不自在。

「為什麼不請家裡再送一件來呢？」莎莉不是觀察力敏銳的人。

「我沒有別件了。」說出這句話真是要了瑪格的命，相當驚訝但毫無惡意的莎莉卻根本沒發現：「只有那件啊？真是奇怪……」她話沒說完，因為貝兒朝她搖搖頭，好心打斷：

「不會奇怪啊，她又還沒開始參加正式社交舞會，要那麼多洋裝做什麼呢？小雛菊，就算妳有很多件也不需要請家裡送來，因為我正好有件漂亮的藍色絲質洋裝穿不下，妳願意穿上它讓我開心嗎？」

「妳真是大方，但妳不介意的話，我也不介意穿自己的舊洋裝，對我這種小女孩來說已經夠好了，」瑪格說。

「妳若願意讓我幫妳打扮得漂漂亮亮，我會很開心。我很想這麼做，而且只要這裡那裡妝點一下，你會是個小美人。打扮完之前我不會讓任何人看見妳，然後我們就像灰姑娘及仙女教母去參加舞會那樣現身給所有人驚喜，」貝兒相當具有說服力。

瑪格無法拒絕如此親切的提議，因為她內心也想看自己打扮完後會不會是個「小美人」，因此她不僅接受還忘了先前莫法特一家人如何讓她覺得不舒服。

到了星期四傍晚，貝兒與女僕霍登絲兩人關上門，協力幫瑪格變身為美麗的淑女。兩人為她的頭髮上捲子、用香粉輕掃過她的脖子與手臂、嘴唇點上珊瑚膏而更加紅潤，要不是瑪格堅決反抗，霍登絲本來還要為她抹些胭脂。她們為她穿上天藍色洋裝，緊束到她幾乎無法呼吸，胸線低到生性低調的瑪格看著鏡子裡的自己都會臉紅。接著是配戴整組銀首飾：手環、項鍊、胸針，連耳環都有，霍登絲用不明顯的粉紅色絲線為她繫上耳環。胸前一小把香水月季花苞及摺飾，讓瑪格終於同意展露她美麗白皙的香肩；搭配的絲質跟靴則滿足了她的所有願望。最後以一條蕾絲手帕、羽毛扇子及固定於肩上的花束完成整體打扮後，貝兒小姐帶著滿意的表情欣賞成果，就像小女孩看著自己剛打扮好的娃娃。

「小姐還真是迷人，好漂亮啊，不是嗎？」霍登絲極為開心地拍手叫好。

「來讓大家見見妳吧，」貝兒小姐帶著她來到眾人等待的房間。

瑪格拖著長裙簌簌跟在她身後，耳環叮噹響，捲髮飄逸，她心跳加速，感覺好似終於要真正開始變得好玩了，因為鏡子確實告訴她，自己是個「小美人」。朋友不斷踴躍地重複讚美言詞，有那麼幾分鐘，她就像預言故事裡的寒鴉，站在原地享受自己借來的羽毛，其他人則如一群喜鵲吱吱喳喳。

「我負責幫她打扮，南，妳就負責教她怎麼駕馭裙襬及高跟鞋吧，不然她會絆倒自己。克萊拉，拿妳的銀色蝴蝶別在她左邊的長捲髮上，然後不准任何人破壞我的精心傑作，」貝兒對自己的成果相當滿意，匆忙離去。

「妳看起來一點也不像妳，但是非常漂亮。我站在妳旁邊都失色了，貝兒的品味真的非常好，我跟妳保證妳看起來就像個法國名媛。妳身上的花朵就讓它們自然垂下，不用刻意照顧，然後小心不要絆倒，」莎莉試著不去介意瑪格比自己漂亮的事實。

瑪格莉特將提醒謹記在心，安全地下樓並優雅進入莫法特家人與幾位提前來到的賓客所聚集的會客廳。她很快便發現，漂亮衣服有種魔力，能吸引特定階級人士並贏得對方的尊敬。幾位先前完全沒注意過她的年輕女孩，突然間變得很熱情。幾位前回派對上僅是盯著她看的年輕男士，這回不僅盯著她看，還請長輩介紹他們認識，對她說了許多愚蠢但動聽的話；還有幾位坐在沙發上的老太太，批評了所有人卻頗感興趣地打聽她的背景來歷。她聽見莫法特太太對其中一人說：

「小雛菊．馬區，父親是陸軍上校，出身於我們這樣的上流家庭，但時運不濟，妳知道的；與羅倫斯一家人非常親近，甜美的小人兒，我兒子奈德對她相當有好感。」

「真的啊！」該位老太太戴上眼鏡再次端詳瑪格，後者則假裝自己什麼都沒聽見，內心卻對莫法特太太撒的謊感到非常震驚。那股「奇怪的感覺」並沒有消失，但她想像自己正在演出氣質淑女的新角色並且表現不錯，只是洋裝緊得她身子兩側疼痛、裙襬一直卡到鞋子、害怕耳環隨時會掉落、遺失或損壞。她正在把玩扇子，對年輕男子企圖展現機智而說出的冷笑話大笑，卻看見小羅出現在對面而突然停止大笑、表情困惑。他毫不掩飾自己的驚訝瞪著她，而且她覺得那個表情似乎也帶了些許不贊同，因為雖然他鞠躬致意也微笑，那雙誠實的眼裡卻有些什麼讓她不禁臉紅，希望自己還穿著那件舊洋裝。讓她更加困惑的是，她看到貝兒以手肘推了推安妮，兩人看了看她又望向小羅；她很慶幸後者顯得格外稚氣又害羞。

「一群傻瓜，竟然讓我有了這種念頭，我才不會在乎，也不會因此而改變，」瑪格心想，繼而拖著長裙簌簌橫越會客廳與朋友握手。

「真高興你能來，我還擔心你不願意，」她盡量裝出成人的語氣。

「喬希望我來，再回去告訴她妳看起來如何，所以我來了，」小羅並沒有看著她說話，但她那如母親般的語氣讓他微微偷笑。

「你會跟她說什麼呢？」瑪格相當好奇他對自己有什麼看法，卻也是初次因為他而感到不自在。

「我會說我不認識妳，因為妳看起來好成熟、一點也不像妳，讓我還滿害怕的，」他把玩著手套上的鈕子。

「你說這是什麼話！女孩們覺得好玩所以幫我打扮，我也滿喜歡的。要是喬看到，她難道不會盯著我看嗎？」瑪格決心要強迫他說出是否覺得她這樣比較好看。

「我覺得她應該會，」小羅沉悶地說。

「你不喜歡我這樣打扮嗎？」瑪格問。

「我不喜歡，」他回答得非常直接。

「為什麼不喜歡？」瑪格語氣急促。

他瞄了一眼她的捲髮、裸露的雙肩及剪裁精美的洋裝，他的表情比他那不見一絲原有禮貌的答案還要讓她感到羞愧。

「我不喜歡花枝招展或羽毛。」

聽比自己年幼的男生這麼說讓瑪格完全無法忍受，離開前暴躁地丟下一句：「我沒見過像你這麼沒禮貌的男生。」

頗為憤怒的她來到安靜無人的窗邊，讓洋裝過緊讓她很不舒服而漲紅的臉頰降降溫。站在窗邊時，林肯少校恰好經過，一分鐘後她聽見少校對他母親說：

「她們根本在欺負那個小女孩。我本來想讓妳見見她，但她們徹底毀了她。今晚的她不過是個洋娃娃。」

「糟糕！」瑪格嘆息。「要是我懂事地穿上自己的衣服，就不會惹人厭惡，也不會讓自己感到不自在或羞愧。」

她將額頭靠在冰涼的玻璃上，半藏身於窗簾後面，也不在乎自己最喜歡的華爾滋已經開始了。這時有人拍拍她的肩膀，轉頭她看見臉上滿是悔意的小羅，後者姿勢完美地鞠躬伸手說：

「請原諒我的無禮，來跟我跳舞吧。」

「恐怕你會覺得我太討人厭，」瑪格試著表現出生氣的樣子卻徹底失敗。

「完全不會，我非常想跟妳跳舞。來吧，我會很乖的。我不喜歡妳的洋裝，但我覺得妳本人真是再好不過了。」他招了招手，彷彿話語還不足以表達他的讚賞。

瑪格心軟微笑，兩人等著抓準時機加入舞池的同時，她低聲說：「小心別踩到我的裙子，我快被整死了，當初真是想不開才會穿上它。」

「把裙襬別在妳的脖子上應該會滿不錯的，」小羅低頭看著瑪格腳上的藍色跟靴，顯然很滿意那雙鞋。

在家練習過多次的他們舞步優雅輕快，搭配完美，這對歡樂的年輕搭檔讓人看了就舒服，他們開心地來回飛旋，吵過架後感情反而更好。

「小羅，請你幫我一個忙，好嗎？」小羅正在為喘不過氣的瑪格搧風，她跳沒多久就喘不過氣了，但原因是什麼她絕不會承認。

「當然好！」小羅十分樂意地答應。

「回家後請不要告訴她們我今晚穿了什麼。她們會無法理解其中的笑點，說了也只會讓母親擔心。」

「那妳為什麼還要這麼做？」這個問題明顯寫在小羅的眼神裡，於是瑪格匆忙接著說：

「我會自己告訴她們，我會跟母親『告解』自己有多愚蠢。總之我情願自己告訴她們，所以你不會跟她們說吧？」

「我向妳保證我不會告訴她們，但是她們問我的時候，我該怎麼回答？」

「就說我看起來很好，玩得很開心。」

「前面那句話我可以真心誠意地說，但後面那句話呢？妳看起來不像玩得很開心。妳有嗎？」小羅看著她的表情讓她只能細聲回應：

「沒有，現在沒有。不要覺得我很糟糕。我只是想找點樂子，但發現這樣不適合我，我已經厭倦了。」

「奈德．莫法特朝這邊走過來了，他想幹什麼？」小羅眉頭緊蹙，彷彿不認為這位年輕東道主出現在派對上是什麼好事。

「他登記了要跳三隻舞，我猜是來找我跳舞的吧。真是無聊！」瑪格故作慵懶的姿態讓小羅覺得非常好笑。

小羅直到晚餐前都沒機會再跟瑪格說話，他看到她跟奈德以及他的朋友費雪喝著香檳。兩位男士表現得像「兩個白痴」，小羅這麼對自己說，他覺得自己有權利像個兄弟一般好好守護馬區一家人，在需要有人捍衛她們時挺身為她們而戰。

「妳要是喝太多香檳明天頭會很痛。要我就不會這樣喝，瑪格，妳也知道妳母親不喜歡這樣，」他傾身靠近她的椅子低聲說，奈德正好轉身為她再倒一杯酒，費雪則彎下腰撿起她的扇子。

「我今晚不是瑪格，我是什麼瘋狂事都做的『娃娃』。明天我會收起我的『花枝招展及羽毛』，再次當個好女孩，」她有些做作地輕笑。

「那還真希望現在就是明天，」小羅喃喃自語走開，很不喜歡瑪格的改變。

瑪格跟其他女孩一樣，跳舞、調情、聊天、傻笑。晚餐過後，她跳起德國華爾滋但跳得亂七八糟，長裙襬差點絆倒舞伴，嬉鬧的模樣讓小羅好生反感，他一邊觀察同時內心盤算著要說教，因為瑪格一直躲著他，直到他來道晚安。

「別忘了！」她努力撐起微笑，但已經開始頭痛欲裂。

「我到死都會沉默，」小羅離開前相當誇大地回應。

這一小段插曲讓安妮感到非常好奇，但瑪格累到無力聊天直接上床休息，感覺自己參加了一場化裝舞會卻沒有想像中那麼好玩。隔天她不舒服了一整天，星期六則是返家時間，整整玩了兩個星期的她覺得自己已經「徜徉於奢華世界裡」夠久了。

「能夠安靜地、不用隨時客套地虛應真不錯。家裡雖然不華麗卻很舒服，」星期天傍晚，瑪格與母親及喬坐在一起，她帶著平靜的表情環顧四周。

「親愛的，很高興聽到妳這麼說，因為我很怕妳住過那麼漂亮的房子後，會覺得家裡無趣又貧窮，」母親一整天都以焦急的眼神看著她。做母親的很容易便能在孩子臉上看出改變。

瑪格分享了非常歡樂的故事，一再重複自己玩得有多開心，但似乎還有什麼心事；兩個妹妹去睡覺後，她若有所思地坐著凝視爐火，看起來很煩惱但相當沉默。九點鐘響時，喬提議上床睡覺，此時瑪格卻突然起身離開座位，改坐在貝絲的板凳上，手肘靠在母親的膝蓋上勇敢地說：

「媽媽，我想要『告解』。」

「我想也是。親愛的，說什麼呢？」

「要我離開嗎？」喬小心地問。

「當然不用。反正我什麼都會告訴妳，不是嗎？我很羞愧，不敢在兩個妹妹面前說，但我希望妳們能知道我在莫法特家做了哪些糟糕的事。」

「我們準備好了，」馬區太太露出微笑，但表情有些緊張。

「我說她們幫我打扮，但我沒說的是，她們幫我拍香粉、擠乳溝又燙頭髮，把我打扮成時尚芭比。小羅覺得我看起來很不端莊。他沒說出口，但我知道他心裡這麼想。還有位男士暱稱我為『娃娃』。我知道這樣很愚蠢，但他們一直讚美我，說我是個美人之類的一堆鬼話，所以我就任大家耍我。」

「就這樣而已嗎？」喬問，馬區太太則沉默地看著漂亮女兒沮喪的臉龐，完全不忍苛責她的愚蠢。

「不止，我還喝了香檳、嬉鬧，試著跟其他人調情，真的非常可惡，」瑪格相當自責。

「我想應該不只這樣。」馬區太太撫摸著瑪格柔軟的臉頰，那張臉頰突然泛紅，緩緩地回答說：

「沒錯。很愚蠢但我還是想要說出來，因為我討厭人家對我們和小羅有這種看法，或說些閒話。」

接著她說出在莫法特家聽見的閒言閒語，她說話的同時，喬看見母親緊抿嘴唇，好似非常不喜歡有人在瑪格單純的腦袋裡灌輸這種念頭。

「真是鬼話連篇啊，」喬憤怒大喊。「妳為什麼沒有立刻跳出來，當場向她們反駁呢？」

「我辦不到，我覺得好丟臉。起初是不小心聽到的，後來我很生氣又很羞愧，根本忘記自己應該要離開。」

「等我下次看到安妮．莫法特，就會讓妳見識該怎麼處理這種荒唐事。什麼『打算』啦，還有對小羅好是因為他家有錢、最終會娶我們這些想法！等我告訴小羅那些白痴是怎麼評論我們這種窮人家小孩，他一定也會大叫。」喬說完後大笑，彷彿想了想後覺得這整件事都是個笑話。

「妳要是跟小羅說，我永遠不會原諒妳！母親，她絕對不能說吧？」瑪格一臉苦惱。

「不能，永遠不要再提起這些愚蠢的閒話，最好趕快都忘記，」馬區太太嚴肅地說。「我答應讓妳與這些我不熟悉的人為伍真是不智，她們人應該都算好，卻世故、缺乏教養，還對年輕人有如此低級的想法。瑪格，這趟旅程對妳可能造成的傷害讓我實在非常後悔。」

「不要難過，我不會讓這段時光傷害我的。我會把所有不好的都忘記，只記得好的，因為我確實過得很開心，所以謝謝妳讓我去。母親，我不會再感傷或不滿足了。我知道自己是個傻女孩，我會一直待在妳身邊，直到我能夠照顧自己。但有人讚美與欣賞的感覺真好，不得不說我還滿喜歡這種感覺，」瑪格有些羞愧地承認。

「這種感覺很正常也無害，只要那種喜歡不要過頭，導致妳去做出愚蠢或不端莊的事情。學習了解並珍惜值得擁有的讚美，瑪格，並且要能同時以美貌及謙遜激發卓越人士對妳的欣賞。」

瑪格莉特坐著思考了一會兒，喬則手背在身後站著，看起來既感興趣又有些茫然，因為她從沒看過瑪格紅著臉談及仰慕者、情人之類的事情。喬感覺姊姊彷彿神奇地在兩個星期內突然長大，慢慢遠離她，進入她無法跟隨的世界。

「母親，妳有像莫法特太太說的那樣『盤算好』嗎？」瑪格害羞地問。

「有啊，親愛的，我跟所有母親一樣都有許多盤算，只不過我的盤算應該跟莫法特太太的不一樣。有些我會告訴妳們，因為已經到了妳這個浪漫的小腦袋跟心靈能夠因為懇談而導上正途的時候，這是非常嚴肅的話題。瑪格，雖然妳還年輕，但已經到了聽得懂我說話的年紀，而母親是最適合跟妳們這種小女孩說這些話的人。喬，或許不久就會輪到妳，所以聽聽我的『盤算』，覺得好的話也幫我一起實現吧。」

喬坐在躺椅的一邊手把上，彷彿認為大家即將從事某種嚴肅活動的樣子。馬區太太分別握住兩個女孩的一隻手，渴望地凝視著那兩張臉龐以認真但輕快的語調說：

「我希望我的女兒們能美麗善良有成就，能為人欽佩喜愛也受敬重。能有個快樂的青春年華，能嫁得好、嫁得聰明，過著美好且有助於他人的人生，希望上帝派來試煉妳們的憂愁與悲傷也不要太多。若能有好男人選中並愛妳們，將會是女人生命中最為幸福甜美的事，所以我衷心希望我的女兒也都能有如此美妙的經歷。瑪格，會想到這種事情很正常，應該要期望與等待並明智地為它做準備，這樣幸福時刻來臨之際，妳才會覺得自己已準備好承擔責任也值得這番喜悅。我親愛的女兒，我對妳們有無限期望，但不是想要讓妳們倉促嫁給有錢人，只因為他們有錢或華麗的房子，那不是家，因為之中沒有愛。錢非常必要也很珍貴，用之得當也是高尚之舉，但我從不希望妳們把錢當成主要的努力目標。只要妳們能幸福、被愛、滿足，我情願妳們是窮人的妻子，也不要妳們毫無自尊也不安樂地戴上后冠。」

「貝兒說窮人家的女孩不會有任何機會，除非自己主動，」瑪格嘆息。

「那我們就當老姑婆，」喬堅決地說。

「沒錯，喬。情願當個幸福的老姑婆，也不要是不幸福的妻子或迫切找人嫁的女孩，」馬區太太斷然說道。「瑪格，不要煩惱，真誠的情人不會因為對方貧窮而卻步。我認識有些最為優秀正直的女性便出身貧窮，她們非常值得人愛所以根本與無緣當老姑婆。就讓時間決定一切。讓這個家幸福，妳們才能在機會來臨時為自己創造幸福的家庭；若機會不來也要知足地留在這個家裡。女兒們，記住一件事。母親永遠都會是妳們的知己，父親則是妳們的朋友，我們倆都期望並相信，女兒無論結婚或單身，都會是我們人生中的驕傲與安慰。」

「我們會的，媽媽，我們會的！」母親向她們道晚安時，兩人發自內心齊喊。

第十章
匹克威克俱樂部與郵局

隨著春天來臨，新的娛樂活動開始流行，白晝拉長表示下午有許多時間可以工作玩樂。花園需要整頓一番，每位姊妹各分到一小塊地自行處置。漢娜總是說：「只要等到花朵盛開，我就能看出哪塊園地是誰的，」她或許真能看出來，因為每個姊妹的喜好都跟她們的性格一樣差距甚大。瑪格的花圃會有玫瑰與天芥菜、紫薇及小橙樹。喬的花圃每年都不一樣，她永遠都在做實驗。今年她將種下向日葵，盛開的向日葵結下的種子則要用來餵食母雞咕咕婆及她的眾多小雞。貝絲的園裡充滿傳統的芬芳花草，甜豌豆與木犀草、飛燕草、石竹花、三色堇及青蒿，還有小鳥吃的繁縷與小貓要吃的貓草。艾美的田裡有座小亭子，迷你突兀但非常漂亮，上面爬滿忍冬與牽牛花，繽紛花朵優雅垂掛，還有高挺的白色百合、細緻羊齒及諸多欣然在此綻放的美麗植物。

天氣好時可以種花、散步、河上划船及尋花，雨天時就在室內玩耍，有些遊戲新有些舊，但幾乎都是自創的遊戲。「P.C.」是其中一種遊戲，當時流行祕密結社，她們覺得自己也該有一個，大家又都很欣賞狄更斯，於是以狄更斯的名作為靈感取名「匹克威克俱樂部」，簡稱「P.C.」。除了少數幾次暫停，她們一年來幾乎每週六傍晚都在寬敞的閣樓裡聚會，儀式過程如下：三張椅子排成一排正對一張桌子，桌上有一盞檯燈與四只各以不同顏色大大寫上「P.C.」的白色徽章，還有一份名為《匹克威克事件簿》的週報，與會人士都對內容有貢獻，由喬擔任編輯揮毫舞墨。七點一到，四位成員便上樓進入俱樂部，將徽章綁在頭上，莊嚴正坐。瑪格最為年長，因此她是山謬爾．匹克威克，身為文人的喬是奧古斯．史諾葛斯，貝絲圓潤透紅所以是崔西·塔普曼，艾美則是納森尼爾·溫克，總是做著不該做的事[8]。主席匹克威克負責讀報，報上充滿原創故事、詩詞、當地新聞、搞笑廣告，以及用來提醒彼此過錯與缺點的善意提示。某一次，匹克威克先生戴上沒有鏡片的眼鏡，敲敲桌面並清了喉嚨，用力瞪著椅子往後翹的史諾葛斯先生直到他再次坐正，然後開始閱讀：

《匹克威克事件簿》

五月二十日，十八時
詩人角落
週年紀念頌

我們再次齊聚歡慶
配戴徽章莊嚴進行
今夜在匹克威克廳
紀第五十二次聚會

我們全都健康在此
沒人離開這個團體
再次見到熟悉面孔
緊握每雙友善的手

匹克威克永遠在座
我們極為敬重相迎
他的眼鏡掛鼻梁上
閱讀內容豐富週報

儘管他正遭受風寒
聽他說話讓人歡喜
雖然聲音沙啞尖厲
他總吐出智慧言語

高大又穩重如泰山
史諾葛斯身高六呎
以棕色的歡樂臉龐
總對著所有人微笑

8 此四人為狄更斯著作《匹克威克傳》中的角色，山謬爾・匹克威克是位正直的英國老紳士；奧古斯・史諾葛斯為與匹克威克一同旅行的詩人；崔西・塔普曼則另一位與匹克威克旅行的夥伴，為人有些輕浮；納森尼爾・溫克也是他們旅行同伴，是位運動員。

眼裡燃著詩人之火
他努力對抗著命運
眉間有著堅毅抱負
鼻尖則是一塊墨漬

再來是平靜塔普曼
永遠透紅圓潤甜美
雙關語讓他笑開懷
嗆到後還滾下椅子

正經的溫克也在此
連頭髮也一絲不苟
雖然他最討厭洗臉
卻是最佳禮節模範

一年過去我們仍在
群聚嘻鬧大笑閱讀
躡步踏上文學道路
那通往榮耀的道路

願週報永蓬勃發展
願俱樂部歷久不衰
願來年祝福甚豐滿
湧流賜福快樂P.C.

史諾葛斯

※ ※ ※

假面婚禮（威尼斯故事）

方舟一葉接一葉划到大理石階梯前，卸下美麗的乘客加入亞德倫伯爵華麗廳堂的滿室人群。爵士與名媛，精靈與侍從，僧侶與花童，全都開心共舞。空氣中滿是甜美嗓音與悠揚旋律，化裝舞會伴著音樂歡樂進行。殷勤的遊唱詩人問了挽著自己手臂步下長廊的精靈皇后：「殿下今晚是否見過薇拉小姐？」

「見過了，她真是美麗，可惜非常悲傷！她的禮服也是精選之作，因為再過一週，她就要嫁給自己痛恨不已的安東尼奧伯爵。」

「我發自內心羨慕他。他從那邊過來，除了那只黑色面具，打扮就像個新郎。等拿下面具，我們將能看見他如何看待自己始終無法贏得芳心的女孩，儘管女孩苛刻的父親將她贈予他，」遊唱詩人回道。

「聽說她愛的是與她形影不離的年輕英格蘭藝術家，但老伯爵相當鄙視他，」精靈皇后加入跳舞行列時說。

極度狂歡之際，一名牧師現身將兩位年輕人帶往紫絨布幕遮蓋的牆壁凹處，要兩人跪下。歡樂人群瞬間靜默一語不發，唯有噴泉的灑水聲及沉睡於月光下的橙樹沙沙作響打破沉默，亞德倫伯爵此時宣布：「各位大人與夫人，請原諒我如此狡猾誘騙各位來此見證小女的婚禮。牧師，請您證婚。」

眾人目光轉向等待成親的兩位，但人群中掀起一陣驚訝細語，因為新郎與新娘皆未取下面具。好奇與疑惑擄掠了眾人的心，但出於尊重皆保持沉默直至神聖儀式結束。急於知道答案的觀眾繼而包圍伯爵尋求解答。

「我若知道原委定會公布，但這是我那害羞的女兒薇拉提出的妙招，而我依從。好了，孩子們，遊戲到此為止。取下面具，來接受我的祝福吧。」

但兩人皆未屈膝，年輕新郎開口時也震驚了所有聽眾，因為取下面具後露出的尊貴臉龐是藝術家情人斐迪南．戴弗洛，而如今薇拉盈滿歡樂與美貌的臉龐，就靠著在他那亮出代表英格蘭伯爵之星形勳章的胸膛上。

「大人，我請您將女兒嫁給我時，您輕蔑地要我等到有媲美安東尼奧伯爵盛名與財產時再說。但我其實遠勝於他，我以歷史悠久的戴弗洛與迪唯爾伯爵名號以及無限的財富為名，娶回現在是我妻子的美麗摯愛，這連野心勃勃的您也無法拒絕。」

伯爵呆若木雞，斐迪南繼而帶著勝利的愉悅微笑轉向不知所措的群眾：「各位英勇的朋友們，希望諸位的求愛結果能如我的豐碩，祝福諸位娶回的新娘能一如這場假面婚禮為我帶來的那樣美麗。」

山謬爾．匹克威克

匹克威克俱樂部為何有如巴別塔？
因為成員皆任性不羈。

※ ※ ※

南瓜的一生

很久很久以前，有位農夫在園裡種下一小粒種子，過了一段時間後發芽長出藤蔓，然後生出許多南瓜。某個十月天，南瓜成熟時，農夫摘下一顆南瓜帶往市場。有位雜貨店老闆買下南瓜放在店裡賣。當天早上，身著棕色帽子與藍色洋裝，小臉圓圓、鼻子短短扁扁的小女孩走進店裡，幫母親買回南瓜。她捧著南瓜回家，切塊後放進大鍋裡煮熟，把一些搗碎後拌入鹽巴與奶油當晚餐。剩下的南瓜，她加入一品脫牛奶、兩顆雞蛋、四匙糖、肉豆蔻及一些餅乾，倒入深烤盤放進烤箱，烤到金黃，隔天由馬區一家人吃掉。

崔西．塔普曼

※ ※ ※

匹克威克先生：

我的主題是有罪的人。

我指的是有位叫做溫克的男子每次都在俱樂部裡大笑搗蛋有時候又沒有為這份週報寫文章希望您能原諒他如此惡劣就讓他以一則法國寓言交差因為他沒辦法自己想出內容因為他有太多功課要寫想不出來未來我會盡量把握機會交出像樣的東西意思是我現在很匆忙因為快來不及去上學了。

納森尼爾・溫克
敬上

【上述文字大方承認自己過往錯誤，相當有男子氣概。若這位年輕友人能學好標點符號就更好了。】

※　※　※

憾事一樁

上週五，地下室一番激烈碰撞震驚了我們，隨後是一陣慘叫。全員衝向地下室時，我們發現敬愛的主席仆倒在地，他在為家裡拾薪柴時絆倒跌跤。眼前景象一片慘烈，匹克威克先生跌倒時頭與肩膀栽進了水缸裡，一小桶肥皂液淋在他充滿男子氣概的身上，衣服都撕裂了。將他從如此慘況中救出後發現他沒有受傷，只有些許瘀青，而且現在一切都很好。

編輯

※　※　※

眾人之慟

痛苦萬分的我們必須記載摯友雪球喵喵太太的離奇失蹤案件。這隻可愛受寵的貓，曾是許多熱情傾慕友人的寵兒；她的美貌吸引眾人目光，優雅與美德讓大家發自內心喜愛，失去她讓整個社區的人都非常悲傷。

最後一次見到她時，她正坐在門邊看著肉販的攤車，怕是有壞人為她著迷而無恥偷走了她。好幾週過去了卻再沒見過她的蹤影，我們於是不再懷抱任何希望，在她的籃子繫上黑色蝴蝶結，收起她的盤子，為我們永遠失去她而落淚。

※ ※ ※

同感惋惜的朋友寄來以下好文：

哀悼

（致雪球喵喵）

失去小寵物讓我們悲傷
她的壞運氣讓我們嘆息
從此爐火前她身影不再

綠色舊大門旁玩耍不再

她的孩子葬於小小墳墓
永遠沉睡於栗子樹蔭下
為她上墳我們卻做不到
因為我們不知墳在何處

床鋪空空蕩蕩球不再滾
她將永遠不再躺不再玩
起居室門口將再聽不到
輕柔拍門或暖暖呼嚕聲

另一隻貓追著她的小鼠
一隻臉上髒兮兮的貓咪
但她狩獵技巧不如雪球
玩耍時也不見相同優雅

她的輕巧足跡踏遍走廊
重疊著雪球玩耍的足跡
但她只敢對著狗嘶嘶叫

雪球可會英勇把狗趕跑
她溫馴會看家也很努力
但是她長得並不算漂亮
沒辦法同樣如此重視她
或像崇拜妳那樣崇拜她

奧古斯・史諾葛斯

※ ※ ※

廣告

下週六傍晚在平常的表演後，會由才華洋溢有主見的講師歐蘭茜・布拉格治小姐，在匹克威克廳以「女人及其地位」為題發表知名演說。

廚房裡會舉辦每週聚會，由漢娜・布朗負責教導年輕女性如何烹飪，歡迎各位參加。

「畚箕學會」將於下週三聚會，地點是巡遊俱樂部樓上。所有成員必須穿著制服肩扛掃把，於九點整報到。

貝絲・彈彈女士將於下週展示全新娃娃女帽系列。巴黎最新款式已抵達，訂單也都已下好。

邦維爾戲院將在幾週內上映美國劇場界前所未見的新戲。這場精彩好戲稱為《希臘奴隸——復仇者康士坦丁》！

提示

山謬爾．匹克威克要是不要用那麼多肥皂洗手，他就不會每次吃早餐都遲到。請奧古斯．史諾葛斯不要在街上吹口哨。崔西．塔普曼請別忘了艾美的餐巾。請納森尼爾．溫克不要因為裙子沒有九摺就大驚小怪。

每週彙報

瑪格——好

喬——不好

貝絲——非常好

艾美——普通

※ ※ ※

主席唸完週報後（我向各位讀者保證該份週報確實由一群童叟無欺的女孩寫下），掌聲響起，史諾葛斯先生繼而起身提議。

「主席與各位先生，」他以參加國會的態度及語氣開口，「我提議加入新成員，這位新成員絕對值得如此榮譽還會為此非常感恩，更會大幅提振俱樂部精神、對週報的文學價值有所貢獻，並且為人歡樂友善。我提議通過讓希爾多．羅倫斯成為榮譽會員。好啦大家，接受他啦。」

喬突然轉變的語氣讓女孩們哄堂大笑，但每個人的表情都很緊張，不發一語等著史諾葛斯坐下。

「我們來投票吧，」主席說。「贊成此動議的請說『贊成』。」

史諾葛斯大聲贊成，接著是貝絲膽怯的附合聲，讓大家很是驚訝。

「不贊成的說『反對』。」

瑪格與艾美不贊成，溫克先生起身優雅地陳述意見：「我們不希望有男生加入，他們只會嬉鬧、到處蹦蹦跳跳。這是女人的俱樂部，希望能維持正統不要公開。」

「我怕他會取笑我們的週報，事後再取笑我們，」匹克威克拉著自己額前小綹的捲髮，這是她心有疑慮時的習慣動作。

史諾葛斯非常誠懇地起身。「各位先生，我向大家保證，小羅絕對不會做這種事。他喜歡寫作，能為我們的作品帶來不同的筆觸，也讓我們不會太過情緒化，這樣你們懂嗎？我們能為他做的那麼少，他卻為我們做那麼多，我覺得至少我們可以讓他在這裡有一席之地，若他來就讓他感覺賓至如歸。」

這番提及諸多好處的大道理讓塔普曼站起來，表情彷彿下定決心。

「是的，就算害怕我們也應該接受。我贊成讓他加入，他祖父願意的話也可以。」

從貝絲口中吐出如此精神奕奕的話讓大家都很激動，喬離開座位與她握手表示同意。「好，我們再來投票一次。大家別忘了，這可是我們的小羅，請說『贊成』！」史諾葛斯興奮地大喊。

「贊成！贊成！贊成！」三個聲音齊發。

「很好！大家幹得好！現在，就像溫克先生的精闢註解要『把握機會』，容我介紹新成員。」一片驚愕中，喬推開衣櫃的門，小羅就坐在破布袋上紅著臉忍住笑意。

「妳這個壞蛋！叛徒！喬，妳怎麼可以這樣？」另外三個女孩失聲大喊，史諾葛斯則得意洋洋地領著朋友走出來，變出椅子與徽章，三兩下就把他安頓好。

「你們兩個壞蛋竟能這麼冷靜，」匹克威克先生努力要擠出生氣皺眉的表情，卻只成功揚起開心的微笑。不過新成員相當進入狀況，起身向主席致意道謝，並以極為融入的態度說：「主席先生，各位女士，呃，我是說各位先生，請容我自我介紹，我是山姆．威勒[9]，隨時可為各位效勞。」

「很好！很好！」喬靠敲打著她靠在上頭的老舊暖床器把手。

小羅揮揮手繼續說：「謝謝我這位忠誠的朋友暨高貴的支持者如此費心介紹我，請大家不要將今晚的卑鄙詭計怪在她身上，是我計畫的。她經不起我再三捉弄才終於答應。」

「好了啦，不要把責任都攬在自己身上。你也知道是我提議躲在衣櫥裡，」對此惡作劇相當樂在其中的史諾葛斯插嘴。

「不要聽她亂說。主席，錯的都是我這個壞人，」新成員以威勒風格朝匹克威克先生點頭。「但我發誓以後再也不會這麼做，從此將竭誠為這個不朽的俱樂部奉獻。」

「沒錯！沒錯！」喬把暖床器的蓋子當鈸敲著。

「繼續說吧！」溫克與塔普曼接著說，主席則親切地鞠了躬。

「我只是想說，為了感謝各位給予我這般殊榮，也為了促進比鄰兩國的友好情誼，我在花園低處的矮叢設立了郵局，格局寬敞精美，門上有掛鎖，方便郵件往來，女生也無需卻步。那只是舊鳥屋，但我把門封起來改由屋頂開關，什麼都能放進去也能節省大家寶貴的時間。信件、手稿、書籍及包裹都可以從那裡傳遞，而且兩國皆持有鑰匙，我想應該會很不錯。請容我奉上屬於俱樂部的鑰匙，謝過各位的好意，然後坐上屬於我的位置。」

威勒先生將小小鑰匙擺在桌上後退時，大家都熱烈鼓掌，暖床器發出巨響並猛烈搖晃，過了好一段時間才恢復秩序。隨後大家詳談了一番，而每個人也都出人意外地全力開講。這場會議格外熱鬧，很晚才以歡迎新成員的三聲尖銳歡呼聲作結散會。

沒有任何人後悔接受山姆．威勒，因為他是最投入、表現良好又開朗的俱樂部成員。他確實讓會議多了「活力」，也為週報增添「不同的筆觸」，內容總深深震撼聽眾，出色的投稿有時愛國、古典、搞笑或戲劇性，但絕不情緒化。喬認為他的文章可媲美培根、密爾頓或莎士比亞的作品，也覺得自己能因此改寫出更好的文章。

這間郵局是個重要的小機構，而且業務極為繁忙，因為那裡進出過的各種奇特物品跟真正的郵局一樣多。悲劇劇本與領巾、詩詞與醃漬食物、花園種子與長篇信件、樂譜及薑餅、橡皮、邀請函、斥責信與小狗。老先生樂在其中，經常寄出古怪的包裹、神祕的訊息及好笑的電報，老先生的園丁則為了漢娜神魂顛倒，竟寄情書請喬保管。這個祕密揭曉時大家都笑翻了，從沒想過那間小郵局未來還會裝載多少情書。

9 山姆．威勒也是《匹克威克傳》的角色之一，為匹克威克先生的侍從。

第十一章
實驗

「六月一號！金家人明天就要去海邊了，我自由了。三個月的假，我會有多開心啊！」某個炎熱的日子裡，瑪格回到家開心大喊，看見喬格外疲憊地癱軟在沙發上，貝絲幫她脫下髒兮兮的靴子，艾美則為大家調檸檬水提提神。

「馬區姑婆今天已經出發了，我好開心啊！」喬說。「我真的很怕她要我一起去。如果她開口，我就會覺得自己應該要陪她去，但是梅田那個地方死氣沉沉，我真不想去。送她離開費了好一番功夫，每次她開口跟我說話我都很害怕，我急著想要解脫所以格外貼心協助，但是又好怕她會不捨得跟我分開。我一直等到她上了馬車都還在發抖，就在馬車離開前又再一次嚇到我，因為她伸出頭來說『喬瑟芬，妳要不要——』但我後面什麼都沒聽見，因為我非常無恥地轉身拔腿就跑，一路跑到轉過彎覺得安全了才停下來。」

「可憐的喬！她進來的時候看起來就像是身後有熊在追她，」貝絲以母親疼愛孩子的方式抱著姊姊的雙腳。

「馬區姑婆真是個**洗鞋鬼**不是嗎？」艾美相當吹毛求疵地試喝自己的配方。

「她想說的是吸血鬼，不是洗鞋鬼，但無所謂啦。天氣太熱了，不用太計較用字遣詞，」喬嘀咕著。

「妳放假要做什麼？」艾美巧妙地轉換話題。

「我打算在床上賴到很晚，什麼事都不做，」深深沉入搖椅的瑪格說。「我整個冬天都早早起床，都在幫別人工作，現在我要盡情徹底地休息玩樂。」

「不要，」喬說，「那種懶散的生活不會適合我。我已經準備好一大疊書，打算窩在老蘋果樹上鎮日閱讀，不然就是跟小羅玩——」

「不要說**玩耍**！」艾美哀求她，算是喬先前糾正她「洗鞋鬼」的回馬槍。

「那我就說跟小羅**玩唱**，畢竟他很會唱歌，這樣說才恰當得體。」

「貝絲，我們也休息幾天不要念書做功課好不好，就跟姊姊她們一樣整天玩樂休息，」艾美提議。

「如果母親沒有意見，我就好。我想學幾首新曲子，娃娃們也需要換上夏天的衣服。她們穿得亂七八糟，真的很需要新衣服。」

「母親，可以嗎？」瑪格轉身問坐在她們口中「媽媽的角落」裡縫衣服的馬區太太。

「妳們可以實驗個一星期，看妳們覺得如何。到星期六晚上，我想妳們就會覺得整天玩樂不工作跟整天工作沒得玩樂一樣令人厭煩。」

「才不會呢！我相信那會是美好時光，」瑪格相當有信心。

「我們來舉杯致敬，如我的好友夥伴也就是狄更斯筆下的護士『莎拉．甘普』所說，敬無限玩樂不再辛苦工作！」喬舉起分送到她手中的檸檬水高喊。

大家都開心喝下手中飲料，接著展開閒晃過完一天的實驗。隔天早上，瑪格直到十點才露面。一個人的早餐並不好吃，屋內也顯得空蕩雜亂，因為喬沒在花瓶內插花，貝絲沒掃地，艾美的書則散落一地。放眼望去一片雜亂，只有「媽媽的角落」整齊如常。瑪格就坐在那個角落裡「休息與閱讀」，意思就是打著呵欠幻想要拿薪水去買些什麼漂亮的夏日洋裝。喬整個上午都跟小羅在河上玩，下午則躲在蘋果樹上閱讀蘇珊．華納的《世界遼闊》放聲大哭。貝絲把娃娃居住的大衣櫃裡所有東西全數翻出來，但整理不到一半就累了，於是放下翻天覆地的一片狼藉跑去彈鋼琴，為了不用洗盤子感到非常開心。艾美把田裡的小亭子整理好，穿上最漂亮的白色洋裝、捲髮梳理整齊，然後坐在忍冬下開始作畫，希望有人看到會來打聽這位年輕畫家是誰。但是除了相當好奇且認真研究她作品的長腳蜘蛛外，沒有任何人出現，於是她改去散步卻突然碰上下雨，全身濕淋淋地回到家。

晚餐時她們相互分享點滴，一致同意那天很美好，儘管異常漫長。瑪格下午去逛街買了一塊「漂亮的藍色棉布」，卻在剪下後才發現那塊布不能下水讓她有些生氣。喬在划船時曬傷了鼻子，又因為看了太久的書而頭痛。貝絲則是擔心著自己亂七八糟的衣櫃，又覺得同時要學會三、四首曲子很困難。艾美非常後悔外出淋雨毀了自己的洋裝，因為隔天就是凱蒂．布朗辦的派對，這下她也跟芙蘿拉．麥福林錫一樣「沒有衣服穿」了。但這些都是小事，她們向母親保證實驗進行得相當順利。母親微笑不語，在漢娜的協助下接手完成她們沒做的工作，讓家裡保持乾淨，萬事如常運行。

但誰知道，「休息玩樂」竟會造成如此奇特又不舒服的情況。日子越來越漫長，天氣格外多變，連帶大家的脾氣也多變；一股不安的感覺籠罩大家，撒旦為無所事事的人準備了許多麻煩。瑪格在玩樂享受之際拾起女紅，卻依舊覺得時間過得太慢而開始胡亂修改自己的衣服，想要改得像莫法特家的風格，結果卻毀了自己的衣服。喬一直看書看到眼睛不舒服，對書感到厭倦變得焦躁不已，連好脾氣的小羅都跟她吵了一架，心情惡劣到迫切希望自己當初要是跟馬區姑婆一起去度假就好了。貝絲過得還算不錯，因為她經常忘記自己要徹底玩樂不工作，三不五時又重拾原本的習慣。但她多少還是受到氣氛影響，小小世界的平靜不只一次受到嚴重干擾，以至於她一度用力搖晃可憐的喬安娜說她「看起來真嚇人」。艾美適應最為不良，因為她的活動最少，在姊姊各自去做自己的事留下她一個人後，她很快便覺得自己太過才華洋溢太過重要，這些特質是沉重的負擔。她不喜歡玩娃娃，認為童話故事很幼稚，但也不可能成天畫畫。除非安排得非常好，否則茶會占不了多少時間，野餐也是。「要是能跟一群有教養的女孩同住在漂亮的房子裡，或是一起去旅行，這個夏天一定會很美好；可是要跟三個自私的姊姊還有大男生一起待在家，連蒙神恩的波阿斯[10]都會覺得自己的耐性倍受考驗，」口誤小姐過了幾天徹底玩樂的生活後，感到煩躁無趣而滿口怨言。

沒人願意承認自己厭倦了這場實驗，但是到了星期五晚上，大家心裡都很高興這一週即將結束。幽默感十足的馬區太太決定以適當的方式結束這場試煉，讓她們真正學到教訓，於是給漢娜放假，讓女兒們徹底體會純玩樂不工作所帶來的影響。

星期六早上她們起床時，廚房裡沒有爐火，客廳裡沒有早餐，母親則是完全不見人影。

「我的老天爺啊！發生什麼事了？」喬四處張望驚慌大喊。

瑪格跑上樓又跑下來，看起來很放心卻也相當不知所措，還帶點羞愧。

「母親沒生病，她只是很累，說要整天安靜待在房間裡，其餘我們自己想辦法。她這樣做真的很奇怪，完全不像她。但她說她這個禮拜很累很辛苦，所以我們不得抱怨，只能好好照顧自己。」

「那容易，我覺得這樣不錯，我早就想做點事情了。我的意思是，找點新鮮事來做啦，妳們懂的，」喬趕快補上。

其實大家都很慶幸能有點事做，也決心要做好，但很快便了解漢娜說的話是什麼意思：「做家事可不是鬧著玩的。」櫥櫃裡有很多食物，貝絲與艾美負責擺餐具的同時，瑪格和喬負責料理早餐，一邊對於僕人說下廚很辛苦的這件事感到不解。

「雖然母親叫我們不要管她，她會照顧自己，我們還是拿一些上去給母親吃吧，」掌廚的瑪格泡著茶感覺自己頗有主婦架勢。

10《舊約聖經》中所提到的一位富有且仁慈之人。

因此大家還沒開動前便先把托盤裝滿，由喬帶著瑪格主廚的問候端上樓。茶煮過頭非常苦澀，蛋捲煎焦了，餅乾也沾滿小蘇打粉，但馬區太太仍舊滿心感謝地接過膳食，等喬離開了才痛快大笑。

「這些可憐的孩子，她們恐怕會很辛苦，但反正不會因此受苦，這樣對她們會有好處，」她端出自己事先備好的美味佳餚，將煮壞的早餐處理掉以免傷她們的心。母親這番善意謊言讓她們很是感激。

樓下抱怨聲四起，主廚失敗連連讓她自己非常懊惱。「沒關係，午餐由我來負責張羅，我當僕人妳當太太，妳只要維持白嫩雙手、負責招待客人及發號施令就好，」喬這麼說，但說到下廚她懂的其實比瑪格還少。

瑪格莉特相當樂於接受這個體貼的提議，回到起居室匆匆將垃圾掃到沙發下、闔上百葉窗省得打掃。喬對自己的能力信心滿滿，想要釋出善意和好，於是立刻把邀請小羅來吃午餐的紙條丟進他們的郵局。

「妳想邀請人來之前應該要先看能準備什麼，」瑪格得知這番好客但衝動的舉止後這麼說。

「喔，家裡有醃牛肉跟很多馬鈴薯，我再去買點蘆筍跟一隻龍蝦，像漢娜說的『加個味道』。我們可以用生菜做沙拉。我是不會做，但書上都有作法。然後用奶凍跟草莓當點心，如果妳想要高雅一點還可以配咖啡。」

「喬，不要搞太多花樣，因為妳以前做出來的東西只有薑餅跟糖蜜糖勉強能吃。這場餐宴我可不負責，既然是妳自行邀請小羅，妳要自己照顧他。」

「我也沒有要妳負責啊，只需要妳招呼他，然後幫忙做甜點。要是我亂成一團，妳會提供建議吧？」喬覺得很受傷。

「會，但我也不懂那些東西，只會做麵包跟一些小點心。妳花錢買東西之前最好先徵求母親的同意，」瑪格慎重回答。

「當然會，我又不是笨蛋。」喬對於自己的能力遭到質疑感到相當生氣。

「想買什麼就買，不要來吵我。我中午會出去吃飯，沒空擔心家裡的事情，」馬區太太對前來找她的喬說。「我向來不喜歡做家事，所以今天我也要放假，看書、寫作、去拜訪朋友，為自己找點樂子。」

難得看見勞碌命的母親大清早便舒適地坐在搖椅上閱讀，讓喬感覺好似什麼超自然現象，因為即便是日蝕、地震或火山爆發都不會比母親這樣的舉止奇怪。

「總覺得什麼事情都不對勁，」她下樓時自言自語。「我聽到貝絲在哭，那表示這個家肯定有問題。如果是艾美惹她哭，我一定會好好教訓她。」

感覺自己也很不對勁的喬衝進起居室，發現貝絲對著金絲雀小皮不停啜泣，小皮僵硬地伸長爪子死在籠子裡，看起來就像乞食沒有著落而餓死。

「都是我的錯，是我忘了要餵牠，連一滴水、一粒種子都不剩了。小皮！小皮啊！我怎麼會對你那麼殘忍？」貝絲哭著將金絲雀捧在手裡，試圖救活牠。

喬瞥見金絲雀半闔的眼睛，摸了摸牠的小小心臟發現已全身僵硬冰冷，搖搖頭後表示願意提供自己的骨牌盒作為牠的棺材。

「放進烤箱，說不定牠會回溫然後重生，」艾美語帶期盼。

「牠已經餓死了，我不會在牠死後還把牠拿去烤。我要幫牠縫一件壽衣，然後把牠葬在花園裡。以後我再也不會養鳥了，絕對不會，我親愛的小皮！我太糟糕了，根本不該養鳥，」貝絲坐在地板上捧著寵物喃喃自語。

「葬禮就辦在今天下午，我們都會出席。小貝絲，好了，不要哭了。這件事的確很令人悲傷，但是這個星期沒有一件事正常，而小皮是這場實驗的犧牲者。縫好壽衣後把牠放進我的骨牌盒，餐宴過後我們來舉辦一場隆重的小型葬禮，」喬開始覺得自己似乎擔起了不少責任。

她讓其他人繼續安慰貝絲，自己進入處於極度混亂的廚房。綁好圍裙後，她開始努力把盤子全疊好準備清洗，這時卻發現火滅了。

「前途還真是一片光明啊！」喬嘀咕著粗魯拉開火爐的門，用力戳著殘留灰燼。重新燃起爐火後，她決定要趁燒水的這段時間去市場採買。外出散步讓她重新打起精神，她稱讚自己菜買到好價錢，然後在買了太小的龍蝦、很老的蘆筍及兩盒很酸的草莓後，再度跋涉回家。等她都準備好時，已經到了用餐時間，爐子也已經燒得火燙。漢娜留了一鍋做麵包的麵團等待發酵，瑪格早些時候接手做好放在爐邊進行二次發酵後便徹底忘了這回事。

正當瑪格在起居室裡與莎莉．賈汀納聊著天，門突然打開，一個蓬頭垢面漲紅著臉全身沾滿麵粉與煤灰的身影出現門邊酸溜溜地說：「麵團漲到溢出鍋子應該就發夠了吧？」

莎莉笑了起來，但瑪格只是點點頭，眉毛挑得老高，讓那個身影看了之後立即消失回到廚房將酵母麵包放進烤箱。馬區太太看了幾眼情況，短短幾句話安慰將死去寵物安置於骨牌盒裡並認真縫著壽衣的貝絲後，便出門去了。那頂灰色綁帶無邊圓帽消失於街角時，女孩們都感到莫名無力，幾分鐘後克羅克小姐出現說來參加餐宴，則讓她們感到無比絕望。她是一位身材瘦削、面色蠟黃的老處女，鼻子很靈、眼睛犀利，什麼都逃不過她的法眼，而且什麼她都能八卦。姊妹們不喜歡她，但從小父母就要她們對她友善，因為她年老貧窮又沒什麼朋友。因此瑪格將躺椅讓給她，努力招待她，任由她發問批評，分享著身邊人的八卦。

沒有任何言語足以形容喬那天上午經歷的焦慮、經驗及所付出的努力，但她端出的大餐仍是成了大笑話。她不敢再詢問意見，全靠自己，然後才發現烹飪需要的不只是體力跟善意。蘆筍在水裡煮了一個小時後，她悲傷地發現蘆筍的頭化了而梗卻更老。麵包烤焦，沙拉醬怎麼調都無法入口讓她更加惱怒。龍蝦對她來說是深紅的謎團，但她仍努力敲打戳挖直到把外殼剝下，少得可憐的龍蝦肉徹底隱沒於滿叢生菜中。為了不讓蘆筍等太久，馬鈴薯匆匆準備好卻沒有煮熟。奶凍成了疙瘩糊，巧妙偽裝成一級品的草莓則根本不如外表那麼熟透。

「算了，大家肚子餓的話還可以吃牛肉、麵包跟奶油，只是做了整個早上的白工讓我有點嘔，」比平常晚了半個小時搖鈴叫大家用餐的喬心想，她又熱又累且相當沮喪，看著這頓大餐陳列在習於各式高雅生活的小羅以及會到處八卦這件事的碎嘴克羅克小姐面前。

看大家每試吃一道菜後就不再碰，讓可憐的喬很想鑽到桌子下躲起來，艾美偷笑、瑪格一臉苦惱、克羅克小姐緊抿嘴唇，小羅則盡力大笑聊天讓用餐氣氛充滿歡樂。水果是這頓大餐的優勢，喬已經把草莓加過糖，還有一罐鮮奶油搭配著吃。上甜點時，她漲紅的臉終於降溫了一點，深呼吸後屏息看著漂亮的玻璃盤傳過每個人面前，人人表情開心地望著漂浮於鮮奶油海中的粉色小山丘。克羅克小姐先吃了一口，表情扭曲倉促喝水。大家取用後根本沒剩多少草莓，喬怕大家不夠分所以沒有吃，她瞄向小羅，後者正勇猛地吃個不停，但嘴巴微微噘了起來，視線緊盯盤子。非常喜歡精緻美食的艾美舀了一大匙，嗆到，拿起餐巾遮住臉匆忙離席。

「怎麼了？」喬顫抖驚呼。

「你用了鹽巴而不是糖，奶油也是酸的，」瑪格悲慘地揮手示意。

喬沮喪低吼，往後倒在椅子上，想起她最後從廚房桌上的兩個盒子中隨便抓了一盒便往草莓上灑，然後又忘了把牛奶放進冰箱。她的臉色轉為深紅，眼淚在眼眶打轉之際卻與小羅四目相接，後者英勇地吃光她的食物仍然一臉歡樂。她突然覺得整件事很好笑，笑到流下眼淚。大家也都笑了，連愛抱怨的克羅克老小姐也笑了，這頓慘烈的午餐就這麼在麵包、奶油、橄欖及笑鬧中歡樂結束。

「我現在沒有心力收拾，大家先肅穆地參加葬禮吧，」喬在大家起身時這麼說，克羅克小姐也準備好離開，等不及要在其他朋友的餐桌上分享新故事。

為了貝絲，人人一臉嚴肅。小羅在羊齒叢下挖了墳墓，小皮帶著主人不忍的眼淚安息在此，以蘚苔覆蓋，寫有墓誌銘的石塊上則掛了紫羅蘭與繁縷編織而成的花圈，墓誌銘是喬在七手八腳忙著準備午餐時所寫下。

死於六月七日
小皮．馬區沉睡於此
深受大家喜愛與悼念
永遠存在眾人心中

儀式結束後，在情緒與龍蝦的雙重打擊下，貝絲回到房間卻因為床鋪沒整理無處可休息，沒想到拍打枕頭、整理房間竟大幅減輕了她的悲傷。瑪格幫著喬一起收拾餐宴後的殘骸，耗去大半個下午讓她們精疲力盡，於是同意晚餐喝茶吃土司就好。

小羅非常好心地駕馬車帶艾美出去，因為酸掉的奶油似乎讓她的壞脾氣更加惡劣了。馬區太太回到家，看見三個姊姊在午後時分奮力工作，瞄了一眼櫥櫃便大概知道實驗有部分已經成功了。

這群主婦還沒來得及休息便有好幾個人來訪，於是又一陣手忙腳亂地接待。再來還得準備晚餐、處理雜事、完成拖到最後一刻不能不做的針線活。沉靜的夜晚帶著露水降臨，女孩們一個接著一個聚集在六月玫瑰正含苞待放的前廊，坐下時不是哀號便是嘆氣，好似疲憊或苦惱不已。

「真是可怕的一天啊！」喬通常都會率先開口。

「今天過得異常地快，但真是難熬，」換瑪格。

「一點都不像我們家，」艾美接著說。

「沒有媽媽跟小皮，家根本不可能像家，」貝絲歎息著，眼眶泛淚看著上方空蕩的鳥籠。

「親愛的，媽媽在這裡，妳要的話明天再幫妳買一隻鳥。」

馬區太太說話的同時在她們身邊坐下，她的假期似乎也沒有比她們的好多少。

「妳們實驗夠了嗎，還是想再實驗一個星期？」貝絲靠在她身旁，其他人也都轉向她臉上露出光芒，就像花朵面向太陽那樣開心。

「我不要！」喬堅定大喊。

「我也不要！」其他人齊聲贊同。

「那妳們是否覺得，盡一些責任、有時候也為其他人做點事，會比較好？」

「閒晃嬉鬧一點好處也沒有，」喬搖頭。「我已經厭倦了，想立刻開始做點事情。」

「妳學點簡單烹飪好了，非常實用又是每個女人都該具備的技能，」馬區太太回想起喬的餐宴默默地笑著，她下午已經碰到克羅克小姐並聽她轉述了整個過程。

「母親，妳是否故意外出不管事情，就是要看我們會應付得如何？」瑪格懷疑了一整天。

「沒錯，我想讓妳們了解，眾人的舒適全仰賴每個人各自盡好本分。我跟漢娜接手妳們的工作時，妳們都過得還不錯，但我並不覺得妳們很開心或喜歡那種生活。因此我想讓妳們學到小小的教訓，看看當每個人都只顧自己的時候，會變成什麼樣子。妳們不覺得，當大家能夠互相幫忙，各自有日常工作要做，會讓休閒時間來臨時更感甜美，各自承擔責任與彼此容忍，家就會是更舒適美好的地方嗎？」

「沒錯啊，母親，沒錯！」姊妹們齊喊。

「那我建議妳們再次拾起自己的小小包袱，這些包袱有時或許很沉重，對我們卻很有幫助，而且學會承擔的話就不會感覺那麼重了。工作有益健康，人人都有份。有了工作就不會無聊或惹麻煩，對身心都很好，也讓我們有種遠優於金錢或時尚的能力與獨立的感覺。」

「我們會如蜜蜂辛勤工作並且樂在其中，等著瞧吧，」喬說。「我放假就要學點簡單的烹飪，下次辦餐會一定會很成功。」

「媽媽，我來代替妳為父親縫製襯衫。雖然我沒有特別喜歡做女紅，但我有能力而且我也該這麼做。這樣會比對自己已經很漂亮的衣服亂搞一通來得好多了，」瑪格說。

「我每天都會做功課，不要花那麼多時間在音樂與娃娃上。我真是笨蛋，應該要念書而非只顧著玩，」貝絲下定決心，艾美則以姊姊們為榜樣英勇宣布：「我會學著縫鈕釦孔，然後注意自己的言詞。」

「非常好！那我對這次實驗很滿意，也覺得應該不會需要再重複。但妳們也不用像奴隸那樣過分地奴役自己。安排固定的工作與玩樂時間，讓每一天都充實美好，善用時間證明自己了解時間的價值。這樣年少時會充滿喜悅，老來不會有太多後悔，儘管貧窮，生命也會圓滿成功。」

「母親，我們會記住的！」大家也都記住了。

第十二章 羅倫斯營區

郵局局長由貝絲擔任，因為她多半都在家可以固定去收信，也非常喜歡每天打開小門上的鎖發信給大家的工作。某個七月天裡，她雙手捧滿郵件回到家，穿梭家中如同廉價郵政服務一一分送信件與包裹。

「母親，妳的花來了！小羅從不會忘記要送妳花，」她將芬芳的鮮花插進擺放於「媽媽的角落」裡的花瓶，貼心的小羅負責補充花瓶裡的鮮花。

「瑪格・馬區小姐，妳有一封信及一只手套，」貝絲接著將物件遞給坐在母親身旁縫製袖口的姊姊。

「咦，我是忘了一整副在那裡，怎麼會只有一只？」瑪格看著灰色的棉質手套說。「妳是不是掉了一只在花園裡？」

「沒有，我確定沒掉，因為小郵局裡就那麼一只。」

「我最討厭不成對的手套！算了，應該會再找到另一只。我的信是先前想要找的那首德文歌的翻譯。我想應該是布魯克先生寫的，這不是小羅的筆跡。」

馬區太太望向瑪格，後者穿著格子棉布晨袍、落在額頭的捲髮輕微飛揚相當美麗，坐在工作桌前做女紅的她非常有女人味，桌上擺滿一卷卷整齊的白線；她邊縫邊唱歌，滿腦子都是如腰間三色堇般純潔清新的小女孩想像，完全不察母親的思緒，這一點讓馬區太太滿意地微笑。

「喬博士有兩封信，一本書及一頂奇怪的舊帽子，那頂帽子占據了整個小郵局還凸出來，」貝絲笑著走進喬正忙於寫作的書房。

「小羅真是狡猾！我說真希望現在流行大帽子，因為每次豔陽天我的臉都會曬傷。他說：『幹嘛管現在流行什麼？就戴頂大帽子讓自己舒服就好了啊！』我說要是有我就會戴，他就寄這個給我，就是要看我敢不敢戴。我就無聊戴一下，讓他知道我才不在乎流行。」繼而把寬緣古董帽掛在柏拉圖的半身像上，開始讀寄給她的信。

其中一封信是母親寫給她的，讀完讓她臉頰泛紅、眼眶泛淚，因為信裡寫道：

親愛的：

只是想告訴妳，我對妳努力控制自己脾氣的表現有多滿意。妳絕口不提自己遭受的試煉、挫敗或成功，可能心還想著，除了那位協助妳完成每日工作的「朋友」，沒有人發現。我這麼想是因為引導妳的那本書，書皮已經磨損。但其實我也都看見了，並且真心相信妳真誠的決心，因為妳的努力開始有了成果。親愛的，請耐心並勇敢地繼續，永遠要相信最能夠同理體會妳的人便是……

愛妳的母親

「對我真是太有幫助了！這封信價值百萬及無數讚美。喔，媽媽，我真的很努力！我會繼續努力不會厭倦，因為有妳會幫助我。」

喬把頭趴在手臂上，喜悅的眼淚滴落於她所寫的故事，她以為自己的努力沒人發現、沒人在意，因此這番出乎意料、來自母親的保證更顯珍貴與振奮人心，因為她最在乎的便是母親的讚美。如今她覺得自己更加堅強，能夠迎戰並征服生命中的惡魔亞玻倫，她將短箋釘在外衣裡當作護身符與提醒，以免自己再被惡魔控制。然後她繼續讀下一封信，無論好消息或壞消息她都可以應付。小羅漂亮有勁的大字寫著：

親愛的喬啊！

明天有幾個英國女孩跟男孩要來找我，我打算要讓大家玩得盡興。天氣好的話，我會在隆梅朵搭帳篷，划船載全部的人去那裡吃午餐打槌球、生營火、走吉普賽風格聚餐大吃，隨便玩耍嬉鬧。他們都是好人，也喜歡這種活動。布魯克會負責管好我們男生，凱特．馮恩會注意女生的禮節。希望妳們全部一起來，無論如何都不要讓貝絲拒絕，到時候沒有人會打擾她。不要擔心食物夠不夠，我會負責準備食物跟其他東西，妳們人來就對了！

極為倉促的小羅
敬上

「精彩的來了！」喬急忙將消息告訴瑪格。

「母親，我們肯定可以去吧？我們能夠幫小羅很多忙，我會划船，瑪格會幫忙準備午餐，兩個妹妹也多少能派上用場。」

「希望馮恩一家不是那種老成穩重的人。喬，妳認識他們嗎？」瑪格問。

「我只知道他們有四個兄弟姊妹。凱特年紀比妳大，富瑞德和富蘭克（雙胞胎）年紀跟我差不多，小女孩（葛芮絲）大約九歲或十歲。小羅是在國外認識他們的，他喜歡那兩個兄弟。但從他提起凱特時抿嘴的模樣來看，我猜他不怎麼欣賞她。」

「真慶幸我的法式印花衣是乾淨的，正好適合這種場合！」瑪格相當得意。「喬，妳有什麼適合的衣服嗎？」

「我有紅灰相間的划船服，這樣對我來說就夠了，我要划船還要到處走，不想穿什麼正式的衣服還得擔心不要弄髒。小貝絲，妳會去吧？」

「只要妳不讓男生來跟我說話。」

「一個也不會！」

「我喜歡讓小羅開心，我也不怕布魯克先生，他人很好。但是我不想一起玩遊戲、唱歌或聊天。我會盡量不造成別人的困擾，喬妳也要照顧我，這樣我就會去。」

「好乖，妳很努力戰勝害羞的本性，我好喜歡妳這樣。與自己的弱點對抗並不容易，我知道，但幾句溫暖的話就能讓人打起精神。母親，謝謝妳。」喬在馬區太太消瘦的臉頰印上感激的一吻，對馬區太太來說，那比重獲年輕時的紅潤雙頰還要珍貴。

「我收到一盒巧克力豆，還有我一直想臨摹的畫，」艾美給大家看她的郵件。

「我則是收到羅倫斯先生的短箋，邀請我晚上在路燈亮起前過去彈琴給他聽，我會過去，」貝絲與老先生的友誼發展得非常順利。

「那我們今天加快腳步做兩倍的工作，這樣明天就可以無憂無慮去玩了，」喬已經準備要把手上的筆換成掃把上工。

隔天清晨太陽公公造訪女孩們的房間保證今天是好天氣時，在它眼前的景象極為好笑。每個人都在前一天按照自己的想法為隔天盛會做好適宜得體的準備。瑪格的額頭多了一排紙髮捲，喬在曬傷的臉上塗了厚厚一層面霜，貝絲將喬安娜帶上床睡覺以彌補自己即將與她分開，艾美更是出人意外地在鼻梁上夾了夾子，好讓扁平的鼻梁變挺。那是藝術家用來將畫紙固定於畫板上的夾子，所以拿來作為目前的用途也算適當又有效。如此爆笑的畫面似乎讓太陽公公覺得很有趣，於是綻放出強烈光芒喚醒喬，後者則看著艾美臉上的飾品開懷大笑因而吵醒其他姊妹。

陽光與笑聲對玩樂活動來說是好兆頭，兩邊屋裡不久便人聲鼎沸。最先準備好的貝絲不斷回報對門的動靜，從窗邊不時捎來消息讓廁所裡的姊妹們也充滿活力。

「帶著帳篷的男子出現了！我看到巴克太太把午餐裝進有蓋子跟沒蓋子的大提籃裡。羅倫斯先生正抬頭看著天空與風信雞。希望他也會去。小羅出現了，看起來頗像個水手，真不錯！喔，我的天哪！馬車載來一車的人，有位很高的小姐、一個小女孩、兩個可怕的男生。其中一個瘸了腿，好可憐，他還拄著拐杖。這件事小羅沒跟我們說。姊妹們，動作快一點！時間要來不及了。我說那不是奈德．莫法特嗎！瑪格，那不是某次我們去買東西時跟妳打招呼的人嗎？」

「真的是耶。他會來也真奇怪。我還以為他在山上。莎莉來了。還好她及時趕回來。喬，我看起來還好嗎？」瑪格焦急大喊。

「美極了。把裙子拉好，帽子扶正，這樣歪一邊看起來太感性，而且風一吹就會飛走。好了，走吧！」

「喬啊，妳不會想戴那頂醜不拉嘰的帽子吧？太蠢了，我不會讓妳打扮成男生的模樣出門，」瑪格大聲抗議，看著喬用紅色緞帶把小羅開玩笑寄來的寬緣傳統編織草帽繫在頭上。

「我就是這麼打算，它能遮陽又輕而且很大頂，非常好用。大家當然會取笑我，但只要舒服，我不介意當個男生。」說完喬便大步邁出門，其餘姊妹也跟著魚貫而出，全都穿著最漂亮的夏日洋裝，輕盈的帽簷下是一張張開心的臉龐。

小羅奔向她們，極為熱誠地把她們介紹給朋友認識。草皮成了會客室，好個生動場景就在此上演了幾分鐘。瑪格很高興見到凱特小姐，雖然她已經二十歲，穿著打扮卻是美國女孩都該仿效的輕便裝扮；奈德先生保證自己是專程為了看瑪格才出席，也讓她好生欣喜。喬能理解為什麼小羅每次提起凱特都會「正經抿嘴」，因為她全身上下散發著「不要靠近我」的氛圍，與其他女孩坦率好相處的態度形成強烈對比。貝絲觀察了兩位新加入的男孩子，認為瘸了腿的那個男孩並不「可怕」，反而相當柔弱，因此她決定要對他好一點。艾美認為葛芮絲是很有教養又開朗的小朋友，在彼此無言對望了幾分鐘後，兩人突然變成很要好的朋友。

帳篷、午餐及槌球設備先行上路，一行人不久後也跟著出發，兩艘船同時推入河裡，只剩羅倫斯先生在岸邊揮舞帽子道別。小羅和喬划一艘船，布魯克先生和奈德划另一艘船，其中一位雙胞胎富雷德·馮恩喜愛製造混亂，自己駕著一艘小船，像隻受到驚嚇的水蟲在水面亂划干擾兩艘船。大家應該要謝謝喬那頂好笑的帽子，因為它真是多功能。起初是惹眾人發笑而立刻破冰，在她划船的同時也不斷在風中飄盪帶來清涼微風，而且，她還說，要是下雨還能給大家當雨傘。凱特小姐覺得她很「古怪」但頗為聰明，於是從遠處對她投以微笑。

坐在另一艘船裡的瑪格開心地與划船的兩人相對而坐，這兩人都非常喜歡自己眼前的景致，以罕見「熟練的技巧」划槳。布魯克先生是位認真沉默的年輕人，棕色大眼相當迷人，聲音也很好聽。瑪格喜歡他的沉靜，認為他是裝滿實用知識的活百科全書。他甚少跟她說話但經常看著她，而且她很確定不是出於反感。正在念大學的奈德，則擺出大學新鮮人認為自己需承擔義務的各種姿態。他不算聰明但個性很好，整體而言是野餐時的好同伴。莎莉·賈汀納忙著保持她的白色凸紋布洋裝乾淨，同時跟無所不在的富雷德聊天，後者的惡作劇則讓貝絲持續處於恐懼之中。

到隆梅朵的路程不算遠，但眾人抵達時帳篷已經架好，槌球球門也固定在地。宜人的綠色草原中間有三棵開枝散葉的橡樹，以及適合打槌球的平順長條草皮。

「歡迎光臨羅倫斯營區！」年輕東道主對著上岸後歡呼連連的眾人說。

「布魯克是總司令，我是後勤指揮官，其他男生是參謀，妳們女生是訪客。帳篷是專門為妳們女生架設的，那棵橡樹是妳們的會客室，這棵是飯廳，第三棵是伙房。好，趁還不會太熱前先打一場球，然後再看中餐要如何。」

富蘭克、貝絲、艾美及葛芮絲坐下來看其他八人打球。布魯克先生選瑪格、凱特，及富雷德組一隊。小羅則選莎莉、喬與奈德。英國人球打得很好，但美國人打得更好，而且彷彿深受美國獨立精神啟發，競爭到底毫不退讓。喬和富雷德起了幾次衝突，一度還幾乎對罵。喬在打第三球門時失了手，如此失誤讓她頗為激動。富雷德的分數緊跟在她後面，而且又輪到他先上場，然後才是喬。富雷德一揮桿，球擊中球門柱回彈停在球門外三公分處。那附近沒有人，於是他衝上前檢視時狡猾地伸腳輕碰了球一下，讓球恰好滾入球門柱內三公分。

「我進球了！喬小姐，我要擊敗妳，取得領先位置，」年輕人大喊著揮舞球桿，準備再次打擊。

「我看到你把球踢進去了！現在輪到我打擊，」喬厲聲說道。

「我發誓沒有動那顆球。它或許是滾了一下，但規定可以這樣。所以閃邊讓我奪標。」

「我們美國人是不作弊的，但你要作弊的話隨你便，」喬很生氣。

「大家都知道美國佬最奸詐，要打就給妳打啊！」富雷德反嗆她，然後把她的球打得老遠。

喬打算開口罵他卻即時阻止自己，連額頭都漲紅的她在原地站了一分鐘，使勁全力把球門槌進土裡，此時富雷德碰到終點柱並欣喜若狂地宣布自己奪標。喬離開去找自己的球，過了很久才在樹叢間找到，等她回來時已經看起來相當冷靜沉默，且耐心地等待再次輪到自己。她又打了好幾次才重新取得失手前的優勢，此時另一隊差一點就贏了，因為凱特擊發的最後一球，停在終點柱前不遠處。

「我的媽呀，我們完蛋了！凱特，掰掰啦。喬小姐還欠我一球，所以妳沒希望了，」富雷德激動大喊，大家都靠近看這最後一球。

「美國佬最奸詐之處在於對敵人仁慈，」喬的眼神讓那男孩臉紅，「特別是贏過敵人的時候，」她接著說，然後巧妙地揮桿得分贏得這場球賽，完全沒碰到凱特的球。

小羅將帽子拋向空中，卻突然想起打贏自己的客人也不該雀躍，於是停止歡呼轉而對朋友低聲說：「喬，幹得好！他確實有作弊，我看到了。我們不能直接對他說，但他下次也不敢了，相信我。」

瑪格假借幫喬紮好鬆脫的辮子把她拉到一旁，讚許地對她說：「他真是極盡挑釁之能，但妳卻控制住自己的脾氣了，喬，我好替妳開心。」

「瑪格，不要讚美我，因為我此刻就想賞他幾耳光。要不是我在蕁麻叢間待到可以壓下脾氣不罵人，早就爆發了。我現在也瀕臨爆發，所以希望他別再來惹我，」喬咬住下唇，從大帽緣下怒瞪富雷德。

「午餐時間到了，」布魯克先生看著自己的手表。「後勤指揮官，請你負責生火及提水，馬區小姐、莎莉小姐和我負責把餐點擺出來好嗎？誰擅長泡咖啡？」

「喬會，」瑪格很高興能推薦自己的妹妹。喬心想近來的烹飪課應該讓她有所長進，於是大方接下掌管咖啡壺的責任。其他孩子負責撿拾枯枝，男孩生了火並從鄰近泉裡提水回來。凱特小姐在一旁素描，富蘭克則跟用燈心草編成小墊子充當盤子的貝絲聊天。

總司令與幫手們迅速將桌布鋪好，排上令人垂涎欲滴的食物與飲料，還用綠葉裝飾得很漂亮。喬宣布咖啡泡好後，大家都坐下準備享用大餐，畢竟年輕人很少會消化不良，運動還會讓人胃口大開。午餐在歡樂氣氛中度過，一切都很新鮮有趣，不時爆出的大笑聲還嚇到鄰近覓食的老馬。餐桌上的不平等也讓人開懷，除了杯盤數量不足外，還有橡實會掉進牛奶、黑蟻不請自來享用餐點，連毛毛蟲都從樹上往下垂吊看大家在做什麼。三個髮色偏淺的小孩子從柵欄上方探頭偷看，還有一隻令人討厭的狗從河的對岸極盡所能朝他們狂吠。

「鹽在這裡，」小羅遞給喬一盤草莓時這麼說。

「謝謝你喔，但我比較想加蜘蛛，」她順手撈起兩隻一個不留神就死在奶油中的小蜘蛛。「你自己的餐會這麼順利，竟然還忍心提起我那次可怕的經驗？」喬說完後兩人大笑，還因為盤子不夠而分食同一盤食物。

「我那天真的吃得很開心，到現在還忘不了。這場餐會又不是我的功勞，我又沒做什麼，都是靠妳、瑪格和布魯克撐起來的，我非常感謝妳。等吃不下之後大家要來做什麼呢？」小羅覺得午餐吃完自己的王牌大概就出完了。

「繼續玩遊戲等太陽小一點吧。我帶了作者牌來玩，而且我敢說凱特小姐應該也知道些新鮮有趣的遊戲。她是客人，你應該要多陪陪她。」

「妳不也是客人嗎？我以為她會很適合跟布魯克當朋友，但他都一直跟瑪格說話，然後凱特就只會透過她那個該死的單邊眼鏡盯著他們看。我會去問她，所以妳不用教訓我怎樣才算有禮貌，喬，因為妳也不是個有禮貌的人。」

凱特小姐還真的知道幾個新遊戲，在女生不想再吃而男生再也吃不下之後，大家改移駕會客室玩故事接龍。

「先由一個人開始講故事，隨便鬼扯，要講多久都行，但是要在最精彩刺激處暫停，然後下一個人接著繼續鬼扯說故事。大家玩得好的話就會很好笑，因為會有很多亂七八糟兜在一起的情節惹人大笑。布魯克先生，由你開始吧，」凱特帶著命令的語氣讓瑪格很是意外，因為她對這位家庭教師的敬重就如同對其他男士。

躺在兩位年輕女子腳邊草地上的布魯克先生順從地開始說故事，那雙漂亮的棕色眼睛凝視著閃耀光芒的河面。

「很久很久以前，有位騎士到世界上尋找財富，因為他除了劍與盾牌沒有任何家當。他闖蕩了好一段時間，將近八十二年，而且過得非常辛苦，直到他來到某位仁慈老國王的皇宮，這位國王有匹優秀且極具野性的愛馬，他正懸賞能夠馴服並訓練這匹小馬的人。騎士同意試試看，進度緩慢但確實，因為小馬相當英勇，儘管牠狂放不羈不久仍學會愛自己的新主人。每天幫國王的愛馬上課時，騎士都會騎著牠穿過城市，過程中，他到處尋找夢中見過無數次的某個美麗臉龐，但不曾找到。有一天，騎馬經過某條安靜街道，從殘破城堡的窗戶裡看見那張美麗臉龐。他滿心歡喜上前詢問舊城堡裡住了誰，得知有人施法將多位公主囚禁於此，成天紡織以籌錢為自己贖身。騎士非常希望能夠解救她們，但他自己很窮，只能每天經過看著那張甜美的臉龐，希望有天能在陽光下看見她。最後他決定要走進城堡，問他們自己能幫上什麼忙。他上前敲門，大門迅速打開，他看見……」

「光芒四射的美麗女子，她出於狂喜大喊：『終於來了！終於來了！』」凱特接著說，她讀過法文小說並且相當喜愛那種風格。「『是她！』古斯塔夫伯爵大喊，出於喜悅而忘形地跪在她身前。『起身吧！』她說，伸出大理石般白皙的手。『絕不！除非妳告訴我該如何拯救妳，』騎士跪著發誓。『唉！命運殘酷地將我滯留於此，直到有人殺死囚禁我的暴君。』『惡人在何處？』『在錦葵廳。英勇的騎士，去吧，將我從絕望中救出。』『遵命，我若沒喪命於他手下必凱旋歸來。』拋下激動回應的他立刻奔向錦葵廳，猛烈推開大門正要進入時，卻遭受……」

「巨大希臘字典的重擊，由身著黑色長袍的年長男子扔出，」奈德說。「那個叫啥名字的爵士立刻重新站穩，將暴君拋出窗外，然後頭上腫了一個包凱旋回到那位夫人身邊，卻發現門已上鎖，便扯下窗簾編成繩梯，爬到一半梯子卻斷了，墜落十八公尺一頭栽入下方的護城河。善於游泳的他繞著城堡游到由兩個粗壯男子守衛的小門，抓起兩人的頭像敲碎堅果那樣相互撞擊，毫不費力地以他過人的力量把門撞破，爬上覆蓋了厚厚一層灰的石階，上面還布滿了拳頭大小的蟾蜍，以及會嚇得馬區小姐花容失色的蜘蛛。爬上階梯的他猛然看見讓他無法呼吸、連血液都凝結的景象……」

「是一身白衣、臉上還覆蓋面紗的高大身形，枯槁的手上拎了一盞燈，」瑪格接著說。「他要騎士跟他走，無聲地飄在他前方，步上漆黑陰冷如墳墓的長廊。兩邊是身著盔甲的陰暗肖像，一片死寂，那盞燈散發著藍光，鬼魅身形不時轉頭看他，白色面紗下露出可怕雙眼的光芒。他們來到一扇布幕遮蓋的門，門後傳來美妙的音樂。他急忙衝上前要進門，幽靈卻把他拉回來，威脅性十足地在他面前揮舞一個……」

「鼻菸盒，」喬陰森的語氣震驚在座聽眾。「『謝謝您，』騎士很有禮貌地說，捏起一撮然後打了七次噴嚏，用力到連頭都掉了。『哈！哈！』幽靈大笑，從門上鑰匙孔一窺裡面為了求生而不斷紡織的公主後，這個惡靈把受害者抓起來放入巨大錫製箱，裡面另有十一個無頭騎士擠成一團，這時他們全部起身開始……」

「跳起水手舞，」富雷德趁著喬喘口氣時插嘴，「他們跳舞的同時，那座爛城堡搖身一變成為揚帆的戰船。『揚起船首的三角帆，捲起中桅帆的升降索，下風舷滿舵，槍砲就位！』船長大聲下令，葡萄牙海盜船正航入視線，前桅飄揚著黑如墨水的旗幟。『水手們，迎擊並戰勝！』船長說完便開始激烈戰鬥。最後當然是英國人打贏了，他們永遠是贏家。」

「才不是呢！」一旁的喬大喊。

「俘虜了海盜船長後，船帆拍擊著屍體疊得老高的多桅縱帆船，血流入下風處的排水孔，因為他們下的命令是『舉起彎刀壯烈犧牲！』『水手長的哥兒們，把這個壞人用船首三角帆繩吊起來，逼他趕快承認自己的罪行，』英國船長說。那個葡萄牙人打死不開口，走上跳板，一旁歡樂的水手則拚命叫好。但那個狡猾的人跳入水裡潛至戰船下方鑿洞，全面揚帆的船就這樣沉入海底，『沉入最深最深最深的海底』……」

「糟糕！我要說什麼呢？」莎莉驚呼，富雷德以航海名詞及最喜歡的故事片段隨便拼湊而成的接龍到此結束。「總之他們沉入海底，好美人魚出來迎接，但看到那箱無頭騎士很是傷心，於是好心地以鹽水醃漬，希望能藉此發掘其神祕之處，畢竟女人天性就會好奇。不久後有位潛水伕下來，美人魚便說：『若你願意把這個箱子帶回水面，我就送你一盒珍珠，』因為她想幫助這些可憐人重新獲得生命，自己卻搬不動。於是潛水夫將箱子吊上去，打開時很失望地發現根本沒有珍珠。他把箱子留在無人的寬廣田野上，後來發現箱子的人是……」

「養鵝的小女孩，她在那塊地上養了上百隻肥鵝，」莎莉說不下去於是換艾美。「小女孩覺得他們很可憐，於是問老太太自己該怎麼做才能幫助他們。『鵝會告訴妳，牠們無所不知，』老太太說。於是她問那些鵝該用什麼來取代不見的頭，上百隻鵝開口大叫……」

「『高麗菜！』」小羅連忙接上。「『真是好主意，』小女孩說，跑到她的花園裡摘下十二顆漂亮的高麗菜。她把高麗菜接在那些身體上，騎士便立刻甦醒，謝過小女孩後便開心地上路，完全沒發現自己的頭有什麼不同，因為這世界上還有許多跟他們一樣的頭，沒人覺得奇怪。我最感興趣的那位騎士再次回去尋找那張美麗的臉龐，然後得知所有公主都已經紡織到足夠數量為自己贖身，繼而離開嫁人去了，只有一位沒有。情緒極為激動的他跳上陪他經歷所有風雨的小馬，衝向城堡去看剩下的是哪一位。他從矮叢上方偷看到他所心儀的夢中情人正在花園裡摘玫瑰花。『送我一朵玫瑰花好嗎？』他問。『你必須自己進來拿，我不能拿過去給你，這樣不符合禮節，』她說話的模樣甜美如蜜。他嘗試要越過矮叢，但矮叢似乎越長越高。接著他又嘗試要突破矮叢，但矮叢似乎越長越茂密，他感到相當絕望。因此他很有耐性地折斷一根又一根細枝，直到終於挖出一個洞能望進去，他透過那個小孔哀求：『讓我進去！讓我進去！』但美麗的公主似乎聽不懂他的話，因為她仍繼續安靜地摘玫瑰，任由他自己想辦法進入。至於他究竟成功與否，就由富蘭克來告訴大家了。」

「沒辦法，我沒有要加入，我向來都不玩這類遊戲，」富蘭克驚慌失措地說，不知道要如何把這對可笑情侶從困境中解救出來。貝絲早就躲到喬身後，葛芮絲則睡著了。

「所以可憐的騎士就要繼續卡在矮叢裡了是嗎？」布魯克先生仍望向河面，一手把玩著插在鈕釦孔裡的野薔薇。

「我猜過一陣子後，公主會給他一朵鮮花然後把門打開，」小羅自己偷笑，然後朝他的家庭教師扔橡實。

「我們真是編了好一堆鬼話！多玩幾次搞不好能編出很不錯的故事。你們知道真心話嗎？」

「但願我知道，」瑪格認真地說。

「我是說真心話遊戲啦，知道嗎？」

「那是什麼遊戲？」富雷德問。

「就是大家把手疊起來，選一個數字然後大家一個個地抽出手，當數到那個數字時，看看抽出手的那個人是誰，他就要誠實回答大家的問題。非常好玩。」

「來玩玩看吧，」喬非常喜歡嘗鮮。

凱特小姐、布魯克先生、瑪格及奈德都拒絕，但富雷德、莎莉、喬和小羅把手疊起來，選數字，然後數到小羅。

「你心目中的英雄是誰？」喬問。

「爺爺及拿破崙。」

「你覺得在場哪位女生最漂亮？」莎莉問。

「瑪格莉特？」

「那你最喜歡哪一個？」富雷德問。

「當然是喬。」

「你問什麼蠢問題啊！」喬不屑地聳聳肩，大家則因為小羅理所當然的語氣而大笑。

「再試一次。真心話是個不錯的遊戲，」富雷德說。

「你真應該要說實話，」喬低聲回敬。接著輪到她。

「妳最大的缺點是什麼？」富雷德想考驗她是否會說實話，但他自己根本做不到。

「壞脾氣。」

「妳最想要什麼？」小羅問。

「一雙靴子的鞋帶，」喬猜到他的用意並且不讓他得逞。

「那不是真的答案。妳必須說出真正最想要的東西。」

「你好聰明。小羅，你很希望能送我那樣東西吧？」她對著他失望的臉露出狡猾笑容。

「你最欣賞男人的什麼美德？」莎莉問。

「勇氣與誠實。」

「換我了，」這次數到富雷德的手。

「來要他好看，」小羅低聲對喬說，後者點頭並立即問……

「你剛才打槌球是不是有作弊？」

「嗯，是有一點。」

「很好！你剛才的故事是否出自《海獅》？」小羅問。

「是沒錯。」

「你是否覺得英國在各方面都最完美？」莎莉問。

「我如果不這樣覺得才該以自己為恥。」

「他是個不折不扣的英國佬。好了，莎莉小姐，這下不用數就換妳了。先由我的問題來傷妳的心，妳是否覺得自己頗會賣弄風情，」小羅說話的同時，喬對富雷德點頭以示和解。

「你真沒禮貌！當然不是，」莎莉驚呼，但所展現的姿態顯然跟答案相反。

「妳最討厭什麼？」富雷德問。

「蜘蛛及米布丁。」

「妳最喜歡什麼？」喬問。

「跳舞及法式手套。」

「好啦，我覺得真心話遊戲很無聊。還是來好好玩一局作者牌提神吧，」喬提議。

奈德、富蘭克及兩個小女孩也加入牌局，此時年紀較長的三位分開坐著聊天。凱特小姐再次拿出素描本，瑪格莉特看她畫畫，布魯克先生則拿著書躺在草地上，並未閱讀。

「妳畫得真好！好希望我也會畫畫，」瑪格的語氣除了欣賞還帶有一絲遺憾。

「妳為何不去學呢？我覺得妳應該很有品味及天分，」凱特小姐相當親切地回話。

「我沒有時間。」

「我猜妳們媽媽比較喜歡其他才藝吧。我媽媽也是，但我自己私下上了幾堂課好向她證明我有天分，後來她便願意讓我繼續學。妳不能請妳們的女家庭教師這麼做嗎？」

「我沒有家庭教師。」

「我忘了，美國的年輕女孩上學的比例比我們高。而且據我爸爸說，都是很好的學校。妳應該是去念私立學校吧？」

「我沒去上學，我本身就是人家的女家庭教師。」

「喔，原來如此！」凱特小姐說，但她的語氣聽來就跟說「什麼啊，真是可憐！」差不多，凱特的語氣以及表情讓瑪格紅了臉，但願自己沒那誠實。

布魯克先生立刻抬起頭來說：「美國的年輕女生跟她們的老祖宗一樣熱愛自由，還因為自力更生而頗為人欣賞與敬重。」

「喔，當然啦，這麼做非常好而且非常適合。我們許多有頭有臉的年輕女性也同樣自力更生，而且是為貴族工作，畢竟出身上流社會的她們都很有教養又有才華，妳知道的，」凱特小姐傲慢的語氣更傷了瑪格的自尊，也讓她的工作顯得更為低俗可恥。

「馬區小姐，還喜歡那首德文歌嗎？」布魯克先生發問打破尷尬的沉默。

「喜歡！非常好聽，很謝謝幫我翻譯的人。」瑪格垂頭喪氣的臉龐綻放出光芒。

「妳看不懂德文嗎？」凱特小姐露出驚訝的表情。

「不是很懂。負責教我德文的父親不在家，我自己學又學不好，因為沒人能糾正我的發音。」

「現在試試看吧。這裡有德國作家席勒的劇本《瑪麗亞．斯圖亞特》，還有位喜愛教書的家教。」布魯克先生帶著誘人微笑將手上的書放在她腿上。

「我不敢試，太難了，」瑪格很是感激，但羞於在身邊如此有才華的年輕女性面前嘗試。

「我來唸一段以示鼓勵吧。」於是凱特小姐以正確無誤的發音不帶任何情感地朗讀書中最美的段落。

她將書還給瑪格時，布魯克先生沒有說話，瑪格則天真地說：「我還以為這本是詩集。」

「有些段落是詩，試試看這段吧。」

布魯克先生嘴角揚起詭異的笑容，翻到瑪麗亞可憐的哀歌。

瑪格順從地跟著新家教用來指引的長長草葉緩慢羞怯地朗讀，美妙嗓音的柔軟腔調在不知不覺中將艱難的字化為詩歌。綠草繼續往下移，悲傷的情境美到讓瑪格忘了身旁的聽眾，旁若無人地兀自閱讀，為哀傷的皇后所說的話增添了幾許悲情。若她當下看見了那雙棕色大眼或許會突然停止，但她始終沒抬頭，也因此順利上完課。

「唸得非常好！」瑪格停下來時，布魯克先生這麼說。完全無視她的諸多錯誤，看起來彷彿真的熱愛教學。

凱特小姐架上她的單邊眼鏡，看看眼前風景後闔上素描本，然後以高高在上的姿態說：「妳的腔調不錯，時間久了就會讀得很好。我建議妳學起來，因為德文對教師來說是很好的加分工具。我得去顧著葛芮絲了，她在亂跑亂跳。」說完便慢步離開，聳肩對自己說：「我來這裡可不是為了當女家庭教師的監護人，就算她很年輕漂亮。這些美國佬真是奇怪。真怕小羅被她們帶壞。」

「我忘了英國人很瞧不起女家庭教師，對待女家庭教師的態度也跟我們不同，」瑪格表情不悅地看著遠去的身影。

「很遺憾地，就我所知，在那裡當家庭教師也很辛苦。瑪格莉特小姐，對我們這種要工作的人來說，還是美國最好。」布魯克先生看來如此滿足與開心，讓瑪格都不好意思抱怨自己命運乖舛。

「那我很高興自己生活在這裡。我雖然不喜歡我的工作，但我其實頗有成就感，所以也沒什麼好抱怨的。我只希望自己能像你這麼熱愛教學。」

「我想妳如果有小羅這種學生就會。明年他走了我會很遺憾，」布魯克先生忙著在草地上戳洞。

「去念大學，是嗎？」瑪格嘴上是問這個，但眼神卻接著問：「那你怎麼辦？」

「是啊，他早就該去念大學了，他早就準備好了。等他去念大學我就要去從軍，國家很需要我。」

「很高興聽你這麼說！」瑪格很是驚喜。「我認為每個年輕男子都該想要去，雖然留在家裡的母親與姊妹會很辛苦，」她悲傷地接著說。

「兩者我都沒有，而且也沒幾個朋友在乎我的死活，」布魯克先生的語氣頗為苦澀，下意識將枯萎的玫瑰塞進他挖的洞，繼而如同小墳墓埋起來。

「小羅和他的祖父會很在乎，若你發生不幸我們也都會很難過，」瑪格真心地說。

「謝謝妳，聽妳這麼說真好，」布魯克先生看起來又很有活力，但話還沒說完，騎著老馬的奈德便遲緩地出現在他們面前要展現他的騎馬技巧給年輕女性們看，後來那天便再無平靜的時刻了。

「妳不喜歡騎馬嗎？」奈德帶領大家繞著草原狂奔一圈後，駐足休息的葛芮絲問艾美。

「我非常喜歡。以前爸爸還很有錢的時候，瑪格姊姊會騎馬，但我們現在沒有馬了，只有艾倫樹，」艾美大笑說完。

「艾倫樹是什麼。是驢子嗎？」葛芮絲很好奇。

「嗯，因為喬非常喜歡馬，我也是，但家裡只剩一個舊的女用側坐馬鞍，沒有馬。我們花園裡有一棵蘋果樹正好有一根大樹枝位置很低，於是喬把馬鞍掛在上面，又在向上長的地方裝上韁繩，這樣就能隨我們高興在艾倫樹上亂跳了。」

「太好笑了！」葛芮絲大笑。「我在家有一頭小馬，幾乎每天都會跟富雷德和凱特去公園騎馬。那是很不錯的活動，我的朋友也都會去，然後騎馬道上都是上流社會的淑女跟紳士。」

「哇，真是吸引人！希望有天我也能出國，但我比較想去羅馬而不是騎馬道，」艾美完全不知道騎馬道是什麼地方，但打死她也不會開口問。

富蘭克坐在兩個小女孩身後聽見她們的對話，相當不耐煩地推開自己的拐杖，看著好動的男孩們從事各種搞笑運動。貝絲正一一撿起散落各地的作者牌，抬起頭以她害羞但友善的方式問：「你應該已經累了吧，有什麼能為你做的嗎？」

「請陪我聊天。一個人坐在這裡好無聊，」富蘭克在家顯然是備受呵護。

對害羞的貝絲來說，今天他就算是要求她以拉丁文演講，也不會比要求陪他還來得困難，但現下她無處可逃也無法躲在喬的身後，可憐的富蘭克又以那樣渴求的眼神看著她，於是她勇敢地決定試試看。

「你想要聊什麼？」她笨拙地整理手中卡片，想收起來卻掉了一半。

「我想了解板球、划船及打獵，」富蘭克還沒學會要選擇適合自己體力的興趣。

我的天哪！我該怎麼辦？我對這些活動一無所知，貝絲心想，慌亂之中忘了男孩的不幸只想著要讓他多說話，「我從沒看過人家打獵，但我想你應該很了解過程。」

「我去過一次，但以後都不能再打獵了，因為我企圖跳過該死的高柵門時受了傷，以後再也不能騎馬或追逐獵犬了，」富蘭克大嘆一口氣，讓貝絲很後悔自己說話如此無知莽撞。

「你們的鹿比我們的水牛漂亮多了，」她轉而面對草原尋求協助，內心慶幸自己讀過喬很喜歡看的少男叢書。

事實證明水牛是個令人滿意又撫慰人心的話題，貝絲一心想讓對方發笑而忘了自己的害羞，也完全沒發現姊妹們看到她跟男孩對話的奇特景象時有多麼驚豔，那可是她拜託家人不要讓她接近的可怕男孩啊。

「她真是善良！她覺得他很可憐所以對他很好，」正在打槌球的喬朝她露出燦爛的笑容。

「我就說她是個小聖人，」瑪格接著說，彷彿沒人能再質疑這一點。

「我已經好久沒聽過富蘭克如此大笑了，」葛芮絲對艾美說，她們倆正在討論娃娃及如何用橡實的上蓋做成茶杯組。

「我姊姊願意的時候可以非常吹毛求疵，」艾美對於貝絲成功逗富蘭克笑感到相當滿意。她其實是想說「非常有魅力」，但其實這兩組詞的意思葛芮絲都不懂，反正吹毛求疵聽起來很像回事而且讓人很有好感。

這個下午就在即興戶外娛樂、狐入鵝群棋[11]及和平的槌球賽中結束。日落時，大家拆下帳篷、把東西裝回提籃、拔起槌球柱，全部放上船，然後一群人依水流而下開心高歌。有些感傷的奈德高唱小夜曲的憂傷副歌……

獨自一人啊！悲傷地獨自一人

以及歌詞……

我們如此年輕，我們擁有情感

11 狐入鵝群棋（fox and geese）一般而言有十三支鵝棋與一支狐狸棋，兩方棋子都可在空格上移動，狐棋若被鵝棋包圍就落敗，不過狐棋還可跳吃鵝棋，若狐棋吃下足量的鵝棋讓剩下的鵝棋數量不足以進行包圍，則算狐棋得勝。

喔，為何要如此冷淡地分開？

他以那樣感傷的表情望向瑪格，害她忍不住大笑，壞了他所唱歌曲的氛圍。

「妳怎麼可以對我這麼殘忍？」他趁著大家歡樂合唱的同時低聲說。「妳整天都跟那個一本正經的英國女生黏在一起，現在又對我不好。」

「我不是故意的，但你的表情實在太好笑，我真的忍不住，」瑪格輕描淡寫地帶過他的責難，因為她確實故意疏遠他，她還記得莫法特家中的那場派對以及後來的對話。

相當不悅的奈德轉向莎莉尋求安慰，很生氣地對她說：「這個女生完全不解風情對吧？」

「沒錯，但她是個很可愛的女孩，」莎莉的回覆承認了朋友的缺點，卻也為她說話。

「反正她不是受驚嚇的鹿，」奈德故作機智，但程度大概只跟一般年輕男孩差不多。

這群人在起初相識的草皮上很有禮貌地互道晚安及道別，因為馮恩一家接著要去加拿大。四姊妹穿越花園回家時，凱特小姐望著她們的背影不帶一絲傲慢地說：「認識後會發現，美國女生雖然過於坦率，但人其實很不錯。」

「我同意，」布魯克先生說。

第十三章
理想國度

某個溫暖的九月天裡，小羅奢侈地躺在吊床上來回搖曳心想不知道鄰居在做什麼，卻又懶得出門去看。他正處於那種因為過著不事生產又很不滿意的日子而心情惡劣，希望一切能夠重來。炎熱的天氣讓他變得懶散，逃避念書，不斷挑戰布魯克先生的耐性極限，練了大半個下午的鋼琴讓祖父非常不開心，調皮地暗示他有一隻瘋狗嚇得女僕驚慌失措，又因為懷疑自己的馬沒受到妥善照顧而與馬夫吵架，最後生氣地躺回吊床上埋怨這世界的愚蠢，直到當下的寧靜讓煩躁的他也平靜下來。他盯著上方七葉樹的綠蔭天馬行空地幻想，他正在想像自己徜徉大海環遊世界，一陣人聲卻把他瞬間沖回岸上。他從吊床網眼間瞄了一眼，看見馬區姊妹們離開家，彷彿即將遠征。

「這些女孩到底要去做什麼啊？」小羅張開惺忪的睡眼看個仔細，因為這幾位鄰居的打扮有些奇特。她們每個人都戴了帽緣寬大的帽子，肩上背了棕色的亞麻布袋，手拄長杖。瑪格帶著靠枕，喬有書，貝絲提籃子，艾美則是畫冊。所有人安靜地穿越花園，從後面的小門出去，爬上橫亙房子與河流中間的山丘。

「竟然這麼不夠意思，」小羅自言自語，「去野餐還不找我！她們不可能划船去，因為鑰匙不在她們那裡。搞不好她們忘記了。我把鑰匙拿去給她們，看她們在做什麼。」

雖然他擁有五、六頂帽子，還是花了點時間才找到一頂，然後為了找鑰匙又找了好一會兒，最後在口袋裡找到，所以等他越過柵欄追上去時她們已經不見蹤影。他抄近路來到船屋等她們出現但沒有人來，他又爬上山丘觀察。松樹叢遮蔽了一塊山丘地，從這塊綠叢中傳出比松樹的輕聲嘆息或蟋蟀慵懶鳴叫還要清楚的聲音。

「這才叫做美景！」小羅心想，從樹叢間偷窺的他已經徹底清醒且心情大好。眼前畫面非常美麗，四姊妹齊坐樹陰下，陽光與樹蔭在她們身上閃爍，香氣濃郁的風掀起她們的頭髮、為她們火熱的臉頰降溫，樹林裡的小生物則繼續做自己的事情，彷彿她們不是陌生人，只是老朋友。瑪格坐在帶來的墊子上，白皙雙手靈巧地做女紅，穿著粉紅色洋裝的她在綠地襯托下看起來好比清新甜美的玫瑰花。貝絲在鄰近鐵杉下篩選堆積成山的毬果，她拿來做很多漂亮的東西。艾美在畫羊齒叢的素描，喬則是在編織的同時大聲朗讀。男孩看著她們，臉上籠罩了一片烏雲，他覺得自己不請自來應該要離開，卻又流連不已因為家裡感覺很寂寞，而這場林中寂靜派對相當吸引他煩躁的靈魂。他是如此安靜佇立，有隻忙著採集的松鼠從他身邊的松樹跑下來，突然看到他便往後彈，大聲尖叫引來貝絲抬頭看，發現躲在樺樹後面那張渴望的臉龐，朝他露出令人安心的微笑要他上前。

「我可以進來嗎？還是我會打擾大家？」他緩慢往前走。

瑪格挑了眉，但喬朝她皺眉反抗然後立即說：「當然可以。我們本來想邀請你，但是怕你不會喜歡這種女孩子氣的活動。」

「妳們的活動我都喜歡，但如果瑪格不希望我留在這裡，我就離開。」

「只要你有做事，我就沒有意見。這裡的規定是不得游手好閒，」瑪格嚴肅但大方地說。

「沒有任何問題。只要妳們讓我留下來，什麼我都願意做，因為家裡跟撒哈拉沙漠一樣沉悶。要我做女紅、朗讀、撿毬果、畫畫，還是全部同時做？放馬過來吧，我準備好了。」小羅帶著順從的表情坐下，讓人看了很開心。

「我要固定鞋跟，你幫我把故事唸完，」喬把書遞給他。

「遵命，」他溫馴從命，然後開始盡力證明自己有多感謝大家讓他加入「忙碌蜜蜂學會」。

故事不算長，唸完後，他提了幾個問題作為自己的獎賞。

「各位女士，容我請問，這個極富教育性質的迷人組織是新的嗎？」

「要跟他說嗎？」瑪格問妹妹們。

「他會取笑我們，」艾美警告大家。

「誰在乎啊？」喬說。

「我覺得他會喜歡，」貝絲接著說。

「我當然會喜歡！我保證不會笑。跟我說吧，喬，不要害怕。」

「誰會怕你啊！就我們之前會模仿《天路歷程》過生活，而且最近非常認真執行，整個冬天到夏天都是。」

「嗯，我知道，」小羅明白似地點頭。

「誰告訴你的？」喬質問。

「幽靈。」

「不是啦，是我。有天晚上你們都不在，他心情不好我想逗他笑。他很喜歡，喬，所以不要罵人，」貝絲膽怯地說。

「你真是守不住祕密耶。算了啦，這樣也省得麻煩。」

「請繼續說，」小羅說，喬看起來有點不開心，繼續專心工作。

「喔？她沒跟你說我們的新計畫嗎？我們想要不浪費假期，所以每個人都有自己的工作並全心投入。假期快結束了，該做的事情都做完了，我們很高興沒有虛擲光陰。」

「是啊，我想應該是，」小羅想到自己游手好閒的日子有些後悔。

「母親希望我們盡可能多出門，我們就把工作帶來這裡度過愉快的時光。為了好玩，我們把自己的東西裝在這些布袋裡，戴舊帽子，撐著木杖爬山，就像以前那樣假裝是朝聖者。我們把這座山稱為『愉悅山』，因為我們能看得很遠，看見自己希望未來能居住生活的國度。」

喬指向遠方，小羅坐正跟著看，從樹林間的空隙眺望可見一片草原，就在寬廣蔚藍的河流對面，繼而越過寬廣城市的外圍來到通往天際的綠色丘陵。太陽西斜，天空盈滿秋季日落的璀璨光芒。丘陵頂端疊滿金色與紫色雲朵，直聳入淡紅光芒的銀白色尖峰，有如天城的夢幻塔尖般閃耀。

「真是太美了！」小羅溫柔地說，他總是很快便能看見或感受各式各樣的美。

「這裡常有這般美景，我們也很喜歡看，因為每次都不一樣但永遠都很絢麗，」艾美真希望自己能畫下來。

「喬說到我們希望未來能居住生活的國度，是指鄉下，養豬養雞還要曬牧草。有這樣的鄉下可以住當然很好，但我多希望上面的美麗國度也是真的，讓我有天能去住，」貝絲陷入沉思。

「我們未來會去的地方會是更加美好的國度，只要我們表現得夠好，」瑪格的聲音極度甜美。

「好像要等好久，要做到好困難。我想要立即飛去，像那些雁子一樣飛進那雄偉的大門。」

「貝絲，妳遲早會進去的，不用擔心，」喬說。「我才是那個得拚命努力、不斷攀爬與等待的人，搞不好還永遠進不去。」

「妳放心啦，有我陪妳。在我接近你們的天城前大概有好長一段路得走。要是我遲到了，貝絲，妳會幫我說好話吧？」

男孩臉上的表情讓小女孩有些不安，但她沉靜盯著變化萬千的雲彩開朗地說：「人若真的想進去並且為此努力一輩子，我相信最終一定進得去，因為我不覺得那道門上會有鎖或門口會有警衛看守。我想像中的天城就跟畫裡的一樣，會有閃閃發亮的人伸出雙手，歡迎從河中爬起來的可憐基督徒進城。」

「要是我們幻想的理想國度都能成真，還能居住其中，那會多有趣啊，不是嗎？」喬在短暫沉默後說。

「我幻想了那麼多個，真要挑一個住也很困難，」小羅躺在草地上朝出賣他的松鼠扔毬果。

「當然是選最喜歡的那一個。你的是什麼？」瑪格問。

「我若說出來，妳會跟我說妳的嗎？」

「當然，只要其他姊妹也願意。」

「我們會的。小羅，你先。」

「等我如願看遍世界後，我會想在德國定居，隨心所欲彈奏音樂。我會成為知名音樂家，所有人都會前仆後繼來聽我演奏。我永遠都不用擔心錢或生意，只要隨自己高興享受生活就好。這是我最喜歡的國度。瑪格，妳的是什麼？」

瑪格莉特似乎覺得要說出口有點困難，拿起蕨葉在面前揮舞好似驅趕想像中的小蚊子，然後緩緩說出：「我想要一間漂亮的房子，充滿各種奢華的東西，美食、華服、漂亮家具、志同道合的人，還有成堆的錢。我要當女主人，隨我高興持家，還要有許多僕人讓我再也不用做家事。那我會有多快樂啊！但我不會游手好閒，而是會做好事，讓大家都很喜歡我。」

「妳的理想國度裡不要有男主人嗎？」小羅狡猾地問。

「我都說了『志同道合的人』，」瑪格說話時小心翼翼地綁著鞋帶，讓其他人看不見她的臉。

「妳怎麼不乾脆說妳會有優秀聰明又善良的先生及天使般的小孩？妳也知道妳的理想國度少了這些不會完美，」喬說話相當直接，她自己還沒有這類溫柔的幻想，而且除非出自書本，否則她對談情說愛不屑一顧。

「那妳的應該除了馬、筆墨架及小說之外什麼都沒有吧，」瑪格相當生氣地回敬。

「我的應該是這樣吧！我的馬廄裡會充滿阿拉伯馬，房間裡堆滿書，然後寫作時用魔法筆墨架讓我的作品能跟小羅的音樂一樣知名。我想要在進入我的理想國度前先做一件轟轟烈烈的事，在我死後也不會為世人所遺忘的英勇或美好事蹟。我還不知道會是什麼事，但我會隨時留心注意機會，有一天會讓你們都驚訝不已。我想我會出書，然後出名賺大錢，這樣我就開心了，這是我最喜歡的夢。」

「我的是跟父親、母親平安待在家裡，然後幫忙照顧家裡，」貝絲滿足地說。

「妳沒有其他想要的東西嗎？」小羅問。

「我已經有了小鋼琴，這樣就心滿意足了。我只希望大家都能身體健康永遠在一起，就這樣。」

「我有非常多願望，但最喜歡的是成為藝術家，然後去羅馬畫出很精彩的作品，成為全世界最棒的藝術家，」這是艾美算有節制的願望。

「我們真是野心勃勃啊，不是嗎？除了貝絲，我們每個人都想要出名想要有錢，然後在各方面都很出色。不知道我們當中有沒有人哪天會夢想成真，」小羅嚼著青草宛如沉思中的牛。

「我已經握有夢想國度的鑰匙，但能否打得開門就要再看了，」喬神祕地透露。

「我也握有自己的鑰匙，但不得去嘗試。該死的大學！」小羅相當不耐地嘆息嘀咕。

「我的在這裡！」艾美揮舞手中的鉛筆。

「我沒有鑰匙，」瑪格很是落寞。

「妳有啊，」小羅立即說。

「在哪裡？」

「在妳臉上。」

「胡說，那一點用都沒有。」

「妳等著瞧吧，一定會為妳帶來值得擁有的東西，」小羅想著自己猜測的小小祕密大笑。

躲在蕨葉後方的瑪格臉紅了，但什麼也沒有問，只是露出期待的神情望向河的對岸，跟布魯克先生那天說起騎士故事時的神情相同。

「若我們十年後都還活著，就再次聚首看多少人的願望成真，或與現在相比距離有多近，」喬隨時都能立即計畫。

「天哪！到時我年紀都多大了，二十七歲耶！」瑪格驚呼。她剛滿十七歲，已經覺得自己是個成年人。

「多多，你跟我將會是二十六歲，貝絲二十四歲，艾美二十二歲。真是老成的組合啊！」喬說。

「希望我到時候已經做出值得引以為傲的事，但我實在很懶惰，喬，我怕我會偷懶。」

「母親說你只是需要有動機，等你找到動機，她相信你會表現得很出色。」

「她相信嗎？那我發誓我一定會表現出色，只要有機會！」小羅突然精力充沛地坐起來。「能讓爺爺開心我就應該滿足了，我也很努力，但說真的相當吃力，因為他的期望與我自己的意願相違背。他希望我去印度經商，跟他當初一樣，但我情願有人給我一槍。我討厭喝茶、討厭絲綢、討厭香料，也討厭他那幾艘爛船載來的所有垃圾，等我成為船主的時候才不會在乎那些船會不會沉下去呢。去念大學應該就要能滿足他了，因為如果我把四年的時間都給他，他應該就不能再逼我從商。可是他心意已決，我必須要走他走過的路，除非我跟父親一樣離家出走滿足自己的夢想。要是還有人能陪伴他老人家，我一定明天就動身。」

小羅說得口沫橫飛，看起來好似稍有人激他，就會立刻實現他的威脅，因為他正快速長大，雖然懶散卻有著一般年輕人的反骨，也有著一般年輕人急於見識世界的渴望。

「我建議你搭上家裡的船遠行，沒有嘗試過自己想要的生活前不要回來，」如此大膽的發言激發了喬的想像力，而且她所謂「多多所受的委屈」讓她深感同情。

「喬，這樣不對。妳不可以說這種話，小羅你也不該接受這種爛意見。你應該要照你爺爺說的話去做，孩子，」瑪格以她最為接近母親的語氣說話。「在大學裡好好表現，當他看到你是如何想討他歡心，相信他就不會對你這麼嚴厲或不公平了。就像你說的，沒有其他人能陪在他身邊愛他，如果你未經他的允許就離開他，你將永遠無法原諒自己。不要沮喪或煩躁，善盡你的責任，就會像善良的布魯克先生一樣獲得受人敬重與愛戴的獎賞。」

「妳對他了解多少？」小羅很感謝她的建議但不喜歡聽人說教，於是樂於在自己少見的爆走後，將話題從自己身上轉開。

「只有聽你爺爺說過的事情，布魯克先生一直照顧自己的母親到她過世，也因為不願意離開她身邊而不願意出國去當好家庭的家教。還有他現在還會供養當初看護他母親的老太太，從不跟任何人說，而且盡可能地當個大方有耐性又善良的人。」

「他確實是，真是個好男人！」小羅誠懇地說，瑪格說完後停頓了一會兒，泛紅的臉帶著誠懇。「爺爺就是這樣的人，去了解他的背景卻不讓他發現，然後再把他的好告訴別人，讓其他人也會喜歡他。布魯克一直不懂妳們母親為何對他這麼親切，總請他跟我一起過去你們家，然後用她那種熱情善良的方式對待他。他覺得她真是完美無瑕，一直不停說起這件事、也熱切地說妳們大家的事。要是哪天我能夢想成真，妳們就會知道我想為布魯克做什麼了。」

「現在就可以從不要折磨他開始，」瑪格語氣相當尖銳。

「妳怎麼知道我會折磨他？」

「我從他離開你們家時的表情就看得出來。如果你當天很聽話，他就會露出滿意的表情，步伐輕快。如果你當天折磨他，他會露出嚴肅的表情，步伐緩慢，彷彿內心很想再回去把工作做好。」

「聽起來好有意思。所以妳從布魯克臉上的表情來追蹤我表現好壞是嗎？我看他經過妳們窗前都會鞠躬微笑，但我不知道你們還有彼此打暗號。」

「我們沒有啦，不要生氣，還有，不要跟他說我有說過這些話！我只是要讓你知道我很在乎你的近況，而且在這裡說的話都要保密，你得明白這一點，」瑪格大喊，很怕自己無心的話會招來什麼後果。

「我才不會打小報告，」小羅擺出「不可一世」的態度，喬都這麼形容他有時會出現的表情。「只是如果布魯克是溫度計的話，我就要注意自己的表現，讓他能報告好天氣。」

「不要生氣啦，我不是故意說教或打小報告或口無遮攔。我只是覺得，喬鼓勵你做的事情是你以後會後悔的事。你對我們這麼好，讓我們覺得你就像自己的親兄弟，所以就有話直說。請原諒我，我是好意。」瑪格伸出手，動作親切但也帶著羞怯。

小羅為自己的一時不悅深感羞愧，相當坦率地緊握住那隻友善的手說：「該要請妳原諒的是我。我今天一整天都很生氣而且表現不良。我喜歡有妳像個姊姊那樣告訴我，我哪裡做得不好，所以就算有時我會很沒禮貌也請不要介意。我還是很感謝妳。」

他很努力要表示自己沒有生氣，於是盡力討好大家，幫瑪格纏棉線，朗讀詩詞讓喬開心，為貝絲搖下更多毬果，幫艾美整理羊齒，證明自己有資格加入「忙碌蜜蜂學會」。正當大家熱烈地討論烏龜（剛剛爬上岸的可愛生物）的生活習慣，遠方傳來鈴聲讓她們知道漢娜正在泡茶，現在出發剛好可以回家吃晚餐。

「我可以再來嗎？」小羅問。

「只要你很乖巧，像小孩子的祈禱書裡說的一樣好好讀書，就可以來，」瑪格對他微笑。

「我會盡力。」

「那你就可以來，我會教你怎麼像蘇格蘭人一樣編織。目前襪子的需求量很大，」大家在門邊道別時，喬揮舞手中的襪子好比揮舞藍色絨毛大旗。

當天晚上，貝絲在夜色中為羅倫斯先生彈琴，小羅站在布幕陰影處聽著有如小大衛般的貝絲彈奏，她那簡單的樂曲總能讓他憂鬱的情緒好轉。他看著老人家坐在那裡手撐著花白的頭，想著他如此深愛卻不在人世的孩子。小羅想起下午的對話，決定要甘願地犧牲，對自己說：「我會放棄我的夢想，在爺爺需要的時候待在他身邊，因為他只剩下我了。」

第十四章
祕密

喬在閣樓裡忙碌不已，十月的天氣開始變冷，午後時光很短。每天有兩、三個小時會有陽光從高處窗戶溫暖照耀，落在舊沙發上振筆疾書的喬身上，書寫的幾張紙就攤在面前的大箱子上；寵物鼠抓抓在她頭頂的橫梁上散步，後面跟著他的大兒子，非常不錯的小子而且顯然相當以自己的鬍鬚為傲。喬徹底投入工作，一直寫到填滿最後一頁，流暢地簽完名然後拋開手上的筆高喊：

「好了，我盡力了！如果這樣還不夠好，那就要等到我更有能力的時候了。」

她往後躺在沙發上仔細閱讀手稿，這裡修一下那裡改一下，還加入許多看起來很像小氣球的驚嘆號。最後她用漂亮的紅色緞帶把手稿捆起來，坐在位子上以認真渴望的表情端詳了一會兒，足見她對這份作品的用心。喬在閣樓的書桌其實就只是安在牆邊的一只老舊錫製箱型烤爐。她把稿紙跟幾本書妥善收在裡面讓同樣很愛文學的抓抓碰不到，後者傳播文學的方式是吃掉眼前所見的書頁。喬從烤爐裡拿出另一本手稿一起放入口袋，躡手躡腳地下樓，任由她的寵物朋友啃食她的筆或偷喝她的墨水。

她盡可能悄悄戴上帽子、穿上外套，從後方窗戶爬到前廊屋頂，往下落在草坡上，再繞遠路來到馬路上。回到馬路上後，她整理了一下儀容，攔下路過的公共汽車一路進城，表情歡樂又神祕。

若有人在看她，一定會覺得她的動作非常詭異，因為她才下車就振步疾行，直到她來到某條繁忙街道上的某個門牌號碼前。費了番功夫找到地址後，她進門，沿著骯髒的樓梯往上看，動也不動站了一分鐘後，突然又以與先前相同的速度快閃離開。同樣的動作反覆了好幾次，對面大樓窗戶裡有位深色大眼的年輕人看了覺得非常好笑。第三次回來時，喬要自己鼓起勇氣，把帽子往下拉蓋過眼睛然後走上樓，彷彿是要把牙齒全部拔掉的人。

門上眾多招牌中有一個牙醫招牌，上頭有著一副為了引人注意、一口漂亮牙齒而緩慢開闔的人工頷骨，對街那位年輕人盯著那副人工頷骨看了好一會兒，穿起外套戴上帽子，下樓去站在對面大樓的門口，打了個寒顫微笑說：「她就是會自己來的那種人，但如果等下不順利，就會需要有人陪她回家。」

十分鐘後，喬漲紅臉跑下樓，看起來就像剛經歷了某種試煉。她看見那位年輕男子時一點也不開心，點了頭便與他擦肩而過。但他跟在後面同情地問：「剛剛很糟糕嗎？」

「也不算。」

「過程結束得很快。」

「對啊，還好！」

「妳為什麼自己去？」

「不想讓任何人知道。」

「妳真是我見過最奇怪的人了。妳拔了幾顆？」

喬一頭霧水看著她朋友，然後開始大笑彷彿真的覺得有什麼很好笑。

「我有兩顆牙想拔，但是要等一個禮拜。」

「妳在笑什麼？喬，妳不安好心眼喔，」小羅看起來很迷惘。

「你也是。先生，你在那個撞球場裡做什麼？」

「這位小姐，不好意思喔，那不是撞球場。那是健身房，我在學擊劍。」

「那很好。」

「為什麼？」

「你可以教我，這樣我們演《哈姆雷特》的時候，你可以演萊阿提斯，我們可以好好演出擊劍的場景。」

小羅爆出男孩的豪放笑聲，連街上路過的人都跟著笑。

「不管演不演《哈姆雷特》我都會教妳。擊劍非常好玩，真的妙極了。但我不相信妳以堅定語氣說『那很好』只是因為這樣，沒錯吧？」

「沒錯，我很慶幸你不是去撞球場，因為我希望你永遠不會去那種地方。你會去嗎？」

「不常去。」

「我希望你不要去。」

「喬，去那裡也沒什麼。我家有撞球桌，可是沒有好對手也不好玩。所以，因為我很喜歡撞球，有時候我會去跟奈德．莫法特或其他人打一局。」

「糟糕，真是遺憾，因為你會越來越喜歡那種活動，然後浪費時間、浪費錢，變得跟那些討厭的男生一樣。我本來希望你能一直受朋友敬重與滿意，」喬搖頭。

「難道我不能偶爾從事一些無傷大雅的娛樂活動但仍受人尊重嗎？」小羅看來有些惱怒。

「這就要看你從事什麼活動及活動場所了。我不喜歡奈德跟他那些朋友，希望你不要跟他們往來。母親不讓他來我們家，雖然他會想來。如果你變得跟他一樣，母親就不會願意讓我們像現在這樣玩在一起了。」

「是嗎？」小羅有些緊張。

「對啊，她受不了流氣的年輕人，情願把我們都關在小盒子裡，也不願意讓我們跟他們往來。」

「那她還不用拿出盒子來。我不是什麼流氣的人也沒打算要跟他們玩在一起，但我喜歡偶爾玩點無傷大雅的遊戲，妳不喜歡嗎？」

「是啊，無傷大雅的話沒人會介意，就去玩吧，但小心不要玩瘋了好嗎？不然我們就得跟我們在一起的好時光說再見了。」

「我會當個加倍純潔的聖人。」

「我受不了聖人。只要當個單純誠實、品行端正的男孩，我們就絕對不會拋棄你。我不知道如果你開始表現得跟金先生的兒子一樣，我該怎麼辦。他很有錢沒處花，喝酒賭博又離家出走，好像還假冒他父親的名字，真的很可怕。」

「妳覺得我可能會做一樣的事情？真謝謝妳喔。」

「不是啦，我沒有！才沒有！但我聽人家說過金錢的誘惑很強烈，有時候我會希望你是窮人。這樣我就不用擔心了。」

「喬，妳會擔心我嗎？」

「有一點，你有時候看起來很情緒化又不滿，人又很固執，一旦走錯路我怕會很難阻止你。」

小羅繼續走但沉默了幾分鐘，喬看著他的背影很希望自己沒多嘴，因為他的眼神看來相當憤怒，不過嘴邊的微笑又好像是因為她的提醒而揚起。

「妳打算回家路上都要訓話嗎？」他終於開口。

「當然沒有，為什麼這樣問？」

「因為如果妳要訓話，我就搭公車。如果沒有，那我就跟妳一起散步回去，告訴妳有趣的事情。」

「我不會再說教了，有什麼消息，我想聽。」

「很好，那走吧。這是個祕密，如果我跟妳說了，妳也要跟我說一個妳的祕密。」

「我沒有祕密，」話還沒說完喬就閉嘴了，她想起自己確實有祕密。

「妳知道妳有——而且妳這人藏不住祕密，所以快點誠實招來，不然我不跟妳說，」小羅大喊。

「你的祕密很棒嗎？」

「當然啦！跟妳認識的人有關，而且相當有趣！妳應該要聽，我想講出已經想很久了。來，妳先開始吧。」

「你回家不會說什麼吧？」

「絕對不會。」

「你私下也不會取笑我？」

「我從不取笑人。」

「你會。你總能從別人身上得到你要的東西。我不知道你怎麼辦到的，但你天生就擅長花言巧語。」

「謝謝誇獎。開始說吧。」

「我拿了兩篇故事去報社投稿，他下週會給我答案，」喬對著密友的耳朵低聲說。

「知名美國女作家馬區小姐萬歲！」小羅大喊著把帽子往空中拋後又接住，兩人已經離開市區，因此這個舉動讓兩隻鴨子、四隻貓、五隻母雞及六個愛爾蘭小孩看得很開心。

「噓！我猜不會有什麼結果啦，但沒試過我無法善罷甘休，而且我什麼都沒說是因為不想讓其他人失望。」

「一定不會失敗的。喬，你的故事跟那些每天出版的半數垃圾作品相比，根本可媲美莎士比亞的作品了。要是能看到那些故事登出來一定很好玩，大家一定會以我們的女作家為傲吧？」

喬雙眼閃耀光芒，有人相信自己總是令人開心，朋友的讚美也遠比任何報紙上的吹捧來得甜美。

「那你的祕密呢？多多，要公平，不然我以後都不會再相信你了，」她想撲滅那些因為幾句鼓勵而熊熊燃起的希望。

「說出來可能會害我惹上麻煩，但我也沒答應過不說，所以我還是要說，我只要不能把話都告訴妳，心裡就會不安。我知道瑪格的手套在哪裡。」

「就這樣而已？」喬相當失望，小羅點頭但臉上寫滿神祕情報。

「目前這樣就夠了，等我告訴妳手套在哪裡，妳也會同意。」

「那就說啊。」

小羅彎腰在喬的耳邊低聲說了幾個字，這幾個字帶來了相當有趣的轉變。她停在原地盯著他看了一分鐘，驚訝中帶著不悅，然後又繼續走路，厲聲問：「你怎麼知道？」

「我看到了。」

「在哪裡？」

「口袋裡。」

「一直都在嗎？」

「對啊，很浪漫吧？」

「哪會，好討厭。」

「妳不喜歡嗎？」

「當然不喜歡。太荒唐了，我才不允許。我的老天爺啊！瑪格會怎麼說？」

「要記得，妳不能跟任何人說。」

「我又沒答應你。」

「這是共識，而且我那麼信任妳。」

「我目前是不會說啦，但我覺得好噁心，真希望你沒告訴我。」

「我還以為妳會很高興。」

「高興有人會要來帶走瑪格？才不要。」

「等有人要來帶妳走的時候，妳就不會這樣覺得了。」

「看誰敢來帶我走，」喬凶狠地大喊。

「我也想知道！」小羅光想到就想笑。

「我覺得祕密不太適合我，你跟我說了之後，我就覺得腦筋變成一團漿糊，」喬非常後悔。

「跟我比賽跑下這座山丘，妳就會沒事了，」小羅提議。

四下無人，眼前的平緩斜坡相當誘人，喬無法抵抗如此誘惑拔腿就跑，把帽子、梳子及散落的髮夾全都拋在身後。小羅率先抵達目的地，看到他開出的藥方成果相當滿意，因為他的亞特蘭塔[12]頭髮飛揚臉色紅潤氣喘吁吁地隨後出現，臉上看不出一絲不快樂。

「真希望我是馬，這樣我就能在這個好天氣裡無盡奔馳也不會喘不過氣來。這樣很好玩，但卻害我變成男生了。你人這麼好，去幫我把東西撿回來吧，」喬噗通一屁股坐在楓樹下，深紅色的樹葉布滿了斜坡。

小羅悠閒出發尋回散落物品，喬趕快把頭髮再紮起來，希望整頓好儀容前不要有人經過看見。但就是有人經過，而且還剛好就是瑪格，因為外出拜訪朋友而穿著節慶時的體面服裝。

「妳到底在這裡做什麼啊？」她看著披頭散髮的妹妹一臉驚訝但仍不失優雅風範。

「撿葉子，」喬心虛地整理手中剛撈起的一把紅葉。

「還有髮夾，」小羅將六根髮夾扔在喬的腿上。「瑪格，這條路上也有長出髮夾，還有梳子跟棕色草帽。」

「喬，妳剛剛在跑步。怎麼可以？妳什麼時候才會停止這種嬉鬧行徑？」瑪格相當不認同，順手梳理風吹亂的領口及頭髮。

「等我老到動不了得要用拐杖的時候。不要逼我提前長大，瑪格。妳這樣突然的轉變已經夠糟了，我還想要盡可能地當個小女孩。」

喬一邊說話一邊彎腰看著葉子，掩飾顫抖的嘴唇，近來她感覺瑪格莉特正快速變身成女人，而小羅的祕密讓她很害怕不久後必定會發生這下看來格外接近的離別。他看見喬臉上的煩惱，很快問了問題吸引瑪格的注意：「妳去拜訪了誰？大家都還好嗎？」

「我去拜訪賈汀納家，莎莉跟我描述貝兒．莫法特的婚禮，非常華麗。他們已經出發去巴黎過冬了，光想就覺得很棒！」

「妳羨慕她嗎，瑪格？」小羅問。

「我必須承認，是的。」

「那我很慶幸！」喬嘀咕著用力綁緊帽子。

「為什麼？」瑪格一臉驚訝。

「因為如果妳很在乎財富，就絕對不會嫁給窮人，」喬對著無聲警告她不要亂說話的小羅不悅皺眉。

「我永遠不會『去嫁給』任何人，」瑪格威風地走在前面，其他人就跟在後面大笑、講悄悄話、踢石頭，如瑪格對自己說的「像小孩子一樣」。但其實如果不是因為她穿了最漂亮的衣服出門，也會忍不住跟他們一樣。

接下來一、兩個禮拜，喬的表現詭異到讓姊妹們不知所措。郵差來按門鈴她會率先衝到門口，遇見布魯克先生時表現得很沒禮貌，會帶著極度悲傷的神情坐望著瑪格，偶爾還會突然跳起來甩頭讓自己回神然後親吻瑪格，一臉神祕的模樣。她和小羅不時會互打暗號，不停討論《展鷹報》，後來其他女孩們都斷定

12 Atlanta為希臘神話中的一位公主，善於疾走狩獵。

這兩人瘋了。喬從窗戶爬出去後的第二個星期六，瑪格坐在窗邊做女紅，看見小羅追著喬在花園裡到處跑直到終於在艾美的小亭子旁抓到她，瑪格看了非常震驚。她看不見外面到底發生了什麼事，但是可以聽見尖叫與笑聲，隨後則是低聲討論及粗魯翻閱報紙的聲音。

「我們該拿這個女孩子怎麼辦呢？她**永遠**不會表現得像個淑女，」瑪格歎了氣，相當不贊同地看著兩人奔跑。

「我也希望她不會。這樣的她很好笑又好可愛，」貝絲沒有跟任何人提起過，但喬竟然跟她以外的人有祕密其實讓她有點受傷。

「真的很為難，但我們永遠不可能讓她像樣，」艾美正在為自己的衣服加上摺邊，捲髮綁起來的樣子非常得體，這兩件事讓她覺得自己格外優雅淑女。

幾分鐘後喬蹦蹦跳跳進屋來，躺在沙發上很做作地閱讀報紙。

「報上有什麼有趣的新聞嗎？」瑪格的語氣相當高高在上。

「只是篇故事，我想應該沒什麼意思，」喬小心不讓大家看見報紙的名子。

「妳還是大聲唸出來吧。這樣妳有事做不會惹麻煩，也可以娛樂我們一下，」艾美說話的樣子像個小大人。

「故事叫什麼名字？」貝絲不懂喬為什麼要把臉藏在報紙後面。

「敵對畫家。」

「聽起來不錯，唸出來吧，」瑪格說。

喬大聲地清清喉嚨，深呼吸，然後開始快速朗讀。姊妹們聽得津津有味，因為故事很浪漫又有些可憐，最後幾乎所有角色都死了。「我喜歡有很漂亮的畫那段，」喬停下來時，艾美表示滿意。

「我比較喜歡情人的那段。薇拉與安捷洛是我們最喜歡的兩個名字耶，很詭異吧？」瑪格擦去眼淚，覺得情人那段很悲慘。

「誰寫的？」貝絲偷瞄到喬的表情。

負責朗讀的那位突然坐正，把報紙丟在一旁，滿臉通紅、嚴肅中帶著興奮大聲地說：「妳姊姊。」

「是妳？」瑪格的女紅作品從手中滑落。

「寫得很好，」艾美如此評論。

「我就知道！我就知道！我親愛的喬啊，我覺得好驕傲喔！」貝絲衝上前抱住姊姊，為如此精彩的成就雀躍不已。

大家真的都好開心！瑪格直到看見那幾個字才敢相信，報紙上真的印了「喬瑟芬．馬區小姐」。艾美優雅地評論了故事裡的藝術片段，還提議可以如何寫續集，但可惜都不適用，因為男女主角都已經死了。貝絲興奮不已，到處又唱又跳。漢娜衝進來大喊「唉喲喂呀，真的假的啊！」，對「那個喬的傑作」很是驚訝。馬區太太得知時感到驕傲無比。喬眼中泛淚大笑著，說自己不如就當隻孔雀大肆炫耀一番好了，還有可說是在馬區家上空振翅飛翔的《展鷹報》就這樣來回傳閱。

「跟我們說。」「什麼時候送來的？」「他們付妳多少錢？」「父親會怎麼說呢？」「小羅不會笑妳嗎？」全家人圍著喬七嘴八舌，因為這些親密的傻人兒總會熱烈歡慶家中大大小小的喜悅。

「好了，大家不要再嘰嘰喳喳，我就會把一切都告訴妳們，」喬說，心想柏尼小姐當初出版《伊芙琳娜》時，有沒有像她覺得自己的《敵對畫家》那麼重要。說完她是如何架構自己的故事後，喬接著說：「我去問答案時，那位男子說他兩篇都喜歡，但新手沒有稿費只能免費刊登，讓大家注意到這些故事。他說這樣是很好的練習，等新手寫得更好了，任何人都會願意付稿費。所以我就把那兩篇故事給他，今天他就把這個寄來給我。小羅看到我拿著報紙堅持要看，所以我就給他看。他說故事寫得很好，我應該要繼續寫，他會確保我能拿到下次的稿費。我好高興，因為以後我或許就能靠寫作養活自己，還能幫助我的姊妹們。」

喬一口氣說完後便把頭埋進報紙，任憑真實的眼淚沾濕她的故事。她內心最大的願望便是能夠獨立並贏得所愛之人的讚美，看來這會是通往幸福結局的第一步。

第十五章 電報

「十一月是整年裡最不討人喜歡的月分，」某個沉悶的午後，瑪格莉特站在窗邊看著飽受霜害侵襲的花園。

「所以我才出生於這個月分，」喬若有所思，完全沒發現鼻子上有墨水印。

「若現在能發生什麼好事，我就會覺得這個月很棒，」貝絲對任何事都抱持希望，即便是十一月。

「我也這麼想，但這個家幾乎不會發生任何好事，」瑪格心情相當不好。「我們日日夜夜辛苦工作，很少玩樂但也沒有什麼改變。這跟整天踩著踏車有什麼不同。」

「我的天哪，大家真是憂鬱！」喬大喊。「我想也是啦！可憐的孩子，妳都看其他女生過著精彩的生活，自己卻一年到頭都在辛苦工作。要是我能像幫筆下女主角一樣幫妳安排妥當就好了！妳已經夠漂亮夠善良，所以我會安排某個有錢親戚意外留下一筆遺產給妳。妳就會搖身一變成為女繼承人，鄙視所有怠慢妳的人，出國去然後華麗優雅地以某某夫人之姿回來。」

「這年頭已經沒有人會這樣繼承遺產了，男人得要工作，女人得要為錢嫁人。這個世界真是不公平，」瑪格很失望。

「我和喬會為你們大家賺很多錢。等我們十年就知道了，」艾美坐在角落裡做各種泥巴派，那是漢娜對她用黏土做成的小鳥、水果及人臉模型的稱呼。

「等不及了，而且雖然我很感謝妳們的好意，但我對墨水及泥巴沒有太多信心。」

瑪格嘆了口氣，再次轉向飽受霜害侵襲的花園。喬哀號了一聲雙肘靠在桌上，極為失望，但艾美只是活力充沛地繼續拍打泥雕，貝絲則坐在另一扇窗戶旁微笑說：「等下就要發生兩件好事。媽媽正往這邊走來，小羅也正穿越花園彷彿有什麼好消息要宣布。」

兩人走進門，馬區太太一如往常問：「女兒們，父親有寫信來嗎？」小羅則是極力說服大家：「妳們有人要一起搭馬車出去嗎？我算數學算到腦筋打結了，要出去繞一圈清醒一下。今天很無聊但天氣還不錯，我要送布魯克回家，所以就算戶外不好玩，車廂裡也會很歡樂。喬，妳跟貝絲會一起來吧？」

「當然了。」

「非常感謝，但我很忙。」瑪格立刻變出她的工作籃，因為她和母親達成協議，至少她不要經常跟年輕男生搭馬車出去比較好。

「我們三個人馬上準備好，」艾美大喊著跑去洗手。

「母親女士，我能為您效勞嗎？」小羅靠在馬區太太的椅子上，對她的表情及語氣永遠如此熱切。

「謝謝你，親愛的，可以的話，幫我跑一趟郵局。我們今天應該會收到信，但郵差還沒來過。女孩們的父親行事非常規律，所以我想可能是郵局送信過程有所延誤。」

一陣尖銳鈴聲打斷他的話，一分鐘後漢娜拿著信走進來。

「夫人，是討人厭的電報，」她拿著電報的模樣好像害怕它隨時會爆炸傷人。

聽到「電報」兩個字，馬區太太立刻搶過來閱讀上面的兩行字，隨後臉色蒼白往後倒在椅子上，彷彿那張紙朝她的心臟開了槍。小羅衝下樓端水，瑪格及漢娜扶著她，喬則害怕地大聲讀信：

馬區太太：

您的先生重病。請立即前來。

華盛頓布蘭克醫院
S．海爾

房內一片死寂，所有人屏息聆聽，窗外天空竟然暗了下來，整個世界似乎突然改變，女孩們圍繞著母親，感覺彷彿所有的快樂與生命中的支柱即將全數消失。

馬區太太馬上又打起精神，再次閱讀電報，朝女兒們伸出雙手以她們永遠忘不了的語氣說：「我會立刻出發，但或許也已經太遲了。喔，孩子們啊，幫我一起承擔！」

在那幾分鐘裡，房內只有啜泣聲，夾雜著斷斷續續的安慰話語、會相互幫忙的溫柔保證、樂觀但淹沒於眼淚中的低語。難過的漢娜率先停止哭泣，對她來說工作是治療傷痛的萬靈丹，卻無意間成為眾人的模範。

「上帝保佑他！我不把時間浪費在哭泣上頭了，夫人，我馬上幫妳把東西準備好，」她由衷地說，用圍裙抹過臉後伸出粗糙的手用力握了握女主人的手，接著開始一個人當三個人用。

「她說得沒錯，現在不是哭的時候。女兒們，大家冷靜，讓我思考一下。」

這些可憐的孩子試著要冷靜，看著母親坐正，臉色蒼白但沉穩，收起自己的悲傷好為她們思考及安排。

「小羅在哪裡？」不久她問道，這時她已經整理好思緒並決定要先完成什麼工作。

「夫人，在這裡。請讓我幫忙吧！」小羅匆忙自隔壁房間奔來叫道。稍早他躲進隔壁房間，因為覺得她們的悲傷連好友如他也不該目睹。

「回電報說我會立即出發。下班火車明天一大早出發，我搭那一班。」

「還有嗎？馬都準備好了，我哪裡都可以去，什麼都可以做，」他看起來隨時可以飛到地球的另一端。

「帶封信去給馬區姑婆。喬，把那邊的筆跟紙拿過來。」

喬將才剛謄寫好的頁面空白處撕下來，把桌子拉到母親面前，非常清楚她們會需要借錢支付這段悲傷的長途旅程，一心想著只要能多添點錢照顧父親，她什麼事都願意做。

「去吧，親愛的，但不要罔顧性命騎太快。不需要這樣。」

小羅顯然將馬區太太的警告拋至腦後，因為五分鐘後就看到他騎著快馬從窗邊掃過，彷彿在逃命。

「喬，去宿舍那邊告訴金太太我沒辦法過去了。回程幫我買些東西，我會寫下來給妳。到時候我可能會需要幫忙照護，醫院商店的東西不一定齊全。貝絲，去跟羅倫斯先生要幾瓶老酒。為了父親，我不會為了顧面子不願開口乞討。他該擁有最好的東西。艾美，要漢娜把黑色的行李箱拿下來，瑪格，來幫我一起找出我的東西，我有些不知所措了。」

同時間要寫字、思考及指揮，對這可憐的夫人來說是頗為難，於是瑪格拜託她在房間裡安靜地坐上一會兒，讓她們來做事。所有人宛如落葉隨風吹散，這個安靜快樂的家也瞬間破裂，彷彿那張紙本身是邪惡的咒語。

羅倫斯先生匆忙跟著貝絲回到她們家，帶來老先生本人所能想到病人需要的各種東西，並保證會在母親離開期間保護這些女孩，這讓母親感到非常安慰。他什麼都提供了，從自己的睡衣到提議自己陪同前往。但最後這個好意是不可能的，馬區太太不願讓老先生這樣舟車勞頓，但聽到時她還是明顯鬆了一口氣，因為焦慮的人不適合獨自旅行。羅倫斯先生看見她臉上的表情，眉頭深鎖搓揉雙手，然後突然離開說馬上回來。後來沒人有時間再去想到他，直到瑪格一手拎著一雙雨鞋、另一手端杯茶匆忙進門卻突然撞見布魯克先生。

「馬區小姐，聽到這個消息真的很遺憾，」他親切平靜的音調安撫了她不安的心靈。「我自願前來陪同您母親上路。羅倫斯先生委託我去華盛頓辦事，我很希望能夠在那裡幫她的忙。」

瑪格手上的雨鞋掉落地面，茶也差點跟著落地，她伸出手，臉上充滿的感激之情讓布魯克先生覺得再大的犧牲都值得，而非只是占用他一點時間與帶來些許不便。

「你真是太仁慈了！母親一定會接受你的好意，而且知道有人能夠照顧她會讓我們安慰不少。真的非常非常謝謝你！」

瑪格說得誠懇忘我，直到那雙低頭看著她的棕色大眼讓她想起手中冷掉的茶，於是先帶他進起居室，然後說會去請母親下樓。

小羅回來時一切都已經準備好，他帶來馬區姑婆的短箋及所需金額，信中再次重複她先前已經說過的話，說她一直都告訴她們不該讓馬區從軍，說她早就預料到不會有好事發生，然後希望她們下次會聽她的話。馬區太太把短箋丟進火爐，把錢放進錢包，然後緊抿嘴唇繼續準備，喬若在場一定能體會她的反應。

短暫的午後時光很快便結束了。其他事情全都完成，瑪格和母親忙著趕針線活，貝絲和艾美泡茶準備晚餐，漢娜則以她一貫「乒乒乓乓」的方式迅速燙完衣服，但喬仍然還沒回家。大家開始緊張，小羅甚至出去找她，因為誰知道喬的腦袋裡在想些什麼瘋狂的事。不過他並沒有找到她，等她回到家時，臉上帶著非常詭異的表情，歡樂中帶著恐懼，滿足卻又帶著些許後悔。這些表情及她擺在母親面前的一捆鈔票在在讓全家人困惑不已，她有些哽咽地對母親說：「這是我的一點心意，要讓父親康復回到家來！」

「親愛的，這些錢哪裡來的？二十五塊錢耶！喬，妳沒做出什麼魯莽的事吧？」

「沒有，這真的是我自己的錢。我沒有去跟人家要錢、借錢，也沒有偷錢。這是我賺來的，而且我覺得妳應該不會怪我，我只是賣掉屬於自己的東西。」

喬邊說話的同時拿下她的綁帶無邊圓帽，此時慘叫聲四起，她豐厚的秀髮全剪短了。

「妳的頭髮！妳漂亮的頭髮！」「喔，喬，妳怎麼可以？妳最漂亮的就是頭髮。」「我親愛的女兒，妳根本不需要這樣。」「她看起來一點也不像我的喬了，但我非常愛這樣的她！」

眾人驚呼之際，貝絲溫柔地抱住那顆剪了短髮的頭，喬故作不在乎但沒能騙到任何人，她胡亂抓抓自己的棕色短髮努力表現出很滿意的樣子：「剪這樣對國家前途沒有危害，貝絲，所以不要哀號了。這樣也可以讓我不再虛榮，我之前對自己的頭髮感到太過驕傲。而且把那頭亂髮剪掉也對我的大腦有好處。現在我的頭輕盈涼爽得很，理髮師說我很快就可以留短捲髮，看起來會很像男生而且很適合我，又容易整理。我很滿意，所以請收下錢然後快點吃晚餐吧。」

「喬，把過程都告訴我。我不滿意，但也不能怪妳，因為我知道，就像妳自己說的，妳是為了心愛的人自願捨棄虛榮心。但是，親愛的，這麼做並不必要，我怕妳以後會後悔，」馬區太太說。

「我才不會！」喬相當堅決，也很慶幸沒有因為這樣胡鬧而挨罵。

「妳為什麼會這麼做？」對艾美來說，剪掉她漂亮的頭髮就跟砍掉她的頭一樣可怕。

「我瘋狂地想為父親做點事，」喬說話的同時大家在餐桌旁坐了下來，因為健康有活力的年輕人即便煩惱纏身也仍有食慾。「我跟母親一樣討厭借錢，而且我知道，就算只要幾塊錢馬區姑婆都會碎唸。瑪格每一季的薪水都拿去付房租，我的卻只拿去買自己的衣服所以我很內疚，決定就算要賣掉自己的鼻子也得湊點錢出來。」

「孩子，妳不用覺得內疚！妳沒有冬天衣服，也只拿妳辛苦工作的薪水去買了最基本的衣物，」馬區太太的眼神溫暖了喬的心。

「我本來完全沒想到要賣自己的頭髮，但一邊走我一邊想自己能做什麼，甚至覺得乾脆直接衝進那些有錢的店搶劫算了。我在理髮廳的櫥窗裡看見一束束有標價的頭髮，有一束黑色的沒有我的頭髮這麼粗，但標價四十元。然後我突然想到，我有一樣東西可以賺錢，所以毫不遲疑地走進去問他們買不買頭髮，然後願意出多少錢買我的頭髮。」

「我不懂妳怎麼有勇氣做這件事，」貝絲相當敬佩。

「那人是個矮小的男人啦，看起來好像他的存在就只為幫頭髮上油。起初他只是瞪著我看，好像不習慣有女生就這樣闖進店裡要他買下她們的頭髮。他說他對我的頭髮沒興趣，這個髮色不流行，他壓根兒不想花什麼錢買下來。很顯然他得要付出一番功夫整理之類的。天色不早了，我很怕如果不立刻做這件事，我就不會做了，但妳們也知道我一旦開始做某件事就不願意放棄。所以我拜託他買下，告訴他我如此急迫的原因。這樣做很傻，我知道，但他因此改變了主意。我在激動之下以我那種顛三倒四的方式說完。他太太聽見了，然後很好心地對他說：『收下頭髮吧，湯瑪斯，然後把錢給她。如果我的頭髮賣得了錢，我也會為我們的吉米這麼做。』」

「誰是吉米？」艾美喜歡在聽故事的時候有人跟她解釋清楚。

「她說是她兒子，也在軍中。相似的情況總讓陌生人很快熟悉，對吧？男子幫我剪頭髮的時候，她都一直在講話，徹底轉移我的注意力。」

「第一刀剪下的時候妳沒有覺得很可怕嗎？」瑪格一陣顫抖。

「男子準備工具的時候，我看了我的頭髮最後一眼，然後就這樣了。我才不會因為這種小事哭哭啼啼呢。但我必須承認，看見自己的頭髮躺在桌上，頭上只摸得到粗粗的短髮確實有種詭異的感覺。彷彿少了胳膊或少了腿。那位婦人看到我在看頭髮，從中挑出一小束長髮讓我保存。媽媽，頭髮送給妳，用來回憶往日的美好，因為短髮實在太舒服了，我想**以後**我都不會再留長頭髮。」

馬區太太把栗色長捲髮折起來，連同一束灰色短髮收在書桌抽屜裡。她只說了：「親愛的，謝謝妳，」但臉上的表情讓女兒們決定改變話題，盡可能歡樂地討論布魯克先生有多善良、隔天天氣會有多好，還有等父親回家休養時日子會有多幸福。

十點馬區太太把最後完成的工作擱在一邊後說：「女兒們，來吧。」但沒人想去睡覺。貝絲走到鋼琴前彈奏父親最喜歡的詩歌。起初大家都勇敢高歌，但是一個接著一個開始哭泣，直到最後只剩貝絲獨自誠心歡唱，因為對她來說，音樂永遠是最甜美的安慰。

「上床去睡覺不准聊天了，我們都得早起所以必須要多睡一點。我親愛的女兒們，晚安，」詩歌唱完後沒人想再唱一首，於是馬區太太這麼說。

她們靜靜地親吻母親，接著靜悄悄地上床睡覺，彷彿她們生了病的親愛父親就在隔壁。儘管煩惱重重但貝絲和艾美仍很快睡著，而瑪格卻清醒地躺著，思考著她短暫人生中最嚴肅的議題。喬動也不動地躺在床上，姊姊以為她睡著了卻聽見強忍的啜泣聲而摸到她濕潤的臉頰，瑪格驚呼：

「親愛的喬，怎麼了？妳在為父親的事哭嗎？」

「不是，現在不是。」

「那是為什麼哭？」

「為了我的……我的頭髮！」可憐的喬痛哭失聲，努力讓情緒淹沒在枕頭裡卻沒有用。

瑪格一點都不覺得好笑，她極盡溫柔地親吻撫摸這位受傷的女主角。

「我並不後悔，」喬哽咽著強調。「可以的話，明天再剪一次我都願意。哭的是那個愛慕虛榮的我。不要跟別人說，一切都過去了。我以為妳睡了，所以私下為自己唯一漂亮的特徵哀號悼念。妳怎麼還醒著？」

「我太焦慮了，睡不著，」瑪格說。

「想些開心的事，很快就會睡著。」

「我試過了，卻覺得更加清醒。」

「妳想了什麼？」

「帥哥的臉，特別是他們的眼睛，」瑪格在夜色裡暗自微笑。

「妳最喜歡什麼顏色？」

「有時候是棕色。藍色也很美。」

喬大笑，瑪格猛然命令她不准說出去，繼而又和善地答應要幫她把頭髮燙捲，睡著時還夢到在自己的理想國度裡生活。

午夜十二點鐘響時，寂靜的房間裡出現一抹身影，無聲地從這床來到那床，這裡撫順一下被子，那裡拍一下枕頭，駐足溫柔凝視每一張熟睡的臉，帶著無語的祝福吻上每張臉龐，做著只會出於母親口中的熱切禱告。掀起窗簾望向外面沉悶的夜色，月亮卻突然從雲層後方展露，宛如明亮仁慈的面容照耀著她，好似在寂靜中低聲說：「親愛的，放寬心！雲層背後總有光芒。」

第十六章
通信

姊妹們在寒冷的灰暗凌晨點亮煤燈，以前所未有的真誠閱讀今日篇章。畢竟，此刻她們面臨了真正的難題，而這本袖珍書裡有的是協助與安慰。換衣服的過程中，她們一致同意要充滿希望快樂地與母親道別，讓母親已然不安的旅程不會因為女兒的眼淚或抱怨而更添悲傷。她們下樓時覺得一切都很奇怪，室外仍然如此黯淡靜謐，室內卻已燈火通明滿是喧囂。這麼早就吃早餐很怪，就連漢娜熟悉的臉也因為戴著睡帽在廚房裡奔波而顯得不自然。大行李箱已經立在走廊上，母親的大衣與綁帶無邊圓帽擺在沙發上，母親本人坐在位子上設法進食卻因失眠與焦慮而蒼白疲憊，這讓姊妹們難以堅定自己的決心。瑪格不願意但眼眶仍一直泛淚，喬不只一次必須用桿麵棍遮住自己的臉，兩個妹妹的表情嚴肅憂愁，彷彿哀傷對她們來說是未曾有過的體驗。

大家都沒什麼說話，但隨著離開的時間越來越近，大家就坐著等待馬車前來。女孩們圍坐在馬區太太身邊忙碌，一個摺著母親的披肩，第二個拉順母親綁帶無邊圓帽的繩子，第三個幫母親穿上防水鞋套，第四個將母親的旅行袋捆牢，此時馬區太太說：

「孩子，我把妳們交給漢娜照顧，交給羅倫斯先生保護。漢娜非常值得信任，隔壁的好鄰居則會把妳們當作自己的孫女守護。我不擔心妳們的安危，卻怕妳們無法好好面對這次的難題。我離開後不要悲傷或焦躁，也不要認為妳們可以無所事事，或藉由無所事事安慰自己設法淡忘。要一如往常地工作，因為工作就是最有福氣的慰藉。抱持希望保持忙碌，無論發生什麼事都要記得自己絕對不會沒有父親。」

「是的，母親。」

「親愛的瑪格，要小心謹慎看好妹妹們，需要時諮詢漢娜的意見，困惑時就去找羅倫斯先生。要有耐性，不要失望或莽撞行事，常寫信給我，好好當我勇敢的女兒，隨時準備好幫助大家，並為大家打氣。貝絲，用音樂安慰自己，乖乖做好家事，還有，艾美妳要盡量幫忙，好好聽話，安全在家保持愉快的心情。」

「我們會的，母親！我們會的！」

逐漸接近的喀噠馬車聲嚇了她們一跳，她們仔細聆聽。這是最難受的一刻，但女孩們都把持住了。沒有人哭，沒有人跑掉或哀嘆，但各自說出要代為傳達給父親的話時心情都很沉重，清楚意識到現在說出口也有可能來不及讓他聽到。每個人靜靜地親吻母親、溫柔抱住她，在她搭車離去時打起精神揮手道別。

小羅和爺爺過來送她離開，布魯克先生看起來非常強壯、通曉事理又和善，女孩們當場為他取名「義薄雲天先生」。

「我親愛的女兒們，再見！願上帝祝福保守我們！」馬區太太低聲說著，親吻一個又一個心愛的臉龐，匆匆上了馬車。

馬車離開時，太陽出來了，她回頭時看見太陽照耀在門口那群人身上，就像個好兆頭。他們也看見了，微笑揮著手，馬車轉彎前馬區太太看見的最後一個畫面是四張耀眼的臉龐，身後是宛如護衛的老羅倫斯先生、可靠的漢娜與衷心耿耿的小羅。

「大家對我們真是太好了！」回頭的馬區太太在那位年輕人臉上恭敬的體恤中再次找到印證。

「我不懂大家怎麼能不對妳們好啊，」布魯克先生的笑容相當有感染力，馬區太太也忍不住一起微笑。因此這段旅程就以陽光、微笑與開朗對話帶來的好預兆中展開。

「我感覺像剛經歷了地震，」喬在鄰居回家吃早餐讓她們能夠休息盥洗一番後說。

「彷彿半間房子都消失了，」瑪格神情落寞。

貝絲開口要說話，卻僅能指向母親桌上修補得很漂亮的一堆絲襪，表示即便在最後如此倉促之際，她仍想到她們並為她們勞動付出。小事一件卻深深感動她們，因此，即便她們決心要勇敢，還是不禁崩潰痛哭。

漢娜相當聰明地任由她們宣洩情緒，等她們看起來哭得差不多時，再端著咖啡壺出現解救大家。

「好了，親愛的女孩們，要記得妳們媽媽說過的話，不要煩惱。來喝杯咖啡會好過一點，然後就開始工作，為這個家貢獻。」

咖啡這一招非常好，漢娜極有智慧地協助大家熬過當天早上。她頗具說服力地頷首點頭，再加上咖啡壺飄出的動人香氣，無人能抵抗。大家來到桌前，將手帕換成餐巾，十分鐘後便打起了精神。

「『保持希望繼續忙碌』就是我們的座右銘，看誰最能牢牢記住。我會跟平常一樣去馬區姑婆家。不過她應該有得唸了！」喬啜飲著咖啡，慢慢恢復精神。

「我會去金家工作，雖然我情願留在家裡處理這邊的事情，」瑪格希望自己沒有哭到眼睛紅腫。

「不用不用。我和貝絲會把家裡照顧好，」艾美語氣略顯誇大。

「漢娜會告訴我們該做什麼，等妳們回家時，我們會把一切都準備好的，」貝絲毫不遲疑地拿出抹布與裝髒碗盤的盆子。

「我覺得焦慮真是有趣，」艾美吃著砂糖，若有所思。

女孩們忍不住笑了出來，心情因此變好，但瑪格還是對著那位從糖罐中尋求撫慰的女孩搖頭。

喬看見捲餅回過神來，當她與瑪格如常外出工作時，哀傷地回頭望向已經習慣看見母親臉龐的窗戶。母親的臉不再，但貝絲記得家裡的小小傳統，就這麼站在窗邊，像個臉色紅潤的重要官吏朝她們頻頻點頭。

「我的貝絲就是這樣！」喬一臉感激地揮舞帽子。「瑪格，再見，希望金家小孩今天不會讓妳太過操勞。親愛的，不要擔心父親，」分道揚鑣時她說。

「我也希望馬區姑婆不要太囉唆。妳的髮型很適合妳，看起來很男孩子氣也很好看，」瑪格努力不要笑那顆落在高眺妹妹肩膀上顯得格外迷你的捲捲頭。

「這是我唯一的安慰。」喬摸摸小羅送她的帽子後離開，覺得自己像是冬日裡遭剃毛的羊。

父親的消息讓女孩們深感安慰，因為父親雖然重病，在最優秀溫柔的護士照顧下已經大幅好轉。布魯克先生每天都會捎來快訊，身為一家之主的瑪格堅持要朗讀這些幾週下來消息越來越令人振奮的來信。起初大家都很想寫信，姊妹們輪流將厚厚的信封小心塞入信箱，慎重看待與華盛頓的往來通信。既然這些信封裡頭有著這群人各自風格獨特的信件，我們就搶一封想像的信來讀。

我最親愛的母親：

我該怎麼告訴妳，妳的上一封信讓我們有多快樂，傳來的好消息讓大家忍不住又哭又笑。布魯克先生真是熱心，羅倫斯先生的生意讓他能在妳身邊停留這麼久也真是運氣好，因為他對妳和父親真是幫了大忙。妹妹們都非常乖巧。喬幫著我一起做女紅，堅持要擔下各種困難的工作，要不是我很清楚她「突發的道德感」撐不了多久，還真怕她會努力過頭。貝絲就像時鐘一如往常地規律工作，不曾忘記妳說過的話。父親的事讓她很悲傷，只有在她的小鋼琴前，表情才不那麼嚴肅。艾美非常關心我，我也把她照顧得很好。她會自己梳理頭髮，我目前正在教她怎麼縫鈕釦孔及縫補自己的襪子。她非常努力，我相信妳回家時看到她的進步會非常滿意。羅倫斯先生，套句喬的話，像慈愛的老母雞那樣看顧著我們，小羅也非常親切地守望相助。我們有時候會變得很憂鬱，妳在那麼遙遠的地方讓我們覺得自己像孤兒，所以小羅和喬會負責逗大家開心。漢娜真是標準的聖人。她幾乎不罵人，每次都稱呼我為瑪格莉特小姐，非常得體的稱呼，而且對我非常尊重。我們都很好，也很忙碌，但我們無時無刻希望你們能回來。請將我最誠摯的愛轉達給父親，並相信我，我永遠都是妳的

瑪格

這張字跡端正漂亮的短箋寫在香水信紙上，與下一封形成強烈對比，後者草草寫在一大張薄薄的航空信紙上，墨跡、各種華麗詞藻及草寫字體妝點了這封信。

我最珍愛的媽媽：

為親愛的父親大聲歡呼三次！布魯克人真是太好了，立刻捎來電報讓我們能馬上知道他病情好轉。電報來時我衝上閣樓想要感謝上帝對我們這麼好，卻只能哭著一再重複：「好高興！好高興！」這樣也能算是一段正規的禱告詞吧？因為我內心有許多感謝。現在我可以好好享受這段奇特的日子了，每個人都拚了命地表現乖巧，我們彷彿生活在斑鳩窩裡。妳要是看到瑪格擺出媽媽的樣子試著帶領大家，一定會大笑。她越來越漂亮了，有時候連我都覺得自己愛上她了。妹妹們都跟天使一樣乖，而我，我就是喬囉，永遠不會變成別的模樣。喔，我一定要告訴妳，那天我差點跟小羅大吵起來。我針對一件無聊小事坦白了自己的看法，得罪了他。我是對的，但說話方式不對，他就生氣走回家，說在我求他原諒之前都不會再回來。我說我絕對不會這麼做，也生氣了。我們冷戰了一整天。我覺得好難過，好希望妳就在身邊。我和小羅的自尊心都很強，要求對方原諒非常困難。但我以為他會來跟我道歉，因為我是對的。他沒有來向我道歉，到了晚上，我想起妳在艾美跌落河裡那天說過的話。我讀了那本袖珍書，決定不要含怒到日落，於是跑去跟小

羅說對不起。我在門邊遇見也是來道歉的他。我們大笑後互求對方原諒，然後又覺得舒服好過了。

我昨天幫漢娜洗衣服時編了一首「濕」，因為父親喜歡我的這些小玩意兒，就一併附上讓他笑一笑。請幫我給他一個最溫暖的擁抱，也親妳自己十來遍。

顛三倒四的喬

泡泡歌

浴缸之后，我如此高歌，
趁白色泡沫高漲之際，
奮力洗滌擰乾，
再將衣服晾起曬乾。
搖曳於自由清新空氣中，
曝曬於晴空豔陽下。
希望我們能為自己洗去
過去一週心上與靈魂的汙漬，
任水與空氣施展魔法
使我們同樣潔淨無瑕。
那麼世上絕對會有，
如此燦爛的洗衣日！
沿著有益生命道路行走，
堅強意志才會自在地繽紛綻放。

忙碌的心智無瑕
思考悲傷或擔憂或陰沉。
焦急的思緒也可，
隨著勇敢揮舞的掃把掃除。
我很高興承擔任務，
讓我日復勞役，
為我帶來健康體力與希望，
因而我歡樂地學會說：
「頭會思考，心會感受，
但手將永遠勞動！」

親愛的母親：

信裡的空間只夠送上我的愛，還有三色堇壓花，從我為了讓父親能看到而一直保存在家的花莖摘下。我每天早上都讀那本書，成天都努力要當乖小孩，哼父親的曲子哄自己睡覺。我現在沒辦法唱「天國」了，每次唱都會哭。大家都對我們很好，沒有妳在身邊我們也盡可能讓自己開心。剩下的空間艾美想要寫，所以我要先停了。我沒有忘記要把架子蓋起來，每天也都有記得幫時鐘上發條及讓每個房間通風。

幫我親吻父親說是屬於我的臉頰，還有，請盡快回到我的身邊……

愛妳的小貝絲

我親愛的媽媽：

大家都很好我每天都做功課不跟姊姊們捉對，瑪格說我的意思應該是炒架反正我兩個都寫然後你就可以選一下。瑪格很會安為我每天晚餐都給我吃果凍這樣對我真的很好喬說那是因為果凍讓我脾氣好。我都快要變成青少年了小羅對我卻還是沒有很尊重，他會叫我小妞然後每次我學海蒂·金用法文說謝謝或早安他就會故意用法文跟我講話講很快讓我難過。我的藍色洋裝袖子都磨破了，瑪格幫我縫上新的，但是正面顏色錯了比裙子本身的藍色還要深。我很難過但是沒有抱怨非常認分的承擔自己的困擾但我真希望漢娜能幫我的圍裙多上一點漿還有希望每天都有蕎麥可以吃。不行嗎？我的輪點很好吧？瑪格說我的表點符號跟國字亂七八糟我很休愧但是我真的有太多事情要做了，停不下來。再會了，給爸爸許許多多的愛。深愛你們的女兒……

艾美·克堤絲·馬區

馬區太太：

只是說一聲我們都很好。女孩很聰明做什麼都很好。瑪格小姐會是很好的主婦。她很喜歡做這些事情，而且非常快就上手了。喬是很好啦，做什麼事情都往前衝，可是都不會先停下來想一下，誰知道她接下來會想到什麼。她星期一洗了一缸衣服，可是還沒扭乾就上漿，結果粉紅色印花布洋裝染了藍色，我笑到翻過去。貝絲最乖了，而且很會幫我忙，節儉又可靠。她什麼都學，小小年紀就會去市場買菜還會記帳，雖然有我幫忙還是很厲害。我們到目前為止過得很省。照妳的意思，她們一個星期只能喝一次咖啡，而且都給她們吃全麥。艾美還不錯都沒有抱怨，穿最漂亮的衣服又吃甜食。小羅先生跟平常一樣鬼點子很多，經常把家裡搞得亂七八糟，但他讓這幾個姊妹心情很好，所以我就隨便他們了。老先生送很多東西過來讓人有點累，但他是好心，我也沒有資格說什麼。麵包發好了所以就先這樣吧。向馬區先生問好，希望他以後都不要再得肺炎。

第二號病房護理長　漢娜．穆勒
敬上

拉帕漢諾克一切平靜，部隊狀況良好，後勤部門運作順暢，家園守衛在多多上校的指揮下克盡本分，羅倫斯總司令每日閱軍，漢娜．穆勒軍需官將營區管理得有條不紊，來恩少校每晚擔任糾察隊。收到來自華盛頓的好消息，鳴放二十四禮炮以茲慶賀，總部甚至舉辦正裝閱兵式。總司令送上祝福，一同誠心祝福的還有多多上校。

夫人，您好：

女孩們都很好。貝絲和我孫子會每日回報狀況。漢娜真是模範僕人，像龍一樣地守護著美麗的瑪格。很高興天氣持續這麼好。希望布魯克對妳有幫助，若開銷超出預期，請儘管找我開口。不要讓妳的丈夫缺任何東西。感謝上帝他正逐漸康復。

您最真誠的朋友
詹姆士．羅倫斯敬上

第十七章
忠實的小小信徒

長達一週的時間，老房子裡的美德多到夠分給整個社區。每個人的心態都極為神聖，克己蔚為風尚，非常驚人。姊妹們不再擔心父親的情況後，稍微放鬆了原本讓人讚譽有佳的辛勤努力，故態復萌。她們沒有忘記自己的座右銘，只是要自己心存希望並保持忙碌的情況似乎已經上手了，所以在經歷先前這樣的努力付出後，她們覺得自己應該可以放個假於是大為鬆懈。

喬因為忘了注意剪短髮的頭要保暖而重感冒，馬區姑婆於是命令她留在家直到感冒好，因為她不喜歡聽感冒的人朗讀。喬非常喜歡這項安排，精力充沛地從閣樓翻到地窖後，捧著白砷及書躺在沙發上治療感冒。艾美發現家事與藝術無法並存，於是重拾她的泥巴勞作。瑪格依舊每天去教書，回家後自以為是在做女紅，但其實泰半時間都在寫著一封封長信給母親及反覆閱讀華盛頓來的電報。貝絲倒是繼續努力，很偶爾才會偷懶或陷入悲傷。

貝絲每天認真地完成所有工作，還包括很多姊妹們健忘而沒做的工作，家裡就像鐘擺出走的時鐘徹底失序。因為想念母親或擔憂父親而內心沉重時，她便躲進特定某個衣櫥，把頭埋進溫暖舊長袍的皺摺深處，獨自小小哭上一番並小聲禱告。沒有人知道奮力哭完後的貝絲靠什麼打起精神，但大家都能感受到她是如何貼心並盡力幫忙，進而養成了大小私事都會尋求她安慰與建議的習慣。

沒有人意識到這段經歷其實也在考驗人格，最初的激動平息後，她們全都認為自己表現良好值得嘉許。她們也確實表現良好，卻錯在沒能持之以恆，最後是在許多焦慮與懊悔中學到教訓。

「瑪格，我覺得妳該去看一下侯梅一家人。你也知道母親特別叮嚀過要我們別忘了。」貝絲在馬區太太離開十天後提起。

「我今天下午太累了，」瑪格舒服地坐在搖椅上做女紅。

「喬，妳願意去嗎？」貝絲問。

「我感冒了，天氣太差不能出去。」

「我以為妳的感冒快好了。」

「好到可以跟小羅出去，但沒有好到可以去看侯梅一家，」喬大笑說著，但看來對自己的雙重標準有些心虛。

「妳為什麼不自己去呢？」瑪格問。

「我每天都去，可是小嬰兒生病了，我不知道該怎麼照顧。侯梅太太去上班，剩洛辰在照顧。可是嬰兒越病越重，我覺得妳們或漢娜該去一趟。」

貝絲非常認真，於是瑪格答應明天會去。

「請漢娜準備一些有營養的食物讓妳帶過去，貝絲，呼吸新鮮空氣對妳也好，」喬非常歉疚，「我很想去但我想把故事先寫完。」

「我頭痛而且我好累，所以才想說換妳們去，」貝絲說。

「艾美等下就回來了，她可以代替我們去，」瑪格提議。

因此貝絲在沙發上躺下，其他人繼續做自己的事，就這樣忘了侯梅一家。一個小時過去後艾美還是沒回家，瑪格進房間試穿新洋裝，喬沉溺於故事中，漢娜在火爐前熟睡，貝絲則安靜地罩上斗篷的帽子，把籃子裝滿給那些可憐孩子的東西，撐著昏沉的腦袋進入冷風裡，充滿耐心的眼睛裡帶著悲傷。她回家時已經很晚了，沒人看見她悄悄上樓把自己關在母親房間裡。半個小時後，喬去「母親的衣櫃」找東西時看見小小貝絲表情嚴肅地坐在醫藥箱上，眼睛紅腫，手裡握著一瓶樟腦。

「我的老天爺啊！發生什麼事了？」喬驚呼的同時，貝絲伸出手阻止她靠近，緊接著問她：

「妳以前得過猩紅熱吧？」

「好幾年前瑪格得到的時候被傳染過，怎麼了？」

「那我就跟妳說。喬，嬰兒死了！」

「什麼嬰兒？」

「侯梅太太的嬰兒，在她回到家前就死在我懷裡了，」貝絲哭著說。

「可憐的孩子，真是可怕的經歷！我應該要去的，」喬坐在母親的大椅子上抱住妹妹，表情充滿懊悔。

「一點也不可怕，喬，只是很悲傷！我馬上就發現嬰兒病得更重了，但洛辰說她母親已經去找醫生，所以我就接過手抱嬰兒，讓洛辰休息。嬰兒看起來好像熟睡著，卻突然間哭了一聲又一陣顫抖，從此靜止不動。我試著要溫暖嬰兒的小腳，洛辰還想餵嬰兒喝奶，但是他動都不動，我就知道他死了。」

「親愛的，不要哭！那妳怎麼做？」

「我就坐著輕輕抱著他，直到侯梅太太帶著醫生回來。他說嬰兒已經死了，然後看看喉嚨痛的漢瑞克及米娜。『太太，這是猩紅熱。妳早該找我過來了，』他很生氣。侯梅太太跟他說自己很窮所以之前都試著自己治療嬰兒，但現在已經太遲了，只求他能治療其他幾個小孩，費用方面則拜託他發揮愛心。這時他露出微笑態度變得和善，但當場實在太令人悲傷了，我跟著他們一起哭，直到他突然轉過來要我回家立刻服用顛茄，不然我也會發燒。」

「妳不會的！」喬緊緊抱住她，表情充滿恐懼。「喔，貝絲，要是妳生病了，我將永遠無法原諒自己！我們該怎麼辦？」

「不要害怕，我想我的病情應該不會太嚴重。我看過母親的書，裡面寫說開始都是像我這樣頭痛、喉嚨痛、感覺不舒服，所以我服用了顛茄，現在好多了，」貝絲把她冰冷的手放在滾燙的額頭上，假裝自己很好。

「要是母親在家就好了！」喬拿起書大喊，覺得華盛頓真是遙遠。她讀完一頁後，看看貝絲，摸摸她的頭，看了她的喉嚨，語氣沉重：「妳這一個多禮拜天天都去看那個嬰兒，又跟其他感染猩紅熱的孩子在一起，貝絲，妳恐怕也會得猩紅熱。我去叫漢娜來，她對這個病很了解。」

「不要讓艾美靠近。她沒得過猩紅熱，我不想傳染給她。妳跟瑪格不會再得一次嗎？」貝絲很緊張。

「我想應該不會吧。就算會我也不在乎，我根本活該，誰叫我那麼自私，自己留在家寫些垃圾然後讓妳去那個地方！」喬去找漢娜想辦法的路上喃喃自語。

善良的漢娜馬上醒來並立刻主導，向大家保證不用擔心：每個人都會得猩紅熱，只要好好治療沒有人會死。喬相信她的話大大鬆了一口氣，然後她們一起去叫瑪格。

「我現在跟妳們說要做什麼，」漢娜看完並問完貝絲話後說：「親愛的，我們要請班格斯醫生過來看一下，好確定我們的方向沒錯。然後我們要把艾美送去馬區姑婆家一陣子才不會感染，妳們其中一個人就留下來陪貝絲一、兩天。」

「當然是我留下了，我最年長，」瑪格表情滿是焦慮與自責。

「我要留下，因為她會生病是我的錯。我跟母親說我會負責跑腿辦事卻沒有做到，」喬態度堅決。

「貝絲，妳想要誰留下？只需要一個人就好，」漢娜說。

「喬，就妳吧。」貝絲一臉滿足地把頭靠在姊姊身上，就這樣決定了。

「我去跟艾美說，」瑪格內心有點受傷，但整體而言鬆了一口氣，因為她不像喬那樣喜歡照顧病人。

艾美大肆抗議，激烈宣告自己寧願得猩紅熱也不要去馬區姑婆家。瑪格好說歹說軟硬兼施都沒有用。艾美堅持不去，瑪格只好無奈留下她，去問漢娜該怎麼辦。在瑪格回來前，小羅走進起居室看見啜泣的艾美把頭埋在沙發抱枕裡。她把整件事告訴小羅以為他會安慰自己，但他只是把手插進口袋在起居室裡走來走去，輕聲吹著口哨，眉頭深鎖陷入思考。接著他在她身邊坐下盡可能地哄她：「妳要當個乖乖聽話的小婦人，照她們說的去做。不要哭了，聽聽看我有什麼精彩的計畫。妳去馬區姑婆家住，然後我每天都會去找妳，帶妳出去散步或坐馬車，我們會玩得很開心。那樣不是比在這裡鬱鬱寡歡還要好嗎？」

「我不想被送走，好像我是什麼礙事的東西，」艾美語氣很是受傷。

「孩子啊，乖乖，那是為了讓妳身體健康。妳也不想生病吧？」

「我當然不想，但我敢說我應該也會生病，因為我天天都跟貝絲在一起。」

「所以妳更應該立刻離開，這樣才不會被傳染。換個環境、換人照顧都會讓妳身體健康，就算無法完全避免也會病得輕一點。我建議妳盡快離開，因為猩紅熱可不是開玩笑的，小姐。」

「可是馬區姑婆家很無聊，她脾氣又差，」艾美看起來很害怕。

「有我每天去跟妳報告貝絲的近況，還帶妳出去閒晃，怎麼會無聊！老太太很喜歡我，我也會盡可能討她歡心，這樣不管我們做什麼她都不會碎唸。」

「你會駕著帕克跟輕便馬車來帶我出去嗎？」

「以我的君子之名發誓。」

「而且每天都會來？」

「我說到做到！」

「而且等貝絲康復馬上就來帶我回家？」

「刻不容緩。」

「而且真的會帶我去看戲？」

「可以的話去十幾次都沒問題。」

「那……好吧，我去，」艾美緩緩答應。

「好乖！去跟瑪格說妳投降了，」小羅讚許地拍了拍她，讓艾美比聽到「投降」兩個字更不開心。

瑪格和喬匆忙跑進來目睹剛降臨的奇蹟，感覺自己無比犧牲的艾美同意若醫生說貝絲真的會發病，她就去馬區姑婆家。

「那個小天使現在情況怎麼樣？」小羅非常疼愛貝絲，他非常緊張但不願意表現出來。

「她現在躺在母親的床上，舒服多了。嬰兒的死讓她很難過，我覺得她其實只是感冒。漢娜也這樣覺得，但貝絲看起來還是很擔心，讓我也很緊張，」瑪格說。

「這世界真是充滿磨難！」喬相當煩躁地搔亂頭髮。「才剛脫離一個困境，馬上又來一個。母親不在時我們真是無所依靠，我全然不知所措。」

「妳也不要把自己扮成刺蝟，那樣不適合妳。喬，把頭髮整理好然後告訴我，妳覺得我該不該打電報告訴妳母親這件事，或是我該做什麼？」小羅對於朋友失去自己最美麗的頭髮這一點始終無法釋懷。

「我正為此煩惱，」瑪格說。「我覺得如果貝絲真的生病了，我們應該要告訴她，但漢娜說絕對不可以，因為母親現在不能離開父親身邊，這樣也只會讓他們兩人都擔心。貝絲不會病太久，漢娜也很清楚該怎麼照顧她，母親又說要我們聽她的話，所以雖然我覺得這樣不妥，我想我們應該照她的話去做。」

「嗯，我也不知道。或許在醫生來過後妳可以問問爺爺。」

「我們會的。喬，去吧，立刻去找班格斯醫生過來，」瑪格下令。「在他來看過前，我們什麼也無法決定。」

「喬，妳哪裡都不要去。該由我來為這個家跑腿，」小羅拿起帽子。

「你應該有很多事情要忙吧，」瑪格說。

「沒有，我今天的書已經念完了。」

「你放假也念書嗎？」喬問。

「我都遵照鄰居的好榜樣，」小羅回完話後跟著消失在門外。

「我對這個男孩有很高的期望，」喬面露滿意的微笑看著他躍過柵欄。

「以男孩來說，他表現算不錯，」瑪格的回答有些失禮，但那是因為她對這個人沒興趣。

班格斯醫生來過後說貝絲有猩紅熱的症狀，但應該很輕微，但聽完侯梅一家人的事後表情有些嚴肅。醫生開了藥給艾美預防感染，命令她立刻離開，喬與小羅陪同壯烈犧牲的艾美離去。

馬區姑婆以她一貫的態度迎接他們。

「你們想做什麼？」她從眼鏡上方甚是銳利地瞪著他們，坐在她椅背上的鸚鵡則大聲叫：

「走開。男生止步。」

小羅退到窗戶旁，喬則娓娓道來。

「我想也就是這樣，誰叫妳爸媽讓妳們跟那些窮人鬼混在一起。艾美如果沒生病就可以留下來幫忙，我猜她也會生病，現在看起來就不對勁。孩子啊，不要哭，聽到人吸鼻涕就讓我緊張。」

艾美幾乎要哭了出來，但狡猾的小羅扯了扯鸚鵡珀利的尾巴，讓牠驚訝地嘎嘎大叫：「唉喲我的天哪！」語氣非常好笑反而讓艾美笑了出來。

「妳從妳母親那邊得到些什麼消息了？」老太太沒好氣地問。

「父親的病情已經好多了，」喬則努力保持鎮定。

「是嗎？我想應該撐不了多久吧。馬區家的人都沒什麼耐力，」她輕快地回應。

「哈哈！永不說死，吸一撮鼻菸，再會！再會！」珀利在支架上跳舞亂叫，小羅捏了牠的屁股讓牠用爪子緊抓住老太太的帽子。

「你這隻沒禮貌的老鳥，給我閉嘴！還有，喬，妳最好快點回家。女孩子不應該這麼晚還在外面跟沒腦袋的男孩遊蕩，就像……」

「你這隻沒禮貌的老鳥，給我閉嘴！」珀利滾下椅子彈了一下，急忙跑去啄那個「沒腦袋」的男孩，後者則因為牠重複主人的話而笑到全身顫抖。

「我想我應該受不了，但我會盡力的，」只剩下自己與馬區姑婆獨處後，艾美對自己說。

「妳這死小孩，好好待著！」珀利大叫，聽到這麼沒禮貌的話讓艾美再也忍不住吸吸鼻子開始哭。

第十八章
黑暗的日子

貝絲確實得了猩紅熱，而且除了漢娜與醫生，沒人料到會那麼嚴重。其他姊妹對猩紅熱一無所知，羅倫斯先生又不得來探望她，因此一切都由漢娜主導；忙碌的班格斯醫生盡力治療，但多數時候還是得靠漢娜這位優秀的護士照顧。瑪格都待在家裡做家務以免傳染給金家的人，每次寫信給母親都很緊張又有些內疚，因為完全不敢提到貝絲的病情。她覺得不該隱瞞母親，但母親要她聽漢娜的話，漢娜又堅持「不要讓馬區太太知道然後為這種小事情擔心」。

喬日日夜夜全心照料貝絲，這不是什麼苦差事，因為貝絲非常乖巧，總是盡可能忍受疼痛不抱怨。但她一度在病情發作之際扯著嘶啞的喉嚨也要說話，手指在被子上彈奏著彷彿指尖觸碰的是自己心愛的小鋼琴，用腫脹到發不出任何音符的喉嚨唱歌，甚至認不得眼前熟悉的臉龐，不斷叫錯大家的名字，還一直哀求呼喚著母親。喬逐漸感到害怕，瑪格也拜託漢娜讓她能寫信說出實情，就連漢娜也說她「會考慮看看，雖然還沒有生命危險」。來自華盛頓的信更是雪上加霜，馬區先生病情再度復發，短期內都無法回家。

日子看來黑暗無比，家裡顯得悲傷又寂寞，兩個姊妹一邊工作一邊等待，心情沉重無比，死亡的陰影就這樣籠罩著曾經幸福的家。就在這種時候，經常獨自坐一坐眼淚便滴落手上工作的瑪格莉特體會到過去自己曾經多麼幸福，有比任何財富都還要珍貴的愛、保護、平靜與健康等包圍著她，那才是生命中最真實的祝福。就在這種時候，面對眼前受苦的妹妹，聽著她可憐的聲音，身處漆黑房間裡的喬學會看見貝絲甜美的天性，學會感受貝絲如何溫柔地深深扎根在所有人心中，並了解貝絲是如何無私地為他人而活，運用人人都該有且該比任何才華、財富或美麗還要重視深愛的簡單美德讓家裡幸福。放逐在外的艾美則熱切渴望自己能在家為貝絲付出，此刻的她再也不覺得任何工作困難或討厭，想起那雙樂意的手曾接下多少她忽略的工作而深感懊悔。小羅像個遊魂在家裡晃來晃去，羅倫斯先生把大鋼琴鎖上，不願任何人讓他想起總為自己的夜晚增添美好的隔壁小鄰居。大家都很想念貝絲。送牛奶的業務、麵包師父、雜貨店老闆及肉販都會問起她的近況，可憐的侯梅太太上門來為自己的疏失道歉並為米娜要一件壽衣；鄰居捎來各種問候與安慰，讓那些與貝絲最熟識的人都感到驚訝，如此害羞的小貝絲竟交到這麼多朋友。

貝絲則一直躺在床上，老喬安娜陪在床邊，即便神智不清她也沒忘記那孤獨的守護者。她渴望看到自己的貓咪卻不願讓人把貓帶來，以免貓咪也生病；沉默的時候她滿心為喬感到擔憂。她寫給艾美溫暖的短箋，要大家跟母親說她不久便會寫信，也常拜託她們給她紙筆好試著寫些什麼，才不會讓父親覺得自己忽略了他。但不久後連這些清醒片段也不再，她就這麼躺在床上，成天翻來覆去吐出破碎的字句，或是陷入沉睡，但也沒有因此而有些精神。班格斯醫生一天來看她兩次，漢娜徹夜無眠，瑪格桌上準備了一封隨時可送出的電報，喬則寸步不離貝絲身邊。

十二月的第一天對她們來說確實是冬天，凜冽的風吹著，雪落得快速，這一年似乎已經準備好迎向死亡。那天早上班格斯醫生來訪時，盯著貝絲看了好久，雙手握住她滾燙的手一會兒後輕柔放下，低聲對漢娜說：「馬區太太若能暫時離開丈夫身邊，最好請她回來。」

漢娜無聲地點頭，雙唇緊張顫抖，瑪格聽見這些話彷彿喪失了全身力氣倒在椅子上，喬蒼白佇立了一會兒便跑向起居室，抓起電報、倉促穿衣戴帽便衝進大風雪中。不久後她便回來，無聲無息脫下大衣，小羅則帶著信走進來說馬區先生狀況又好轉了。喬滿心感激地讀信，但心上的重擔未曾卸下，臉上表情極為痛苦，小羅馬上問她：「怎麼了？貝絲狀況惡化了嗎？」

「我已經請母親回來了，」喬一臉悲慘扯著自己的橡膠靴子。

「幹得好啊，喬！是妳自己決定的嗎？」他看見喬的雙手不住顫抖，要她坐在走廊椅子上，自己幫她把冥頑不靈的靴子脫下。

「不是，是醫生要我們這麼做。」

「噢，喬，不會已經那麼糟了吧？」小羅一臉驚恐。

「是的。她已經不認得我們是誰，甚至連牆上她稱為一批批綠色鴿子的藤蔓葉都不再提起。她看起來一點也不像我的貝絲，也沒有人能幫我們一起承受。母親和父親都不在，上帝則遠到我遍尋不著。」

喬的眼淚撲簌簌地滾落臉頰，她無助地伸出雙手彷彿在黑暗中摸索，小羅握住她的手，哽咽但盡可能地低聲說：「我在這裡，緊抓住我吧，親愛的喬。」

她說不出話來但確實「緊緊抓住」，友善溫暖的人手緊握住她，安撫了她的心痛，似乎也帶領她更加靠近那可獨自撐起她所有煩憂的神之臂彎。

小羅很想再說什麼溫柔安撫的話語卻想不出適合的話，因而沉默佇立，溫柔撫摸著她低下的頭，就像喬的母親那樣。如此舉動真是再適合不過，比任何動聽的話語都還要能撫慰人心，因為喬能感覺到他沒說出口的同情，在沉默中明白情感是如何能甜美地安慰悲傷。她很快便擦乾讓她獲得宣洩的淚水，滿臉感激地抬頭。

「謝了，多多，我心情好多了。已經不再感到那麼絕望無助，不管發生什麼事我都會盡力承受。」

「繼續抱持希望，喬，希望能幫助妳撐過去。妳們母親很快便會回到這裡，然後就會沒事了。」

「還好父親情況比較好了。這下她離開父親身邊也不會感到太內疚。喔，天哪！感覺困難全都一齊湧上，而我肩上的負擔最沉重，」喬嘆了口氣，把哭濕的手帕攤開於膝蓋上晾乾。

「瑪格難道不會一起分擔嗎？」小羅一臉憤慨。

「會啦，她很努力要分擔，但是她對小貝絲的愛沒有我深，不會像我那樣思念她。貝絲是我的良心，我沒辦法放棄她。沒辦法啊！」

喬再次將臉埋入哭濕的手帕絕望哭泣，因為她到目前為止都很勇敢，不曾掉過一滴眼淚。小羅用手抹過眼睛，但是喉嚨升起的哽咽沒退去、嘴唇沒停止顫抖前都無法開口。這樣的他或許少了男子氣概，但他就是忍不住，我也很慶幸他是這樣真性情的人。此時喬慢慢停止啜泣，小羅接著充滿希望地說：「我覺得她不會死。她是那麼好的人，我們都這麼愛她，我不相信上帝會在這個時候帶走她。」

「我們摯愛又善良的人總是會死，」哀嘆的喬還是停止哭泣，因為朋友的話還是讓充滿懷疑與恐懼的她稍微提振了精神。

「可憐的孩子，妳太累了。這麼絕望很不像妳，休息一下，我馬上就讓妳打起精神。」

小羅一次躍過兩階階梯衝上樓，喬則疲備地把頭靠在貝絲留在桌邊但沒人想過要移走的棕色斗篷上。斗篷彷彿有種魔力，讓喬也感染了溫柔貝絲那股順服的精神，小羅端了葡萄酒跑下來時，喬面帶微笑端走酒，勇敢地說：「敬貝絲的健康！多多，你真是個好醫生，這麼會安慰人的好朋友。我該怎麼報答你呢？」葡萄酒讓她身體恢復活力，正如那一番好話讓心煩的她恢復精神。

「哪天我會寄帳單給妳的，至於今晚，我會給妳一樣能溫暖妳心底最深處的東西，再多葡萄酒都比不上，」小羅難掩驕傲地對她燦爛微笑。

「是什麼？」喬大喊，好奇之餘暫時忘了悲傷。

「我昨天發了電報給妳母親，布魯克回說她會立刻回家，今晚就會到，一切都會沒事了。妳有沒有很高興我這麼做？」

小羅說得飛快，臉瞬間漲紅變得很興奮，因為他怕讓女孩們失望或傷害貝絲，一直不敢說出他的計畫。臉色刷白的喬從椅子上跳起，等小羅話說完便立刻雙手環繞他的脖子歡喜大喊：「小羅啊！母親啊！我好高興喔！」她不再哭，而是瘋狂大笑，彷彿突如其來的消息讓她有些不知所措，顫抖著緊抱小羅。

小羅雖然非常驚訝，仍表現頗為鎮定。他拍拍喬的背安撫她，看她平復下來後便害羞地親了她一、兩下，讓她立刻回神。她扶住欄杆輕輕將推開他，急切地說：「啊！不要啦！我不是故意的，真是不應該這樣。但你真是好人，竟敢背著漢娜這麼做，我才會忍不住撲到你身上。告訴我到底為什麼會這樣，可是不要再給我喝酒了，酒讓人亂性。」

「我是不介意啦，」小羅笑著整理自己的領帶。「因為我越來越忐忑，爺爺也是。我們都覺得漢娜在全權管理這方面有些過頭了，應該要讓妳們母親知道。要是貝絲真的……妳知道的，不管發生什麼事，她絕對不會原諒我們的。昨天醫生看起來太過嚴肅，於是我提議發電報，當時漢娜差點扭斷我的脖子，所以我就誘導爺爺說出我們採取行動的時候到了，接著立刻奔向郵局。我可受不了『被人家管』，所以下定決心就這麼做了。我確定妳們母親會回來，會搭凌晨兩點的夜班火車抵達。我會負責去接她，妳只要控制好妳的欣喜若狂，讓貝絲保持安靜等妳們有福的母親回到家。」

「小羅，你真是天使！我該要怎麼感謝你？」

「再撲到我身上一次，我還滿喜歡的，」小羅一臉調皮，這兩個星期都沒見過他這種表情了。

「不用了，謝謝。等你爺爺來的時候我再抱他好了。不要取笑我了，回家去休息吧，你半夜還得起來呢。願主祝福你啊，多多，願主祝福你！」

此刻喬已經退到角落裡，話說完後迅速鑽進廚房，坐在櫥櫃上對著齊聚的貓咪說自己：「真是開心啊，好開心！」小羅則覺得自己做得很好，滿意離開。

「這小子真是愛管閒事啊，可是我原諒他啦，希望馬區太太真的會立刻回來，」漢娜聽到喬傳達的好消息時鬆了一口氣。

瑪格真是喜出望外，抱著信研讀了許久，喬把病房整理乾淨，漢娜則忙著「弄幾個派以免有同行的客人意外來訪」。好似一陣新鮮空氣穿透屋內，某種比陽光更耀眼的東西照亮了沉寂的房間。希望似乎改變了一切。貝絲的鳥再次啼叫，窗旁艾美的矮叢裡長出半開的玫瑰花苞。壁爐的火異常熱烈燃燒，而且每回女孩們交會時，蒼白的臉龐都會綻放笑顏，緊抱彼此並輕聲鼓勵對方：「親愛的，母親要回來了！母親要回來了啊！」除了貝絲，人人歡欣無比。她就這麼不省人事，對希望、喜悅、質疑或危險同樣無感。景象令人心疼：一度紅潤的臉龐如今徹底消失，一度忙碌的雙手如今虛弱無力，一度笑意盎然的雙唇如今黯然呆滯，一度保養得宜的美髮如今粗糙糾結攤在枕頭上。她就這麼躺了一整天，偶爾甦醒也只是張開乾涸至極的雙唇含糊吐出幾乎沒人聽懂的「水！」。喬和瑪格成天繞著她打轉，看著她，等待，將滿心希望寄託於上帝與母親。雪也成天地下，刺骨的風猛刮，時間消逝得緩慢。但夜晚終究來臨，每次鐘響，仍舊坐在床兩側的兩個姊姊便會睜著發亮的雙眼望向彼此，因為每過一個小時便代表救援更近了。醫生來過，說半夜時病情可能會有所變化，不知是好是壞，但他屆時會再回來。

已經累癱的漢娜倒在床尾沙發上呼呼大睡，羅倫斯先生在起居室裡來回踱步，覺得自己寧願面對整隊叛軍也不想面對馬區太太進門時的表情。小羅躺在地毯上假裝休息，其實是盯著爐火一臉沉思，深色雙眼因此更顯溫柔清澈。

女孩們永遠忘不了那個夜晚，看守時全無睡意，只有在這種時刻會襲來的強烈無助感籠罩大家。

「若上帝能饒貝絲一命，我以後都不會再抱怨了，」瑪格急切地低聲盼望。

「若上帝能饒貝絲一命，我這輩子都會盡力愛祂並服侍祂，」喬也同樣熱切禱告。

「真希望我沒有心，就不會這麼痛，」短暫沉默後瑪格嘆氣。

「如果人生經常如此辛苦，真不知道我們要如何撐下去，」喬絕望地接下去。

此刻十二點鐘響，兩人看著貝絲完全忘我，以為在她蒼白的臉上看見一絲轉變。屋內一片死寂，唯有窗外的呼號風聲打破寂靜。疲憊不堪的漢娜繼續沉睡，只有這對姊妹看顧著躺在床上的蒼白身影。一個小時過去，除了小羅靜悄悄地出發前往車站，什麼事也沒發生。又一個小時過去，依舊沒人抵達，兩姊妹滿心擔憂，怕是暴風雪延誤車程、路上發生意外，或最可怕的是華盛頓那端傳來惡耗。

兩點多時，喬站在窗邊，心想片片風雪讓世界看來格外陰鬱，突然聽到床邊有騷動而立刻轉頭，看見瑪格掩著臉跪在母親的躺椅前。喬內心升起一陣絕望的恐懼，心想：「貝絲走了，瑪格不敢告訴我。」

喬立即回到床邊的位置，激動之餘發現貝絲有極大的轉變。發燒導致的泛紅及痛苦的表情都不見了，她深愛的那張小臉在深度沉睡中顯得蒼白又平靜，讓她既不悲痛也不想哭泣。俯身靠近最摯愛的妹妹，充滿愛地親吻她濕潤的額頭，輕聲說：「再見了，我親愛的貝絲，再見了！」

彷彿因這番騷動而驚醒的漢娜匆忙趕向床邊看貝絲，摸摸她的手，靠近她唇邊仔細聽，然後把圍裙向上一拋，坐到搖椅上前後來回搖動，低聲驚呼：「燒退了，她睡得很熟，皮膚濕濕的，呼吸也輕鬆了。讚美上帝！真是太好了！」

女孩們還來不及相信這個好消息是真的，醫生便前來證實。他是個再普通不過的男人，但是當他揚起微笑以充滿父愛的表情對她們說話時，她們覺得他的臉看起來真是神聖：「是的，親愛的，我想小女孩這次會撐過去的。保持屋內安靜讓她好好睡，等她醒來要給她……」

但瑪格及喬兩人都沒聽見該給她什麼，因為她們已經爬進漆黑的走廊裡，坐在樓梯上緊擁著彼此，內心過度歡喜而說不出話。兩姊妹回到房間裡要讓忠實的漢娜親吻擁抱時，看見貝絲的睡姿跟平常一樣，手枕著不再蒼白的臉頰，呼吸聲極為安靜，彷彿只是熟睡。

「要是母親此刻便回到家有多好！」喬說，而這個冬夜正接近尾聲。

「妳看，」瑪格捧著半開的白色玫瑰走近，「我本來以為這朵花會來不及在明天綻放好放在貝絲的手心，以為她會……離我們而去。但竟然夜裡便已經綻放，現在我要把花瓶放在這裡，等我們的寶貝醒來時，最先映入眼簾的便會是這朵小小玫瑰及母親的臉。」

瑪格與喬望向窗外的清晨，漫長且悲傷的守夜已過，在她們撐起沉重眼皮的眼裡，昇陽看來格外美麗，世界也格外美好。

「看起來就像仙境，」瑪格兀自微笑，站在窗簾後方望著耀眼的景象。

「聽哪！」喬跳起來大喊。

沒錯，樓下的門傳來鈴鐺聲，漢娜驚呼，接著是小羅歡樂地輕聲說：「女孩們，她回來了！她回來了！」

第十九章
艾美的遺囑

家裡發生這些事情的同時，艾美在馬區姑婆家也過得很辛苦。她對自己遭到驅逐相當有感觸，也是人生中頭一次意識到自己在家是如何受到寵愛。馬區姑婆從不寵溺，她不贊成這種方式，但她是好意，她非常喜歡這位很有教養的小女孩，其實她內心特別疼愛姪子的小孩，但認為不適合表現出來。她真的很努力要逗艾美開心，卻一直弄巧成拙。有些老人儘管滿臉皺紋滿頭白髮仍有顆赤子之心，能夠體會孩子在意與開心的小事、讓他們感到自在，還能將充滿智慧的教訓隱藏在歡樂嬉戲之中，以最為甜美的方式給予並得到友誼。但馬區姑婆沒有這種天分，她的規則、命令、一絲不苟與冗長乏味的談話也讓艾美非常煩惱。老太太認為這個孩子比她姊姊可教及討喜，因而覺得自己有責任要盡可能嘗試逆轉她們家裡自由與放縱風氣所帶來的負面效果。於是她牽起艾美的手，以六十年前自己受教的方式教導艾美，這種讓艾美打從心底厭惡的方式，讓艾美覺得自己宛如蒼蠅，身陷由一板一眼的蜘蛛所織出的網。

她每天早上都得洗杯子，把古董湯匙、銀製胖茶壺及玻璃杯擦到發亮。再來，她要把房間打掃乾淨，那可真是困難。沒有一粒灰塵能逃過馬區姑婆的雙眼，家具腳又都是爪狀並有許多雕花，永遠也清不乾淨。然後她還得餵珀利、替那條大小剛好窩在人腿上的狗梳毛、來回上下樓十幾趟拿東西或傳達命令，因為老太太不良於行，很少離開那張大椅子。辛苦勞動後，她還必須念書做功課，根本是每天都在考驗她全部的品行。全部完成後才終於能享有一個小時的運動或玩樂時間，她怎麼可能不盡情享受呢？

小羅每天都會來，對馬區姑婆花言巧語一番直到她讓艾美跟他出去，然後兩人會去散步、搭馬車兜風，玩得不亦樂乎。午餐後，她得在老太太睡覺的同時端坐大聲朗讀，老太太通常會睡上一個小時，而且第一頁都還沒聽完便開始打瞌睡。再來還會出現拼布或毛巾，一路縫到黃昏的艾美外表溫順內心卻充滿反抗，之後才能隨意做自己喜歡的事情直到晚餐時間。傍晚是最可怕的時間，因為馬區姑婆會說起自己冗長的童年故事，無聊到艾美總是隨時準備好上床時要哭訴自己的悲慘命運，但總在還沒擠出幾滴眼淚就已經睡著了。

要不是有小羅及老女僕以斯帖，艾美覺得自己一定無法撐過那段可怕的日子。光是那隻鸚鵡就快把她逼瘋了，因為鸚鵡過沒多久便覺得艾美不喜歡自己，於是盡可能找機會欺負她。只要她靠近便扯她頭髮，她才把籠子清乾淨就把麵包牛奶打翻來整她，趁老太太打瞌睡時啄狗兒小抹害小抹汪汪亂叫，在客人面前大喇喇地叫她的名字，各種行徑都表現得像隻該打屁股的老鳥。還有，她也受不了那隻壞脾氣的胖狗，每次幫牠整理廁所都會對她齜牙裂嘴亂叫，每次討東西吃就會四腳朝天擺出最為愚蠢的表情，而且一天會重複個十幾次。廚師脾氣很差，老車夫耳聾，只有以斯帖會理她這個小女孩。

以斯帖是法國人，跟她口中的「夫人」同住了許多年，老太太沒有她就過不了日子，她是老太太的剋星。她真正的名字叫艾絲黛兒，但馬區姑婆命令她改名字於是她照辦，但前提是不得要求她改信別的宗教。她非常喜歡艾美這位小姐，常在幫夫人的衣物綴上蕾絲花邊時，對著坐在身旁的艾美說起以前在法國的有趣故事，讓艾美聽得很是開心。她也任由艾美在大房子裡到處探索，研究堆在偌大衣櫃與古老箱子裡的奇異美物，那是馬區姑婆跟喜鵲一樣愛囤積的成果。艾美最喜歡的是印度櫃，有各種奇特的抽屜、小分隔及神祕空間，裡面塞滿或稀有或精巧的各式裝飾品，而且多半都是古董。檢視及排列這些東西讓艾美相當心滿意足，特別是珠寶盒裡的天鵝絨墊上擺放著四十年前曾妝點過某位美女的飾品。裡面有馬區姑婆參加正式社交活動時所配戴的全套石榴石首飾，婚禮上父親送她的珍珠，情人的鑽石，服喪的黑玉戒指與別針，內有死去友人肖像及一綹長髮的奇特項鍊墜盒，她小女兒戴過的嬰兒手鍊，馬區姑爺爺的大手表，許多稚嫩小手把玩過的紅色封蠟，以及獨自躺在另一枚盒子裡的結婚戒指，如今增肥的馬區姑婆手指太粗已經戴不下，但仍小心存放彷彿是最為珍貴的珠寶。

「若讓小姐自由選擇，您會選擇什麼呢？」永遠都坐在附近看著，準備把這些貴重物品鎖起來的以斯帖問。

「我最喜歡鑽石，可是都沒有搭配項鍊的，而我又很喜歡項鍊，因為項鍊很時髦。可以的話，我應該會選這個，」艾美極為欣賞地看著一串金子結合黑檀木珠的項鍊，下方還掛著相同材質的沉重十字架。

「我也垂涎那個，但不是拿來當項鍊。絕對不是！對我來說那是念珠，因此我會當個虔誠的天主教徒好好用來禱告，」以斯帖渴望地看著那串美物。

「這串珠的原本用途，跟妳掛在鏡子上的那串芬芳木珠一樣嗎？」艾美問。

「一點也沒錯，那是用來禱告的。要是能把這麼精緻的念珠用來禱告而非當成膚淺的珠寶配戴，聖靈會有多麼歡喜啊。」

「以斯帖，禱告好像能讓妳獲得無比的慰藉，每次禱告完下樓的妳看起來都很平靜滿足。真希望我也可以。」

「小姐若是天主教徒，就能找到真正的慰藉，但既然您不是天主教徒，要是您能夠每天找個地方獨自靜坐禱告會很好，就跟我服侍夫人前服侍的那位女主人一樣。她有座小小禮拜堂，能在那裡為許多困擾尋得慰藉。」

「我也可以這樣做嗎？」孤單的艾美覺得自己需要某種協助，又發現自己沒有貝絲在旁提醒總會忘記那本袖珍書。

「這樣做會非常好，您願意的話，我很樂意幫您把小更衣室整理一番。不要跟夫人提，就趁她睡覺的時候去獨自靜坐，想些好的念頭，並且向上帝禱告請祂保守您姊姊。」

以斯帖真的非常虔誠，建議也都很誠懇，因為她內心充滿了情感，很能為身陷憂慮的姊妹設想。艾美很喜歡她的建議，便任她整理自己房間隔壁的更衣室，希望這樣對自己會有幫助。

「真想知道馬區姑婆過世後那些漂亮的東西會留給誰，」她緩緩把閃亮美麗的念珠放回原位，一一闔上那些珠寶盒。

「會留給您跟姊姊們。我知道，因為夫人會把祕密告訴我。我也見證了她的遺囑，確實如此沒錯，」以斯帖微笑低聲透露。

「真好！但好希望她現在就給我們，拖拖拉拉不是好事，」艾美依依不捨地再看那些鑽石一眼。

「小女孩現在戴這些還太早。夫人已經說了，珍珠會送給最先訂婚的人。然後我覺得，您離開的時候，夫人應該會把那個小小的土耳其石戒指送給您，因為她認為您表現良好有教養。」

「妳覺得會嗎？要是我能拿到那只漂亮戒指，我一定會非常乖巧！比凱蒂．拜倫的戒指漂亮多了啊。我果然喜歡馬區姑婆。」艾美一臉開心地試戴那只藍色戒指，決心要努力表現以獲得戒指。

從那天開始，她恭敬必從，老太太則自滿地欣賞自己教導有方的成果。以斯帖將一組小桌小凳擺進更衣室，桌上放的畫則來自某個沒開放的房間。她以為那是一幅不值錢的畫，但因為擺在小桌上很合適，就借了出來，因為她知道夫人永遠不會發現，就算發現也不會介意。不過那其實是非常珍貴的世界名畫，艾美愛好美麗事物的雙眼再怎麼緊盯聖母甜美的臉龐也不會累，心裡則忙著想自己的種種困擾。她把自己的《新約聖經》與詩歌本放在桌上，花瓶裡永遠插滿小羅帶來送她的鮮花，然後每天都去「獨自靜坐」思考好的念頭，祈求上帝保守姊姊貝絲。以斯帖給了她一串配有銀色十字架的黑色念珠，但艾美掛在旁邊沒有使用，因為她很懷疑清教徒能不能用念珠來禱告。

過程中，這個小女孩始終非常誠心誠意，因為遠離安全家園落單在外的她，迫切覺得自己需要握住某雙溫暖的手，於是直覺轉向最為堅強溫柔的「朋友」，那位以父愛熱切包圍祂眾多孩子的朋友。母親不在身旁協助她了解並管好自己，但還好她已經學過該如何尋求協助，於是盡她所能地找到方向並且自信地往前走。不過艾美畢竟是個年輕的朝聖者，此刻的包袱對她來說非常沉重。她試著要忘記自己的不快樂，打起精神，儘管沒有人看見或讚美她也要滿足於做對的事。決心當個乖巧小孩的第一步，便是決定要跟馬區姑婆一樣立遺囑，如此一來，她若生病死去，還能公平大方地將自己的財產分給大家。在她眼裡，自己那些小小寶貝有如老太太的珠寶般珍貴，光是想到得要放棄便讓她心頭一震。

她利用自己的休憩時間盡可能把這份重要文件寫得完善，由以斯帖幫忙補充特定法律詞彙，等這位性格極好的法籍女士簽好名後，艾美感覺如釋重負，收起來等著要給小羅看並請他當第二位見證人。當天下雨，於是她上樓在某間大臥室裡找樂子，還帶著珀利陪她。這間臥室有個大衣櫃，裡面裝滿了以斯帖准許她玩的過時服裝。她最喜歡用那些褪色錦緞任意搭配打扮，在長鏡前來回走秀、優雅彎腰行禮，裙襬移動時發出的沙沙聲響對她來說極為悅耳。這一天，她完全沒聽見小羅按門鈴或發現他在門外偷看，忙著莊重地來回慢步、揮舞扇子、輕輕甩頭撥髮，頭上包的粉紅色大頭巾跟身上的藍色錦緞洋裝與黃色鋪棉襯裙，反差極大又詭異。她因為踩著高跟鞋不得不小心走路，小羅事後告訴喬，看她一身做作打扮小碎步前進，後面還跟著盡力模仿她動作昂首闊步的珀利真是好笑，她不時還會停下來大笑或驚呼：「我們真是漂亮吧？好好待著，妳這個死小孩！給我閉嘴！親愛的，吻我！哈哈！」

小羅非常辛苦忍住以免爆笑出聲，害這位公主生氣。他敲了門，她有禮地邀請他進門。

「坐下休息一會兒，我把這些東西收好後，有件重要的事情想請教你，」艾美炫耀完一身榮華後，把珀利趕到角落裡。「那隻鳥真是我的人生試煉，」她摘下頭上的粉色小山，小羅則跨坐椅子上。

「昨天姑婆睡覺的時候，我很努力保持安靜，珀利卻突然大聲嘎嘎叫在籠子裡胡亂拍舞翅膀，我就去把牠放出來，卻發現裡面有隻大蜘蛛。我戳戳那隻蜘蛛，蜘蛛就鑽到書櫃下面。珀利立刻跟在後面，彎腰用牠的鬥雞眼瞄了書櫃下方，然後搞笑地說：『親愛的，出來散個步吧。』我忍不住大笑，珀利因此罵人，結果吵醒姑婆，我們兩個都挨罵了。」

「蜘蛛有接受那隻老鳥的邀請嗎？」小羅打著呵欠。

「有啊，蜘蛛爬出來了，珀利就嚇得逃走，倉皇爬上姑婆的椅子大喊：『抓住牠！抓住牠啊！抓住牠！』我則追著蜘蛛跑。」

「妳騙人啊！該死的！」鸚鵡一邊大叫，一邊啄小羅的腳趾。

「該死的老傢伙，你要是我養的，我就把你脖子扭斷，」小羅朝著鸚鵡揮舞拳頭，後者則彎著頭粗啞嘎叫：「阿雷嚕亞！親愛的，願主保守你啊！」

「好，我準備好了，」艾美關上衣櫃門，從口袋裡掏出一張紙。「我想請你讀一下這個，跟我說是否合法適當。我覺得自己應該要這麼做，因為人生充滿了不確定，我不希望死後有人不開心。」

小羅咬住嘴唇，稍微遠離沉思的艾美並閱讀以下文件，看到這麼多錯字他還能嚴肅閱讀，相當值得嘉許。

這是我的最終遺囑

我，艾美．克堤絲．馬區，心智正常，在此宣誓將所有世俗財產曾予如下，即：

父親可獲得我最美的畫、素描、地圖及所有藝術品，包含表匡。還有我的一百元，隨便他使用。

母親可獲得我所有衣服，除了有口袋的藍色圍裙，我並以滿滿的愛附上我的肖像跟獎章。

親愛的姊姊瑪格可獲得我的土耳其石戒指（如果我拿到的話），還有上面有鴿子圖案的綠色盒子，還有我那條真正的蕾絲可以給她戴在脖子上，我幫她畫的素描也可以讓她用來紀念她的「小女孩」。

我把用彌封蠟修補的胸針留給喬，還有我的銅製墨水架（蓋子被她弄丟了），還有我珍貴的石膏兔子，因為我對於燒掉她的故事感到很抱歉。

我把洋娃娃、小書桌、扇子、亞麻衣領留給貝絲（如果她活得比我久），還有新拖鞋，如果她病好後變瘦還穿得下。我也在此向她表示遺憾，當初不該取笑老喬安娜。

我將紙胡作品曾予我的朋友及鄰居希爾多．羅倫斯，還有他說沒有脖子的土陶馬。為了回報他在我悲傷時付出的極大善意，他可以從我的藝術作品裡任選，聖母是最好的。

我把蓋子上有面鏡子的紫色盒子留給我們可敬的大恩人羅倫斯先生，適合放他的筆，又可以讓他紀念離去的我，知道我有多感謝他對我們家庭、特別是對貝絲的大方善行。

我想把藍色絲質圍裙及金珠戒指留給我最喜歡的玩伴凱蒂．拜倫，還附上我的吻。

我把漢娜想要的小雜物盒留給她，還有我身後留下的所有拼布，希望她「看到就會想到我」。

分配完我最珍貴的財產後，我希望大家都很滿意，不要責怪離世的人。我原諒每個人，相信號角響起時我們都會在相聚。阿們。

西元一八六一年十一月二十日，我在此為這份遺主書簽名彌封。

艾美．克堤絲．馬區

見證人：艾絲黛兒．法諾、希爾多．羅倫斯

最後一個名字以鉛筆寫下，艾美向他解釋，要他改以墨水複寫，再替她好好彌封。

「妳怎麼會想要這麼做？有人告訴妳貝絲把東西分送給大家是嗎？」小羅相當嚴肅地詢問艾美，此時艾美正將一小截紅色帶子、彌封蠟、小蠟燭及墨汁架擺在他面前。

她解釋完後焦急地問：「貝絲怎麼了？」

「對不起我不該說，但既然已經說了，我就告訴妳。有一天，她病得很嚴重，於是對喬說她想把鋼琴送給瑪格，貓咪送給妳，可憐的舊洋娃娃送給喬，因為喬會代替她好好照顧娃娃。她對於自己可以給的這麼少感到很抱歉，於是說要將髮絡留給其他人，最深的愛留給爺爺。她從沒想過要寫遺囑。」

小羅一邊簽名、彌封，一邊說話，直到巨大淚珠滴在紙上才抬起頭。艾美的臉上充滿憂慮，卻只說：「有時候是不是會有人在遺囑簽名之後又寫東西。」

「是啊，稱為『附錄』。」

「那幫我加一條吧，我希望能把髮絡剪下送給所有朋友。我之前忘記了，雖然會變醜，我還是希望這麼做。」

小羅加上這一條，微笑看待艾美最後也是最重要的犧牲。接著陪她玩了一個小時，對她經歷的種種試煉感到相當有趣。不過，到了他要離開的時候，艾美拉住他，顫抖著雙唇輕聲說：「貝絲真的有危險嗎？」

「恐怕是的，但我們還是必須抱持最大希望，所以，親愛的，不要哭。」小羅像個大哥哥伸手環繞她的肩上，讓她感到安慰。

他離開後，她走進自己的小小禮拜堂，坐在暮色中為貝絲禱告，淌著熱淚極為心痛，覺得就算有百萬只土耳其石戒指也無法安撫她失去那麼溫柔的姊姊的痛。

第二十章
心事

我找不出字眼能描述母女相聚的場景。這種時刻非常美妙卻難以言喻，就留給眾讀者自行想像吧。我只能說，房子裡洋溢著發自內心的喜悅，瑪格的溫柔心願也實現了，貝絲從漫長的睡眠中恢復清醒時，第一眼看見的便是那朵小小玫瑰花與母親的臉。太過虛弱無法表示驚訝的她，揚起淡淡的微笑後便鑽進環繞她的臂彎，感覺自己迫切的渴望終於獲得滿足。接著，她再次睡去，兩個姊姊在旁服侍母親，因為母親無法扳開連睡夢中都緊握住自己的纖細小手。

漢娜為遠道而來的家人「變出」極為豐盛的早餐，因為她只能靠這樣表達自己的興奮，瑪格及喬則如孝順的小鸛負責餵食母親，聽她輕聲分享父親的狀態，說布魯克先生如何答應留在身邊照顧他及回家途中遇上怎樣耽誤旅程的暴風雨，還有在她疲憊焦慮及寒冷交加之際抵達時，看見小羅充滿希望的臉是如何讓她感到安慰。

真是奇特又美好的一天。屋外精彩歡樂，整個世界彷彿都現身歡迎初雪。室內則平靜安祥，因為歷經一夜守候後所有人都睡著了，屬於安息日的寂靜占據整間屋子，打著盹的漢娜則守在門口。卸下負擔而感到幸福的瑪格與喬，閉上疲憊的雙眼，宛如飽受暴風雨侵襲如今安然歸來的船隻，安全地在平靜碼頭裡休息。馬區太太不願離開貝絲身邊，選擇在大椅子上休息，不時醒來察看，摸摸她，好比財富失而復得的守財奴緊守著女兒不放。

小羅則出發去安慰艾美，把整段過程描述得極好，馬區姑婆竟然「吸了吸鼻子」，一次也沒說「我就說吧」。艾美這次表現得極為堅強，我覺得她在小禮拜堂裡想的好念頭真的開花結果了。她很快便擦乾眼淚，按奈住想見母親的心情，在老太太發自內心同意小羅的看法，認為她表現得「就像個極好的小婦人」時，一次也沒想到那只土耳其石戒指。連珀利都好像被感動，說她是個好女孩，願主保佑她，還以牠最友善的語氣拜託她「來去散散步吧，親愛的」。她當然很樂意出去享受耀眼的冬日，但她發現小羅已經累到在打瞌睡只是硬撐，於是說服他在沙發上休息一下，讓她寫封信給母親。她寫了很久，回來時，小羅已經雙手枕著頭躺在沙發上熟睡，馬區姑婆則把窗簾放下，什麼也沒做地坐在那裡，展現難得一見的仁慈。

過了一會兒，她們開始覺得他或許要晚上才會醒了，若不是因為艾美看到母親開心歡呼而吵醒他，我也不確定他是否會醒來。那一天，城市裡外或許有許多其他幸福的小女孩，但是我個人認為，當艾美坐在母親的大腿上訴說自己的試煉、接受母親以認同的微笑、寵愛的撫摸作為安慰與彌補時，她是最幸福的女孩。她們兩人坐在小禮拜堂裡，母親聽完那裡的用途時竟也沒有反對。

「我反而很喜歡呢，親愛的，」她的視線從積滿灰塵的念珠看向已經翻舊了的《新約聖經》，還有掛著萬年青花環的美麗畫像。「有個地方讓我們在憤怒或悲傷時能安靜獨處真是不錯。人生中總有許多困難，但只要求助有道，我們就能承受。我想我的小女兒正在學習這個道理。」

「是的，母親，等我回家後，我打算在大衣櫃裡也找個這樣的角落，擺我的書跟我嘗試要臨摹的那幅畫。女子的臉還沒好，她太美麗我畫不出來，但嬰兒我就畫得比較好，我非常喜歡這幅畫。想到祂也曾經是小孩讓我很高興，就不會感覺距離太遙遠，這樣對我比較有幫助。」

當艾美指向坐在聖母腿上微笑的耶穌寶寶時，馬區太太注意到她伸出的手上有東西，揚起微笑。她什麼也沒說但艾美看得懂那個表情，頓了一會兒後認真地接著說：「我本來想跟您說這件事，但我忘了。姑婆今天把戒指送給我。她把我叫過去親了我，把戒指戴在我手指上，說她非常寵愛我，希望能永遠把我留在身邊。因為土耳其石太大了，她加上那個奇怪的戒指釦才不會掉。母親，我想戴著，可以嗎？」

「這組戒指非常漂亮，艾美，但我覺得妳還太小，不適合這種飾品，」馬區太太看著她圓潤的小手，食指上掛了一圈天藍色寶石，古怪戒指釦的造型則是兩隻緊緊相扣的金色小手。

「我會盡量不虛榮，」艾美說。「我覺得，我喜歡這個戒指不只是因為它漂亮，也是想像故事裡戴著手鍊的女孩一樣，提醒自己。」

「妳是指要跟馬區姑婆一樣嗎？」母親大笑。

「不是，是提醒我不要自私。」艾美看起來如此認真誠懇，於是母親停止大笑而恭敬地聽她的計畫。

「我最近常常在想自己『成堆的不乖紀錄』，占了最大宗的就是自私，所以如果可以的話，我很想要克服。貝絲一點也不自私，所以大家都那麼愛她，想到會失去她就很難過。如果換我生病大家就不會那麼難過，我也不值得大家難過，但我還是希望眾多朋友能愛我、想念我，所以我想要盡可能像貝絲那樣。我總是很容易忘記自己的決心，可是若有東西隨時提醒我，我想應該就會做得更好吧。我們可以這樣試試看嗎？」

「可以，但我對大衣櫃挪出一角的方法比較有信心。親愛的，妳就戴著戒指盡妳最大的努力吧。我相信妳會成功，因為誠摯希望自己變好就贏了一半。現在我必須回到貝絲身邊了。我的小女兒，繼續保持好心情，我們很快會把妳接回家。」

當天傍晚，瑪格正在寫信向父親報告母親安全抵達，喬溜上樓進入貝絲的房間，看到母親就在她平常的位置上，喬用手指捲著頭髮站了一會兒，一副擔心的姿態，表情猶豫不決。

「親愛的，怎麼了？」馬區太太伸出手，臉上寫著「有話都可以告訴我」。

「母親，我有話想跟妳說。」

「跟瑪格有關嗎？」

「妳怎麼一下就猜到了！沒錯，跟她有關，雖然不是什麼大事，但我還是不安。」

「貝絲睡著了。小聲點告訴我吧。那個莫法特男孩沒有來過這裡吧？」馬區太太有些嚴厲。

「沒有。他要是來了，我會當著他的面甩上門，」喬坐在母親腳邊的地板上。「去年夏天，瑪格把一雙手套忘在羅倫斯先生家裡，但他們只找到一只手套。我們都忘了這件事，直到多多告訴我，布魯克先生承認他喜歡瑪格卻不敢告訴她，因為她那麼年輕而他自己又那麼窮。這樣不是很討厭嗎？」

「妳覺得瑪格對他有好感嗎？」馬區太太表情緊張。

「我的天哪！我對愛情之類的鬼東西哪有概念啊！」喬又是輕蔑又富興味地大喊。「小說裡的女孩子都會以驚訝與臉紅、昏倒、消瘦及表現得像個傻瓜來表示喜歡，但瑪格完全沒有這些行為。她飲食睡眠都很正常，我提起那個男人時她也都直視我，只有多多開些情侶玩笑時才會稍微臉紅。我不准他這麼做，但他根本不聽我的話，他該要聽的。」

「那妳覺得瑪格對約翰沒興趣囉？」

「誰啊？」喬瞪著雙眼。

「布魯克先生。我現在都叫他『約翰』。我們在醫院養成這個習慣了，他也很喜歡。」

「糟糕！我就知道妳會站在他那邊。他對父親很好，如果瑪格願意的話，妳也不會趕他走，同意讓瑪格嫁給他。真是狡猾！跑去安撫爸爸還有幫妳忙，都是為了要拐你們喜歡上他。」喬再次憤怒地扯著自己的頭髮。

「親愛的，不要為這種事情生氣，我來告訴妳來龍去脈。約翰是因為羅倫斯先生的要求而陪同我前去，他又是如此細心照顧妳可憐的父親，讓我們忍不住喜歡上他。他對瑪格的事情非常坦白正直，告訴我們他愛她，但是在向她求婚前，會先努力賺錢好成家。他只是希望我們允許他愛瑪格、為她努力賺錢，並允許他盡力去贏得她的愛。他真的是個很優秀的年輕人，我們不忍心拒絕聽他說話，可是我不會同意瑪格這麼年輕就訂婚。」

「當然不行。那樣太愚蠢了！我就知道大事不妙。我能感覺得出來，現在情況比我想像得還要嚴重。真希望我能娶瑪格，就能把她留在家裡讓她安全。」

如此奇特的規畫讓馬區太太忍不住微笑，但仍嚴肅地說：「喬，我把心事告訴妳，但希望妳先不要對瑪格說什麼。等約翰回來後，我看他們兩人相處的模樣就更能判斷她對他的感覺。」

「她就會看到那雙她一直提到的俊美雙眼，然後就無法挽救了。她的心那麼軟，只要有人含情脈脈看著她，都會像太陽下的奶油那樣融化。他寄來的近況報告，她反覆閱讀的次數比讀妳寄來的信還多，每次我提起都會掐我。她喜歡棕色眼睛，也不覺得約翰是難聽的名字，她一定會愛上他，然後我們共有的平靜快樂與溫馨時光就再見了。我都可以預見了！他們會在屋子裡卿卿我我，我們就得要閃開一點。瑪格會沉浸在愛河裡，再也不會對我好。布魯克會想辦法賺大錢、把她拐走，害我們家空一個大缺口，然後我就會心碎，一切都會變得很不自在。真是的！為什麼我們不能都是男生呢？這樣就不會有任何問題了。」

喬陰鬱地將下巴靠在膝蓋上，對著欠罵的約翰揮舞拳頭。馬區太太嘆了口氣，喬聽到後如釋重負地抬起頭。

「母親，妳也不希望這樣嗎？我真慶幸。那我們就把他趕走，什麼也不要跟瑪格提，跟過去一樣幸福生活在一起就好。」

「喬，我不該嘆氣的。妳們本來就該在適當的時候各自成家，這是理所當然的事，我只是想盡量把女兒們留在身邊久一點，所以覺得這個時間來得太快很是遺憾，因為瑪格才十七歲，約翰也還要過好幾年才能為她打造一個家。我跟妳們父親都同意，她在二十歲之前都不該許下任何承諾或結婚。若她和約翰彼此相愛，就要等一等，並藉由等待來考驗彼此的愛。她非常有良心，所以我不怕她對他不好。我這位美麗又心地溫柔的女兒啊！希望她能幸福。」

「妳難道不希望她嫁給有錢人嗎？」喬聽見母親說到最後聲音有些顫抖。

「喬，錢很好很實用，我希望我的女兒們都不要過於匱乏，但也不要太受誘惑。我當然希望約翰能穩定立業，讓他賺到足夠的錢不至於負債，讓瑪格能過舒服的生活。我不求女兒們要擁有龐大財富、進入上流社會或成為知名人士。若愛與美德伴隨著地位與財富而來，我會滿心感激地接受，但經驗告訴我，在樸素小屋裡每天認真賺錢養家、因為匱乏而讓享受更顯甜美，才是真正的幸福。我很高興看到瑪格能有如此平凡的起步，若我預料沒錯，她將因為擁有好男人全心的愛而富有，這樣比任何財富都要來得好。」

「我懂，母親，我也同意。但我還是對瑪格有些失望，因為我本來是打算按步就班讓她嫁給多多，成天坐擁奢華的生活。那樣不是很好嗎？」喬抬起更顯開心的臉龐。

「但妳知道的，他年紀比她小啊，」馬區太太才開口，喬又打斷……

「也只有小一點點，他比較早熟，個子又高，而且願意的話也可以表現得很成熟。他那麼富有、大方又善良，又那麼愛我們大家，我覺得計畫失敗好可惜。」

「小羅對瑪格來說恐怕不夠成熟，而且現階段還不太有定性，無法讓任何人依靠。喬，不要計畫，就讓時間及各自的心與妳的朋友們為伴。插手這種事情不保險，而且我們最好不要滿腦子都是妳所謂的『浪漫狗屁』，才不會破壞彼此的友誼。」

「我是不會，但我不喜歡看到情況這樣亂七八糟糾結成一團，明明這裡稍微拉一下、那裡稍微修一下就整齊乾淨了。真希望頭上頂著熨斗就能不要長大。不過，花苞就是會長成玫瑰，小貓就是會長成大貓，還真是令人遺憾！」

「什麼熨斗跟貓咪啊？」瑪格拿著寫好的信小聲走進房間。

「只是我又在胡言亂語啦。我要去睡了。瑪格，走吧，」喬打哈哈地回覆。

「沒有錯，寫得很好。幫我附註問候約翰，」馬區太太瞄了一眼那封信後，遞回給瑪格。

「妳直接叫他『約翰』嗎？」微笑的瑪格帶著天真的眼神直視母親。

「是啊，他就像我們的兒子，我們很喜歡他，」馬區太太熱切地回看她。

「那樣真好，他一個人好孤單。親愛的母親，晚安。有妳在身旁真讓人感到安慰，」瑪格回她。

母親極為溫柔地親了她，等她離開後，馬區太太滿意也遺憾地說：「她還沒愛上約翰，但不會太久了。」

第二十一章
小羅闖禍，喬善後

隔天，喬一臉凝重，祕密對她來說是過於沉重的負擔，很難讓自己看起來若無其事、不會神祕兮兮的樣子。瑪格注意到了卻沒有問，因為她已經學會，對付喬最好的方法就是反其道而行，只要她不問，喬一定會自己全盤托出。因此她很訝異喬竟能保持沉默，那副「我不告訴妳」的模樣徹底激怒瑪格，後者於是也擺出高傲的保留姿態，只跟母親說心裡話。馬區太太取代了喬的護理工作，要守候貝絲這麼久的她去休息、運動及自娛，她只能自己找事情做。沒有艾美在身邊，小羅是她的唯一指望，但雖然她很喜歡有小羅陪伴，此刻卻很怕見到他，怕那麼會逗人的他要是拐她說出祕密怎麼辦。

她的確該擔心，這個愛闖禍的小子馬上懷疑喬有祕密且決心要挖掘出來，害她藏得非常辛苦。他極盡花言巧語威脅利誘諷刺責難之能，又佯裝漠不關心以為她會出於意外自行吐露，接著又宣稱自己已經知道了但不在乎，最後在鍥而不捨的努力之下，很滿意地確認祕密與瑪格和布魯克先生有關。他對於自己不是家教吐露心事的對象感到忿忿不平，因此認真研擬報復自己遭到敷衍的方法。

這時的瑪格顯然已經忘了這件事，全心投入為父親的歸來做準備。但某天她卻突然有所轉變，有那麼一、兩天整個人魂不守舍。跟她說話會嚇到她，看她會害她臉紅，總是非常沉默地做著女紅，臉上的表情害羞又困擾。母親詢問時她說自己很好，喬問的時候則哀求喬別煩她。

「她能感覺到，我是說那股愛意，而且迅速失守中。那些症狀她都有了，緊張發抖愛生氣、不吃不睡、躲在角落裡鬱鬱寡歡。我今天還發現她在唱他送的歌，還一度跟妳一樣叫他『約翰』，叫完後滿臉通紅。我們到底該怎麼辦？」喬急於尋找方法，無論多激烈。

「不怎麼辦，就等吧。不要管她，要善良有耐性，等父親回來會處理好一切，」母親回她。

「瑪格，這封短箋是給妳的，還有彌封。真是奇怪！多多從不彌封給我的短箋，」隔天，喬負責分發小小郵局裡的物件。

馬區太太和喬正忙著自己的事情，突然聽到瑪格發出聲音，兩人抬頭看她一臉驚恐地瞪著短箋。

「孩子啊，怎麼了？」母親跑向她，喬則試著要抓住那張惡作劇的紙。

「這一切都是誤會，不是他寄的。喔，喬，妳怎麼可以？」瑪格把臉埋進雙手，哭得彷彿心都碎了。

「我？我什麼也沒做啊！她在說什麼？」喬相當驚慌失措。

瑪格從口袋抽出揉成一團的紙扔向喬，溫柔雙眼燃起熊熊怒火，責怪喬：「是妳寫的，然後那個壞小子幫了妳的忙。妳怎麼可以這麼粗魯壞心，對我們兩人如此殘忍？」

喬幾乎沒聽見她說的話，跟母親兩人忙著閱讀筆跡頗為奇特的短箋。

愛妳的約翰

我最親愛的瑪格：

我再也控制不住自己的熱情，我一定要在回去前知道答案。我還不敢告訴妳的父母，但我想他們若知道我們彼此相愛，絕對會同意。羅倫斯先生會幫我找到不錯的地方，而妳，我最甜美的女孩，妳會讓我非常幸福。拜託妳先不要跟家人說什麼，只要透過小羅傳遞一點希望就好。

「噢，那個惡魔！這就是他懲罰我遵守對母親承諾的方式。我會好好教訓他，然後要他過來道歉，」喬急於立刻尋求正義，母親卻拉住她，臉上浮現少見的表情。

「喬，慢著，妳必須先證明自己跟這件事無關。妳過去多次惡作劇，搞不好這次也有分。」

「母親，我發誓我沒有！我從沒看過那封短箋，也完全不知道這件事，我以自己的生命發誓！」喬非常認真，所以大家相信了她。「如果我真的有分，一定會做得比這樣更好，而且短箋會寫得更逼真。我相信妳們應該知道布魯克先生不會寫出那種東西，」她不屑地把紙丟地上。

「看起來像他的筆跡啊，」瑪格吞吞吐吐地拿那張紙與手中紙條比較。

「瑪格啊，妳不會回信了吧？」馬區太太立刻驚呼。

「我是回了啊！」瑪格再次摀住臉，無比羞愧。

「真是麻煩！讓我把那個惡小子帶過來好好解釋一番，訓他一頓。沒逮到他我不會善罷甘休。」喬再次走向門口。

「噓！這件事情我來處理，因為情況比我以為的還要嚴重。瑪格莉特，把來龍去脈都告訴我，」馬區太太在瑪格身旁坐下命令她說，一邊還抓著喬以免她溜掉。

「我從小羅那裡收到第一封信時，他看起來好像完全不知道這件事，」瑪格低下頭娓娓道來。「起初我很擔心，想告訴妳，但又想起妳很欣賞他，就覺得妳應該不會介意我多保有幾天這個小祕密。我真的很蠢，以為不會有人知道，然後在斟酌自己該回什麼的時候又覺得自己像書裡會這樣做的那些女孩。母親，請原諒我，我已經為自己的愚蠢付出代價了。以後再也無法面對他了。」

「妳對他說什麼？」馬區太太問。

「我只說自己還太年輕不能做什麼，也希望不要對妳隱瞞任何祕密，還要他一定得跟父親談。我非常感謝他的好意，願意當他的朋友，但會有好長一段時間都只能如此。」

馬區太太揚起微笑彷彿相當滿意，喬則拍手大笑：「妳根本是愛爾蘭作家艾吉沃斯筆下的卡洛琳．波西的翻版了，謹慎有餘！快說吧，瑪格，他怎麼回覆？」

「他回信的態度完全不同，跟我說他不曾寄過任何情書，也很抱歉我淘氣的妹妹喬竟然這樣盜用我們的名義。他非常善良有禮，但對我來說有多難堪啊！」

瑪格一臉沮喪倚著母親，喬在房子裡憤怒踱步咒罵小羅。突然間，她停下腳步拿起兩封短箋，仔細閱讀後篤定地說：「我覺得這兩封信布魯克連看都沒看過。兩封都是多多寫的，要把妳的信留下來向我誇耀，因為我不肯把祕密告訴他。」

「喬，不要藏有祕密。把話都跟母親說，不要惹上麻煩，我就該那麼做的，」瑪格警告她。

「拜託啊！是母親告訴我的祕密。」

「喬，這樣夠了。我來安慰瑪格，妳去把小羅叫來。我會把這件事情徹底釐清，然後終止這場惡作劇。」

喬飛奔離去後，馬區太太把布魯克先生真正的心意告訴瑪格。「好了，親愛的，妳自己的心意呢？妳對他的感情是否深到足以等他能為妳打造家園？還是妳目前打算保持自由之身？」

「這段日子我都好擔心害怕，我想我有好長一段時間都不會想要跟愛情扯上任何關係，搞不好永遠都不會想要，」瑪格很是急躁。「要是約翰對這場鬧劇一無所知，請什麼都不要跟他說，也叫喬跟小羅嘴巴閉緊一點。我不要被欺騙、被折磨還被耍。真是丟臉！」

看見瑪格平常溫和的脾氣因為這場鬧劇驟變、自尊受損，馬區太太安慰她，保證會謹慎處理，未來不會有人再提起這件事。聽見走廊上傳來小羅的腳步聲，瑪格立即跑進書房，由馬區太太單獨面會罪魁禍首。喬怕他不肯來，沒說要他過來的原因為何，但他一看見馬區太太的臉便清楚答案，內疚地轉著帽子的態度讓人立即看出他有罪。馬區太太要喬離開，但後者選擇在走廊上來回巡邏，怕犯人會逃跑。起居室裡的聲音起起落落了約半個小時，但姊妹們都不知道過程中究竟談了什麼。

再次叫她們進來時，小羅掛著極為懺悔的表情站在她們母親身邊，喬立刻便原諒他但覺得不該表現出來。瑪格接受了他誠心的道歉，他也保證布魯克完全不知道這場惡作劇，讓她感到非常安慰。

「我到死都不會告訴他，五馬分屍我也不會說，所以，瑪格，請妳原諒我，我什麼都願意做只要能證明我有多麼抱歉，」他看來相當以自己為恥。

「我會盡量，可是你這樣做真的很沒有紳士風度，小羅，我沒想過你會這麼狡猾惡毒，」瑪格以嚴肅責備的態度掩飾自己的尷尬。

「這樣做真的太過分了，妳應該整整一個月都不要理我，但妳還是會理我的吧？」小羅雙手交握誠心懇求、語氣讓人難以拒絕，儘管他表現如此惡劣也很難對他生氣。

瑪格原諒了他，而雖然馬區太太努力想板起臉，聽見他為了贖罪願意接受各種懲罰、在受傷的女生面前極力貶低自己後，也忍不住卸下嚴肅的表情。

袖手旁觀的喬則試著要對他硬起心腸，卻只成功擺出極度不滿的表情。小羅看向她一、兩次，但她沒有任何緩和跡象讓他很受傷，於是徹底背對她直到其他人教訓完後，對她微微鞠躬便不發一語離開。

他離開後她立刻後悔了，希望自己剛才能更寬容，等瑪格和母親都上樓後，她便感到寂寞，希望有多多陪伴。抗拒好一會兒後，她決定屈服於自己的衝動，帶上要還的書作為藉口前往隔壁的豪宅。

「羅倫斯先生在嗎？」喬問下樓來的僕人。

「是的，小姐，但我想他還不能見客。」

「為什麼不能？他生病了嗎？」

「不是啦，小姐，他剛剛跟小羅先生大吵了一架，小羅先生為了某件事情發脾氣，惹惱了老先生，所以我不敢靠近他。」

「小羅在哪裡？」

「把自己關在房間裡，我一直去敲門但他都不應門。我不知道晚餐該怎麼辦，因為已經準備好了但沒有人要來吃。」

「我來去看是什麼事，他們兩人我都不怕。」

喬上樓後輕快地敲了小羅的書房門。

「不要再敲了，不然我就開門對付你！」房內的年輕人語帶威脅地大喊。

喬立刻再次敲門。門唰地打開，喬趁小羅還來不及反應前衝入房裡。喬發現他真的很生氣，非常清楚該怎麼安撫他於是擺出極為懺悔的表情，誇張地雙膝下跪溫順地說：「請原諒我剛才那麼生氣，我來跟你和解的，目的沒達成前我無法離開。」

「沒關係啦，起來吧，喬，不要跟個呆子一樣，」小羅相當有風度地回應她的懇求。

「謝謝你，我起來了。我可以問怎麼了嗎？你看起來心情不太好。」

「我剛被抓著肩膀用力搖晃了一番，我嚥不下這口氣！」小羅忿忿不平地低吼。

「誰敢抓你肩膀搖你？」喬問他。

「是爺爺，要是換成其他人我就……」內心受傷的年輕人以右手臂的猛力動作結束句子。

「那沒什麼啊，我一天到晚搖你肩膀，你也不在意，」喬安慰他。

「唉喲！妳是女生，只是好玩，但我可不會讓男人搖我肩膀！」

「像你現在這樣烏雲罩頂彷彿暴風雨即將來襲，我不覺得會有人敢碰你。他為什麼搖你肩膀？」

「就因為我不肯說出妳母親找我過去做什麼。我答應過不會說，所以絕對不會違背誓言。」

「難道沒有別的方法滿足你爺爺的要求嗎？」

「沒有，他只要聽實話，只能是實話，否則都別說。要是能夠不提瑪格還把這件事說出來，我一定會跟他說我闖了什麼禍。但沒有辦法，所以我只能閉嘴，然後聽他老人家一直罵，罵到他揪住我的領口。接著我就跑掉了，因為我怕自己會失控。」

「那樣真是不好，可是我知道他一定後悔了，所以快下樓去跟他和好。我會幫你。」

「才不要咧！我才不要因為一時好玩，就一直被大家唸、被大家罵。我對瑪格的事情感到抱歉，所以有擔當地道歉，但是我沒做錯事的時候才不要道歉。」

「他又不知道。」

「他應該要信任我，不要把我當成小孩子。沒有用的，喬，他必須了解我能夠照顧自己，不需要牽任何人的手。」

「你們兩個真是倔強！」喬嘆息。「那你打算怎麼平息這件事？」

「他該要道歉，而且在我跟他說不能告訴他發生什麼事情的時候，就該要相信我。」

「你想得美！他才不會這麼做。」

「他不道歉我就不下樓。」

「好了啦，多多，懂事點。就當沒這件事，我會盡量幫忙解釋。你又不能一直待在樓上，這樣小題大做有什麼意義？」

「反正我也沒打算長期留在這裡。我打算溜出去旅行，等爺爺想我的時候馬上就會回心轉意了。」

「我想也是，但你不該這樣走掉讓他擔心。」

「別唸了。我就去華盛頓找布魯克。那裡很好玩，闖了這些禍後去那裡避難應該很不錯。」

「你會玩得很爽！真希望我也能偷溜，」想像勇敢地在首都歡樂討生活之餘，喬忘了自己該扮演的益友角色。

「那就一起去啊！幹嘛不要？妳去給妳父親一個驚喜，我去嚇布魯克，一定會很好笑。就這樣做吧，喬。我們就留下一封信說我們很好，然後立刻逃跑。我有足夠的錢，出去這一趟對妳也有好處，不會有壞處，因為妳是去找妳父親。」

有那麼一瞬間，喬看起來好似會答應，因為儘管計畫很瘋狂，卻很適合她。她已經厭倦了照顧病人與困在家中，渴望能有所改變，想去看父親的念頭與營區、醫院、自由及歡樂的魅力相結合而格外吸引她。眼中燃起興致的她渴望地轉向窗邊，卻看見對面的老房子，於是下了決心遺憾搖頭。

「若我是男孩，一定會跟你一起逃跑然後玩得很開心，但無奈我是個女孩，必須表現得體乖乖待在家。多多，不要誘惑我，這個計畫太瘋狂了。」

「這樣才有趣啊，」小羅突然變得很任性，堅決要想辦法打破成規。

「不要再說了！」喬摀住耳朵大喊。「我的命運就是要裝模作樣，還不如下定決心接受。我是來這裡教化你，不是來聽你說那些會讓我想脫軌的事。」

「我知道瑪格聽到一定會潑冷水，但我還以為妳比較有膽量，」小羅意有所指。

「壞蛋，閉嘴！坐下來好好反省你犯的罪，不要害我增加我的罪。要是我能讓你爺爺為了教訓你跟你道歉，你會放棄離家出走嗎？」喬語氣認真。

「會，但是妳做不到的，」小羅很想和好，但覺得需要先安撫他受傷的尊嚴。

「我能搞定小的，就能搞定老的，」喬喃喃自語離開，留下雙手撐頭俯身研究鐵道地圖的小羅。

「進來！」喬敲門時，羅倫斯先生的聲音比過去還要粗啞。

「先生，是我啦，只是來還書，」她進門時溫和地說。

「還要借嗎？」老先生面容嚴厲又帶股怒氣，但不想表現出來。

「好啊，謝謝。我還滿喜歡老山姆的，來試試第二卷好了，」這部生動的作品由老先生所推薦，喬希望藉由二度接受包斯威爾所寫的山謬爾．強生生平來安撫他。

他將梯子滑到擺放強生派文學的書櫃前，有著濃密眉毛的眉頭稍微放鬆了些。喬立刻爬上去坐在第一階上假裝在認真找書，其實是在思考該怎麼為前來造訪的那個危險話題起個頭。羅倫斯先生似乎懷疑她有心事，在房內幾度快速轉了幾圈後來到她面前突然開口說話，嚇得她把拉塞拉斯這本書掉到地上。

「那個孩子做了什麼？不要想保護他。我從他回家的樣子就知道他闖禍了。從他身上什麼也問不出來，我抓他領口威脅要搖到他說出實話時，他又衝上樓把自己鎖在房間裡。」

「他確實做錯事，但我們原諒他了，大家也答應不會跟任何人說這件事，」喬不甘願地開口。

「這樣怎麼行。不能讓他躲在妳們這些女孩子心軟的承諾後方。要是他做錯事情，就該坦白道歉，接受懲罰。喬，全部說出來，不要瞞著我。」

羅倫斯先生神情嚴厲語氣尖銳，可以的話喬會立即逃跑，可惜她正困在階梯頂端，他則站在階梯前宛如擋在路中間的獅子，她只能待在原地要自己鼓起勇氣。

「沒錯，先生。我不能說出來，母親不准。小羅已經坦承、道歉，也受過足夠的懲罰了。我們保持沉默不是為了保護他，而是另外一個人，若您介入只會讓情況更惡化。拜託請您不要這麼做。其實我也有錯，但現在已經沒事了。所以請忘記這件事，來討論《漫談》期刊或其他有趣的東西吧。」

「該死的《漫談》！下來跟我保證那個膽大包天的孩子沒有做出什麼不知感恩或粗魯無禮的事。要是妳們對他那麼好他還敢這麼做，我就親自動手教訓他。」

這番威脅聽來可怕卻沒有嚇倒喬，因為她知道這個暴躁的老先生絕對不會動孫子一根寒毛，無論他怎麼說。她聽話地爬下梯子，盡可能對惡作劇輕描淡寫又不背叛瑪格或背離事實。

「嗯……哼……好，如果這孩子是因為他許過承諾而封口，不是因為性格頑劣，那我就原諒他。他個性固執實在很難管教，」羅倫斯先生搓著自己的頭髮直到看來好似遭強風刮過，深鎖的眉頭也在鬆了一口氣後舒展開來。

「我也一樣，但是幾句溫柔話語就能在千軍萬馬都拉不動我時，為我指引方向，」喬想為朋友說句好話，感覺他才脫離困境又落入另一個。

「妳覺得我對他不溫柔，是嗎？」老先生回應尖銳。

「不是啦，先生。您有時候過於溫柔，但在他考驗您耐性的時候又有些急躁。您不這麼覺得嗎？」

喬決心要一次講清楚，儘管表面看似平靜，勇敢發言後仍是些微顫抖。讓她驚訝也大大安心的是，老先生只是啪地把眼鏡丟在桌上直率大喊：「女孩，妳說得沒錯，我就是這樣！我愛那個男孩，但他有時真是會考驗我的耐性極限，我也知道如果繼續下去會有什麼後果。」

「我可以告訴您，他會離家出走。」喬話才出口就後悔了。她原本是想提醒他要注意，小羅受不了太多限制，希望他能更包容那個小子。

羅倫斯先生漲紅的臉突然有所轉變，他坐下來有些困擾地看著桌上掛的某位帥氣男子照片。那是小羅的父親，年輕時便離家出走且不顧老人家專橫的意願結了婚。喬猜想他應該是想起過去深感遺憾，於是後悔自己沒閉上嘴巴。

「他要非常難受才會這麼做，而且也是偶爾書念累了才會威脅要這麼做。我自己也常這樣想，特別是剪了頭髮後，所以以後您若找不到我們，只要在準備前往印度洋的船上放話找兩個男生就好了。」她哈哈大笑說著，羅倫斯先生顯然也當整件事是笑話，看起來放心不少。

「妳真是調皮，竟然敢這樣跟我講話！難道都不尊敬我，也把教養丟掉了嗎？願主保守你們這些男孩女孩！有夠折磨人，卻又不能沒有你們，」他心情甚好地掐了掐她的臉頰。「去叫那個小子下來吃晚餐，跟他說沒事了，還要叫他不要在他爺爺面前擺出一副天塌下來的樣子。我可不吃那一套。」

「先生，他不願意下來。他感到很難過，因為當他說不能告訴您是什麼事的時候，您不相信他。我想您大力搖晃他讓他很受傷。」

喬很想擺出同情的臉但想必失敗了，因為羅倫斯先生開始大笑，於是她知道自己成功了。

「我感到很抱歉，也該謝謝他沒反過來搖我肩膀吧。那個孩子到底要我怎麼做？」

老先生看來對自己的不耐有些慚愧。

「若我是您，我會寫信跟他道歉，先生。他說除非您跟他道歉，否則他不下樓，還提到要去華盛頓，想法非常不切實際。您正式提出道歉，就會讓他了解自己有多愚蠢，也會讓他開心下樓。試試看吧。他喜歡有趣的事，這麼做也比用說的好。我會把信拿上去，要他克盡孝道。」

羅倫斯先生銳利地看了她一眼，戴上眼鏡緩緩地說：「妳是個狡猾的孩子，但我不介意任妳跟貝絲擺布。來吧，給我一張紙，趕快結束這場鬧劇。」

紙條以紳士之間深深冒犯對方時會使用的道歉詞語寫下。喬吻了一下羅倫斯先生光禿的頭頂，衝上樓將道歉紙條塞進小羅的門縫，透過鑰匙孔建議他要服從、要有禮貌等，這些都是他展現不出的適當特質。發現門再次上鎖，她轉身打算讓紙條自行發揮效用正要安靜離開時，這小子滑下樓梯扶手在底端等待她，臉上掛著最為正直的表情說：「喬，妳真是個好人！有遭到轟炸嗎？」他大笑。

「沒有，他整體而言都還算溫和。」

「唉！即使妳剛才棄我於不顧，讓我覺得自己完了，不過我還是想通了，」他語帶歉意。

「不要這樣說，洗心革面重新開始吧，多多，我的好孩子。」

「我一直洗心革面然後又弄髒，就像我總會毀了練習簿一樣，不斷地開始卻沒有一個結束，」他非常憂鬱。

「快去吃晚餐，吃完後會感覺好一點。男人肚子餓的時候都會滿腹怨言，」喬說完後便趕忙從前門離開。

「那是在**屋蔑**我的**同累**，」小羅引用艾美的話，孝順地去向爺爺認錯道歉，後者接下來整天的脾氣則都宛如聖人、態度極為適當有禮。

大家都以為這件事結束了，小小烏雲也散去了，但木已成舟，雖然其他人已經淡忘，瑪格卻記住了。

她沒有跟任何人說，但她經常想起他，也越來越常作夢。有一次，喬在姊姊桌上找郵票時，找到一張寫滿了「約翰・布魯克太太」的紙，她極為悲壯地哀號並將紙條丟進火裡，感覺那不幸的日子因為小羅的惡作劇提前降臨了。

第二十二章
美麗草原

雨過會天晴，其後幾週的日子也相當平靜。病人復原的速度很快，馬區先生已經開始提新年初就要回家。貝絲很快便能在書房的沙發上躺一天，起初是跟心愛的貓咪玩耍，慢慢地還能重拾落後太多的洋娃娃女紅工作。原先靈活的四肢如今僵硬虛弱，得靠喬每天以自己強壯的手臂抱著她在家中散步透氣。瑪格愉快地為「親愛的家人」煮出精緻三餐，白皙的雙手都烤黑了；成為戒指忠實僕人的艾美為了慶祝自己回家，只要能說服姊姊們接受，她都大方送出自己的寶物。

耶誕節即將來臨，常見的神祕氛圍開始籠罩家中，為了紀念這個異常歡樂的耶誕節，喬經常提出近乎不可能或華麗到誇張的儀式而震撼全家。小羅也同樣不切實際，若由他決定的話，搞不好會變出營火、煙火及凱旋門等東西。歷經諸多爭執與制止後，野心勃勃的兩人熱情徹底熄滅、滿臉絕望，但兩人碰面時卻以陣陣笑聲來掩飾。

幾天格外溫和的天氣恰好迎來了精彩的耶誕節。漢娜「從骨子裡」感覺這會是非比尋常的一天，最後也證明自己是貨真價實的預言家，因為所有人及所有事情似乎都在成就絕佳的好事。首先是馬區先生來信表示自己應該很快會回到她們身邊，繼而貝絲當天早上的身體狀況又格外良好，穿上母親送的深紅色美麗諾睡袍，由家人高抬至窗邊接受喬與小羅奉獻的大禮。熱情永不熄滅的兩人想盡辦法證明自己確實熱情不會熄滅，宛如小精靈整夜趕工變出奇特的驚喜。花園裡坐落著雄偉的雪少女，頭戴冬青、一手提了裝滿水果與花朵的籃子，另一手持著大卷樂譜，寒冷的雙肩環繞備齊彩虹全色的毛毯，唇邊垂掛著寫滿耶誕歌曲的粉色彩紙帶。

獻給貝絲的少女峰

親愛的貝絲女王，願主保佑妳！
願妳沮喪不近身，
願健康平靜與幸福
在耶誕當天包圍妳。
水果餵養忙碌小蜜蜂，
花朵讓小蜜蜂聞香。
音樂讓她暢彈鋼琴，
毛毯為她腳趾保暖，
妳看，喬安娜肖像，
由拉斐爾二號
極為認真努力作畫
只為如實呈現。
啊，請妳收下紅色緞帶，
為喵咪女士尾巴增色，
還有可愛小佩的自製冰淇淋，
好一大桶的白朗峰。
人人辛勤製作努力表現

將最深的愛展現於我的白雪胸前。
接受禮物，也接受阿爾卑斯山的少女吧，
小羅與喬奉上。

貝絲看到雪少女時開懷大笑，看著小羅跑進跑出搬來禮物，喬又在獻上禮物時發表搞笑致詞。

「我覺得好幸福，要是父親也在就好了，那我幸福到極點了，」貝絲滿足地嘆息，讓喬抱她回書房休息平復興奮養精蓄銳，並享用「少女峰」為她獻上的美味葡萄。

「我也是，」喬拍拍口袋，裡面塞了她渴望已久的《水精靈與辛椽》。

「我真的非常幸福，」艾美附和著，細細欣賞母親裱上美麗畫框送她的「聖母與聖嬰」像。

「我當然幸福！」瑪格輕撫著她生平第一件絲綢洋裝閃耀光澤的凹摺處，那是羅倫斯先生堅持要送她的禮物。「我怎麼可能不感到幸福？」馬區太太滿心感激地看著先生的信及貝絲微笑的臉龐，溫柔撫摸著女兒們剛才幫她別於胸前，以灰白、金、栗與深棕四色頭髮做成的胸針。

這個再普通不過的世界裡，偶爾也會有童話故事般的好事發生，令人感到無比安慰。就在大家說完自己距離極致幸福只剩一小步的半小時過後，那一小步出現了。小羅打開起居室大門，非常安靜地探進頭來。這時的他看起來跟翻著筋斗以印第安人的方式歡呼報戰功沒什麼兩樣，雖然他只是上氣不接下氣以詭異聲音說：「馬區家的另一份耶誕禮物來了，」大家卻已經因為他臉上壓抑不住的興奮神情與掩飾不了的喜悅嗓音而從位子上跳起。

話都還沒說完，他已經不知為何突然消失，取而代之的是位僅露出眼睛的高大男子倚靠在另一位高大男子的肩上，試著開口說話卻說不出話來。隨之而來當然是大家一湧而上，有那麼幾分鐘的時間似乎人人都失去理智，做出最奇怪的事情卻沒有人說一句話。

馬區先生消失在四雙充滿愛的手臂裡。喬很丟臉，差點昏倒，還得讓小羅扶到碗櫥旁醫治。布魯克先生吻了瑪格，但他語無倫次地解釋自己真的是不小心誤吻。尊嚴勝過一切的艾美遭到凳子絆倒在地，沒花時間爬起而是以最為感人的方式抱住父親的靴子痛哭。馬區太太最先恢復理智，舉起手提醒大家：「噓！別忘了貝絲。」

但已經太遲了。書房門突然打開，穿著紅色睡袍的小小身影出現在門口，虛弱的四肢因為喜悅而充滿力量，貝絲直接衝進父親的環抱。在那之後發生什麼事都不重要，所有人的心都因喜悅而滿溢，洗去過往所有苦澀，僅留下此刻的甜美。

現場一點也不浪漫，發自內心的大笑聲更喚醒了眾人，因為他們發現漢娜躲在門後抱著她從廚房衝進來時忘了先放下的大火雞啜泣。笑聲平息後，馬區太太開始感謝布魯克先生始終陪在她先生身邊照顧，布魯克先生聽到後則突然想起馬區先生需要休息，繼而捉住小羅便猛然告辭。兩位病人繼而奉命休息，也就是同坐一張大椅子不斷聊天。

馬區先生告訴大家自己有多想給眾人驚喜，天氣好轉後，醫生便允許他善用這個機會，而布魯克先生又是多麼盡心盡力，真是可敬又正直的年輕人。馬區先生說到這裡時之所以突然停頓，瞄了一眼奮力撥動壁爐火堆的瑪格，然後揚起眉毛以詢問的眼神望向妻子，原因就由各位自行想像了。還有，馬區太太為何輕輕點頭，又突兀地問他要不要吃東西的原因。喬看見那個眼神，瞭然於心，臭著臉離席去端葡萄酒與牛肉湯，甩上門時喃喃自語：「我討厭有著棕色眼睛的正直年輕人！」

那天，大家過了前所未有的耶誕節。漢娜送上塞滿填料、烹調與裝飾都完美的火雞，肥美到令人瞠目結舌。入口即化的耶誕布丁也是，還有讓艾美如飛入蜂蜜罐的蒼蠅般狂喜的果凍。一切都很順利，漢娜覺得真是幸運：「其實我的腦子亂七八糟啊，太太，我沒把布丁拿去烤、沒把葡萄乾或把抹布塞進火雞也還真是奇蹟。」

羅倫斯先生與孫子跟他們共進晚餐，布魯克先生也是，喬暗自怒瞪著布魯克先生，看在小羅眼裡覺得實在有趣。桌邊主位上並排著兩張躺椅，坐著貝絲與父親，兩人適量取用雞肉與少量水果。大家舉杯祝彼此身體健康、相互分享故事、唱歌、像老人家說的那樣「話當年」，非常盡興。原本計畫餐後要去滑雪橇，可是女孩們不願離開父親身邊，於是賓客都提早離席，幸福的一家人則在暮色降臨之際圍坐在爐火旁。

「不過一年前，我們還在抱怨會過個悲慘的耶誕節。記得嗎？」喬在聊了許多話題而短暫休息過後問大家。

「整體而言是很不錯的一年！」瑪格對著爐火微笑，讚賞自己對待布魯克先生的態度不失身分。

「我覺得今年過得還滿辛苦的，」艾美看著照在自己戒指上的火光若有所思。

「我很高興今年已經結束了，因為你已經回到我們身邊，」坐在父親膝上的貝絲輕聲說。

「我的小小朝聖者，妳們這一年的旅途真是艱辛，特別是最後這段路程。但妳們仍舊勇敢前進，因此我相信妳們很快便能卸下包袱，」馬區先生以充滿父愛的滿意神情看著身邊四張年輕臉龐。

「你怎麼知道？母親告訴你的嗎？」喬問。

「母親沒說什麼，但見微能知著，我今天已經有不少發現了。」

「真的嗎？跟我們說是什麼！」坐在他身旁的瑪格大喊。

「這裡就是。」他抓起放在自己躺椅扶手上的那隻手，指著變得粗糙的食指、手臂上的燙傷及手掌上新長的兩、三處繭。「我還記得這隻手曾經雪白光滑，妳最在乎的也是保持原樣。當時的手很美，但對我來說，現在的手更美，因為這些看似是瑕疵卻說著自己的故事。對神祉獻祭不過是虛幻不切實際之事，而長了繭的掌心得到的卻是比水泡更美好之物，那些針扎過的手指所縫出來的成品想必也會非常耐用，因為一針一線都充滿了美意。我親愛的瑪格，我重視女性能讓家庭幸福的技能多過白皙雙手或時髦的成就。能與這雙勤奮善良的小手相握，我感到非常驕傲，也希望不會太快有人要我交出這雙手。」

若瑪格曾希望長時間不倦勞動的辛勞能獲得獎賞，父親緊握著她的手及給予她的讚許微笑便是最好的獎賞。

「那喬呢？請誇誇她，她一直很努力而且對我非常非常好，」貝絲在父親耳邊說。

他大笑著望向坐在對面的那位高眺女孩，後者臉上掛著少見的溫和表情。

「雖然頂著一頭極短的捲髮，我看見的卻不是一年前我離開時的那個『喬兒子』，」馬區先生說。「我看見的是一位淑女，領口直豎、靴子鞋帶綁得整齊，也不會像以前那樣吹口哨、言語粗鄙或躺在地毯上。此刻她的臉相當消瘦慘白，隨時焦慮地觀察四周，但我很喜歡看著那張臉，如今更為溫柔的臉，她的音量也降低了。會安靜走路，不再那樣蹦蹦跳跳，照顧某個小女孩的方式充滿母愛讓我非常喜歡。我還滿想念那個狂野的女兒，但如果取而代之的是個強韌、助人、內心柔軟的女人，我會很滿意。不知道我們的叛逆女孩是否因為剪去長髮而變沉著，但我知道翻遍整個華盛頓，也找不到值得我用這個好女兒寄給我的二十五塊美金買的物品。」

喬熱切的眼神黯淡了一下子，聽著父親的讚美，消瘦的臉龐繼而在火光中轉紅，認為自己確實有資格接受其中一些讚美。

「換貝絲了，」艾美很期待輪到自己，但願意耐心等待。

「現在的她那樣纖弱，就算她已經不像過去那樣害羞了，我還是怕說太多她會跑掉，」父親笑容滿面，但想起自己一度差點失去她又緊緊抱住貝絲，以臉頰貼上她的臉頰溫柔地說：「我的貝絲啊，妳現在平安了，願主保守，我也會繼續保護妳的平安。」

安靜了一會兒後，他低頭看著坐在他腳邊凳子上的艾美，撫摸她充滿光澤的秀髮……

「我注意到艾美晚餐時取用的是肉比較少的小支棒棒腿，整個下午都幫母親跑腿辦事情，今晚把自己的位置讓給瑪格，而且非常有耐性又好脾氣地服務每個人。我還注意到她不再那樣不耐煩或一直照鏡子，甚至沒提起自己手上戴的漂亮戒指，因此我認為她已經學會了要多替他人著想而非只顧自己，決定要像雕琢那些陶土小雕塑般努力雕琢自己的個性。我很高興，因為雖然我應該要以她製作的優美雕像為榮，但女兒受人喜愛、具有讓自己與他人生命更美麗的才能，才更會讓我感到無盡驕傲。」

「貝絲，妳在想什麼？」艾美謝過父親、說出戒指的故事後，喬問貝絲。

「我今天在《天路歷程》裡讀到，基督徒與希望在經歷諸多困難後，來到全年盛開著百合花的美麗綠色草原，開心地在那裡休息，就像我們現在一樣，然後才繼續邁向旅途尾聲，」貝絲離開父親的懷抱，走向鋼琴。「唱歌的時間到了，我想要回到老位子上。我想要試著唱朝聖者聽見牧羊男孩唱的歌。父親喜歡那段詩詞，所以我特別譜了曲。」

就這樣，貝絲坐在心愛的小鋼琴前溫柔地敲著琴鍵，用眾人以為再也沒機會聽到的甜美歌聲，唱出自己為那首迷人讚美詩所譜的伴奏，而那首歌，分外適合她。

倒下者無須擔心墮落，
消沉者無須擔心失去尊嚴。
謙卑者永遠都有
上帝為他指引。
我對自己所有感到滿足，
無論是多是少。
而上帝啊！我仍渴求知足，

因為汝會救贖知足之人。
如此包袱滿載，
步上朝聖之路。
今生匱乏但來世入天堂，
是世世代代最好的路！

第二十三章
馬區姑婆解決問題

隔天，母親與女兒就像尾隨蜂后的蜜蜂群環繞馬區先生，放下手中一切，看顧服侍這位新病人，聽他說話，後者則幾乎淹沒在家人的好意之中。他枕著靠墊坐在貝絲沙發旁的大椅子上，其他三位也坐在不遠處，漢娜則不時探頭進來「瞄一眼那位親愛的先生」，他們幸福到似乎什麼也不缺了。但確實還是缺了一角，年紀較長的幾位都感覺到了但沒人承認。馬區先生與太太表情有些擔心地看著彼此，眼神尾隨瑪格。喬會突然間變得很嚴肅，還有人看見她對著布魯克先生忘在走廊上的雨傘憤怒揮舞拳頭。瑪格常心不在焉、害羞又沉默，門鈴響起就嚇一跳，有人提到約翰的名字她也會臉紅。艾美說：「大家似乎都在等待什麼，靜不下心來，這樣很奇怪，因為父親明明已經安全回到家了，」貝絲則單純很好奇隔壁鄰居為什麼不像平常那樣動輒跑來家裡。

小羅下午來家裡時看見瑪格在窗邊，突然激動得不能自己，單膝跪在雪中用力捶胸、抓頭髮、懇求似地雙手緊握，彷彿在乞求什麼恩惠。瑪格要他莊重一點、叫他走開時，他假裝從手帕擰出淚水，一副徹底絕望的模樣蹣跚轉過屋角。

「那個神經病到底什麼意思啊？」瑪格大笑著，假裝完全不懂。

「他是在示範妳跟妳家約翰以後的模樣，很感人吧？」喬語帶嘲諷。

「不要說我家約翰，這樣不得體而且也不是真的，」但瑪格說到那幾個字時語氣有些眷戀，好像很喜歡「我家」這個說法。「喬，不要折磨我，我已經跟妳說過我不在乎他，也沒有什麼好說的，我們就是以禮相待然後跟以前一樣就好。」

「沒有辦法，因為話已經說開了，小羅的惡作劇也毀了我對妳的信任。我看得出來，母親也是。妳一點都不像以前的妳，離我也非常遙遠。我無意折磨妳，我會像男子漢接受一切，但真希望事情快點塵埃落定。我討厭等待，如果妳真有此意就快點解決這件事，」喬相當不悅。

「他沒開口之前我什麼也不能說，但他也不會開口，因為父親已經說了我太年輕，」瑪格掛著有些詭異的笑容忙著手中工作，意思是她不太同意父親的看法。

「他若是開口，妳也不會知道要說什麼，只會哭或臉紅，不然就是無法堅定拒絕，反而讓他得逞。」

「我才沒有妳想得那麼愚蠢或軟弱。我很清楚自己該說什麼，我都想好了應對方式以免措手不及。未來會發生什麼事沒人知道，我想做好萬全準備。」

瑪格無意間擺出的自以為是態度讓喬忍不住微笑，因為就跟她臉頰泛起的紅霞一樣適合她。

「能否告訴我妳打算說什麼呢？」喬的態度稍微恭敬了些。

「好啊。妳今年十六歲，年紀足以當我傾訴的對象，而且妳未來如果碰上這類事情，我的經驗對妳或許也有幫助。」

「我完全不打算碰這種事。看人家玩愛情遊戲很有趣，但我自己不打算當個傻瓜，」喬光想到就覺得驚恐。

「如果妳非常喜歡某個人，對方也非常喜歡妳，那就不會是傻瓜。」瑪格彷彿在對自己說話，望向窗外她常看見情人於夏日傍晚散步的那條小路。

「我以為妳要分享妳打算跟那個男人說的話，」喬相當粗魯地打斷姊姊的白日夢。

「喔，我只會非常平靜且堅定地對他說：『布魯克先生，謝謝你的好意，但我也同意父親的話，我太年輕暫時無法許下終身，所以請不要再說了，就讓我們跟以前一樣當朋友吧。』」

「哈，是夠嚴厲冷酷了！但我不相信妳說得出口，而且我知道妳如果說了他也不會欣然接受。要是他像書裡遭到拒絕的愛人那樣繼續哀求，妳一定會因為不想傷他的心而投降。」

「我才不會。我會跟他說我心意已決，然後抬頭挺胸走出房間。」

瑪格邊說邊起身，正要練習抬頭挺胸離開，走廊上的腳步聲卻嚇得她立刻回到座位上，拿起針線開始縫，一副得限時內縫完那一針才能保命的樣子。看見她突然的轉變，喬悶聲偷笑，接著有人輕輕敲了門，喬非常不友善地板著臉打開門。

「午安。我來拿雨傘，以及，看看妳們父親今天狀況如何，」布魯克先生看著眼前兩張心虛的臉感到有些困惑。

「傘很好，他在架上。我去拿他，然後跟傘說你來了。」喬把父親跟傘完全搞混，溜出房間讓瑪格有機會抬頭挺胸說出她要說的話。但她一離開，瑪格便害羞地朝門邊移動，低聲說：

「母親應該會想見到你。請坐吧，我去叫她過來。」

「別走。瑪格莉特，妳很怕我嗎？」布魯克先生露出非常受傷的表情，害瑪格以為自己做了什麼極度無禮的事。她的臉一路紅到額頭劉海處，他不曾直呼她瑪格莉特，這下聽他這麼叫自己的名字感覺自然又窩心，讓她很是意外。急於展現友善及輕鬆自在的她，以極為信任的姿態伸出手感激地說：

「你對父親那麼好，我怎麼可能會怕你？我還希望有什麼方法能好好感謝你呢。」

「要我告訴妳方法嗎？」布魯克先生迅速以自己的雙手握住她的小手，棕色大眼裡盈滿愛意凝視著瑪格，讓她心裡小鹿亂撞，又想逃走又想留下來聽他說話。

「不要，拜託不要，我還是不要聽好了，」她試著抽回自己的手，拒絕的同時看起來相當恐懼。

「我不會造成妳的麻煩，瑪格，只是想知道妳對我有沒有一絲好感。親愛的，我真的很愛妳，」布魯克先生接著溫柔地說。

瑪格平靜得體的發言就要用在這時候，但她沒開口。忘得一乾二淨的她低下頭說：「我不知道。」語氣輕柔到約翰得彎下腰才聽得見她傻氣的回應。

他似乎認為這個回答很值得他特別低身傾聽，兀自微笑相當滿意，感激地緊握手中豐潤的小手極盡說服之能：「妳是否願意試試看呢？我真的很想知道，因為不知道最終會不會有所回報讓我實在無心工作。」

「我太年輕了，」瑪格支支吾吾，不懂自己為何焦慮不安卻又相當樂在其中。

「我願意等，同時妳也可學著喜歡上我。親愛的，這個課題會很困難嗎？」

「要是我選擇學習就不會，但……」

「瑪格，拜託妳選擇學習。我很樂意教妳，這絕對比德文還容易，」約翰插了嘴，握住她的另一隻手讓她無法在他俯身端詳她時摀住臉。

他語帶懇求，但瑪格害羞地偷瞄他後發現，他的眼神溫柔喜悅，還露出相信自己絕對會成功的滿意微笑。她有些不悅。她想起安妮．莫法特教過的那些賣弄風情的招式，潛藏在最善良的小婦人內心深處那股對權力的熱愛也突然清醒並擄獲她。她感覺到一股異常的興奮，不知道還能做什麼於是決定聽從她反覆無常的衝動，急躁地抽離雙手：「我不要選擇學習。請你離開不要煩我。」

可憐的布魯克先生看起來像是白日夢正崩壞，殘骸從耳旁滾落。他從沒見過這樣的瑪格，因而感到非常困惑。

「妳是真心的嗎？」他焦急地跟隨她離去的身影追問。

「我是真心的。我不想擔心這種事情，父親也說我不該這樣，一切還太早，我情願不要麻煩。」

「我難道不能期待妳未來會改變心意嗎？我會耐心等待，什麼都不說，給妳更多時間。不要玩弄我，瑪格，我沒想過妳會是這樣的人。」

「拜託都不要想到我，我情願你不想，」淘氣的瑪格對於磨練情人的耐性及自己擁有的權力感到滿意。他的臉色蒼白嚴肅，看起來更像她所欣賞的小說英雄，但他沒有像他們那樣拍自己額頭或在房內來回踱步，就只是站在原地哀傷渴望地看著她，眼神極為溫柔，讓她內心禁不住就要動搖。要不是馬區姑婆就在這個精彩時刻突然蹣跚闖入，我也不敢說接下來會發生什麼事。

老太太等不及要見姪子，外出透氣時碰到小羅聽說馬區先生回來了，立即駕車來看他。全家人都在屋子後端忙著，於是她安靜進門想給大家來個驚喜。她確實嚇到了這兩人，瑪格嚇得好似看到鬼，布魯克先生則立即溜進書房。

「我的老天爺啊，這是怎麼一回事？」老太太舉起拐杖敲打，眼神在臉色蒼白的年輕人及滿臉漲紅的年輕女孩之間掃視。

「他是父親的朋友。您的來訪真讓人意外！」瑪格支支吾吾，心裡清楚即將挨罵。

「看得出來妳很意外，」馬區姑婆坐下。「但妳父親的朋友說了什麼讓妳臉紅得像顆番茄？你們一定在搞鬼，我堅持要知道是什麼，」馬區姑婆又舉起拐杖敲了一下。

「我們只是在聊天。布魯克先生來拿他的雨傘，」瑪格內心祈禱布魯克先生跟雨傘都已經順利離開家了。

「布魯克？那個男孩的家教？啊！我懂了。這件事我一清二楚。喬在轉述一封妳們父親的來信時不小心露餡，我就強迫她把整件事情告訴我。孩子，妳該不會已經接受他了吧？」馬區姑婆一臉震驚。

「噓！他會聽見啦。不要我去叫母親來嗎？」瑪格非常苦惱。

「還不用。我有話要跟妳說，我一定要先把話說清楚。告訴我，妳想嫁給這個窮小子嗎？是的話，我的財產一毛也不會留給妳。妳可要記住，放聰明一點，」老太太氣勢逼人。

馬區姑婆相當善於激怒人，無論那人性情有多溫和，而且她樂在其中。就算是脾氣再好的人，內心也有那麼一絲任性，特別是熱戀中的年輕人。若馬區姑婆苦苦哀求瑪格要接受約翰．布魯克，她很可能會斷然拒絕；但現在馬區姑婆一股腦地命令她不准喜歡他，她反而立即下定決心就是要。任性再加上原本便有此意讓她輕易做出決定，情緒已然高漲的她異常激烈地反抗老太太。

「馬區姑婆，我要嫁給誰隨我高興，您要把遺產留給誰也隨您高興，」她堅定地點頭。

「唉呀！真是高傲！這位小姐，妳是這樣無視我的意見的嗎？將來妳一定會後悔，等妳試過鴿籠裡的愛情發現完全行不通後就知道了。」

「不會比某些住在豪宅裡的人所感受的還慘，」瑪格回敬。

馬區姑婆戴上眼鏡仔細端詳眼前的女孩，她沒見過這樣子的瑪格。瑪格也差點要不認識自己了，她覺得自己勇敢又獨立，很高興她能為約翰辯護，也能捍衛自己愛他的權利（如果她真的愛他）。馬區姑婆發現自己下錯棋，頓了一會兒後又重新開始，語氣盡可能溫和：「好了，親愛的瑪格，妳要明事理、聽我的話。我是好意，不希望妳一開始做錯決定而毀了自己的一輩子。妳應該要嫁好一點，讓家人能過好的生活。妳有責任嫁給有錢人，而且妳應該要有這種觀念。」

「父親與母親可不這麼認為，約翰很窮他們還是喜歡他。」

「親愛的，妳的父母比嬰兒還不諳世事啊。」

「我很慶幸，」瑪格大膽回應。

馬區姑婆毫不在乎她的回覆，繼續說教。「這個小子很窮，而且也沒有任何有錢親戚，沒錯吧？」

「是沒有，但他有許多熱情的朋友。」

「朋友又不能當飯吃，妳等著看他們會變得多冷漠。他也沒有自己的事業，沒錯吧？」

「還沒有，但羅倫斯先生會幫他。」

「那撐不了多久的。詹姆士．羅倫斯是個古怪的老頭，不可靠。妳多聽我的話、表現好一點，往後就能舒舒服服過生活，但妳不要，情願嫁給一個沒有錢、沒有地位、沒有工作的男人，然後過著比現在還要辛苦工作的日子是嗎？瑪格，我還以為妳更聰明的。」

「我就算等上半輩子也找不到更好的人！約翰很善良、有智慧、才華洋溢，願意努力工作而且絕對會表現傑出，他還那麼有活力又勇敢。大家都很喜歡他、尊敬他，光想到他喜歡我就讓我感到驕傲，畢竟我是那樣貧窮、年輕又傻氣，」認真的瑪格看起來格外美麗。

「孩子，他知道妳的親戚很有錢。我猜他其實是因為這樣才喜歡妳。」

「馬區姑婆，您怎麼能說出這種話？約翰才不是那種人，若您執意說這種話，我一句都不想再聽了，」瑪格憤慨疾呼，滿腦子只想到老太太不公正的多疑誤解。「我的約翰絕對不會為了錢而結婚，就像我也不會。我們願意努力工作，也打算等我年紀大一點再做打算。我才不怕貧窮，我一直都很幸福，而且我知道他愛我，所以我跟他在一起也會幸福，而且我……」

瑪格突然住嘴，突然間想起她根本還沒決定，還叫「她的約翰」滾蛋，而且他搞不好聽見她前後不一的言辭了。

馬區姑婆非常生氣，因為她已經打定主意要幫漂亮的姪女找個好對象，而這個漂亮女孩幸福年輕的表情讓孤單的老太婆感到悲傷酸澀。

「好，這件事我不管了！妳是個任性的小孩，如此愚蠢會讓妳失去的比想像中還要多。我要走了。妳讓我很失望，害我現在沒心情見妳父親。妳結婚的時候不用期望我給妳什麼東西。妳的布魯克先生的朋友要好好照顧你們了。我永遠不會再管妳。」

馬區姑婆當著瑪格的面甩上門後，怒火高漲駕車離去。她的離去似乎也把女孩的勇氣都帶走了，在她走後，瑪格呆站了一會兒，不知道該哭還是笑。但在她還沒決定該哭還是笑前，布魯克先生便抱住她一口氣吐出：「瑪格，我忍不住要偷聽。謝謝妳為我辯護，也謝謝馬區姑婆證明了妳還是有些在乎我的。」

「她這樣踐踏你後我才知道自己有多在乎你。」

「所以，親愛的，我可以不用離開，可以留下來享受與妳的幸福嗎？」

此刻又是一次大好機會，能粉碎他的希望然後氣派離場，但瑪格完全沒想到要做這兩件事，而是做出在喬看來讓自己永遠蒙上恥辱的事，羞怯地低聲說：「是的，約翰，」然後把臉埋進約翰的背心。

馬區姑婆離開十五分鐘後，喬悄悄下樓，在起居室門口停了一下，沒有聽見裡面傳來任何聲音於是點頭微笑，表情很是滿意地對自己說：「她就像我們計畫好的一樣把他趕走了，這件事情結束了。我要進去聽她說整個過程，好好笑一下。」

但可憐的喬沒能大笑，她站在門口呆若木雞地瞪大眼睛張大嘴巴看著眼前景象。原本計畫要因敵人落敗而狂歡，讚美姊姊意志堅強能驅逐讓人看了討厭的情人，但眼前景象著實讓她震驚，前述敵人平靜地坐在沙發上，那位意志堅強的姊姊則面帶令人難受的溫順表情高坐他膝上。彷彿冷水突然從天而降，喬突然驚呼，如此出乎意料的情勢逆轉讓她真的喘不過氣來。裡面的情侶聽見奇怪聲音，轉頭看見她。瑪格跳起來，臉上神情既驕傲也害羞，但喬口中的「那個男人」竟然大笑，神色自若地親吻驚訝的來訪者說：「喬妹妹，恭喜我們吧！」

這句話根本是傷口撒鹽讓喬無法再承受，雙手瘋狂揮舞一番後，她不發一語離開現場。飛奔上樓嚇到兩位病人的她衝進房裡悲慘哭號：「快來個人下樓去啊！約翰．布魯克的表現真是糟糕，瑪格竟然很喜歡！」

馬區先生與馬區太太迅速離開房間，喬則爬上床，邊哭邊激烈痛斥，告訴貝絲與艾美這個惡耗。兩位小女孩卻覺得這件事相當美好有趣，喬沒能獲得她們安慰，於是躲進閣樓的避風港，向寵物鼠傾訴煩惱。

沒有人知道那天下午起居室裡發生了什麼事，但房內商談進行了許久，平時沉默的布魯克先生則讓友人頗感驚訝，以激昂出色的口才傾訴心意、分享自己的計畫，說服大家按照他的想法安排一切。

他還來不及描繪自己打算為瑪格打造的天堂，晚餐鈴便響起，他驕傲地帶著她前去用餐，兩人看起來幸福洋溢讓喬不忍心忌妒或沮喪。艾美極為佩服約翰展現的深情與瑪格展現的尊貴，貝絲從遠處對他們熱切微笑，馬區先生和馬區太太則是溫柔滿意地打量著這對年輕情侶，清楚證明馬區姑婆說他們倆「比嬰兒還不諳世事」真是沒錯。大家吃得都不多，但看起來都很幸福，老舊的房間好似因為家中第一段愛情在此綻放而奇妙地閃耀光芒。

「瑪格，這下妳不能再說從沒有好事發生了吧？」艾美正試著為這對戀人構思一張情侶素描。

「沒錯，不能再這樣說了。從我說出那句話後實在發生太多事！感覺像是過了一年，」瑪格正徜徉在幸福美夢之中，柴米油鹽這類瑣事已遠拋至腦後。

「這回悲傷過後緊接著喜事，我相信情況已經開始好轉，」馬區太太說。「多數家庭偶爾都會經歷一次這麼多事的一年。今年的我們就是如此，但最後還是圓滿結束了。」

「希望明年的尾聲會更好，」喬嘟噥著，無法看著瑪格當她的面將心思全放在陌生人身上。喬摯愛的人不多，所以無法忍受失去那些人的關愛或因為任何原因而減少對她的關愛。

「我希望第三年的尾聲會更好。只要我能夠達成計畫，一定會更好，」布魯克先生朝瑪格微笑，彷彿對他來說，現在開始什麼都有可能了。

「不會感覺要等很久嗎？」艾美急著想辦婚禮。

「我還有好多事情要學習才能準備好，所以對我來說時間很短，」瑪格臉上浮現眾人不曾見過的甜美又認真的表情。

「妳只要負責等待，所有事情我來做就好，」約翰撿起瑪格的餐巾，從這個舉動開始努力為瑪格付出，他臉上的表情則讓喬忍不住搖頭。前門傳來關門聲時，她慶幸地對自己說：「小羅來了，這下可以有些有腦的對話了。」

但喬錯了，小羅蹦蹦跳跳滿心歡喜地帶著媲美捧花的花束送給「約翰・布魯克太太」，顯然完全自以為整件事都是因為他操縱得當而成形。

「我就知道布魯克最後會達成心願，只要他下決心要做的事情就一定會做到，就算天塌下來也會做到，」小羅獻上他的禮物與祝賀後說。

「非常感謝你的讚美。我會把你的話當成象徵未來會有的好運，現在就邀請你屆時來參加我的婚禮，」布魯克先生說，此時的他感覺自己與什麼人都能和平共處，即便是他調皮的學生。

「就算我在世界的盡頭也會來參加，光是看見喬當下的表情便值得如此漫長的旅程。這位女士，妳看起來一點也不開心，怎麼了啊？」大家都轉移陣地到起居室與羅倫斯先生打招呼，小羅則跟著她走入角落。

「我並不贊同他們的婚姻，但我已經決定要忍受，不再說什麼反對，」喬一臉嚴肅。「你不知道要我放棄瑪格有多困難，」她的語氣有些顫抖。

「妳沒有放棄她，只是失去了一半，」小羅安慰她。

「再也不會跟以前一樣了啊。我已經失去最親愛的朋友，」喬嘆了氣。

「妳還有我啊。我知道我沒什麼好的，喬，但我這輩子都會陪在妳身邊。我發誓一定會！」小羅發自內心安慰她。

「我知道你會，我也非常感激。多多，你總是能大大安慰我，」喬感恩地握了他的手。

「那就好，不要沮喪，打起精神來。現在這樣很好啊。瑪格很幸福，布魯克會加緊腳步趕快安定下來，爺爺也會照顧他，到時候看瑪格住在她自己的小房子裡一定很棒。等她走以後，我們自己也會玩得很開心，因為我不久後就要去念大學，就可以一起出國或去旅行之類的。這樣夠安慰妳嗎？」

「我想應該會，可是誰知道三年後會是什麼樣子呢，」喬若有所思。

「沒錯。妳不希望時間能快轉，看未來的我們會是什麼樣子嗎？」小羅回她。

「不要好了，因為可能會看見悲傷的事。大家現在看起來都好幸福，我想應該無法超越現況了。」喬緩緩環視四周，眼神因為眼前美好的景象而發亮。

父親與母親並肩坐在一起，安靜地重溫兩人二十多年前展開的愛情故事首部曲。艾美畫下置身兩人美麗世界的情侶，但落在他們臉上的光線如此優雅，這位小小藝術家覺得難以繪出。貝絲躺在沙發上與老朋友開心暢談，對方握著她的小手好似感覺到某種力量，讓他能走上與她相同的平靜道路。喬窩在她最喜歡的低矮椅子上，臉上沉默認真的表情越來越適合她，小羅則倚著她的椅背，下巴與她的捲髮平高，露出極為友善的微笑，朝反射出兩人倒影的玻璃長杯裡的她點頭。

瑪格、喬、貝絲與艾美的故事就這樣畫上句點。至於故事會不會重啟，就要看大家對《小婦人》這齣本土劇的第一幕反應如何了。

第二部　好妻子

第二十四章 八卦

為了能重新開始並毫無牽掛地參加瑪格的婚禮，應該要從馬區家的八卦開始聊起。在這裡我要先說，若有任何長輩像我擔心的那樣，認為故事裡有太多「愛來愛去」（年輕人應該不至於會抗議這種事吧），我只能套一句馬區太太說的話：「我家裡有四個年輕女孩，隔壁還有個帥氣的年輕鄰居，你們還指望故事怎麼發展呢？」

過去三年為寧靜的家中帶來許多改變。戰爭已結束，馬區先生如今安全在家，忙著看書並管理小小教區，擔任牧師很適合他優雅沉默又勤奮的天性，他的學問極為淵博，將眾人視為手足十分博愛，虔誠的心也逐漸琢磨出他莊嚴美好的個性。

貧窮與嚴格正直的性格讓他與世俗功名無緣，但正如香草會招蜂，上述特質卻為他招來許多可敬的朋友，他自然也把五十年經歷淬鍊而出的蜜與他們分享，不帶一絲苦澀。誠懇年輕人覺得這位白髮蒼蒼的學者跟他們一樣有顆年輕的心，深思熟慮或心事重重的婦女出於本能會向他傾訴煩惱，深信能從最有智慧的導師身上獲得最為溫柔的憐憫。有罪者向這位心靈純潔的長者告解，接受斥責後便能獲得救贖。才華洋溢者視他為好朋友。雄才大略者在他身上看見比自身更加高尚的理想，就連世俗之人也承認他的信念真實美麗，儘管「得不到回報」。

在外人眼裡，是那五位精力充沛的女子主導家中事務，多數時候也確實由她們負責，但是坐鎮書堆後的沉默學者仍是一家之主，是這個家的良心及主要支柱，也是安慰。家中忙碌焦慮的女子總在困擾之際找上他，請她們的丈夫與父親解釋神聖話語的真諦。

女孩們將心託付母親，靈魂託付父親，對為了她們如此辛勤工作生活的父母，付出會隨著她們成長而茁壯、將大家溫柔緊纏在一起的愛，如此甜蜜的羈絆是超越死亡的生命祝福。

馬區太太還是一樣活力充沛精神抖擻，只是比起之前頭髮白了些，此刻全心忙著籌備瑪格婚事的她，許久沒造訪充滿受傷「男孩」與軍眷寡婦的醫院及家庭，大家都非常想念她充滿母愛的傳道拜訪。

約翰相當有男子氣概地服了一年兵役，受傷後返家便不得再回戰場。他並未獲得任何勳章，但其實他應該要有，他可是為了國家欣然賭上非常珍貴、熱烈綻放也是自己僅有的生命與愛情。他順從地接受退役安排，專心把身體養好，準備開始工作賺錢，為瑪格打造一個家。他相當懂事堅毅獨立，婉拒羅倫斯先生提供的優渥條件，改接下記帳士一職，認為腳踏實地賺錢比冒險借錢來成家要好。

瑪格把時間都花在工作與等待，培養出更為高尚的婦女品格，更精通於主婦的家政技藝，而且因為愛情最能讓人美麗，她也變得格外漂亮。仍懷抱小女孩夢想與希望的她，有時不免也對下一階段的人生竟要如此簡陋展開感到有些失望。奈德．莫法特不久前才將莎莉．賈汀納娶進門，她忍不住將他們的豪宅、馬車、眾多贈禮及華麗衣裳與自己所擁有的相比，暗地裡希望自己也能擁有相同東西。但是每當她想到約翰為她打造的小屋裡裝載多少恆久的愛與付出，那些羨慕與不滿便會全數消失；每當兩人於黃昏時分並肩而坐討論他們的小小計畫，未來總會變得美麗耀眼，讓她完全忘記莎莉擁有的華麗生活，覺得自己是整個基督教國度裡最富裕幸福的女孩。

喬後來沒再回去替馬區姑婆工作，因為老太太真的非常喜歡艾美，開出要請最好老師來幫她上繪畫課的條件誘惑她；為了這項好處，就算要她服侍比老太太還難搞嚴苛的主人也甘願。因此，她早上工作，下午盡情繪畫，進步神速。喬則將所有時間花在文學及照顧貝絲上，貝絲的身體狀況在猩紅熱痊癒許久後仍不是很好。算不上病人，卻也不再是過去那個臉色紅潤健康的女孩。但她依舊永遠懷抱希望、快樂與平靜，在那些深愛她的人還沒察覺的許久之前，她便已是這樣忙著為自己所愛的人默默付出，當所有人的朋友與家中小天使。

只要《展鷹報》持續付錢刊登她所謂的「垃圾」，一篇專欄付一塊美金，喬便覺得自己是個有收入的女人，繼續勤勞編寫愛情故事。但她忙碌而野心勃勃的腦袋裡可正醞釀著某個偉大計畫，閣樓裡那台舊烤肉爐裡寫滿字的稿紙也緩緩累積，總有一天會讓馬區這個名字遠近馳名。

小羅為了讓爺爺開心乖乖去念大學，但為了讓他自己開心總盡可能輕鬆混過。因為家裡有錢，彬彬有禮才華洋溢，還有著總是為了幫助他人脫困而害自己惹上麻煩的一片好心腸的他成為眾人寵兒，就像許多有前途的男兒一樣，這樣的他本來搞不好還會被寵壞，還好只要想起那位滿腦子是自身成就的善良老先生及把他當成親生兒子照顧的媽媽級朋友，以及那四位愛他、欣賞他、全心相信他的單純女孩，便足以抵禦任何邪惡影響。

身為「一介優秀凡人男兒」，他自然忙於玩樂與調情，隨著大學生活的潮流需求不時化身穿著時髦、從事水上活動、多愁善感或練體操的人，欺負人也被人欺負、滿口粗俗語言，甚至還不只一次瀕臨停學或退學。不過，由於他惹上麻煩的原因不外乎興致過於高昂或愛玩，最後總能靠誠實以對、真誠贖罪或完美掌握那令人無可抵擋的說服力，救回自己一條小命。其實他還滿以自己總能死裡逃生為傲，也樂於向鄰家姊妹們繪聲繪影地炫耀自己如何戰勝那些暴怒教師、莊嚴教授及潰敗敵人的故事。在那些女孩眼裡，「我們班上的男生」是英雄，「我們那一群」的豐功偉業她們永遠也聽不膩，每當小羅帶他們一起回家時，女孩們還有榮幸沉浸於那些厲害角色的微笑光芒裡。

艾美相當受那些男生歡迎而格外享有如此殊榮，她很早便展現女人味，學會善用如此迷人的才能。瑪格的心思全放在她自己的約翰身上，對其他男人沒有任何興趣；貝絲則太過害羞只敢偷看他們，不懂艾美怎麼敢這樣命令他們做事情；喬則可說是找到了同類，忍不住要模仿他們的男性姿態及言行舉止，感覺比年輕女孩該有的樣子更適合她。他們都非常喜歡喬，但是絕對不會愛上她；不過沒拜倒在艾美石榴裙下的可就沒幾個人了。說到感情，自然要提到「小鴿舍」。

「小鴿舍」是布魯克為瑪格準備的第一個家，一棟棕色小屋。名字是小羅取的，他說這個名字非常適合他們這對溫柔戀人，就像「親吻彼此、情話綿綿的和平鴿」。房子很小，後面有小花園，前面則是迷你如手帕的小草坪。瑪格打算在此放噴水池，種起灌木叢及美麗花海。不過，現階段的噴水池只能以歷經風霜的水缸取代，看起來比較像頹圮的茶盆而非噴水池；灌木叢還只是幾株年輕落葉松，連會不會活都無法確定；花海則只見幾根示意埋下種子處的樹枝。但屋內相當宜人，這位幸福新娘覺得閣樓到地窖都非常完美。當然啦，走廊是有點窄，所以還好他們沒有鋼琴，不然鋼琴應該無法完整無缺地搬進屋裡；餐廳也小到六個人就嫌擠，廚房樓梯看起來像是專為方便僕人及瓷器匆忙進出煤炭箱而存在。不過，習慣這些小瑕疵後便會覺得一切非常完美，因為由好品味主導的裝潢成果令人相當滿意。小小起居室裡沒有大理石桌面、全身鏡或蕾絲窗簾，只有簡單家具、許許多多書、幾幅精美的畫、向外凸出的窗台上有一瓶花，還有朋友送來的諸多漂亮禮物散落點綴房中，那些禮物因為伴隨而來的祝福更顯美麗。

我覺得小羅送的大理石賽姬公主雕像，不會因為靠在約翰拿出的架子上而不再美麗；而艾美裝飾素色棉布窗簾的那雙藝術巧手，是任何室內裝潢師傅都比不上的；任何儲藏室也都沒有像瑪格的儲藏室那樣裝滿祝福與歡樂，那幾只箱子、木桶及捆捆物品還是由喬與母親親手為她收納歸位；而且我確定，如果沒有漢娜再三整理所有鍋碗瓢盆，並將壁爐打理好等「布魯克先生回到家」便能立刻生火，再怎麼嶄新的廚房也不比這裡溫馨整齊。我相信也不會有任何新婚妻子展開新生活時能擁有這麼多除塵布、隔熱手套及碎布包，貝絲做的量足以讓他們用到銀婚都夠用，她還專門為了婚禮瓷器發明三種不同的擦碗用抹布。

花錢請人來做這些事情的人，永遠都不會知道自己錯過了什麼，因為即便是最不起眼的工作，只要經過充滿愛的雙手都會變得美麗，瑪格在她的小屋裡發現各種證明，從廚房裡的桿麵棍到起居室的銀色花瓶，在在彰顯了家人溫暖的愛與溫柔的設想。

他們一起快樂規畫、認真採購，犯了許多搞笑錯誤，小羅買來的好笑便宜貨也讓他們大笑不已。這位年輕人愛開玩笑，儘管大學都快念完了還是像個小男孩。他最近這次的突發奇想是每週造訪時，都要為這個年輕主婦帶來新穎實用又巧妙的工具。有時是一袋非比尋常的曬衣夾，有時是第一次試用就壞掉的超棒豆蔻研磨器，或破壞所有刀子的刀具清潔劑，或把地毯毛掃得光禿禿但髒東西仍留在原地的掃地用具，或洗去使用者皮膚的省力肥皂，或什麼都不沾卻只黏住上當買家手指的可靠黏著劑，還有各式各樣的錫器，從存放零錢的玩具撲滿到可用自身蒸氣洗淨所有物品但過程中爆炸機率極高的奇妙鍋爐都有。

瑪格哀求他住手卻無效。約翰嘲笑他，喬則稱他為「再見先生」。他對氣派巧妙的美式發明極為狂熱，希望他的朋友家裡能全部擁有，因此每個星期大家都會見識到新的可笑物品。

最後一切終於底定，艾美終於為每間不同顏色的房間搭配好不同顏色的肥皂，貝絲也為第一餐擺好餐具杯盤。

「滿意嗎？這裡感覺像個家了嗎？妳覺得自己在這裡會幸福嗎？」馬區太太與女兒手挽著手巡視這個全新國度，這時的她們好似比過去都還要溫柔地緊黏彼此。

「是的，母親，非常滿意。謝謝你們大家，我幸福到說不出話來了，」她的表情遠勝任何言語。

「要是她能有一、兩個僕人，就真的完整了，」艾美剛剛在起居室裡始終無法決定，該把梅久利神的銅像放在書架還是壁爐台上好。

「我和母親討論過了，我已經決定要先試她的方法。有小洛幫我跑腿、不時在家裡幫忙，其實也沒有太多其他事情要做，只剛好夠讓我不要偷懶或想家而已，」瑪格平靜地回她。

「莎莉．莫法特有四個僕人，」艾美又說。

「要是瑪格也有四個，家裡會住不下，最後先生跟夫人反而得要在花園裡搭帳篷，」插嘴的喬身穿藍色圍裙，正在最後一次擦亮門把。

「莎莉不是窮人的老婆，要有很多位僕人才適合她那樣的豪宅。瑪格跟約翰正在白手起家，但我有預感，這個小房子裡的人會跟那間豪宅裡的一樣幸福。像瑪格這樣的年輕女孩不該無所事事，成天只顧打扮、發號施令及三姑六婆。我剛結婚的時候，總等不及新衣服磨損或扯破，好讓我能享受縫補的樂趣，因為我已經厭倦了刺繡與縫製手帕。」

「妳為什麼不進廚房去瞎搞一番呢？莎莉說她為了找樂子都會這麼做，不過成果都不怎麼樣，僕人還會笑她，」瑪格說。

「後來我確實進了廚房，但不是為了『瞎搞一番』，而是想跟著漢娜學習，僕人才不會笑我。當時都是為了好玩，但後來我發自內心感謝自己有這樣的意願以及能力為女兒煮營養均衡的晚餐，在沒錢請僕人後還因而能夠自立自強。親愛的瑪格，妳現在是倒吃甘蔗，此時學到的經驗在未來約翰更富裕後必將派上用場。畢竟，豪宅再華麗，若希望僕人真誠實在，女主人就必須知道該怎麼把事情做好。」

「是的，母親，我了解，」瑪格尊敬地聽從母親教誨，因為能夠徹底掌握各種持家訣竅的婦人最為優秀。「妳知道嗎，整個家裡我最喜歡這間房間，」一分鐘後，她們走上樓，瑪格伸頭探進整理完善、專門放床組毛巾的櫥櫃。

貝絲正在裡面，將一堆堆雪白的紡織品平擺架上，對於如此美麗的排列感到欣喜不已。瑪格開口時三人都笑了，因為那個櫥櫃實在是個大笑話。當初放話說瑪格要是嫁給「那個布魯克」就讓她一毛錢也拿不到的馬區姑婆，在時間撫平了怒氣後感到頗為兩難，很後悔當時那樣賭氣發誓。她絕對沒有違背誓言，只是百般想方設法鑽漏洞，最後終於想出自己很滿意的計畫。她要芙羅倫絲的母親凱洛太太代為購買並縫製相當大量的家用與餐用紡織品，當做是凱洛太太自己送給瑪格的禮物，凱洛太太也如實地完成這一切；但是祕密仍然洩漏了，讓全家人覺得非常好笑，馬區姑婆則假裝完全不知情，堅持除了當初答應送給第一位新娘的傳統珍珠項鍊外，自己什麼都不會給她。

「妳的品味非常適合家庭主婦，很好。我有個年輕朋友就靠著六條床單持家，雖然她只有洗指碗能給客人用，但仍甘之如飴，」馬區太太輕拍錦緞桌巾，極為優雅地欣賞細緻的布料。

「我一個洗指碗也沒有，但是漢娜說，這些東西可以讓我這輩子都用不完了。」以現況而言，瑪格看起來相當滿足。

頂著一頭短髮及軟呢帽、身穿飄逸外套的高大寬肩年輕男子，正快速大步沿著馬路走來，連柵門都不開直接跨越走向馬區太太，伸出雙手熱切地說：

「馬區太太，我來了！是的，我很好。」

後面是為了回應這位年長女士看他的眼神，他俊美的雙眼相當坦率地回應她詢問的眼神，後者照常以充滿母愛的輕吻結束這段眼神交流。

「約翰·布魯克太太，給妳的，製作的人要我代為問候與恭喜你們。貝絲，祝福妳啊！喬，妳看起來真是煥然一新。艾美，妳這麼美怎麼還是單身。」

小羅說話的同時把一個牛皮紙包裹交給瑪格、扯了一下貝絲的髮帶，盯著喬偌大的圍裙看，又假裝拜倒在艾美的石榴裙下，然後與每個人握手，大家開始聊天。

「約翰呢？」瑪格有些擔心。

「太太，他去拿明天的結婚許可證了。」

「多多，上一場比賽是哪一邊贏？」儘管已經十九歲，喬仍然對男性運動擁有濃厚興趣。

「當然是我們這邊，要是妳有去看比賽就好了。」

「蘭道爾小姐可好？」艾美笑容燦爛。

「越來越難相處了，妳沒發現我越來越憔悴嗎？」小羅大力拍了自己寬闊的胸膛，極為誇張地嘆了一口氣。

「剛剛那是什麼笑話？瑪格，拆開包裹看看啊，」貝絲相當好奇地瞄了那個凹凸不平的包裹一眼。

「有了這個，家裡若失火或遭小偷都很實用，」更夫的響板出現時惹來女孩們哄堂大笑，但小羅仍認真解釋。

「瑪格太太，不管何時，只要約翰不在家而妳又感到害怕，打開前門窗戶搖一搖響板就能立刻喚醒整個社區的人。很不錯吧？」小羅示範了一下響板的功力，吵得大家摀住耳朵。

「還真不知感恩！說到感恩，妳們記得要感謝漢娜，是她避免結婚蛋糕遭到破壞。我來的路上剛好看見蛋糕送進妳們家，要不是她如此英勇捍衛蛋糕，早就被我偷吃了。蛋糕看起來還真是好吃。」

「小羅，有時候我在想你到底有沒有長大的一天，」瑪格語氣莊重。

「太太，我已經盡力了，但恐怕無法再長高，在這個墮落的世代，男性長到一八〇公分已經是極限，」回話的這個年輕男子幾乎要與天花板的小水晶燈同高。

「在這麼乾淨整齊的房間裡吃東西恐怕是褻瀆，但我很餓了，所以我建議大家休會，」他緊接著說。

「我跟母親要等約翰回來，最後還有點事情要處理，」瑪格開始繼續忙碌。

「我跟貝絲要去凱蒂・拜倫家採更多明天要用的鮮花，」艾美正將美麗的帽子蓋在自己美麗的捲髮上綁起，享受眾人注目。

「我們走吧，喬，不要放我一個人。我已經快累死了，沒人幫忙我會回不了家。但是無論如何不要脫下妳的圍裙，那真是出奇地適合妳啊，」小羅說話的同時，喬已經將迎合他特殊眼光的東西收進自己的聚寶口袋，伸出一手扶他。

「好啦，多多，我要跟你認真討論明天的事情，」喬搭著他一起緩步離開。「你要答應我會表現良好，不要惡作劇，不要破壞我們的計畫。」

「絕不惡作劇。」

「還有，應該嚴肅的時候不要說笑。」

「我絕對不會。妳才是會做這種事的人。」

「我也拜託你，儀式進行中千萬不要看我。你要是看我，我一定會笑出來。」

「妳才看不見我，妳會哭到被濃霧籠罩，伸手不見五指。」

「除非很感人，否則我才不會哭咧。」

「像某人去念大學那樣感人嗎？」小羅一邊打斷她的話一邊偷笑。

「不要得意洋洋了。我是陪姊妹們勉強哭個兩聲而已。」

「妳說了算。喬，爺爺這個禮拜心情如何？還算不錯嗎？」

「非常好。怎麼了？你又闖了禍想知道他會有什麼反應嗎？」喬突然反問。

「唉喲，喬，如果闖了禍，妳覺得我會有辦法直視妳母親雙眼說『我很好』嗎？」小羅突然停下腳步，語氣有些受傷。

「應該沒辦法。」

「那就不要疑神疑鬼。我只是想跟他要點錢，」小羅說。她誠懇的語氣讓小羅不再生氣，繼續往前走。

「多多，你花錢如流水。」

「拜託啊，我哪有花錢，是錢會自己花掉，我都不知道怎麼不見的。」

「你那麼仁慈大方，有人要你就借，根本無法拒絕人家。亨蕭的事我們都聽說了，還有你為他做的事。你如果都是因為那樣才花錢，沒有人會怪你，」喬安慰他。

「他太小題大作了啦。你總不會要我看著那麼好的人做到死吧？光他一個人就能勝過十幾個像我們這樣的懶惰鬼。」

「當然不會，但我不懂你為什麼需要十七件背心、數不清的領帶，而且每次回家都戴一頂新的帽子。我以為你已經過了那段愛花俏的日子，但每隔一段時間你又會以新面貌重現。目前的流行顯然是扮醜，把頭髮剃成鬃刷、穿上束衣、戴橘色手套，然後腳踩厚底方頭鞋。如果這麼醜的裝扮很便宜我就沒話說，不過這麼醜竟然還跟其他行頭一樣花錢就讓人看了非常不爽。」

喬的一番攻擊讓小羅仰頭大笑，笑到帽子都掉了，喬直接從帽子上踩過去；這番侮辱卻正好讓小羅有機會解釋如此粗獷的打扮有什麼好處，他撿起遭到蹂躪的帽子，塞進口袋。

「好心一點，不要唸我了！我辛苦了一個禮拜，回家時希望能輕鬆一點。明天我會不計代價把自己打理好，讓朋友們看了都滿意。」

「你把頭髮留長我就不唸你。我不是什麼上流社會，但我也不喜歡身邊走著看起來像年輕職業拳擊手的人，」喬語氣嚴厲。

「這種低調的髮型有助學習，所以我們才會剪成這樣，」小羅可是自願犧牲一頭帥氣捲髮，削成三分頭，誰能說他虛榮。

「對了，喬，我覺得那個帕克小子對艾美越來越認真了。他總是把她掛在嘴邊，還寫情詩，那種恍惚的模樣非常可疑。他最好快點死心，沒錯吧？」沉默了一分鐘後，小羅以大哥哥的姿態偷偷對她說。

「那是當然了。我們近幾年內可都不打算再嫁掉任何人。我的老天爺啊，這些小孩腦子裡都裝什麼？」喬的反應如此震驚，彷彿艾美跟帕克小子都還不滿十二歲似的。

「大家都喜歡趕進度，誰知道接下來會怎麼樣。喬，妳現在還是個小孩，但下一個就會換妳了，徒留我們悲傷，」小羅搖頭感嘆時代的墮落。

「不要緊張。我不是受歡迎的女生，沒有人會要我。還好沒有，因為每個家庭都該有個老處女。」

「妳都不給人家機會，」小羅斜眼瞄她，曬傷的臉又更紅了一點。「妳都不願意讓人看見妳溫柔的一面，要是有哪個男人不小心看見了，還忍不住表示他喜歡這樣的妳，妳就會像《塊肉餘生錄》裡的岡米瞿太太對待心上人那樣朝他潑冷水，全身帶刺讓人不敢接近妳，連看也不敢。」

「我對那些東西沒興趣。我這麼忙哪會有空想這些無聊事，而且我覺得拆散人家家庭真的很糟糕。好了，不要再聊這種事了。瑪格的婚禮害我們全轉了性，滿腦子只有小情小愛的狗屁。我不想生氣，所以趕快換話題吧，」喬看起來就是一副只要稍加挑釁，隨時都準備好要潑人冷水的樣子。

無論小羅當下真實心情如何，總之在柵門前分開時，他吹起了長而低沉的口哨宣洩自己的情緒及內心不好的預感，說：「妳聽好了，喬，下一個就是妳了。」

第二十五章
第一場婚禮

陽台上的玫瑰花在這個六月清晨早早盛開，萬里無雲的豔陽下，玫瑰花也如同友善鄰居一般滿心歡喜。花朵的臉都因興奮而泛紅，隨風搖曳，趁機偷偷與對方分享自己的所見所聞，有些花從餐廳窗戶偷看到裡面的盛宴，有些花趁著其他姊妹為新娘著裝打扮時攀上去對她們點頭與微笑，其他花則對著往來花園、陽台、走廊辦事情的人揮舞致意；從最鮮豔盛開的花朵到色澤極淡的花苞，全都將自己的美麗與芳香獻給長期以來愛護並照顧他們的溫柔女主人。

瑪格本身看起來也像朵玫瑰，心靈中最甜美的一面全在臉上綻放，讓她看起來更溫柔無瑕，魅力更勝美貌。她不要絲綢、蕾絲或橘色花朵。「我不需要什麼時尚婚禮，只想要我愛的人陪在身邊，而在他們眼前，我希望能夠看起來像我自己，做我自己。」

因此她為自己縫製婚紗，縫入她所有女孩子氣的溫柔希望與天真浪漫幻想。妹妹們為她把美麗的頭髮編成辮子，唯一配戴飾品是「她的約翰」在所有花裡最喜歡的鈴蘭。

「妳看起來就是我們最親愛的瑪格，如此甜美可愛，如果不是怕會把妳的禮服弄皺我一定會抱妳，」打扮完成後，艾美開心地仔細打量她。

「那我就滿意了。但請大家盡量抱我、親我，不要介意我的禮服。我希望今天能有很多因此產生的皺摺，」瑪格對姊妹敞開雙臂，那一分鐘裡，姊妹們帶著萬般不捨的表情緊抱她，也感覺到她們原有的感情並沒有因為新出現的愛情而改變。

「我現在要去幫約翰打領帶，然後去書房裡跟父親靜處幾分鐘，」瑪格跑下樓完成這兩項任務，接著尾隨母親到處跑，心裡很清楚母親臉上雖然帶著微笑，實際上內心正因為雛鳥初次離巢而暗自悲傷。

趁著幾個年輕女孩一起繼續完成她們簡單打扮的同時，我們剛好可以來說說過去三年裡她們的外表有何改變，讓她們來到現在最美的狀態。

喬的線條不再銳利，舉手投足都很輕鬆自在，甚至優雅。原本的短捲髮長成了厚厚的波浪，更加適合她高䠷的身形與小小的頭。曬黑的臉頰氣色很是健康，雙眼閃爍溫柔光芒，當初犀利的言語如今只有溫柔。

貝絲比以前還要纖細，更加蒼白與沉默。她美麗友善的眼睛更大了些，有著讓人感到悲傷的眼神，但其實眼神本身卻不悲傷。疼痛的陰影籠罩著如此辛苦隱忍的年輕臉龐，但貝絲甚少抱怨，總期待著「很快會康復」。

艾美是貨真價實的「家花」，才十六歲，舉手投足間已散發成熟女人韻味，不算美麗，卻擁有難以言喻的優雅魅力。她的體態線條、手部姿態動作、飄逸的洋裝及垂落的髮絲，不刻意卻如此協調，對許多人來說就是如此美麗動人。艾美的鼻子永遠不會長成有黃金比例的希臘鼻，所以她還是不滿意，嘴巴也依舊太寬、下巴線條剛硬。這些令她不悅的五官其實讓她的臉很有個性，她卻永遠看不見這一點，只能安慰自己還好擁有白皙膚色、湛藍雙眼以及豐沛的金色捲髮。

三人都穿上銀灰色薄洋裝（她們所擁有最美的夏季服裝），頭髮及胸前別了紅玫瑰，看起來非常符合她們的身分，清新且滿心喜樂，彷彿在忙碌生活中稍微駐足，以渴望的眼神閱讀女人生涯中最為甜蜜的一章故事。

現場力求自然與親切舒適，沒有任何隆重華麗的裝飾。因此，馬區姑婆抵達現場時震驚不已，竟看到新娘本人用跑的前來迎接她、發現新郎本人正在重新固定掉落的花環，還瞄到父親兼牧師本人雙邊腋下各挾一瓶葡萄酒、表情嚴肅地大步上樓。

「我的老天爺啊，這是怎麼一回事！」老太太坐在特別為她準備的主位上，大動作整理她的薰衣草色波紋裙襬。「孩子啊，大家應該要等到最後才能看到妳。」

「姑婆，我又不是什麼展示品，也不會有人是為了打量我、評論我的禮服或計算這場婚宴的成本而來。我實在太高興了，完全不在乎別人說什麼或怎麼想，我高興怎麼辦就怎麼辦這場小小婚禮。親愛的約翰，你要的榔頭來了。」瑪格說完便轉身去幫忙「那個人」完成根本不該由他做的工作。

布魯克先生連一句「謝謝」都沒說，但是，當他彎下腰接過那把一點也不浪漫的工具時，還在拉門後方親了他的小新娘。他臉上的表情讓馬區姑婆忍不住掏出手帕，擦去她年邁卻依舊銳利的雙眼突然冒出的淚滴。

碰撞聲、大叫、小羅大笑，緊接著極為不得體的「我的老天爺啊！喬又把蛋糕撞倒了！」驚呼聲引起了好一番騷動。混亂還未平息，成群的親戚便相繼抵達，貝絲小時候都說這是「派對上門了」。

「不要讓那個小怪獸接近我，他比蚊子還煩人，」屋裡漸漸擠滿人，看見鶴立雞群的小羅，老太太低聲如此交代艾美。

「他答應過今天會很乖，而且只要他願意，他其實可以非常紳士，」艾美回完話便偷偷溜去警告小羅這位海克力斯，要他小心姑婆這隻恐龍，結果卻更讓他將注意力全集中在老太太身上害她差點發瘋。

新娘沒有特別的進場儀式，但馬區先生與這對小夫妻出現在綠色拱門下方時，屋內便一片安靜。母親與另外三個姊妹緊緊跟在他們身旁，彷彿極不願意讓瑪格離開。父親不只一次破音，卻只讓整個結婚儀式更加莊嚴美麗。新郎的手明顯在顫抖，沒人能聽見他說話。但瑪格直視著丈夫雙眼說出「我願意！」的語氣及表情都帶著如此溫柔的信任，讓母親滿心歡喜，馬區姑婆則大聲啜泣。

喬沒有哭，不過，若不是意識到小羅淘氣的深色雙眼正緊盯著她，眼神中充滿了快樂與感動，她還真的一度差點要哭了。貝絲始終將臉埋在母親肩上，艾美則宛如雕像優雅樹立，陽光以極為相稱的光芒照在她白皙額頭及插在頭髮裡的花。

這麼做恐怕一點也不恰當，但婚禮完成的那一刻，瑪格隨即大喊：「第一個要親媽媽！」繼而轉身以嘴唇表達她的心意。接下來十五分鐘裡的她看來更像朵玫瑰，從羅倫斯先生到老漢娜，人人都盡情地享受屬於他們的殊榮；漢娜小心翼翼戴著精巧的頭飾在走廊上撲向她，邊哭邊笑：「無限的祝福都給妳啊，親愛的！蛋糕完全沒有受傷，一切都很棒。」

事後大家紛紛散開，有人妙語如珠有人不好笑但也盡力了，那都無妨，因為心情好的時候說什麼都能逗人開懷大笑。沒有人獻上禮物，因為禮物已經全擺在小房子裡，也沒有什麼早餐盛宴，只有許多用花朵裝飾的蛋糕與水果當午餐。發現其他三姊妹端給大家的飲料只有水、檸檬汁與咖啡時，羅倫斯先生和馬區姑婆僅聳肩對彼此微笑。沒有人說什麼，直到堅持服務新娘的小羅，手裡捧著裝滿飲料的托盤一臉困惑地出現在瑪格面前。

「喬不小心把所有酒瓶都打破了嗎？」他低聲說：「還是我只是幻想自己今天早上看見有酒？」

「不是幻想，你爺爺非常好心地將他最好的酒送給我們，馬區姑婆也送了一些過來，但父親將幾瓶收起來給貝絲後，就把剩下的都送去軍人之家了。你也知道，他認為只有病人才能喝酒，母親也說，她和她的女兒都絕對不會在這個家裡端酒給任何年輕男人喝。」

瑪格說得嚴肅，本以為小羅會皺眉或嘲笑她但是都沒有，瞄了她一眼後，他以一貫急促的語氣說：「我喜歡這樣！我看過太多人因此受傷，真希望其他女性的想法也跟妳們一樣。」

「你這該不會是經驗談吧？」瑪格聽起來有些擔心。

「不是，我敢發誓。不過也不用把我想得太好，我只是覺得酒無法誘惑我而已。我從小到大的環境裡都有酒，就跟水一樣普遍無害，所以我不在乎，但漂亮女孩請我喝酒時，我也不好拒絕，妳懂吧。」

「但是你必須拒絕，就算不為了自己也為了其他人。小羅，答應我，你的承諾將再次讓我覺得今天是我這輩子最快樂的日子。」

突如其來的嚴肅要求讓這位年輕人遲疑了，畢竟遭人恥笑比自我否定還要難受。瑪格知道，如果他答應了，便會不計代價遵守承諾，為了朋友好，她要善用身為女人的力量。她沒有說話，而是以幸福洋溢的臉龐看著他，臉上的微笑彷彿在說：「今天沒有人能拒絕我喔。」

小羅當然沒有拒絕她，朝她伸出手，微笑並誠心地說：「布魯克太太，我答應妳！」

「謝謝你，非常非常感謝你。」

「多多，我也敬你『一輩子的決心』，」喬大喊著，在她揮舞自己的杯子，露出讚許的微笑時，檸檬汁也濺到他身上。

他們就這樣舉杯致敬，許下日後即便面對無數誘惑仍忠誠遵守的諾言，女孩們出於本能的智慧，趁著幸福當下幫了朋友一個大忙，讓他這輩子都會感謝她們。

午餐過後，眾人三三兩兩在屋子及花園裡散步，享受屋內與屋外的陽光。瑪格與約翰一齊站在草地中間，這時小羅恰好想到要如何讓這場平凡的婚禮有更完美的結尾。

「請所有已婚夫妻牽起手圍繞這對新婚夫妻跳舞，我們這些單身男女則成對在圈外大步走，就像德國人那樣！」小羅熟練地與艾美沿著小徑散起步來，高昂的興致感染了大家，於是全都毫無意見照做。率先開始跳舞的是馬區先生與馬區太太和凱洛姑姑與姑丈，其他人很快也跟上，就連莎莉．莫法特也僅質疑一會兒便將裙襬掛在手臂上，拉著奈德一起加入圈圈。但是最好笑的是羅倫斯先生與馬區姑婆這一組，高貴的老先生十分莊嚴地滑步到老太太面前，她卻把拐杖夾在腋下步伐輕快地與其他人牽起手，一同圍繞著新婚夫妻跳舞，年輕人則有如仲夏之際的蝴蝶散飛在花園裡。

這場即興舞會在大家氣喘吁吁中結束，賓客一一離開。

「親愛的，祝妳一切幸福，我真的很希望妳會過得很好，但我覺得妳會後悔，」馬區姑婆對瑪格說，然後在新郎牽她來到馬車邊時對他說：「你挖到寶了，年輕人，要好好珍惜你才值得擁有。」

「奈德，我好久沒參加過這麼漂亮的婚禮了，但我不懂為什麼，因為這個婚禮一點也不時尚啊，」駕車離去時，莫法特太太對丈夫說。

「小羅，你這個孩子，如果有天你也想加入這種生活，找一個這種女孩跟你作伴，那我就滿足了，」興奮了一個早上，羅倫斯先生坐在躺椅上準備休息。

「我會盡可能滿足您的願望，爺爺，」小羅的回答難得這麼順從，小心翼翼地將喬別在他鈕釦孔裡的胸花取下。

小房子距離馬區家並不遠，瑪格的新婚旅行也就只是與約翰一起從舊家安靜地散步到新家。灰鴿色套裝及搭配白色綁帶的草帽讓她看起來就像個美麗的貴格信徒，下樓時，家人全圍繞在她身邊要「道別」，溫柔不捨地彷彿她即將踏上什麼遙遠旅程。

「親愛的媽媽，不要覺得我離開了妳，或因為我那麼愛約翰而比較不愛妳，」她緊抓住母親，熱淚盈眶。「父親，我每天都會過來，也希望即便結了婚，我在你們心裡仍能保有原本的位置。貝絲會經常跟我在一起，其他姊妹不時也會過來拜訪，笑我持家如何不力。謝謝你們讓我的婚禮如此幸福。再會了！再會！」

他們站在原地，臉上充滿著愛、希望與溫柔的驕傲，目送她懷抱花束貼著丈夫的手臂離開，六月太陽也照得她的臉龐更加幸福，瑪格的婚姻生活就此展開。

第二十六章
探索藝術

人總要耗費一段時間才能分辨才能與天賦，野心勃勃的年輕男女更是如此。艾美為了學會分辨可是吃過許多苦：她誤把熱情當成靈感，以年輕無畏的精神勇敢嘗試過各種藝術領域。「泥巴派」沉寂了一段時間後，她又投入極為精細的鋼筆畫，過程中展現出色的品味與技巧，作品不僅好看還能賺錢。但是用眼過度導致她必須暫時放下鋼筆及墨水，改而大膽嘗試烙畫。這段期間內，全家都生活在隨時可能葬身火海的恐懼中，家裡永遠都是木頭燃燒的味道，閣樓與庫房冒煙的頻率令人驚恐，火紅的撥火鉗隨意到處亂放，而且漢娜睡前一定會在自己門口擺一盆水及呼叫開飯用的鈴鐺以備不時之需。畫家拉斐爾的臉清楚烙印在桿麵板的背面，酒桶桶面上則是酒神巴卡斯的臉。糖罐的蓋子上有唱歌的小天使為裝飾，家裡有好一陣子的薪柴來源則是她嘗試刻畫羅密歐與茱莉葉的實驗作品。

燙傷手指後從烙畫換到油畫是滿自然的轉變過程，艾美再次對油畫燃起熊熊熱情。有位藝術家朋友把自己不要的調色板、畫筆及顏料送給她，她大筆一揮畫出了天地間不曾見過的田園風景與海上風光。她的龐然大牛在農產展示會上搞不好會得獎，所畫的船隻在海面上危險顛簸，就連經驗最豐富的航海人搭上去也可能會暈船，但事前搞不好就因為看見毫無工法可言的造船方式而先笑死。站在畫室一角盯著人看的是膚色黝黑的男孩及熊貓眼聖母，推測是想模仿西班牙畫家牟里羅；本來想模仿林布蘭以油膩棕色陰影襯托的肖象畫，但慘白噁心的線條卻出現在不該出現的地方；豐滿的女士及水腫的嬰兒是偽魯本斯畫風；泰納則搖身一變成為藍色雷鳴、橘色閃電、棕色雨水及紫色雲朵的暴風雨，中間還有一撇番茄色顏料，隨觀眾高興可詮釋為太陽或救生圈，不然水手服或王袍也可以。

再來是炭筆肖像，掛成一排的家族肖像看起來彷彿剛從煤炭箱爬出來，是一群灰頭土臉的瘋子。進入蠟筆素描時期的作品便溫和多了，眾人的特徵也畫得維妙維肖，艾美的頭髮、喬的鼻子、瑪格的嘴巴及小羅的眼睛，全都畫得「非常細緻」。後來她又回歸陶土及石膏時期，家中到處可見她朋友的石膏像，模樣嚇人還會從櫥櫃架上滾落砸中別人的頭。她吸引兒童來當模特兒，直到因為兒童對她的神祕行徑眾說紛紜，讓艾美小姐成了年輕的食人怪為止。後來某次不幸事件澆熄了她的熱情，對於石膏時期的努力投入於是戛然終止。有那麼一段時間，她找不到其他的模特兒，於是她改為自己美麗的腳做模型。有一天，家人聽見異常的碰撞與尖叫聲趕忙前往搶救，卻發現這位年輕熱情的藝術家在庫房裡瘋狂亂跳，一腳還踩在乾硬速度迅雷不及掩耳的石膏盆裡。克服了重重困難與危險後，終於把她的腳挖出來，所謂的危險，是指喬因為挖掘過程中笑得太用力而挖得太深，刀子割傷艾美可憐的腳，但也至少為她的多番藝術探索留下了永恆紀念。

之後，艾美潛沉了一段時間，直到對大自然寫生的狂熱帶領她走遍河流、田野與樹林，尋找美景練習寫生、渴望有遺跡讓她臨摹。她曾因為坐在潮濕草地上捕捉「甜美的片刻」而無數次感冒，那些片刻可能只是一顆石頭、一截斷樁、一朵蕈菇、一截斷掉的毛蕊花梗，或「堆疊美妙的雲層」，但完成後看起來只像一堆精心展示的羽絨。她為了研究光影，於仲夏豔陽下坐船在河面上漂流，犧牲自己白皙的膚色；鼻子長出皺紋是為了練習找出「視點」，也就是練習某種瞇眼連線的動作。

若真如米開朗基羅所言「天賦就是不朽的耐心」，艾美絕對具有這番神聖特質。她是那樣無畏阻礙、失敗或挫折，努力不懈，堅定相信時間久了她就能創造出可稱為「高級藝術」的東西。

她同時也在學習與從事其他事情並享受其中，因為她下定決心，就算永遠無法成為偉大的藝術家，也要成為有魅力、有成就的女性。在這方面她倒是成功許多，她屬於生來好運的那種人，毫不費力便可取悅他人，交朋友很容易，人生自然過得優雅輕鬆，讓那些沒那麼好運的人忍不住相信她出生時必定有幸運之星眷顧。因為她圓滑善於交際，大家都喜歡她。她本能地知道怎麼做才得體、能取悅人，懂得見人說人話，能夠看時機與場合做適當的事，而且沉著不扭捏，所以姊姊常說：「就算事前毫無準備就得出庭，艾美也會知道該怎麼辦。」

她的缺點是渴望加入「上流社會」，卻完全不清楚何謂上流。她最想擁有的是金錢、地位、時髦才藝及優雅姿態，也喜歡跟她認為具備這些條件的人往來，但往往錯把假當成真，欣賞不值得欣賞的人。她從來不曾忘記自己生來便是淑女，如此努力培養自己的高貴品味與感受，就是為了在機會來臨時能好好把握，站上那個因為貧窮而遭到排除的位置。

朋友都稱她為「小姐」，她發自內心渴望自己是真正的小姐，在心裡也是個小姐，但至今她仍然不懂，金錢買不到高雅天性，地位高也不代表一定高尚，因為真正的教養會超越外在缺陷。

「媽媽，我想麻煩妳一件事，」某天艾美走進房間，語氣頗自以為是。

「我的小女孩，什麼事？」在她母親眼裡，這個亭亭玉立的年輕淑女仍然是她的「小寶貝」。

「我們的繪畫課下個星期結束。在大家放暑假前，我想邀請班上女生來家裡玩一天。她們非常希望能來看看那條河，畫那座斷橋，臨摹一些在我的素描本裡看過的東西。她們在各方面都對我很好，讓我非常感激，因為她們那麼富有而我那麼窮，但她們都覺得無所謂。」

「她們為什麼要覺得有所謂？」馬區太太換上女兒們形容為「特蕾莎女王」[13]的語氣。「我們都很清

13 應是指匈牙利女王瑪麗亞・特蕾莎女王（Maria Theresa, 1717-1780），相傳她個性溫和，深愛丈夫及小孩，在治理國務上也表現得極為出色。

楚大家覺得有所謂，所以妳的小雞遭到更聰明的鳥欺負時，不用跟母愛攻心的母雞一樣急著生氣。妳要知道，醜小鴨也會變天鵝。」艾美的微笑不帶諷刺，因為她心情愉悅充滿希望。

馬區太太笑著放下自己身為母親的尊嚴：「那麼我的天鵝，妳有什麼計畫？」

「我想請班上女孩下週來用午餐，駕車帶她們去想看的地方，可能會划個船，然後來個藝術午宴。」

「聽來可行。午餐想吃什麼？蛋糕、三明治、水果、咖啡，這樣應該夠了吧？」

「唉呀，當然不行！一定要吃牛舌與雞肉冷盤，還要加上法式巧克力及冰淇淋。那些女孩習慣吃這種食物，雖然我得賺錢養活自己，還是希望能辦個高雅像樣的午宴。」

「妳們總共有幾個女孩？」母親的表情轉為嚴肅。

「全班有十二到十四個吧，但我想她們不會全部都來。」

「孩子啊，妳得要租台公車才能載這麼多人吧。」

「母親妳怎麼會這樣想？頂多只有六個或八個人會來吧，所以我只要租一台旅行車，再跟羅倫斯先生借長彭馬車就好了。」（漢娜都把敞篷馬車念成長彭馬車。）

「艾美，這些加起來會花很多錢。」

「不會很多。我已經算過所有開銷，會自己支付。」

「親愛的，妳會不會覺得，既然這些女孩已經習慣那種奢華待遇，我們就算盡力做到最好對她們來說也只是稀鬆平常，那麼或許她們反而會喜歡簡單一點的安排，至少感覺新鮮。這樣我們也不用去買或借那些不需要的東西，裝出不符合我們身分的風格，不是嗎？」

「如果不能照我的意思辦，那我情願都不要辦。我知道只要妳跟姊姊她們願意幫忙，我就能辦得很好，而且我不懂為什麼我願意自己付錢也不可以，」艾美有著與固執只有一線之隔的堅決態度。

馬區太太知道經驗是最好的老師，情況允許時她都會放手讓孩子自行學習；雖然，要不是她們拒絕她的建議一如抗拒吞藥，她其實很願意幫助她們少受點苦。

「那好吧，艾美，如果妳心意已決而且不用花到太多時間與金錢，妳也不會大發脾氣便能完成這件事，那我就不再多說了。去跟妳姊姊們談談看，無論妳們最後怎麼決定，我都會盡力幫忙。」

「母親，謝謝妳，總是這麼大方。」艾美說完便去找姊姊商量。

瑪格立即同意並答應幫忙，還樂於把自己擁有的東西都借給妹妹，從她的小房子到最好的鹽匙都可以。但是喬非常不贊成這個計畫，起初甚至不願意參與。

「妳到底為什麼會想為了一票根本就不在乎妳的人自掏腰包、麻煩家人，還把家裡搞得天翻地覆？我還以為妳聰明又高傲，不會因為那些世俗女人腳踩法式馬靴還坐四輪馬車就奉承她們，」喬的小說正巧寫到悲慘高潮處，遭到打斷心情不好，所以此刻的心情並不適合談論社交活動。

「我才不做奉承別人這種事，我也跟妳一樣討厭被人摸頭！」艾美相當憤慨，每次談到這種話題兩人還是會吵架。「那些女孩很在乎我，我也很在乎她們，埋藏在那些妳所謂的時髦垃圾中的她們可是非常親切、聰明又有才華。妳不想讓別人喜歡你、進入上流社會，陶冶禮貌與品味。但是我想，而且我會盡力把握每一次機會。妳喜歡就一輩子推開別人都用鼻孔看人，說那叫獨立，我跟妳可不一樣。」

艾美耍完舌劍暢所欲言後往往都會占上風，因為她有常識做為武器；相反地，喬對自由的愛好與對傳統的厭惡毫無限度，自然會在爭執中敗陣。艾美對喬心目中的獨立概念描述得相當精準，兩人因此大笑，討論也轉趨友善。雖然極為不願意，喬最終還是同意為這位挑剔夫人犧牲一天，幫忙完成自己所謂的「無意義活動」。

邀請函寄出後幾乎所有人都接受邀請，很快便決定隔週一舉辦盛會。漢娜心情很不好，因為這樣打亂她整個禮拜的工作步調，甚至還預言「衣服沒洗好燙好的話，其他事情也做不好了啦」。家務軸心運轉不順對整體活動造成了相當大的影響，但艾美的座右銘是「絕不氣餒」，既然下定決心就要不畏障礙堅持到底。首先，漢娜的烹飪過程並不順利。雞肉太老、牛舌太鹹，巧克力也不夠香濃。再來是蛋糕與冰淇淋的成本比艾美預期的還高，旅行車租金也是，還有其他原本看起來沒多少的費用，加總起來卻相當驚人。貝絲感冒所以待在床上幫不了忙。瑪格家裡來了格外多的訪客，所以她必須待在家接待。喬則一直分心以至於打破東西、發生意外及犯錯的次數多到非比尋常，嚴重到令人不悅。

原本的規畫是如果星期一天氣不好就改星期二來，如此安排讓喬與漢娜氣到極點。到了星期一早上，陰晴不定的天氣比連綿大雨更讓人惱怒。天氣在細雨、出太陽及刮風間輪替，直到所有人已經來不及改變主意了，天氣都還沒拿定主意。艾美天亮就起床，把所有人從床上挖起來、催大家吃早餐，好預留時間整理房子。她覺得起居室看來有些寒酸，但她沒時間怨歎，反而嫻熟地善用手邊資源把椅子挪到能遮掩地毯磨損的位置上，用自製雕像擋住牆上汙漬，連同喬隨處擺放的漂亮花瓶在內，起居室竟充滿藝術感。

午餐看起來很吸引人，確認餐點的同時，她發自內心希望吃起來會跟看起來一樣美味，也希望借來的玻璃杯、瓷器及刀具都能順利回到原主人身邊。馬車答應會來，瑪格和母親已準備好接待客人，貝絲有了體力能在幕後協助漢娜，喬也承諾會盡可能像個無腦人一樣活潑友善。頭痛的艾美對一切非常不滿，疲憊不堪的更衣過程中，她為自己打氣，想到順利用完午餐後便能與朋友一同開心駕車展開藝術之旅，畢竟「長彭馬車」與斷橋是她的優勢。

緊張的時刻來臨，這段期間她反覆來回起居室與陽台，大家的意見也同風信雞一樣搖擺不定。十一點下的一場急雨顯然澆熄了那些女孩的熱情，因為原本預定十二點抵達的眾人沒有一位出現，到了兩點，窗外卻豔陽高照，全家人精疲力竭地坐下享用容易壞掉的食物，以免浪費。

「今天的天氣絕對很好，大家一定會來，所以我們要快點準備好迎接她們，」艾美隔天早上是給太陽曬醒的。語調輕快但暗地裡她已經後悔自己當初提了星期二也可以，興致跟蛋糕一樣已經有些走味。

「我買不到龍蝦，所以妳們今天沒有沙拉可以吃了，」半個小時後馬區先生帶著失望但平靜的表情回到家。

「那就用雞肉吧，沙拉裡的雞肉老一點也沒關係，」妻子建議。

「不行啊，漢娜只是擺在桌上一下子，貓咪就把雞肉吃掉了。艾美，真是抱歉，」貝絲仍然是貓咪的守護者。

「那我一定要有龍蝦，只有牛舌不夠，」艾美相當堅持。

「要我趕忙進城要求他們變一隻出來嗎？」喬展現出殉道者的高尚精神。

「妳會為了折磨我而不用紙包住，直接夾在腋下帶回來。我自己去就好，」艾美逐漸失去耐性。

她裹著厚面紗、手挽外出籃故作高雅離開，心想搭車出去清涼一下也有助平復心情，讓她有精力繼續勞動。耽擱一番後她終於取得目標物，還多買了一瓶醬汁節省回家後的準備時間，再次搭車離去時內心對自己設想周到感到相當滿意。

由於公車上只有她及另一位睡著的老太太，艾瑪將面紗收入口袋，為了打發時間開始計算自己的錢都花去哪裡。她埋頭算著紙片上難以消化的數字，完全沒發現車上多了一位沒等車停便上車的新乘客，直到她聽見男性的聲音說：「馬區小姐，早安。」抬起頭，映入眼簾的是小羅最有氣質的大學朋友。艾美很慶幸自己穿了新的外出洋裝，徹底無視腳邊的籃子只希望他會比自己早下車，不會發現那個籃子，然後以她慣常的甜美與活力回應那位年輕人的問候。

艾美在知道男生會先下車後很快便放下心中的大石，兩人聊得非常開心，就在她聊得極為投入之際，那位老太太起身離開座位。她搖搖晃晃走到門口時踢倒了籃子，然後——太可怕了！——巨大無比的龍蝦就這樣晾在這位如都鐸王室成員般高貴的年輕人眼前！

「糟糕，她忘了把晚餐帶下車！」狀況外的年輕人用他的手杖把那個龐然大物推回原位，起身打算追在老太太身後把籃子遞給她。

「請不要……那……那是我的，」艾美的臉漲得幾乎跟龍蝦一樣紅。

「這樣啊，不好意思。真是少見的優質龍蝦，對吧？」都鐸極為鎮定，好奇但有分寸的態度顯示他很有教養。

艾美瞬間恢復正常，勇敢地把籃子放在座位上然後大笑說：「你一定很希望自己也能吃到這隻龍蝦要做成的沙拉，然後見見要吃沙拉的那些迷人女孩吧？」

她巧妙地成功轉移話題，因為這番話觸動了男性心智的兩大弱點。美好回憶的光環立刻籠罩龍蝦，他對「迷人的女孩們」非常好奇，讓他分心不再去想方才搞笑的不幸事件。

「我想他應該會跟小羅一起拿這件事開玩笑吧，但反正我不會見到他們，所以還好，」都鐸朝她屈身致意離開時艾美心想。

回到家後她並沒有提起這件事（但她發現因為那陣騷動，醬汁流遍裙襬毀了這件新洋裝），而是繼續忙著感覺比先前還要讓人厭煩的準備工作，到了十二點，萬事再次就緒。她覺得鄰居對她的一舉一動很感興趣，希望能以今天的成功盛況取代昨天的失敗記憶，於是叫來「長彭馬車」，架勢十足地前去迎接賓客來參加盛宴。

「聽到馬車聲了，她們快到了！我去陽台上等她們。這樣看起來比較熱情，而且我希望那可憐的孩子在忙了半天後可以盡情地玩，」馬區太太說完立即前往陽台。但她只看了一眼便帶著難以言喻的表情回到屋內，因為寬敞的車廂裡只坐了不知所措的艾美及另外一位女生。

「貝絲，快去幫漢娜一起把桌上的東西清掉一半。讓一個女孩子面對十二人份餐點也太離譜，」喬匆忙奔下去，緊張到連停下來笑的時間都沒有。

艾美極為冷靜地走進門，對那唯一遵守承諾的賓客非常熱情。其他家人儘管面對如此戲劇化的轉變也同樣繼續扮演好各自的角色。來賓艾略特小姐覺得他們一家人真是搞笑，因為他們的歡樂指數完全破表。

開心地享用完縮小版午餐，參觀過工作室及花園並暢談藝術後，艾美叫來輕便馬車（可惜了無用武之地的優雅長彭馬車）帶著朋友安靜繞了四周環境一圈直到太陽下山而「派對散去」。

艾美進門時看起來非常疲憊但依舊沉著，發現這場悲慘盛宴已完全不見蹤影，只剩喬嘴角若有似無的一抹賊笑。

「親愛的，下午駕車出去很好玩吧，」母親一副十二個女孩全都來過的樣子。

「艾略特小姐真是可愛，我覺得她玩得很開心，」貝絲格外熱情。

「妳的蛋糕可以分我一些嗎？我真的很需要蛋糕，很多人會來家裡拜訪我，但我做的蛋糕都沒有妳的好吃，」瑪格認真地問。

「全都拿去吧，家裡只有我喜歡吃甜食，我還來不及吃完蛋糕就會發霉了，」艾美嘆了氣，想到自己那樣不計代價下場卻是如此。

「真可惜小羅不能來幫忙，」喬說話的同時，全家人二度坐下吃容易壞的冰淇淋與沙拉，跟昨天一樣。

母親一記警告的眼神讓大家不再發表評論，全家人在異常寂靜中用餐，直到馬區先生淡淡說起「沙拉是古時候最受歡迎的餐點，艾芙琳……」說到這裡，一陣哄堂大笑打斷了他的「沙拉史」，讓這位博學之士極為驚訝。

「把東西全部裝進籃子裡送去侯梅家。德國人喜歡雜燴。我看到這些東西就煩，你們也不該因為我是白痴而死於飲食過量，」艾美擦著眼睛大喊。

「我看到妳們兩個女生坐在那個什麼東西裡，像巨大堅果殼裡的兩個迷你果核，還有母親煞有其事等著接待一大群人時，我都快昏倒了，」喬笑到沒力。

「親愛的，看妳這麼失望真是讓人遺憾，但我們已經盡力滿足妳的要求了，」馬區太太的語氣裡充滿做母親的不捨。

「我很滿足。我自己擔下的責任都完成了，結果失敗不是我的錯。這樣想就讓我很安慰，」艾美的語氣有些顫抖。「非常感謝大家這樣幫我忙，但如果你們能夠至少一個月都不要提起這件事，我會更感謝你們。」

接連好幾個月都沒有人提起這件事，但「宴客」一詞總會讓大家露出微笑，就連小羅送給艾美的生日禮物也是用來裝飾表帶的小小珊瑚龍蝦。

第二十七章 文學歷練

幸運之神突然眷顧喬，為她捎來一枚幸運錢幣。雖然不是什麼金幣，但我相信，百萬財富所能帶來的幸福，也不會比她因此獲得的小小財富還要真實豐富。

她每隔幾週便會把自己關在房裡，換上寫字服，然後，據她所說「陷入漩渦」耗盡所有心神用力寫小說，因為沒寫完之前她都無法安心。她的「寫字服」是一件可以隨意拿來擦拭筆墨的黑色毛料背心裙，還有頂同樣材質的帽子，上面有非常喜氣的紅色蝴蝶結，每當她要捲起袖子工作時就會用帽子把頭髮全部包起來。這頂帽子對於想一探究竟的家人來說是種信號，視情況在這段期間內自動保持距離，偶爾真的好奇了才探頭進房間問她：「喬，燃起靈感了嗎？」多數時候，他們甚至連問都不敢，直接觀察那頂帽子自行判斷。如果這件指標性衣物下拉蓋住額頭，那表示主人正振筆疾書；寫得正精彩時，主人會把帽子俏皮地朝側邊斜拉；作者若感到極為沮喪，便會把帽子摘下丟在地上。碰到這種時候，闖入的人會自行安靜離開，直到紅色蝴蝶結再次開心豎立於她才華洋溢的眉毛上方才有人敢跟喬說話。

她壓根不認為自己是天才，但每回寫作癮頭發作時，便會過起廢寢忘食的極樂生活，對於各種需求、憂慮或壞天氣都毫無所覺，成天幸福安然地活在她的想像世界裡，那裡充滿對她來說幾乎與真人一樣真實重要的朋友。食不知味，夜不能寐，白晝與黑夜對她來說都太短，不夠讓她好好享受唯有此時才會降臨、讓她深感活著有意義的幸福，沒有其他收穫也無妨。這種絕妙的靈感通常會持續一、兩個星期，之後便脫離「漩渦」的她總又餓又想睡，不是生氣就是失望。

她拗不過要求答應陪同克羅克小姐去聽演講時，正好剛從又一次的漩渦中爬出來，如此善舉則為她帶來新的靈感。她們參加的人民系列演講主題為金字塔，喬不太懂為什麼會針對這群聽眾選擇如此主題，但她心想，對於那些滿腦子只有煤炭與麵粉價格、窮盡一生都在努力解開比人面獅身還要困難謎題的人來說，揭開法老王的豐功偉業想必能矯正某種巨大的社會弊病，或滿足某種巨大渴望。

兩人抵達時時間尚早，克羅克小姐忙著調整褲襪腳跟的位置，喬則研究著身旁聽眾的臉打發時間。她左邊兩位婦女的額頭很高與無邊圓帽正好相襯，她們一邊討論女權一邊織著蕾絲邊。再遠處坐著一對低調戀人，自然不做作地牽著彼此的手，還有陰鬱的老處女以紙袋就口吃著薄荷糖，及臉上蓋著黃色大手巾準備打盹的老先生。她右邊的唯一聽眾則是頭埋進報紙、看來極為認真閱讀的男孩。

他讀的是畫刊，喬仔細盯著最靠近自己的那些畫看，心想到底是什麼樣偶然的連續事件會需要如此誇張描繪：全副武裝的印地安人墜落懸崖之際還有隻狼咬住他的喉嚨，不遠處則是兩位雙腳小得不正常、眼睛也大得不正常的憤怒年輕人拿刀作勢要砍彼此，背景還有位衣衫不整的女性張著大嘴正快速逃跑。男孩停頓翻頁時發現她也在看，於是態度坦率非常友善地把報紙讓一半給她：「要看嗎？這故事真是一流喔！」

到現在還是偏好男性為同儕的喬微笑接受邀請，而且很快便發現自己陷入了常見的愛情、祕密及謀殺大謎團，就是那種作者暫時失去熱情、想像力也失效，於是會安排一場大災難砍掉半數角色，讓剩下的另一半人物為此興高采烈。

她的視線掃過自己那半邊的最後一段時，男孩問：「超優吧？」

「我覺得你跟我如果想寫也寫得出來，」喬覺得他如此欣賞這種垃圾真是有趣。

「我要是寫得出來就走運了。聽說她靠寫這種故事賺很多錢。」他指著故事標題下方的名字斯蘭・諾斯伯里太太。

喬突然很感興趣：「你認識她嗎？」

「不認識，但她的故事我都讀過，而且我還認識一個人，他在出版這份報紙的報社工作。」

「你說她靠寫這種故事賺很多錢？」喬再次望向情緒激昂驚嘆號滿布的頁面，但這次多了分敬意。

「我想應該是吧！她很了解大家的口味，稿費也很不錯。」

這時演講開始了，但喬幾乎沒聽進去。山茲教授沉悶地說著埃及的伯速尼、吉薩及聖甲蟲、象形文字的故事時，她偷偷記下報社地址，非常勇敢地下定決心要試試看專欄的徵文比賽，最精彩的故事有一百元獎金。等到演講結束聽眾也睡醒時，她已經為自己累積了可觀的財富（當然是她熟悉的紙上財富囉），而且正忙著規畫她的故事，無法決定要把決鬥安排在私奔前或謀殺後。

回到家後她並沒有說出自己的計畫，但隔天立刻開始工作。她母親有些不安，每次喬「燃起靈感」時，母親都會顯得有些焦慮。喬過去沒有試過這種寫作風格，能在《展鷹報》上刊登那種溫和的羅曼史已經讓她很滿意了。這下她廣泛而雜食的閱讀經驗終於能派上用場，戲劇效果、故事情節、用語及服裝都有所本。憑著自己有限的痛苦經驗，她將故事注滿絕望，然後把場景設在里斯本，剛好讓她以地震作為驚人卻合理的大結局。她偷偷將手稿寄出，還附上紙條謙虛地說作者本人並不指望能得獎，不管報社認為故事值得多少稿費，她都會很樂意收下。

要等上六個星期是相當漫長的時間，要讓女孩子保守祕密這麼久更是煎熬，但兩者喬都做到了。就在她打算放棄再次見到自己的手稿時，一封來信卻讓她差點忘了呼吸，因為，拆信的時候，一張百元支票恰好就這樣落到她腿上。她盯著支票看了一分鐘彷彿看到蛇那麼驚嚇，但讀了信後她開始哭。信中充滿善意，著筆的先生很友善，他若知道自己因此給了另一個人偌大的喜悅，應該會把閒暇時間（有的話）全都拿來寫信。喬珍惜那封信勝過獎金，因為信的內容讓她大受鼓舞，努力了這麼多年，知道自己確實學會了某些事的感覺真好，就算只是學會寫言情故事。

能像她這麼自豪的年輕女孩真是不多見，待恢復冷靜後，她一手拿信另一手拿著支票出現在家人面前宣布自己得了獎，讓全家人大吃一驚。眾人自然是歡呼慶祝了一番，故事刊登後每個人也都讀過並予以讚美，不過，在父親稱讚她文字很美、浪漫情節清新熱切、悲劇也安排得驚心動魄後，搖頭以他超凡的語氣說：

「喬，妳可以做得更好。立下最遠大的目標，不要去在乎那些錢。」

「我覺得最棒的是能得到獎金。這麼多錢妳要拿來做什麼？」艾美以相當敬畏的眼神看著那張具有魔力的紙條。

喬立即回她：「讓貝絲和母親去海邊住一、兩個月。」

一番討論後，母女兩人真的前往海邊。雖然貝絲回家時沒有大家所希望的那樣豐腴紅潤，身體狀況卻已經好多了，馬區太太則聲稱感覺自己年輕了十歲。因此，喬對於自己的投資感到相當滿意，心情愉悅地繼續努力工作，致力於賺取更多美好的支票。那年她確實賺了好幾張支票，漸漸開始感覺自己在家中頗有分量，因為她靠著自己筆下的魔法將那些「垃圾」變成讓全家人生活更舒適的東西。《伯爵女兒》付清了肉販的帳單，《幽靈之手》為家中帶來了新的地毯，《科芬特里的詛咒》則以食物雜貨及衣服為馬區一家帶來祝福。

財富確實讓人渴望，但貧窮也有好處，身處困境所帶來的甜美好處，在於能夠發自內心對自己動腦或動手賣力工作感到滿足，我們之所以會擁有集聚世間智慧、美好與有益的祝福，泰半要歸功於需求的激厲。喬非常喜歡這種滿足感，不再羨慕那些有錢的女孩子，而是感到非常安慰，她可以自給自足，無須再跟別人伸手要錢。

注意到她故事的人並不多，但也算有個市場，因此喬決定要更大膽追求財富與知名度。她第四度將小說謄寫完也唸給所有知心好友聽過後，膽顫心驚地向三間出版社投稿，最後終於賣出了小說，但前提是得刪減三分之一的稿子，而且要省略的都是她最喜歡的段落。

喬召開了家庭議會：「現在我必須做出決定，要不就是把稿子全部包回我的烤肉爐裡重新修改，然後自己花錢出版，要不就是按照買方的意見刪減一番，能賣多少錢是多少。家裡有人出名是很好，但有錢更實際，所以我召集大家一起來開會討論這個非常重要的議題。」

「孩子啊，不要毀了妳的書，這本書比妳所想的還要有價值，構想也都很完整。耐心等待時機成熟吧，」這是父親給她的建議，他是言行合一的人，耐心等了三十年到如今時機已完全成熟，但他仍不急著收割。

「我覺得喬如果接受考驗，收穫會比等待還多，」馬區太太說。「批評是這種工作最好的試金石，她能因此看見先前沒發現的優缺點，下次就會表現得更好。我們都太偏頗了，就算賺不到什麼稿費，外人的讚美與批評也會很受用。」

「沒錯，」喬皺起眉頭，「就是這樣。我琢磨了這麼久，但根本不知道故事到底是好是壞或是根本沒有差別。要是有完全無關且冷靜的第三方看過，告訴我他們的想法，對我會非常有幫助。」

「要我是一個字都不會刪減。妳刪就毀了這個故事，因為重點在於那些角色的內心想法，而非他們的行為，過程中沒有說明的話會亂成一團，」瑪格發自內心相信這是世上最精彩的小說。

喬打斷瑪格，引述出版社的信：「但是艾倫先生說：『刪除那些說明，盡量簡要而戲劇化，讓角色自行說故事。』」

「照他說的去做。他知道什麼樣的故事會賣錢，我們又不知道。先出版一本很受歡迎的好書，盡可能大撈一筆。時間久了，等妳出名之後，想怎麼離題、小說要有什麼哲學抽象玄妙的角色都隨便妳，」艾美的看法非常實際。

喬大笑：「我筆下的角色如果『哲學抽象又玄妙』，那不是我的錯，我對這種東西一竅不通啊，只是偶爾會聽父親談起。如果父親的智慧混入了我的故事，那對我來說是好事。貝絲，妳覺得呢？」

「我很想快點看到書出版」是貝絲的唯一評論，說話時還帶著微笑。但是她無意間強調了「快點」兩個字，渴望的眼神中還帶著她未曾失去的純真坦率，喬內心一凜，有種不詳的預感與恐懼，於是決定要「快點」冒險。

因此，這位年輕女作家以斯巴達人的堅定意志將第一本作品攤開在桌上，如猛獸般毫不留情地大刀闊斧刪減。她想滿足每個人，於是聽從了所有人的建議，最後當然就是像寓言故事裡的老人、男孩與驢子，誰都沒討好到。

父親非常喜歡無意識出現在故事裡的那股抽象玄祕，所以雖然她有所猶豫仍保留下來。母親覺得描述過多，於是她刪除了描述，也一併刪除了許多必要的環節。瑪格很欣賞悲劇的情節，於是喬增加了更多痛苦與掙扎好讓她滿意；艾美則認為不該逗趣，於是喬很是用心地把所有讓書中角色沒那麼晦暗的歡樂場景全數刪除。最後的一根稻草是她刪了三分之一的長度，繼而信心十足地把那本可憐的拼裝小說寄出，就像把受欺負的知更鳥推入廣大繁忙的世界裡，看牠命硬不硬。

書出版了，她收到三百元稿費，還收到許許多多的讚美與批評，正反兩方的意見都多到超乎她想像，讓她花了好一段時間才從驚嚇中恢復。

「母親，妳說批評對我會有幫助。可是這些批評都自相矛盾，我根本不知道自己到底是寫了前途無量的書還是十大戒律我全違反了，這樣對我怎麼會有幫助？」可憐的喬翻攪著一堆來信，仔細閱讀的過程讓她時而感到自豪喜悅，時而憤怒沮喪。「這個人說：『故事完美，充滿真實、美麗與熱情。』『甜美、單純又健全。』」不知所措的女作家繼續唸。「下一個是『很差的故事理論，充滿病態幻想、唯心論構想及毫不自然的角色。』我根本就沒有所謂的理論，我也不相信唯心論，而且我的角色全都以真實人物為藍本，這個評語怎麼可能會是對的。另一個還說是『歷年來最好的美國小說』（我知道這不是真的），下一個還認為『雖然新奇且充滿力量與情感，但這本書很危險！』根本不危險！有些人取笑我的書，有些人過度讚美，但幾乎所有人都堅信我想闡釋某種深沉的理論，但其實我只是為了自己開心及賺稿費而寫。真希望我當初是選擇完整出版或乾脆不要出版，我最討厭別人對我下錯誤的判斷。」

家人與朋友給予她許多安慰及鼓勵。但是對敏感又高傲的喬來說還是很難熬，她那麼有心卻顯然做得不夠好。不過那些評語對她還是有幫助，貨真價實的批評等於為作者上了最好的一課，而最初的憤慨失望淡去後，她也能夠嘲笑自己可憐的書，但仍然相信這本書的價值，也感覺自己因為那樣的打擊而更加聰明堅強。

「不能當濟慈那樣的天才也不會要我的命，」她果斷決定，「而且也未免太好笑了，批評那些出於現實生活的真實情節為不可能且荒謬，但我自己胡亂想像掰出來的卻說是『極為自然、溫柔且真實』。這樣就好了，等我準備好的時候，我會再次崛起捲土重來。」

第二十八章 主婦生活

瑪格跟其他年輕婦女一樣，步入婚姻時便下決心要當模範家庭主婦：讓約翰覺得家裡宛如天堂，永遠只看見她微笑，每天都吃得豐盛並且掉了鈕釦也不會發現。她是如此充滿了愛，精力充沛又興高采烈，儘管有些許阻礙也立志絕對要成功。她的天堂並不平靜，這位小婦人相當愛大驚小怪，過度緊張也難以討好，宛如真實版的馬大，有太多的負累，總忙進忙出。有時候她累到連微笑都難，約翰則在連吃了許多豐盛美食後消化不良，只能不知感恩地要求她做點簡單的食物就好。至於鈕釦，她很快便開始懷疑那些鈕釦都跑哪裡去了，對男人如此粗心大意非常不滿，還威脅要他自己把鈕釦縫回去，看他的女紅會不會更耐得住他粗心又笨拙的手指。

即便在他們發現無法單靠愛情生活後，兩人仍然過得非常幸福。儘管瑪格現在是從熟悉的咖啡壺後方對約翰微笑，他仍覺得瑪格依舊那麼美麗；而約翰雖然在每天出門前親吻過她後，溫柔問的是「親愛的，要我派人送鹿肉或羊肉回來當晚餐嗎？」，瑪格依舊覺得他很浪漫。這棟小房子不再是當初那個過度美化的小屋，卻成了真正的家，小倆口也覺得這樣的轉變很好。起初他們像在辦家家酒，跟小孩子一樣玩得很開心。但約翰逐漸感覺到肩上一家之主的重擔而開始認真，瑪格也脫下細緻的棉布衣，改套上大圍裙開始如上面所描述的努力工作，或許不夠慎重但精力充沛。

瘋狂熱中於烹飪時，她把柯內里斯太太的食譜當成數學習題，極為小心有耐性地逐一解決問題。有時候還會請家人來幫忙消耗成功而豐盛的實驗品，或是私下要小洛把那堆失敗品帶回家，讓證據消失在侯梅家小孩的肚子裡。只要與約翰一起記帳的那個傍晚過後，她的烹飪熱忱便會暫時平息而變得極為節儉，這段期間內可憐的約翰就只能吃著折磨他的麵包布丁、燉雜燴及加熱咖啡，但他始終堅毅忍耐的精神很值得讚許。不過，生活還沒達到平衡，瑪格便又決定為家中增添年輕夫妻多半必備的財產：家庭果醬。

身為家庭主婦的她滿心希望能在儲藏室裡擺滿自製罐頭，於是決定著手自製紅醋栗果醬。她要求約翰請店家送十來個小罐子及大量砂糖到家裡，因為院子裡的紅醋栗已經熟透，必須立即處理。約翰深信「我妻子」的功力可與任何人匹敵，自然相信她的技術並決定滿足她的需求，讓他們唯一種的水果能以最賞心的姿態留待冬日備用。於是，家裡來了近五十個可愛的小罐子、半桶砂糖，還有一個小男孩要幫她採紅醋栗。她用帽子包起一頭秀髮，袖子往上拉至手肘，即便圍起有圍兜的格紋圍裙後看來仍有些賣弄風情的感覺，接著這位年輕主婦便開始努力工作，相信自己絕對會成功，畢竟她也看著漢娜做過幾百次果醬了不是嗎？如此大陣仗的瓶瓶罐罐起初令她咋舌，但她想到約翰那麼喜歡吃果醬，這些小罐子擺在儲物架最上層也會很好看，便下定決心要填滿每一罐，然後花了一整天採收、水煮、瀝乾並攪拌成果醬。她用盡一切方法，問柯內里斯太太的意見，絞盡腦汁回想漏做了什麼漢娜曾做過的步驟，再次水煮、加糖及瀝乾，但這該死的東西就是不「凝結」。

她好想不顧一切圍著圍裙就跑回家請母親幫忙，但她跟約翰已經講好絕對不會拿兩人私下的煩惱、實驗或爭執去麻煩他人。最後這件事讓兩人大笑，彷彿他們倆會吵架是什麼可笑的想法，但他們堅守協議盡可能不求人幫忙、也不會有人來干涉，因為馬區太太的建議便是如此。於是，瑪格在那個炎熱夏日裡獨自與難搞的果醬奮戰，到了五點時，她坐在一片狼藉的廚房裡擰著髒兮兮的雙手，放聲哭泣。

剛展開兩人新生活時，她經常說：「我丈夫只要高興隨時都可以帶朋友回來。我永遠都會做好準備。不會有任何手忙腳亂、責怪或不開心，只有整齊的家、快樂的妻子及美味晚餐等待。親愛的約翰不用等著我同意，想邀請誰都可以，我一定會張開雙臂歡迎。」

是的，多麼迷人啊！約翰聽到她這麼說，臉上閃耀著驕傲的光芒，覺得自己能有這麼出色的妻子真是有福。不過，他們雖然不時有客人來訪，卻不曾未經通知來訪，因此，直到今天，瑪格才有機會認清自己。世上總是一定會發生這種事情的，我們也只能疑惑著、悲痛著，並盡可能忍受。

如果不是約翰忘記做果醬的事，那麼他什麼時候不選就剛好選那一天沒事先告知便帶朋友回家吃晚餐，就完全不可原諒了。他很慶幸自己早上叫了許多豐盛食材，相信應該會準時開飯，於是，沉浸在期待美麗老婆跑出來迎接他時的美好畫面，他難以壓抑自己身為年輕男主人及丈夫的滿足感，帶著朋友回到溫暖的家。

約翰回到小鴿舍時感到失望無比。前門通常會敞開迎接他。此刻不僅關閉，還上鎖，階梯上還沾著昨天的泥土。起居室窗戶緊閉、窗簾也拉上，不見美麗妻子穿著一身白衣、頭髮上還有著醒目的小蝴蝶結坐在陽台上做女紅，也不見眼神閃閃發亮害羞微笑迎接賓客的女主人。什麼都沒有，因為根本沒有人出現，只有看起來彷彿渾身浴血的小男孩在紅醋栗樹下熟睡。

「家裡恐怕發生事情了。史考特，你先待在花園，我去看看布魯克太太怎麼了，」這樣的寂靜孤寂讓約翰有些擔心。

他跟隨陣陣砂糖煮焦的臭味快速繞到房子後方，史考特先生則慢慢跟在他身後，臉上表情詭異。布魯克消失後他小心地保持距離，但還是看得見也聽得見；身為單身漢的他可是相當喜歡這般景致。

廚房裡充滿混亂與沮喪。從一鍋鍋裡涓涓流下一種版本的果醬，地上淌著另一種，爐子上煮到焦了的是第三種。有著日耳曼人鎮靜性格的小洛在一旁平靜地吃麵包配紅醋栗酒，因為果醬仍呈現絕望的液態狀，布魯克太太則用圍裙捂著頭坐在旁邊哭得傷心。

「我親愛的太太啊，怎麼了？」約翰衝進廚房時以為會看見燙傷的手或聽到什麼痛苦的事情，同時又想到花園裡的客人而暗自驚恐。

「約翰啊，我好累好熱好生氣又好煩惱！我一直做一直做，做到完全沒有力氣了。拜託來幫幫我，不然我就要死了！」精疲力竭的家庭主婦說完後撲向他的胸膛，真的非常甜蜜地歡迎他回家，因為她的圍裙跟地板一樣沾滿了果醬。

「親愛的，是什麼讓妳這麼煩惱？發生什麼可怕的事情了嗎？」約翰非常擔心，溫柔地親吻此刻已完全歪掉的帽冠。

「對，」瑪格絕望地哭泣。

「那快點告訴我是什麼事。不要哭。我什麼都不怕就怕妳哭。親愛的，跟我說吧。」

「果……果醬都不凝結，我不知道該怎麼辦！」

當下，約翰．布魯克放聲大笑，後來的日子裡再也不敢這樣大笑。約翰的開懷笑聲成了壓垮瑪格悲痛的最後一根稻草，史考特聽到也忍不住露出揶揄的微笑。

「就這樣？那就扔出窗外不要再去想了。妳想要多少果醬我都買給妳，但是拜託不要這樣歇斯底里，我可是帶了傑克．史考特回來一起吃飯，還有……」

約翰沒能把話說完，因為瑪格突然將他推開，雙手緊握慘烈地跌在椅子上，以憤慨、責備及沮喪交雜的語氣驚呼：

「有人來作客，家裡卻一團亂！約翰．布魯克，你怎麼可以這樣？」

「噓！他在花園裡！我完全忘了這些該死的果醬，但現在也沒辦法了，」約翰擔心地看著眼前景象。

「你應該先派人來說一聲，或是今天早上應該要先告訴我，你應該要記得我今天有多忙啊，」瑪格相當急躁，因為就連溫馴的斑鳩也會在煩躁不安時啄對方。

「我今天早上不知道會帶人回來，也沒有時間派人來說一聲，因為我是在下班離開的時候碰到他。我沒想過要先問過妳，因為妳每次都說可以隨我高興。我以前沒這麼做過，以後打死我也不敢了！」約翰說得忿忿不平。

「最好不要！立刻帶他走。我現在沒辦法見他，而且也沒有晚餐可以吃。」

「什麼啊！那我今天請人送來家裡的牛肉跟蔬菜呢，還有妳答應會有的布丁呢？」約翰衝向食物儲藏室。

「我根本沒時間煮飯。我本來打算去母親家吃。對不起，但我真的很忙，」瑪格再次流下眼淚。

約翰雖然脾氣好，但也絕非聖賢，工作了一整天後又餓又累的他，充滿希望回到家卻發現家裡一團亂、桌上空空如也、老婆又在發脾氣，這番情景讓人實在很難保持什麼好心情。不過他還是壓下了脾氣，若不是說錯兩個字，這場小小風暴本來就要平息了。

「我知道現在是一場混亂，但妳一起幫忙的話，我們就能克服困難吃個開心的晚餐。親愛的，不要哭，妳就盡力幫我們準備點東西吃就好。我們都餓得要命，所以吃什麼都無所謂。就吃冷盤、麵包跟乾酪也好。絕對不會跟妳要果醬吃。」

他就是說笑而已，但那兩個字決定了他的命運。瑪格覺得他很過分，竟然意有所指地嘲笑她的失敗，於是最後一絲耐性也隨著他說的話而消失。

「你自己想辦法克服困難吧，我已經累到無法再幫任何人『盡力』了。只有你們男人才敢在有客人的時候還說吃寒酸的麵包跟乾酪就好。我的家裡可不容許這種事情。你把史考特帶去母親家，跟他說我人不在、生病或我死了，都隨便你。我不會見他，你們兩個愛怎麼嘲笑我跟我的果醬都隨便你們。你在這裡是什麼都吃不到的。」一口吐盡所有怨氣後，瑪格扔下圍裙怒氣沖沖地離開現場，回到房間獨自痛哭。

兩個男人在她消失的這段時間內做了什麼她始終都不知道，但是約翰並沒有帶史考特先生「去母親家」。兩人散步離開家後，瑪格下樓來發現他們胡亂吃了一通的殘骸，讓她十分驚恐。小洛說他們吃了「超級多，笑得好開心，然後男主人要他把那些甜的東西都丟掉，把鍋子藏起來」。

瑪格多想去跟母親哭訴，但她對自己的缺點感到羞愧，也對「或許很殘忍但不該讓其他人知道」的約翰很忠誠，於是克制自己，大致清理一番後，她把自己打扮得漂漂亮亮坐下來等約翰回來求她原諒。

可是約翰並沒有回來，他的看法與她完全不同。他是跟史考特開玩笑帶過，盡量幫妻子找了藉口，熱情的招待讓朋友很是喜歡這次的即興晚餐，還答應下次會再來；不過，他雖然沒有表現出來，內心卻很生氣，覺得瑪格在他最需要的時候棄他於不顧。「這樣非常不公平，怎麼可以跟先生說隨時都可以帶朋友回家，隨他高興，但是當他真的照做時又發脾氣怪他，任由他受困遭人嘲笑或憐憫。這樣絕對不公平！應該要讓瑪格知道！」

用餐的時候他一直都在生悶氣，但是冷靜下來後，送走史考特獨自散步回家的途中，他又再度變得溫和。「親愛的好可憐！她那麼努力要讓我開心，我還這樣生她的氣。她這麼做當然不對，但是她畢竟還年輕。我應該要有耐性，好好教她。」他希望她沒有回娘家去，他很討厭閒言閒語，討厭他人介入。有那麼一瞬間，他光是想到就又心浮氣躁，可是又心軟地擔心瑪格可能會哭得太傷心，於是加快回家的腳步，同時決定要冷靜、溫柔但堅定，非常堅定地讓她知道身為妻子她是如何失職。

瑪格也同樣決定要「冷靜、溫柔但堅定」，讓他知道自己該付的責任。她是多麼想要跑向他、求他原諒，她相信他會吻她並安慰她，但她當然沒有這麼做；看見約翰出現時，她反而開始頗為自然地哼著歌，像閒在家沒事做的人邊搖椅子邊做女紅。

約翰回來看到的不是一尊脆弱的奈奧比[14]讓他有點失望，自尊心令他覺得妻子應該先向他道歉，所以

14 Niobe為希臘神話中的一個人物，是名有十四個兒子的婦女，當她的兒子全都死去時，她悲痛欲絕、傷心不已。

他沒有道歉，只是悠閒地走進門躺在沙發上說著不相干的話題：「親愛的，新月即將來臨。」

瑪格的回應也同樣和緩：「這樣啊。」經過幾輪由布魯克先生開啟無傷大雅的話題然後布魯克太太潑他冷水後，對話失去動力。約翰走到一扇窗戶旁，打開報紙把自己埋進去。瑪格則走向另一扇窗戶旁著手縫紉，彷彿便鞋上新縫的玫瑰花飾是什麼生活必需品。兩人都沒說話。雙方都看起來「平靜堅定」，也都覺得非常不自在。

「天哪，」瑪格心想，「婚姻生活真是折磨人，就像母親說的，除了恆久的愛，還要有恆久的耐心。」「母親」一詞同時也代表了母親許久前給的其他建議，她當時都因為不相信而反駁。

「約翰是個好人，但他也有缺點，妳必須要學會看見並忍受那些缺點，同時記住你自己也有缺點。他是個堅決的人，只要妳溫和講理而非急躁反對，他絕不固執。他很講究正確性，實事求是，這是優點妳卻嫌他『囉唆』。瑪格，永遠不以表情或言語欺騙他，他就會給妳該有的信心及需要的支持。他也有脾氣，但跟我們一閃即逝的脾氣不同，而是寧靜的白色怒火，甚少激起但點燃後便難以平息。要小心，要非常小心，妳不要惹他生氣，因為擁有他的尊重才有平靜與幸福。妳也要注意，如果雙方都犯錯，妳要先請求原諒，避免那些會導向苦澀悲傷與懊悔的不快、誤會及魯莽言語。」

落日下做著女紅的瑪格想起了這段話，特別是最後一句。這是他們第一次嚴重意見不合，回想起來，她脫口而出的話聽起來愚蠢又傷人，她的憤怒如今也顯得幼稚，想到可憐的約翰回到家得面對這種景象，她心軟了。她眼泛淚光望向他，但他沒看見。她把手上的工作放下，起身時心想：「我要先說『原諒我』。」但他似乎也沒聽見她起身。要嚥下這口氣很難，於是她緩緩走到對面站在他身旁，但他沒有轉頭。那時她覺得自己真的做不到，但是又想到：「這才是開始。我做到該做的事，以後就不會怪自己了。」然後她彎下腰溫柔地親吻丈夫的額頭。這樣當然就好了。懺悔的吻勝過千言萬語，約翰立刻把她抱在大腿上溫柔地說：

「我真不該取笑那些可憐的小果醬罐。親愛的，請原諒我。我以後再也不會了！」

啊，不過他後來還是繼續取笑她，而且重複了幾百次，瑪格也是；兩人都認為那是他們做過最甜蜜的果醬，因為小小果醬罐裡盛裝的是家庭的快樂與和諧。

後來，瑪格特別邀請史考特先生再來用餐，這回她不再是那個精疲力竭的黃臉婆。準備了豐盛美食之餘，瑪格還非常親切和善，讓整頓飯歡樂無比，史考特說約翰真是幸運，回家路上一直搖頭感嘆自己單身真可憐。

秋天來臨時，瑪格又面臨了新的試煉與體驗。莎莉．莫法特和她再次成為好朋友，一天到晚跑去那個小房子分享最新八卦，或是邀請「那可憐的女孩」到她的豪宅走走。這樣很好，因為瑪格在這個季節經常感到孤單。娘家的每個人都在忙，約翰也工作到晚上才回家，她除了女紅、閱讀或閒晃，根本無事可做。因此，瑪格自然而然習慣了與朋友閒晃八卦的生活。看到莎莉那些漂亮的東西讓她也很想要，還會覺得自己沒有那些東西很可憐。莎莉很好心，常常會送她那些她很想要的小東西，但瑪格知道約翰會不高興所以都拒絕，結果這個愚蠢的小婦人做了讓約翰更不高興的事。

她知道丈夫的收入有多少，也很高興他這麼信任自己；他不僅將自己的幸福交給她，還包含有些男人似乎更重視的東西：他的錢。她知道錢擺在哪裡也可以隨她高興動用，他只要求她記下每一筆帳，每個月都付清帳單，還要記住自己的丈夫很窮。到目前為止她都做得很好，非常謹慎精準，家計本也記錄得一清二楚，每個月都毫無畏懼地拿給他看。但是，那年秋天，蛇來到瑪格的天堂，以洋裝而非蘋果誘惑像她這樣的現代夏娃。瑪格不喜歡人家同情她，讓她覺得自己很窮。她很不高興但又羞於承認，於是三不五時會買點漂亮東西犒賞自己，也讓莎莉不至於覺得她得要拮据度日。漂亮的東西往往不是什麼必需品，於是每次買完東西她都會感到罪惡，但因為不會很花錢不太需要擔心，所以這些小東西就這樣在無意識間增加，外出踩街時她也不再只是被動觀望。

但是這些小東西所要付出的價格遠比她想像得高，因此她在月底總結一個月的開銷時嚇到了。第一個月約翰很忙，便把帳單交給她處理，隔一個月他人不在，但是到了第三個月是他當季總結的時間，瑪格從來不會忘記。幾天前，她做了一件很糟糕的事讓她良心非常不安。當時莎莉在買絲綢，瑪格很想要一件輕便漂亮的新洋裝好穿去參加派對，她現在那件黑色太普通，薄的晚禮服又只適合年輕女孩子穿。馬區姑婆通常會在新年時給每個姊妹二十五元當禮物。再一個月就是新年，但此刻眼前就有漂亮的紫羅蘭色絲綢正在特價，只要她敢動用，她就有錢可以付。約翰每次都說他的東西就是她的，但是花掉即將到手的二十五元之外還另外挪用二十五元的家用，他會覺得合理嗎？這才是問題所在。莎莉鼓勵她這麼做，還提議先借她錢，非常為她著想，瑪格的意志力完全抵抗不了誘惑。在那個邪惡的瞬間，布商拉起閃閃發光的美麗布料說：「太太，我保證划算啊。」「好，我要了，」她說完後便付錢帶走現場裁下的布，莎莉狂喜，瑪格則笑著彷彿這件事沒什麼，但駕車離開時內心卻覺得彷彿自己偷了什麼東西，而警察正追在她身後。

回到家後，為了安撫自己不安的良心，她把美麗的絲綢攤開，但看起來沒那麼閃閃發光也不適合她，感覺整塊布印滿了「五十塊」三個字。她把布收起來卻還是一直掛念著，不是那種有新洋裝好開心的掛念，而是無法忘記自己幹下蠢事的那種掛念。當天晚上約翰拿出記帳本時，瑪格的心變得沉重，因為自結婚以來，這是她頭一次害怕自己的丈夫。那雙善良的棕色眼睛看起來好像會變得冷酷。他看起來心情格外地好，她懷疑他可能已經發現了自己幹的好事，只是不想讓她知道。家用帳單全部支付完畢，帳本也井然有序。約翰稱讚她做得好，正要打開他們稱為「銀行」的舊皮夾時，知道裡面沒剩多少錢的瑪格按住他的手，緊張地說：

「你還沒看過我的個人記帳本。」

約翰從來不會要求看她的私人記帳本，但她總是堅持要他看，而且很喜歡看他這個大男人對女人想要的各種奇怪東西感到訝異，要他猜滾邊是什麼東西，堅持要知道緊身馬甲為什麼叫做「抱緊我」，更不懂為什麼三個玫瑰花苞、一小塊絲絨及兩條繩子會叫做無邊圓帽，而且還要價六塊錢。那天晚上，他看起來像是很樂於嘲笑她的開銷、假裝對她的奢侈感到驚恐，他經常這樣引以為樂，因為他相當以自己老婆的謹慎為傲。

瑪格緩緩拿出小簿子攤開在他眼前。她假裝要撫平他額頭因疲憊而出現的皺紋，站在他椅子後方，說話時越來越驚慌：

「約翰，我親愛的，我不敢給你看我的記帳本，因為我最近真的太奢侈了。你也知道我經常出去走動會需要一些東西，莎莉建議我買所以我買了，等拿到新年的錢就會分攤一半費用，但我買完後就很後悔，因為我知道你會覺得我不該這麼做。」

約翰大笑著把她攬到自己身邊開玩笑地說：「不要躲起來啊。我不會因為妳買了一雙超殺的靴子就打妳。我相當以我老婆的腳為傲，花個八、九塊錢買靴子我也不介意，只要是好靴子。」

那是她前一批買的「小東西」，約翰說話的同時正好在簿子上看到。瑪格打了冷顫心想：「他看到那筆五十塊的開銷時不知道會說什麼！」

「比靴子還糟糕，是絲綢洋裝，」她的絕望中帶有平靜，因為她想要盡快結束最糟的這一段。

「親愛的，套一句曼塔里尼先生[15]的話，『需求總額』是多少？」

聽起來不像約翰會說的話，她知道他正抬頭以他一貫坦白的表情看著自己，在此之前，她也都能同樣坦白回應他的視線與問題。翻頁的同時她轉過頭，指著那個沒有加上五十塊就已經很可怕但加上去後對她來說更駭人的總額。當下屋內一片寂靜，約翰接著緩緩開口，但她聽得出來他頗努力才能壓抑情緒：

15 狄更斯小說《少爺返鄉》（*Nicholas Nickleby*）中的人物，是位女帽販售商，為男主角妹妹凱特的老闆。

「我不知道這年頭五十塊買一件洋裝算貴耶，需要搭配那麼多有的沒的裝飾。」

「還沒剪裁也還沒做成洋裝，」瑪格輕輕嘆了氣，突然想起還得要額外花的錢有些不知所措。

「用二十三碼的絲綢來做一件女人衣服好像有點多，但我相信，我老婆穿起來會跟奈德．莫法特的老婆一樣高貴，」約翰語氣有些酸。

「約翰，我知道你在生氣，但我真的忍不住。我沒有要浪費你的錢，只是沒想到這些小東西加起來金額會這麼龐大。每次看到莎莉想買什麼就買什麼，又因為我沒辦法像她一樣買東西而同情我時，我就會忍不住買下去。我努力要知足，但真的很難，我不想再窮了。」

最後幾個字她說得很小聲，以為他沒聽見，但他聽見了而且很受傷。為了瑪格，他可是犧牲了許多自己想要的東西。她話說出口便後悔了，約翰把家計本推開站起來，聲音些微顫抖：「我就是怕會這樣。瑪格，我已經盡力了。」就算他開口罵她、甚至是抓著她用力搖晃，都沒有這麼兩句話來得讓她心碎。她奔向他緊抱住，流著懺悔的眼淚哭喊：「喔，親愛的，我善良又勤奮的約翰。我不是故意的！這樣說真是壞心、我怎麼會說出這種不真實又不知感恩的話！喔，我怎麼會說出這種話！」

他非常善良地立刻原諒了她，一句責備也沒有，但是，雖然他再也沒提過這件事，瑪格知道短期內他們都不可能忘記她所說過的話及做過的事。她承諾過無論如何都會愛他，但身為妻子的她，竟然在肆無忌憚地花了他賺的錢後還因為他貧窮而責怪他。真是糟糕透了，但最難受的是之後約翰隻字不提，好似什麼也沒發生，但他會在鎮上待到更晚，夜裡她哭到睡著時也還在工作。瑪格自責了一個星期後幾乎要生病了，發現約翰把新買的大衣退回時更是絕望到讓人不忍卒睹。她驚訝地問他為何改變決定時，他很直接地說：「親愛的，我買不起。」

瑪格沒再說話，但幾分鐘後，他在走廊上發現她將臉埋在他的舊大衣裡，哭到彷彿心都要碎了。

當天晚上，他們談了很久，瑪格學會更愛她貧窮的丈夫，因為貧窮似乎讓他更有擔當，讓他有力量與勇氣為自己的前途打拚，貧窮也讓他養成溫柔的耐性，能夠忍受及安慰那些他所愛的人必然面對的渴望與失望。

隔天，她吞下驕傲跑去找莎莉坦白說出一切，然後請她幫忙買下那塊絲綢。個性很好的莫法特太太非常樂意照做，而且還很貼心並沒有事後立即再送她當禮物。瑪格接著訂了大衣送回家，約翰回到家時，她穿上大衣問他喜不喜歡自己新的絲綢洋裝。他的回答以及收下禮物的模樣應該不難想像，過後一切幸福美滿。約翰回家時間提早了，瑪格不再八卦，那件大衣每天早上都穿在非常幸福的丈夫身上，晚上再由最深愛他的妻子為他脫下。於是一年就這樣過去，仲夏來臨時，瑪格有了全新的體驗，女人一生中最為深沉溫柔的體驗。

某個星期六，小羅一臉興奮地躡手躡腳走進小鴿舍的廚房，迎接他的卻是一陣敲鈸聲，是漢娜一手拿鍋子一手拿蓋子在拍手。

「小媽媽現在如何？大家都去哪裡了？為什麼我回家前沒人告訴我？」小羅以還滿響亮的氣聲問。

「跟王后一樣幸福啊！他們大家都在樓上做禮拜。我們不想太吵鬧。你先去起居室，我叫他們下來找你，」漢娜欣喜若狂直傻笑，意有所指地消失。

沒多久後喬出現了，驕傲地抱著以大枕頭為底的法蘭絨包裹。喬臉上的表情嚴肅，眼神卻開心閃爍，聲音聽來奇怪彷彿壓抑著某種情緒。

「閉上眼睛，把手伸出來，」她誘惑著他。

小羅猛地退到角落裡，雙手藏在身後哀求著：「不要了，謝謝。我不要比較好。我敢說八成會被我摔到地上或撞到。」

「那你就看不到你外甥囉！」喬打定主意轉身好似要離開。

「好啦，我伸，我伸！但出了事妳要負責。」小羅聽話地英勇閉上眼睛，懷抱裡便多了東西。喬、艾美、馬區太太、漢娜及約翰集體大笑讓他猛然睜開眼睛，發現自己懷中出現不只一個嬰兒，而是兩個。怪不得大家會笑，因為他臉上的表情滑稽到連貴格會教友都會笑到抽筋，睜大眼看著懷裡睡夢中的純真嬰兒及瘋狂大笑的觀眾，那驚慌的樣子讓喬坐在地上尖叫大笑。

「我的老天爺啊，是雙胞胎！」有那麼一瞬間他只說得出這句話，而轉過身面對其他女性時臉上動人的表情可憐到很好笑，他接著說：「誰快來接住他們！我要大笑了，可能會抱不住他們。」

喬從他手中救回嬰兒，一手抱一個來回走動，彷彿已經開始進入照顧嬰兒的謎樣世界，小羅則笑到流眼淚。

「這一季最好笑的笑話對吧？我就是打定主意要讓你大吃一驚所以不告訴你，我覺得自己真的做到了好厲害，」喬喘過氣後說。

「我這輩子沒這麼吃驚過。真好玩啊！他們都是男孩嗎？你們要幫他們取什麼名字？再讓我看一下。喬，拉我一把，兩個對我來說真是太多了，」小羅看著兩個嬰兒的模樣，就好像一隻巨大但溫和的紐芬蘭犬看著一對幼貓。

「男孩跟女孩。他們很漂亮吧？」驕傲的父親對著蠕動的粉色嬰兒燦爛微笑，好似他們是尚未長大的小天使。

「真是我見過最美麗的小孩了。哪個是哪個啊？」小羅像汲取井水的槓桿，徹底彎下腰細看兩個神童。

「艾美幫男孩繫上藍色緞帶，女孩則是粉紅色，跟法國人一樣，這樣你分得出來了吧。而且一個是藍色眼睛，另一個是棕色眼睛。多多叔叔，親他們一下，」喬邪惡地說。

「我怕他們會不喜歡，」小羅在這種事情上展現出難得的害羞。

「他們當然會喜歡，到現在都已經習慣了。先生你給我立刻親他們！」喬擔心他會找人代打，下令要他親。

小羅皺起臉，聽話地輕輕吻了他們的小臉頰，大人大笑小嬰兒則發出尖銳的聲音。

「看吧，我就知道他們不喜歡這樣！男孩就該這樣，看他踢人的樣子，拳頭揮舞得有模有樣。好了，小布魯克，你要也挑個跟自己差不多大小的人吧？」小羅任由那小小拳頭胡亂飛舞戳著他的臉，很是開心。

「他要取名約翰．羅倫斯，女孩子跟母親、祖母一樣叫做瑪格莉特。我們就暱稱她為小雛菊黛絲好了，這樣才不會有兩個瑪格；至於男孩就先暱稱傑克吧，直到我們想到更好的名字，」艾美的語氣十足是個阿姨。

「男孩叫做戴米約翰，暱稱戴米好了，」小羅說。

「黛絲與戴米，非常好！我就知道多多會有好主意，」喬拍手叫好。

多多這次真的出了好主意，因為直到故事結束，嬰兒都暱稱為「黛絲」與「戴米」。

第二十九章
串門子

「喬，來吧，時候到了。」

「做什麼？」

「妳該不會忘了妳答應今天要陪我去拜訪六戶人家吧？」

「我這輩子做過不少衝動蠢事，但我想應該沒有瘋到答應說我會一天串六個門子，因為一戶就夠我抓狂一個星期了。」

「妳有，我們協議好的。我幫妳完成貝絲的蠟筆畫，妳就要跟我去正式拜訪先前來過我們家的鄰居。」

「協議中有說如果天氣好的話，我就會遵守約定，討債鬼。但是東方有雲層，天氣不好，我不要去。」

「妳根本在逃避責任。今天天氣很好，不會下雨，妳不是以自己絕對遵守承諾為傲嗎？那就高尚一點善盡你的責任，再來就又可以安靜六個月。」

那一刻的喬正沉浸在裁縫裡，她是家中的女開襟外套裁縫大將，而且她要特別邀功，因為她拿起針來跟拿筆一樣厲害。在她初次試穿新衣服的當下，竟要求她在這個溫暖的七月天盛裝出去拜訪鄰居，著實讓她惱怒。她非常厭惡正式拜訪這種事，在艾美以討價還價、賄賂或承諾強迫她之前，也從不拜訪鄰居。眼見無法逃脫，她叛逆地把剪刀弄得咔嚓作響、宣稱她嗅到打雷的跡象，但最後還是投降，把作品收起來順從地拿起帽子與手套，對艾美說她準備從容就義了。

「喬・馬區，妳真是頑固到連聖人都會生氣！妳該不會打算穿那樣去拜訪鄰居吧，」艾美吃驚地打量她的穿著。

「有何不可？我穿著整齊大方又舒服，非常適合這樣溫暖的天氣去散無聊的步。要是人家在乎我的衣服多過我本人，那我也不想跟他們見面。妳可以連我的份一起打扮，要多優雅都隨妳。精心打扮對妳有好處，對我沒有，那些飾品什麼的只會讓我煩惱。」

「真是的！」艾美嘆氣，「現在她就是要唱反調就對了，大概要把我逼瘋才願意好好準備出門。我相信今天出去我也不會太開心，但這是我們欠社交圈的債，除了妳跟我，沒有別人可償還。喬，我什麼都願意為妳做，只要妳願意好好打扮然後陪我一起去跟鄰居打招呼。妳是那樣能言善道，好好打扮看起來就像貴夫人，只要妳願意的話表現又是如此得體，我相當以妳為傲。我不敢一個人去，拜託妳陪我一起去，妳可以照顧我。」

「妳這個心機重的小女孩，竟然這樣阿諛拐騙妳生氣的姊姊。我會像有教養的貴族？妳會不敢一個人出門？我真不知道哪一句話比較可笑。好啦，如果一定要我去，我會去，而且會好好表現。妳就是這次遠征的指揮官，我會盲目地遵從，這樣滿意嗎？」喬的態度從冥頑不靈到溫馴服從突然有了一百八十度的轉變。

「妳真是可愛的小天使！那就去換上妳最得體的服裝，我會在必要時告訴妳該怎麼表現，讓妳能給人留下好印象。我希望大家會喜歡妳，只要妳願意配合一點，他們一定會的。把頭髮弄漂亮一點，無邊圓帽要插上粉紅玫瑰。那樣很適合妳，妳穿素色衣服則看起來太嚴肅。帶妳的淺色手套及繡花手帕出門。我們路過瑪格家跟她借她的白色陽傘，我就可以把我的灰鴿色陽傘借妳。」

艾美更衣的同時繼續發號施令，喬邊抱怨邊遵從，嘆著氣換上她新的蟬翼紗洋裝，臉色陰沉神情不悅地繼續綁上無邊圓帽並繫好完美的蝴蝶結，粗魯地與固定衣領的別針奮鬥，拿出手帕抖一抖但整張臉都皺起來，因為上面的刺繡讓她鼻子不舒服的感覺，就跟此行目的讓她心情不爽的程度一樣。最後，當她將雙手擠進有三顆鈕釦及流蘇的服貼手套完成貌似優雅的裝扮後，表情呆滯地轉向艾美幽幽說出：

「我非常不開心，但如果妳覺得我這樣可以見人了，我就死而無憾。」

「這樣非常好。慢慢轉身讓我好好看個仔細。」喬開始旋轉，艾美這裡那裡調整一下接著往後退，頭歪向一邊頗為殷勤：「可以，這樣很好。妳的頭髮這樣讓我太滿意了，白色帽子配上粉紅玫瑰真是明豔動人。挺胸，雙手自然擺動，不要管手套是不是太緊。喬，妳真是適合披肩，我就不行，披肩在妳身上很好看，還好馬區姑婆把那麼好看的披肩送妳。簡單大方，手臂上的皺摺相當有美感。我的斗篷中心有置中嗎？洋裝往上提得整齊平均嗎？雖然我的鼻子不好看，但腳很漂亮所以我喜歡露出靴子。」

「妳永遠都很美又討人喜歡，」喬以行家鑑定的姿態以手就眼看著艾美金色秀髮上的藍色羽毛。「夫人，請問我該讓這條最漂亮的裙襬拖在地上，還是應該要往上提？」

「走路的時候用手拉高，但進入屋內要放下。拖地式裙襬最適合妳，妳要學會優雅地拖曳裙襬。妳的袖口還沒扣好，請立刻扣好。這些小細節不注意的話，看起來就是沒有打扮完整，因為令人愉快的整體樣貌都是由細節組合而成。」

喬嘆氣扣起袖口，過程中反而撐開手套的釦子，最後兩人終於準備好要離開時，漢娜從樓上窗戶探出半個身子說她們看起來「有夠漂亮的」。

「聽好了，親愛的喬，切斯特家的人認為自己非常高雅，所以我要妳拿出最得體的行為舉止。不要像平常那樣冒出突兀的評語或做奇怪的事情好嗎？保持平穩、冷靜及沉默，這樣夠淑女又保險，要妳撐個十五分鐘應該不難，」跟瑪格借到了白色陽傘，由一手抱一個嬰兒的她檢視過她們的裝扮後，艾美在兩人來到第一戶時交代。

「讓我想想。『平穩、冷靜、沉默』，嗯，我想應該沒問題。我以前演過一本正經的淑女，我來試試看。妳會發現我很厲害的，孩子，放輕鬆吧。」

艾美看起來鬆了一口氣，但調皮的喬完全照她的字面解讀，拜訪第一戶鄰居時，她呈現極為優雅的坐姿，裙襬完美折疊，態度一如夏日海洋般平穩，如雪堤般冷靜，如人面獅身般沉默。切斯特太太間接提及她的「小說很吸引人」，切斯特小姐則聊到派對、野餐、歌劇及時尚，都沒有用。她的回應一致為微笑、點頭及故作端莊地回答「是」或「不是」，態度冷淡。艾美向她使眼色要她「說話」、設法吸引她對話、用腳偷偷踢她都沒有用。喬繼續呆坐彷彿什麼都沒感覺到，一如詩人丁尼生筆下的莫德「永遠冰冷，美妙空白」。

「年紀大的那個馬區小姐還真是自大無趣！」關上門時不幸被兩位聽見屋內某人的評語。喬在大廳裡無聲大笑，艾美則對自己所下的指令竟然失敗一臉憎惡，自然而然把一切都怪在喬身上。

「妳怎麼能夠這樣扭曲我說的話？我只是要妳端莊有禮，妳卻把自己變成雕像。到蘭柏家時請盡量和善、多交際一點。跟其他女孩子一樣八卦聊天，對洋裝、調情之類有的沒的東西表示興趣。他們可是生活在上流社會的人，認識他們對我們很重要，無論如何我一定要給他們留下好印象。」

「我會很和善的。我會八卦聊天傻笑，妳要我對什麼小事表現驚恐或驚喜都可以。我覺得還滿好玩的，這次我會模仿『迷人的女孩』。我做得到的，因為我可以把梅．切斯特當成範本加以改良。一定會讓蘭柏家的人說：『喬．馬區真是活潑可愛的女孩子啊！』」

艾美有點擔心，她也確實該擔心，因為喬瘋瘋癲癲的時候可是沒有極限。艾美一臉複雜地看著姊姊飄進下一個會客廳，熱情洋溢親吻所有年輕女子、朝年輕男子大方有禮地微笑，甚至還以令她訝異的興致加入話題一起聊天。蘭柏太太非常喜歡艾美，拉著強迫她聽羅馬貴婦露葵霞最後的反抗，故事冗長，三位討喜的年輕男子則在附近徘徊，等待稍有停頓便能插嘴並拯救她。這樣狀態下的她無法盯著喬，後者似乎玩心大發，跟艾美眼前的夫人一樣滔滔不絕。喬身邊圍了一群人，艾美拉長耳朵想聽到底是怎麼一回事，卻只能聽見斷斷續續的內容讓她非常好奇，眾人不斷爆笑出聲則讓她渴望能加入共享歡樂。這樣的對話她只能聽見片段，內心有多煎熬可想而知。

「她騎馬騎得很好，是誰教她的啊？」

「沒有人。她以前會用掛在樹上的舊馬鞍練習上馬、握住韁繩及挺直腰桿。現在她什麼馬都騎，根本不知道什麼叫做害怕，馬夫也讓她以便宜的價格租馬，因為她把馬訓練得很好，載女士時都很穩。她對騎馬真的充滿熱情，所以我常跟她說，如果沒有其他出路，她至少還可以去當馴馬師賺錢。」

這段話讓艾美非常難以忍受，因為那讓人家覺得她是個放蕩的女生，她最討厭這樣了。但她又能怎麼辦呢？老太太故事說得正起勁，要說完還早呢，喬則已經又開始分享可笑的故事，犯下更多愚蠢錯誤。

「是啊，艾美那天心情真的很絕望，所有的好馬都沒了，只剩下三匹，一匹瘸了、一匹瞎了，還有一隻固執到你得把土塞進牠嘴裡才會動。碰上這些動物還玩什麼呢，是吧？」

「後來她選了哪一匹呢？」其中一位大笑的男子問，他覺得這個話題很有趣。

「一匹也沒選。她聽說對岸農舍裡有匹還沒有女子騎過的年輕馬匹，但因為那匹馬相當俊美又活力旺盛，她還是決定要試試看。她真的非常辛苦。沒有人能把馬牽來掛上馬鞍，於是她自己把馬鞍帶過去找馬。我親愛的妹妹真的帶著馬鞍划船到對岸，把馬鞍扛在頭上一路走到倉庫前，讓老先生非常驚訝！」

「那她有騎那匹馬嗎？」

「當然騎了，而且騎得很開心。我本來以為她會全身是傷回到家，但她駕馭得非常好，當天可是吸引了眾人目光。」

「我說啊，那才叫做勇氣！」年輕的蘭柏先生讚許地望向艾美，不知母親到底說什麼讓那個女孩漲紅了臉，看起來很不自在。

過了一會兒，她的臉更加漲紅也更不自在，因為話題突然急轉直下聊到洋裝。有位年輕小姐問喬，她穿去野餐的那頂漂亮褐色帽子是哪裡買的，沒腦的喬並沒有提起兩年前買那頂帽子的店，而是非常不必要地回答：「喔，是艾美畫的！那麼溫柔的色調哪裡買得到，我們自己想上什麼顏色就上什麼顏色。家裡有如此具有藝術天分的妹妹真好。」

「真是有創意的想法啊！」蘭柏小姐覺得喬非常好玩。

「那沒什麼啦，她的傑出表現可不少呢。小孩子真是無所不能。之前她想要一雙藍色靴子好穿去參加莎莉的派對，於是她就用最美麗的天藍色畫在自己已經穿髒的白色靴子上，看起來跟緞面一模一樣，」喬對自己妹妹的成就感到非常驕傲，但艾美非常惱怒，覺得要是能拿手上的名片盒砸她會有多好。

「我們那天讀了妳的故事，非常喜歡，」較年長的蘭柏小姐表示，她想讚美這位女作家，卻不得不承認此刻眼前的女子不太像個作家。

只要提到她的「作品」，喬就會出現奇怪反應，不是全身僵硬看起來有點不高興，就是粗魯地評論並改變話題，例如現在。「妳沒有其他東西可以讀真是不好意思。我寫那些垃圾是因為可以賣錢，普通人很喜歡。妳今年冬天要去紐約嗎？」

既然蘭柏小姐很「喜歡」她的故事，這樣說便顯得不知感恩也不夠客套。喬話說出口便發現自己錯了，怕會讓情況更糟的她突然想起應該是自己要提議離開，於是很突兀地留下那三個話都還沒講完的人便離去。

「艾美，我們該走了。再會了，各位，請務必來看我們。我們很期待你們來訪。蘭柏先生，我不敢要求你來，但若你來拜訪，我也不會忍心請你離開的。」

喬以相當可笑的方式模仿梅．切斯特的熱情奔放，逼得艾美盡可能快速逃離那裡，有一種很想笑卻也很想哭的衝動。

「我表現得很好吧？」她們離開時喬相當滿意自己的表現。

「根本是糟透了，」艾美完全粉碎她的希望。「妳是發什麼神經，竟然把我的馬鞍、帽子跟靴子這些事情都跟大家說？」

「為什麼？那些事情很有趣，大家都喜歡聽。他們都知道我們很窮，所以也不用假裝我們有馬夫或是每一季可以買三、四頂帽子，跟他們一樣能輕易擁有那些好東西。」

「妳也不用就這樣把我們應變的方式跟他們說，徹底暴露我們的貧窮。妳真是一點尊嚴也沒有，永遠學不會何時該閉嘴何時該開口，」艾美非常沮喪。

可憐的喬表情尷尬，默默地用硬梆梆的手帕摩擦鼻尖，彷彿在為自己的不當行為懺悔。

「那我在這家該如何表現？」抵達第三間豪宅時她問。

「隨妳高興，我不管妳了，」艾美簡短回答。

「那我就隨自己玩得開心囉。男孩子都在家，我們會非常自在。我還真的需要來點變化，優雅很傷我的元氣，」喬粗啞地回答，對於自己百般討好卻沒成功有些不開心。

三個大男孩及幾個可愛的小孩給予她們的熱烈歡迎很快便安撫了喬的壞心情，艾美負責與主人及剛好也來訪的都鐸先生聊天，喬則專心跟年輕人聊天，而且非常喜歡這樣的改變。她津津有味地聽那些大學生活的故事，毫無顧忌地撫摸獵犬及貴賓狗，滿心同意「湯姆非常可靠」，儘管用語不甚恰當。某個男孩提議去看他養烏龜的水缸時，她欣然前往讓男孩的母親都不住對她微笑，那位母親扶正男孩那因母子深情熊抱所撞歪的帽子，而這對她來說比才華洋溢的法國女子所做出的任何完美頭飾都還要珍貴。

艾美決定讓姊姊自生自滅後，也完全隨自己高興玩得很開心。都鐸先生的叔叔娶了一位英國小姐，她是現任貴族的六等親，因此艾美相當敬重他的整個家族。她雖然是土生土長的美國人，卻跟許多優秀人士一樣默默崇拜這種頭銜：未曾公開承認自己仍效忠早期的王室，因為幾年前出現的那位皇家黃毛小子讓這個世上最為民主的國家陷入混亂騷動；也因為那樣的效忠讓這個年輕的國度愛著古老的國度，就像長大的兒子與專橫嬌小母親之間的關係，過去她盡可能地守住他，當他變得叛逆時，也只能在他臨走之時痛斥一番便放他離去。不過，與英國貴族的遠親聊天雖然讓艾美很滿足，卻也沒讓她忘記時間，等時間到了差不多該離開時，她便忍痛強迫自己離開眼前的貴族社會，開始尋找喬，並且迫切希望不會在任何會有辱馬區家名聲的情況下找到她那不成材的姊姊。

情況還有可能更糟，但在艾美眼裡已經很不妙了。因為她看見喬坐在草地上，周遭圍繞的全是男孩子，還有一隻腳很髒的狗躺在喬重要節慶時才穿的洋裝裙襬上，喬本身則正對著她陶醉的聽眾述說小羅某次鬧的惡作劇。有個小孩子正用艾美很寶貝的陽傘戳著烏龜，另一個則在喬最漂亮的無邊圓帽上方吃著薑餅，第三個小孩用她的手套在玩接球，不過每個人都玩得很開心。最後當喬一一撿起她受損的物品準備回家時，小孩子陪著她走出去還一邊哀求她下次再來：「聽小羅闖禍的故事真有趣。」

「他們真是可愛的男孩啊，對吧？結束後我覺得自己都再次年輕活潑了起來。」喬手背在身後散步，是習慣，也是為了藏起弄髒的陽傘。

「妳為什麼總要迴避都鐸先生？」艾美非常聰明地不去評論喬崩壞的外表。

「我不喜歡他，這個人惺惺作態、對姊妹傲慢、讓父親擔心，提起自己母親也不尊重。小羅說他很放蕩，我也不認為他是我想交的朋友，所以我跟他保持距離。」

「但妳至少可以對人家有禮貌一點。妳很冷淡地對他點頭，可是剛剛卻非常有禮貌地對父親開雜貨店的湯米．欽柏蘭微笑鞠躬。把那個點頭跟鞠躬倒過來，那才像樣，」艾美很不贊同。

「才怪，」喬回她，「我一點也不喜歡、不尊敬也不欣賞都鐸，就算他祖父的叔叔的姪子是什麼貴族的六等親也一樣。湯米很窮很羞怯，很善良也很聰明。我對他的評價非常高，也喜歡讓他知道我對他的評價很高，因為儘管他整天在牛皮紙袋裡打滾，他才是真正的紳士。」

「跟妳吵架真是沒有用，」艾美說。

「一點用也沒有，親愛的，」喬打斷她，「所以讓我們表現親切一點，到這家留個名片，金家人顯然不在，真是萬幸。」

留下家庭名片盡了責任後，兩個女孩繼續往前走，喬在抵達第五間房子聽聞家中小姐已經有約時又再次慶幸了一番。

「我們回家吧，今天不用去看馬區姑婆了。那裡隨時都可以去，而且這樣又累又生氣還得要拖著最好的衣服走過那些塵土很可惜。」

「那是妳自己以為吧。馬區姑婆喜歡我們盛裝打扮去看她，而且是正式拜訪。小事一件，卻能讓她非常開心，我不相信這樣走一遭對妳衣服造成的傷害，會比讓髒兮兮的狗跟一堆男孩子毀了還要嚴重。彎下腰讓我把妳無邊圓帽上的餅乾屑挑掉。」

「艾美，妳真是個好孩子，」喬懺悔地看著自己受損的衣物及妹妹仍然乾淨無瑕的服裝。「真希望我也能像妳這樣輕易做出讓別人開心的小事。我會想到，但是要實際去做實在太花時間，所以我都等有機會時幫大忙，小忙就任它們去了，但我想最終還是這些小事最有貢獻吧。」

艾美露出微笑，態度立即軟化，以母親的口吻說：「女人要學會親切待人，特別是窮人，因為窮人沒有別的方法能回報自己所獲得的善意。只要記住這一點，多多練習，妳就會比我還受歡迎，因為妳能付出的更多。」

「我是怪咖一個，永遠都會是，但我願意承認妳說得對，只是我情願為別人冒自己的生命危險，也不願意在自己不想這麼做的時候對他人和善。像我這樣好惡分明還真慘啊，不是嗎？」

「無法隱藏好惡更慘。我敢說我跟妳一樣也不太欣賞都鐸，但沒有人要我跟他挑明。妳也一樣，所以沒有必要因為他讓人討厭而讓自己也惹人厭。」

「但我覺得女孩子必須表明自己不欣賞某個年輕人，不透過態度表現還能怎麼做呢？說教沒有用，我試著教化小羅那麼久了，有切身之痛。但我還是可以透過許多方法對他潛移默化，我認為可以的話我們就該對其他人這麼做。」

「多多與眾不同，不能拿來當其他男孩的樣本，」艾美堅信的語氣若讓那個「與眾不同的男孩」聽見，應該會大受震撼。「我們若是美女，或是什麼有錢有勢的女子，或許就能做些什麼，但像我們這樣的人，只因為自己不欣賞而對某些年輕男子皺眉，又因為欣賞而對另外某些男子微笑，根本不會起任何效果，人家只會覺得我們古怪又嚴厲。」

「所以只因為我們不是美女也不是百萬富翁，就要鼓勵那些我們討厭的人與事嗎？這種道德標準還真不錯。」

「我無法反駁，我只知道世界就是這個樣子，與世界作對的人只會累得要死還被嘲笑。我不喜歡改革者，希望妳也不要試著改革。」

「我喜歡改革者，可以的話我也想這麼做，因為雖然會被嘲笑，但這世界沒有改革還是不行。我們無法取得共識，因為妳屬於舊世界，而我屬於新的。妳將游刃有餘，但我會活得精彩。我想我應該會很能接受那些批評與嘲諷。」

「總之，現在先打起精神來，不要提到那些會讓姑婆擔心的新穎想法。」

「我會盡量，但我總會在她面前脫口而出過於坦白的話或露出革命性的態度。我天生注定這樣，沒辦法。」

到的時候她們看見老太太跟凱洛姑姑在一起，兩人正專心討論某個有趣議題，但是姊妹一進門她們便住嘴，不安的表情明顯透露剛才是在談論她們的姪女與孫姪女。喬心情不太好因此再次頑固了起來，但是盡責、總是克制脾氣並討所有人開心的艾美表現宛如天使。現場的人立刻感受到她的友善，姑姑與姑婆兩人親切地一直喊她「親愛的」，事後她們慎重地說：「那孩子真是越來越好了。」

「妳會去義賣會幫忙嗎？」凱洛太太問坐在她身旁的艾美，老人最喜歡年輕人這種信任他們的態度。

「會的，姑姑。切斯特太太問我願不願意，我表示願意負責布置一個攤位，因為我什麼沒有就是有時間。」

「我沒有要幫忙，」喬堅定地說。「我討厭那種施恩的態度，切斯特家的人認為讓我們去他們那個了不起的義賣會幫忙，對我們來說是多大的恩惠。艾美，我不懂妳怎麼會答應，他們只是要妳去作工。」

「我願意去工作。不只是為了切斯特家族，也是為了被解放的奴隸，我覺得他們很大方，願意讓我分工及共享樂趣。如果立意良善，施恩對我來說不是問題。」

「說得一點也沒錯。親愛的，我喜歡妳這種知道感恩的態度。能夠幫助那些懂得感謝我們付出的人，真的很好。有些人不懂得感謝，那就讓人受不了，」馬區姑婆從眼鏡上方看著喬，坐在稍遠處扭動身軀，臉上表情略帶惱怒。

喬要是知道極致的幸福將落在她們倆其中一人身上，或許就會瞬間變得溫順，可惜我們都不是人家肚子裡的蛔蟲，無法得知朋友在想什麼。通常這樣或許會比較好，但偶爾要是具有這種能力不知會有多好，可以省下許多時間與脾氣。接下來的一段話讓喬與許多年的享受絕緣，適時地讓她學到教訓懂得閉嘴。

「我不喜歡別人施予恩惠，那會壓迫我讓我覺得自己像個奴隸。我情願凡事自己來，完全獨立自主。」

「咳……！」凱洛姑姑輕輕咳了一聲，看看馬區姑婆。

「我就跟妳說吧，」馬區姑婆肯定地朝凱洛姑姑點頭。

對自己做了什麼全然無覺的喬抬高下巴，那種革命抗爭的神情一點也不吸引人。

「親愛的，妳會講法文嗎？」凱洛太太將手蓋在艾美的手上。

「非常流利，這要感謝馬區姑婆，我隨時想跟以斯帖講話她都同意，」艾美一臉感激，老太太和藹地對她微笑。

「妳的法語能力如何？」凱洛太太問喬。

「一個字也不會。我很笨，什麼也學不會，更受不了法文那種油腔滑調的愚蠢語言，」她粗魯回道。

姑姑與姑婆再度交換眼神，馬區姑婆接著對艾美說：「親愛的，妳現在身體都好了吧？眼睛不會不舒服了吧？」

「一點也不會，姑婆，謝謝。我現在身體健康，打算下個冬天要做點特別的事情，這樣歡樂的時光若來臨，我就已經做好萬全準備可以去羅馬了。」

「好女孩！妳應當去的，我相信妳有天會成行，」艾美屈身為馬區姑婆撿起毛線球，姑婆說著話並滿意地拍她的頭。

脾氣暴躁鎖上門，
坐火爐邊織毛線，

尖聲怪叫的珀利站在喬椅子後方的棲木上，彎下身偷看喬的表情，那種無禮刺探的態度實在滑稽，旁人看了都忍不住大笑。

「這隻鳥真是觀察入微，」老太太說。

「親愛的，跟我去散個步好嗎？」珀利朝著瓷器櫃跳去，表情寫著牠要吃砂糖。

「謝謝，我會的。艾美，走吧。」喬為這次拜訪畫下句點，更加強烈地感覺拜訪會嚴重傷她的元氣。她像男人一樣握手道別，但艾美親吻了兩位姑婆。

女孩們離開後留下黑暗與陽光兩種截然不同的印象，這個印象讓馬區姑婆看著她們消失的背影說：「凱洛，妳就去做吧。錢我會出。」

凱洛姑姑堅定地回道：「一定會，只要她父母同意。」

第三十章 後果

切斯特太太舉辦的義賣會高雅非凡篩選嚴格，受邀布置攤位的年輕女孩無不覺得是莫大榮幸，也都對該活動極感興趣。艾美獲得邀請但喬沒有，對大家來說也算是好事，畢竟這個階段的她永遠渾身帶刺，要經歷許多波折才能學會如何好好與大家相處。因此這個「自大無趣的人」自然完全沒人理會，而艾美的藝術天分與品味則恰好能在布置藝術攤位中展現出天分，於是她用盡全力準備並確保自己能對攤位有最適當且有價值的貢獻。

一切都進行得很順利，直到義賣會開始的前一天，二十五個年紀有大有小的女性帶著各自的不悅與歧視齊聚一堂合作。這時，衝突與摩擦在所難免。

梅．切斯特很嫉妒艾美，因為艾美比自己還要討人喜歡，而這次有許多小事讓她更加覺得如此。艾美精緻的鋼筆畫完全將梅彩繪的花瓶比下去，這是第一箭。再來是征服所有女人心的都鐸在稍後的派對上跟艾美跳了四支舞，但只跟梅跳了一支，這是第二箭。但真正讓她痛入心底而給了她藉口表現不友善的原因，是有人雞婆地偷偷告訴她，謠傳馬區家的女孩去蘭柏家拜訪時以她為取笑模仿的對象。這些事情本來都該怪到喬頭上，因為她的模仿栩栩如生讓人無法漠視，也因此愛開玩笑的蘭柏家便任這個笑話流傳出去。然而罪魁禍首對這些完全不知情，於是義賣會開始的前一天晚上，聽說自己女兒遭到取笑而感到相當不悅的切斯特太太，在艾美最後一次打點裝飾自己負責的那一桌時，就以冷漠的神情故作溫柔地對艾美說話，這讓艾美十分難受。

「親愛的，我發現女孩間似乎對於我把這個桌子指派給其他人而非我的女兒感到不太開心。由於這是最顯眼，有些人甚至說是最美的桌子，而我的女兒們又是義賣會的主要籌備人，大家覺得最好還是由她們來負責這張桌子。實在抱歉，但我知道妳對這場活動本身目的相當熱中，不會將個人得失放在心上，妳要的話，我可以幫妳安排到其他桌子。」

切斯特太太事前以為說出這番話會很容易，但真的到了這個時候才發現要自然說出口很困難，因為艾美毫不懷疑的眼神裡充滿了驚訝與困惑，直盯著她看。

艾美覺得背後一定有什麼原因但猜不到，內心很受傷且明白表現出來，默默地說：「或許您希望我不要負責任何桌子比較好？」

「親愛的，請別不開心啊。這一切都是權宜之計，我女兒她們既然要主導活動，這張桌子就是她們應該站的位置。雖然我覺得妳很適合負責這張桌子，也很感謝妳這麼費心把桌子布置得這麼漂亮，但我們為了顧全大局當然還是必須犧牲小我，我會幫妳另外找個好位置。要不要去鮮花桌呢？那張桌子由小女孩負責，但她們感到很氣餒。我想妳應該能把那裡布置得很棒，而且鮮花桌每次都很吸引人喔。」

「特別是吸引男士，」梅接著補充，她的表情立刻讓艾美了解自己不再受寵愛的可能原因。她生氣地漲紅臉，但完全無視對方幼稚的諷刺語氣，反而出乎意料地友善回答：

「切斯特太太，就照您的意思吧。您要的話，我就立刻放棄這張桌子改負責鮮花桌。」

「妳要的話，可以把妳的東西放到鮮花桌上，」梅看著眼前艾美如此小心製作、布置得美侖美奐的漂亮架子、上色貝殼及古怪有趣的燈飾，開始有點良心不安。她是好意，但艾美誤會她的意思馬上接著說：

「喔，如果擋到妳的話沒問題啊，」同時將她帶來的所有東西全部輕率地掃進圍裙裡走開，覺得自己及自己的藝術作品都受到不可原諒的侮辱。

「這下她生氣了。糟糕，媽媽，真希望我沒有要求妳幫我說話，」梅陰鬱地看著桌上空位。

「女孩子吵架很快就沒事了，」她母親對於自己摻了一腳也感到有些羞愧，而她也確實該感到羞愧。

小女孩們欣喜迎接艾美及她的寶貝，這番熱情歡迎多少安撫了她騷動的心情。她立刻開始工作，決定既然自己無法在藝術桌上好好展現，就要在鮮花桌上大放異彩。但事情進展非常不順利。時間已經晚了，她也累了。大家都忙著自己的事情無瑕幫她一把，小女孩們也只會礙事，像一群喜鵲在旁嘰嘰喳喳，毫無藝術天分，手忙腳亂地想把東西擺得完美，卻是徒勞無功。她立起的長青拱門無法站立，每當她把吊掛的籃子裝滿東西，拱門就會搖搖晃晃一副要倒下砸她頭的樣子。水潑到她最漂亮的磁磚上，邱比特的臉頰因此留下一道暗棕色淚痕。她使用榔頭時打傷了自己的手，因為在冷風中工作而感冒，這帶來的痛苦讓她對隔天感到很不安。任何經歷過相同痛苦的女性讀者都能夠體會艾美的心情，也會祝福她順利完成任務。

當天晚上她告訴家人這件事，大家都很憤慨。母親說那真是糟糕，但也說她做得對。貝絲鄭重聲明自己絕對不會去參加那個義賣會，喬則問她為什麼沒把那些漂亮的作品帶走，讓那些惡劣的人自己想辦法。

「她們很惡劣不代表我也要這麼惡劣。我討厭這種事，雖然我認為自己有權利感到受傷，我可沒打算要表現出來。這樣會比氣沖沖的言行還要讓她們感受更深，對吧，媽媽？」

「親愛的，這樣想就對了。溫柔回應他人的攻擊是最好的，雖然有時並不容易，」了解說而言與起而行之間差別的母親展現出這樣風範。

儘管有諸多怨恨及報復的自然衝動，隔天艾美仍堅守決心，致力要以善良戰勝敵人。她的起步很順利，這都要感謝意料之外但恰逢其時的沉默提醒。那天早上，小女孩在前廳把籃子裝滿花，艾美在整理桌子時拿起她最滿意的作品，也就是她的袖珍書，用父親在他的寶物中發現的古董書衣包起，她在牛皮書頁上以色筆漂亮地標出許多段落。她翻著那些多彩頁面感到非常驕傲，是那種可以諒解的驕傲，正好看到讓她佇留思考的一節文字。包圍在深紅色、藍色與金色的華麗卷軸圖案中是「愛鄰如己」，還有善良小天使協助彼此在荊棘與花朵中上下攀爬。

「我應該要這樣做卻沒有，」艾美心想，視線從光彩奪目的書頁移向梅不滿意的表情，梅的桌上有許多大花瓶，卻仍無法掩飾失去艾美漂亮作品後的空缺。艾美站了一會兒，手裡翻著書，閱讀著溫柔譴責所有不滿與苛刻心情的文字。每天都有沒被注意到的牧師在街上、學校、辦公室或家裡，對我們講授許多充滿智慧且真實的道理。只要能夠提供永不退流行且讓人獲益良多的話語，就連義賣會上的一張桌子也能成為講壇。艾美的良心藉由那段文字對她小小講道了一番，當下她便做出我們多數人都不會做的事，認真聽講且立即化為行動。

梅的桌子旁邊站了一群女孩，她們在欣賞桌上漂亮的東西，討論兩桌負責人異動的事。她們把音量降低，但艾美知道她們在討論自己，單憑梅一方的故事論斷。那樣的情況當然令人不快，但她心情已經好轉，而且當下便有了機會證明自己不是那種人。她聽見梅哀傷地說：

「很可惜沒有時間做別的東西，我也不想用些有的沒的擺滿桌面。原本這張桌子很完美，現在都毀了。」

有人提議：「我覺得妳如果開口，她會願意把東西擺回來。」

「搞成那樣了我哪還有臉？」梅起了頭卻沒把話說完，因為艾美的聲音從大廳對面非常友善地傳來：

「不用問，妳要的話請全部拿去吧。我本來就在想要主動放回去，因為這些東西本來就該擺在妳那張桌上，不是我這張。來，請拿去吧，也請原諒我昨晚如此倉促地把東西都帶走。」

艾美說話的同時把她做了要義賣的藝術品都放回原位，微笑點頭後又匆匆離去，心想表現友善很容易但留下來讓人感謝很難。

其中一名女孩大聲說：「我覺得她人真好啊，不是嗎？」

梅回答什麼她聽不見，但另一位顯然因為負責榨檸檬水導致脾氣也尖酸的年輕女子則有些刻薄地笑說：「是很好啊，因為她知道這些東西放在自己那張桌子上也賣不出去。」

這種話真的很難聽。犧牲奉獻的時候，我們總希望會有人感謝，有那麼一瞬間艾美很後悔那麼做，覺得自己好心沒好報。但她後來發現確實有好報，因為自己的心情慢慢變好了，鮮花桌也在她的巧手下美侖美奐了起來，女孩們的態度都很好，而她這樣微不足道的舉動似乎也奇妙地一掃先前的尷尬氣氛。

這一天對艾美來說相當漫長又辛苦，多半時候都獨自坐在自己的桌子前，因為那幾個小女孩很快便遺棄她了。夏天也沒幾個人想買花，還沒到晚上，那些花束便開始垂頭喪氣。

藝術桌是廳裡最迷人的攤位。一整天都有人群聚在桌旁，不時有表情慎重的競標者捧著匡啷作響的錢箱來來去去。艾美經常渴望地看著對面希望自己能在那桌，她在那裡才會自在開心，不像在這個角落裡根本無事可做。在我們看來，這樣或許沒什麼，但對年輕漂亮無憂無慮的女孩來說，不僅令人厭煩更是折磨，想到小羅跟他的那群朋友，她真的覺得自己在受苦受難之中。

她一直到傍晚才回家，到家時臉色蒼白極為沉默，雖然沒有抱怨，連自己做了什麼都沒說，但家人看得出來她這一天過得很辛苦。母親特別多給了她一杯茶提振精神。貝絲協助她更衣，幫她編了很漂亮的小花圈戴在髮上；喬則讓全家人很吃驚，她特別花心思打扮了一番，還神祕地暗示風水將輪轉。

艾美拜託喬：「求妳不要沒禮貌，我不想讓人家大驚小怪，所以請妳不要管這件事，不要搗蛋，」接著她提早出門，希望能找更多鮮花來為自己黯淡的攤位增色。

「我只是打算對所有認識的人極盡和善之能，把大家盡可能留在妳那個角落。多多跟他的朋友也會幫忙，我們會玩得很開心的。」喬靠在柵門上注意小羅何時出現，沒多久她在暮色中聽見熟悉的腳步聲，跑出去迎接他。

「是我的小羅嗎？」

「當然啊，我的喬！」小羅勾起她的手，展現所有心願都滿足的姿態。

「多多啊，你看竟然有這種事！」熱心的姊姊說出艾美遭受的所有不平。

「我們一群人很快會駕車過去，絕對會要他們買下她所有的鮮花，然後還要在她的攤位前駐守，不然我就跟妳姓，」小羅溫暖擁護她的計畫。

「艾美說那些花已經不新鮮了，而鮮花可能不會即時送達。我無意多疑或對他們不公平，但就算都沒有鮮花送來我也不會感到意外。惡毒的人就是很有可能再次陷害人，」喬語氣不齒。

「海斯沒有把花園裡最美的鮮花送去給妳們嗎？我有交代啊。」

「我不知道這件事耶，他可能忘了吧。你爺爺身體又不舒服，雖然我想過要跟你們拿鮮花，但不想為這種事打擾他。」

「喬，妳怎麼會需要開口要呢？我的花就是妳的花啊，我們不是什麼東西都對半分嗎？」小羅又出現那種總讓喬全身長刺的語氣。

「什麼，我才不想要啊！你的東西對半分給我根本不適合我。但我們沒時間打情罵俏了。我要去幫艾美忙，你也去好好發揮一下，可以的話也請海斯拿一些漂亮鮮花去大廳吧，我會永遠祝福你的。」

「妳不能現在祝福我嗎？」小羅的表情如此意味深長，喬相當不友善地倉促當著他的面甩上柵門，從柵欄間喊出：「滾啦，多多，我很忙。」

因為這些人的密謀，當晚風水確實輪轉，海斯送來大量鮮花，還盡力插出非常美麗的花籃當作放在桌子正中央的擺飾。馬區全家出動，喬則盡全力施展魅力讓大家不僅是光臨攤位，還留下來聽她鬼扯大笑、欣賞艾美的品味，顯然相當樂在其中。小羅和朋友們風度翩翩卯足全力投入，買下所有花束、在桌前駐足，把那個角落變成全廳最熱鬧的景點。這下艾美又如魚得水，感激之餘更是盡量展現活潑殷勤，更有了好心還是會有好報的心得。

喬的表現極為得體，在艾美享受眾星拱月之際，喬在廳內環繞，這裡那裡聽些八卦，發現了切斯特家人改變態度的原因。會受人討厭的原因她只能責怪自己，並且下定決心要盡快為艾美卸責。她同時也聽說了艾美早上做的事情，認為她真是寬宏大量的最佳典範。經過藝術桌時，她瞄了一眼想找妹妹的作品卻遍尋不著。「想必是藏起來了，」喬可以原諒他人對自己不公平，但絕對不容許自己家人受辱。

「喬小姐，晚安啊。艾美那邊情況如何？」梅的語氣透露出和解意願，因為她想證明自己也可以寬容大方。

「她可以賣的東西都賣完了，現在玩得很開心。妳也知道，鮮花桌總是特別吸引人，『特別是吸引男士』。」喬忍不住要打她臉，但梅如此溫順地接受打臉反而讓喬馬上感到後悔，改而讚美那些尚未售出的花瓶。

「艾美的燈飾在嗎？我想買來送給我父親，」喬非常想知道妹妹的作品下落。

「艾美的作品早就賣光了。我特別留意讓對的人看見那些東西，加起來幫我們募了不少款，」梅跟艾美當天一樣，克服了各種小小誘惑。

喬非常滿意，趕緊跑回去宣布這個好消息，艾美聽到梅說的話及她的態度，顯得感激又驚訝。

「好了，男士們，我要你們像對我一樣去其他桌展現你們有多大方，特別是藝術桌，」她命令「多多的兄弟」散開行動，馬區姊妹都這樣稱呼小羅的大學同學。

「『衝啊，切斯特，衝啊！』是到那桌的座右銘，但是，只要你們像個男人善盡職責，將能夠獲得從各方面來說都值回票價的藝術品，」難以壓抑情緒的喬說，忠誠的軍隊蓄勢待發。

「絕對聽從，但馬區要比梅還迷人，」小帕克努力想表現機智溫柔，但立即遭到小羅潑冷水。

「以小孩子來說算不錯的表現，小子！」然後以哥哥的姿態拍拍他頭，帶著他走開。

「把花瓶買下來，」艾美輕聲對小羅說，將敵人頭上最後一堆著火煤炭剷除。

小羅不僅買下花瓶，還兩邊腋下各挾一只在廳裡逛大街，讓梅開心不已。其他幾位男士同樣胡亂競標各種脆弱小物，事後捧著球蘭、彩繪扇、金銀絲線鏤花及其他實用適當的戰果漫無目的地到處閒晃。

凱洛姑姑也在場，聽說這段故事後看起來相當滿意，在角落對馬區太太說了一番話，讓後者也露出滿足的燦爛微笑，看著艾美的表情融合了驕傲與焦慮。但她如此開心的原因直到幾天後才揭曉。

義賣會非常成功，梅向艾美道晚安時並沒有像平常那樣過度殷勤，而是親切地吻了她，臉上表情寫著「原諒我並且忘了這件事吧」。艾美這樣就很滿意了，回到家時，她發現起居室壁爐架上排了一列花瓶，裡面各插了一大束鮮花。小羅浮誇地宣布：「獎賞寬宏大量的馬區小姐。」

「艾美，妳比我所想的還要有原則又寬容高尚。妳的表現非常貼心，我發自內心尊敬妳，」當天晚上大家一起梳頭髮時，喬熱誠地對艾美說。

「沒錯，我們也是，而且深愛這樣能夠立即原諒人的艾美。妳花了這麼多時間、那麼辛苦，就是一心想著可以賣出自己做的漂亮物品，要原諒一定非常困難。我覺得自己應該無法像妳這麼慷慨，」躺在枕頭上的貝絲也附和。

「姊姊妳們不需要稱讚我啊，我只是想到己所不欲勿施於人。我說要成為淑女的時候妳們都取笑我，但我指的是貫徹於思考與行為上的真淑女，並且盡可能以我知道的方法去實現。我無法明確說明，但我不想像多數女性那樣有些惡劣愚笨，都是缺點。我現在距離目標還很遠，但我會盡量努力，希望以後能像母親那樣。」

艾美語氣誠懇，喬於是給予她真誠的擁抱：「我現在懂妳的意思了，以後再也不會取笑妳。妳進步的速度比自己所以為的還要快，我應該要跟妳學學怎樣才是真正有禮貌，我相信妳已經學到要領了。親愛的妹妹，妳就繼續努力嘗試吧，相信有一天妳會獲得獎賞的，而我會是最替妳開心的人。」

一星期後，艾美確實獲得了獎賞，可憐的喬卻覺得要開心好難。凱洛姑姑捎來一封信，馬區太太閱讀時臉整個亮了起來，讓在身旁的喬和貝絲迫不及待要聽是什麼好消息。

「凱洛姑姑下個月要出國，她想要……」

「帶我跟她一起去！」喬激動地插嘴，難以遏制的狂喜促使她從椅子上跳起來。

「親愛的，不是妳，是艾美。」

「可是，母親啊！她年紀還那麼小，應該是先輪到我吧。我一直那麼想去。可以去的話，對我會有多大的幫助，一定會很精彩的啊。我一定要去！」

「喬，那是不可能的，姑姑堅持是艾美，我們沒有立場指定她應該要施予誰這種恩惠。」

「每次都是這樣。玩都是艾美玩，辛苦都是我在辛苦。這樣不公平，真的不公平！」喬激烈哭喊。

「親愛的，這多少也要怪妳自己。那天姑姑跟我說話的時候，提到她覺得妳的態度過於唐突、個性過於獨立，很可惜，而這封信上寫的又彷彿是引述妳的話——『我本來是想先邀請喬，但是『恩惠讓她有壓迫感』而且她『討厭法文』。所以我想就不用邀請她了。艾美比較溫順，對小芙來說會是很不錯的旅伴，而且旅途中獲得任何協助都會感恩地接受。』」

「唉喲，我這張嘴，這張該死的嘴！為什麼就是學不會閉上？」喬想起自己種下禍端的言語，不住哀號。馬區太太聽她解釋完那兩句引述的由來後，哀傷地說：

「我真希望妳能去，但這次沒有希望了，所以盡可能開心地面對這件事，不要因為自責或懊悔而破壞艾美的興致。」

「我會盡量，」喬跪下撿起先前一時興奮打翻的籃子，用力眨眼。「我會以她為榜樣，不要只是假裝而是真的替她開心，一秒也不要嫉妒她的快樂。但一定很難，因為我真的好失望，」可憐的喬落下幾滴苦澀的眼淚，沾濕了鼓鼓的小針插包。

「親愛的喬，我很自私不想跟妳分開，所以我很慶幸妳還沒有要離開，」貝絲輕聲說著，連同籃子在內整個抱住姊姊，如此充滿依賴的緊抱與愛的表情讓喬感到安慰，儘管心底深沉的懊悔讓她想賞自己耳光，然後卑微地懇求凱洛姑姑對她施予這般恩惠，讓她有機會證明自己會如何感恩地接受。

等艾美進門時，喬已經能夠與全家一起歡呼，或許不如平常那樣誠懇，但也不會抱怨艾美的好運。艾美視這個消息為無比佳音，慎重地狂喜了一番，當天晚上便著手整理顏料與畫筆，衣服、金錢與護照這類瑣事則交給其他不像她這樣沉迷藝術願景的人來負責。

「各位姊姊，這對我來說不只是好玩的旅程，」她把最好的調色盤刮乾淨時以讓人敬重的語氣說道。「這趟旅程將決定我的生涯發展，我將在羅馬摸索並了解自己到底有沒有天分，並做點什麼證明自己的天分。」

「要是妳沒有天分呢？」雙眼泛紅的喬縫著要給艾美的新領口。

「那我就會回家來以教畫畫謀生，」這位渴望出名的年輕女孩泰然自若地回答，但一想到這樣的未來，表情還是不免扭曲，刮著調色盤彷彿決心要在放棄前積極嘗試各種方法。

「妳才不會咧。妳討厭辛苦工作，應該會嫁給某個有錢人，回到家鄉坐享榮華富貴過一生，」喬說。

「妳的預言有時候會實現，但我覺得這一個不會。我當然希望會實現，因為如果我自己無法成為藝術家，就希望能夠協助其他藝術家，」艾美露出微笑，彷彿當個樂善好施的貴婦人，比貧窮繪畫教師更適合她。

「哼！」喬嘆氣。「妳怎麼希望就會怎麼實現，因為妳的願望都會實現，我的都不會。」

「那妳想去嗎？」艾美若有所思地以刀子輕拍鼻子。

「當然想！」

「好，那我一、兩年後會請他們找妳過來，我們會在古羅馬廣場裡挖掘遺物，實現那些我們講了好多次的計畫。」

「謝謝妳，如果真有那麼喜悅的一天，我會提醒妳遵守這時的承諾，」喬盡可能感恩地接受這個模糊卻壯麗的提議。

準備時間不多，因此直到艾美離開前家裡都呈現一片混亂。喬一直撐到最後一刻，當艾美的藍色蝴蝶結完全消失於視線，才回到她在閣樓的避風港，痛哭到眼淚流盡。艾美也同樣一直勇敢忍到蒸氣郵輪啟航。就在踏板即將收起那一刻，她突然意識到自己與所愛的眾人之間即將相隔整座海洋，緊抱住最後仍流連未離開的小羅，哭著說：

「嗚……你要幫我好好照顧他們，要是有什麼萬一……」

「我會的，親愛的，我會的，如果真發生了什麼事，我一定會去找妳、去安慰妳，」小羅輕聲安撫她，內心也小小希望她真會要他遵守承諾。

艾美就這樣啟程去探索在年輕人眼裡總格外新穎美麗的舊世界，她的父親與朋友則在岸上目送她離去，衷心祈禱這個內心喜悅的女孩不要遭受任何厄運，女孩對著大家不停揮手直到大家再也看不見，只剩下海面上閃亮的夏日豔陽。

第三十一章
我們的駐外記者

倫敦

親愛的各位，這下我真的坐在位於皮卡迪里的巴斯飯店櫥窗前。這裡不算什麼了不起的地方，但姑丈幾年前住過這裡，不想去其他地方。不過我們沒打算久留，所以無所謂。我真的不知道該怎麼描述我有多開心！大概永遠都說不完，所以就跟你們分享我筆記本裡的東西吧，旅程開始後我就一直在寫生、亂寫。

我從經過加拿大哈利法克斯的時候寄了封短信回家，那時候我覺得自己很可憐，但之後一切狀況好轉，很少不舒服、每天都在甲板上跟許多好相處的人在一起。大家都對我很好，特別是船上那些高級海員。喬，不要笑，船上真不能少了這些男士，可以依靠、有人服侍，畢竟他們也無事可做，給他們事做是他們榮幸，不然我怕他們會抽菸抽到死。

姑姑和小芙整趟船程都不舒服，不要人打擾，所以我做完能為她們做的事情後，就去做自己喜歡的事了。甲板上散步、看夕陽、享受海上的空氣與海浪，全都那麼美好！幾乎像我們騎著快馬華麗呼嘯而過那樣刺激。真希望貝絲也一起來，對她的健康會很有幫助。至於喬，她如果來一定會爬上船首三角帆頂，反正就是那個不知道叫什麼東西的高處，然後坐在那裡，跟輪機手交朋友、亂吹船長的廣播號角，玩得不亦樂乎。

船上的一切都棒極了，但是看到愛爾蘭的海岸我還是很高興，我覺得海岸好美麗，綠油油又陽光耀眼，這裡那裡散落著棕色小屋，有些山丘上可見廢墟，山谷裡有鄉紳莊園，公園裡還有鹿在覓食。時間很早，但我一點也不後悔得起個大清早來看，因為海灣裡停滿了小船，海岸風景如畫，頭上還有著粉嫩的天空。我永遠也不會忘記眼前景象。

到了昆士鎮，新朋友雷諾克斯先生離開了我們這行人，當我提及奇拉尼湖，他嘆口氣，看了我一眼唱起：

「你啊，有沒有聽過凱特．奇耳尼？
她住在奇拉尼岸邊；
她只消一望，
危險立即躲避飛逃，
是因為凱特．奇耳尼的視線如此致命。」

很不知所謂的歌詞吧？

我們只在利物浦停留了幾個小時。那裡真是髒亂吵鬧，我很慶幸離開了。姑丈匆忙脫隊買了一副狗皮手套、醜而厚重的鞋子及一把雨傘，但首先還修了一個落腮鬍。他因為自己看起來像正宗不列顛人而沾沾自喜，但第一次讓小小的擦鞋童清掉鞋上泥土時，擦鞋童立刻發現眼前這位是美國人，咧嘴而笑：「先生，好了，泥看，我幫泥用最新的米國方法擦鞋。」姑丈覺得非常有趣。對了，我一定要告訴你們那個誇張的雷諾克斯做了什麼！他叫跟著我們繼續旅行的朋友沃德買花送我，我進房間第一眼看到的就是一束很美的花，卡片上還寫「羅伯特．雷諾克斯敬上」。各位姊姊，很好玩吧？我真喜歡旅行。

要是不寫快點的話永遠也講不到倫敦的事。整趟旅程就像搭車穿越長長的畫廊，途中美景連連。我真喜歡那些農舍，有茅草屋頂、一路爬到接近屋簷的常春藤、格子窗戶，門口還有壯碩婦女帶著臉色紅潤的小孩子。他們的牛隻站在即膝的苜蓿田，看起來都比我們的牛群平靜；母雞咯咯叫得很滿足，彷彿從來不會像美國母雞那樣緊張。我從沒見過這麼完美的色彩，草地綠油油，天空藍湛湛，穀物黃澄澄，樹林黑沉沉，讓我全程欣喜若狂。小芙也是，我們不斷反覆從車廂這一側跑去另一側，想趁著時速九十六公里急速向前的同時將兩側景象盡收眼底。姑姑很累先去睡了，而姑丈讀著旅遊手冊，想要做足功課才不會大驚小怪。我們全程大概都像下面這樣。艾美一躍而起：「啊，樹林間那塊灰色區域一定是肯尼沃斯！」小芙衝到我窗邊：「太可愛了！爸爸，我們有機會一定會去那裡吧？」姑丈冷靜地欣賞自己的靴子：「我們不會去耶，親愛的，除非妳想喝啤酒，那個是釀酒廠。」

停頓了一會兒，小芙大喊：「我的天哪，那是絞刑架，有人上去了。」「在哪裡？在哪裡？」艾美尖叫，盯著兩個高大的柱子及上面的橫梁與垂掛的鐵鏈。「那是煤礦場，」姑丈眼裡閃著光芒。「這群可愛的綿羊全都躺在地上，」艾美說。「爸爸，你看，很漂亮吧？」小芙非常感性。「女孩們，那是鵝，」姑丈的語氣讓我們靜了下來，直到小芙開始沉浸在《卡文迪西船長打情罵俏》中，我則獨自欣賞景色。

我們抵達倫敦的時候當然在下雨，伸手只見大霧及雨傘。我們休息，取出行李整理，還趁著陣雨之間的空檔逛了街。瑪莉姑姑幫我買了些新東西，因為我這麼匆忙啟程很多東西都沒有。她幫我買了插有藍色羽毛的白色帽子、同款搭配的棉布洋裝，還有我們所看過最漂亮的披肩。在攝政街逛街真是美好。東西似乎都很便宜，九十多公分的漂亮緞帶只要六便士。我囤了一點，但要到巴黎才會買手套。聽起來是不是很高雅富裕呢？

姑姑和姑丈外出的時候，我和小芙好玩叫了一輛雙輪輕馬車出去兜風，不過我們事後發現年輕女孩不應該單獨搭乘這種交通工具。過程實在滑稽得可以！車廂木帷關上後，那個車夫駕車速度太快讓小芙很害怕，她要我叫他不要這樣駕車，但是他站在車廂外頭後面的某處，我根本叫不到。他聽不見我叫他，也沒看到我拿個洋傘在馬車前面一直揮舞，我們就這樣無助地坐在馬車裡，匡啷匡啷地以隨時都會摔斷脖子的高速不斷轉過街角。最後，我在沮喪之中發現車頂有扇小門，戳開後出現一隻紅色眼睛，滿嘴酒氣地說：

「女士，什麼事？」

我盡可能嚴肅下達指令，用力甩上門，車夫一句「是的，女士」後就要馬用走的，速度慢到宛如送葬隊伍。我再次戳開小門說「稍微快一點」，結果他又跟先前一樣急驚風，我們便決定要任由命運擺布了。

今天天氣很好，我們去了附近的海德公園，原來我們比表面上看起來還要像貴族。德文郡公爵就住附近，我常看見他的馬車僕從在後門遊蕩休息。還有威靈頓公爵的住所也在附近。我的天哪，真不敢相信我自己眼睛所見！那種感覺就跟看潘趣木偶戲16一樣讚，看著肥胖的有錢寡婦乘著紅黃相間的馬車到處跑，車後站著穿著絲綢長襪與天鵝絨外套的漂亮僕從，前面則是施粉的車夫。光鮮亮麗的女僕帶著我所見過最紅潤可愛的小孩，睡眼惺忪的漂亮女孩，戴著奇怪英國帽子的時髦男士及俊美少年到處閒晃，高大士兵穿著紅色短外套、頭上還斜掛著外型宛如瑪芬的帽子，看起來好好笑我好想全部畫下來。

騎馬道原本名字的意思是「皇家道」，也就是國王道，但現在感覺更像馬術學校。那些馬都好俊美，男性都騎得很好，特別是馬夫，但女性看起來都很僵硬，在馬背上彈來彈去，照我們的標準來看是不行的啊。我好想讓她們見識狂野的美式奔馳，誰教她們都只會安靜地騎過來又騎過去，穿著緊繃的騎馬服裝、帶著高帽，看起來就像玩具諾亞方舟上的女子。從老先生、壯碩女子到小孩，大家都在這裡騎馬，年輕人也常在這裡打情罵俏，我看到一對情侶交換玫瑰花苞，這裡的人流行把一枚花苞插在鈕釦孔裡，我覺得這個主意挺不錯。

下午我還去參觀西敏寺，但是不要指望我形容給你們聽，我根本辦不到，只能說真是雄偉壯闊！今天傍晚我們要去看費許特的戲，為我這輩子最快樂的一天畫下完美句點。

時間很晚了，但是我一定要把今天晚上發生的事情告訴你們，明天早上才捨得把信寄出。猜我們昨晚用餐時，誰上門來拜訪？是小羅的那些英國朋友，富雷德及富蘭克．馮恩耶！我超驚訝的，如果不是看到他們的名片，我根本認不出他們來。兩個人都長得好高還留起鬍子，富雷德有種英式帥氣，而富蘭克的情況則好多了，現在只有微微跛腳，不再需要拐杖。他們從小羅那裡聽說我們會在什麼地方，前來邀請我們去他們家拜訪，但姑丈不願意去，所以我們只能找機會自己去拜訪了。他們跟我們一起去劇院看戲，大家都玩得很開心，富蘭克將全副心思放在小芙身上，我跟富雷德一起話當年之外，還聊到現在與未來彷彿是多年老友。跟貝絲說，富蘭克有問起她的近況，聽到她身體欠佳覺得很遺憾。我提到喬的時候，富雷德還大笑，要我代他「向那頂大帽子致意」。他們倆都沒有忘記羅倫斯營及我們在那裡度過的歡樂時光。感覺像八百年前的事情了不是嗎？

姑姑三度拍牆了，所以我必須停筆。我覺得自己真像個優雅但毫無節制的倫敦淑女，這麼晚還在寫信，房間裡堆滿漂亮東西，腦袋裡裝滿了公園、劇院、新洋裝，還有會把「是啊！」掛在嘴

16　潘趣是英國著名傳統木偶戲《潘趣與茱蒂》（*Punch and Judy*）中的男主角。

邊、以真正英式貴族風格捻著金色翦鬚的威風人士。我很想見到各位，儘管胡言亂語也永遠都是愛你們的……

艾美

巴黎

各位姊姊：

我在上一封信裡描述了我們造訪倫敦的經過，馮恩家的人對我們非常好，還為我們辦了精彩的派對。我最喜歡的行程是去參觀漢普頓宮及肯辛頓博物館，我在漢普頓看到拉斐爾的草圖，還在博物館裡看了一間間滿是泰納、勞倫斯、雷諾茲、霍加斯及其他大師的作品。在里奇蒙公園那天相當美好，我們享用了正統英式野餐，壯麗的橡樹及鹿群多到我畫不完，我還聽見夜鶯唱歌，看到雲雀飛向天空。多謝富雷德和富蘭克，我們徹底體驗了倫敦生活，最後要離開時感到很遺憾；雖然英國人很慢熟，但我覺得他們一旦決定要接受妳當朋友，就會用盡全力款待妳。馮恩家人希望下個冬天跟我們在羅馬會合，如果他們不來，我會非常失望，我跟葛芮絲已經成了很好的朋友，他們兄弟人也很好，特別是富雷德。

我們都還沒在這裡安頓好他就又出現了，說他要去瑞士度假。起初姑姑嚴肅看待他的到來，但他非常自制讓她無話可說。現在我們都相處得很好，也很高興他來巴黎，他的法文好到像母語，如果沒有他，真不知道我們該怎麼辦。姑丈一句法文都不會說，堅持要大聲講英文，彷彿大聲點人家就聽得懂他在說什麼。姑姑的發音太老派，我跟小芙則是自以為法文很好但其實一點都不好，所以很感謝有富雷德來幫我們搞定一切（姑丈都這樣說）。

我們過得好開心啊！從早觀光到晚，中間在歡樂的咖啡廳享用美味午餐，經歷各種滑稽奇遇。雨天我就去羅浮宮，徜徉名畫中。有些最為精緻的畫作讓喬看到一定會不屑一顧，因為她沒有欣賞藝術的靈魂，但我有，而且我正在盡快培養自己的鑑賞力與品味。她會更喜歡偉人的遺物，我幫她看了許多收藏品：拿破崙的三角帽及灰色大衣、嬰兒搖籃及舊牙刷，還有法國瑪莉皇后的袖珍鞋，聖德尼的戒指，查理曼大帝的劍，還有許多其他有趣的東西。等我回家後可以聊上好幾個小時，但現在沒時間寫那麼多。

巴黎皇宮真是天堂般的地方，充滿了讓我抓狂的漂亮珠寶與美麗東西，因為我買不起。富雷德想買給我，但我當然沒讓他這麼做。森林跟香榭大道也非常壯麗。皇室家庭我看過幾次了，皇帝很醜、表情冷酷，皇后美麗蒼白，但我覺得她穿著沒品味：紫色洋裝、綠色帽子及黃色手套。小王子是個帥氣的男孩，坐著跟家庭教師聊天，搭乘四輪敞篷大馬車經過人群時朝大家送飛吻，左馬驛者身著紅色緞面服裝，前後方則各有一位皇家騎兵。

我們常在漂亮的杜樂麗花園裡散步，不過古老的盧森堡公園比較適合我。拉謝茲神父公墓是個很奇怪的地方，許多墳墓都好像小房間，往裡面看會看見一張擺了亡者畫像或相片的桌子，還有讓哀悼者前來緬懷亡者時坐的椅子。真的很法國。

我們住的地方在里渥利街上，坐在陽台可以看見整條輝煌的長街。如果當天工作太累不想出門，就在那裡聊上一整晚也很舒服。富雷德非常有趣，可以說是小羅以外我所認識最和善的年輕人，但小羅的態度比較討喜。我真希望富雷德的髮色深一點，我不喜歡淺色頭髮的男人，不過馮恩家非常富裕而且家世背景良好，所以我也不挑剔他們的金髮了，反正我自己的更金。

下週我們要出發去德國及瑞士，由於行程會比較緊湊，到時只能匆匆寫幾句了。我會寫日記，然後盡量「將我所見與欣賞的正確記住並清楚描述」，就像父親建議的那樣。這樣對我來說是很好的練習，而我的素描本應該會比那些胡亂寫的文字更清楚呈現這趟旅程。

再會了，送上我溫柔的擁抱。

妳們的朋友

海德堡

親愛的媽媽：

休息一個小時後我們將前往伯恩，趁著這個機會，我要與妳分享這段時間發生的事，妳讀到後面將發現其中有些事情非常重要。

沿著萊茵河航行真是美好，我全心享受其中，拿出父親給的舊旅遊書，讀了這個地方的介紹。河上美景真是難以言述。我們在科布倫茨玩得真是開心，因為富雷德跟在船上認識的波昂學生為我們唱了一首小夜曲。當天晚上月色很美，大約凌晨一點的時候，我和小芙聽見窗外的美妙音樂而醒來。我們從床上跳起來躲在窗簾後方，狡猾偷看後發現是富雷德和那些學生在下方唱歌。那真是我見過最浪漫的場景了：河岸，一整排的船隻，對岸的巨大碉堡，月光粼粼，還有足以融化鐵石心腸的音樂。

他們唱完後，我們往下拋花，看他們趕忙搶花，朝著看不見的女生送上飛吻後大笑走開去抽菸或喝酒吧，我猜。隔天早上，富雷德給我看他放在背心口袋裡已經皺成一團的花朵，一臉含情脈脈。我取笑他然後說不是我丟的，是小芙，他聽了似乎很不滿意於是把花往窗外扔，迅速恢復理智。我很怕這個男孩會給我惹上麻煩，看起來似乎有這種跡象。

納紹的澡堂非常歡樂，巴登—巴登的也是，富雷德在那裡掉了錢，挨了我一頓罵。富蘭克不在他身邊的時候，他需要有人看著他。凱特曾經說過希望他能快點結婚，我也同意這樣對他會有幫助。法蘭克福真是讓人喜歡，我看到哥德的房子、席勒的雕像，還有但尼卡最有名的「亞里亞得妮」女神像。一切都非常精彩，但我若能知道這些景點背後的故事會看得更開心。我不想問人，因為大家似乎都知道或至少假裝知道。我真希望喬能把這些故事都說給我聽。我以前應該要多讀書的，我發現自己什麼都不懂，真是丟臉。

接下來這一段很嚴肅，因為事情就發生在這裡，富雷德才剛離開。他是那麼友善歡樂，大家都變得很喜歡他。在小夜曲之夜前，我一直只把他當成旅伴，沒有多想。但是那夜過後，我開始覺得所有月光下散步、陽台上聊天及每天出去探險等活動，對他來說除了好玩之外還有別的意義。母親，我沒有跟他打情罵俏，真的，我記得妳對我說的話，而且盡力做到。可是人家要喜歡我，我也沒辦法。我並沒有把他們變成這樣，如果我對他們毫不在意我反而會擔心，雖然喬總說我這個人沒有良心。我知道接下來母親會搖頭，然後姊姊會說：「那個愛錢的小壞蛋！」不過我已經決定，雖然我沒有瘋狂愛上他，但如果富雷德開口，我會接受。我喜歡他，我們相處起來也很舒服。他很帥、很年輕，算是聰明而且非常富有，比羅倫斯家還要有錢許多。我覺得他們家人不會反對，我也會過得很幸福，因為他們都是善良有教養又大方的人，而且他們都喜歡我。富雷德是雙胞胎中的哥哥，所以我想應該會繼承房產，那可是非常華麗的房子！坐落於上流社群街上的市區街屋，沒有美國的豪宅那麼誇大不過加倍舒適，還有各種英國人認為該有的實體奢華。我很喜歡，因為那都是真的。我看過房子裡的金銀器皿、祖傳首飾、年邁的僕人，還有鄉村莊園的照片，裡頭有庭園、大房子、漂亮草原及俊美馬匹。這就是我夢寐以求的啊！我情願擁有這些，而不是一般女生不假思索便接受卻發現其實很空虛的頭銜。我或許很愛錢吧，但我憎恨貧窮，可以的話再多一刻都不想忍受。我們當中**一定**要有一個人嫁給有錢人。瑪格沒有這麼做，喬不願意這麼做，貝絲還不能這麼做，那就由我來嫁，然後改善大家的生活。我不會嫁給自己討厭或瞧不起的人，這一點妳可以放心。雖然富雷德不是我心目中典型的男主角，但也算不錯了，久了以後，只要他很喜歡我、讓我做自己想做的事情，我應該也會很喜歡他。因此，我上一週不斷在思考這件事，因為我不可能看不出來富雷德喜歡我。他什麼都沒說，但從小地方就看得出來。他從來不跟小芙一起出去，在車廂裡、餐桌前或散步時，都要跟我同一側；我們兩人獨處時他總看起來那麼深情，有別人來跟我講話他都會對他們皺眉頭。昨天晚餐，有位奧地利軍官盯著我們看，然後對他那個看起來有些放蕩的伯爵朋友說了什麼「ein wonderschones Blondchen」（那個金髮的好正），富雷德看起來眼睛都要噴火了，太過用力切肉，結果肉差點飛出盤子。他不是那種冷靜拘謹的英國人，反而相當火爆，因為從他湛藍的雙眼便可猜出他有蘇格蘭血統。

總之，最後一晚我們在日落時分爬上城堡，我們是指富雷德以外的所有人，因為他要先去郵局收信，稍後才要在城堡跟我們會合。大家在遺跡中鑽來鑽去很開心，進入存放巨型發酵桶的地窖，參觀君王很久很久以前為自己英國妻子所建造的美麗花園。我最喜歡那個大平台，從這裡看出去的景色美到極致，因此其他人繼續參觀城堡房間時，我就坐在平台上畫起牆上的灰石獅頭，還有攀附垂掛四周的深紅色忍冬。我感覺自己彷彿走進某個小說場景，坐在那裡看著內卡河在山谷裡蜿蜒，聽著下方奧地利樂隊表演的音樂，就像故事裡的女生等待情人出現。我有種即將發生什麼事的感覺，而且我準備好了。我並沒有臉紅或顫抖，而是非常冷靜，只是有一點興奮。

沒多久我聽見富雷德的聲音，見到他匆忙穿越大拱門來找我。他看起來非常困擾讓我不禁問他怎麼了。他說剛收到信，富蘭克病得很重，家裡要他立刻回去。他只夠時間匆匆道別，就要搭上夜車立即返家。我替他感到難過，替我自己感到失望，但也只有那麼一下下，因為他與我握手道別時，以我絕對不可能誤會的語氣說：「我很快就會回來，艾美，妳不會忘了我吧？」

我沒有回答他，只是看著他，他也顯得很滿意，再來就沒有時間只能留話道別，因為他一個小時後就離開了，我們都非常想念他。我知道他想開口，但我想，從他某次的暗示來看，他答應過父親暫時不會做這種事，畢竟他生性衝動，老先生很怕自己得娶個外國媳婦進門。我們很快會在羅馬會合，要是到時我沒有改變主意，他問我「是否願意？」的時候，我會說「是的，謝謝你」。

當然啦，這一切都是**祕密**，但我希望妳能知道情況。不要替我擔心，要記得我是妳「深謀遠慮的艾美」，要相信我不會衝動行事。妳要給我什麼建議都可以寄來給我，可以的話我都會採用。媽媽，真希望能跟妳見面，好好聊一聊。請妳愛我並相信我。

永遠愛妳的艾美

第三十二章 感情煩惱

「喬，我很擔心貝絲。」

「為什麼呢，媽媽，自從雙胞胎出生後，她看起來狀況似乎特別好。」

「我現在擔心的不是她的健康，是她的精神。我確定她有心事，我要妳去找出答案。」

「媽媽，妳為什麼這麼覺得？」

「她經常靜靜一個人坐著，不再像過去那樣常跟妳們父親說話。那天我還發現她對著雙胞胎在哭。她唱歌的時候，也都唱很悲傷的歌曲，我三不五時還會在她臉上看見我無法理解的表情。這樣不像貝絲，我很擔心。」

「妳有問過她怎麼了嗎？」

「我試過一、兩次，但她不是迴避問題就是看起來非常痛苦，所以我就沒繼續追問。我從來不會強迫孩子對我吐露心聲，但我也很少要等那麼久。」

馬區太太說話時瞄了喬一眼，但是對面那張臉除了煩惱貝絲的問題，似乎完全沒有任何需要擔憂的祕密，喬若有所思地做針線活一分鐘後說：「我想她是長大了，開始會有夢想，有希望、恐懼與不安，但她不知道為什麼也無法解釋那些心情。母親啊，貝絲也十八歲了，我們只是沒有意識到，總還把她當小女孩，忘了她已經是女人。」

「是啊，她真的是。妳們啊，好快就長大了，」母親對她回以嘆息與微笑。

「沒辦法啊，媽媽，所以妳就不要擔心這些有的沒的，讓妳的雛鳥一一跳離鳥巢吧。我答應不會跳離太遠，希望這樣有安慰到妳。」

「喬，是很大的安慰。現在瑪格離家了，有妳在家總讓我更有力量。貝絲太脆弱，艾美又太年輕，無法依靠，但每當需要奮力一搏時，妳永遠都準備好了。」

「妳也知道我不介意辛苦工作，家裡總要有一個打雜的。艾美善於細緻的工作，我不擅長，但是要把地毯全部拿去曬或家裡半數人同時生病需要照顧時，就是我能發揮的時刻。艾美在國外發光發熱，但家裡只要有任何需求，找我就對了。」

「那我就把貝絲交給妳了，因為她對喬敞開小小心房的速度比對其他人都來得快。要非常溫和，不要讓她覺得有人在觀察或討論她。要是她能再次強壯開朗起來就好了，這樣我就別無所求。」

「那妳真是幸福的女人！我有好多可求。」

「親愛的，妳求什麼呢？」

「我先搞定小貝絲的問題，再來告訴妳我的。不是太讓人疲憊不堪的煩惱，所以再等一陣子也無妨。」說完，喬繼續手中縫紉工作，還頗有智慧地點了點頭，至少讓母親此刻安心不再煩惱。

喬表面上全神貫注在自己的事情上，卻偷偷觀察貝絲，在多方相互矛盾的猜測後，她終於決定一種可以解釋貝絲轉變的原因。有一件小事讓喬認為自己找到謎團線索，其他的部分在愛妹心切與胡思亂想下拼湊出來。某個星期六下午，與貝絲兩人獨處的喬熱切地振筆疾書。但寫作同時她仍分心盯著看起來異常沉默的妹妹。貝絲坐在窗邊，手中女紅工作不時會鬆手落到腿上，她用手撐著頭顯得抑鬱，視線落在窗外無趣的秋日風景。樓下突然有人經過，宛如歌劇裡的黑鳥吹著口哨，接著他大喊：「一切平靜！今天晚上過來。」

貝絲嚇了一跳往前傾，微笑點頭，盯著路過的人看，直到聽不見他的急促步伐，然後輕聲對自己說：

「這個好男孩看起來真是健壯又快樂。」

「哈！」喬依舊專注地盯著妹妹的表情，看她臉上的紅潮快速來了又退，微笑繼而消失，晶瑩剔透的淚珠滴落窗台上。貝絲擦去眼淚，喬在貝絲半遮掩的臉龐上讀到讓貝絲之所以熱淚盈眶的悲傷柔情。喬擔心會被貝絲發現自己在觀察她，隨口說著什麼要去拿更多紙就悄悄離開。「我的老天爺啊，貝絲愛小羅！」她坐在自己房間裡，因為剛才自以為的發現而嚇得臉色蒼白。「我想都沒想過會有這種事。母親會怎麼說呢？不知道她……」喬停在這裡，突然浮現的念頭讓她紅了臉。「要是他無法回報她的愛，那會有多悲慘。他一定要，我會讓他也愛她的！」她對著從牆上取笑她的調皮男孩照片威脅地搖頭。「天哪，我們真是一眨眼就長大了。瑪格已經結婚還當了媽，艾美在巴黎發光發熱，貝絲則墜入愛河。只有我夠理智沒惹麻煩上身。」喬認真思考了一會兒，視線鎖定在那張照片上，接著她放鬆自己皺起的眉頭朝對面那張臉堅定點頭：「不了，先生，謝謝你，你是很有魅力，可是比風信雞還不穩定。所以你不用寫什麼感人紙條或是露出那種意味深長的微笑，一點用也沒有，我不會容許這件事的。」

接著她嘆氣，做起直到黃昏之際才清醒的白日夢，這時她下樓有了新發現，更進一步自以為證實自己的猜測。雖然小羅會跟艾美調情也會跟喬開玩笑，但他對貝絲卻總是格外溫柔善良，不過大家也都如此。因此，從沒有人想過他可能會對她有比對其他人更深的感情。確實，家裡人普遍都認為，近來「我們的小羅」越來越喜歡喬，後者則完全無法接受，只要有人膽敢暗示都會挨她一頓痛罵。要是他們也知道曾存在那些還沒萌芽就腰斬的諸多柔情片刻，絕對會成就感十足地對她說「我就跟妳說吧」。但喬最討厭「愛情遊戲」，絕對不會容許這種事情，每次瀕在危險逼近便立即端出笑話或微笑應對。

小羅剛上大學的時候，幾乎一個月會墜入愛河一次，但這些小小火花來勢洶洶也瞬間即逝，無傷大雅，喬則對小羅每週密會時向她傾訴的希望、沮喪及放棄等種種心境極感興趣。但小羅一度停止這樣的流連花叢，神祕地暗示自己將熱情專注於單一目標，偶爾還會陷入拜倫式的陰鬱低沉。後來他又徹底避開感情這件事，會寫相當有哲學意味的紙條給喬，變得非常認真，最後坦承自己要「埋頭苦讀」以優異成績畢業。喬喜歡這樣的他，勝過微光下促膝談心、溫柔牽手及眉來眼去的情節，因為喬的大腦發展得比心還要早，喜歡想像中的男主角勝過真實生活中的人，因為她感到厭倦的時候可以輕易把前者關進烤肉爐，直到她再次召喚，但後者沒那麼容易處理。

她發現這件大事時小羅正處於這般認真的狀態，當天晚上，她以全新角度觀察小羅。若不是有了這個新的想法，也不會突然覺得貝絲異常沉默或小羅對她異常地好。但她的想像力有如脫韁野馬，急速脫離她的掌控，而長期的小說寫作也大大削弱她的常識，無濟於事。貝絲一如往常躺在沙發上，小羅坐在鄰近的矮椅上以各種八卦逗她開心，貝絲期待的就是每週能聽到這些「故事」，小羅也從不會讓她失望。但是當天晚上，喬以為她看見貝絲停留在身旁那張活潑黝黑臉上的視線顯得格外愉悅，還極為認真地聽著某場精彩刺激的板球賽況，雖然「一板之差擦地球」、「越界出局」及「右打者入左後方三分球」等用語對她來說就跟梵文一樣有聽沒有懂。喬還因為刻意要看見，就認為自己有看見小羅的態度更加溫柔，不時壓低聲音，比平常少笑，還有些心不在焉，整理貝絲腳邊的毛毯時專心到近乎溫柔。

「搞不好喔？反正更奇怪的事情都發生過了，」喬在房間裡沒事找事做。「若他們真的相愛，她會把他教成天使，他則會讓我親愛的貝絲生活輕鬆美好。我不覺得他有辦法抗拒，而且只要我們大家都不礙事，他應該會愛她。」

由於所有人都不會礙事，只有自己會，喬開始覺得應該盡速讓自己滾蛋。但她該去哪裡呢？全心愛護妹妹想要為她付出的喬靜下來開始計畫。

這張舊沙發可說是元老沙發了，又長又寬，襯墊舒適，下沉而且有些破舊，因為四個姊妹嬰兒時期在上面睡覺打滾，坐在椅背上假裝釣魚，跨坐手把當馬騎，小時候把沙發下面當做動物園，疲憊時頭有地方枕、有地方做白日夢，長大後有地方聽父母溫柔說教。大家都喜愛那張沙發，那是全家的避風港，但有一個角落始終是喬最愛占據閒晃休息的一角。地位崇高的沙發上有許多靠枕，其中一顆又硬又圓，布滿刺人的馬鬃，而且四角各有一枚凹凸不平的鈕釦為裝飾。這顆讓人討厭的靠枕對喬來說非常特別，可用來當武器、設下屏障或嚴格避免自己打盹太久。

小羅對這顆靠枕相當熟悉且厭惡，不過厭惡的理由十分充分，因為在他們還可以一起嬉戲打鬧的時候，他經常遭到喬用那顆抱枕殘忍痛打，如今則經常成為他想坐在喬身旁時的屏障，阻礙他與喬一起坐在那個沙發角落。如果他們口中的「香腸」豎立靠著椅背，那就表示他可以靠近在那裡休息，但如果是平躺在沙發上，不管是誰都不要命了才敢動它！當天傍晚，喬忘了為自己的角落設置障礙物，才坐下不過五分鐘就有個巨型身影出現她身旁，雙臂沿著沙發椅背伸展開來，兩條長腿也長長伸在前面，小羅吐出滿足的嘆息，驚呼：

「這樣才真的叫爽啊。」

「講話別那麼粗俗，」喬凶他，用力把靠枕往旁邊擠。但是來不及了，兩人中間已經沒有空位安插靠枕，滑到地板上的靠枕就這樣神奇地消失。

「好啦，喬，別這樣全身帶刺。我苦讀了一個星期，總該有人好好給我安慰一下吧。」

「貝絲會安慰你，我很忙。」

「她才懶得理我咧，但妳喜歡，除非妳突然沒興趣了。是嗎？妳是否討厭我，想對我丟枕頭？」像這麼感人的討好撒嬌實在少見，但喬嚴厲的問題立刻潑了「她的小羅」一桶冷水：「你這個禮拜送給蘭道爾小姐幾束花？」

「我發誓，一束也沒有。她可是已經訂婚了。」

「那還好，你就是喜歡這樣胡亂花錢，送花跟有的沒的給那些你根本沒多在乎的女孩子，」喬繼續罵他。

「我非常在乎的乖巧女孩不讓我送『花跟有的沒的』，我能怎麼辦？我的情緒需要『宣洩』。」

「母親不贊成打情罵俏，就算開玩笑也不可以，而多多你真的很愛打情罵俏。」

「我願意不計代價只為了能回『妳也是』，既然沒辦法，我只能說，我覺得無傷大雅的小遊戲沒什麼關係，只要大家都了解那只是遊戲。」

「看起來是很好玩，但我學不會箇中訣竅。我試過，因為在團體裡跟大家不同路線會很尷尬，但我就是學不來，」喬忘了自己要扮演良師的角色。

「跟艾美學學，她天生擅長這種遊戲。」

「沒錯，而且她玩得漂亮又不會太過火。我想有些人天生不用刻意就能討好別人，還有些人則總是在錯的時候說錯話或做錯事。」

「還好妳不會打情罵俏。乖巧誠實歡樂友善又不會讓自己成為笑柄的女孩子讓人耳目一新。喬，我只跟妳說，我認識的女孩子有些真的是不知節制到連我都替她們感到羞愧。我相信她們沒有惡意，但她們要是知道我們背後怎麼談論她們，我想應該會修正自己的行為。」

「她們也一樣，而且她們的嘴更要不得，所以你們這些男生會被講得更難聽，畢竟你們就跟她們一樣愚蠢。要是你們表現得體，她們也會，但因為她們知道你們喜歡那個樣子，她們就會繼續，然後你們還敢怪她們不得體。」

「這位太太，妳又知道了，」小羅語氣傲慢。「雖然我們有時候看起來像這麼一回事，但其實我們不喜歡輕浮調情。紳士之間談起漂亮端莊的女孩子都只有尊重。妳真是毫不知情啊！妳跟我交換位置一個月就好，見識到的東西會讓妳大吃一驚。相信我，每次看到那種魯莽的女孩子，都很想跟我們的朋友庫克·羅賓一起說：『滾啊，我呸，這個無恥的東西！』」

很有紳士風度的小羅不願說女性的壞話，但他天生不喜歡上流社會讓他見識到的諸多相當不淑女的愚蠢行為，因而產生的矛盾讓人想不笑也難。喬知道「小羅倫斯」在世上眾媽媽眼裡是行情非常好的單身漢，她們的女兒也都會對他微笑，各年齡層的女性對他的阿諛奉承也幾乎要讓他成為花花公子，因此她頗為嫉妒地看著他，怕他會被寵壞，不願承認但很高興發現他仍然偏好內斂的女孩子。突然又重拾責備語氣的她降低音量：「多多，如果你一定要『宣洩』的話，找一個你尊敬的『漂亮內斂的女孩子』，專注在她身上，不要浪費時間在那些愚蠢的女孩身上。」

「妳真的這樣想嗎？」小羅看著她的表情焦慮中帶著歡樂，有些古怪。

「沒錯，我是，但你最好等到念完大學，同時要讓自己配得上那個女孩。你還不夠格配上——不管那個內斂的女孩是誰。」喬看起來也有點詭異，因為她差點脫口而出一個名字。

「我確實還不夠格！」小羅默認，臉上帶著沒見過他有的謙遜表情，視線下移，心不在焉地把喬圍裙上的流蘇纏在自己手指上。

「我的老天爺啊，這樣怎麼可以，」喬心想，然後大聲說：「快點唱歌給我聽，我好想聽音樂，而且總是很喜歡你的歌聲。」

「謝謝，但我情願留在位子上。」

「不可以，這裡沒有位置。去找點事情做，你這麼大隻不能當裝飾品。我以為你討厭跟女人的圍裙繩綁在一起，」喬引述他某次叛逆時說過的話。

「那就要看穿著圍裙的是誰啊！」小羅大膽地扯著流蘇。

「你去是不去啊？」喬向前傾要撿起靠枕。

他立即起身，等他開始高唱「邦妮．丹地的無邊圓帽飛上天」，她便立即溜走，直到這個年輕人在盛怒之下離開前都不見人影。

當天晚上，喬清醒地躺了許久，正準備要睡著時聽見壓抑的啜泣聲，她立即飛奔到貝絲床邊，焦急地問：「親愛的，怎麼了？」

「我以為妳睡著了，」貝絲抽抽噎噎。

「小寶貝，又是之前那種痛嗎？」

「不是，是不一樣的痛，但我還受得了，」貝絲努力忍住淚水。

「跟我說吧，讓我幫妳治療這次的痛，像治好之前其他疼痛一樣。」

「妳治不好的，根本沒辦法治療。」說到這裡，貝絲突然潰堤，抱住姊姊絕望地痛哭讓喬很害怕。

「是哪裡痛？要不要我叫母親過來？」

「不要，不要叫她，不要跟她說。我很快就好了。躺在我旁邊給我的頭『摸摸』就好。我會安靜下來，乖乖睡覺，真的。」

喬照做了，但是手溫柔來回撫摸貝絲滾燙額頭與濕潤眼皮時，她的心酸到很想說什麼。但即便年輕如她也已經學會，人心跟鮮花一樣不可粗魯對待，必須要等待自然綻放，因此雖然她認為自己已經知道是什麼帶給貝絲新的疼痛，也只是盡可能溫柔地說：「親愛的，妳有什麼困擾嗎？」

「是的，喬，」貝絲停頓很久後說。

「把問題告訴我會不會讓妳感覺比較安慰？」

「還不到時候，不是現在。」

「那我就不問了，但是，小貝絲，妳要記得母親和喬永遠都樂於聽妳說話、幫助妳，只要我們幫得上忙。」

「我知道，以後我會告訴妳的。」

「比較不痛了嗎？」

「嗯嗯，好多了，喬，妳真的讓我感到好安慰。」

「親愛的，睡覺吧，我會陪在妳旁邊。」

她們就這樣臉頰貼著臉頰睡著，隔天早上貝絲看起來又恢復了精神，畢竟十八歲的女孩頭或心都不會痛太久，溫柔愛語便能治癒多數病痛。

但喬已經下定決心，將計畫在心裡反覆思索了幾天後向母親傾吐。

「妳那天問我，我有些什麼希望。媽媽，我要跟妳說其中一樣，」兩人坐在一起後她開始說。「今年冬天我到外地生活換換口味。」

「喬，為什麼啊？」母親迅速抬起頭來，彷彿感覺她話中有話。

眼神盯著手中忙著工作的喬認真回答：「我想要有點新意。我渴望變化，非常想去看、去做、去學習比現在還多的東西。我太過專注於自己的小世界，需要換個環境，所以今年冬天可以的話，我想跳離巢穴，試著展翅。」

「妳想跳去哪裡？」

「去紐約。我昨天想到了一個好計畫要跟妳分享。科爾克太太不是寫信給妳，想找正派的年輕人去教導她的孩子及幫忙做女紅。要找到這種人有點困難。但我想，我去試試看說不定會適合。」

「親愛的，妳要去那麼大的寄宿家庭服侍人！」馬區太太一臉驚訝，但沒有不高興。

「也不算是去服侍人，科爾克太太畢竟是妳的朋友，而且又是那麼好的人，我相信我的日子會過得很好。她的家庭跟其他房客分開，不會有人知道我在那裡。就算其他人知道也無所謂，我是靠自己老實賺錢，不需要感到丟臉。」

「我也不會覺得丟臉。但妳的寫作呢？」

「換個環境會更有幫助。我會看見、聽聞新的東西，獲得新的想法，就算在那裡沒有太多時間，也可以帶更多資料回來充實我的那些垃圾。」

「我相信一定會的，但是妳突然這樣想的原因只有這樣嗎？」

「母親，不是的。」

「可以告訴我其他原因嗎？」

喬抬起頭，又往下看，然後臉頰突然泛紅緩緩開口。「這麼說或許是往自己臉上貼金，也可能是錯的，但我怕小羅可能有些太喜歡我了。」

「那妳對他的感情跟他顯然開始對妳產生的那種感情不一樣？」馬區太太問話時表情有些焦慮。

「拜託啊，才不一樣！我愛小羅，我一直都愛他，而且相當以他為傲，但絕對不是那種愛情，完全不可能。」

「那就好，喬。」

「為什麼這麼說？」

「親愛的，因為我覺得你們不適合彼此。作為朋友，你們兩個相處得非常開心，頻繁的小爭吵也很快就會雨過天晴，但我怕你們若真的許下終生會反抗對方。你們太過相似、太喜愛自由，而且還一樣脾氣暴躁堅持己見，這樣生活在一起不會幸福，婚姻除了需要愛情，還必須要有無限的耐心與寬容。」

「跟我的感覺一樣，只是我不知道該如何表達。很高興妳覺得他只是剛開始喜歡我。想到會讓他不開心我就非常難過，但我總不能因為感恩就愛上老朋友吧？」

「妳確定他對妳是這樣的感情嗎？」

喬回答時臉頰更加泛紅，表情摻雜了開心、驕傲與痛苦，一如那些提起初戀的年輕女孩。「恐怕是的，母親。他什麼都沒說，但眼神透露許多。我最好在有更進一步發展之前離開。」

「我同意妳的看法，如果安排好了就讓妳去。」

喬看來鬆了口氣，停頓一會兒後微笑說：「莫法特太太要是知道的話，會如何看待妳的安排，又會如何對安妮還有機會感到開心啊？」

「喬啊，每個母親的安排或許不同，但都存著相同的希望，想要看見自己的孩子幸福快樂。瑪格便是如此，她的成就讓我心滿意足。妳的話，我要讓妳享受自由直到厭倦為止，唯有如此妳才會發現有更為甜美的東西在等著妳。我現在最擔心的是艾美，但她的理智將會幫助她。對貝絲我不敢多有奢望，只願她能健康。對了，她這兩天似乎心情好多了。妳跟她談過了嗎？」

「是啊，她承認自己有些心事，答應以後會告訴我。所以我沒再說什麼，因為我覺得我知道原因了，」喬說出她的觀察。

馬區太太搖搖頭，但她的想法沒有那麼浪漫反而看來一臉嚴肅，只再次表示為了小羅好，喬應該暫時離開。

「計畫底定前都先不要跟他說，這樣我就能在他搞清楚狀況開始哀號之前逃走。一定要讓貝絲覺得我是要去玩的，因為我不能把小羅的事情跟她說。不過她可以在我離開後寵愛、安慰他，幫助他忘卻對我的感情。他經歷過那麼多這種小小試煉已經習慣了，很快就會走出『失戀』。」

喬語帶希望，卻揮不開內心那股預知的恐懼，這次的「小小試煉」恐怕會比之前的還要難克服，怕小羅無法像過去那樣輕易走出「失戀」。

家庭議會討論過並同意這個計畫後，科爾克太太開心地接受喬，答應會為她營造舒適的環境。教學工作將讓她能經濟獨立，休閒時間可用來寫作賺錢，新的環境與朋友圈也會適合她，對她很有幫助。喬非常喜歡這樣的前景，迫不及待要出發，因為家巢已經變得太小，容不下她渴望變化的天性與愛冒險的精神。一切底定後，她有些害怕且顫抖地告訴小羅，後者卻意外地平靜接受。他近來更顯嚴肅，但仍然友善，取笑他改頭換面時，他認真回答：「沒錯，我改頭換面了，而且我打算保持這樣的新面貌。」

他在這個時候出現正直有品的一面讓喬鬆了一口氣，準備過程中也能心情輕鬆，因為貝絲看起來更為開心，還祝她萬事順心。

「有樣東西我要請妳特別幫我照顧，」她要離開的前一晚說。

「妳是說妳的稿子嗎？」貝絲問。

「不是，是小羅。妳要好好對他，好嗎？」

「我當然會啦，但我無法取代妳在他心中的地位，他一定會很想念妳。」

「他不會怎麼樣啦，所以，要記得，我把他交給妳照顧，由妳寵愛及管教。」

「為了妳，我會盡力，」貝絲答應她，不懂喬為何以如此怪異的眼神看著自己。

小羅道別時意味深長地在她耳邊說：「喬，這樣一點用也沒有。我會看著妳，所以自己注意一點，不然我會去把妳帶回來。」

第三十三章
喬的日記

十一月，紐約

親愛的媽媽與貝絲：

我要寫好長一篇給妳們，因為雖然我不是在歐洲大陸旅遊的淑女，還是有好多話要說。父親的臉消失在視線外後，我開始感到些許憂鬱。若不是帶著四個小孩的愛爾蘭女士與孩子全部哭成一團讓我分心，或許我還會落下一、兩滴晶瑩淚珠，但每次她們開口嚎啕大哭，我就會把小塊薑餅丟到那邊的座位上，給自己找點樂子。

沒多久太陽就出來了，我把這當成好預兆，也整理好自己的心情，盡興享受後續的旅程。

科爾克太太非常熱情迎接我，雖然大房子裡充滿了陌生人，我還是馬上就感到自在。她給了我很奇怪的頂樓房間，她只剩這麼一間，但裡面有爐子，曬得到太陽的窗邊還有張不錯的桌子，我隨時高興都能坐在這裡寫作。優美景色與對面的教堂塔樓多少彌補了要爬很多樓梯這件事，我立刻就喜歡上自己的小窩。

我要教書及縫紉的兒童室，是一間很不錯的房間，就在科爾克太太私人起居室隔壁，兩個小女孩也很漂亮，我猜有些被寵壞了，不過在我說完七隻壞小豬的故事後她們立刻喜歡上我，相信我一定會成為模範女家庭教師。

如果我不想去主桌用餐，可以跟兩個孩子一起吃，目前為止我也偏好如此，因為雖然沒有人會相信，我其實很害羞。

「好了，親愛的，就當自己家吧，」科爾克太太以母親的姿態說：「有這樣的家庭妳也可以想像，我從早要忙到晚，但知道孩子跟妳在一起很安全就讓我少了許多煩惱。我的房間永遠隨妳進出，我也會盡可能把妳的房間整理得舒適。如果你想認識人，家裡有些還滿好相處的人，傍晚也都是妳的休息時間。有任何問題隨時來找我，妳就盡量過得開心一點。晚餐鈴響了，我必須快去換下我的帽子。」說完她便匆忙離開，留我慢慢在小窩裡安頓。

稍後我下樓時看到很喜歡的景象。這棟房子很高，樓梯很長，我站在第三層樓梯頂端等著小女僕沉重地爬上來時，看到有位先生跟在她身後，從她手中接過一大斗笨重的煤炭扛上樓放在鄰近門邊，離開時友善地朝她點頭，帶著異國口音說：「這樣比較好。妳年紀太小搬不動這麼重的東西。」

他人很好吧？我喜歡這樣，父親經常說，從小細節便可看出一個人的性格。當天傍晚我向科爾克太太提起這件事時，她大笑說：「那一定是巴爾教授，他經常做這種事。」

科爾克太太說他來自柏林，學識淵博個性很好，但窮得跟什麼似的，靠著教書養活自己以及兩個父母雙亡的姪子，他按照嫁到美國來的姊姊的遺願將孩子留在美國受教育。故事不甚浪漫，但我很感興趣，也很高興聽到科爾克太太說會把她的起居室借給他跟幾位學生使用。起居室及兒童室中間隔了一扇玻璃門，我打算偷看他，然後再告訴妳們他長什麼樣子。他年近四十了，媽媽，所以這樣沒關係。

晚餐過後，又跟兩個女孩嬉鬧一番趕她們上床後，我轉攻工作籃，與新朋友聊天度過安靜的夜晚。我會以日記形式寫信，一個星期寄出一封，所以先晚安了，明天繼續寫。

星期二傍晚

今天早上上課過程真是活潑，兩個孩子好動得跟唐吉訶德裡的桑丘一樣，我一度認為自己真的該好好教訓她們一下。善良的天使給我靈感，要我試試看體操，於是我一直要她們做體操，直到她們很高興能安靜坐下來不要動。午餐過後，小女僕帶她們出去散步，我就像小梅寶「欣然」拿起女紅。我正在感謝自己的幸運星，說我已經學會縫出漂亮的鈕釦孔，此時起居室的門突然打開又關上，有人如大蜜蜂般哼起德文歌〈你知道那個地方嗎〉。我知道這樣非常沒禮貌，但我就是忍不住，於是掀起玻璃門上的窗簾一角偷瞄。巴爾教授在隔壁，趁他整理書本的時候我好好打量了他。典型的德國人樣：身材結實粗壯，一頭蓬亂棕髮，大把鬍鬚，好看的鼻子，我見過最善良的眼神，還有著聽多了我們美國人尖銳或偷懶的聒噪廢話後對耳朵有益的洪亮嗓音。他的衣服都褪色了，手很大，臉上除了一口漂亮牙齒，沒有稱得上帥的五官，但我喜歡他，他頭腦聰明、衣裝整齊，而且雖然外套掉了兩枚釦子、一隻腳上的鞋子有補釘，看起來仍像位紳士。哼著歌的他看起來還是嚴肅，直到他走近窗邊將風信子球莖轉為向陽方位，又摸摸像老朋友那樣歡迎他的貓。這時他露出微笑，門上恰好傳來一陣敲門聲，他輕快嘹亮地喊出：「進來吧！」

我正準備要逃離現場時，看見小孩子捧著大書的身影，於是又停下來看是什麼事。

「窩要找窩的巴爾，」小不點砰地把書丟下跑向他。

「那汝就該有汝的巴爾。來吧，我的蒂娜，來好好給他抱一下吧，」教授大笑抱住她，把她高舉過自己的頭，讓她得低下自己小小的頭來親吻他。

「現在窩要來念書惹，」那個可愛的小傢伙接著說。於是他讓她坐在桌前，翻開她帶來的巨大字典、給她一枝鉛筆，她便開始書寫，不時翻頁、胖胖小指頭在書頁上移動彷彿在找字，表情嚴肅到我差點笑出聲而洩漏自己偷看的事。巴爾先生則以充滿父愛的表情撫摸她的頭髮，害我以為她是他的親生女兒，不過她看起來比較像法國人而非德國人。

敲門聲再次傳來，兩個年輕女子出現讓我乖乖回到位子上工作，無論隔壁傳來怎樣的吵雜與聒噪聊天，我都很有道德地不去偷看。其中一位女子不停做作大笑，風騷地說「教授啊——」，另一位的德文發音則應該會讓他很難保持嚴肅。

兩人似乎都相當考驗他的耐性，因為我不只一次聽見他強調：「不對，不是這樣，妳沒有把我說的話聽進去。」然後一度聽見很大聲的敲擊聲，疑似他以書本敲桌子，隨後是他沮喪大喊：「切！今天什麼都不順。」

可憐的人，我好同情他，等兩位女子離開後，我又偷瞄了一眼看他是否還活著。他似乎累倒在椅子上，坐著閉目休息到兩點鐘響，此刻他跳起來，把書放進口袋裡彷彿準備要去上下一堂課，靜靜地抱著跟他一起倒在沙發上、睡在他懷裡的小蒂娜離去。我猜他日子過得很辛苦。科爾克太太問我五點要不要下樓跟大家一起用餐，內心有點想家的我心想這樣也好，去看看跟我同住一個屋簷下的有哪些人。於是打扮得體後跟在科爾克太太身後想悄悄溜進去，但她很矮我很高，於是掩護不成功。她讓我坐在她隔壁，等到我的臉頰不再發燙時，我鼓起勇氣環顧四周。長桌完全坐滿，每個人都專心吃飯，特別是幾位似乎趕時間準時吃飯的男士，他們的速度非常快，快快吃完快快離開。還有常見的年輕人，滿腦子只有自己；年輕夫妻，眼裡只有彼此；帶著嬰兒的已婚女子；討論政治的老先生。我想我應該不會想跟他們打交道，只有一位面容甜美的未婚女子，看起來像是有點料。

在桌子最遠處角落裡的是那位教授，對著一邊耳聾但問題很多的老先生大喊答案，還與另一邊的法國人討論哲學。若艾美在這裡，她八成會一輩子都不會理這個人，因為他雖然胃口很好，但很遺憾地，狼吞虎嚥的模樣卻會嚇壞「她這個小姐」。我個人不介意，因為我喜歡「看人家吃得津津有味」，就像漢娜常說的，而且這個可憐人一整天都在教笨蛋，應該需要補充很多食物。

吃完晚餐我正要上樓時，有兩個年輕人在大廳鏡子前戴帽子，我聽見其中一位低聲問另一位：

「新來的是誰？」

「女家庭教師之類的。」

「那種人怎麼會跟我們同一桌？」

「老闆娘的朋友。」

「長得不錯，但很不時髦。」

「一點也不。借個火吧，我們走了。」

起初我很生氣，但後來我就不在乎了，女家庭教師跟職員一樣是高尚職業；雖然我不時尚，但我有腦袋，這可比某些人擁有的還多了，光聽那些喋喋不休的高尚老菸槍所講的話就知道。我討厭差勁的人！

星期四

昨天很平靜，都在教書、縫紉，以及在有燈和爐火的溫暖小房間裡寫作。聽說了幾個消息，還認識了那位教授。蒂娜似乎是在洗衣房負責熨燙衣物的法國女子的小孩。那個小不點深深喜愛巴爾先生，只要他在家就會像小狗般尾隨他，雖然他是單身漢，卻非常喜歡小孩子，所以那讓他很開心。凱蒂和米妮．科爾克也同樣非常喜愛他，跟我說了許多他的事，他發明了哪些遊戲、帶來什麼禮物，還有說過什麼精彩的故事。年輕人似乎會嘲笑他，拿他的名字開玩笑，叫他老德佬、巴爾熊、大熊座等。但科爾克太太說他就像小男孩一樣樂於接受，而且脾氣非常好，雖然外國人的作風跟別人不同，大家都還是很喜歡他。

未婚女子是諾頓小姐，有錢、有教養、心地善良。今天晚餐時她跟我說話（因為我覺得觀察所有人很有意思，又去主桌吃飯），邀請我去她房間找她。她有許多好書與畫作，認識許多有趣的人，而且看起來很友善，所以我打算合群一點，我確實想進入更好的社交圈，只是跟艾美喜歡的那種不太一樣。

昨天晚上我在起居室裡時，巴爾先生帶了些報紙進來給科爾克太太。她人不在，但是小大人米妮非常有禮貌地介紹我們認識。「她是媽媽的朋友，馬區小姐。」

「沒錯，她人超好的，我們超喜歡她，」「惡童」凱蒂搭腔。

我們向雙方鞠躬後大笑，因為前面一本正經的介紹跟後續的唐突接話，對比之下還真好笑。

「是的，麻區小姐，我聽說這兩個調皮的小傢伙會去煩妳。如果她們再去惹妳，呼叫我，我會來幫忙，」他皺起眉頭故作威脅，反而讓兩個小壞蛋更加開心。

我答應會這麼做後他便離開了，但這樣彷彿注定了我會經常見到他，因為今天我經過他房門時，不小心用雨傘敲到他的門。門就這樣敞開，他穿著睡衣站在房內，一隻手抓著藍色大襪子，另一隻手拿著針要補襪子。他看起來一點也不覺得難堪，因為我解釋完自己的不小心、匆忙要離去時，他只是揮揮手及手中的襪子，以他一貫開朗洪亮的聲音說：

「要好好去散步喔，小姐，祝妳散步愉快。」

我一路大笑走下樓，但覺得這個男人很可憐得自己補衣服。我知道德國男士會刺繡，但是補襪子是另一回事，而且沒那麼好看優雅。

星期六

沒發生什麼值得寫的事，不過我去諾頓小姐房間找她時，看見她的房間裡有好多漂亮東西，她人也非常好，給我看了她所有的寶物，還問我如果喜歡的話，能不能偶爾陪她去聽演講及演唱會。她說得好像是要我幫她忙，但我相信科爾克太太跟她提過我們的事，所以是出於好心這麼做。我驕傲得像個魔鬼，但是這種人予我的恩惠對我不會造成負擔，而且我滿心感激地接受。

等我回到兒童室，起居室裡歡聲雷動促使我往裡面望，看見巴爾先生四肢著地，蒂娜騎在他背上、凱蒂用跳繩牽著他，米妮則正在餵在椅子搭成的牢籠裡暴衝怒吼的兩個小男童吃香餅。

「我們在玩假裝遊戲，」凱蒂向她解釋。

「這是窩的大香！」蒂娜扯著教授的頭髮。

「星期六下午法蘭斯和艾米爾來玩的時候，媽媽都隨便我們做任何事情，對吧，巴爾先生？」米妮說。

「大香」坐了起來，表情跟其他小孩子一樣誠懇，沉穩地對我說：「我發四四真的，要四我們吵得泰大聲，妳就跟我們『噓！』一下，我們就會安靜一點了。」

我說好但讓門繼續開著，他們玩得開心，我也看得開心，因為我從沒見過有人玩得如此開心。他們玩了官兵捉強盜、唱歌跳舞，天色暗下後他們全爬上沙發圍在教授身邊，聽他講述精彩的童話故事，煙囪頂上的鸛及乘著落下雪花的小妖精。我真希望美國人能跟德國人一樣單純自然，妳們會不會這樣覺得？

我真的好喜歡寫字，如果不是礙於經濟問題，我應該會一直寫一直寫，不過，雖然我已經盡量把字寫小一點又使用極薄信紙，但想到這麼長一封信可能會需要的郵資就讓我害怕。妳們讀完艾美的信後請盡快轉寄給我。接在她光輝燦爛的經歷之後，我的消息可能顯得平凡無奇，但我知道妳們還是會喜歡的。多多真的都在認真念書，找不出時間寫信給他的朋友我嗎？貝絲，請幫我照顧他，告訴我雙胞胎的近況，然後告訴大家我愛他們。

忠實的喬

P.S. 再讀一次我的信時突然發現整封信都在講巴爾，不過我對古怪的人向來特別有興趣，而且我也真的沒有別的事情好寫。祝福妳們！

十二月

我最寶貝的小貝絲：

由於這封信我打算隨性亂寫，就直接指名給妳，妳應該會覺得內容很有趣，而且多少了解我平淡卻有趣的生活，所以要為我感到快樂！經歷過艾美會稱為如海克利斯大力士努力耕耘心智與道德的過程後，我的學生開始萌生想法、多少也以我想要的方式開始發展。對我來說，她們不如蒂娜和兩個男孩子來得有趣，但我善盡自己的職責，她們也很喜歡我。法蘭斯和艾米爾兩個很可愛，頗得我歡心，融合了德國與美國精神的他們隨時都處於歡騰狀態。星期六下午，無論在屋內或屋外，總是充滿騷動混亂；天氣好的時候帶他們一起出去散步，由我和教授管理秩序，就像課外研習般好玩！

我們現在都是好朋友了，我也開始上課。沒辦法，其實開始上課的緣由非常搞笑，我一定要跟妳分享。就從最前面開始說起吧，有一天，我經過巴爾先生房間時，正在裡面翻箱倒櫃的科爾克太太叫住我。

「親愛的，妳見過這種豬窩嗎？來幫我把書籍都擺正吧，我為了找他把我不久前送他的六條新手帕放去哪裡，把所有東西都翻出來了。」

我走進房，整理的同時環顧四周，那裡面真的是「豬窩」。到處都是書籍與紙張，壞掉的海泡石菸斗一只、壁爐架上還有一根彷彿不要了的舊笛子，一邊窗台上有隻沒有尾巴、羽毛殘破的鳥在啼叫，另一邊則擺了一盒小白鼠。手稿中夾雜著未畫妥的船隻及線段。壁爐前正曬著髒兮兮的小靴子，他疼入心底甘願為奴的小兄弟留下的痕跡遍布房內。大肆翻找後，找出了三條遺失物品，一條披在鳥籠上、一條沾滿墨水，第三條則是拿來端東西用而燒得焦黃。

「這個人啊！」好脾氣的科爾克太太大笑著說，將殘骸放進破布區。「我猜其他三條也不外乎是扯破拿去裝在船上、包裹割傷的手指，或用來製作風箏尾。實在太糟糕了，但也不能怪他。他是那麼粗心大意卻好脾氣，任由兩個男孩無情蹂躪他。我答應要幫他洗衣服、縫補破洞，但是他會忘記要把衣物拿出來，我也都忘記要檢查，所以有時候他會看起來相當邋遢。」

「我來補吧，」我說。「我不介意，也不用讓他知道。我想這麼做，他對我這麼好，還幫我收信、借我書。」

於是我幫他把東西整理好，將兩雙襪子補上襪跟處，因為原本的襪子已經因為他亂補一通而變形。我們都沒人提起這件事，我也希望他不會發現，但上星期某一天，他發現我在縫他的襪子。我聽他幫人家上課讓我很感興趣，覺得好好玩我自己也想學，反正蒂娜總是跑進跑出沒關上門，我什麼都聽得見。當時我就坐在這扇門附近剛補完最後一隻襪子，同時努力想了解他對新來且跟我一樣笨的學生說的是什麼意思。那個女學生已經走了，隔壁如此安靜讓我以為他也已經離開，我嘴裡正反覆唸著動詞，以非常可笑的姿勢來回搖晃，一陣輕呼聲讓我抬頭發現巴爾先生看著我一邊偷笑，還暗示蒂娜不要出賣他。

「哈！」他看我停下來呆瞪著他，「妳偷看我，我偷看妳，這樣也不錯，可是啊，我不是敷炎妳才問喔，妳有想要學德文嗎？」

「有啊，可是你太忙了，我又太笨學不會，」我脫口而出，臉紅得像番茄。

「切！我們會找出時間的，不會找不到。我很樂意晚上幫妳上課，麻區小姐，看看妳，我可是有這個人情要還。」他指向我手中的女紅：「『是啊，』這些好心的女子對彼此說，『他是個呆頭呆腦的人，他不會知道我們做了什麼事，也不會發現他的襪跟不再有破洞，他會以為鈕釦掉了就會自己長出新的，還相信線會自己縫回去。』哈！但我有眼睛，我都有看到喔。我有心，我對此很感謝。來吧，偶爾上一、兩次課，不然就不要再當我的小天使做這些事了。」

他都這麼說了，我當然不能再說什麼，況且是這麼好的機會，我立刻達成交易，就此開始。我上了四堂課後很快便陷入文法泥沼裡。教授對我非常有耐性，但對他來說教我想必是折磨，不時還會帶著微微的絕望表情看著我，讓我真不知該哭還是笑。我兩種都試過，嘗試吸鼻子啜泣或大感屈辱悲痛那次，他把文法書往地上扔，大步走出房間。我覺得自己丟盡了臉而且非常孤單，但一點也不怪他，我胡亂收拾自己的練習紙、打算衝上樓回房間好好大哭一番時，他卻突然輕快開朗地對我燦笑，彷彿我全身散發出榮耀的光輝。

「我們來試個新方法。妳跟我一起讀這些童話故事，不要再鑽研那本枯燥的書，害我們累成這樣所以罰它蹲角落。」

他話說得如此溫柔，又如此誘人地把安徒生童話攤開在我面前，我感到更加羞愧而全力以赴，這種學習態度讓他感到極為有趣。我忘了要害羞，極盡所能堅持（只有這樣足以形容）學習，碰到長單字卡關時便根據當下靈感發音，全心一致。讀完第一頁後，我停下來喘息，他誠摯地拍手大喊：「非常好！我們這樣順利多了！換我。我用德文來唸，妳豎起耳朵聽我唸。」他接著以渾厚嗓音將文字唸得極為有意思，聽起來、看起來都很棒。還好故事是滑稽的《勇敢的小錫兵》，所以我可以大笑，雖然他唸什麼我大半聽不懂，還是忍不住大笑了，他是那樣認真，我又那麼興奮，整件事搞笑極了。

之後我們的進度就順利許多了，我現在課文讀得很不錯，因為這種學習方式適合我，我知道文法就夾在詩詞故事中，就像藥丸藏在果凍裡一樣。我非常喜歡這種學習方式，他似乎也還沒厭倦，他這樣真的很好心，對吧？我想送點好東西給他當耶誕禮物，因為我可不敢給他錢。媽媽，請給我點好的建議。

我很高興知道小羅開心又忙碌地過生活，已經戒菸又把頭髮留長了。妳看，貝絲管他比我管得好。親愛的，我沒有吃醋，妳就盡力吧，但不要把他變成什麼聖人。我怕他再也不調皮，那我就不喜歡他了。可以把我信裡的一些內容唸給他聽，我忙到沒有太多時間可以寫信，寫這樣應該還可以吧。貝絲身體狀況一直都這麼好，真是感謝上天。

一月

我最親愛的家人，祝你們大家新年快樂，其中當然也包括羅倫斯先生與那個年輕人多多。我找不到言語能形容自己有多喜歡你們寄來的耶誕禮物包裹，本來都已經放棄希望了，因為我一直到晚上才收到。我早上就收到你們的信，但為了給我驚喜，你們信上沒有提到包裹這回事，我很失望，因為我原本「內心覺得」你們不會忘了我。晚餐過後我坐在房間裡感覺有些低潮，當那個髒兮兮、有些殘破的大包裹來到我房間時，我就只能抱著包裹與奮地上下跳個不停。包裹裝著讓人精神為之一振的家鄉味，我就坐在地板上邊讀邊看、邊吃還邊哭，就是我那一貫荒謬的樣子。所有東西都跟我想要的一樣，而且不是買的，是手做的，更好。貝絲新做的「墨水背心裙」超讚，漢娜烤的硬薑餅我會好好珍藏。媽媽，我一定會穿上妳寄來的法蘭絨衣，並細讀父親標注的書。謝謝大家，真是太感謝了！

說到書，我想到自己在這方面真是越來越富裕了，新年那天，巴爾先生送給我一本莎士比亞文學。那是他非常珍惜而我也常推崇的一本書，他把這本書跟德文聖經、柏拉圖、荷馬及米爾頓供在一起，所以你們能想像他拿下這本沒有封面的莎士比亞文學，給我看上面寫了我的名字及「朋友弗德里希·巴爾贈」時我有多開心。

「妳常說希望自己有座圖書館。我送妳這一本，因為在蓋子（他指的是封皮）裡收錄了好幾部作品。好好讀，會對妳很有幫助，因為這本書裡的人物描寫可以幫妳讀懂這個世界，並以筆描繪出來。」

我盡可能地好好謝過他，現在提到那本書都說是「我的圖書館」，彷彿我真有上百本書。我從來不知道莎士比亞裡面有這麼多東西，但也從沒有巴爾這樣的人幫我解釋。不要嘲笑他那糟糕的名字，它的發音唸起來既不是人們所說的「貝爾」，也不是「畢爾」，而是介於兩者之間，只有德國人才唸得出差別。我很高興你們兩人都喜歡聽我說他的事，希望有天你們也能認識他本人。母親會很欣賞他溫暖的心，父親則會欣賞他的智慧。我兩者都很欣賞，新「朋友弗德里希·巴爾」讓我覺得自己很充實。

我沒有太多錢，也不知道他喜歡什麼，所以買了幾樣小東西擺在他房間各處，讓他能在不經意間發現。都是些實用、漂亮或搞笑的東西：新筆墨架擺他桌上；小花瓶讓他插花，因為在他房裡總有一朵鮮花或些綠草裝在玻璃杯裡，他說那樣能讓他保持清新；還有讓他使用暖爐的隔熱手套，這樣才不會把艾美稱為「手絹」的東西燒得焦黃。我做得像貝絲發明的那樣，身體胖胖有黑黃相間翅膀的大蝴蝶，絨線做觸角，串珠做眼睛。他非常喜歡，喜歡到放在壁爐架上當展示品，所以我的用意算是失敗了。他很貧窮，卻沒有忘記這個家裡任何一位僕人或小孩；而無論是法籍洗衣婦人或諾頓小姐，這裡也沒有任何一個人忘了他。我很替他高興。

除夕當天他們辦了化裝舞會玩得非常開心。我沒有衣服穿，所以本來不打算下樓參加。但是科爾克太太在最後一刻想起有些舊錦緞，諾頓小姐則借我蕾絲及羽毛。於是我打扮成薛里頓筆下的口誤太太，戴著面具入場。我刻意變聲，所以沒有人認出我，也沒人想過那個安靜自大的馬區小姐（他們大多覺得我很正經冷漠，而我對那些自以為是的小子也確實如此）會打扮、會跳舞，還會吐出「狂亂的墓誌銘，宛如尼羅河岸上的預言」。我玩得非常開心，脫下面具看見大家瞪著我看時真是好玩。我聽見其中一位年輕人對另一位說，他就知道我以前是演員，而且他認為自己記得在某個小劇場裡看過我演出。瑪格一定會覺得這個笑話很讚。巴爾先生扮成《仲夏夜之夢》裡的尼克．波頓，蒂娜則扮成蒂塔妮亞成為他懷裡最完美的小精靈。套句多多的話，看他們跳舞「真是一番美景」。

最後我還是過了很快樂的新年，在房間裡回想整個過程時，我覺得自己儘管經歷了許多失敗，還是小小有所長進，因為我現在隨時都很歡樂，更有意願工作，也比過去還要對其他人感興趣，我自己非常滿意。祝福各位！永遠愛你們的……喬

第三十四章
益友

喬開心地沉浸於這樣的社交環境，每日的工作也讓她掙得收入，使她的辛苦付出更為甜美。儘管如此，她仍撥出時間爬格子。現在促使她寫作的原因對任何野心勃勃的貧窮女孩來說都很自然，但她達成目的的手段卻沒那麼理想。她發現金錢能帶來權力，因此她決心要獲得金錢與權力，不僅用於她自己，而是用於她深愛勝過自己生命的人。喬多年來夢想的理想國度便是為家裡添購各種好東西，比如冬天想要吃草莓，或房間裡也放一台鋼琴，貝絲想要什麼都給她，讓自己能出國，以及擁有多於自己所需的資源，讓她能縱情於奢侈的慈善活動。

經過長期遊歷與辛勤工作之後，故事得獎的經歷似乎為喬開啟了新的道路，讓她寫出討喜的《空中樓閣》。但是先前出版小說慘敗的經驗暫時澆熄了她的勇氣，就連爬在比她所面對還要更巨大的魔豆豆莖上的勇敢傑克，也害怕大眾輿論這樣一個巨人。她就像那位不朽的主角，初次嘗試攀爬卻滾落地，我沒記錯的話，獲得的也不是巨人最重要的寶藏，於是她稍事休息。但是喬「再爬一次、再偷一次」的精神跟傑克一樣強烈，於是這回她從陰影處爬上去，偷回更多戰利品，卻差點失去比那些金錢更為珍貴的東西。

她開始寫聳動的故事，因為在那種黑暗年代，就連完美的美國人也喜歡讀垃圾文章。她沒有對任何人說，虛構了一則「驚悚故事」，大膽前去見《火山週刊》的編輯戴許伍德先生。她從沒讀過卡萊爾的《衣服哲學》，但女性直覺告訴她，衣服對人的影響力遠大於人格或禮儀。於是她穿上最體面的衣服，試著說服自己不要興奮也不要緊張，相當勇敢地爬上兩層漆黑骯髒的樓梯，來到一間亂七八糟又因雪茄而煙霧繚繞的房間。房間裡有三位男士腳翹得比頭還要高，看見她出現，也沒有人把腳放下。有點被眼前景象嚇到的喬站在門口猶豫不決，非常尷尬地低聲說：

「不好意思，我在找《火山週刊》的辦公室，我想跟戴許伍德先生見面。」

翹最高的那雙鞋子落了地，男子的頭從最為濃密的煙霧中冒了出來，小心翼翼地呵護指間的雪茄，點頭示意，但表情看起來除了睡眼惺忪沒有別的。喬覺得自己必須設法有所突破，於是拿出手稿，說話時愈發臉紅，坑坑巴巴吐出事前精心擬好的講稿。

「我的朋友想請我投稿……故事……只是做實驗……請你給點意見……如果這篇故事適合的話很樂意……多寫。」

在她臉紅結巴亂講話的同時，戴許伍德先生已經接過手稿，用他頗髒的手指翻頁，以吹毛求疵的眼神掃過整齊的頁面。

「看來不是第一次投稿？」他發現頁面都有編號，只有一邊有封皮，而且沒有用緞帶綁起來，沒有犯新手會犯的錯。

「不是的，先生，她過去有些經驗，還得過《巧言石旗幟報》徵文比賽獎項。」

「是這樣嗎？」戴許伍德先生快速瞄了喬一眼，但似乎已經從她無邊圓帽上的蝴蝶結到靴子上的鈕釦全都注意到了。「好，妳要的話可以把稿子留下來。我們現在有太多這種稿子，都不知道該拿來怎麼辦了。但我會看一看，下個禮拜給妳答覆。」

喬可是一點也**不想**把稿子留下，因為她看戴許伍德先生非常不順眼。但情勢所逼，她也只能鞠躬離開，表現出格外高傲自持的模樣，有人激怒她或她感到羞愧時都會這樣。此刻的她兩者都是，因為從那三位男士間交換的眼神便可明顯看出，他們覺得她捏造的「我的朋友」很好笑，而某位編輯關上門大笑，發表了她聽不見的評語讓她更覺狼狽。半下定決心再也不要來這裡的她回到家，奮力縫背心裙發洩不悅，

一、兩個小時過後，她已經冷靜下來可以笑談當時場景，並期待下個星期。

再次前去時，辦公室裡只有戴許伍德先生一人，讓她非常開心。戴許伍德先生也比上次還要清醒，這樣非常好，不再沉浸於抽雪茄而忘了要有禮貌，因此第二次面談遠比第一次還要讓人感到舒服許多。

「如果妳不介意做些修改的話，我們（編輯永遠不說「我」）會收下這份手稿。稿子太長了，但只要刪除我標示的段落，長度就剛好了，」他的語氣非常公事公辦。

喬幾乎不認識自己的手稿了，紙張都皺巴巴，段落也畫滿了線，這就像是必須砍下嬰兒的腿才能躺進新搖籃那樣，讓身為父母的她不忍心；她看了那些標示的段落，意外發現所有她刻意置入平衡大量戀愛情節的反省寓意全都刪除了。

「可是，先生，我以為所有故事都該要有寓意，所以我特別安排讓我筆下的幾位壞人懺悔。」

戴許伍德先生原本嚴肅的編輯面容露出微笑，因為喬忘了她「朋友」的存在，只有作者才會那樣說話。

「讀者想要的是娛樂不是說教，妳懂吧。現在寓意沒賣點了。」其實這個說法不太正確。

「你覺得這樣修改可行囉？」

「可以，妳的情節新穎，安排得也很好，用字也算不錯，」戴許伍德先生的回答很友善。

「那麼你……我的意思是，費用多少……」喬不太清楚該如何表達。

「啊，對，這類東西我們多半是給二十五到三十之類的。刊登的時候付錢，」戴許伍德先生的語氣聽起來好像忘了稿費這回事。據說編輯確實常會忘記這種小事。

「非常好，那稿子你們就收下吧，」喬滿意地把故事遞還給他，接在一篇專欄付一塊錢的經歷後，二十五塊錢聽起來已經夠好了。

「那要不要我轉告朋友，如果有比這更好的故事你們還願意收？」喬完全沒發現自己先前已經說溜嘴，出征勝利讓她更加勇敢。

「我們可以看看，但不保證會收。叫她寫短一點、辛辣一點，教誨寓意什麼的就不用了。妳朋友想要怎麼署名呢？」編輯一副不在乎的樣子。

「可以的話都不要署名，她不希望報上出現自己的名字，也沒有筆名可以用，」喬不禁臉紅。

「那當然就照她的意思。故事下週會刊出，妳會上門領取稿費，還是要我用寄的？」戴許伍德先生出於自然想多了解這位新的投稿者。

「我會親自來領取。祝您有個愉快的早晨，先生。」

她離開後，戴許伍德先生翹起腳，評論得體：「一般來投稿的人都像她一樣貧窮又驕傲，不過她不錯了。」

喬遵循戴許伍德先生的指示並以諾斯伯里太太為模範，倉促投入沒有深度的聳動文學大海，但還好有朋友投下了救生圈，讓她爬上岸時不會更糟。

她就跟多數年輕寫手一樣，角色與場景都安排在國外，舞台上會出現歹徒、伯爵、吉普賽人、修女及公爵夫人，每個角色的準確性與精神猜都猜得到。她的讀者不太在乎文法、標點符號及可能性這類小事，戴許伍德先生開出最低稿費大方地請她填滿他的專欄，並認為無須告訴她自己真正這麼大方的原因，其實是因為他旗下的一位低價寫手在收到更高稿費的邀約後，便卑鄙地放他自生自滅了。

她很快便對自己的工作產生興趣，因為她瘦巴巴的荷包逐漸茁壯，她為了明年夏天要帶貝絲去山上而存的錢也緩慢穩定地隨時間成長。但有一點破壞了她的成就感，就是她沒把這件事告訴家人。她覺得父母親一定不會贊同，所以情願先照自己的意思去做，事後再請他們原諒。要保守這個祕密非常容易，因為她的名字不會隨故事刊登。戴許伍德先生當然很快便得知她的真名，但答應不說，而且也神奇地遵守承諾。

她以為這樣做不會有損失，因為她沒打算寫自己真會引以為恥的東西，良心上的譴責都因為期待最後幸福時刻的到來而撫平，那時她就能秀出所得並笑說自己守口如瓶的祕密。

但是，除了聳動故事，戴許伍德先生什麼都不收，而要達到驚悚效果就必須讓讀者心靈痛苦，因此她得盡蒐歷史與愛情、陸地與海洋、科學與藝術、警方報告與精神病院等所有資料。喬很快便發現自己涉世未深的經驗，只勉強讓她接觸了一點點這個社會的悲慘面，因此，她從商業角度考量，以角色的活力彌補她不足的見識。積極為故事找材料、決心就算無法嫻熟運用素材也要有原創情節的她，在報紙上尋找意外、事故與犯罪消息。她向公共圖書館員詢問與毒藥題材有關的作品讓對方起疑。她仔細觀察街上行人的臉，及身邊所有人好壞或冷漠的性格。她在歷史時代的灰燼中鑽研，尋找古老到沒人聽過於是跟新的一樣好的事實或虛構，在有限的機會裡盡可能讓自己見識各種愚蠢、罪惡與不幸。她以為自己的進展很不錯，卻在無意識間開始褻瀆女人性格中最為女性化的特質。她生活在不健全的環境裡，雖然只是出於想像卻還是影響了她，因為她以危險及沒有營養的食物餵養心靈與想像，草率接觸我們遲早會面對的人生黑暗面，進而快速失去天真無邪的本性。

她開始真實感受而非只是見識，在描述他人的熱誠與情感的同時，她也開始研究並猜測自己的，但年輕健康的心智不會主動沉溺於這種病態娛樂。人只要做錯事就會受到懲罰，喬在最需要接受懲罰時，懲罰便降臨了。

我不知道是研讀莎士比亞有助性格的判斷，抑或是女性直覺告訴喬何謂誠實、勇敢與堅強，但是在賦予虛構男主角天底下最為完美的性格時，她也發現了真實生活中的男主角，儘管有許多不完美卻仍讓她深感興趣。某次聊天，巴爾先生建議她若發現某些單純、真實又美好的性格時就要去觀察，這對作家來說是很好的訓練。喬真的照做，轉身開始觀察他，他若知道這個結果會非常訝異，因為這位可敬的教授可是非常謙虛。

起初是因為喬不懂為什麼大家都喜歡他。他既不富有偉大也不年輕帥氣，更完全稱不上迷人、莊重或傑出；然而他卻如溫暖舒適的火那樣吸引人，讓大家自然而然如聚集在溫暖壁爐前那樣圍繞他身邊。他非常貧窮，卻似乎總在付出；他是一個外地人，但人人都是他朋友；他不再年輕，內心卻如小男孩那樣歡喜；他樸素又古怪，然而在許多人眼裡他看起來卻那麼美，就算行為古怪，大家也因為是他而輕易原諒。喬經常看著他，想了解他的魅力，最後認為是他的善意締造了奇蹟。他若感到悲傷，「也是埋頭藏起來」只以陽光的那一面迎接世界。他的額頭有皺紋，但歲月似乎記得他對別人有多仁慈，而只在他身上留下輕微的痕跡。許多友善話語及開朗笑容在他唇邊留下美麗的紋路；他的眼睛從不冷酷嚴厲，大手溫暖緊握便勝過千言萬語。

他的衣服似乎感染了主人的好客天性，看起來相當自在，喜歡讓主人穿起來舒服。寬大的背心象徵裡面藏了博愛的心。樸實的外套散發著愛交朋友的氛圍，寬鬆的口袋證明了曾有許多小手空空地伸進去，出來時卻抓滿了東西。他的靴子讓人感到善意，領口也不像他人的那樣僵硬粗糙。

「就是這樣！」喬終於發現只要對同胞展現真誠善意，就連吃飯狼吞虎嚥、襪子要自己補、還取了巴爾這種名字的健壯德國教師，也會顯得美麗高尚。

喬非常重視一個人是否善良，但她也同樣具備女性對智慧的尊敬，一些小小發現讓她更加敬重教授。他從不談自己的事情，所以直到同鄉人來訪前，沒有人知道他在家鄉城市其實是以博學與正直聞名並極受禮遇的人。因為他從不談自己的事，喬也是在某次與諾頓小姐聊天時得知這個欣喜的消息。因為是從諾頓小姐那兒輾轉知道，加上巴爾先生從沒主動提起過，這讓她更喜歡他的真實身分。她很驕傲得知他雖然在美國只是個貧窮的語言教師，在柏林卻是受人敬重的教授，而他腳踏實地辛苦工作的生活更因為這項發現而更顯浪漫美麗。另一個比智慧更好的禮物，則以極為出乎意料的方式出現在她眼前。諾頓小姐有資格進入多數社交場合，如果沒有諾頓小姐，喬這輩子也不可能見識到這些場合。這位獨身女子對她這個有雄心壯志的女孩子很感興趣，大方地與喬及教授分享許多這類機會。有天晚上，她帶著兩位參加為了許多名人舉辦的非公開研討會。

喬本來準備要拜倒在那些她從遠處以青春熱忱膜拜的偉大人物面前，但她對天才的尊敬卻在當天晚上受到重擊，讓她花了好段時間才恢復，接受這些偉大人物也不過是凡人的事實。她的失望可想而知，偷瞄了一眼字裡行間透露著不食人間煙火形象的詩人，卻發現他狼吞虎嚥的模樣，徹底違背了他知識分子的外表。目光離開墮落的偶像後，卻發現更多讓她浪漫幻想迅速破滅的事實。那個偉大的小說家如鐘擺一般規律地擺盪於兩瓶美酒之間；一位知名才子公然與一位猶如當代史岱爾夫人的女士調情，而她卻怒視著另一位柯琳，柯琳在溫和地挖苦她，耍盡手段跟她搶知識淵博哲學家的注意。但那位哲學家故作莊重地喝著茶，看似在打瞌睡，因為這位女士喋喋不休讓人根本無法開口說話。科學界名人忘了他們的軟體動物與冰河時期，聊起藝術八卦，以他們特有的活力專注於生蠔及冰淇淋；宛如奧斐斯[17]再世迷倒這個城市的年輕音樂家，談論著馬匹；在場的英國貴族則成了團體中最普通不過的普通人。

當晚活動進行還不到一半，喬已經夢想幻滅到坐在角落裡要自己打起精神。不久後巴爾先生也來坐在她身旁，看起來非常不自在，此時幾位哲學家得知他的興趣緩緩前來群聚，在這個隱密角落裡上演智識競技。這些對話遠超過喬所能理解，但她聽得津津有味，雖然康德與黑格爾對她來說是未知神明，主觀與客觀也是她聽不懂的詞彙，結束後，唯一「從她內在意識衍生」的是劇烈頭痛。她慢慢意識到，那些人就這樣將這個世界拆解，並以自認為比過去更好的原則重新建構，宗教即將化為虛無，知識是唯一的神。喬對哲學或形上學這些東西一無所知，但聽的過程中有種半享受、半痛苦的求知悸動浮現，讓她漫無目的漂泊於時空之間，宛如投奔自由的年輕氣球。

17 Orpheus為希臘神話中太陽神阿波羅與女神卡利歐碧的兒子，會譜曲唱歌，有相當高的音樂造詣。

她轉頭看教授覺得如何，卻發現他以不曾見過的嚴厲表情看著自己。他搖搖頭要她離開，但當時的她深受思辨哲學吸引無法離開座位，想知道那些博學人士消滅所有古老信念後打算以什麼為依歸。

巴爾先生生性謙遜，不輕易發表意見，這不是因為他容易受到動搖，而是太過真心誠懇，無法隨意把話說出口。他望著喬及其他幾位年輕人明顯受到華麗哲學煙火吸引的臉龐，皺起眉頭很想說話，怕這些易燃的年輕靈魂會因為這些煙火誤入歧途，卻在演出結束後才發現，手中只剩燒盡的煙火棒，或根本手就燒傷了。

他盡可能地忍受，但現場有人請他發表意見時，他坦白憤慨地以事實流利地為宗教辯駁，如此無礙的口才讓他破碎的英文聽來美妙如音樂，平凡臉龐看來也美麗無比。他辯論得很辛苦，因為那些博學之士也提出相當有力的辯證，但不知道自己正節節敗退的他，仍然像個漢子堅守信念。在他辯論的過程中，喬的世界也再次導正了。那些延續已久的古老信念感覺比新的更好。上帝不是什麼盲目勢力，永生也不僅是好聽的寓言故事，而是有福的事實。她感覺自己再次站穩，當巴爾先生停頓時，他非但絲毫沒被說服，還辯論得極為出色，喬真想拍手感謝他。

她沒有真的拍手，也沒有當場感謝他，但記下了這個場景，打從心底尊敬教授，她知道要他在那個當下說話有多不容易，但他的良心不容許他沉默。她慢慢明白，人格是勝過金錢、地位、智慧或美貌的財產，認為若有智之士所定義的傑出真是「真實、敬重與善良」，那麼她的朋友巴爾先生絕對不只是好而已，而是偉大傑出。

她的信念日漸強烈。她看重他的重視，想要得到他的尊敬，希望自己值得擁有他這個朋友，而就在她的希望最為誠懇之際卻幾乎失去一切。這都只因為一頂歪掉的帽子。某天傍晚，教授來幫喬上課時，頭上還戴著一頂蒂娜幫他戴上、但他忘了摘下的紙摺士兵帽。

「他下樓前顯然沒照鏡子，」喬微笑著心想，他說完「午安」後嚴謹地坐下，絲毫沒察覺自己的頭飾跟他的主題之對比有多可笑，因為他正要讀《華倫斯坦之死》[18]給她聽。

起初她什麼都沒說，因為她喜歡聽他在發生好笑事情時開懷大笑的聲音，決定讓他自己發現便忘了這件事，畢竟聽德國人朗讀席勒的作品是相當引人入勝的事。朗讀完後便要上課，當天上課過程相當生動，因為喬的心情很好，那頂歪掉的帽子也讓她眼神充滿歡樂。教授不知道她怎麼了，於是終於帶著讓人無法招架而些微訝異的語氣說：

「麻區小姐，妳為什麼當著老師的面在笑？妳完全不尊重我，所以一直這樣不乖嗎？」

「老師，你不把帽子摘下，我要怎麼尊敬你？」喬說。

粗心大意的教授表情嚴肅地伸手摸頭，取下一只歪掉的小帽子，看了一會兒，然後仰天發出低沉渾厚的笑聲。

「哈！我懂了，是那個古靈精怪的蒂娜讓我帶帽子，害我變成笑柄。這沒什麼，可是妳啊，如果這堂課不好好學，帽子就要換妳戴了。」

但是這堂課卻停頓了好一會兒，因為巴爾先生看見帽子上的一張圖片，攤開後非常不齒地說：「真希望家裡都不要出現這些報紙。小孩子跟年輕人都不該讀這些東西。這些東西不好，我對這些會造成傷害的東西沒有任何耐性。」

喬瞄了一眼報紙，看見一幅由瘋子、屍體、壞人及毒蛇構成，看起來討喜的插畫。她不喜歡那幅畫，但她在衝動之下翻面並不是因為她不喜歡，而是出於恐懼，因為她一時之間以為那是《火山週刊》。還好

18 *Wallenstein's Death* 為德國著名詩人、哲學家、歷史學家和劇作家弗里德里希・馮・席勒（Friedrich von Schiller, 1759-1805）之戲劇作品《華倫斯坦》三部曲之最終曲。

不是，而且她想起就算真是刊登自己故事的《火山週刊》，上面沒有她的名字也沒人會知道，於是她不再恐慌。然而，教授雖然心不在焉，卻從那麼一個眼神及瞬間臉紅的模樣，觀察到比一般人所以為還要多的事。他知道喬有在寫作，而且不只一次在報社碰見她，但她從沒提起這件事，於是儘管他非常想看她的作品也從不發問。此時他意識到喬做的是自己羞於承認的事，讓他有些不安。他並沒有對自己說：「這跟我無關，我沒有資格說話。」很多人就會這麼做。他只記得，她是個貧窮的年輕女孩，遠離父母親慈愛的照顧，他想幫助她的那股衝動來得快且自然，就像他會立即伸出手防止嬰兒跌進水坑一樣。這一切在他腦海裡瞬間閃過，但臉上什麼都看不出來，等喬把報紙翻面、拿出針線穿好時，他已經能很自然但嚴肅地說：

「對，跟這些東西保持距離是對的。我覺得年輕好女孩不該看這些東西。對有些人來說或許很好玩，但我情願給兩個姪子彈藥當玩具，也不要給他們看這些垃圾。」

「也不是全都那麼糟，有些只是很蠢，而且如果市場上真有這種需求，我覺得加以滿足也沒有什麼不對。很多可敬的人也是靠所謂的激情故事老實賺錢，」喬非常用力刮著打折處，針刮過的地方出現許多細小裂縫。

「威士忌也有人要喝啊，但我想妳跟我都不會去賣。要是可敬的人知道自己會造成什麼樣的傷害，就不會覺得這樣賺錢叫做腳踏實地。他們沒有權利在糖果裡摻毒，然後讓小孩子吃下去。不行，他們在做這件事之前應該要多想一想，去街上掃個地再說。」

巴爾先生語氣溫和走向壁爐，報紙在手中揉成一團。喬靜坐沒動，看起來好似火燒到了她面前，因為在那頂紙帽燒成灰燼直上煙囪不再有害後，她的臉仍持續漲紅許久。

「我真想把剩下的垃圾也都一起燒掉，」教授走回來時鬆了一口氣地喃喃自語。

喬想著樓上那堆將會燒成怎樣的熊熊烈火，當下感覺自己辛苦賺來的錢成了良心負累。接著她安慰自己：「我的不像那樣，只是很蠢的故事，不是會傷人的壞東西，所以我不用擔心。」她繼而拿起書，表情認真地說：「老師，我們要不要繼續上課呢？我從現在開始會很乖、很聽話。」

他只說：「希望如此。」但含意比她所想的還要深遠，看著她的表情那樣嚴肅仁慈，讓她有一種《火山週刊》四個字大大印在自己額頭上的感覺。

她一進房間便立刻把報紙拿出來，仔細讀過自己寫的每一篇故事。有些近視的巴爾先生有時會戴上眼鏡，喬試過一次，看見書上的小字在鏡片下放大而微笑。這時的她彷彿也戴上了教授的道德或心理鏡片，因為那些慘烈故事的缺陷全都可怕地回瞪著她，讓她相當驚恐。

「這些都是垃圾，要是我繼續寫下去會變成更可怕的垃圾，因為每一篇都比上一篇還要聳動。我盲目地寫著，傷害自己也傷害了其他人，都只為了錢。我知道這是傷害沒錯，因為我根本無法真實坦承地閱讀這些文章而不感到極度羞愧，要是家裡人或是巴爾先生看到怎麼辦？」

光是想到就讓喬羞紅了臉，把整捆報紙塞進壁爐，煙囪幾乎燒了起來。

「沒錯，這些易燃垃圾最好的去處就是這裡。我情願把房子燒了，也不要讓其他人因為我提供的火藥炸死自己，」她看著《權利惡魔》宛如冒火的黑色餘燼在她眼中飛逝。

但是當她三個月來的辛苦工作只剩下一堆灰燼及腿上的錢，喬一臉嚴肅坐在地上，心想她到底該拿自己的稿費怎麼辦。

「我想目前為止我還沒有造成太大的傷害，所以可以留下這筆稿費作為我這段時間付出的收穫，」她在沉思了好一段時間後說，然後又倉促接著說：「我真希望自己沒有良心可言，這樣真是麻煩。要是我能不在乎自己做的是對或錯，做錯時也不會覺得不舒服，那我應該可以過得很好。有時候我真希望父母親沒有那麼要求這種觀念。」

唉，喬，與其希望如此，不如感謝上帝「父母親很要求」，並發自內心同情那些血氣方剛的年輕人，沒有這種猶如監獄高牆般的原則守護圍繞他們身邊，為他們立下穩定基礎建構長大後的人格。

喬不再寫這些聳動的故事，認為那些錢不足以彌補她所經歷的良心譴責，但卻走向另一個極端，就是跟她同類的人一樣，走上薛伍德太太、艾吉沃茲小姐及漢娜．莫爾等女作家的路線，寫出更適合稱為論文或布道的作品，充滿深遠寓意。她從一開始便對自己的作品有所存疑，因為她生動的想像與女孩子氣的夢想在這種新風格裡感到相當不自在，就好比穿著上個世紀僵硬沉重的服裝參加化裝舞會。她把這份教誨意味濃厚的珍貴手稿寄給好幾個買方，但沒有人要買，因而同意戴許伍德先生的話，寓意賣不了錢。

她又嘗試了兒童故事，如果不是她貪心想大賺一筆，早就輕易賣出了。唯一出價高到讓她認為值得花時間嘗試寫青少年文學的人，是把讓全世界都歸化為與他相同信仰視為己身任務的知名男士。但儘管喬喜歡為兒童書寫，卻無法同意將所有不聽話的男生都描述成只因為沒有去上特定主日學校，就被熊吃掉或被瘋牛撞倒，也無法說出所有去主日學校的乖小孩都會因此獲得各種至福，從鑲金薑餅到離世時有天使伴隨，並口齒不清地吐出聖詩或布道。由於這些嘗試都沒有結果，喬於是封起墨水架，以完全正面的謙遜態度說：

「我什麼都不懂。我要等到自己懂了才要再次嘗試，在這之前，如果沒辦法做得更好，那就『去街上掃地』吧，至少那樣很腳踏實地。」這個決定證明了她第二次跌落魔豆豆莖是有幫助的。

在她內心經歷這些革命的同時，外在生活一如往常地忙碌但平靜，所以如果有時她顯得嚴肅或有些悲傷，除了巴爾教授也沒人發覺。他非常低調地觀察，因此喬從來沒發現他在觀察她是否接受他的斥責並因而獲益；但她通過了考驗，讓他很滿意，雖然他們兩人沒說過這件事，他卻知道她已經放棄寫作。他如此猜測不僅是因為她右手食指不再沾滿墨水，還有她如今傍晚時間都待在樓下、去報社時也不再碰到她，而且更加認真專注學習，讓他確定她致力於將心思全擺在更有益的事物上，就算不會讓她更開心。

他在許多方面幫了她，證明自己是個真正的朋友，喬感到很開心，因為她雖然暫時封筆，卻學了比德文還要多的東西，也為日後書寫自己生命中的言情故事奠下基礎。

那是個美好而漫長的冬天，因為她直到六月才離開科爾克太太家。分離時刻來臨時，大家似乎都感到很遺憾。小孩子都很傷心，巴爾先生的頭髮全都豎起，因為他每次心煩意亂時都會亂抓頭髮。

「回家嗎？嗯，有家可回很幸福。」她把消息告訴他後，他這麼說，繼而沉默地在角落裡扯著自己的鬍子，她則在最後一夜舉辦了歡送會。

她很早便要出發，於是前一天晚上便先跟所有人道別，輪到他時，她熱情地說：「老師，如果順路經過，不要忘了來看我們好嗎？如果你不來，我永遠不會原諒你，因為我希望大家都能認識你這位朋友。」

「是嗎？要我去拜訪嗎？」他看著她的表情，帶著她看不出來的積極期待。

「是啊，下個月來吧。到時候小羅畢業，你會喜歡的，畢業典禮就是全新開始。」

「妳說的是妳最好的朋友嗎？」他的語氣不同了。

「是啊，我的多多。我相當以他為傲，希望你也能認識他。」

這時喬抬起頭，什麼也沒發現，只知道自己對於將能介紹他們認識感到很開心。巴爾先生臉上的表情卻讓她突然想起小羅可能不只是「最好的朋友」，但因為她刻意不想看起來好像有什麼事，反而更加不自主地開始臉紅，她越是不想臉紅，臉就越紅。要不是蒂娜坐在她腿上，她還真不知道該怎麼辦。還好，這孩子想要抱她，於是她馬上遮住自己的臉，希望教授沒看見。但他看見了，而他的表情也從那瞬間的不安轉為平常的模樣，禮貌地說：

「我怕自己抽不出時間，但祝福妳朋友一切順利，祝妳幸福。願主祝福妳！」說完後，他熱情地與她握手，扛起蒂娜離開。

但是在兩個男孩上床睡覺後，他在壁爐前坐了許久，臉上表情疲憊，思鄉之情讓他心裡非常沉重。他一度想起喬腿上抱著小孩的模樣，臉上浮現新的溫柔表情，他以手托住頭一會兒，接著卻在房間裡四處走動，彷彿在尋找什麼找不到的東西。

「那不是我能擁有的生活，我現在不該這樣期待，」他自言自語，歎息聲大到像是在哀號。接著，彷彿是責怪自己竟有如此無法壓抑的渴望，他親吻了那兩顆靠在枕頭上的亂髮，拿出少用的海泡石菸斗，攤開柏拉圖的書。

他盡可能地盡本分，像個男子漢擔責起任，但我認為如韁脫野馬的兩姪子、菸斗，甚至是神聖的柏拉圖，對他來說都不足以取代自己家中能有個妻子與孩子的生活。

雖然時間很早，隔天早上他還是到車站為喬送行，也因為他，這段單人旅程能有張熟悉的臉龐微笑送她啟程、有豐富的美好回憶，還有一大束紫羅蘭陪伴她，最棒的是還有幸福的念頭：「好啦，冬天過去了，我雖然沒有寫書也沒有賺大錢，但交到非常值得的朋友，我會盡力將這個朋友留住一輩子。」

第三十五章
心痛

無論小羅原本動機為何，那年他都非常認真念書，最後以優異成績畢業，朋友還形容他的拉丁文演說有美國改革家菲利普的優雅，及希臘演說家狄摩西尼斯的流利口才。所有人都到場了，他那驕傲無比的爺爺、馬區先生與太太、約翰與瑪格、喬與貝絲，全都發自內心狂歡讚美他，那個年紀的男孩不懂重視，但後來無論如何成功都無法從世人身上獲得那種真誠讚美了。

「我必須留下來參加該死的餐會，但我明天會早早回家。妳們幾個姊妹會跟之前一樣來跟我碰面吧？」在歡樂的一天過後，小羅送三個姊妹上馬車。他說「幾個姊妹」，但他指的是喬，因為只有她還繼續這個傳統。她不忍心拒絕這個輝煌成功的小羅任何事，熱情回應：

「多多，我風雨無阻都會走在你前面，用口簧琴吹〈歡慶英雄凱旋歸來〉。」

小羅感謝她的眼神，讓她突然恐慌地想：「糟糕了！我知道他到時候會說什麼，我該怎麼辦？」夜裡靜坐及白日的工作多少緩和了她的恐懼，決定不要虛榮地認為在已經用各種方式，讓對方知道她的答案會是什麼了之後，人家還會跟她求婚，於是仍在約定的時刻出發，希望多多不會逼她做出任何傷他心的事。造訪瑪格的家，抱過黛絲與戴米讓她換了心情，為她接下來的會面鞏固信心，但當她看見遠處浮現的健壯身影，還是有股強烈的衝動想要轉身逃跑。

「喬，妳的口簧琴呢？」小羅一進入說話範圍便大喊。

「我忘了。」喬再次有了信心，因為那樣打招呼的方式絕對不是情侶間的問候。

每回這樣碰面時，她都會抱著他的胳膊，但這次她沒有這麼做，他也沒有抗議，不是好徵兆。他只是一直快速講起各種毫不相干的話題，直到他們遠離馬路，走上穿越樹叢通往家裡的小徑。然後他開始放慢腳步，突然間說話不再流暢，不時還會出現可怕的沉默。為了避免話題不斷陷入沉默，喬倉促地說：「好啦，你一定要好好享受長長的假期！」

「我正有此打算。」

他堅決的語氣促使喬急忙抬頭，卻發現他看著自己的表情證實了她一直以來最害怕的時刻已經來臨。她舉起手拜託：「不要，多多，拜託不要！」

「我要，而且妳一定要聽我說。喬，這樣沒用的，我們必須講清楚，越早講對我們兩人越好，」他頓時臉紅興奮。

「你想說什麼就說吧，我會聽，」喬在絕望中展現耐性。

小羅血氣方剛卻相當誠懇，真心打算即便嘗試後會失敗也要「講清楚」，於是以他一貫不假思索衝動行事的個性開門見山，但即便像個男人努力控制，有時聲音仍會哽咽：

「喬，我從認識妳開始就愛上妳了，我不由自主是因為妳對我那麼好。我試著要表現出來，但妳不讓我這麼做。現在我要強迫妳聽我說，給我答案，因為我不能再這樣繼續下去了。」

「我本來想讓你不用走到這一步的。我以為你會懂……」喬開口卻發現要拒絕比想像中還要困難。

「我知道，但女孩子很奇怪，誰知道她們到底是什麼意思。要的時候卻說不要，只為了好玩而把男人逼瘋，」小羅用這樣無法否認的事實保護自己。

「我不會這樣。我一直不希望你對我有這種感情，所以想辦法離開讓你不要這樣。」

「我想也是。妳就是這樣，但沒有用。我只會更愛妳，而且我那麼認真就是要討妳歡心，我放棄了撞球跟所有妳不喜歡的東西，耐心等待從不抱怨，因為我希望，雖然我不夠好，妳還是會愛我……」說到這裡他無法克制地哽咽了，所以在他清清「該死的喉嚨」時改為將金鳳花分屍。

「你……你很好，你對我太好了，我非常感謝你，而且我相當以你為傲、非常喜歡你。我不知道為什麼自己無法像你希望的那樣愛你，我試過，但我就是無法改變自己的感覺，要是我說我愛你但其實我不愛，那就是說謊。」

「喬，真的是這樣嗎？」

他突然住口，握住她的雙手問她，臉上的表情讓她久久無法忘懷。

「親愛的，真的是這樣。」

他們已經進入樹叢靠近籬笆兩側的梯階，這句話從喬的口中勉強吐出時，小羅突然放開她的手轉身彷彿要走，但頭一次籬笆對他來說太高了。於是他只將頭靠在長滿青苔的柱子上，靜靜站著讓喬很害怕。

「喔，多多，對不起，我真的很對不起。要是有用的話，我會殺了我自己！我真希望你不要這麼失望，但我無能為力。你也知道如果不愛對方，也沒辦法強迫人家愛上，」喬毫不優雅地自責呼喊，輕拍他的肩膀，想起他很久以前曾經這樣安慰自己。

「有的時候會啊，」柱子上傳來他悶悶的聲音。「我不相信那是該有的愛情，所以我情願不要嘗試，」他這樣決定。

兩人之間停頓了好一會兒，河邊楊柳樹上的黑鳥無憂無慮地高唱，長長的草在風中沙沙作響。不久後，喬坐在階梯頂層嚴肅地說：「小羅，我有話跟你說。」

他彷彿遭槍射中跳起來，頭往後仰憤怒大喊：「喬，不要跟我說那個，我現在無法承受！」

「說什麼？」她不懂他的憤怒。

「說妳愛那個老男人。」

「哪個老男人？」喬以為他指的是他爺爺。

「那個妳信裡經常提到的惡魔教授。要是妳說妳愛他，我一定會做出什麼不顧一切的事，」他看起來像是會說到做到，緊握拳頭，眼神裡怒火熊熊燃燒。

喬很想大笑，但忍住並設法溫柔地說，因為她也激動了起來：「多多，不要亂說話！他不老，也絕對不是壞人，而是溫柔良善的人，除了你，他是我最好的朋友。請你不要這樣激動。我希望能溫柔待你，但我知道你若罵我的教授，我會生氣。我壓根沒打算要愛他或任何人。」

「但妳之後會，到時候我要怎麼辦？」

「你也會愛上別人，好男孩都是這樣，然後你會忘記這一切困擾。」

「我無法愛上別人，我也永遠無法忘記妳，喬，永遠！永遠！」一邊跺腳強調自己的激烈立場。

「我該拿他怎麼辦呢？」喬嘆息著，發現情緒比自己所想的還要難以掌握。「你沒有把我想跟你說的話聽進去。坐下來聽我說，因為我真的想做對的事情，讓你幸福，」她希望曉之以理能安慰他，卻證明了她對愛情一無所知。

小羅在她最後的話裡嗅得一線生機，撲倒在她面前的草地上，手臂倚靠著梯階的最下層，露出期待的表情抬頭看她。這樣的姿勢不利喬冷靜發言或清楚思考，看著小羅充滿愛意與渴望的眼神，睫毛上還沾有幾滴她冷酷的心逼他落下的淚水，她要怎麼說出殘酷的話？她溫柔地將他的頭轉開，撫摸為了她而留長的捲髮，為了她耶，真的很感人啊！「我同意母親的看法，你跟我並不適合彼此，我們脾氣都太暴躁頑固，很可能會讓彼此都非常不開心，不能傻到……」喬頓了一下沒把話說完，但小羅帶著狂喜的表情接下去。

「結婚——不會啊！喬，如果妳愛我，我會成為最完美的聖人，因為妳能夠將我塑造成任何妳想要的模樣。」

「不，我不行。我試過但失敗了，我不想因為這麼嚴重的實驗而破壞我們的幸福。我們意見相左，永遠都是如此，所以我們一輩子都只會是朋友，而不會草率行事。」

「會的，只要我們有機會就會，」小羅喃喃自語反抗。

「你要明理一點，理性看待這件事，」喬哀求他，已經快無計可施。

「我才不要明理。我不要用你所謂的『理性』看待任何事情。這對我一點幫助也沒有，只會讓事情變得更加困難。我不相信妳有良心。」

「我真希望自己沒有。」

喬的聲音些微顫抖，小羅認為這是個好徵兆，轉過頭馬力全開想說服她，極盡哄騙之能地說：「親愛的，不要讓大家失望！大家都很期待。爺爺已經決定就要如此，你們家人也很樂見，而且沒有妳我會活不下去。請說妳願意，讓我們幸福。拜託妳！」

直到許多個月後，喬才明白自己這時怎麼有辦法堅守自己不愛小羅的決心，而且永遠無法愛他。非常困難，但她還是拒絕了，因為她知道拖拖拉拉沒有好處，只會顯得殘酷。

「我無法真心說『我願意』，所以絕不會說。你以後會明白我是對的，而且會感謝我……」她嚴肅地開口。

「我會才怪！」小羅從草地上彈起，想到就憤慨不平。

「會，你會的！」喬很堅持。「你過一陣子就會釋懷，然後找到可愛有成就又深愛你的女孩子，成為你美麗家中的美麗妻子。我不適合。我太普通、彆扭、古怪又老氣，你會以我為恥，然後我們會吵架，你看，我們就連現在都會吵架，而且我不會喜歡那些高雅的朋友，但你會，而且你會討厭我的亂寫塗鴉，但我非寫不可，我們會非常不幸福，希望我們沒有結婚，然後後果會很可怕！」

「還有嗎？」小羅發現他很難耐心地聽她脫口而出的預言。

「沒有了，最後就是我認為自己永遠不會結婚。這樣的我很幸福，我太愛自由，無法為了任何凡人快速拋棄自由。」

「我更了解妳！」小羅插嘴。「妳現在是這麼想，但總有一天妳會對某個人產生感情，然後愛他極深到願意為他生、為他死。我知道妳會，妳就是這樣的人，然後我就只能看著妳變成那樣，」這位沮喪的情人將帽子往地上扔，若不是因為他的表情如此悲慘，其實模樣很好笑。

「是啊，如果真有這樣的人出現，讓我不顧自己愛上他，那我會為他生、為他死，而你就只能盡量接受！」喬大喊，對可憐的多多失去耐性。「我已經盡力了，但你還是不願講理，你這樣一直要求我無法給予的東西實在很自私。我永遠都會很喜歡你，非常喜歡你，但只是朋友那種喜歡，我永遠不會嫁給你。你越早接受這件事，對我們兩人越好，就這樣！」

這段話有如火藥。小羅看了她一會兒，彷彿不知道該拿自己怎麼辦，接著猛然轉頭，語氣有些絕望地說：「喬，有天妳會後悔的。」

「你要去哪裡啊？」他的表情讓她害怕地大喊。

「去死！」他的回答讓她放下心來。

有那麼一分鐘，喬的心停止跳動，看著他搖搖晃晃地走下河岸靠近小河，但要讓年輕人激烈尋死的原因必須要更為愚蠢、更為罪惡或痛苦，而小羅不是那種一次失敗便會徹底戰敗的弱者。他完全沒想過要誇張投河，但盲目的直覺引導他將帽子與外套扔進船裡，使勁全力划船，划行速度比任何一次比賽時還要快。喬深深吸了一口氣，鬆開緊握的手，看著那個可憐人拚命想甩開心裡的重擔。

「划個船對他會有好處，等他回家後會非常溫柔地懺悔，讓我不敢見他，」拖著步伐回家的她，感覺自己好似謀殺了什麼無辜的東西，然後將遺體埋藏在落葉堆中。「現在我必須去找羅倫斯先生，幫他做好心理準備，溫柔對待我可憐的小羅。要是他愛的是貝絲就好了，或許以後他會，但我開始覺得或許我誤會她了。真是的！女孩子怎麼能又要情人又拒絕他們呢？這樣真是可怕極了。」

她確定除了自己沒有人能把事情解釋得更清楚，於是直接去找羅倫斯先生，勇敢地把殘酷的故事從頭說盡，然後徹底崩潰，為了自己的麻木不仁痛哭不已，仁慈的老先生雖然非常失望，卻沒有一絲責備。他無法理解怎麼會有女生不愛小羅，希望她會改變主意，但他比喬更清楚，愛是無法強迫的，因此他悲傷地搖搖頭，決心要將孫子帶離傷心地，因為這個火爆小子方才離開喬時對她說的話讓他感到非常不安，雖然他沒表現出來。

小羅回家時已經精疲力盡，但非常鎮靜。祖父佯裝不知情地跟他碰面，成功地維持了一、兩個小時的假象。但是當兩人並坐在夜色中，共度過去兩人如此享受的時光，老先生便很難再一如往常閒扯一通，年輕人則更難靜心聽爺爺讚美他去年的成就，因為如今對他來說，那都只是求愛無果的徒勞。他盡可能地忍耐，然後跑去彈鋼琴。窗戶敞開著，陪貝絲在花園裡散步的喬，頭一次比妹妹更能聽懂音樂，因為他彈奏的是貝多芬的〈悲愴奏鳴曲〉，彈得比以前都要震懾人心。

「彈得非常好啊，我說，但悲傷到讓人想哭。孩子，來點歡樂的吧，」羅倫斯先生內心充滿了同情，想表現卻不知該如何表現。

小羅立刻改彈更為輕快的曲調，轟轟烈烈彈了好幾分鐘，本來可以勇敢地全部彈完，卻在間歇瞬間聽見馬區太太的聲音：「親愛的喬，進來吧。我需要妳。」

小羅也多想能夠這麼說啊，只是含意不同！他聽著窗外的聲音，忘了自己彈到哪裡，音樂就這麼戛然停止，彈奏者靜坐在陰影處。

「我受不了了，」老先生喃喃自語。他站起身，摸索著來到鋼琴邊，仁慈的雙手放在那寬闊的雙肩上，盡可能如女人般溫柔地說：「我知道，孩子，我知道。」

小羅起初沒有回應，接著突然問：「誰告訴你的？」

「喬自己說的。」

「那就不用再提了！」他不耐地甩開爺爺的手，雖然他很感謝有人安慰，男人的自尊卻讓他無法忍受另一個男人的同情。

「不完全。我再想說一件事，然後就不再提了，」羅倫斯先生態度異常溫和。「我想你現在不會想待在家了吧？」

「我可不打算因為女孩子而逃走。喬無法阻止我見她，只要我高興，我就要留下來見她，」小羅傲然插嘴。

「你如果是我心目中的那種紳士，就不會這麼做。我很失望，但她就是不愛你，所以你現在能做的就是離開一段時間。你想去哪裡？」

「哪裡都可以，我不在乎自己會變成什麼樣子，」小羅發出那種滿不在乎的笑聲，聽在爺爺耳裡相當刺耳。

「是男人就要好好承受，拜託你不要魯莽行事。你何不照計畫出國，然後忘記這一切？」

「我做不到。」

「可是你一直都很想出國，我也答應你大學畢業就可以去。」

「但我沒打算要一個人去啊！」小羅在房間裡快步走動，臉上帶著爺爺看不見也好的表情。

「我沒有要你自己去。有人已經準備好，願意跟隨你到世界任何角落。」

「爺爺，誰啊？」小羅停下腳步聽他說。

「我本人。」

小羅迅速奔回爺爺面前，跟之前離開的速度一樣快，伸出手沙啞地說：「我是個自私的壞小子，但，爺爺，你知道……」

「老天爺啊，我當然知道，因為我自己年輕時都經歷過了，後來也陪你父親經歷過。好了，我親愛的小子，你就安靜坐好聽看看我的計畫。一切都安排好了，可以立刻行動，」羅倫斯先生繼續抓著小羅，彷佛深怕他會跟他父親一樣逃跑。

「好，爺爺，是什麼呢？」小羅坐下，但表情或聲音都不見一絲興趣。

「我得打理倫敦的事業。我本來打算讓你去，但我自己可以做得更好，而這裡的生意有布魯克處理就很妥善。我幾乎什麼事情都交給合夥人去做了，只是還在等你接我的位置，我隨時都可以退位。」

「可是，爺爺，你最討厭旅行了，我怎麼能要求你這把年紀還跟我去旅行，」小羅對爺爺這般犧牲非常感激，但如果真要旅行，他情願自己一個人去。

老先生非常清楚這一點，刻意要避免讓他獨自成行，因為他堅信孫子此刻的心情不適合獨處。因此，想到得離開舒適的家自然很是遺憾，但他努力不去想，而是果斷地說：「謝謝你喔，我還沒有老到不能動。我還滿喜歡這個想法的。旅行對我會有好處，我的老骨頭也撐得住，反正現在旅行已經跟坐椅子一樣容易了。」

小羅躁動的反應顯示他的椅子沒那麼容易坐，又或許是他不喜歡這個計畫，因此老人倉促補充：「我沒有要管你的閒事，或是成為你的負擔。我去是因為我覺得這樣你會比把我一個人留在這裡還開心。我也不打算跟著你到處晃，你要去哪裡都隨便你，我會自己找樂子。我在倫敦跟巴黎都有朋友，想去拜訪他們。你則可以去義大利、德國、瑞士，隨便你要去哪裡，盡情享受那裡的繪畫、音樂及美景，去冒險闖蕩。」

此刻的小羅感覺自己的心徹底粉碎，世界一片荒蕪，但聽見老先生最後巧妙注入的特定字眼，粉碎的心出乎意料地再次跳動了一下，廣大荒蕪中也突然冒出一、兩處綠洲。他嘆了氣，接著無精打采地說：「爺爺，隨你高興吧。我去哪裡做什麼都無所謂。」

「孩子，你要記住，對我來說有所謂。我給你絕對的自由，因為我相信你會善用你的自由。小羅，答應我。」

「爺爺，你高興就好。」

「很好，」老先生心想。「你現在不在乎，但總有一天你現在的承諾會讓你遠離傷害，我不會錯的。」羅倫斯先生是個精力旺盛的人，打鐵趁熱，在這個傷心人還沒恢復反抗活力時已經上路了。在這段準備的必要期間內，小羅就跟一般相同情況下的年輕人一樣。他不時情緒不穩、易怒或陷入沉思，沒有食慾、蓬頭垢面，大半時間都在瘋狂地彈奏鋼琴、迴避喬，卻又從窗邊癡癡地凝視她以安慰自己；他悲慘的表情讓她夜裡做惡夢，白天則為沉重的愧疚感所苦。他跟其他失戀的人不一樣，他從不提起自己的單戀，也不允許任何人嘗試安慰他或表示同情，連馬區太太也不行。這樣有時候讓朋友感到慶幸，但是他離開前的幾週卻讓人非常不自在，每個人都很高興「這個可憐的孩子即將遠行，忘卻煩憂，回來後就會開心了」。他當然是暗自嘲笑他們的妄想，以悲傷的優越感對一切一笑置之，深知自己的愛情會永誌不渝。

到了離開的時候，為了隱藏某種不當情緒似乎要展現出來的情況，他突然變得興致高昂。他的歡樂並沒有感染任何人，但大家都為了他表現出歡樂的樣子，他也歡樂地道別大家，直到馬區太太親了他，低聲在他耳邊吐出母親的掛念。他突然意識到自己很快便要離開，倉促擁抱了所有人，連難過的漢娜也沒忘記，然後逃命似地衝下樓。一分鐘後喬跟著下樓，等著他若回頭時能對他揮手。他確實回頭了，還走回來，雙手環抱站在高他一階上的喬，抬頭看著她的表情讓他簡短的哀求顯得更加動人悲傷。

「喬，妳真的不行嗎？」

「親愛的多多，我真希望我可以！」

就這樣而已，然後短暫的停頓。接著小羅挺直身子說「沒關係，那算了」，然後不發一語地離開。但不可能沒關係，喬很介意，因為那顆捲髮頭聽完她殘酷的回答後靠著自己手臂時，她覺得自己彷彿刺了自己最重要的朋友一刀，當他頭也不回離開時，她很清楚，她的小羅再也回不來了。

第三十六章
貝絲的祕密

那年春天喬回家時，她突然發現貝絲不同了。沒有人提起，甚至似乎沒有人察覺，因為對每天見到她的人來說只是些微改變不會發現，但是對於離開一陣子而且眼尖的喬來說卻是明顯可見，喬看見妹妹的臉龐時心裡感到沉重。貝絲並沒有比秋天時更顯蒼白，只是略微消瘦，卻有種奇怪透明的感覺，彷彿她的軀殼正逐漸消逝，而她的靈魂則經由孱弱的肉體閃耀出難以言喻、令人心生憐憫的美。喬看到也感覺到了，但當時沒說什麼，很快那個第一印象也逐漸褪去，因為貝絲看起來很幸福，似乎沒有人懷疑有何異樣，而喬也因為其他煩惱而暫時忘了她的恐懼。

但是小羅離開後，生活再次恢復平靜，那種模糊的焦慮再度纏身。她坦承了自己的罪過也獲得原諒，但當她拿出自己的存款提議要上山去時，貝絲誠心感謝她卻希望不要去離家太遠的地方，再去一次海邊會更適合她。由於馬區太太不願意離開雙胞胎寶寶，喬便獨自帶貝絲前往那個安靜的地方，讓她能盡量在戶外環境下生活，讓清涼海風為她蒼白的臉頰增添些氣色。

那裡不是什麼時尚景點，但儘管當地人非常友善，兩姊妹還是沒有交什麼朋友，一心只繞著對方打轉。貝絲太害羞不喜歡人群，喬則是全副心思都在貝絲身上，無法顧及他人。因此她們眼中只有彼此，來去出入都沒有察覺自己引起當地人的注意，大家以同情的眼光看待這對永遠同進同出的一強一弱姊妹花，彷彿他們也直覺感受到，不久後兩人便將永遠別離。

她們確實感受到了，只是兩人都沒說，因為在自己與最為親密靠近的人之間，通常會有種難以跨越的防備。喬感覺自己與貝絲的心之間似乎有層布幕，但是當她伸手要掀開時，沉默中似乎又有種不可侵犯的感覺，於是她等著貝絲開口。她疑惑卻也感謝父母似乎沒能發現她所看出的事，在陰影愈加明顯的那幾個平靜星期裡，她在家裡一字不提，相信等貝絲回家若沒有好轉便不用說也清楚了。喬更疑惑的是妹妹是否真猜中了殘酷的事實，而貝絲頭枕著喬的大腿躺在溫暖石頭上的漫長時間裡，令人身心舒暢的海風吹拂過她、大海在她腳邊彈奏音樂，喬也想知道這時她都在想些什麼。

有天，貝絲說出口了。喬以為貝絲在睡覺，因為她是如此安靜地躺著；喬把書放下，坐著以哀傷的眼神看著貝絲，想從她蒼白的臉頰上看出一絲希望。但她找不到足以滿足自己的跡象，因為貝絲的臉頰是如此消瘦，雙手虛弱到連她們撿拾的粉色小貝殼都拿不住。當下她比過去都還要哀傷地意識到，貝絲正緩緩漂離她，手臂直覺地更緊抱住她最重要的寶藏。有那麼一瞬間，喬的雙眼朦朧視線不清，等她恢復視力時，發現貝絲正極為溫柔地仰望著她，讓她幾乎不必開口：「親愛的喬，真高興妳知道了。我試著要告訴妳，卻說不出口。」

喬沒有回答，只是以臉頰貼著貝絲的臉頰，也沒有流淚，因為在最感動的時候，喬不會哭。當下的她是脆弱的那一個，貝絲試著要安慰她、扶持她，雙手環抱著她，輕聲在她耳邊吐出安慰的話語。

「親愛的，我已經知道好一陣子，現在已經習慣了，想到不會那麼難過，也比較容易接受。妳也試著從這樣的角度來看，不要為我擔心吧，因為這樣真的是最好的辦法。」

「貝絲，妳秋天的時候是因為這樣在不開心嗎？當時妳並沒有察覺，長時間來都悶在自己心裡，是嗎？」喬不願意接受或說那樣最好，但很高興知道小羅與貝絲的困擾無關。

「是啊，當時我放棄希望了，但不願意承認。我試著想成只是生病而胡思亂想，不想讓任何人擔心。但我看到你們都那麼健康強壯，充滿各種幸福的計畫，無法跟妳們一樣讓我很難受，喬，所以當時我很哀傷。」

「貝絲啊，妳為什麼都沒有跟我說，也不讓我安慰妳、幫助妳？妳怎麼能排擠我，自己一個人承受？」喬溫柔地責備她，想到貝絲曾經獨自掙扎著學會告別健康、愛情與生命，如此開朗地背起自己的十字架，便感到心痛。

「或許這樣做不對，但我很努力要做對的事。我無法確定，大家也都沒說什麼，於是我希望是自己錯了。在那樣的情況下讓妳們害怕是很自私的事，媽媽在擔心瑪格，艾美離家在外，而妳跟小羅是那樣幸福，至少我當時這麼以為。」

「貝絲，我以為妳是愛他的，而我離開是因為我無法愛他，」喬很慶幸能把事實說出來。

貝絲看起來如此驚訝，讓喬雖然很心痛仍不住微笑，然後溫柔地說：「所以，親愛的，妳並不愛他？我本來怕妳是愛著他的，還一直以為妳可憐的小小心靈失戀了。」

「喬，他是那樣喜歡妳，我怎麼可能愛他？」貝絲純真有如孩子。「我是非常愛他，他對我那麼好，我怎麼可能不愛他？但他對我來說永遠都只會是哥哥，就這樣而已。我真心希望有天他真的會成為我的哥哥。」

「不會是透過我了，」喬堅定地說。「只剩下艾美配他了，他們會非常適合彼此，但我現在沒心情想這些事情。我不在乎其他人會怎樣，只在乎妳，貝絲。妳一定要好起來。」

「我很想，真的很想！我很努力，但仍是每天失去一些，而且更加確定再也找不回來了。喬，那就像潮水，退潮時是緩緩進行，卻怎麼也無法停止。」

「會停止的，妳的潮水不能這麼快退去，十九歲還太年輕，貝絲。我無法讓妳走。我會很努力，會禱告，用力抵抗。無論如何我都會留住妳。一定有辦法，不可能來不及。上帝不會這麼殘忍，把妳從我身邊帶走，」可憐的喬大喊反抗，因為她的靈魂不像貝絲那麼虔誠順從。

單純誠懇的人很少提起自己如何虔誠，是透過行為而非言語自行彰顯，比講道或抗議來得有影響力。

貝絲無法論證或解釋她的信念，這個信念給了她放棄生命的勇氣與耐心，使她能快樂地等待死亡。她就像心懷信任的小孩，不問問題，把一切都交給上帝與大自然，交給眾生的天父與天母，內心確定唯有他們能教導、讓心與靈魂強壯，為今生與來生做好準備。她沒有以虔誠的話語反駁喬，反倒是因為她的強烈情感更加愛她，更緊靠著親愛的人性之愛，天父從沒有要我們割捨，而是從中讓我們與祂的情感更加靠近。她說不出「我樂觀面對死亡」，因為生命對她來說很甜美。她只能在巨大悲傷襲來的第一波哀傷浪潮一齊淹沒她們兩人時，緊抓著喬啜泣：「我盡量欣然接受。」

不久後，貝絲恢復平靜：「回家後妳會告訴他們嗎？」

「我想不用說他們也會發現，」喬嘆息，因為她覺得貝絲似乎每天都在改變。

「或許不會。我聽說最愛的人往往對這類事情最為盲目。如果他們沒看出來，妳要幫我告訴他們。我不想有任何祕密，先讓他們做好心理準備比較好。瑪格有約翰與雙胞胎來安慰她，但妳一定要陪在父親與母親身邊，喬，妳會吧？」

「如果我可以的話。但是，貝絲，我還沒有要放棄。我情願相信這只是生病胡思亂想，不要讓妳認為這是真的。」喬試著讓聲音聽起來開朗。

貝絲躺著思考了一會兒，以她平靜的方式說：「我不知道該怎麼表達自己，而且除了妳，我也不該試著要說什麼，因為只有對我的喬才能說出口。我只想說，我有種自己本來就注定不長命的感覺。我不像你們大家。我從來沒有計畫過自己長大後要做什麼。我不像你們大家，都想過結婚的事。我似乎無法想像自己成為這個傻氣小貝絲以外的模樣，只能在家裡晃來晃去，出了家到哪裡都沒有用處。我從來沒想過要離開，最困難的就是要離開你們大家。我並不害怕，但感覺我即便在天堂也會思念你們。」

喬說不出話來，有好幾分鐘的時間，除了風的嘆息與潮水拍打，沒有其他聲音。白色翅膀的海鷗飛過，陽光在牠銀色胸前閃耀。貝絲盯著海鷗一直到牠消失，眼神中充滿悲傷。灰色羽毛的小沙鷗沿著沙灘跳過來，對著自己細細「啁啁叫」，彷彿在享受陽光與大海。小沙鷗相當靠近貝絲，以友善的眼神看著她，坐在溫暖石頭上梳理自己濕答答的羽毛，感覺相當自在。貝絲微笑感到安慰，因為這個小東西似乎想跟她當朋友，提醒她還有這個美好的世界可享受。

「親愛的小鳥！妳看，喬，牠好溫馴喔。我喜歡沙鷗勝過海鷗。不那麼狂野漂亮，但看起來很幸福又充滿信任。去年夏天我說牠們是我的鳥，母親則說牠們讓她想起我：忙碌的棕色小動物，永遠靠近岸邊，永遠啁著讓自己開心的曲子。喬，妳是海鷗，強壯狂野，喜愛暴雨狂風，遠遠飛到大海上，自己一個人就很開心。瑪格是和平鴿，艾美就像她信裡提到的雲雀，努力想飛上雲端但總是會再次摔回自己的巢裡。我親愛的小妹妹！她是那樣野心勃勃，但她的心地善良溫柔，無論飛得多高，永遠不會忘記自己的家。我希望能再見到她，但覺得她好遙遠。」

「她春天會回家，我打算幫妳準備好開心迎接她。到時候我會讓妳恢復健康紅潤，」喬感覺在貝絲經歷的所有改變中，說話的改變最大，因為現在似乎已經不費力了，她大聲說出自己想法的模樣不再像那個害羞的貝絲。

「親愛的喬，不要再抱希望了。我確定，這樣沒有任何好處。我們不會很可憐，而是在彼此陪伴下高興等待。我們會過得很幸福，因為我不會太痛苦，只要有妳幫忙，我相信生命的潮水會輕鬆退去。」

喬俯身親吻貝絲平靜的臉龐，寂靜的吻之下，她將自己的靈魂與身體獻給貝絲。

她說得對。等她們回家後，根本不需要說什麼，父親與母親清楚看出他們祈禱不會發生的事情還是無法避免。短途旅程已讓貝絲感到疲憊，她說自己很高興回到家，立刻上床休息。喬下樓時，她發現自己根本無須掙扎是否該說出貝絲的祕密。父親站在壁爐架前頭靠在上面，連她進門時也沒有轉頭，但母親伸長了手彷彿尋求協助，喬不發一語地安慰她。

第三十七章
全新印象

下午三點鐘，尼斯最時髦的人潮都會出現在盎格魯街上，那個地方很迷人，步道寬敞，棕櫚樹、鮮花及熱帶樹叢佇列兩旁，一邊面海，一邊是列滿旅館及豪宅別墅的大道，遠方則是橘樹園與山丘。這裡可見到許多國家的人、聽見許多不同語言，穿著各種服裝，天晴時的景象歡樂燦爛如嘉年華會。驕傲的英國人，活潑的法國人，嚴肅的德國人，帥氣的西班牙人，醜陋的俄國人，溫順的猶太人，自由自在、無拘無束的美國人，全都開車前來或在此閒坐、散步，聊著新聞、批評最新抵達的名人：里斯托利或狄更斯，維克多·艾曼紐或桑威奇島女王。馬車與侍從隨著裡面乘客不同而各有差異，吸引眾人目光，特別是女性們自行駕駛的低車身四輪敞篷馬車，前面有一對漂亮小馬，車上有鮮豔網子避免澎澎裙邊淹沒小車，後車架上則站著小馬夫。

耶誕節當天，有位高大的年輕人沿著街道緩慢行走，雙手背在後方，表情有些茫然。他看起來像義大利人，穿著像英國人，身上獨立的氣息則像美國人，結合起來便吸引了眾多女性讚賞的目光，還有無數穿著黑色絲絨背心、打著粉色領帶、戴著土黃色手套，及鈕釦孔裡插有橘色鮮花的時髦年輕人經過他時聳聳肩，但又非常羨慕他的身材。路上有很多美女，但這位年輕人都沒什麼注意她們，只是偶爾瞄一眼某位身著藍色衣裳的金髮女孩。不久後他散步離開那條街，站在十字路口好一會兒，彷彿無法決定要去公共花園聽樂隊表演，還是要沿著沙灘散步去堡丘。小馬的快步聲促使他抬起頭，載著一位年輕女子的小馬車正快速駛來。那位金髮女子很年輕，身穿藍色衣裳。他盯著看了好一會兒，然後整張臉突然亮起來，像小男孩似的拚命揮舞帽子，匆忙上前與她會合。

「小羅啊，真的是你嗎？我還以為你永遠都不會來了！」艾美放下手中韁繩伸出雙手高喊著，這個舉動讓路旁的法國媽媽嚇了一大跳，拉著女兒加快腳步，怕女兒看見這些「英國瘋子」奔放的行為會被帶壞。

「途中有些耽擱了，但我答應會跟妳一起過耶誕節的，所以我來了。」

「你爺爺還好嗎？你什麼時候到的？昨天晚上住在哪裡？」

「非常好。昨天晚上。住在蕭凡。我打電話到妳住的飯店，但妳不在。」

「我有好多話要跟你說，根本不知要從何開始！上車吧，我們可以盡情聊天。我正準備要出去兜風，很希望有人陪。小芙要為晚上保留體力。」

「晚上有什麼事，舞會嗎？」

「我們飯店有場耶誕晚會。很多美國人住那裡，所以飯店特別在耶誕節這天辦活動。你應該會跟我們一起去參加吧？你來姑姑會很開心。」

「謝謝妳邀請。現在要去哪裡？」小羅往後靠，雙手交叉胸前，這樣對艾美來說剛好，因為她喜歡駕馭，看著自己架在小馬背上的陽傘、馬鞭及藍色韁繩讓她感到極為滿足。

「我要先去銀行拿信，再去堡丘。那裡的景色很美，我想要餵孔雀。你去過那裡嗎？」

「很多年前常去，但我不介意再去看看。」

「跟我說說你的事吧。我最後聽到你的消息，是你爺爺寫信來說他在等你從柏林去跟他會合。」

「是啊，我在那裡待了一個月，然後到巴黎跟他會合，他整個冬天都在那裡過。他在巴黎有朋友，而且有很多事情可以打發時間，所以我會去別的地方再過去找他，我們倆相處融洽。」

「這樣的安排真不錯，」艾美覺得小羅的態度少了些什麼，但她說不出來。

「是啊，因為他討厭旅行但我討厭靜止不動，所以我們各取所需，不會有問題。我經常陪在他身邊，他很喜歡聽我的冒險故事，我則喜歡有人在我闖蕩回來後很高興看到我。這條路真髒啊，不是嗎？」沿著大道前往舊城區拿破崙廣場的途中，他一臉不屑地說。

「很髒但是很美，所以我不介意。河流與山川真是風景如畫，偶然瞥見的狹窄交錯街道也讓我看了很開心。現在我們得要等隊伍走完，他們要去聖約翰教堂。」

小羅無精打采地看著隊伍裡罩篷下的神父、披著白色面紗的修女捧著燃燒的小蠟燭，還有些身穿藍色服裝的兄弟會成員邊走邊吟詠；艾美看著他，感覺一股全新的不自在湧上，因為他已經跟過去不同了，她在身旁這個悶悶不樂的男子身上，完全找不到當初那個滿臉歡樂的男孩。她覺得他比以前還要帥、還要長進許多，但與她相見歡的興奮過去後，他看起來疲憊又無神，沒有生病，也不算心情不好，但過了一、兩年一帆風順生活後的他，看起來不該如此老態或嚴肅。她不懂但也沒有貿然提問，因此，在隊伍繞上帕格里翁尼橋、進入教堂消失時，她只是搖搖頭，拍拍小馬。

「Que pensez-vous（在想什麼）？」她秀了一下出國後就算沒進步、詞彙量也大幅增長的法文。

「在想小姐顯然善用了時間，而且結果非常不錯，」小羅手按在心上鞠躬，露出佩服的表情。

她開心地臉紅了，但小羅的恭維不知為何卻沒能像過去在家的直率讚美那樣讓她滿意，那時他會在過節時繞著她打轉，說她「真是討人喜歡」，然後帶著真誠的微笑讚賞地拍她的頭。她不喜歡他現在的語氣，雖然不是漠不關心，但即便表情誠懇，聽起來就是有種冷淡的感覺。

「如果他長大後就是這個樣子，那我情願他一直都是個男孩，」她莫名地感到失望與不自在，同時也設法假裝自在開朗。

她在亞維朵那裡收到珍貴的家書，把韁繩交給小羅後，一邊開心地閱讀，一邊乘著馬車蜿蜒於綠色矮叢間的小路，享受兩旁宛如六月般芬芳綻放的香水月季。

「母親說貝絲的狀況非常不好。我覺得我應該要回家，但他們都叫我『留在這裡』。我也就留下來了，因為以後再也不會有這種機會，」艾美表情認真地看著某一頁。

「我覺得妳做得對。妳在家也幫不上忙，親愛的，讓他們知道妳過得很好很幸福在享受人生，對他們來說是很大的安慰。」

他靠近了一些，說話時更像原本的他，讓艾美有時感到沉重的恐懼也變輕了，因為他的表情、行為以及兄長般的那聲「親愛的」，似乎在在向她保證若遭遇問題，她不會孤單在異鄉面對。這時她大笑給他看了一張素描，是喬穿著寫字服，帽子上豎立著蝴蝶結，嘴裡寫著：「靈感熊熊燃燒！」

小羅微笑收下，收進背心口袋裡要「避免被風吹走」，然後興致盎然地聽著艾美生動朗讀家書。

「我會有個跟往常一樣開心的耶誕節，早上有禮物收，下午有你和家裡來的信，晚上還有舞會，」艾美說，兩人在舊堡壘遺跡中下車，一群美麗孔雀立刻湧向他們，溫馴地等待餵食。艾美站在他上方的堤岸笑開懷地將麵包屑灑向那些華麗鳥類，小羅看著她的神情一如先前她看著他的神情，好奇時間與分離帶來了什麼樣的改變。他找不出一絲讓他迷惘或失望的原因，反而是極為欣賞與滿意，只要忽略某些做作的言語或行為，會發現她其實跟過去一樣生氣蓬勃又優雅，她的打扮及姿態更增添了某種難以形容、稱做高雅的特質。一直都比較早熟的她，言談舉止都更顯沉著，讓她比實際上更像上流社會的女人，但她急躁的個性三不五時仍會浮現、意志仍舊堅強，原有的直率也不因異國洗禮而敗壞。

小羅並沒有在看著她餵孔雀時看出這一切，但他看出來的已經足以讓他滿意並感興趣，也記下了這幅美麗圖畫，容光煥發的女孩站在陽光下，陽光凸顯了她洋裝的溫柔色彩、臉頰的健康氣色及頭髮的金色光澤，讓她成為美麗景色裡最顯著的人像。

爬上山丘頂的岩石台地後，艾美揮揮手彷彿在歡迎他來到自己最愛的去處，指著這裡那裡說：「你還記得嗎？下面就是大禮拜堂及科索街。那兒有漁夫在海灣裡拖網，以及通往法國村舒伯特塔的路，還有最棒的是，外海那一處他們稱為科西嘉島的地方。」

「我記得，沒什麼改變，」他興趣缺缺。

「喬一定會很想看到那個知名島嶼！」艾美心情大好，很希望看到他也一樣有好心情。

「是啊，」他只這麼說，但轉身極力眺望，想看看那個他突然感興趣的島嶼，而讓他有此念頭的人甚至可說比掠奪者拿破崙還要偉大。

「為她好好看一看，然後告訴我你這段時間都在做什麼，」艾美坐下來，準備好好聊上一番。

但是她並沒有如願，因為他雖然坐在她旁邊也回答她所有的問題，但她只知道他逛遍了歐洲大陸還去了希臘。因此晃了一個小時後，他們駕車回家，小羅也跟凱洛太太打過招呼、答應他們傍晚會再回來後，便離開了。

在此要特別一提的是，艾美當天晚上可是格外盛裝打扮。時間與離別在兩位年輕人身上都起了作用。她以全新的眼光看這位老朋友，不再是「我們的小羅」，而是好相處的帥哥，也特別意識到自己想討他喜歡的渴望。艾美很清楚自己的優勢，並盡量發揮貧窮美女難得具備的品味與技巧。

在尼斯，薄棉布及薄紗很便宜，因此她在這類場合都會用這些布料包裹自己，按照英國年輕女孩簡單打扮的流行，以漂亮鮮花妝點，配上幾樣小飾品及各種精美物品，經濟又實惠。必須承認，她的藝術家身分有時會凌駕女人的身分，沉溺於古典髮型、美如雕像的姿態及古典的服裝。但是，親愛的啊，我們都各有自己的弱點，也總特別容易原諒那些以美貌滿足我們雙眼、以天真的虛榮討我們歡心的年輕人。

「我想要讓他覺得我看起來很漂亮，然後回家跟大家這樣說，」艾美穿上小芙的舊白色絲綢晚禮服時這麼對自己說，並披上若隱若現的嶄新薄紗，讓她的白皙雙肩與金色秀髮呈現出極具藝術性的效果。她將濃密的大小波浪捲髮像青春女神喜比那樣紮在後腦勺成一個結，然後聰明地沒多做裝飾。

「不流行但是很適合我，我可不想嚇死人，」每當時下流行要燙頭髮、把頭髮梳蓬或編髮時，她總會這麼說。

因為沒有適合這個重要場合的漂亮飾品，艾美以盛開的粉色杜鵑花環繞紗裙，再用精巧的綠色藤蔓繞白皙肩膀。想起那雙彩繪靴子，她以小女孩的滿足心態欣賞自己的白色緞面便鞋，獨自在房間裡滑步欣賞她貴族般的雙腳。

「我的新扇子剛好搭配鮮花，手套恰好合手，姑姑手帕上真正的蕾絲則為我的整體打扮增添風采。要是我的鼻子跟嘴巴能古典一些，我就別無所求了，」她挑剔地打量自己，兩手各端一根蠟燭。

儘管有此煩惱，滑步移動的她看起來仍出奇歡樂與優雅。她甚少跑步，認為那樣不適合，因為高貴端莊比調皮活潑更適合高䠷的自己。她在長廳裡來回走動等待小羅，一度選擇站在水晶燈下，照得頭髮很漂亮，然後想一想又走到大廳另一端，彷彿對自己女孩子氣地希望他看到自己的第一眼能是好印象感到羞愧。她這麼做真是對極了，因為小羅進來時非常安靜。她沒聽見，那時她正站在窗邊，半偏著頭，一手提著裙襬，纖細白皙的人影在紅色窗簾陪襯下，有如巧妙擺放的雕像深深烙印在他的腦海。

「戴安娜，晚安啊！」小羅眼裡帶著她喜歡在他看見自己時出現的滿意神情。

「阿波羅，晚安啊！」她對他回以微笑，因為他看起來格外溫文有禮，想到自己將勾著如此翩翩少年的手進入宴會廳，便讓她打從心底同情那四位平凡的戴維斯小姐。

「妳的花。我自己紮的，因為我記得妳不喜歡漢娜所謂的『花俏花束』，」小羅遞給她的精緻花束，裝在她每天經過卡地利亞櫥窗時都很想擁有的容器裡。

「你人真好！」她十分感激。「要是我早知道你今天會來就會幫你準備禮物了，但恐怕也不會有這個那麼漂亮。」

「謝謝妳。禮物沒有理想中的好，但有妳便增色不少，」他接著說，她將銀色手環扣在手腕上。

「請不要這樣。」

「我以為妳喜歡人家這樣。」

「但不喜歡你這樣，聽起來很不自然，我比較喜歡你以前的直率。」

「還好，」他露出鬆了一口氣的模樣，幫她扣上手套釦子，問她自己的領帶正不正，就像以前在家時他們一起參加派對時的準備動作。

當天晚上在長形餐廳裡聚集的人群盛況，只有歐陸可見。好客的美國人各自邀請了自己在尼斯認識的人，對貴族毫無歧視的他們也因此請來了幾位為耶誕晚會增添星光。

俄羅斯王子屈尊在角落裡坐上一個小時，與一位體型龐大的女子聊天，這位女子身穿黑色絲絨、脖子上掛了串珍珠項鍊，打扮得像是哈姆雷特的母親。年僅十八的波蘭伯爵投入女人堆，大家說他真是「令人神魂顛倒」；德國某某殿下則獨自前來吃晚餐，茫然地到處尋找可以吃的東西。羅斯柴德男爵的私人秘書則是位大鼻子的猶太人，踩著窄靴對所有人投以友善燦爛的微笑，彷彿主人的名字為自己冠上了金色光環。有位認識國王的健壯法國人縱情於自己對舞蹈的狂熱，英國女士迪瓊斯夫人則帶著家裡的八個孩子一起出席。當然，現場還有許多步伐輕快、聲音尖銳的美國女孩，美麗但看起來毫無生氣的英國女孩，以及少數幾位長相一般但淘氣活潑的法國女孩，還有常見的年輕男性旅人組合開心自娛，各國母親則沿著牆邊站立，對著那些與自己女兒共舞的男性慈祥微笑。

年輕女孩都能想像艾美那天晚上倚著小羅的手臂「登台」時的心境。她知道自己看起來容光煥發，她熱愛跳舞，在舞廳裡她的雙腳感到非常自在，也享受著那股力量的美妙滋味，年輕女孩初次發掘自己生來便要以美貌、青春與女性特質統治的新奇美麗國度。她真的很同情戴維斯家的女孩子，她們很彆扭、普通，除了表情嚴厲的爸爸及三位看來更加嚴厲的老處女姑姑，根本沒有男性陪伴，她極盡友善之能在經過時向她們鞠躬；她這樣做很好，因為如此一來她們便會看見她的洋裝，也極為好奇想知道她那帥氣的朋友是誰。樂隊音樂一下，艾美的臉色便更加紅潤、眼神開始發光，雙腳也迫不及待地敲打地板，因為她很會跳舞也希望讓小羅知道。因此，她接下來受到的驚嚇只能想像無法言述，因為小羅相當平靜地問她：「妳想跳舞嗎？」

「參加舞會的人通常都會想跳舞。」

她驚訝的表情與迅速的回應促使小羅盡快彌補錯誤。

「我是指第一支舞。我是否有這個榮幸跟妳跳第一支舞？」

「我必須推掉伯爵才能跟你跳第一支舞。他的舞跳得好極了，但我想他不會介意，因為你是我的老朋友，」艾美希望提起伯爵的名字會有好效果，讓小羅知道自己也不是省油的燈。

不過，她獲得的回應只有：「挺不錯的小男孩，但是這個波蘭人有點矮，不足以……配上極為高䠷美麗的眾神之女。」

他們身處的環境充滿英國人，艾美必須端莊地走完一支方塊舞，過程中卻一直覺得自己更想盡情跳快速旋轉舞。小羅將她交給那個「不錯的小男孩」後，便去盡義務與小芙跳舞，卻沒先預約後面再與艾美跳舞的機會，缺乏遠見讓他受到懲罰，因為從那時開始到用餐時間，艾美身邊都不缺舞伴，她也決定除非他有痛悔之意，否則不會原諒他。當他前來邀請她跳下一支歡樂的波卡雷多瓦舞時，竟是緩慢行走而非急忙衝向她，她於是故作謙恭地給他看自己的跳舞名冊。但他恭敬有禮的悔意對她完全沒有效果，當她與伯爵快步離開時，她看見小羅在她姑姑身邊坐下，臉上帶著徹底鬆了一口氣的表情。

這對艾美來說無可原諒，於是好長一段時間都不理他，只有偶爾在一支支舞之間來到監護人旁邊休息或加個髮針時才會說上一句話。不過她的憤怒起了相當不錯的效果，因為她以笑臉掩飾憤怒，顯得格外歡樂燦爛。小羅的視線愉快地跟著她移動，因為她沒有亂跳或漫步，而是精神奕奕地優雅跳舞，讓他反而愉快地消磨了時間。他很自然地從這個全新角度開始觀察她，那個晚上還沒結束，他便下了「小艾美將成為非常迷人的女子」這個結論。

現場非常熱鬧，因為耶誕季節的友善精神很快便擄獲所有人，耶誕歡樂讓每個人的臉龐發亮，心裡歡喜，腳步輕快。樂手也彷彿樂在其中地拉琴、吹號、打鼓，能跳舞的都跳舞，不能跳舞的便以少見的熱情欣賞鄰人。戴維斯家的人氣氛陰暗，瓊斯家的人都像小長頸鹿般嘻鬧著。金髮秘書在廳內，帶著以粉色緞面裙襬覆蓋地面的漂亮法國女子，如流星般衝來闖去。那位德國殿下找到了晚餐桌非常開心，穩定地吃遍菜單上所有餐點，造成的一片狼藉讓服務生驚駭不已。但國王的朋友榮耀加身，不管會不會，什麼曲子都跳，每當舞步讓他困惑時就即興來個單足旋轉。這個健壯男子孩子氣的縱情模樣讓人看了很入迷，因為他雖然「下盤穩重」，跳起舞來卻有如橡皮球。又是跑又是飛又是躍騰，臉上散發光芒，禿頭可見，上衣後襬狂亂飛舞，鞋跟在空中閃耀；音樂停止時，他抹去眉間的汗珠，有如沒戴眼鏡的法國版匹克威克朝身旁朋友燦爛地笑。

艾美與她的波蘭伯爵則以同樣的熱情但更為優雅敏捷的動作展現出與眾不同，小羅發現自己不由自主地跟著經過眼前彷彿長了翅膀、都不會累的白色便鞋有節奏地起落。當小弗拉迪米爾終於放開她，再三強調自己「這麼早離開真是悲傷」後，她已經準備好要休息，看看她變節的騎士如何承受自己的懲罰。

一切都很順利，因為二十三歲的受挫情感自會在友善環境裡找到安慰，面對美貌、燈光、音樂與活動的蠱惑，年輕精力會深受感動，年輕血液會舞動，健全的年輕精神會復甦。小羅起身讓座給她時，臉上帶著振奮的神情，他匆忙去幫她端晚餐過來，她則滿意地對自己微笑：「嗯，我就覺得這樣對他會有好處！」

「妳看起來像巴爾扎克筆下『自我彩繪的女子』，」他騰出一隻手為她搧風，另一隻手幫她端咖啡杯。

「我的腮紅擦不掉。」艾美抹抹自己的紅潤臉頰，給他看她的白色手套，單純認真到讓他坦率大笑。

「妳把這個取名什麼？」他摸摸飄到他膝上的一角衣物。

「迷霧。」

「好名字。非常漂亮，是新的吧？」

「流傳已久囉。你在很多女孩身上都看過了，可是到現在才發現很漂亮，真笨啊！」

「我以前從沒看妳穿過，所以才會犯下這種錯啊。」

「少來了，不准說這種話。我現在情願喝咖啡也不要聽讚美。不要這樣懶散，會讓我很緊張。」

小羅坐直身子溫順接過她的空盤，讓「小艾美」使喚自己竟讓他莫名有種開心的感覺，因為她已經不再像過去那樣羞怯，甚至有股無法克制的衝動想蹂躪他，男人只要露出臣服跡象，女孩子都會這麼做，但仍相當討人喜歡。

「妳去哪裡學來這些東西的啊？」他一臉迷惑。

「『這些東西』太過模糊，能否請你解釋一下呢？」艾美相當清楚他指的是什麼，但故意要他形容那難以言述的什麼。

「嗯……就整體感覺，風格、個人魅力，就……妳知道的……迷霧，」小羅爆笑出聲，最後擠出一個詞來拯救自己的進退兩難。

艾美感到相當滿足，但當然沒有表現出來，而是端莊回道：「無論願意與否，異鄉生活都會改變一個人。我會玩樂也會唸書，至於這個，」——示意自己的洋裝——「薄紗很便宜，小花束不用花錢，我已經習慣善用這些寒酸的小東西。」

艾美挺後悔說出最後那句話，怕這樣說沒格調，但小羅反而因此更喜歡她，發現自己既欣賞也尊敬她勇敢善用機會的耐性，以及用鮮花掩飾貧窮的開朗精神。艾美不知道他為何如此和善地看著自己，也不懂他為何要在她的跳舞名冊裡填滿他的名字，並且整個晚上都以最令人愉快的態度陪伴她，但雙方無意識給予及接受的新舉動，促成了如此歡欣的改變。

第三十八章
乏人問津

在法國，年輕女孩到結婚前都過得很無聊，結婚後的座右銘則成了「自由萬歲！」。眾人皆知，在美國女孩子都早早簽下獨立宣言，以共和政體的熱忱享受她們的自由，但年輕主婦通常生下第一胎後便會退下，進入類似法國尼姑庵的避世但絕不僻靜的生活。無論她們是否喜歡，幾乎是在婚禮的興奮騷動過後便落入乏人問津的境界，多數人甚至會如那天某位美女所說：「我還是跟以前一樣漂亮，但只因為我結了婚就不再有人注意我。」

不算美女也並不時髦的瑪格，直到雙胞胎一歲大後才經歷這般辛酸，因為傳統習俗在她的小小世界裡依然盛行，她感覺自己比過去都還要受到青睞與寵愛。

她是非常女性化的小女人，母性直覺非常強烈，因此她的全副心思都擺在兩個孩子身上，彷彿其他事或其他人都不存在。她日日夜夜孜孜不倦把心思全放在他們身上，把約翰留給家中幫手照顧，也就是現在負責廚房工作的愛爾蘭籍女士。身為愛家的男人，約翰非常想念過去妻子都擺在他身上的注意力，但他很愛雙胞胎，於是開朗地暫時捨棄慣有的舒適，以男性的無知心想不久後便會恢復平靜。但是三個月過去了，仍不得安寧。瑪格看起來精疲力盡又神經兮兮，雙胞胎占據了她所有時間，家務沒人管，廚師凱蒂過日子很「節制」，給約翰的食物非常少。早上他出門時，囚禁在家的新手媽媽有許多事要交代他，若他晚上回家心情好想擁抱家人，熱情又會被「噓！他們吵了一天剛剛才睡著」給澆熄。如果他提議在家找點小樂子，瑪格就會說：「不行，會吵醒寶寶。」如果他暗示要去聽演講或音樂會，又要面臨責怪的眼神以及堅定的回應：「要我拋下孩子自己去玩，辦不到！」嬰兒哭號及鬼魅般的身形無聲，在暗夜裡來回走動打斷他的睡眠。用餐時刻會不斷遭到來回奔波的主事天才打斷，只要樓上小窩有任何一絲風吹草動，便立刻拋下還沒分到食物的他離去。傍晚閱讀文件時，戴米的腹痛寫入了貨運清單，黛絲跌倒也會影響貨物價格，因為布魯克太太只對家中大小事有興趣。

這個可憐人過得非常不舒服，小孩搶走了他的妻子，家裡似乎只剩下嬰兒房，永遠不斷的「噓」則讓他覺得踏入嬰兒國神聖疆域的自己彷彿野蠻的入侵者。他非常有耐性地忍受了六個月，發現還是沒有任何改善跡象時，他做了其他父親逃兵也會做的事：另尋安慰。已經結婚的史考特就在不遠處成家，約翰因而養成習慣，每當晚上他覺得自己的起居室顯得空洞無比、妻子又唱起好似永遠不會停的搖籃曲時，就會過去待上一、兩個小時。史考特太太是非常活潑漂亮的女孩，為人非常和善，完美地善盡自己所有職責。起居室永遠明亮迷人，西洋棋盤棋子擺好，鋼琴調好音，有許多歡樂八卦可分享，還會端出相當誘人的簡單晚餐。

若不是因為太過孤單，約翰其實情願待在自己的壁爐旁，但情勢所逼讓他感恩地選擇最好的替代方案，享受鄰居的陪伴。

起初瑪格還滿贊成他的新活動，很慶幸約翰在外面玩得很開心，而不是在起居室裡打瞌睡，或是在家裡走動吵醒雙胞胎。但是時間久了，在長牙的不適期過去、兩個寶貝也都能在正常時間睡覺，讓媽媽能好好休息後，她開始想念約翰，沒有他穿著舊睡袍坐在對面舒適地把腳翹在壁爐欄杆上把拖鞋燒焦，女紅籃是非常無聊的活動。她不願開口請他留在家，但又因為沒說他就不知道她希望他留在家而很受傷，完全忘記先前那麼多個夜晚，他都等不到她。她因為照顧與擔憂而緊張疲憊，進入那種即便最優秀的母親偶爾也會因為家務重擔而經歷的非理性精神狀態。缺乏活動讓她們不再開朗，過度致力於茶壺這類美國女性視為寵兒的家務，讓她們覺得自己非常神經質且精疲力盡。

「是啊，」她會看著鏡子說：「我變老變醜了。約翰對我已經不再感興趣了，所以拋下衰老的妻子去看不用養小孩的漂亮鄰居。沒關係，雙胞胎愛我，他們不在乎我是否蒼白消瘦，不會在乎我沒有時間幫頭髮上捲子，他們是我的安慰，有天約翰會發現我是如何樂意地為他們犧牲，對吧，我的寶貝們？」

對她的哭訴，黛絲會回以咕咕聲或戴米會哇哇叫，這時瑪格身為母親的喜悅能讓她放下哀傷，暫時安慰她的孤寂。但是她越來越痛苦，約翰開始沉迷於政治，一天到晚跑去找史考特討論他覺得有意思之處，完全沒發現瑪格很想念他。然而她什麼都沒說出口，直到某天她母親發現她在哭，堅持要知道發生了什麼事，因為瑪格低落的情緒沒能逃過她的雙眼。

「母親，除了妳，我不會跟任何人說，但我真的很需要建議，約翰再繼續這樣下去，我就跟寡婦沒兩樣了，」布魯克太太很受傷地用黛絲的圍兜擦眼淚。

「親愛的，繼續什麼啊？」她母親相當焦急。

「他白天都不在，晚上我想他的時候，他又一直跑去史考特家。這樣真的很不公平，我的工作最辛苦，卻沒有任何休閒娛樂。男人很自私，再好的男人也一樣。」

「女人也是，沒看清自己哪裡做錯之前，不要責怪約翰。」

「但是他忽略我就不對。」

「妳不也忽略他了？」

「母親，我以為妳會站在我這邊！」

「我確實是，我能夠體會妳的感受，可是，瑪格，我覺得錯在妳。」

「我不懂自己哪裡有錯。」

「我來告訴妳吧。以前他唯一可以休息的傍晚時分總有妳陪伴時，是否曾經像妳說的那樣忽略妳？」

「沒有，但我現在沒辦法陪他，我有兩個嬰兒要照顧。」

「親愛的，我覺得妳可以，而且應該要這麼做。我可以直說嗎？妳要記得，會責備人的是母親，但能感同身受的也是母親。」

「當然！請再把我當成以前那個小瑪格。我常覺得自己比以前更需要指導，因為現在有兩個寶寶仰賴我照顧。」

瑪格拉張矮凳坐在母親身旁，兩人腿上各抱一個小嬰兒，一齊搖晃身子，相親相愛地聊天，感覺母親的身分讓兩人比過去都還要親密。

「妳不過是犯下多數年輕妻子會犯的錯，因為愛孩子而忘記對自己丈夫應盡的本分。這樣的錯誤情有可原，瑪格，但最好在夫妻失和之前導正錯誤，小孩應該要讓你們更加親近，而非拆散你們，彷彿孩子都是妳一個人的，約翰跟他們沒關係，只是出錢扶養。我已經發現這樣的情況好幾個星期，一直相信時間久了情況就會好轉。」

「我怕不會好轉。若我開口要他留下，他會覺得我在嫉妒，我不可以這樣想，會侮辱到他。他不懂我需要他，但我不知道該如何不用開口就讓他明白。」

「把家裡布置得很舒適，讓他不會想離開。親愛的，他很想念自己的家，但是家裡沒有妳就不像家，因為妳總是在嬰兒房裡。」

「難道我不該待在那裡嗎？」

「但不是所有時間都待在那裡，太過封閉會讓妳緊張，讓妳什麼事都做不了。還有，妳對約翰跟對雙胞胎一樣有責任。不要為了小孩忽略丈夫，不要把他擋在嬰兒房外，要教他怎麼進去幫忙。他跟妳一樣應該要在裡面，小孩也需要他。讓他感覺自己有義務，他就會樂意且忠實地盡責，這樣對你們大家都會更好。」

「母親，妳真的這樣認為嗎？」

「我知道是這樣，瑪格，因為我自己試過，我很少提供建議，除非我自己證明可行。妳跟喬還小的時候，我就跟妳現在一樣，覺得自己必須全心專注在妳們身上才算盡到本分。妳們可憐的父親在我拒絕他提供的各項協助後改開始看書，讓我單獨進行我的實驗。我盡可能地把一切做好，但是喬真的讓我很頭痛。我差點要把她寵壞了。妳的身體又差，我擔心到自己也跟著生病。後來妳父親出手相助，默默處理好所有事情，他派上了極大用場，讓我發現自己錯了，從那之後我就不能沒有他幫忙了。這就是我們家庭幸福的秘訣。他不因為工作而撒手不管那些影響大家的瑣事與義務，我也盡量在家務事之外仍對他的工作感興趣。我們各自分別做許多事情，但是在家裡我們永遠相互合作。」

「沒錯，母親，我最希望自己對丈夫與孩子，能做到像妳那樣。告訴我該怎麼做，妳說什麼我都會照做。」

「妳永遠都是我聽話的乖女兒。好吧，親愛的，如果我是妳，我會讓約翰多負責教導戴米，男孩需要訓練，現在開始不嫌早。再來我會採取我自己經常建議的，讓漢娜來幫妳忙。她是很棒的護士，妳可以放心把寶貝們交給她，自己去多做點家事。妳需要活動，漢娜會樂於接手其餘的事情，約翰也會再次找回他的妻子。多出去走走，保持忙碌及開朗，畢竟你是家中的陽光來源，如果妳心情沮喪就不會有好天氣。然後要是我，會試著對約翰喜歡的東西產生興趣，找他聊天、請他朗讀給妳聽、交換想法，用這種方式互相協助。不要只因為妳是女人就把自己關在小盒子裡，要了解外在世界並教導自己扮演好該有的角色，因為那會影響妳與妳的家人。」

「約翰非常有見識，如果問他那些政治問題，我怕他會覺得我很笨。」

「我覺得他不會。愛能包容多數罪過，除了他，妳還能這麼隨意問誰呢？試試看吧，看他是否覺得妳的陪伴遠比史考特太太的晚餐更合他意。」

「我會的。可憐的約翰！我真是太過忽略他了，但我以為這樣做是對的，他也從來沒說過什麼。」

「他試著不要當個自私的人，但我猜他感到很絕望。瑪格，現在正是這樣的時候，年輕人結了婚後總會逐漸疏離，而且通常就發生在他們最該堅持下去的時候，因為除非特別小心呵護，最初的體貼很快會褪去。小生命降臨及教養的頭幾年，對家長來說是最美麗珍貴的時光。不要讓約翰跟雙胞胎成為陌生人，因為他們比任何東西都更能讓他在這個充滿試煉與誘惑的世界裡，保持安全與幸福。透過雙胞胎，你們更能學習如何了解及愛對方。好了，親愛的，再見。想想母親的教誨，覺得好的話就採取行動，願主祝福你們。」

瑪格思考過後覺得母親的建議很好，於是採取行動，但初步嘗試跟她原本的計畫不太一樣。小孩子當然是橫行霸道，當他們發現又吵又鬧就能予取予求，家裡便成了他們的天下。媽媽是卑微的奴隸，順應他們的反覆無常，但爸爸可沒那麼容易征服，偶爾還會設法以父親身分教訓他難以駕馭的兒子，讓他溫柔的老婆相當煩惱。戴米繼承了一絲絲父親的堅定性格，我們就不說那是固執了，當他下定決心要擁有或做什麼事的時候，千軍萬馬也無法改變他小小的堅決心智。媽媽認為寶貝兒子還太小，教他戰勝自己的偏執也沒有用，但爸爸相信學習服從永遠不嫌早。因此戴米少爺早早便發現，當他跟「把拔」角力時總是輸得很慘，不過寶寶也很有英國人的風度，非常尊敬並深愛戰勝自己的這個男人，父親嚴肅的「不行」可是比母親慈愛的呵護，還要讓他牢記在心。

與母親談心後過了幾天，瑪格決心要試著陪伴約翰共度一晚，於是要廚師做了豐盛的晚餐，把起居室整理乾淨，自己打扮得漂漂亮亮，還早早哄雙胞胎睡覺，不想讓任何事情影響她的實驗。可惜戴米最難搞定的固執便是不愛上床睡覺，那天晚上他決定要大鬧一番。可憐的瑪格又是唱歌又是抱著搖來搖去，嘗試了各種引發他睡意的哄騙方式但是都沒有用，那雙大眼就是不願意閉上。早在生性乖巧、圓圓胖胖的小黛絲已經熟睡後，調皮的戴米仍躺在床上看著燈，臉上帶著極讓人沮喪的清醒神情。

「戴米要不要當個好寶寶，乖乖躺好，讓媽媽下樓幫可憐的爸爸準備晚餐？」瑪格聽見走廊的門小聲關上，熟悉的腳步聲悄悄走進餐廳。

「我吃晚餐！」戴米準備加入派對。

「不行，但你如果跟黛絲一樣乖乖說掰掰，就幫你留糕糕當早餐。寶貝，好嗎？」

「毫！」戴米緊緊閉上雙眼，彷彿要快點睡著等待第二天來臨。

瑪格抓準這個幸運時刻溜走，跑下樓微笑迎接她丈夫，頭髮上還繫著他最喜歡的藍色小蝴蝶結。他立即發現了，驚訝但開心地問：「我們的小媽媽今天心情這麼好啊。有客人要來嗎？」

「親愛的，只有你啊。」

「今天是誰的生日，或週年紀念之類的嗎？」

「沒有，我只是厭倦了自己那麼邋遢，所以打扮了一下換個心情。你不管有多累都會打扮整齊來用餐，我若有時間也該這麼做，對吧？」

「親愛的，我是因為尊重妳才打扮，」約翰非常老派。

「我也是，布魯克先生，我也是，」瑪格大笑，隔著茶壺朝他點頭，看起來再次年輕美麗。

「這樣真好，就跟以前一樣。味道也沒錯。親愛的，敬你一杯，祝妳健康。」平靜但狂喜的約翰啜著茶，但他的狂喜只持續了很短的時間，因為在他放下茶杯的那一刻，門把突然神奇地晃動了起來，只聽見一個小小的聲音不耐地說：

「凱門。我來惹！」

「那個調皮小子。我叫他自己乖乖睡覺，結果他卻跑下樓啪嗒啪嗒亂走，不怕會凍死啊，」瑪格前去開門。

「早上了，」戴米進門時開心宣布，長長睡衣優雅披掛在兩邊手臂上，捲捲頭髮歡樂地隨著在桌邊跳躍的他彈上彈下，眼冒愛心看著「糕糕」。

「沒有，現在還沒到早上。你要乖乖上床，不要吵可憐的媽媽。這樣你才可以吃上面灑糖的小蛋糕。」

「我愛把拔，」狡猾的小子準備爬上父親的膝蓋，享用被禁止的樂趣。但約翰搖頭對瑪格說：

「妳如果叫他待在樓上自己乖乖睡覺，那就要讓他照做，否則他永遠都不會聽妳的話。」

「那是當然了。戴米，走吧，」瑪格牽著兒子離開，內心強烈想要打那個在她身旁蹦蹦跳跳的小壞蛋，後者則滿心以為，等回到嬰兒房母親就會拿東西出來賄賂他。

他當然沒有失望，因為這個短視近利的女人還真的給了他一顆糖，幫他蓋好被子，然後要他到早上前都不可以再下來走動。

「毫！」戴米假裝答應，喜悅地吸吮糖果，視自己的初步嘗試為空前勝利。

瑪格回到座位上，晚餐正吃得開心，小鬼頭又走了進來。他的大膽要求揭露了母親方才的過失：「馬麻，還要糖糖。」

「這樣不行，」約翰對這個小壞蛋狠下心。「這個孩子一天不學會乖乖上床睡覺，我們就永遠不得安寧。妳已經當了太久的奴隸。好好教訓他，他就會學乖了。瑪格，帶他上床然後就不要管他了。」

「除非我坐在旁邊，否則他不會乖乖待在床上的。」

「交給我來處理。戴米，聽媽媽的話，上樓去睡覺。」

「不要！」小壞蛋自己動手拿起他垂涎已久的「糕糕」，冷靜大膽地開始吃起來。

「你絕對不可以這樣對爸爸說話。你要是不自己走，我就要把你扛上去。」

「走開，我不愛把拔。」戴米躲在母親裙子後面。

但就連躲在那裡也沒用，因為母親直接把他交給敵人，只說了「約翰，不要對他太兇」，讓這個現行犯很不高興，因為母親拋棄他的那一刻便是審判日來臨。沒有蛋糕可以吃，耍賴也派不上用場，強壯手臂直接要將他扛到最討厭的床上，讓可憐的戴米怒不可遏直接反抗父親，上樓過程中又是亂踢、又是放聲大吼。碰到床的瞬間，他立刻從另一頭滾下床衝向門口，卻很可恥地被父親逮住睡衣尾端抓起來再次丟上床，同樣情節反覆上演直到這小子力氣耗盡，改為使勁吃奶力氣大聲哭號。通常他這樣放聲大叫就會讓瑪格投降，但約翰宛如聽不見的柱子坐著動也不動。不哄騙、不給糖、不唱搖籃曲、不說故事，連燈都關掉，只剩下壁爐的紅色火光照亮戴米感到好奇多過害怕的「無邊黑暗」。他非常不喜歡這樣的新情況，憤怒褪去後，這個受困的蠻橫小子想起了溫柔的女奴，開始沮喪地哭喊要「馬麻」。緊接在激情怒吼之後的哀傷哭號讓瑪格非常心酸，她跑上樓懇求：

「讓我陪他吧，約翰，他現在會乖乖聽話了。」

「親愛的，不行。我已經跟他說過，他要照妳說的乖乖睡覺，所以他必須做到，就算我得在這裡待上一整夜也一樣。」

「可是他會哭出病來，」瑪格哀求他，責怪自己棄兒子於不顧。

「才不會，他已經很累了，很快就會睡著，這件事就會到此為止，因為他將明白自己得要聽話。不要插手，我會管教他。」

「他是我兒子，我不想用嚴厲管教打擊他的信心。」

「他是我兒子，我可不會縱容他養出壞脾氣。下樓吧，親愛的，把兒子交給我。」

每當約翰以一家之主的語氣說話，瑪格都會聽從，而且從不會後悔順服。

「約翰，那讓我親他一下好嗎？」

「當然了。戴米，跟媽媽說晚安讓她去休息，因為她照顧你一整天已經很累了。」

瑪格總是堅持這場戰役是靠親吻獲勝，因為她親了戴米後，小子的哭聲降低了，靜靜地躺在他憤怒中滾過去的床尾。

「可憐的孩子，他早就哭到很累很想睡了。我要幫他蓋好被子，再下樓讓瑪格安心，」約翰心想，悄悄來到床邊希望他這個叛逆的兒子已經睡著。

但他沒有，因為父親一看他，戴米立刻睜開眼睛，小小下巴開始顫抖，他伸出雙手懺悔地抽抽噎噎：「我乖乖了，現在。」

瑪格坐在外面樓梯上心想，大哭大鬧之後的持續沉默是為了什麼，在想像過各種不可能的意外後，她溜進房裡偷看讓自己安心。戴米已經呼呼大睡，不像平常那樣呈大字型，而是縮成一團緊貼父親環繞的手臂，抓著父親的手指彷彿感受到父親的恩威並濟，睡著時成了更加悲傷卻更懂事的嬰兒。約翰也拿出女人的耐性抱著他直到他鬆開小手，等待的過程中也睡著了。跟兒子扭打反而比工作一整天還要累。

瑪格俯瞰枕頭上那兩張臉，暗自微笑後又悄悄離開，滿意地說：「我永遠不用擔心約翰會對我的寶貝們太嚴厲。他真的知道該怎麼管教他們，這樣會很有幫助，因為戴米真的讓我吃不消了。」

等約翰終於下樓時，他以為會看見若有所思或滿臉責怪的妻子，卻欣然發現瑪格正恬靜地裁剪無邊圓帽的材料，還說如果他不會太累的話，能不能唸一些選舉的新聞給她聽。約翰立刻看出她正在進行某種改革，但很聰明地什麼也沒問，他知道要看穿瑪格非常容易，她怎麼樣也說不了謊，所以線索很快就會浮現。他相當樂意地讀了很長一篇的辯論文章，盡可能清楚解釋，瑪格則努力要表現出感興趣的樣子，問聰明的問題，讓自己的心思專注在國家現況而非帽子現狀。不過在她內心深處，她已經認定政治跟數學一樣可怕，認為政客的任務好像就只是相互謾罵，但她沒有說出這些女人家的想法，只在約翰稍事停頓時搖搖頭，以她認為相當模稜兩可的語氣說：「我真不懂現在的世界是怎麼了。」

約翰大笑，盯著她看了一會兒，看她正在衡量手中漂亮的蕾絲與花朵該如何配置，研究的表情透露出真正的興趣，是他方才的高談闊論所沒能引起的興趣。

「她為了我努力想對政治產生興趣，那我也該對她的帽子感興趣，這樣才公平，」公正的約翰心想，然後大聲說出口：「那個帽子真漂亮，是妳所謂的綁帶花邊帽嗎？」

「老公啊，這是綁帶無邊圓帽啦！我戴去『聽音樂會看舞台劇』的漂亮無邊圓帽。」

「不好意思，帽子那麼小，我還以為是妳有時候會戴的那種飄來飄去的帽子。那要怎麼固定在頭上？」

「這些蕾絲要像這樣用玫瑰花苞綁在下巴，」瑪格戴上帽子示範，以一種令人難以抗拒的滿足表情看著他。

「這頂帽子真是美麗，但我比較喜歡裡面那張臉，因為她看起來又再次年輕幸福了，」約翰吻了那張笑臉，但嚴重壓壞了她下巴的玫瑰花苞。

「真高興你喜歡，因為我想要你找一天晚上帶我去聽場新的音樂會。我真的需要來點音樂讓自己恢復正常。拜託，可以嗎？」

「當然好了，無論妳想去哪裡，我都非常樂意帶妳去。妳把自己關起來好久，出去走走對妳會非常有幫助，重點是我也會很開心。小媽媽，妳怎麼會想到這件事呢？」

「那天我跟媽媽談過，告訴她我有多緊張、憤怒及不知所措，她說我需要有所改變，少管點事情，所以漢娜會來幫我一起帶小孩，我則要多做點家務，三不五時出去玩一下，讓我不要太早變成緊張兮兮又徹底崩潰的老女人。這是一場實驗，約翰，我想為你也為自己試試看，因為我這些日子以來很糟糕都忽略了你，如果可以，我會把家裡變回以前的模樣。希望你不會反對，會嗎？」

約翰說了什麼無所謂，無邊小圓帽又是如何差一點點就全毀了也無所謂。我們只需要知道的是，從家裡及家中成員後來緩慢的改變，可看出約翰似乎沒有反對。家裡當然沒有變成天堂，可是這樣的勞動分配對大家來說都更好了。性格準確穩定的約翰為嬰兒國度帶來秩序與服從，孩子們因而在父親的管教下蓬勃發展；瑪格則藉由許多健康的活動、偶爾玩樂及大量與她明理的丈夫談心，逐漸平復心情並保持鎮定。家裡又再次像個家了，除非帶著瑪格，否則約翰完全不打算離開家。現在換史考特一家會來布魯克家作客，大家都覺得這個小房子是個充滿幸福、滿足與親情的開朗空間。就連莎莉．莫法特也喜歡去拜訪。「這裡總是很安靜舒適，瑪格，對我很有幫助，」她總會這麼說，渴望的眼神望著周遭，彷彿想找出迷人的原因，讓她能應用在自己充滿華麗孤獨的豪宅裡。豪宅裡沒有笑容燦爛但吵鬧不已的嬰兒，奈德也活在自己的世界裡，沒有她的容身之處。

這個家並沒有一夕之間變得幸福，但約翰與瑪格已經找到幸福的鑰匙，每一年的婚姻生活都讓他們更進一步學會如何運用那把鑰匙，如何開啟真正自在的愛及互助合作的寶藏，是最窮的人也可能擁有但再有錢也買不到的寶藏。如此一來，年輕妻子與母親就算乏人問津也樂在其中，她們可以遠離這世界無止境的煩惱與狂熱，緊黏著她們的小兒子、小女兒便是最忠實的愛人，無須懼怕悲傷、貧窮或年老，與那個源於古老薩克遜語且形容極為貼切的忠貞朋友「丈夫」，肩並肩走過天晴或暴雨，並且如瑪格一樣明白女性最幸福的國度便是家裡，而最高的榮譽不是以女王、而是有智慧的妻子與母親之姿統治該國度。

第三十九章
懶惰羅倫斯

小羅去尼斯時本來只打算待一個星期，結果他停留了一個月。他已經厭倦了獨自闖蕩的日子，在有艾美的異鄉場景裡，那熟悉的存在彷彿成為像家的護身符。他很想念以前的「寵愛」，很想再次感受，因為無論陌生人如何奉承關注他，都比不上家裡那些宛如手足的女孩對他的崇拜。艾美絕對不會像其他人那樣寵愛他，但她現在很高興能見到他，緊黏著他，覺得他代表了自己極為想念但絕不會承認的親愛家庭。他們自然而然因彼此的陪伴而感到安慰，經常一起騎馬、散步、跳舞或閒晃，因為在這個歡樂的季節裡，尼斯沒有人能勤奮到什麼程度。不過，表面上極為隨興地找樂子的同時，他們也半有意識地在了解對方、評價對方。艾美在這位朋友心裡的評價與日俱增，但他在艾美心裡的評價卻日益下降，兩人不用說也能感受到這個事實。艾美努力討好他並成功了，她很感激他為自己帶來許多樂趣，於是以女人味十足的方式為那些小小貢獻增添難以言喻的魅力來回報他。小羅則是毫不努力，只是盡可能讓自己舒服地隨波逐流，試著遺忘，覺得因為一位女子冷落他，全世界的女人都該對他好。要他大方也不難，艾美願意收的話，他也可以把全尼斯的飾品都送她，但同時他也覺得自己無法改變她對自己的評價，很害怕她看著自己的熱切藍色雙眼中那悲傷嘲諷摻半的驚訝神情。

「大家今天都去摩納哥了。我比較想留在家裡寫信。信寫完了，我現在要去玫瑰谷寫生，你要去嗎？」某天，天氣晴朗，小羅一如往常閒晃，艾美則在中午左右加入他。

「好啊，但今天那麼熱，適合走那麼遠嗎？」他緩緩回覆，覺得陰涼的客廳比外面的豔陽舒適多了。

「我有小馬車可以用，巴普提斯會負責駕車，所以你只要負責撐好自己的傘，保持手套乾淨就好，」艾美有些嘲諷地瞄向那雙一塵不染的小羊皮手套，那是小羅的弱點。

「這樣的話，我很樂意前往。」他伸出手要接過她的寫生簿。但她直接夾在腋下語氣尖刻：「不用麻煩了。我自己來不費力，但你看起來卻不像有那個力氣。」

小羅揚眉悠哉地看她跑下樓，但等他們都上馬車後，他卻自己抓起韁繩，害小巴普提斯無事可做，只能雙手插胸在馬車高起的座位上打瞌睡。

兩人不曾吵架。艾美太有教養而小羅太懶惰，一分鐘後他以詢問的表情從她的帽緣下看她。她則回以微笑，兩人便再次和平共處。

駕車過去的途中非常美好，蜿蜒的道路兩旁是豐富美景，讓喜愛美麗事物的雙眼欣喜不已。一下經過古老修道院，修士的莊嚴吟誦聲傳到他們耳裡。一下經過穿著短褲的牧羊人，腳踩木鞋、頭戴尖帽，一肩上披著粗製的外套坐在石頭上抽菸斗，山羊則在岩石間蹦跳或躺在他腳邊。途中還經過溫馴的灰色驢子，背上馱著裝滿新鮮綠草的籃子，以及一位戴著寬邊帽的漂亮女孩坐在綠色草堆中，還有某個用捲線桿紡織的老太太。有著溫柔棕色大眼的小孩從古怪石屋裡跑出來，要給他們一小束花或連枝的柳橙。多節的橄欖樹以深色樹葉覆蓋山坡，果園裡懸掛著黃澄澄的果實，路旁有深紅色秋牡丹鑲邊，綠色丘陵及崎嶇不平的高地之外，則是高聳濱海的雪白阿爾卑斯山脈，襯著義大利的蔚藍天空。

玫瑰城果然名符其實，玫瑰花在永恆的夏季裡到處綻放。垂掛拱廊上，從大門柵欄間伸出來甜美地歡迎路過的人，沿著道路長滿，還夾在檸檬樹及羽毛般的棕櫚樹之間，一路蜿蜒朝山上別墅生長。每個吸引人坐下休息的陰涼角落，都可見叢叢鮮花綻放；涼爽的洞穴裡都有一尊微笑的大理石女神像站在鮮花幕後，所有噴水池都倒映著紫紅色、白色或淺粉色玫瑰花，俯身微笑欣賞自己的美。玫瑰覆蓋了房子的牆，點綴飛簷，爬上石柱，蔓生於可俯瞰晴朗地中海及岸上白色圍牆城市之寬闊平台欄杆。

「這裡根本是蜜月天堂，對吧？你看過這麼漂亮的玫瑰花嗎？」艾美在平台暫時駐足享受美景，以及飄來的一絲高雅花香。

「沒有，也沒摸過這種刺，」小羅將大拇指含在嘴裡回她，他企圖摘下獨自長在他伸手不及處的一朵紅花卻失敗。

「試試看低一點的花，然後選沒有刺的摘，」艾美從身後綴滿的牆面上摘下三朵乳色小花。她把花插入他的鈕釦孔示好，他低頭以好奇的表情看著鮮花好一會兒，因為他義大利血統的天性裡還是有那麼一絲迷信，方才他正處於甜蜜苦澀摻半的哀傷心境，在想像力豐富的年輕人眼裡，任何小事都成了含意深遠、象徵愛情的心境。伸手摸到帶刺的紅玫瑰後，他想起喬，因為鮮豔花朵很適合她，她也經常配戴家裡溫室摘來的類似花朵。艾美送他的淺色玫瑰是義大利人放在死者手中的花，絕不會用在新娘花圈裡。有那麼一瞬間，他心想這個兆頭不知是給喬還是給他自己的，但是下一刻他的美國常識便戰勝了情感，發自內心放聲大笑，艾美從他來之後就沒聽過他這樣笑。

「這是好的建議，你最好聽我的建議，讓你的手免於受傷，」她以為是自己說的話讓他覺得好笑。

「謝謝妳，我會的，」他說笑似地回答，但幾個月後他卻認真照做。

「小羅，你什麼時候要去找你爺爺？」她在粗面石頭上坐下，接著問他。

「快了。」

「你過去三個星期裡已經說過十幾次快了。」

「簡單回答大家都省事。」

「他在等你，你真的該出發了。」

「好客的傢伙！我知道。」

「知道為什麼不去？」

「天生劣根性吧，我想。」

「你是天生懶惰吧，真是很糟糕！」艾美一臉嚴厲。

「其實也沒有那麼糟，因為我真的去了也只是讓他煩惱，所以我不如留下來多煩妳一陣子，妳比較能忍受我，而且其實我覺得妳適應得很好，」小羅調整姿勢，倚在欄杆凸出的寬面上。

艾美搖搖頭，認命地翻開寫生簿，但她已經決定要教訓「那個男孩」，不久後她便開始了。

「你現在在做什麼？」

「觀察蜥蜴。」

「不是，我指的是，你打算以及想做什麼？」

「妳允許的話，我想抽菸。」

「你這是在挑釁！我不贊成雪茄，同意的唯一前提是你要當我的模特兒。我需要有人像。」

「樂意之至。要怎麼畫我？全身還是四分之三？站著還是躺著？我個人建議採取斜倚的姿勢，這樣妳還可以把自己也畫進來，取名《甜蜜的無所事事》。」

「你就保持原本的樣子，想睡覺也可以。我個人是打算認真畫畫，」艾美語氣極有活力。

「真是充滿熱忱啊！」他倚著高大的甕感到非常滿意。

「喬如果看到現在的你，不知道會說什麼呢？」艾美語氣不耐，希望藉由提起比自己更有活力的姊姊能讓他動起來。

「跟平常一樣，『走開，多多，我在忙！』」他邊說邊笑但笑聲並不自然，臉上掠過一陣陰影，因為說出那個熟悉的名字便等於在未痊癒的傷口上撒鹽。他的語氣及臉上的陰影突然引起艾美的注意，因為她以前聽過或看過，此時她恰巧及時抬頭看見小羅臉上出現新的表情，充滿痛苦、不滿及懊悔的苦澀表情。那個表情稍縱即逝，讓她來不及細看，便又恢復為原本慵懶的表情。她以藝術家的審美眼光盯著他欣賞了一會兒，心想他看起來真像義大利人，頭袒露在太陽下曬著，眼神裡充滿南方人的幻想，彷彿忘了她的存在而做起了白日夢。

「你看起來好像沉睡在自己墳上的年輕武士雕像，」她仔細描繪他襯著深色石頭的立體側臉。

「真希望我是！」

「這樣希望真是愚蠢，除非你已經毀了自己的人生。你變了好多，有時候我覺得——」艾美突然住嘴，臉上羞怯渴望摻半的表情，比她未說完的話更意味深長。

小羅看見也明白她猶豫不決無法表達的溫暖關懷，於是直視她的雙眼，像以前對她母親所說的那樣說：「我沒事的，夫人。」

她感到滿意，放下那些近來開始讓她煩惱的憂慮。她也深受感動，並以熱心的語氣表示自己很感動：

「那就好！我並不覺得你很壞，但我以為你可能是在那個邪惡的巴登－巴登亂揮霍，愛上已婚的法國婦人然後失戀，或是惹上某種年輕男子似乎覺得異國旅行就該要有的麻煩。不要待在太陽下，來躺在這邊的草地上，然後像以前我們窩在沙發角落分享祕密時喬說的那樣，『交個朋友吧』。」

小羅聽話地倒在草皮上，忙著把小雛菊貼到艾美放在一旁的帽子緞帶上。

「祕密我洗耳恭聽。」他抬頭看的眼神裡帶著堅定的興致。

「我沒有祕密可以說。你就開始吧。」

「我自己是沒有，還以為妳可能有什麼家裡的消息……」

「最近的消息你都聽過了。你不常聽說嗎？我還以為喬會寫很多信給你。」

「她很忙，我也到處跑，所以不太可能固定通信，這妳也知道。女拉斐爾，妳什麼時候要開始妳的藝術大作呢？」他在又一次停頓後突兀地改變話題，停頓時的他則是心想艾美是否其實知道他的祕密，然後想要談這件事。

「永遠不會了，」她以失望但堅定的態度回答。「羅馬榨乾了我所有的浮華，看過那裡所有的奇景後，我覺得自己實在微不足道，於是沮喪地放棄我所有愚蠢的希望。」

「妳那麼精力豐沛才華洋溢，為什麼要放棄？」

「就是因為這樣，因為才華不等於天賦，而再多精力也不可能把才華變成天賦。如果不能成為偉大的畫家就什麼都不是。我不想當個拙劣的三流畫家，所以我不打算繼續努力了。」

「那我請問，妳現在打算做什麼呢？」

「磨練我其他的才能，有機會的話，為社會增添光彩。」

非常有個性的說法，聽來大膽但勇往直前本來就很適合年輕人，而且艾美的理想有好的基礎。小羅露出微笑，但他喜歡她的精神，在珍藏許久的夢想死去後再次找到新目標，不浪費時間悲傷。

「很好！我猜這就是富雷德・馮恩上場的時候吧。」

艾美小心地保持沉默，但她往下看的臉上出現窘困的表情，讓小羅坐起身嚴肅地說：「現在我要以哥哥的角色發問了，可以嗎？」

「我不保證會回答。」

「你嘴巴不回答，臉上的表情也會回答。妳還不夠世故，親愛的，無法掩飾妳的心情。我去年聽說過妳跟富雷德的謠言，我個人認為如果他當時沒有突然被叫回家而且耽誤了那麼久，應該會有什麼結果，對吧？」

艾美回答嚴厲：「那不是我說了算。」但嘴角倒是露出微笑，眼神裡的閃爍背叛了她，說明她清楚自己的力量也享受其中。

「妳該不會已經訂婚了吧？」小羅突然看起來像哥哥，非常嚴肅。

「沒有。」

「但如果他回來，正式下跪，妳就會答應了吧？」

「很有可能。」

「所以你很喜歡富雷德？」

「努力的話應該會。」

「但時間沒到之前，妳不打算努力是嗎？我的天哪，真是異常精明！艾美，他是個好人，但不是我以為妳會喜歡的那種男人。」

「他很有錢、很紳士，而且彬彬有禮，」艾美試著讓自己聽來冷靜高貴，雖然說出這些話的用意很單純，但她其實有些羞愧。

「我懂。社交女王可不能沒有錢，所以妳想要從找個好對象開始？以這個世界潮流來說，非常正確適當，但是從妳母親養大的女兒口中說出這種話則有點奇怪。」

「但很真實。」

簡短扼要，說話者平靜堅決的語氣卻與她尚輕的年紀形成奇怪的對比。小羅直覺感受到這一點，懷著自己無法解釋的失望再次躺下。他的表情及沉默，連同某種內在的自我否定讓艾美很心煩，決心不再拖延立刻開始說教。

「真希望你能幫幫忙，激勵一下你自己，」她尖刻地說。

「妳幫我吧，好女孩。」

「我試試看還說不定可以。」她看起來彷彿想以最概略簡要的方式進行。

「那妳就試吧，我准妳這麼做，」小羅很喜歡捉弄別人，他已經很久沒從事這個自己最愛的休閒活動了。

「五分鐘你就會生氣了。」

「我跟妳在一起從來不會生氣。一個巴掌拍不響，妳又總如白雪冷靜柔軟。」

「那是你不知道我有多厲害。運用得當的話，雪會發光還會讓人有刺痛的感覺。你的漠不在乎半是虛偽，好好煽動一番就能證明了。」

「盡情煽動吧，反正我不痛不癢而妳會覺得很好玩，魁梧的丈夫被個子矮小的妻子打時就會這麼說。就把我當作那個丈夫或是一張地毯，如果妳喜歡這種運動的話，盡可能打到妳累吧。」

他徹底激怒了艾美，她很想看他擺脫讓他轉變如此大的淡漠，於是備好唇槍舌劍開始出招。

「我跟小芙幫你取了新名字。懶惰羅倫斯，喜歡嗎？」

她以為他會不高興，但他只是雙手枕在後腦勺下，頗是鎮靜：「還不錯，謝謝妳們兩位小姐。」

「你想知道我對你的真正看法嗎？」

「迫不及待。」

「我唾棄你。」

要是她以急躁或風騷的語氣說「我討厭你」，他可能會頗開心地大笑，但她那嚴肅到幾乎悲傷的音調卻讓他睜開眼睛急忙問：

「可以告訴我為什麼嗎？」

「因為你把所有可以好好表現、助人及快樂的機會，全都用在犯錯、懶惰跟悲哀上。」

「這位小姐罵人了。」

「你喜歡聽，我就繼續。」

「請繼續，聽起來非常有趣。」

「我也認為你會覺得有趣。自私自利的人總喜歡談論自己。」

「我自私自利嗎？」他驚訝且不由自主地吐出這個問題，因為他最引以為傲的美德便是大方。

「是的，非常自私，」艾美繼續以冷靜平穩的聲音說話，比先前憤怒的語氣還要加倍有效。「我來告訴你為什麼，我們鬼混玩耍的時候，我都在觀察你，而且我一點都不滿意。你出國將近六個月了，但除了揮霍時間金錢及讓朋友失望之外，什麼也沒做。」

「辛苦了四年後，難道不能享樂一番嗎？」

「你看起來也不像玩得有多開心。至少就我所見是沒有比較好。我們剛見面的時候，我說你比以前長進很多。現在我收回，因為我覺得你還沒有當初我離開家時的你那麼好。你現在懶惰得讓人討厭，喜歡八卦，浪費時間在瑣碎小事上，滿足於被那些愚蠢的人寵愛及仰慕，而非被有智慧的人喜愛及尊敬。有了金錢、才能、地位、健康及長相，聽了很爽吧！但事實如此所以我不得不說，你有那麼多美好的條件可以運用、可以享受，卻無所事事只會閒晃，不去當那個你應該要成為的男人，而是成為……」她話說到這裡，臉上表情帶著痛苦及憐憫。

「烤肉架上的聖羅倫斯，」小羅無動於衷地幫她說完話。但她的說教開始起了作用，因為此時他的眼神裡有徹底清醒的火花，半生氣、半受傷的表情也取代了先前的漠不在乎。

「我就猜你會這樣。你們男人都說我們是天使，說我們想怎麼改變你們就怎麼改，但每次我們真的嘗試要幫你們的時候，你們又不願意聽，只會取笑我們，證明你們的阿諛奉承有多不值錢。」艾美語氣尖刻，轉身背對她腳邊那個被惹惱的烈士。

一分鐘後，一隻手伸出來蓋住她的頁面讓她無法繼續畫，接著冒出小羅以非常滑稽的聲音模仿懺悔的小孩：「我會很乖，真的會很乖的！」

但艾美沒有笑，她非常認真，用鉛筆輕敲那隻展開的手嚴肅地說：「有這樣的手，你不會感到羞恥嗎？白白嫩嫩跟女人的手一樣，看起來就像什麼事都沒做過，成天只戴著裘方最高級的手套幫女人摘花。感謝老天你不是愛打扮的紈褲子弟，所以手上沒有鑽石或超大彌封戒，只有喬很多年前送你的那只小戒指。天哪，我真希望她能在這裡幫我一把！」

「我也希望！」

那隻手消失得跟出現時一樣突然，他的回應充滿力量，連艾美都覺得滿意。她低頭看他，心裡有了新的想法，但躺下的他像是為了擋太陽那般用帽子蓋住一半的臉，鬍鬚也遮住了嘴。她只能看見他的胸腔起伏，深深呼吸彷彿在嘆氣，戴著戒指的手深埋在草叢裡，好似在隱藏什麼非常珍貴脆弱到不可說的事。在那一瞬間，所有暗示及大小跡象都在艾美的心裡成形並有了意義，訴說著姊姊不曾對她吐露的心事。她想起小羅從不主動提起喬，想起他剛才臉上出現的陰影，個性上的轉變，還戴著根本不是漂亮的手會戴的破戒指。女孩子總是很容易發現這些跡象，並了解背後的故事。艾美本來就猜或許是愛情出了問題導致他如此轉變，如今她更加確信。淚水盈滿她熱切的眼眶，等她再次開口時，聲音已經盡可能輕柔溫和。

「小羅，我知道自己沒資格這樣跟你講話，如果你不是世界上脾氣最好的人，應該會非常生我的氣。但我們都非常喜歡你，也以你為榮，我實在不希望家裡人會像我這樣對你這樣失望，雖然他們或許會比我還能體會你為何如此改變。」

「我想他們應該會，」從帽子下傳來的冷酷語調，跟破碎的口氣一樣讓人感動。

「他們應該要告訴我的，不要讓我這樣口無遮攔還罵人，反而更應該對你溫柔有耐性。我一直都不喜歡那個蘭道爾小姐，現在我更討厭她了！」艾美狡猾地想確認事實。

「去她的蘭道爾小姐！」小羅拍掉臉上的帽子，表情明顯透露自己對那位小姐的感情如何。

「抱歉，我以為……」她在此故意停頓。

「妳才沒有以為什麼，妳很清楚我一直以來都只喜歡喬，」小羅顯現過去急躁的語氣，說話時還撇過臉。

「我是這樣想，但因為他們什麼都沒說，你又離開了，我就以為是我誤會。喬不願意對你好嗎？我很確定她非常愛你啊。」

「她是對我很好，但不是我要的那種方式，而且如果我是妳認為的那種沒用傢伙，那她不愛我也是她運氣好。但我會變成這樣也是她的錯，妳可以這樣告訴她。」

他話說完後又再次出現苦澀的表情，艾美很難過，因為她不知道該幫他的傷口上什麼藥。

「我錯了，我都不知道。對不起我這麼生你的氣，但我真的很希望你能承受得起，親愛的多多。」

「不要這樣叫我，那是她在叫的！」小羅迅速伸出手阻止她以喬那種溫柔責罵摻半的語氣說話。「等妳自己經歷過再說吧，」他低聲繼續說，拔起一把把的草。

「如果我的愛沒有回報，我也會像個男人接受結果，受人尊重，」艾美語氣堅定，但其實她完全不懂。

小羅一直覺得自己承受得非常好，沒有抱怨、不要人同情，把煩惱帶走獨自承受。艾美的訓話讓他換了角度思考，這是他頭一次覺得自己非常軟弱自私，初次失敗就失去信心，以陰鬱的漠不在乎封閉自己。他覺得自己似乎突然從沉思的夢中驚醒，不可能再次入睡。這時他坐起身，緩緩地問：「妳覺得喬會跟妳一樣唾棄我嗎？」

「要是她看到現在的你，一定會。她討厭懶惰的人。你為什麼不做點大事讓她愛上你？」

「我盡力了，但還是沒用。」

「你是指高分畢業？那是你為了爺爺本來就該做到的。花了這麼多時間跟金錢還失敗，不是很可恥嗎？大家都知道你可以表現得很好。」

「隨便妳怎麼說吧，我確實失敗了，因為喬不肯愛我，」小羅失望地把頭靠在手上。

「沒有，你沒有失敗，而且最後你也會說你沒失敗，因為這樣對你反而有好處，證明了你只要下定決心就能做到。只要你再次投入別的目標，你就會再次成為那個誠心快樂的自己，忘卻所有煩惱。」

「那是不可能的。」

「你就試試看啊。不用聳肩想說『哼，她懂什麼啊！』，我不會假裝自己很有智慧，但我善於觀察，我看到的比你所能想像的還要多。我對他人的經歷及矛盾很感興趣，雖然我無法解釋，但我會記住那些觀察並用在自己身上。你要的話就一輩子愛著喬，但不要只因為無法擁有你想要的那個人，就因此毀了人生，把那麼多天賦丟掉太過分了。好了，我不唸你了，我知道你會放下那個鐵石心腸的女孩，醒過來當個真正的男人。」

兩人好一會兒都沒說話。小羅坐在原地，手上把玩著那只小戒指，艾美完成她方才說話時倉促畫的素描。此時她把素描放在他的膝上，只說了：「你喜歡嗎？」

他看了那幅畫忍不住露出微笑，因為畫得非常好，草地上躺著慵懶的長長身影，無精打采的表情、半闔的雙眼，還有一隻手拿著雪茄，冒出小小煙圈圈住做著白日夢人的頭。

「妳真會畫！」他對她的技巧真正感到驚訝及喜愛，似笑非笑地說：「是啊，那就是我。」

「那是現在的你。這是以前的你。」艾美把另一張素描擺在他拿著的那張旁邊。

畫得沒有前一張那麼好，可是畫裡的生命及精神可彌補許多缺點，還喚起了相當生動的過往回憶，讓這位年輕男子的表情突然有了轉變。那不過是一張小羅馴服馬的草圖。帽子跟外套都脫掉了，活動中的身形、堅毅的臉龐及命令的態度，都充滿活力與意義。小羅剛馴服的駿馬撐直頸子站著，韁繩緊收，一隻腳不耐地搔著地面，豎起耳朵彷彿在聽那個指揮牠的聲音。亂飛的鬃毛裡挾著騎士飛揚的頭髮與站直的姿態，畫中捕捉到的瞬間動作、力量、勇氣與青春樂觀，在在與《甜蜜的無所事事》素描中懶散的感覺形成強烈對比。小羅不發一語，但視線在兩張畫間移動時，艾美看見他漲紅臉並緊抿嘴，彷彿體會也接受了她對他的教訓。她很滿意，不等他說話便生氣蓬勃地說：

「還記得那次你在馴服帕克，然後我們都在旁邊看嗎？瑪格和貝絲都嚇死了，但喬就在旁邊拍手彈跳，我則坐在柵欄上畫你。我前幾天在作品集裡找到當初那張素描，稍微補了幾筆，留著要給你看。」

「非常感謝。妳從那之後真的進步飛快，恭喜妳。容我在『蜜月天堂』提醒你，五點是妳們飯店的用餐時間。」

小羅說話的同時站起身，微笑鞠躬歸還那些畫，然後看看手表，彷彿要提醒她就算訓話也有結束的時候。他試著要裝出先前輕鬆不在乎的態度，但如今只顯得虛假，因為那番刺激比他願意承認的還要有效。艾美感受到他的冷漠，對自己說：

「這下我得罪他了。好吧，如果對他有幫助，那我就高興了，如果他因此而討厭我，那也很抱歉，但我說的是實話，一句也不能收回。」

回家路上他們不停大笑聊天，後方高座上的小巴普堤斯覺得這位先生跟小姐心情真好。但兩人都很不自在。原本的友善直率已經崩潰，籠罩了陰影，儘管他們看起來很歡樂，各自心裡都在偷偷不滿。

「我的哥哥，今晚我們會見到你嗎？」在姑姑門口道別時，艾美問他。

「可惜我另外有約。小姐，再會了，」小羅屈身彷彿要按照歐洲禮儀吻她的手，他這樣做比許多男人都還要適合。他臉上的表情卻讓艾美急忙熱切地說……

「不要這樣，小羅，在我面前你就自然一點，像過去那樣道別就好。我情願像英國人那樣用力握手，也不要法國人那種感傷的問候。」

「再會了，親愛的，」在用力到幾乎會痛的握完手後，小羅以她喜歡的語氣道別。

隔天早上，艾美平常的訪客不見人影，反而收到一封短箋讓她以微笑開始，嘆息結束。

我親愛的心靈導師，請代我向妳姑姑道別，然後獨自內心狂喜吧，因為「懶惰勞倫斯」非常聽話地去找他爺爺了。祝妳有個愉快的冬天，也願天神讓妳能在玫瑰谷幸福度蜜月！我想富雷德會很需要鼓舞。跟他說妳的答案吧，我祝福你們。

萬分感激！

「好孩子！很高興他走了，」艾美讚許地微笑。但是下一刻，她環視空蕩的房間，不由自主地嘆氣：「是啊，我很高興，但也會很想念他。」

忒勒瑪科斯19

19 Telemachus為希臘神話中的人物，出現在《奧德賽》中，其在雅典娜的協助下，出門尋找因特洛伊戰爭而二十年未歸的父親。

第四十章
死亡幽谷

最初的苦澀過去後，全家人接受了不可避免的發展，試著要開朗接受，以在困難時期更加緊密維繫家人的情感協助彼此。他們收起悲傷的情緒，各自盡力確保這最後一年過得很幸福。

家裡最舒服的房間特別留給貝絲，裡面擺放了她最愛的東西：鮮花、照片、她的鋼琴、小工作桌，及她心愛的貓咪。父親最好的書也出現在裡面，還有母親的躺椅、喬的書桌及艾美最漂亮的素描，瑪格每天都帶著雙胞胎踏上愛的朝聖之旅，為貝絲阿姨帶來陽光。約翰默默地撥出一小筆錢，讓他能持續供應病人她喜愛且渴望能吃到的水果，這是約翰樂意效勞的事。老漢娜毫不厭倦地烹調各式美味佳餚以便吸引那反覆無常的胃口，做事時還會掉眼淚，來自海洋另一端的小禮物及開朗信件，也彷彿從沒有冬天的國度捎來一絲溫暖與芬芳。

貝絲在此坐著，就像供在家庭祭壇的守護聖靈那般，一如往常的沉靜忙碌，因為沒有什麼能改變她甜美無私的天性，就連準備離開人世了，也要試著讓那些留下來的人過得更幸福。她虛弱的手指一刻不得閒，她的樂趣便是為每天來回經過的學童做些小東西，從窗口抛下一雙無指手套讓凍僵的雙手可取暖，書型針匣送給有洋娃娃的小媽媽，拭筆布送給在歪七扭八筆畫中奮鬥的小小書法家，剪貼簿送給喜愛美麗圖畫的人，還送出各式各樣美好的小東西，直到那些不情願爬上學習階梯的孩子發現奮鬥的路上彷彿撒滿鮮花，將這位溫柔的贈與者視為某種神仙教母，她坐在上方奇蹟似地降下剛好適合他們喜好與需求的禮物。若貝絲想要任何報酬，那些永遠朝她的窗戶點頭微笑的燦爛小臉，還有不時會送到她手上充滿墨汁斑點與感激的滑稽短箋，全都是報酬。

起初幾個月過得非常快樂，貝絲經常環顧四周說：「真是漂亮的景色！」大家一齊坐在她那陽光充足的房間裡，雙胞胎在地上亂踢亂叫，母親跟姊姊在旁邊做女紅，父親以他好聽的聲音朗讀那些有智慧的舊書，書裡充滿撫慰人心的美言，即便已經歷經好幾個世紀，仍然跟當時一樣有用；小小禮拜堂裡，身為父親的牧師將大家都必須學會的困難課題教給他的子女，試著讓他們明白心懷希望能撫慰充滿愛的心靈，信仰能讓順從天意變得可能。簡單的布道，直達聽者的靈魂，因為父親的心與牧師的宗教同在，不時顫抖的聲音反而讓他朗讀或說出的話更具說服力。

也還好有這段平靜的時光，讓他們能做好準備迎接後來的悲傷，因為不久後，貝絲說針「太重了」，放下後便再也不曾重拾。說話讓她感到疲憊，眾人的臉讓她困惑，疼痛成了她的唯一重心，沉靜的靈魂也因為虐待她虛弱身軀的疾病而悲傷煩惱。唉呀！白晝如此沉重，夜晚如此漫長，心如此痛而禱告也充滿了哀求，那些最愛她的人被迫得看著她朝大家伸出骨瘦如柴的手苦苦懇求，聽她哭喊「救我，救我！」，並體會到自己一點幫助也沒有。她寧靜的靈魂悲傷地蒙上一層陰影，年輕生命辛苦與死亡搏鬥，但還好兩種情況都很短暫，在本能的亂象結束後，原有的和平便以更加美麗的姿態回歸。脆弱的身體越是敗壞，貝絲的靈魂越是茁壯，雖然她話很少，身邊的人卻能感覺到她已經準備好了，明白蒙召的第一位朝聖者很可能就是最有資格的，於是在岸上陪著她等待，想見見當她過河時前來迎接她的光明使者。

從貝絲說出「有妳在我覺得比較強壯」後，喬便不曾離開她身邊超過一個小時。她睡在房間裡的沙發上，不時醒來添柴火、餵食、抱起，或伺候那個甚少提出要求而且「努力不要造成麻煩」、很會忍耐的妹妹。她成天在房間裡徘徊，珍惜所有照護妹妹的機會，此刻獲選感到比生命為她帶來的任何榮譽還要驕傲。這些時刻對喬來說非常珍貴有益，因為這時她的心學會了所需要的功課。如此溫柔教授的耐心課題，她不可能學不起來，對眾人的博愛，能夠原諒且真正忘記刻薄不善的美麗精神，忠於本分讓最困難的都變得簡單，那樣誠摯的信仰無所畏懼，毫無疑問地信任。

喬經常醒來發現貝絲在閱讀她那本破舊的袖珍書，聽她輕聲唱歌，消磨那些無眠的夜晚；或是看她手捧著臉，眼淚緩緩從她透明的指尖落下，喬會躺著看她，沉思到無瑕哭泣，感覺貝絲以她簡單無私的方式正在揮別這個生命，透過宗教文字、低聲禱告及自己熱愛的音樂尋求慰藉，為自己做好進入來生的準備。

眼前景象對喬的幫助遠比最有智慧的布道、最神聖的詩歌及最熱切的禱告還多。因為大量淚水洗淨了她的雙眼，心因最溫柔的悲傷而軟化，她體會到妹妹生命的美：平靜無事胸無大志，卻充滿「芬香甜美、在塵土裡綻放」的真實美德，徹底無私讓她即使身處天堂也讓在世間的人們馬上記起這最為謙卑的靈魂，這是人能所及最確實的成就。

有一天晚上，貝絲在桌上書堆裡想找東西讓她忘卻幾乎與疼痛同樣難以忍受的極度疲憊，正在翻閱她最愛的《天路歷程》時，發現一張紙條上寫滿喬的字跡。紙條上的名字引起她注意，看來模糊的文字則讓她確定上面曾滴過眼淚。

「可憐的喬！她睡得很熟，我就不要吵醒她問可不可以看了。反正她什麼都給我看，我想這個她也不會介意，」貝絲瞄了眼躺在地毯上的姊姊，身旁還躺著火鉗，準備在木頭崩解時立刻醒來。

我的貝絲
耐心坐在陰影處
直到有福的光明來臨，
寧靜神聖的存在
洗滌了我們憂慮的家。
俗世歡樂、希望與悲傷

如漣漪來到岸邊破裂
最深最莊嚴的河流岸邊
她欣然的雙腳如今站立在此。
喔，我的妹妹，離開我身邊，
脫離俗事的煩憂與衝突，
將這些美德化為禮物予我，
那些讓妳生命美麗的品德。
親愛的，將無比的耐性遺贈予我
那股耐性有力量
在疼痛的枷鎖下
維持開朗不抱怨的精神。
給我，因為我迫切需要，
那樣的勇氣智慧與甜美，
讓妳欣然腳下的本分之路
永遠翠綠盎然。
將那樣無私的天性予我
加上神聖的惻隱之心
能為了親愛的人寬恕錯誤——
謙卑的心，請原諒我的錯誤！
如此一來我們的永別便會日漸減少痛苦，

學習如此困難課題的同時，
我的至大損失也成了至大收穫。
因為悲傷的降臨
我的狂野天性將更平靜，
給予生命新的理想，
重新信任所不可見。
今後，我將永遠看見
深愛的家中小精靈
安然在彼岸
等待我上岸。
我出於悲傷的希望與信仰，
將成為守護天使，
而早我一步離開的妹妹
將與天使牽手帶我回家。

模糊不清又薄弱不完美的文字，卻讓貝絲的臉露出無法言喻的安慰，因為她唯一的遺憾是自己做得太少，但這段文字似乎向她保證她的生命並非無用，她的死亡也不會如她所害怕的帶來絕望。她雙手捧著折起的紙張坐著，此時燒焦的木頭碎裂落下。喬驚醒，重振熊熊烈火，然後悄悄爬到床邊希望貝絲已經睡著。

「親愛的，我沒有睡著，但是我好開心。妳看，我找到這張紙條然後讀完了。我知道妳不會介意。

喬，我對妳這麼有意義嗎？」她謙卑真誠的熱切中帶著渴望。

「噢，貝絲啊，非常非常有意義！」喬跟妹妹一起把頭靠在枕頭上。

「這樣我就不會覺得自己浪費了生命。我沒有妳說的那麼好，但我盡量做對的事。現在，要做得更好已經太遲了，知道有人如此愛我、覺得我有幫到他們，讓我非常安慰。」

「貝絲，妳對我的幫助比世界上任何人都還多。我以前覺得自己無法讓妳離開，但我在學習感覺自己並沒有失去妳，妳會比以前還要貼近我，雖然看起來如此，但死亡不會將妳我分開。」

「我知道不會，我也不再害怕了，因為我確定我仍會是妳的貝絲，永遠都會愛妳、幫助妳。喬，妳必須代替我的位置，在我離開後當父親與母親的支柱。他們會指望妳，不要讓他們失望。如果單獨承擔很辛苦，只要記得我不會忘記妳，記得妳這麼做會比寫任何巨作或看遍世界都還要來得幸福，因為愛是我們離開時唯一能帶走的東西，會讓結束變得容易。」

「我會努力的，貝絲。」就在那一刻，喬放棄了她原有的理想，立下更新、更好的志願，承認其他渴望有多貧乏，並且因為相信永恆的愛而感受到極致的撫慰。

春天就這樣來了又去，天空愈加清澈，大地愈加翠綠，鮮花早早盛開，鳥兒也即時趕回來向貝絲道別，後者就像疲憊但深信不疑的孩子，緊握住帶領她一輩子的手，讓父親與母親溫柔地引導她通過死亡幽谷，將她讓給上帝。

除了在書裡，少有人過世時會說出什麼讓人難以忘懷的話、看見幻象或以蒙恩的神情離開，那些送走過許多亡靈的人都知道，最多就是自然單純地在睡夢中離去。正如貝絲所希望的，「生命的潮水輕輕退去」，在破曉前的黑暗時刻，她在自己吸入第一口氣的胸前默默吐出最後一口氣，沒有道別只有一記深情的眼神，以及輕聲嘆息。

在眼淚、禱告與溫柔的手伴隨下，母親與姊姊為她做好準備，進入再也不會疼痛受苦的長眠，感激地看著美麗的寧靜快速取代長時間讓她們心痛的哀傷耐性，對她們的寶貝來說，死亡是親切的天使而非充滿畏懼的幽靈，她們為此滿心歡喜。

連月來，這是頭一次早晨來臨時壁爐火已經熄滅，喬的位置也是空的，房間裡一片寂靜。但有隻鳥在萌芽的枝頭歡樂高歌，不遠處，松雪草的花在窗邊新鮮綻放，春天的太陽洩入，如祝福降臨枕頭上的恬靜臉龐，那張臉充滿了毫無疼痛的平靜，最愛那張臉的人淚中帶笑，感謝上帝貝絲終於得救了。

第四十一章
學習遺忘

艾美那番訓話對小羅非常受用，但他當然到很久以後才承認。當女人提出忠告時，男人很少會承認自己接受，一定要等到他們已經說服自己那正是自己想要做的事情，才會接受她們的建議。然後他們會採取行動，成功的話便把一半功勞歸給女人，失敗的話便大方讓出全數功勞。小羅回到爺爺身邊，盡責地陪在爺爺身邊好幾個星期，老先生因此認定尼斯的氣候讓他大有長進，他最好再去一次。這個年輕人當然樂意，可是在那樣被罵過後，千軍萬馬也無法把他拖回去。驕傲不允許他這麼做，每當他的渴望過於強烈，便會重複讓自己印象最深刻的話來鞏固決心：「我唾棄你。」「去做點大事讓她愛上你。」

小羅成天反覆思考這件事，最後他終於承認自己自私又懶惰，但一個人經歷了如此的悲傷後，應該要有權利沉溺於各種遐想直到他能遺忘。他覺得自己受挫的情感已經死透了，雖然他無需停止當個忠實的哀悼者，不過也沒有必要炫耀他的喪服。喬不愛他，但或許可以做點什麼讓她尊敬並欣賞他，也證明女孩子拒絕他並不會毀了他的人生。他一直都打算要做點什麼，所以艾美的建議很不必要。他只是在等待將前述遭遇挫折的情感完全埋葬。完成後，他覺得自己已經準備好「藏起受傷的心，繼續打拚」。

正如歌德會將悲傷或喜悅全寫入歌裡，小羅也決定將他悲傷的愛情保存在音樂裡，創作一首安魂曲讓喬的靈魂悲傷，也融化所有聽眾的心。因此當老先生又一次覺得他坐立不安悶悶不樂要趕他出去時，他便出發去維也納找他的音樂朋友，以堅定的決心努力讓自己出名。但不知道是他的悲傷過於深重，音樂無法具體呈現，又或者太過神聖的音樂無法振奮凡人深切的悲痛，總之他很快便發現安魂曲超出他此時的能力範圍。顯然他的腦袋還沒有就緒，需要釐清想法，因為他在悲嘆的曲調中發現自己哼起一首讓他回想起尼斯耶誕舞會的舞曲，特別是那個健壯的法國人，因此他暫時停止創作悲歌。

後來他又嘗試歌劇，反正起初總覺得沒有什麼是不可能的，但這次無法預料的困難又再次纏繞。他想要用喬當女主角，於是召喚回憶尋找那段愛情裡的溫柔片段與浪漫畫面。但回憶背叛了他，彷彿喬的任性纏身，只能想起她的古怪、缺點及反覆無常，出現的畫面都是最不感性的時刻——頭上綁著大手帕拍打地墊、用沙發靠枕把自己擋起來，或是以岡米瞿太太的方式對他的熱情潑冷水——無法遏制的大笑毀了他設法描繪的沉思畫面。想把喬寫入歌劇是絕對不可能的，於是他以一句「祝福那個女孩，她真是折磨人！」放棄了喬，抓著頭髮成為抓狂作曲家。

當他環顧身旁想找另一個沒那麼難以駕馭的少女寫進旋律化為永生時，回憶立即浮現另一人影。這枚魅影以許多不同面孔呈現，但永遠都是金髮，環繞在薄紗迷霧間，在他腦海裡輕盈漂浮在玫瑰、孔雀、白色小馬與藍色緞帶的混亂之間，賞心悅目。他沒有為這個自滿的幽靈命名，但用她當女主角而且越來越喜歡她，喜歡也是應該，因為他賦予了她各種天賦及美德，陪著她毫髮無傷地經歷本該毀滅任何凡人女子的試煉。

還好有此靈感讓他很順利地遨遊其中一陣子，但作品慢慢失去魅力，他會忘記要創作，筆拿在手上做白日夢或在歡樂的城市裡到處闖蕩找尋新觀念讓腦袋活絡，那個冬天他的腦袋似乎相當煩亂。他沒動手做什麼，倒是想了不少，意識到自己正不由自主地經歷某種轉變。「或許是靈感正在醞釀。我就讓它繼續醞釀，看會有什麼結果，」但他偷偷懷疑其實根本不是什麼靈感，而是更為普通的東西。無論是什麼，總之是有目標地醞釀，因為他對自己散漫的生活越來越不滿足，身心都開始渴望能認真實在地工作，最後他終於很有智慧地下了結論，不是每個熱愛音樂的人都能成為作曲家。看完莫札特在皇家戲院精彩的華麗歌劇演出回來後，他翻閱自己的作品，彈了幾節寫得最好的段落，盯著孟德爾頌、貝多芬及巴哈的上半身雕像看，他們也和藹地盯著他看。然後，他突然開始一張接著一張撕掉樂譜，最後一張也從手中飛走時，他沉著地對自己說：

「她說得對！才能不等於天賦，努力也沒有用。音樂讓我面對現實，就像羅馬讓她面對現實一樣，我不要再騙自己了。那我現在要做什麼呢？」

這個問題很難回答，小羅開始希望自己必須要為生活工作賺錢了。最適合「去找惡魔」的機會出現了，如他當時的氣話，他有的是錢卻無事可做，撒旦可是出了名的喜歡找上有錢但怠惰的人。可憐的少年身心都受到誘惑，但他很能抗拒，因為他雖然重視自由，卻更加重視善良與信任，因此他對爺爺的承諾以及他渴望能直視那些愛他的女子雙眼說「一切都好」，都讓他保持安全穩定。

某些愛挑剔的太太很可能會說：「我不相信，男孩就是男孩，年輕男人一定會放蕩，女人不用期待奇蹟。」我敢說愛挑剔的太太一定會這樣說，然而小羅的事是真的沒錯。女性能締造許多奇蹟，因此我相信她們甚至能藉由拒絕附和這種說法而提昇男人的標準。讓男孩繼續當男孩，當越久越好，必要的話也讓年輕男人放蕩。但是母親、姊妹及朋友，若是忠實相信男人具有好女人認為是真男人的品德，也表現出這樣的信任，將避免他們嚴重崩壞。如果這只是女性的妄想，那就讓我們盡情享受這種妄想吧，因為若少了妄想，生命中半數的美麗與浪漫都會不見，如此悲情的預測只會讓我們對那些勇敢慈悲、愛母親勝過自己且不會羞於承認的小伙子絕望。

小羅以為要忘記自己對喬的愛會耗去他所有力量且歷時多年，但他極為意外地發現其實心頭日漸輕鬆。起初他不願意相信，還生自己氣、無法理解，但人心真的非常奇妙矛盾，時間與天性會不顧我們反對逕行運作。小羅的心不肯痛了。傷口持續以讓他訝異的速度快快癒合，本該試著遺忘的他反而發現自己試著要記住。他沒有預料到情況會這樣急轉直下，完全沒做好心理準備。他厭惡自己，對自己的多變感到驚訝，失望及慶幸交雜，不懂自己怎麼能這麼快便從如此巨大的打擊中恢復。他小心翻攪失戀的悲傷餘燼，卻未能再次燃起火焰。剩下的只有舒適的溫暖火光，讓他不會瘋狂卻很有幫助，於是他勉為其難地強迫自己承認，他孩子氣的熱情已經緩緩沉澱為更平靜的感情，非常溫柔，仍有點悲傷與怨恨，但隨著時間一定會退去，只剩下持續到最後不會中斷宛如兄長的情感。

某次白日夢中，「兄長」一詞閃過腦海，他微笑抬頭看著眼前莫札特的畫像……

「他非常厲害，娶不到姊姊，他就娶了妹妹，也是過得很幸福。」

小羅並沒有把這些話說出來，而是用想的，但下一刻他便親吻那枚小戒指對自己說：「不，我不會的！我沒有忘記，我永遠不會忘記。我會再試一次，如果不成功，那就……」

話沒說完，他便拿起紙筆寫信給喬，告訴她，只要還有一絲希望讓她改變主意，他就無法接受別的結果。她能不能、願不願意讓他回家來，然後兩人幸福在一起？等待回信的過程中，他什麼都沒做，只是精力充沛極度不耐煩地等待。信終於來了，有效地為他做出決定，因為喬堅決無法也不願意。她滿腦子都只有貝絲，永遠都不想再聽到愛情這兩個字。接著她拜託他再找一個會讓他幸福的人，但心裡永遠要留個角落給愛他的妹妹喬。她在信尾附註請他不要把貝絲惡化的消息告訴艾美，她春天就要回家了，不需要讓她剩餘的旅程充滿悲傷。拜託上帝，希望這樣就來得及了，但請小羅一定要常寫信給她，不要讓她感到孤單、想家或不安。

「我會的，立刻寫。可憐的小女孩，她這趟回家的旅程恐怕會很悲傷，」小羅掀開書桌，彷彿寫信給艾美就是幾個星期前未完成的句子該有的適當結尾。

但是他當天還是沒有寫信，因為在翻找最好的信紙時，他發現了改變他目標的東西。桌角散亂一堆的帳單、護照與各式商業文件之間，夾雜著幾封喬寫來的信，另一個小格子裡則是三封來自艾美的短箋，用她的藍色緞帶仔細捆起，甜蜜地暗示裡面塞有枯萎玫瑰。帶著懊悔娛樂摻半的表情，小羅把喬寫來的信全部整理成一疊，攤平摺好，整齊放進書桌的小抽屜，呆站了一會兒，若有所思地把玩手指上的戒指，然後慢慢摘下戒指跟信放在一起，鎖上抽屜，出門去聖斯德望大教堂聽莊嚴彌撒，感覺自己彷彿經歷了一場喪禮，雖然沒有痛苦萬分，但這樣結束這一天感覺會比寫信給年輕迷人的女孩要來得恰當。

不過他還是很快寫了信，也迅速收到回信，因為艾美非常想家，在信裡也非常坦白，很是討喜。兩人之間信件往來愈加頻繁，整個春天都非常規律地寫信回信沒有例外。小羅把半身雕像全賣掉，把他的歌劇創作當柴火燒掉後回到巴黎，希望不久後某個人會前來會合。他迫切想要再去尼斯，但是沒人開口邀請前，他不會去，艾美也不會開口要他來，因為當時她自己也正經歷某個關卡，寧願避免「我們的小羅」質疑的眼神。

富雷德·馮恩回來了，也提出了當初她決定要回以「我願意，謝謝」的問題，但這次她卻溫柔堅定地回答「不願意，謝謝」。因為在那個當下，她失去了勇氣，她發現充滿溫柔希望與恐懼的內心產生了新的渴望，若要滿足，需要的不只是金錢與地位。她不斷想起「富雷德是個好人，但不是我以為妳會喜歡的那種男人」這句話，以及小羅說話時臉上的表情，一如她自己以表情而非言語說出「我會為錢而嫁」的倔強。現在回想起來讓她覺得很苦惱，希望能收回那句聽起來很沒有女人味的話。她不希望小羅認為她世故無情。現在的她對於當什麼社交女王的興趣還不如當個可愛的女人來得高。她很高興他沒有因為自己說了那些難聽的話而討厭她，反而優雅應對而且比以前還要溫柔。他寫來的信為她帶來安慰，因為家裡寄信的時間很不規律，終於收到時又沒有像他的信那麼令人滿足。她不僅樂意，更覺得自己有義務要回信，因為那個可憐人非常絕望、需要寵愛，而喬卻堅持她的鐵石心腸。喬應該要努力嘗試愛上他。應該不會有多難，很多人都會樂於有這麼好的男孩喜歡自己，並引以為傲。但喬總是不願意跟其他女生一樣，所以她就只是對他好，把他當成哥哥。

如果所有哥哥受到的待遇都跟小羅在這段期間的待遇一樣好，他們就會是更開心的族群。現在艾美不會訓他了。不管什麼事情都會問他的意見，對他做的所有事情都感興趣，做可愛小禮物送他，而且每週寄兩封信給他，信裡都是描述生動的八卦、妹妹對哥哥吐露的心事及周遭美妙環境的迷人素描。少有妹妹這樣恭維哥哥，將來信隨身攜在口袋、勤奮地反覆閱讀，篇幅太短會哭、篇幅長則開心吻信，還小心珍藏所有來信，所以我們也不要暗指艾美做了上述任何盲目愚蠢的行為。

但那年春天，她的面容確實有些蒼白憂鬱，對社交活動失去興趣，經常獨自外出寫真。她回家後都拿不出什麼作品，所以我猜她應該是在觀察大自然，雙手交叉長時間坐在玫瑰谷的平台上，或是心不在焉地畫下任何引起她興趣的目標，刻在墓碑上的勇猛騎士，躺在草地上睡覺、帽子蓋過眼睛的年輕男子，或是打扮美麗的捲髮女孩挽著高大男子的手臂走進宴會廳，兩人面孔都依時下藝術潮流模糊處理，很安全但讓人不甚滿意。

姑姑以為她後悔回絕富雷德，艾美發現她怎麼否認也沒用又無法解釋，於是任憑姑姑高興怎麼想就怎麼想，只注意要讓小羅知道富雷德已去了埃及。她這麼說他就懂了，表情如釋重負，態度可敬地自言自語：

「我就知道她會想通的。可憐的小子！我經歷過，所以我能體會他的心情。」

說完後他深深嘆息，彷彿卸下了對過往的義務，雙腳翹在沙發上奢侈地享受艾美寫來的信。

國外發生這些改變的同時，家裡正面臨著困境。但是艾美並沒有收到家裡通知她貝絲狀況越來越差的信，等下一封信到在她手上時，人已經到了威韋，因為五月的尼斯實在太熱，他們經由熱那亞及義大利湖泊水道緩緩來到瑞士。她承受得很好，默默聽從家人命令不縮短行程，反正已經來不及跟貝絲道別，她最好留在歐洲以距離緩和悲傷。但她內心非常沉重，很想回家，每天都渴望地凝視湖的對岸等待小羅前來安慰她。

他確實很快出現了，因為同一批郵務將信寄到兩人手上，但當時他人在德國所以花了幾天才收到信。他讀完信後立刻打包行李，跟同行友人道別後，便立刻前去遵守承諾，心裡充滿歡樂與悲傷、希望與不安。

他對威韋很熟悉，船一靠岸便沿著小碼頭岸邊匆忙趕往包三餐的拉圖爾住宿，凱洛一家就住在那裡。這個男孩聽見凱洛全家人都去湖邊散步感到非常沮喪，但，沒有喔，金髮小姐可能在城堡花園裡。若先生願意勉強自己坐下，馬上就能找她過來。但是先生連「馬上」都不願意等，沒等對方說完話，便自行去找那位小姐了。

美麗湖邊上有著漂亮的古老花園，栗樹在頭上沙沙作響，常春藤到處攀爬，高塔黑色影子遠遠落在晴朗湖面上。寬闊矮牆的一角有張椅子，艾美常來這裡讀書或工作，或以周遭美景安慰自己。那天她也坐在這裡，手枕著頭，內心非常想家、眼皮沉重，想念貝絲也不解小羅為何沒有來找她。她沒有聽見他從遠處穿越庭院，也沒看見他在地下步道通往花園的拱門處停頓。他站在那裡以全新眼光看了她一會兒，看見過去沒有人看見的，艾美個性中溫柔的那一面。她的全身上下無聲地透露著愛與悲傷，滿是淚痕的信躺在腿上，頭髮以黑色緞帶綁起，臉上可見女人的痛苦與耐性，就連脖子上的小小黑檀木十字架在小羅眼中看起來也很可憐，那是他送的禮物，而她只戴了這麼一件飾品。如果他還在懷疑她會如何迎接自己，所有懷疑在她抬頭看見他的那一瞬間也全部消失，因為她拋下所有東西跑向他，驚呼的語氣無疑充滿了愛與渴望：

「喔，小羅，小羅，我就知道你會來找我！」

我想這時一切都說盡也底定了，因為他們沉默地一起站了好一陣子，深色那顆頭彎下來保護金色的頭；艾美覺得沒有人比小羅更能安慰她、支持她，小羅則決定全世界只有艾美能取代喬的位置讓他幸福。他沒有這麼對她說，但她也沒有感到失望，因為兩人都真實感受到，都很滿足，也開心地將剩下的留給沉默。

一分鐘後，艾美又回到自己的位置，她擦乾眼淚的同時，小羅幫忙收拾散落一地的紙張，在諸多顯然已經看舊的信件及暗示意味十足的素描中看見未來的好預兆。他在艾美身邊坐下時，她再次感到害羞，想起自己衝動的問候便整臉漲紅。

「我實在忍不住，看到你真的非常開心，因為我覺得好孤單好悲傷。抬頭發現是你讓我好驚訝，我正開始擔心你不會來了，」她很努力想表現得自然卻沒有用。

「我一聽說就趕來了。我很希望能說什麼話來安慰失去小貝絲的妳，但我只能感同身受，還有……」他無法繼續說下去，因為他突然變得很害羞，不知該說什麼才好。他多想讓艾美的頭靠在自己肩上，要她痛哭一場，但他不敢，所以改為牽起她的手，同情地捏捏她，這樣比說什麼都有用。

「你什麼都不用說，這樣就讓我感到安慰了，」她輕聲說。「貝絲現在很好很幸福，我絕對不希望她回來，而我雖然很想念家裡人，也很害怕回家。我們先不要談了好嗎？這樣讓我很想哭，但我希望能好好享受有你陪在身邊的日子。你暫時不用回去吧？」

「親愛的，妳要我留下就不用。」

「我要，非常想要。姑姑跟小芙人都很好，但你才讓我有家人的感覺，能有你在身邊陪伴一陣子會讓我感到很安慰。」

艾美說話時看起來就像非常想家而悲傷的小孩，讓小羅當下忘了要害羞，給了她她最需要的東西：她慣有的寵愛及需要的開朗對話。

「可憐的孩子，妳看起來彷彿悲傷到都要生病了！我來照顧妳了，所以不要再哭，跟我一起散散步吧，風太涼，不要一直坐著，」寵愛與命令摻半的語氣正是艾美喜歡的，他為她繫上帽子、讓她勾起自己的手臂，開始在新長出葉子的栗樹下的陽光步道來回散步。開始散步後他感覺比較自在了，艾美則喜歡有強壯的臂膀可依靠，熟悉的臉龐對她微笑，還有溫柔的聲音開心地只為她說話。

古怪的老花園曾供許多對情人躲藏，看似專為他們建造，晴朗又隱蔽，除了高塔沒有其他人會看見他們，還有寬廣的湖從下方潺潺流經，順道將他們說話的回音帶走。這對新情人就這麼共度了一個小時，一起散步聊天或靠著牆邊休息，感受讓時間與地點都更有魅力的甜蜜影響，非常不浪漫的晚餐鈴響起要他們離開時，艾美感覺自己將孤單與悲傷的包袱全都留在城堡花園裡了。

凱洛太太看到女孩臉上表情的轉變便立即頓悟，內心驚呼：「這下我全懂了，這孩子是為了小羅倫斯而憔悴啊。老天爺啊，我從沒想過會是這樣！」

這位好夫人非常識時務，什麼也沒說，更沒有透露任何知曉的跡象，反而熱情邀請小羅留下來，並拜託艾美好好照顧他，因為這樣會比她總是獨處要來得好多了。艾美向來乖巧聽話，姑姑又總是在忙小芙的事，因此她獨自招待朋友，並且比平常都還要用心。

在尼斯時，小羅整天閒晃被艾美罵。在威韋，小羅從來不懶惰，總是以極有活力的姿態散步、騎馬、划船或唸書，艾美則欣賞他做的每一件事，可以的話都會以他為榜樣照做。他說自己是因為氣候而改變，她沒有反駁他，樂於有同樣的藉口來解釋自己為何恢復健康與精神。

元氣滿滿的空氣對他們兩人都很有幫助，大量運動也同樣為他們的身心帶來健康的轉變。在綿延不絕的丘陵間，他們似乎將生命與本份看得更清楚。清新的風吹走了沮喪的疑惑、騙人的幻覺及喜怒無常的迷霧。溫暖的春天陽光引發各種崇高理想，開啟溫柔希望與開心的念頭。湖水似乎為他們洗去了過往的煩惱，雄偉古老的山脈也和藹地低頭看著他們說：「孩子們，要愛彼此。」

儘管才又經歷了悲傷，這段時間的他們卻很幸福，幸福到小羅不願說什麼破壞美好的時光。他花了好一段時間才從震驚中恢復，自己竟然已經從他深信是初戀也是最後及唯一的戀情中走出來了。他安慰自己那是因為喬的妹妹幾乎就等於喬本人，所以才會看似不忠，他也堅信若不是艾美，根本不可能這麼快又這麼徹底地愛上別的女人。他第一次求愛時過程騷動混亂，回顧時彷彿已過了許多年，帶著憐憫摻雜懊悔的感覺。他並不引以為恥，反而視為生命中甜蜜但苦澀、在痛苦過後會因而感激然後放下的經驗。他下定決心第二次求愛時會盡可能保持平靜單純。根本不需要大驚小怪，也不需要特別對艾美說他愛她，因為不用說她就知道了，也早已給了他答覆。一切都來得很自然，沒有人會反對，他知道大家都會因此開心，連喬也會。不過，初次失戀後要再次嘗試總會小心翼翼且非常緩慢，因此小羅任由日子過去，享受每分每刻，將說出那句會讓新戀情最甜蜜的第一階段劃下尾聲的話留待運氣。

他一直想像兩人最後會在月光下的城堡花園裡，以最優雅端莊的姿態定情，結果卻恰好相反，因為他們是在午間湖面上短短幾句話匆匆底定。當天早上兩人正在湖上漂流，從幽暗的聖吉果夫到晴朗的蒙投，一邊是薩瓦阿爾卑斯山，另一邊則是聖伯納山及南峭峰，山谷裡是美麗的威韋，山丘上去則是洛桑，頭頂是萬里無雲的藍天，下方是更加湛藍的湖，湖面上有看起來像白翅鷗的美麗小船點綴。

他們緩緩流經西庸時正在談論博尼瓦，討論到盧梭時他們正抬頭看向克拉宏，也就是他寫下《哀綠綺思》的地方。兩人都沒讀過那本書，但他們知道是愛情故事，也各自好奇故事是否有他們自己的故事一半精彩。艾美正伸手在玩水時，兩人之間突然小小沉默了一下，她抬起頭時看見小羅倚著槳，他的眼神促使她為了終結沉默而倉促開口……

「你一定累了。稍微休息一下，換我划吧。這樣對我也有幫助，因為從你來了之後，我就只會懶惰及放縱。」

「我不累，但妳要的話可以分一邊的槳。空間夠大，不過我得要坐在接近正中間的位置船才會平穩，」小羅彷彿挺喜歡這樣的安排。

艾美覺得這樣情況並沒有好到哪裡去，但還是接受了三分之一的位置，甩開遮住臉的頭髮，接過另一邊的槳。她划得非常好，就跟她做其他事一樣，而且雖然她用上兩隻手，小羅只用一隻，兩邊槳的速度仍舊一致，船順利在水面滑行。

「我們一起划得真好啊，不是嗎？」艾美不喜歡此刻的沉默。

「好到我希望我們能永遠一起划同一艘船。艾美，妳願意嗎？」小羅語氣極為溫柔。

「我願意，小羅，」回答非常小聲。

然後兩人便停止划船，無意識地為融化在湖中的倒影增添一幅人類愛情與幸福的畫面。

第四十二章
孑然一身

當「自我」已經全心專注在另一個人身上，要承諾自制當然容易，畢竟那個甜美模範已為自己淨化了心靈。但是當那個有用的聲音陷入沉默，每日課題結束，最愛的人也已經離開，什麼都沒有只剩下孤單與悲痛時，喬發現自己要遵守承諾很難。當她自己因為無止盡地渴望妹妹回來而心痛，該如何「安慰父親與母親」；當家裡因為貝絲離開前往新家而失去光明溫暖與美麗時，她該如何「讓家裡變得歡樂」；她又該上哪裡「找讓人開心的工作」來取代曾經工作本身就是報酬、充滿愛的服務？她盲目也無助地努力盡本份，內心卻暗自抗拒，因為她覺得這樣不合理，為什麼她已經為數不多的喜悅要減少，包袱反而更加沉重，而辛苦賣命的同時，生命卻只是越加困難。有些人擁有所有的陽光，有些人卻永遠身陷黑暗。這樣不公平，因為她比艾美還要努力做好事，卻從來沒有任何獎賞，只有失望、煩惱及勞苦。

可憐的喬，那段日子對她來說相當黑暗，因為當她想到要一輩子待在那間安靜的屋子裡，盡那些單調的責任、少許樂趣及似乎永遠不會變容易的義務，便感到絕望襲來。「我做不到。我本來就不是過這種生活的料，如果再沒有人來幫我，我一定會逃走，然後做出什麼瘋狂的事，」她對自己說，在她一開始的努力失敗後，她陷入再堅強的意志也終須屈服而起伏不定的痛苦狀態。

但真的有人來幫她，只是喬沒能立即認出她的天使，因為他們以她熟悉的形態出現，用的也是最適合可憐人類的簡單咒語。她經常在夜裡驚醒，以為聽見貝絲叫她，卻在看見空蕩的床鋪而以無法平息的悲傷痛聲哭喊：「噢，貝絲，回來啊！回來啊！」這時出於渴望伸出的手也不會沒有回應。因為正如她能立即聽見妹妹微弱的低語聲，母親也能立即聽見她的啜泣聲並趕來安慰她，不僅以言語安慰，而是耐性的溫柔輕撫安慰。母親的眼淚默默提醒了喬，還有人的悲痛勝過她，斷斷續續的低語也比禱告更具說服力，因為充滿希望的順從與自然的悲傷如影隨形。當兩顆心在靜夜裡交談，莊嚴的時刻將苦痛化為祝福，進而馴服悲傷並強化愛。感受到這一切的喬覺得包袱似乎比較容易承受、義務更為甜蜜，躲在母親安全的臂彎裡，生命看起來也更可忍受了。

痛苦的心獲得撫慰後，困惑的心智也同樣獲得協助。有天，她走進書房，站在抬頭以平靜微笑歡迎她的那頭白髮前，極為謙遜地說：「父親，請你像跟貝絲說話那樣跟我說話，我比她更需要，因為我一點都不好。」

「親愛的，沒有什麼比這樣更能安慰我，」他回答的聲音裡有些顫抖，伸出雙手環抱她，彷彿他也需要幫忙而且不怕開口要求。

然後，喬坐在緊鄰他身旁、貝絲以前的小椅子上傾訴所有煩惱，失去貝絲後的怨恨悲傷、努力卻無效的沮喪、對信仰渴求但生命更顯灰暗，以及所有我們統稱絕望的哀傷迷惑。她將祕密全部說出來，他給了她所需要的幫助，兩人都因此獲得安慰。因為他們已經到了不僅能以父女身分、還能以男女身分對談的時候，能夠也樂於以互憐及互愛滿足彼此。

喬在那個她稱為「一人教堂」的老書房裡度過快樂及沉思的時光，從中，她再次有了勇氣、恢復開朗，也有更順從的精神。當初教導一個孩子毫無畏懼面對死亡的父母，如今努力教導另一個孩子拋開絕望與不信任接受生命，滿懷感恩與力量運用生命美麗的機會。

喬還受到其他幫助，那些謙卑健康的職責與喜悅絕對幫了忙，她也慢慢學會了解並重視這些職責的意義。掃把與抹布再也不像過去那樣令人不悅，因為兩者都曾由貝絲管理，後者的家庭主婦精神似乎仍留在未曾丟棄的小拖把與舊刷子上。使用時，喬發現自己哼起貝絲以前會哼的曲子，模仿貝絲有條不紊的做事方法，這裡那裡處理一下保持一切新鮮舒適，這是讓家幸福的第一步，但她自己沒有發現，直到漢娜讚許地捏捏她的手說：

「妳這個貼心的小東西，妳就是決心不要讓我們太想念那個小可愛。我們什麼都沒說，可是都看在眼裡，主一定會保守妳的，妳看著吧。」

坐在一起做女紅時，喬發現姊姊瑪格改變許多，變得能言善道，非常了解良善的女性衝動、想法與情感，與她的丈夫及孩子在一起非常幸福，又為彼此付出許多。

「看來婚姻真的很不錯。不知道如果我也試試看，會不會有妳的一半好？當然前提一定是假設我做得到，」喬在亂七八糟的嬰兒室裡為戴米組好風箏骨架。

「喬，婚姻剛好能幫妳開啟天性裡溫柔女性的那一半。妳就像栗子殼，外面帶刺裡面卻柔軟如絲，要是有人進得去，會發現裡面還有甜美的果核。愛總有一天會讓妳裸露真心，外面粗糙的硬殼將會脫落。」

「太太，霜會逼栗子殼裂開，而且要用力搖才會落下，然後男孩子會去採集堅果，我可不想讓他們把我撿走，」喬將風箏紙糊起來，但不會有任何風吹得起來，這只風箏，因為黛絲把風箏綁在身上讓自己當擺錘。

瑪格大笑了起來，因為她很高興再次瞥見喬過去的脾氣，但她自認有責任要盡力用所有論點強調自己的看法，姊妹談心的時間當然不能浪費，於是拿出她最有效的論點，也就是喬深愛的雙胞胎。對某些心房來說，悲傷是最好的開啟鑰匙，喬幾乎要準備好讓人撿起了。再多一點陽光讓堅果成熟，然後，不用靠男孩缺乏耐性搖樹，而是男人伸手溫柔地從殼裡摘出，獲得完整而甜美的果核。若她曾想過會發生這種事，應該會徹底封閉變得比以前都還要帶刺，幸好她完全沒有想到自己的事，因此時間到了，她便自行成熟落下了。

若她是寓言故事裡的女主角，到了人生這個階段的她應該要變得相當虔誠，超脫世俗，戴著象徵克制的無邊圓帽到處行善，口袋還裝著勸世手冊。可是啊，喬不是什麼女主角，她只是跟無數的凡人女孩一樣在掙扎，只是展現自己的本性，按照心情呈現悲傷、生氣、無精打采或精神奕奕。我們說自己會表現良好當然很高尚，但不可能一蹴可及，需要漫長的提升、強力的提升，甚至在我們有些人腳都還沒站穩就開始向上提升。喬已經進步到這裡了，她正學著盡自己的本份，學著在沒有盡到本份時要覺得不開心，但興高采烈去做這又是另外一回事了！她經常說自己想要做什麼了不起的大事，無論有多困難，現在她希望成真了，因為還有什麼會比將生命奉獻給父親與母親、設法讓家裡能像以前他們為她營造的那樣幸福還要美麗呢？若必須要經歷難關才能讓這樣的付出了不起，還有什麼會比要靜不下來又滿腹雄心壯志的女孩放棄自己的希望、計畫及渴望，並興高采烈地為他人而活還要來得困難呢？

上帝把她的話當真。任務來了，不是她所期望的任務，卻因為其中沒有自我而更美好。這下她要怎麼做呢？她決定要試試看，初次嘗試時便獲得前面提到的協助。後面還有其他協助她也接受了，但不是作為獎賞而是安慰，一如基督徒攀爬那座稱為「困難」的山丘途中，在小涼亭休息恢復體力。

「妳何不提筆寫作？以前寫作都會讓妳快樂，」母親曾這麼對陷入沮喪的喬說。

「我無心寫作，就算有，也沒有人想讀我寫的東西。」

「我們想。為我們而寫，不要在乎其他人。親愛的，試試看吧，我相信對妳會有好處，我們也會非常開心。」

「我覺得我沒辦法。」但喬仍然把桌子拉出來，開始大力修改她半完成的手稿。

一個小時後，母親探頭進去偷看，她仍坐在那裡拚命寫著，身上穿著黑色背心裙、表情投入，馬區太太微笑離開，對自己的建議成功感到非常開心。喬不知道是怎麼辦到的，但故事裡就是有什麼徹底感動了讀者，家人讀的時候又笑又哭，父親還在她的反對下將故事寄給某間熱門雜誌社，而且讓她大吃一驚的是對方不僅花錢買下這個故事，還有其他人來信要求刊登。好幾個人在那篇故事出現後來信大大讚美讓她深感光榮，報紙也複製刊登，朋友及陌生人都非常喜歡。以這樣的短篇故事來說是相當大的成就，喬訝異的程度比她的小說同時受到熱烈讚美與強烈批評時還要高。

「我不懂。這種簡單的短篇故事有什麼地方值得大家這樣讚美？」她有些無所適從。

「因為夠真實啊，喬，秘訣就在於此。幽默與憐憫讓故事有了生命，妳終於找到妳的風格了。寫故事的時候，妳想到的不是名聲或金錢，我的女兒，只是全心投入去寫。妳已經吃過苦頭，現在甜美果實來了。盡妳所能，跟我們一樣為妳的成就而開心。」

「如果我寫的文字有任何美好或真實之處，那都不是我的。是你和母親和貝絲帶給我的，」父親的話比全世界的讚美加起來都還要讓喬感動。

因此，在愛與憂傷的輔導下，喬撰寫短篇小說寄出，為自己也為文章本身交朋友，覺得這個世界對如此謙遜的迷途羔羊真是慷慨，大家都那麼仁慈地歡迎它們，它們也像好運突然降臨的孝順孩子，將象徵生活富足的東西寄回家。

艾美和小羅寫信回家告知訂婚消息時，馬區太太本來擔心喬會無法為他們開心，但她很快便放心了。雖然喬一開始表情很嚴肅，卻沉默地接受這個消息，並且在反覆讀了兩次信之前便已對「兩個孩子」懷抱無數希望與計畫。那封信就像文字二重奏，艾美與小羅在信裡以戀人的姿態相互推崇，讓人讀起來非常開心、想到也很滿意，因為沒有人反對。

「母親，妳喜歡這樣的結果嗎？」她們放下寫得密密麻麻的信紙望著彼此，喬問她。

「是啊，自從艾美寫信來說她拒絕富雷德後，我就希望會是這樣。我很確定那不是妳所謂的一時『貪婪』，信中散落的暗示都讓我懷疑愛情與小羅有天會勝利。」

「母親，妳真是敏銳又沉默！什麼都沒跟我說過。」

「教養女兒的時候，母親必須要眼光銳利說話謹慎。同時我也怕灌輸妳這個想法，讓妳在八字還沒一撇前就寫信去恭喜他們。」

「我不是以前那個沒腦子的人了。妳可以相信我。我現在已經夠成熟理智，足以當任何人的知己。」

「親愛的，妳確實是，我也應該要讓妳成為我的知己，我只是怕妳知道妳的多多愛上別人後會感到痛苦。」

「母親，在我已經拒絕他那份或許不是最好但熱烈的愛之後，妳真的認為我這麼愚蠢自私嗎？」

「喬，我知道妳當下是認真的，但最近我覺得如果他回來再問一次，妳或許會想要換個回答。請原諒我，親愛的，但我不禁注意到妳很孤單，有時候眼裡還有種飢渴的眼神，讓我無法忘記。因此我猜如果他現在再試一次，或許能填補妳的空虛。」

「不，母親，這樣比較好，我很高興艾美學會愛他了。但有件事妳說得對。我很孤單，如果多多再試一次，我搞不好會說『好』，但不是因為我現在比較愛他，而是因為現在的我比他離開那時更希望被愛。」

「喬，我很高興，這樣表示妳有所成長。有很多人會愛妳，在最適合愛妳的人出現給妳獎賞前，請滿足於父親與母親、兄弟姊妹、朋友與雙胞胎的愛。」

「母親是世界上最好的愛人，我不介意偷偷跟媽媽說，現在各種類型的愛我都會想試試看。很奇怪，但我越是讓自己嘗試各種自然的情感，似乎就想要更多。我沒想過心能容納這麼多種情感。我的心現在好有彈性，似乎永遠不會滿，但以前只要有家人就滿足了。我不懂。」

「我懂，」馬區太太露出聰明的微笑，喬則正好翻開信紙閱讀艾美對小羅的描述。

「能夠像小羅愛我這樣被人愛真是太美好了。他不會過度感性，話說得不多，但我從他說的話及做的事當中可以看到、感覺到他愛我，讓我幸福且謙卑到似乎不再是從前的我了。在此之前我從不知道他是這麼美好寬容又溫柔，他讓我深入了解他的心，我發現他的心裡充滿了高尚的衝勁、希望與目標，這顆心屬於我讓我感到非常驕傲。他說他覺得彷彿『有了我在船上當他的大副，有無比的愛作為穩定船隻的壓艙石，他就能順利航行』。我希望他可以，也努力成為他相信的那個我，因為我全心全意全力愛著我英勇的船長，只要上帝沒讓我們分開就永遠不會拋棄他。噢，母親，我從不知道當兩個人只深愛彼此並為彼此而活時，這個世界會那麼像天堂。」

「這竟然是我們那個冷靜保守又世故的艾美！真的，愛會創造奇蹟。他們一定非常非常幸福！」喬小心將沙沙摩擦的信紙整理在一起，宛如闔上一本精彩的愛情小說，深深吸引讀者直到最後結束時，讀者再次發現自己獨自身處在這個平凡的世界。

後來因為外面下雨無法散步，喬又晃上樓。她完全坐不住，感覺先前的情緒再次浮現，不像之前那樣苦澀，而是依舊悲傷，不解為什麼一個妹妹能夠擁有她所要求的一切，另一個妹妹卻什麼都沒得到。她自己知道事實當然並非如此，也試著不去想，但對於情感的自然渴望過於強烈，艾美的幸福也喚醒了她的渴望：能夠有個人讓她「全心全意地愛，只要上帝不把他們分開就緊緊抓住彼此」。喬的所有騷動思緒都在閣樓裡停歇，那兒有四只小木櫃排成一列，上面各寫了主人的名字，裡面也各自堆滿了如今已然結束的童年與少女時期的遺物。喬瞄了箱子裡面，來到自己的箱子時，她將下巴靠在邊緣，盯著裡面亂七八糟的東西發呆，直到她突然注意到一捆以前的練習簿。她把練習簿撈出來翻開，重溫在善良的科爾克太太家度過的美好冬天。起初她露出微笑，接著彷彿陷入沉思，後來又變得悲傷，等到她看見教授寫下的訊息時，雙唇開始顫抖，練習簿全部從腿上滑落地面，她盯著那句友善的話看，彷彿那些文字有了新的意義，觸動了她內心的溫柔。

「朋友，請等等我。或許會有些晚到，但我絕對會到。」

「要是他願意來就好了！我親愛的老弗總是如此親切善良，對我極有耐性。以前他在身邊時我不夠重視他，但現在我真的好想見到他，因為大家似乎都離我而去了，只剩我孤單單的一個人。」

緊抓著那張紙條，像是什麼即將履行的承諾，喬把頭靠在舒服的破布包上哭泣，彷彿在對抗屋頂上劈哩啪啦的雨聲。

到底是自我憐憫、孤單，還是消沉呢？抑或是某種跟它的啟發者同樣耐心等候時機的情感甦醒？誰知道呢？

第四十三章
驚喜連連

日落時分，獨處的喬躺在舊沙發上，凝視著爐火思考。她最喜歡這樣度過黃昏。沒有人會吵她，她總會靠在貝絲的紅色小枕頭上發想故事、做白日夢，或是溫柔地想著似乎從未遠離的妹妹。她的表情看起來很累、很嚴肅也很悲傷，因為明天是她生日，她正想著時光是如何匆匆、自己竟然年紀這麼大了，但似乎沒有什麼成就。年近二十五，卻一事無成。其實喬錯了。她成就的可多了，不久後她也看見了自己的成就而且非常感激。

「老處女，那就是我的未來了。老處女作家，筆就是我的先生，成群故事為子孫，可能二十年後會有那麼一點點名氣，但已經跟老強生一樣老到無福消受，獨身所以沒人能分享，也太過獨立根本不需要名氣。好啦，我也不用當什麼乖戾的聖人或自私的罪人，我敢說，習慣以後老處女生活也會過得很舒適，但是……」說到此，喬嘆了口氣，彷彿這樣的未來不太吸引人。

起初看來都不會太吸引人，對二十五歲來說，三十歲彷彿已經是末日。但其實也沒有看起來那麼糟，如果自己有什麼可以依靠就能開心過日子。女孩到了二十五歲便開始討論變成老處女的事，但也暗自決定永遠不要成為老處女。到了三十歲，她們便不再提起這件事而是默默接受事實，聰明的還會安慰自己仍有二十年實用快樂的時光，可以用來學會如何優雅地老去。親愛的女孩，不要嘲笑老處女，因為最溫柔悲慘的故事往往就深藏在樸素衣著下靜靜跳動的心裡，青春、健康、理想及愛情本身的默默犧牲則讓那些褪色的臉龐在上帝眼中看來更美。就連悲傷乖戾的姊妹也該和善以對，就算只因為她們已經錯過了人生中最甜美的時光。要憐憫而非輕蔑地看待她們，青春正綻放的女孩永遠要記得她們自己也終會結束綻放。紅潤的臉頰不會永遠存在，健康美麗的棕色頭髮也會出現白髮，慢慢地，仁慈與尊重也會如同現在的愛與欣賞一樣甜美。

男士，我指的是男孩，對老處女要有禮貌，無論她們有多貧窮平凡或一絲不苟，因為唯一值得擁有的騎士精神是無論地位、年紀或膚色，都能夠尊重老人、保護弱者及服務女性。只要回想那些好阿姨，不僅會教訓人及大驚小怪，還會在往往沒人感謝的情況下照顧並寵愛你們，幫惹麻煩的你們擦屁股、從她們為數不多的儲蓄中給你們零用錢、她們年邁但有耐性的手指為你們補的釘、年邁的雙腳踏出的自願步伐，然後滿心感激地給予那些可愛的老小姐她們畢生都會喜歡受到的關注。有眼光的女孩很快便能看出這些特質，並且因此更喜歡你們。唯一能將母親與子女分開的力量就是死亡，若死亡讓你失去了母親，你們也必定會在某個普莉希拉阿姨的身上找到最溫柔的款待與母性呵護，找到那個孤單老人在心底為「全世界最棒的姪子」保留的最溫暖角落。

喬八成睡著了（一如我的讀者八成也在這段說教中睡著了），因為小羅的鬼魂似乎突然出現在她面前，栩栩如生的鬼魂，俯瞰著她，臉上帶著以前他有很多心事但不想表現出來時的表情。喬驚訝地地默默仰望著他，但就像歌謠裡的珍妮[20]……

「她不能奢望會是他，」

直到他彎身親吻她。這時她才認出真的是他，跳起來開心大喊：

「多多！我的多多！」

20〈珍妮的傳奇〉（*The Saga of Jenny*）為百老匯歌劇《黑暗中的女人》（*Lady in the Dark*）裡一首耳熟能詳的歌謠。

「親愛的喬，所以妳很高興見到我囉？」

「高興啊！我親愛的小羅，言語都無法形容的高興。艾美呢？」

「妳們母親跟她在瑪格家。我們途中先經過那裡，然後就沒辦法把我妻子從她們手中搶過來了。」

「你什麼？」喬大呼，因為小羅吐出那兩個字時無意間透露出驕傲與滿足。

「噢，該死的！這下好了，」他看起來非常內疚，喬立刻逼問他。

「你們跑去結婚了！」

「沒錯，可是以後我再也不敢了，」他跪下來，懺悔地握住雙手，臉上表情充滿頑皮、歡樂與得意。

「真的結婚了？」

「沒錯，正是如此。」

「我的老天爺啊。你接下來還會做出什麼可怕的事？」喬吃驚地摔回椅子上。

「非常像妳但稱不上讚美的祝賀，」小羅仍是低聲下氣，但滿足之情溢於言表。

「不然你以為呢？害我忘了呼吸，又像個小偷悄悄接近再突然這樣揭露祕密！你這個荒謬的傢伙給我起來，然後把事情全都告訴我。」

「除非妳讓我坐回老位子，而且答應不要用抱枕擋起來，否則我一個字也不說。」

喬以許久未曾有過的開懷放聲大笑，拍拍沙發熱情邀請他：「舊抱枕在閣樓裡，我們現在也不需要了。所以啦，多多，全部說出來。」

「從妳口中聽到『多多』真開心！除了妳，沒有人會喊我多多，」小羅極為滿足地坐下。

「艾美喊你什麼？」

「我的丈夫。」

「很像她。嗯……看看啊，」喬的眼神明顯透露她覺得她的小羅更帥了。

抱枕是不見了，但隔閡仍然存在，因為時間、距離及心境改變而自然產生的隔閡。兩人都感覺到了，有那麼一瞬間，他們看著彼此，彷彿那道隱形屏障在兩人身上都落下了陰影。但還是一下就消失了，因為小羅想裝出成熟穩重的外表卻失敗……

「我看起來很像已婚人士及一家之主吧？」

「一點也不像，而且你永遠也不會像。你長得更高更瘦了，但還是跟以前一樣無賴。」

「喬啊，妳真的該要更尊敬我一點，」小羅覺得有趣極了。

「我要怎麼尊敬你啊，光想到你已經結婚成家了就覺得非常好笑，根本沒辦法認真啊！」喬滿臉笑容，感染力強到兩人又大笑了一番，然後靜下來好好聊了聊，就跟過去一樣開心。

「妳出去外面吹風也沒辦法接回艾美，反正他們很快就會回來了。我等不及了，因為我想當那個把天大驚喜告訴妳的人，就像過去我們為了誰要搶鮮奶油時說的，當『第一個刮下奶油』的人。」

「那是當然啦，結果你的故事開頭錯了就全毀了。現在給我好好從頭開始，告訴我事情怎麼發生的。我超想知道。」

「我是為了討艾美歡心才結婚的，」小羅說話時眼中閃爍的光芒讓喬不禁驚呼：

「你開始說謊了。艾美才是為了討你歡心才結婚的。繼續吧，還有，先生，可以的話盡量老實說。」

「這時她就開始有禮貌了。聽她講話真是歡樂啊，不是嗎？」小羅對著爐火說，爐火也發光閃耀彷彿同意。「反正都一樣啦，你知道的，我跟她是一體。我們本來計畫一個多月前要跟凱洛家一起回來，但他們突然改變主意決定留在巴黎多過一個冬天。可是爺爺想回家了。他只是為了讓我開心才出國，我不能讓他獨自離開，但我也離不開艾美，凱洛姑姑又有英國人那種未婚女性必須要有監護人的愚蠢觀念，不讓艾美單獨跟我們一起離開。我後來說了一句就解決問題了，『我們結婚吧，這樣愛做什麼就能做什麼。』」

「那是當然啦，你總是能讓事情照你的想法走。」

「並沒有總是，」小羅的聲音裡有些什麼讓喬倉促地接著問：

「那你怎麼讓姑姑點頭的啊？」

「過程非常辛苦，但在我們通力合作下說服了她，因為我們有許多很好的理由支持我們結婚。當時沒有時間寫信請你們同意，但反正你們都喜歡我們在一起，相信再來也會同意，而且就像我妻子說的也就是『把握機會』而已。」

「我們真是以那四個字為榮，而且很愛用吧？」喬插嘴，換她對著爐火說話，開心地看著她最後一次見到時如此悲慘陰鬱的眼神裡點燃的幸福光芒。

「或許有一點吧，艾美真的很有魅力，我忍不住要以她為榮。總之，後來有姑丈及姑姑負責打點確定合乎禮節。我們心裡只有彼此，分開就兩人什麼事都做不成，這樣美好的安排讓事情順利許多，於是我們就結婚了。」

「在哪裡？什麼時候？怎麼辦的？」喬顯現出女性會有的興趣與好奇，因為她完全無法理解這種事。

「六個星期前在巴黎的美國大使館辦的，當然了，不是什麼盛大婚禮，因為即便如此幸福，我們也沒忘了親愛的小貝絲。」

他說話的同時，喬把自己的手放他的手裡，小羅則溫柔撫順他記憶猶深的紅色小抱枕。

「那你們事後為什麼沒有告訴我們？」在他們沉默了一會兒後，喬更加溫柔地問。

「我們想給大家一個驚喜。本來我們以為結完婚會直接回家，但是婚禮才結束，可愛的老先生就發現他至少需要一個月的時間才能準備好離開，就任由我們選地點去渡蜜月了。艾美曾說過玫瑰谷是最適合渡蜜月的地方，於是我們去了那邊，過了所有人一生中都會有但僅此一次的幸福時光。我說啊！還真的是玫瑰下的愛情！」

有那麼一瞬間小羅似乎忘了喬，喬很慶幸，因為他能這樣自由自在地跟她分享這些事情，就讓她確定他已經遺忘也原諒了。她試著要抽回自己的手，但小羅彷彿猜到她腦中浮現造成她不自覺衝動想抽手的念頭，緊握住她的手，以她不曾見過的堅毅嚴肅說：

「親愛的喬，有件事我想跟妳說，說完後我們就永遠不再提。正如我在那封告訴妳艾美對我非常好的信裡所說，我永遠不會停止愛妳，可是那個愛已經改變了，我也了解這樣其實比較好。艾美跟妳在我心裡的位置對調了，如此而已。我想可能注定就是要這樣，如果我耐心等待，如妳試著要我做的，或許也會自然演變成這樣，但我向來沒有耐性，因此我心痛了。當時的我只是男孩，固執又激烈，得經歷這樣艱難的教訓才能看出自己的缺點。因為，喬，就像妳說過的，那確實是個缺點，我也在丟盡臉後才發現。確實，我一度心裡感到非常混亂，不知道自己到底比較愛誰，是妳還是艾美，甚至試著要同樣愛妳們兩個。但我做不到，當我在瑞士見到她時，一切立刻清楚了。妳們倆各自來到正確的位置，我也確定先前的單戀已經結束了才能開始新的愛情，才能誠實地將我的心分給喬這個妹妹及我的妻子艾美，並且深愛她們。妳願意相信我，並且讓我們回到最初相識時的快樂時光嗎？」

「我相信，全心相信，可是啊，多多，我們永遠不可能再回到男孩與女孩的身分了。過去的歡樂時光不會再回來，我們也不能如此希望。我們現在已經成為男人與女人，有認真的工作要做，玩樂時間已經過去，必須停止嬉戲。我相信你感覺到了。我能在你身上看見這樣的改變，相信你也會在我身上看見我的改變。我會想念我的男孩小羅，但我會同樣愛成為男人的小羅，而且更加欣賞他，因為他決心成為我希望他會變成的人。我們無法再當小時候的玩伴，但我們可以成為兄妹，一輩子愛護並幫助彼此，對吧，小羅？」

他不發一語但握過她伸出的手，將臉靠在她的手上一會兒，感覺賜福兩人美麗健全的友誼從稚氣愛慕的墳墓裡長出。喬緊接著開朗說話，因為她不希望他們的歸來是悲傷的：「我實在不敢相信你們兩個孩子真的結了婚，要開始料理家務。感覺好像我昨天還在替艾美扣背心裙的釦子，在你戲弄人的時候扯你的頭髮。我的天哪，真是時光飛逝！」

「我們這群孩子中可是還有一個年紀比妳大，妳不需要講得好像自己是老奶奶。我個人認為自己就像佩果提在《塊肉餘生錄》中對大衛的形容，是『長大的男士』，等妳看到艾美就會發現她很像早熟的小孩，」小羅覺得她那母親般的姿態很有趣。

「你或許年紀比較大，但我心理上比較老成，多多。女人總是比較成熟，而且過去這一年非常辛苦，我覺得自己有四十歲了。」

「可憐的喬！我們自己玩得開心卻讓妳獨自承受痛苦。妳確實老了。這裡有皺紋，那裡也有。除非微笑，否則妳的眼神看起來好悲傷，剛才我摸抱枕時，發現上面有眼淚。妳要承受的太多了，而且還得獨自承受。我真是自私鬼！」小羅用力扯自己的頭髮，滿臉懊悔。

喬卻只是把洩露自己心緒的抱枕翻面，嘗試更為開朗地說：「沒有，我有父親與母親幫我，還有可愛的雙胞胎給我安慰，而且，想到你跟艾美平安幸福，就讓我更容易承擔這裡的煩惱。有時候我很孤單，但我敢說那對我有好處，而且……」

「妳永遠不會再孤單了，」小羅插嘴，伸出手臂環抱她，彷彿要為她抵禦所有俗世的不幸。「我和艾美沒有妳不行，所以你一定要來教導我們這些『小孩子』如何治家，跟過去一樣與我們共享一切，讓我們寵愛妳，大家一起幸福快樂互助過日子。」

「如果不會妨礙你們當然很好。我已經開始覺得自己變年輕了，因為所有煩惱似乎都在你出現時消失了。多多，你總是能安慰我，」喬把頭靠在他肩上，一如多年前貝絲臥病在床，小羅要她倚靠他那樣。

他低頭看她，心想她不知是否也想起那段時光，但喬兀自微笑著，彷彿她的煩惱真在他出現時全數消失。

「妳還是那個喬，這一刻還在哭，下一刻便大笑。妳現在看起來有點邪惡。老奶奶，在想什麼啊？」

「我在想你跟艾美不知道相處得如何。」

「如天使般和諧。」

「那是當然了，但誰管誰呢？」

「我不介意告訴妳，現在是她管我，至少我讓她這樣覺得，妳也知道，為了讓她開心。以後我們會輪流，因為就像他們說的，婚姻就是要權力平分但責任加倍。」

「你們怎麼開始就會怎麼繼續，艾美會管你一輩子。」

「反正她這樣不著痕跡的管我，我應該也不會太介意。她就是那種很懂怎麼管人的女人。老實說我還滿喜歡給她管，因為她能夠漂亮且溫柔地把人玩弄於股掌之間，猶如把玩絲球，同時還讓你覺得她根本就是幫了你的忙。」

「真沒想到我竟然有見證你變成怕太太一族還樂在其中的一天！」喬雙手高舉呼喊。

她很高興看到小羅挺起胸膛，對於她的話中有話只是露出男性的嘲諷微笑，「不可一世」地說：「艾美太有教養不會做這種事，我也不是會屈服於妻子管教的那種人。我和妻子兩人非常尊重自己也尊重彼此，不會那麼霸道或吵架。」

喬很喜歡這樣的他，認為丈夫的新身分很適合他，但男孩成長轉變成男人的速度太快，讓她喜悅中帶了一絲遺憾。

「我相信。你和艾美絕對不會像我跟你以前那樣一天到晚吵架。她和我分別像是寓言故事裡的太陽和風，你還記得吧，最後是太陽使旅人就範。」

「她能照耀也能以強風吹倒旅人呀，」小羅大笑。「我在尼斯可是狠狠被訓了一頓！我跟妳保證，比你過去罵我的方式都還要狠，讓我徹底覺醒。有機會我再告訴妳，她是絕對不會跟任何人說的，因為在她說完唾棄我、以我為恥後，竟然愛上並且嫁給這個一無是處又可悲的人。」

「真是卑鄙啊！好，如果她欺負你，你就來找我，我會保護你的。」

「我看起來很像需要保護，是吧？」小羅起身時還威風凜凜，卻在聽見艾美呼喚的聲音時突然轉為狂喜。「她在哪裡？我親愛的喬呢？」

全家人蜂擁而入，再次擁抱親吻彼此。反抗了幾次都沒用後，風塵僕僕的三位只能坐下讓大家好好看看並歡騰慶祝一番。羅倫斯先生一如往常健康抖擻，但出國這趟似乎也讓他跟其他人一樣改變了不少，不再那樣暴躁，他的老派優雅也煥然一新而顯得更加和善。很高興能看到他對著那對他稱為「孩子們」的年輕夫妻燦爛微笑。更高興能看到艾美宛如女兒般孝順他、愛他，讓他這個老人心徹底融化，但最高興要屬看著小羅圍繞那兩人打轉，彷彿對於他們交織而成的美麗風景看千遍也不會厭倦。

瑪格見到艾美的瞬間便清楚意識到自己的洋裝沒有巴黎氣息，小莫法特太太在小羅倫斯太太身邊將會相形失色，還有這位「夫人」是怎樣優雅有氣質。喬看著這對小夫妻心想：「他們倆看起來真登對！我是對的，小羅找到了比笨拙的喬更適合他家庭的美麗優雅女孩，會讓他引以為榮而非飽受折磨的人。」馬區太太與先生幸福地相互微笑點頭，因為他們看見最小的孩子收穫豐碩，不僅是世俗的物質財富，更是愛、信心與幸福的財富。

因為，艾美臉上滿盈的柔和光芒說明了她內心的平靜，聲音多了一絲溫柔，原本一絲不苟的冷靜姿態轉化為溫柔端莊，迷人又有女人味。沒有一絲做作，熱情甜美的態度比新有的美貌及舊有的優雅還要來得吸引人，一切無疑都是見證她已經成為自己所希望的真正淑女的印記。

「愛讓我們的小女兒長大許多，」母親溫柔地說。

「親愛的，她這一生都看著好榜樣啊，」馬區先生低聲回應，深情地望著身旁上了年紀的臉龐與一頭白髮。

黛絲的眼睛很難不盯著「沒利的阿姨」，但身體仍像隻小狗趴在魅力十足的阿姨身上。戴米還沒決定好是否接受這樣的新關係，就因為貿然接受賄賂而妥協，所謂的賄賂是一組來自伯恩的熊家族木雕。不過側面進擊才真的讓他無條件投降，因為小羅知道要怎麼搞定他。

「年輕人，我初次有幸認識你的時候，你直接打了我的臉。現在我要跟你對決，」說完後，高大的姑丈便跟小外甥玩起丟高高抓亂頭髮的遊戲，雖然有損戴米身為小哲學家的威嚴，但稚氣的他開心極了。

「她可是從頭到腳都是絲綢耶，看她那樣像個洋娃娃坐在那邊聽大家喊小艾美『羅倫斯太太』還真妙！」老漢娜忍不住從門縫邊不停「偷看」，桌上碗盤擺得亂七八糟。

我的天哪，他們真會聊！一個先開口，然後又一個，結果全都搶著講話，試圖在半個小時內說完三年的故事。還好晚餐已經準備好了，讓他們能稍事休息也補充體力，不然他們繼續這樣講下去一定會沙啞昏倒。魚貫進入小餐廳的隊伍真是歡樂！馬區先生驕傲地護送羅倫斯太太。馬區太太驕傲地靠在「我兒子」的手臂上。老先生帶著喬，低聲說：「現在開始妳是我的小女孩了，」然後看了一眼壁爐旁的空蕩角落，喬於是低聲回他：「我會盡量填補她的空缺，先生。」

雙胞胎蹦蹦跳跳跟在隊伍後方，感覺盛世觸手可及，因為大家都忙著招呼新訪客而放任他們高興做什麼就做什麼，他們當然也善用了大好機會。可不是嗎？他們偷偷啜茶，隨意塞薑餅進嘴巴裡，一人拿了一塊熱比司吉；還有最終越矩行為，他們可是一人偷拿了一個誘人的水果塔塞進小口袋裡，結果那個水果塔很奸詐地碎在口袋裡黏住，讓他們領教到人性與糕餅的脆弱。兩個小罪人對於窩藏水果塔感到心虛，也擔心堯堯阿姨銳利的雙眼會看穿蓋住他們戰利品的薄薄棉布與美麗諾羊毛衣，因此緊黏著沒戴眼鏡的外公。像茶點被傳來傳去的艾美勾著羅倫斯爺爺的手臂回到起居室。大家回復原本的搭檔組合後就只剩下喬孤單一人。當下她並不介意，因為她繼續留在餐廳回答漢娜踴躍的發問。

「那艾美小姐會搭四輪馬車，用那個房子裡收的那些漂亮銀色餐盤嗎？」

「就算她的馬車有六匹白馬，吃飯用金色盤子，每天都穿蕾絲戴鑽石我也不會訝異。多多認為對她來說再好的東西都不夠，」喬大大稱心如意。

「當然不夠啦！妳早餐要吃薯餅還是魚丸？」漢娜非常巧妙地將詩意與嘮叨結合。

「我都不在乎，」喬關上門，覺得食物在當下是非常不適當的主題。她站在原地看著人群消失在樓上，看著戴米的短腿努力爬上最後一節階梯，突然感到一陣寂寞感強烈襲來，雙眼迷濛地看著身旁彷彿想找什麼來倚靠，因為連多多都遺棄她了。要是她知道，此時有個生日禮物正朝她趕來，馬上就要抵達，她就不會對自己說：「我睡覺的時候再哭好了。現在不適合沮喪。」然後她伸手摀住眼睛，因為她仍舊像個男孩子不知道手帕放在哪裡，才剛擠出笑容，前門便傳來敲門聲。

她非常好客地迅速開門，驚訝得彷彿鬼找上門來嚇她，因為有位高大鬍鬚男站在黑夜裡宛如半夜的豔陽對她燦爛微笑。

「噢，巴爾先生，看到你真讓我開心！」喬緊抓著他大喊，彷彿害怕夜晚會在她來不及請他進門前便將他吞噬。

「我看到麻區小姐也很開心，但是看來你們家裡有派對啊，」教授聽見屋內傳來講話聲及跳舞的腳步聲。

「沒有，不是派對，只是家人聚會。我妹妹跟朋友才剛回國，我們都很開心。進來加入我們吧。」巴爾先生確實很喜歡交朋友，但本來應該會很得體地先行離開改天再來，卻因為喬直接關上他身後的門還拿走他的帽子，叫他怎麼走得了？或許也是因為她的表情吧，因為她忘了掩飾自己看見他的喜悅，單身男人顯然難以抗拒這番坦率，而且她的熱情歡迎也遠超出了他最厚顏的希望。

「如果這樣不會被當成不速之客，那我很樂意跟大家見面。朋友，妳最近生病了嗎？」

這是突然冒出的問題，因為喬幫他將外套掛起時，光線照在她的臉上，他看出有些不同。

「不是身體生病，而是疲憊與悲傷。上次分開後，我們家裡出了些事情。」

「啊，是啊，我知道。我聽說的時候也為你們感到心酸，」他再次與她握手，深表同感的神情讓喬覺得沒有任何安慰能夠與他仁慈眼神及溫暖大手的緊握相比擬。

「父親，母親，這是我朋友巴爾教授，」她說話的語氣與神情都帶著無法抑制的驕傲與歡喜，幾乎跟吹著喇叭華麗開門登場沒什麼差別。

這位陌生人若還擔心自己會否受到歡迎，大家的熱情接待讓他馬上安心了。每個人都友善地與他打招呼，起初是看在喬的份上，但沒多久後便是因為他們自己也喜歡上他。他們根本無法不喜歡他，因為他散發出能讓所有人敞開心房的魔力，這些單純的人立即對他示好，因為他的貧窮而更添好感。因為貧窮讓那些能夠超越的人更加充實，也是確保能夠擁有真正好客款待精神的門票。巴爾先生就像敲了陌生人家門的旅客，開門時卻發現自己彷彿回到家般自在地坐看著大家。小孩子黏著他就像蜜蜂看到蜂蜜罐，兩人分坐他的兩邊大腿上，以稚嫩的無畏精神翻找他的口袋、扯他的鬍鬚、研究他的手表，想要迷住他。女士間以暗號向彼此表示讚許，馬區先生則有種找到志同道合者的感覺，為了客人而翻出他最精選的回憶，沉默的約翰不發一語聽著他們對話，很是享受，羅倫斯先生則根本不想睡。

若不是喬很忙，她應該會覺得小羅的舉止很有趣，因為起初他感受到些微刺痛，並非出於妒忌而是某種抱持著懷疑的態度，決定要保持距離以哥哥的姿態謹慎觀察新朋友。但他的距離沒能保持多久。因為他無法自己地也開始對巴爾先生產生興趣，不知不覺間已經加入了那個圈子。因為巴爾教授在這樣親切的環境下相當能言善道，而且表現適當得宜。他甚少對小羅說話，卻經常看著他，臉上閃過一絲彷彿為自己失去的青春感到後悔的表情，看著這個正站在人生巔峰的年輕人。接著他會以極為渴望的眼神望向喬，若她看到一定會回應他沉默的詢問。但喬必須顧好自己的眼睛，自覺無法信任雙眼，於是謹慎地盯著正在編織的小襪子，就像個模範的未婚阿姨。

偶爾偷瞄幾眼的她就像風塵僕僕歸來後飲下一杯清水那樣，感到清新無比，斜眼偷瞄便讓她發現不少好預兆。巴爾先生的臉上不再有心不在焉的表情，而是生動活潑對當下極感興趣，她甚至覺得他看起來年輕帥氣，還忘了要拿他跟小羅比較。她遇見陌生男士時常會這麼做，對那些人來說傷害頗大。再來，話題雖然已經離題到聊起古代葬禮習俗，不算什麼特別令人愉快的主題，他看起來卻仍然興致勃勃。多多在辯論中敗下時，喬滿臉雀躍，看著父親投入的表情對自己說：「要是有個像我的教授這樣的人每天跟他聊天，他會有多開心啊！」最後，巴爾先生穿了一套新的黑色西裝，讓他看起來格外像紳士。他茂密的頭髮已經剪過並梳理整齊，可是也沒持續多久，因為聊到激動之處他就會像過去那樣把頭髮亂抓一通非常滑稽，喬喜歡他的亂七八糟豎立而非梳平的頭髮，因為她覺得那樣讓他的額頭有一點像古羅馬眾神之王朱比特。可憐的喬，靜靜坐著編織的她如此美化這個平凡的男人，沒有任何一絲細節逃過她的法眼，連巴爾先生潔白無瑕的袖口上有金色袖釦都注意到了。

「他真是可愛！他那麼用心打扮彷彿是要去求婚，」喬對自己說，然後從自己那句話衍生的念頭讓她滿臉通紅，為了遮臉還得故意把毛線球丟地上好去撿。

不過這個動作卻沒有想像中來得成功，因為教授就好比為火葬堆點火般拋下火把，立即俯身衝向那顆藍色小毛線球。當然啦，兩人的頭重重撞在一起，眼冒金星，沒有人撿到球，然後兩人又爬起來回到座位上，滿臉通紅不停大笑，希望自己當初要是沒離座就好了。

沒有人知道當晚時間都去哪裡了，漢娜早就熟練地把兩個不停點頭打瞌睡的紅潤小寶寶送上床睡覺，羅倫斯先生也回家休息了。其他人全圍坐在壁爐旁，聊天聊到完全沒發現時間過了多久，直到身為人母的瑪格堅信黛絲滾了下床，戴米則在研究火柴結構的同時燒了自己的睡衣，起身準備要離開。

「我們要先跟以前一樣唱歌，因為大家又再次全員到齊了，」喬覺得以痛快呼喊來宣洩她內心的雀躍會比較安全得當。

他們並沒有全員到齊。但也沒有人認為她的話不經大腦或有錯，因為貝絲似乎仍與大家同在，看不見的平靜存在讓大家更珍愛，畢竟死亡無法破壞因為愛而無堅不催的家庭聯盟。小椅子還在原來的位置。整齊的籃子依舊坐落在原本的架子上，裡面還有她因為針變得「太重」而無法完成的工作。她最愛的樂器如今甚少使用卻不曾移走，在那上方，貝絲一如早期恬靜微笑的臉正看著她們，好似在說：「要快樂啊，我在這裡。」

「艾美，彈首曲子吧。讓大家聽聽妳進步多少，」小羅對自己前途無量的學生感到非常驕傲但也難免。

但是旋轉著褪色凳子的艾美眼泛淚光，低聲說：「親愛的，今晚不行。我不可以選在今晚賣弄。」

但她獻上的比任何優秀技巧都要好，因為她以再優秀的大師也教不出的柔和歌聲唱出貝絲的歌，以再多靈感也無法賜予她的甜美力量感動聽眾。當她清亮的聲音唱到貝絲摯愛的詩歌最後一行突然哽咽時，屋內一片寂靜。這時真的很難說：「天堂沒有無法平復的俗世悲傷。」

艾美倚著站在她身後的丈夫，感覺歡迎她回家的這個夜晚少了貝絲的吻所以不夠完美。

「現在我們要以女高音迷孃的歌做結尾，因為巴爾先生會唱，」喬在沉默變得痛苦前開口。巴爾先生清清喉嚨迎合大家的期望，走向喬所站的角落說：

「願意與我合唱嗎？我們的聲音很合。」

順帶一提，這個謊言很得人心，因為喬的音樂素養大概跟蚱蜢差不多。不過就算他提議合唱的是一整齣歌劇她也會同意，她將節拍與音感全拋在腦後，開心歌唱。她唱得不好也無所謂，因為巴爾先生唱起歌就跟德國人一樣十分好聽，喬很快便沒入背景低聲哼唱合音，這樣她才能聽他那似乎只為她而唱的柔和嗓音。

汝是否知道那個香櫞樹綻放的國度，

本來是教授最喜歡的一句歌詞，因為「那個國度」對他來說代表德國，但此刻的他，似乎對下面兩句賦予了特殊的情感與旋律……

那兒，噢，那兒，是否能與汝，
與我親愛的汝，一同前去。

這樣的溫柔邀約深深打動了某位聽眾，讓她好想回應說自己知道那個國度，只要他高興隨時都能歡樂前往他方。

大家都覺得歌唱得很好，唱歌的人在熱情掌聲中回到座位上。但過了幾分鐘後，他徹底忘了要注意禮貌，緊盯著戴上無邊圓帽的艾美，因為喬介紹時只說她「我妹妹」，從他進門開始就沒人喊過她的新稱呼。小羅在他們準備離開時極為親切的一番話讓他再次忘了禮貌盯著對方看：

「我和妻子很高興能認識你，先生。請記得我們那裡永遠都會熱情歡迎你。」

教授誠心謝過他，滿足的神情讓他的臉彷彿突然亮了起來，小羅覺得他真是自己所見過表情最豐富的人。

「我也要走了，但如果太太您同意的話，我很願意再來拜訪，因為我有點事情要在城裡待上幾天。」他對著馬區太太說話，眼神卻看著喬，女兒以眼神表達同意，母親則是熱情開口說好。其實馬區太太並不像莫法特太太說的那樣會無視孩子的意願。

「我猜他是個有智慧的人，」馬區先生在最後一位賓客離開後，帶著恬靜的滿足感站在壁爐前的地毯上說。

「我知道他是好人，」馬區太太為時鐘上發條的同時明確予以肯定。

「我就覺得你們會喜歡他，」喬說完這句話就溜上床了。

她好奇著巴爾先生會是因為什麼事來這裡，最後決定他應該是受派到某處擔任高位，但太謙虛沒有提。若她看見他在房裡獨處時，盯著某位樸素嚴厲、髮量豐沛且似乎憂鬱地望向未來的年輕女子照片，或許就會大概了解背後原因，特別是當他關掉煤氣燈在黑夜裡親吻那張照片。

第四十四章
丈夫與夫人

「母親大人，能不能請妳把我妻子借給我半小時？行李已經送來了，我試著要整理艾美的巴黎飾品，想找出我要的東西，」小羅隔天進來時發現羅倫斯太太坐在她母親的大腿上，彷彿再次成為「小寶寶」。

「當然啦，親愛的，去吧，我忘了妳現在除了這裡，還有自己的家，」馬區太太握了握艾美戴著婚戒的白皙玉手，彷彿要她原諒自己貪婪的母性。

「如果不是沒辦法了，我不會過來的，但沒有我的小婦人我真是沒辦法做事，就像……」

「風向雞沒有風無法旋轉，」喬接著說，他則露出微笑。小羅回家後，喬又恢復原本口無遮攔的自己了。

「沒錯，艾美確保我多數時候指向西邊，偶爾晃到南邊，但從我結婚後就不曾有過東風。對北邊也完全沒有概念，可是整體而言健康又溫柔，是吧，我的夫人？」

「目前為止天氣都不錯。我不知道能持續多久，但我也不怕暴風雨，因為我正在學習要如何駕馭船隻。回家吧，親愛的，我會幫你找出鞋拔。我想你在我的東西裡要找的是鞋拔。男人真是無可救藥啊，母親，」艾美充滿母性光輝讓她丈夫很開心。

「你們安定下來後要做什麼？」喬扣起艾美的大衣，一如過去為她扣起背心裙。

「我們自有計畫。目前還沒打算說太多，因為我們剛新婚，可是我們沒打算要游手好閒。我打算全心投入生意，讓爺爺開心，也向他證明我沒有被寵壞。我需要這些事來讓我穩定。我已經厭倦虛擲光陰，打算像個男人認真工作。」

「那艾美呢，她要做什麼？」馬區太太對小羅的決定以及他語氣中的活力相當滿意。

「拜訪過所有人也把最漂亮的衣服都穿出去見人後，我們將會在豪宅舉辦高雅的派對、吸引來優秀的朋友及對整體世界發揮有益的影響力，讓大家驚豔不已。差不多就這樣了吧，社交女王荷卡米埃夫人，沒錯吧？」小羅以眼神詢問艾美。

「以後就會知道了。走吧，沒禮貌的人，不要在我家人面前亂幫我取名字，會嚇到他們，」艾美決定要先成為家中的好主婦，才要以社交女王的身分舉辦定期集會。

「這兩個孩子在一起看來真幸福！」馬區先生說，在那對年輕夫妻離開後便難以再專心讀亞里斯多德。

「是啊，而且我覺得他們會幸福很久，」馬區太太臉上出現安然將船導入港口的領航員會有的平靜表情。

「我確定會的，幸福的艾美！」喬開心嘆息，繼而朝不耐煩地推開柵門的巴爾教授露出燦爛微笑。

當天晚上，當他已經不用再擔心鞋拔後，小羅突然對妻子說：「羅倫斯太太。」

「我的丈夫！」

「那個男人打算要娶我們家喬！」

「我希望如此，親愛的，你不希望嗎？」

「我的愛人，我認為他是個好人，而且從各方面來說都非常可靠，但我真希望他能年輕一點，然後有錢多了。」

「好了小羅，別太吹毛求疵或俗氣現實。如果他們彼此相愛，那麼年紀到底多大或有多窮都不重要。女人永遠不該為了錢而結婚……」艾美話說到一半突然停下來，看著自己的丈夫，他則邪惡地認真回她：

「當然不該，但有時仍會聽到迷人的女孩說自己打算這麼做。我沒記錯的話，妳一度認為自己有義務嫁給有錢人。或許那也是為何妳願意嫁給我這種沒用的人。」

「我親愛的老公，千萬不要這麼說！我回答『我願意』的時候壓根忘了你很有錢。就算你身無分文，我也會嫁給你，有時候我真希望你很窮，這樣我就能證明自己有多愛你。」艾美在眾人面前高高在上但私底下極為溺愛他，努力證明自己所言不假。

「你不會真的認為我是當初曾經想要成為的那種唯利是圖的人吧？如果你不相信我，我會很心碎，就算你得划船謀生，我也樂於跟你一起划同一艘船。」

「我是愚蠢的畜生嗎？妳都為了我而拒絕更有錢的人，現在我有能力了也不讓我給妳我希望妳能擁有的一半財富，怎麼還會這樣想？每天都有女孩為錢而嫁，她們很可憐，以為這樣是她們的唯一救贖，但妳明白不是如此；雖然我一度為妳擔心，卻沒有失望，因為女兒會聽從母親的教導。我昨天就這樣跟媽媽說，她看起來慶幸又感激，彷彿我給了她一張用於慈善的百萬元支票。羅倫斯太太，妳沒有在聽我分享教訓，」小羅頓了一下，因為艾美的雙眼雖然注視著他的臉，卻呈現放空的神情。

「我有在聽，同時也在欣賞你下巴的黑痣。我不想讓你太得意，可是我必須承認，比起財富，我更以我丈夫的英俊為榮。不要笑我，但你的鼻子真是讓我感到安慰，」艾美以藝術家滿足的心情溫柔撫摸他立體的五官。

小羅一生中聽過許多讚美，但這個讚美最讓他開心而且明白表現出來，但他還是取笑了妻子的特殊品味，她則緩緩地說：「親愛的，我可以問你一個問題嗎？」

「當然可以。」

「喬如果真的嫁給巴爾先生，你會在意嗎？」

「原來妳困擾的是這個啊？我還以為是酒窩哪裡讓妳不滿意呢。我可不會坐這山望那山，而且我現在是全世界最幸福的人，我向妳保證，到時候在喬婚禮上跳舞的我心情跟腳步都會一樣輕鬆飛揚。我親愛的，妳懷疑嗎？」

艾美抬頭看他，感到非常滿意。她內心那一絲嫉妒的恐懼徹底消失，滿懷愛與信心感謝丈夫。

「真希望我們能幫那個好教授做點什麼。難道不能捏造個有錢親戚，就這麼剛好死在德國然後留了一筆不小的遺產給他？」小羅說，兩人開始手挽著手在長形會客廳裡來回散步，他們很喜歡這麼做，為了紀念城堡裡的那座花園。

「喬會識破我們的詭計然後破壞一切。她非常以這樣的他為傲，昨天還說她覺得貧窮非常美麗。」

「她真是的！等她得養那個學者老公及十來個小博士男孩跟女孩時就不會這麼想了。我們現在可以不插手，等到機會來臨，就算他們不願意也能好好回報他們。我的學業大半歸功於她，她也同意受人點滴要湧泉以報，所以我可以這樣回報她。」

「能夠幫助別人真的很棒，不是嗎？我一直都夢想能夠有能力大方助人，謝謝你，這個夢想達成了。」

「而且我們會做很多很多的好事，對吧？我特別想要幫助一種貧窮人家。一貧如洗的乞丐有人幫助，但一般貧窮人家就沒那麼好過，因為他們不會開口要求，旁人也不敢貿然伸出援手。然而只要能以不冒犯人的方式巧妙進行，就能有上千種助人的方法。我必須說，我喜歡幫助落魄的君子勝過騙人的乞丐。這樣或許不應該而且困難多了，但我就是這樣覺得。」

「因為君子才做得到，」愛家俱樂部的另一位成員補充說明。

「謝謝，我恐怕不值得這番讚美。但我剛要說的是，我在國外游手好閒時，看到許多很有才華的年輕人，為了實現夢想做出各種犧牲，吃盡各種苦頭。他們有些真的很優秀，如英雄般努力奮鬥，身無分文又沒有朋友，但仍充滿勇氣、耐性與理想，讓我感到很羞愧，很希望能好好幫他們一把。幫助這些人會讓我滿足，因為如果他們有天賦，能夠協助他們發揮會讓我覺得光榮，不致浪費那些天賦或因為資源不足而沒能即時發光發熱。如果他們沒有天賦，我也樂於安慰那些可憐的人，在他們發現自己沒有天賦時不會太過絕望。」

「沒錯，而且還有另一群不會開口但默默受苦的人。我自己很了解，因為在你把我變成公主之前我也屬於那群人，但現在的我就像飛上枝頭成鳳凰的麻雀。小羅，有理想有抱負的女孩過得很辛苦，經常得看著青春、健康及寶貴的機會從眼前閃過，只因為沒能在對的時刻獲得那麼一點點的幫助。大家都對我很好，所以每次看見跟我以前一樣辛苦的女孩子，我都很想出手幫助她們，像以前人家幫助我一樣。」

「妳這個天使，一定可以的！」小羅散發出慈善的熱誠光芒，決心成立機構捐助基金給有藝術天分的年輕女孩。「有錢人沒有只顧自己享受或累積財富讓他人揮霍的權力。死後留下遺產還不如在世時善用財富，享受用錢讓他人幸福的機會。我們自己會很開心，大方讓他人也體驗一番則會讓我們更加快樂。妳是否願意擔任小小多加[21]，將大籃子裡的安慰分送一空改以善行裝滿？」

「我衷心願意，只要你也願意當勇敢的聖馬丁，在英勇地遊歷世界時，駐足與乞丐分享你的斗篷。」

「成交，我們將是獲益最多的人！」

於是這對年輕夫妻握手說好，繼續開心散步，因為希望能照亮他人的家而感覺自己美好的家更有家的感覺，相信只要能為他人將崎嶇的路鋪平，自己的腳便能更公正地走上眼前長滿鮮花的道路，還因為愛能讓他們仁慈記住比自己不幸的人的，而感覺兩人的心更加貼近彼此。

第四十五章
黛絲與戴米

如果沒有花至少一個專章來記錄馬區家最珍貴重要的兩位成員，那我會覺得自己沒有盡到身為馬區家歷史學者的本分。黛絲與戴米已經長到能夠判斷的年紀了，在這個速食年代，三、四歲的寶寶已經懂得主張權利，還能獲得該權利，很多比他們年長的反而沒有這麼好運。若要說有哪對雙胞胎瀕臨被溺愛寵壞的危險，那就是這對喋喋不休的布魯克雙胞胎了。當然了，他們是史上最不同凡響的小孩，看下面的描述就知道：八個月就會走路，十二個月就能流利說話，兩歲就會自己坐在餐桌前吃飯，而且餐桌禮儀好到看過的人都著迷。黛絲三歲大便要求拿「針針」，還自己縫了四針做出一個袋子。她也在餐具架上坐鎮家務，以讓漢娜流下驕傲眼淚的技巧使用迷你爐灶；戴米則跟著外公一起學字母，後者發明了新的教學方法，藉由四肢比出字母來學習，整合頭腦與體操。小男孩早早展現出機械天份，讓父親開心但母親煩惱，因為他看到什麼機器都要動手仿造，嬰兒室裡永遠一團混亂，他的「風忍機」是由繩子、椅子、衣夾及線軸組成，為了讓輪子「專啊專」。還有張椅子背後掛著籃子，他想用那個籃子將過於信任他的妹妹升起來，但一點用都沒有，而後者基於女性奉獻的心態竟允許他一直撞到自己小小的頭直到大人出手相救，這時小發明家憤慨不平地說：「馬麻那是我的升降踢，我把她拉起來。」

21 Dorcas為一婦女教會組織的成員，專門縫製衣服施捨貧民。

儘管個性迥異，雙胞胎兩人處得非常好，一天很少吵架超過三次。當然了，戴米對黛絲專制霸道，但英勇地為她抵禦其他所有侵略者，黛絲則讓自己成為囚禁的長工，視哥哥為全世界最完美的人。黛絲是圓潤的陽光小孩，深受每個人寵愛，讓大家疼入心底。她就是那種迷人的小孩，似乎生來就要讓人親吻擁抱，當成小女神裝扮崇拜，在各大節慶時出示讓大家讚賞。她的品德是那樣甜美，若不是那些小小淘氣之處讓她可愛得像平凡人，還以為她是天使。她的世界永遠晴朗，每天早上，不管下雨或出太陽，她都會穿著睡衣爬到窗戶前往外看，然後說：「顛氣好好！顛氣好好！」她把所有人當朋友，連碰到陌生人都會熱情獻吻，讓死硬的單身派心都融化，喜歡小嬰兒的人則成了忠實粉絲。

「我愛打家，」她一度這麼說，一手拿著湯匙、另一手端著馬克杯，敞開雙臂彷彿急於擁抱並滋養全世界。

看著她長大，她的母親漸漸感覺，就像那個讓娘家更有家的感覺的女孩，小鴿舍有了這樣一個平靜慈愛的成員，會非常有福氣，並祈禱她不用經歷他們近來才了解自己長時間以來都有天使在身邊卻沒能察覺的心痛。她外公常喊黛絲為「貝絲」，外婆則全心全意照顧著她，好似要彌補過去的疏失，除了她自己沒人看得出來的疏失。

戴米是真正的美國人，天性好奇、什麼都想了解，經常因為他永無止盡的「為什麼」沒能獲得讓他滿足的答案感到傷心。

他同時還喜愛哲學，讓外公非常開心而常與他進行蘇格拉底式對話，這個早熟的學生偶爾會讓他的老師困惑不已，讓婦女們難掩欣喜。

「外公，我的腳為什麼會動？」小小哲學家在某天夜裡該上床卻又胡鬧了一番後，沉思地打量自己可動的身體構造。

「戴米，因為你的小小腦袋啊。」智者尊敬地撫摸那顆黃色的頭。

「什麼是小小腦呆？」

「是會讓你身體動起來的東西，就像我給你看過我手表裡會讓齒輪轉動的發條。」

「把我打開。我想要看它專。」

「我沒辦法把你打開，就像你沒辦法把手表打開一樣。上帝會幫你上發條。你就一直動到祂要你停。」

「我會嗎？」戴米吸收新想法的同時，棕色眼睛變得更大更明亮。「我跟手表一樣上了花條嗎？」

「是的，但我沒辦法上給你看，因為都是在我們看不見的時候進行。」

戴米摸摸自己的背，彷彿認為會摸到跟手表一樣的構造，然後認真地說：「我猜是把拔趁我水餃的時候上的。」

外公緊接著仔細解釋，他聽得非常認真，外婆則焦慮地說：「親愛的，你確定跟寶寶講這些東西適合嗎？他眼珠子都要凸出來了，還學會問那些難以回答的問題。」

「如果他已經到了會問問題的年紀，他就到了可以接受真實答案的年紀。我不是在灌輸他什麼觀念，而是幫他開啟已經在腦子裡的觀念。這些小孩比我們還要有智慧，我絕對相信這小子聽懂了我說的每一句話。來，戴米，跟我說你的腦袋在哪裡。」

小男孩要是像阿爾西比亞迪斯[22]那樣回答：「老天爺啊，蘇格拉底，我怎麼能說，」外公也不會訝異，但是在他像冥想中的鸛獨腳站立了一會兒後，以平靜堅信的語氣回答：「在我的小肚子裡，」老先生只能跟外婆一起大笑，結束這堂形而上的哲學課。

母親本來或許會擔心，但戴米證明自己除了是萌芽中的哲學家之外，確實是個小男孩，因為往往在討

22 Alcibiades，古希臘著名的政治家與軍事家，擅於演說。

論完讓漢娜不祥地點頭預言「這孩子不太適合這個世界」後，他便轉身藉由讓父母又氣又愛的臭小孩惡作劇來平息她的恐懼。

瑪格訂下許多規矩，也試著盡量要孩子遵守，但有哪個母親能夠抵禦那些早已證明是自己詭計多端的縮小版成人所使出的眾多迷人手段、巧妙藉口，或平靜無畏？

「戴米，不可以再吃葡萄乾了。你會肚子痛，」媽媽對那個每次都會在製作葡萄乾布丁那天自願來廚房幫忙的小子說。

「我喜歡肚子痛痛。」

「我不希望你肚子痛，所以快去幫忙黛絲做餡餅。」

他百般不願的離開，心裡一直覺得很委屈，所以後來他有機會為自己平反時，便以奸詐的交易智取媽媽。

「你真的好乖，要玩什麼遊戲都可以，」彈性極佳的布丁安全的放在鍋中後，瑪格牽著廚房小助手上樓。

「媽媽，真的嗎？」戴米那顆滿是麵粉的腦袋有了好主意。

「沒錯，真的。你要玩什麼都可以，」沒有遠見的媽媽心裡已經準備好要唱〈三隻小貓〉六、七次，或是風雨距離無阻地帶家人去「買一分錢小麵包」。但戴米冷靜的回答卻讓她陷入窘境：

「那我們去把所有葡萄乾都吃光光。」

堯堯阿姨是兩個孩子最主要的玩伴及密友，三個人常把小房子搞得天翻地覆。艾美阿姨至今對他們來說仍只是個名字，貝絲阿姨則很快便成了美好但模糊的記憶，但堯堯阿姨真實存在，他們盡情享受有阿姨的陪伴，她也很感謝他們如此喜歡自己。但是巴爾先生出現後，喬便冷落了她的兩個小玩伴，他們的小小心靈蒙上了沮喪與孤單的陰影。喜歡到處獻吻的黛絲失去了最忠實的顧客而頓失依靠。極具童稚洞察力的戴米很快便發現堯堯比較喜歡跟「大熊男」玩勝過跟自己玩，雖然很受傷，他還是把憤怒藏起來，因為他不忍心冒犯背心口袋裡有成堆巧克力、還有可以拆下來任由熱情仰慕者把玩搖晃手表的敵手。

有些人或許會視這些討喜的自由為賄賂，但是戴米可不這麼認為，繼續以沉著友善的態度垂顧這位「大熊男」，黛絲則在他第三度來訪時授與他微微的好感，視他的肩膀為她的王位、手臂為庇護所，帶來的珍貴禮物則物超所值。

面對自己相當尊重的女性，男士有時會突然表現出非常喜愛她們的年幼親屬，但這種刻意假裝喜歡的樣子其實讓他們很不自在，也完全無法騙過任何人。雖然同樣有效，巴爾先生的投入卻是真心誠意，因為在愛裡跟在法律上都一樣，誠實為上。他是那種跟孩子在一起非常自在的人，他成熟男人的臉孔在他們的稚嫩相襯之下竟格外美好。他要辦的不知道是什麼的正事總占據了白天時間，但傍晚時他一定會出現來見——嗯，他每次都說要找馬區先生，所以我猜後者是吸引他來的原因。優秀的爸爸也真以為他是來找自己，與這位跟自己有著相同靈魂的伴縱情聊上許久，直到自己更善於觀察的孫子偶然一句話讓他突然頓悟。

有天傍晚，巴爾先生進門後停在書房門口，對眼前的景象感到訝異。馬區先生俯臥在地，可敬的雙腳懸在空中，身旁的戴米跟他一樣躺在地上，設法用自己穿著紅色襪子的短腿模仿隔壁的動作，俯臥在地的兩人非常專注完全沒發現有人在看，直到巴爾先生放聲大笑，喬則震驚大喊：

「父親，父親，教授來了！」

黑色雙腿放下後換一頭白髮出現，這位教師仍威嚴不減地說：「巴爾先生，晚安。不好意思，等我一下。我們正準備要下課。來，戴米，比出這個字母然後說出它是哪個字母。」

「這個我知道！」一番騷動後，那雙紅腿岔開如圓規，聰明的學生歡呼大喊：「是V啊，外公，是V！」

「他天生頭好壯壯，」喬大笑看著爸爸從地上爬起，小姪子則試圖要用頭站立，彷彿只有這樣能表現他有多滿意課程已經結束。

「小寶寶，你今天去了哪裡？」巴爾先生抱起小小體操選手。

「我去看小瑪莉。」

「你去那裡做了什麼？」

「我親了她。」戴米非常天真地老實說。

「嘖！汝開始得真早。那小瑪莉怎麼說？」巴爾先生繼續聽這個小小罪人告解，後者站在他的膝蓋上探索著他的背心口袋。

「噢，她很喜歡，然後她親了我，我也很喜歡。小男孩不會喜歡小女孩嗎？」戴米嘴裡都是巧克力，顯得溫和而滿足。

「你這個早熟的小鬼！是誰把這種念頭灌輸到你的腦袋裡？」喬跟教授一樣覺得他這麼天真的告白很可愛。

「不是在我腦袋裡，是在我嘴拔裡，」戴米完全照字面理解，伸出上面有顆巧克力的舌頭，以為她指的是糖果不是念頭。

「汝該為汝的小朋友留一些。小男孩，把糖果送給甜心啊，」巴爾教授遞給喬一些糖果，臉上表情讓她心想巧克力或許就是眾神的瓊漿玉液。戴米也看見那抹微笑，非常喜歡，天真地問：

「交受，大男生也喜歡大女生嗎？」

巴爾先生跟年輕時的華盛頓一樣「不會說謊」，因此他的回答跟他認為多數人常有的一樣模糊，說話的語氣讓馬區先生放下手中的衣服刷具，瞄了一眼喬撇開的臉，然後整個人往後靠在椅子上，看起來好似那個「早熟的小鬼」將酸酸甜甜的念頭灌輸到他的腦袋裡。

半小時後，堯堯阿姨發現他躲在櫥櫃裡時，沒有罵他不可以待在裡面，反而是溫柔的擁抱他讓他幾乎喘不過氣來，而且還在這樣史無前例的反應後，給了他一大片麵包跟果醬，這些舉動讓戴米想破了他的小腦袋都想不通，而且也只能永遠成謎。

第四十六章 傘下定情

小羅和艾美步上紅毯、安頓家裡並規畫美好未來的同時，巴爾先生與喬也步上另一種路，泥濘道路與濕漉田地的那種。

「我一直都會在傍晚時分出去散步，實在不懂自己為什麼只因為剛好碰到要外出的教授就放棄散步，」遇見兩、三次後她對自己說，因為雖然去瑪格家有兩條路，無論她走哪條路，無論是出門或回家，都一定會遇見他。他總是快步走路，似乎總是要到很接近時才會看見她，彷彿近視的他直到那一刻才認出眼前接近的女子是誰。然後，如果她是要去瑪格家，他總會剛好有東西要送給雙胞胎。如果她的臉是面向家裡，那他就會剛好只是去河邊散步然後正要回家，除非他們已經厭倦了經常拜訪的他，否則他正要去拜訪。

在這樣的情況下，除了客氣地跟他打招呼並邀請他進門，喬還能怎麼做呢？就算她真的厭倦了他來訪，也把倦怠藏得非常好，還特別囑咐晚餐要有咖啡：「因為弗德里希，我是說巴爾先生，不喜歡喝茶。」

到了第二個星期，大家都很清楚到底是什麼情況了，但大家都假裝完全沒發現喬臉上表情的變化。大家從不問她工作時為何唱歌，為何一天整理三次頭髮，而且如此熱中於傍晚的活動。而且沒有任何人懷疑，巴爾教授在跟馬區先生討論哲學時，其實是在為他的女兒上愛情課。

喬就連傾心都做不好，反而冷酷地澆熄自己的心情，結果因為做不到而過著不安的日子。她非常害怕大家嘲笑她投降，畢竟她曾那樣多次激烈表示要獨立。她最怕的就是小羅，但感謝他現在的家管讓他表現得體值得讚賞，從不當眾說巴爾先生是「不賴的老傢伙」，也絕不會暗示喬的外表有何改變，或對幾乎每天傍晚都會在馬區家桌上看見教授的帽子表示任何訝異。但他私底下狂喜不已，渴望哪天能送喬一隻熊拄著彎曲拐杖的牌子，肯定非常適合當他們的家徽。

教授一連十四天都有如陷入愛河的人規律來去。接著他便消失了三天，沒有任何表示，大家都因此而看來嚴肅，喬起初變得憂鬱，後來則是憤怒，還不都是因為感情。

「我敢說是厭倦了，然後就跟來時一樣又突然離開。我當然是不在乎啦，可是他好歹也該有紳士風度來跟我們道別吧，」某個無聊的下午，她一臉沮喪地站在大門口，穿戴好準備踏上例行的散步旅程。

「親愛的，妳最好把小傘帶著。看起來好像會下雨，」母親注意到她戴上新的無邊圓帽但沒有說破。

「好的，媽媽，妳需要買什麼嗎？我要去鎮上買紙，」喬故意站在鏡子前解開繫於下巴的蝴蝶結，避免與母親看對眼。

「有，我想要斜紋棉布，一包九號針，還要一百八十公分長的淡紫色窄緞帶。你有沒有穿上厚靴子，斗篷下有沒有穿保暖衣服？」

「應該有吧，」喬心不在焉。

「如果妳剛好碰到巴爾先生，帶他回來吃晚餐吧。我很想念他，」馬區太太接著說。

喬聽見了但沒有回答，親吻母親後便快速離開，儘管心裡難受，內心還是暗暗感激：「她對我真好！那些沒有母親幫忙度過難關的女孩都該怎麼辦啊？」

雜貨店並不在會計師事務所、銀行及批發展場等男士通常會聚集的地方，但喬發現自己還沒開始跑腿便出現在那個區域，彷彿在等人似地到處遊蕩，完全不像個女人地認真研究這個櫥窗裡的工程設備、看另一個櫥窗裡的羊毛樣品，被桶子絆倒、差點淹沒在落下的大包裹裡，還莽撞地從忙碌的男士間擠過去，後者臉上表情彷彿在想「女人怎麼會跑去那裡」。一滴雨水落在她的臉頰上，將她的思緒從受挫的希望轉到緞帶會受損。因為雨滴沒有停，身為女人兼陷入愛河的人，她覺得雖然已經來不及挽救自己的心，至少還可以挽救她的無邊圓帽。這時她想起了那把急著離去而忘了帶的小傘，但後悔也沒有用，除了借一把或投降淋濕之外，她也沒有其他辦法。她抬頭看著陰霾籠罩的天空，再低頭看著已經出現暗色雨點的深紅色蝴蝶結，沿著泥濘的街道繼續往前走，又再次依依不捨地回頭望向某間門上寫著「霍夫曼與史瓦茲有限公司」的骯髒倉庫，冷酷地責備自己：

「我活該啦！誰叫我沒事穿上最漂亮的衣服跑來這裡閒晃，希望能碰到教授？喬，我真是以妳為恥！不行，妳不能進去跟他的朋友借傘或打聽他人在哪裡。妳要邁開步伐在雨中跑腿，如果因此生病死掉或是毀了無邊圓帽，那也都只是活該。好了！」

說完後她便快步橫越馬路，急躁到差點遭路過卡車撞飛，結果猛烈落入某位高貴老先生的懷裡，後者看起來極為不悅地說：「不好意思，女士。」有些受到驚嚇的喬站直身子，將手帕攤開遮住已經在雨中慷慨就義的緞帶，將誘惑拋到腦後繼續趕路，腳踝更濕了，頭上則有許多雨傘相互碰撞。一把有些損壞的藍色雨傘定在她沒有保護的無邊圓帽上方引起了她的注意，她抬頭看，發現巴爾先生正低頭看她。

「我想知道這個勇敢走在這麼多馬鼻子下面、快速穿越這麼多泥巴的固執女子是誰。朋友，妳在這裡做什麼？」

「我在購物。」

巴爾先生微笑看著一邊的醬菜工廠及另一邊的獸皮與皮革批發公司，但仍很有禮貌地說：「妳沒有傘。我可以跟妳一起走，幫妳拿包裹嗎？」

「好啊，謝謝。」

喬的臉頰跟緞帶一樣紅，心想他不知道是怎麼看她的，但她也沒有很在乎，因為沒多久她便發現自己挽著教授的手一起走，感覺彷彿太陽突然燦爛綻放，世界又再次正常了，而那天，有位幸福至極的女子在雨中緩緩前進。

「我們以為你離開了，」喬急忙說，她知道他正看著自己。她的無邊圓帽不夠大，無法遮住臉，怕他會覺得她臉上無法掩飾的喜悅沒有女人該有的含蓄。

「妳真的以為我會不跟那些對我那麼好的人說再見就離開嗎？」他的語氣有些責備，讓她覺得這樣說彷彿侮辱了他，於是真心回他：

「沒有，我不會。我知道你在忙自己的事情，但我們還滿想你的，特別是父親跟母親。」

「那妳呢？」

「我隨時都很高興能見到你，先生。」

為了讓自己顯得冷酷，喬刻意用冷淡的口吻回應，最後兩個的字冰冷語氣似乎傷了教授，因為他的笑容消失了，嚴肅地說：

「謝謝妳，我離開前會再去拜訪一次。」

「所以你要離開了？」

「我在這裡已經沒有事情要辦，都結束了。」

「還順利吧？」喬說，因為他簡短的回應裡聽得出失望的哀傷。

「我想應該是，因為有人提供我工作機會，還可以多多幫忙兩個小姪子。」

「請告訴我！我很想知道……知道那兩個男孩的事，」喬熱切地說。

「妳人真好，我很樂意與你分享。朋友幫我在大學裡找到一份教職，可以像之前在家裡一樣教書，還能賺足夠的錢讓法蘭斯和艾米爾過得更好。我應該要很感激，對吧？」

「當然啦。太好了，你可以繼續做喜歡的事，我們還能常見到你跟兩個孩子！」喬拿兩個男孩當藉口解釋自己遮掩不住的欣喜。

「唉！可是我們恐怕不會太常見面，那個地方在西部。」

「那麼遠！」喬無暇顧及裙子，彷彿衣服或自己變成什麼樣子都無所謂了。

巴爾先生懂很多語言，但他還不懂女人的語言。他自認為很了解喬，因此對於她那一天裡聲音、表情及態度都多次矛盾感到非常驚訝，因為她在半個小時內便出現了五、六種不同的情緒。當她見到他時看起來很驚訝，但也讓人不免懷疑她來這裡就是為了這個目的。當他伸出手臂，她挽起時的表情讓他滿心歡喜，但是當他問她是否想念他時，她冷酷正式的回答卻讓他感到絕望。知道他找到好工作時她幾乎拍起了手，他只是為了他的兩個姪子開心嗎？聽到他要去的地點後，她說「那麼遠！」的語氣如此絕望，讓他又攀上了希望的高峰，但下一分鐘她又像全心投入任務的人讓他跌落谷底：

「這是我要跑腿的地方。你要不要進來？不會花太多時間。」

喬對自己採購的能力相當自豪，非常希望能以她完成任務的確實迅速讓同行者印象深刻。但由於她自己急躁不安，過程一片混亂。她把整盤針都打翻，忘了在裁布前先交代要裁「斜紋」，零錢算錯，還跑去棉布櫃台買淡紫色緞帶，搞得自己也一頭霧水。巴爾先生站在一旁看著她臉紅犯錯，漸漸不再感到困惑，因為他開始了解，有些時候，女人跟夢一樣與事實相反。

走出店門後，他顯得較為開朗地把包裹挾在腋下，踩得水花四濺彷彿覺得整件事都很好玩。

「我們要不要去幫雙胞胎買些東西，今天晚上最後一次去你那溫暖的家拜訪時順便辦個告別派對？」他駐足在擺滿水果與鮮花的櫥窗前。

「我們要買什麼？」喬刻意忽略他說的後半段，走進店裡時故作開心地嗅著混合的香氣。

「他們可以吃柳橙跟無花果嗎？」巴爾先生露出父親的模樣。

「有就會吃。」

「你喜歡吃堅果嗎？」

「跟松鼠一樣喜歡。」

「黑麝香葡萄酒。很好，我們就用這款酒敬祖國吧？」

喬不喜歡如此奢華的選擇，問他為什麼不直接買一簍棗子、一桶葡萄乾跟一包杏仁就好了？巴爾先生則是沒收她的錢，拿出自己的，最後以幾斤葡萄、一盆盛開的雛菊及一瓶蜂蜜結束購物行程，那瓶蜂蜜裝在瓶口很細的圓胖玻璃瓶，感覺很漂亮。他把凹凸不平的包裹塞進腫大變形的口袋裡，把花交給她抱，撐起那把舊傘繼續上路。

「麻區小姐，我要請妳幫個很重要的忙，」巴爾教授在兩人又淋了半個街廓的雨後說。

「什麼事呢？」喬的心臟開始跳得厲害，好怕他會聽見。

「儘管雨下這麼大我還是要大膽提出，因為我沒剩多少時間了。」

「好的，」喬突然猛力縮緊手臂差點擠破懷中的小花盆。

「我想幫小蒂娜買件洋裝，但我太笨了實在沒法自己去。能否請妳幫我忙指點一下迷津？」

「好的，」喬突然覺得平靜鎮定，彷彿突然走進了冰箱。

「可能再買條厚披肩給蒂娜的母親，她那麼可憐，身體那麼差，丈夫又那麼讓人擔心。對，沒錯，送條溫暖厚重的披肩給那個小媽媽應該很不錯。」

「巴爾先生，我很樂意幫忙。」喬接著對自己說：「我越來越把持不住了，他卻越來越讓人喜歡。」

喬在心裡教訓了自己一下，便以讓人看了很開心的活力展開任務。

巴爾先生全權交給她負責，於是她為蒂娜選了很漂亮的洋裝，再請店員把披肩拿出來。店員是已婚男士，特別放低身段來招待這對顯然是為家人採買的夫妻。

「您夫人或許會喜歡這個。這一條極為出色，色彩非常討喜，端莊又嫻雅，」店員一邊說一邊抖開一條舒服的灰色披肩，披掛在喬的肩上。

「巴爾先生，你喜歡這條嗎？」她背對著他，非常慶幸有這個機會遮住自己的臉。

「非常好，我們買了，」教授付錢時對忍不住微笑，喬十足像個愛找便宜貨的人繼續在台面上翻找。

「現在要回家了嗎？」他問，彷彿這句話讓他很開心。

「是啊，已經不早了，我也真的好累了。」喬的聲音聽起來比自己所知道的還要可悲。因為，此時太陽似乎又突然消失了，世界再次變得泥濘悲慘，她則頭一次發現自己的腳很冷，頭很痛，心則比頭還要冷還要痛。巴爾先生要離開了，他只是把她當成朋友，一切都是誤會，越快結束會越好。想到這裡，她匆忙伸手攔公車，結果雛菊從花盆裡掉到地上毀了。

「這不是我們要搭的公車，」教授揮手讓滿載的車子離開，停下腳步撿起可憐的殘花。

「真是抱歉，我沒看清楚牌子。沒關係，我可以用走的。我習慣在泥地裡行走，」喬用力眨眼，因為她寧願死也不要在別人面前擦眼淚。

雖然她別過頭去，巴爾先生還是看見她臉頰上的淚珠。這個景象似乎讓他很在意，因為他突然彎腰以非常正經的語氣問：「我親愛的，妳為什麼要哭？」

要不是喬對這種情況非常陌生，她應該會回說她沒有在哭，說只是頭有點痛或任何女孩子在這種情況下會說的謊。但這個沒有架子的女孩只是越發不可收拾地哭著說：「因為你要走了。」

「唉呀，我的老天，真是太好了！」巴爾先生大呼，儘管手上撐著傘還抱著包裹，仍舊能把雙手握在一起。「喬，我什麼都無法給妳，只有我全部的愛。我來這裡是想知道妳願不願意接受，我想確定我對妳來說不只是朋友。我是嗎？妳願意在心裡為老弗空出位置嗎？」他接著一口氣說完。

「我願意！」喬的回答讓他非常滿意，因為她雙手抱住他的手臂，抬頭看他的表情明顯顯示能跟他相伴走過一生會有多幸福，就算唯一可遮風避雨的只有那把破傘，只要是他撐的就好。

想順勢求婚確實困難重重，因為地上都是泥巴，就算巴爾先生願意也無法下跪。他也無法實際向喬伸出手，因為他懷裡都是東西。而且雖然已經相去不遠，他還是無法在大街上公開示愛。因此唯一表達內心狂喜的方式便是凝視著她，那樣的表情將他的臉美化到連鬍子上的水珠似乎都可見到小小彩虹。若不是他深愛著喬，我想他當下一定沒辦法求婚，因為她的裙子狀態非常悲慘，橡皮靴到腳踝處都濺滿泥巴，無邊圓帽也徹底毀了，看起來一點也不漂亮。還好，巴爾先生覺得她是世界上最美麗的女人，她則覺得他比過去都還要「像朱比特」，儘管有一道道小溪流從他軟趴趴的帽緣流到他的肩膀上（因為他把傘都撐在喬的頭上），而且手套上每一指都需要縫補。

路上行人可能覺得他們是一對無害的瘋子，因為他們完全忘了要攔公車，無視黃昏天色漸暗霧更濃而悠閒地散著步。他們才不在乎別人怎麼想，因為他們正在享受多數人一生中僅此一次的幸福時光，那個讓人從年邁變得年輕、樸素變得漂亮、貧窮變得富有，並讓人心預先嚐到天堂滋味的神奇時刻。教授看起來彷彿征服了全世界，再沒有什麼能讓他感到更加幸福。緩緩走在他身旁的喬則覺得那裡似乎一直都是她的位置，不懂自己以前怎麼會選別條路。當然啦，率先開口說話的是她，我是指聽得懂的話，因為在她那急躁的「我願意！」之後出口的都不是什麼有條理或有意義的話。

「弗德里希，你為什麼不……」

「喔，上帝啊，她用米娜過世後就再沒人叫過的名字喊我！」教授站在一灘水裡感激又開心地看著她說道。

「我忘了我在心裡一直都這樣喊你，但你不喜歡我就不這麼喊你。」

「喜歡？那樣喊我真是甜蜜到我無法形容。還有，用『汝』，那我就會說你的語言幾乎跟我的一樣美。」

「『汝』不會有點太濫情嗎？」私底下喬卻認為這個單音節詞非常美好。

「濫情？是啊，感謝上帝。我們德國人喜歡濫情，而且靠沉浸在濫情裡保持年輕。你們英文的『你』

聽起來好冷淡，說『汝』吧，我最親愛的，這對我來說很重要，」巴爾先生請求她，表現得像個浪漫的學生多過嚴肅的教授。

「那好吧，汝為什麼沒有早一點把這些事告訴我？」喬害羞地問。

「這下我得把心都挖出來給爾看了，但我非常樂意，因為此後汝便必須呵護我的心。我的喬，真是可愛的名字，其實那天我在紐約道別時有話想說，但我以為爾已與那位英俊青年訂婚，因此我沒說出口。若我當時開了口，汝會說『願意』嗎？」

「我不知道。恐怕不會吧，因為我當時並沒有這個心。」

「嘖！我不相信。那顆心一直沉睡著，直到王子穿越森林來喚醒她。唉，『Die erste Liebe ist die beste』，所以我也不該期待太多。」

「是的，初戀是最美好的，但不要擔心，我不曾愛過其他人。多多只是個男孩，很快就不喜歡我了，」喬急於解開教授的誤會。

「很好！這樣我就安心了，確定汝能全心屬於我。我已經等了好久好久，女教授，汝會慢慢發現，我已經變得自私。」

「我喜歡這樣，」喬脫口而出，非常喜歡她的新綽號。「告訴我，是什麼原因讓你終於在我最需要你的時候來找我？」

「這個，」巴爾先生從背心口袋裡掏出一張殘破的紙。

喬把紙攤開後羞怯不已，因為那是她投稿到某家報社的詩作，因為那家報社會付稿費，所以她偶爾會投稿。

「這首詩為什麼會讓你想來？」她不懂他的意思。

「我是無意間發現的。我認得裡面的名字跟姓名縮寫，感覺裡面有一段似乎在呼喚我。讀了妳就會發現。我不會讓妳淋濕的。」

閣樓裡

四只小箱子排成一列，
積滿灰塵陳舊磨損，
好久好久以前，
由如今已成年的小孩製作填滿。
四把小鑰匙並列懸掛，
許久許久以前的下雨天，
由自豪的孩子們繫上，
華麗鮮豔的緞帶，如今已褪色的緞帶。
蓋子上各有一個名字。
由稚氣的手刻出，
蓋子下則收藏著
過去的歡樂歲月，
她們曾經在此玩樂
不時駐足聽那甜美副歌，
夏日落雨之際，
在屋頂上來來去去。
第一只蓋子上是溫和美麗的「瑪格」。

我深情地往裡面看，
因為，平靜生活的紀錄，
極為細心折疊在此，
無比美好地聚集於此——
溫柔小孩與女孩的禮物，
一件婚紗，是妻子的痕跡，
一只小鞋，嬰兒的捲髮。
第一只箱子裡已不見玩具，
因為全部都拿出，
在它們塵封多年之際重出江湖，
加入另一場小小瑪格的遊戲。
啊，我知道，幸福的母親！
你聽哪，甜美的副歌，
夏日落雨之際
甜美低迴的搖籃曲。

第二個蓋子上是「喬」，已刮花磨損，
裡面雜七雜八存放著
無頭娃娃、破損課本，
不再說話的鳥類與野獸，

從唯有兒童踏過的仙境
帶回家來的戰利品，
有未曾實現的未來夢想，
至今仍甜美的過往回憶，
寫了一半的詩，狂野的故事，
四月天的信，溫暖卻也寒冷，
任性小孩的日記，
暗示著女子的早熟，
在孤單家中的女子，
夏日落雨之際，
聽著有如悲傷的副歌——
「親愛的，值得被愛，愛情便會來臨。」

我的貝絲！有妳名字的蓋子上
灰塵永遠不會堆積，
彷彿由哭泣的深情雙眼擦拭，
由經常前來的謹慎雙手擦拭。
死亡為我們封存了一位聖者，
不再為人而更近神靈，
溫柔地悲嘆，我們靜靜地

將遺物擺上家中祭壇——
鮮少響起的銀色鈴鐺，
她最後一次戴的小帽子，
死去的美麗凱薩琳
掛在她門上與天使同在。
在疼痛的枷鎖裡，
她不帶悲痛地唱著歌，
與夏日的落雨
永遠甜蜜結合。

在拋光磨亮的最後一個蓋子上——
英勇騎士的盾牌
刻劃如今美麗又真實的傳奇人物，
以金色與藍色寫成的「艾美」。
裡面是她綁頭髮的髮帶，
不再跳舞的便鞋，
用心製作的褪色壓花，
不再勞動搧風的扇子，
歡樂的情人，所有的憤怒烈焰，
在小女孩的希望、恐懼與羞愧中

各自扮演它們角色的瑣事，
記錄著女孩的心
如今學習著更美麗真實的咒語，
在夏日落雨之際，
聽著婚禮的銀鈴鐘聲
宛如歡樂的副歌。

四只小箱子排成一列，
積滿灰塵陳舊磨損，
四個女子，經歷幸福與悲傷
學會在青春正放時愛與勞動。
四個姊妹，分開一刻，
沒有失去，只是一位先行離開，
因為愛的力量成為永恆，
永遠最親近真愛。
當我們這些深藏的回憶
在天父眼前攤開，
願能在極盛之際充滿
在光明下更為無瑕的功績，
生命的勇敢樂章將恆久迴盪，

如振奮精神的曲調，
在雨後長久的晴朗裡，
靈魂將快樂高飛歡唱。

「這首詩寫得很差，但我那時感到非常孤單，寫下時真的很有感觸，還在破布包上痛哭了一場。我從來沒想過真能說出什麼故事，」喬把教授珍藏許久的詩給撕碎。

「放下吧，它已經盡了責任，等我讀了她記載所有祕密的棕色本子後，就會有新的作品，」巴爾先生微笑看著碎紙片隨風消失。「沒錯，」他繼續熱切地說道，「我讀那首詩的時候對自己說，她很悲傷很孤單，唯有真愛能讓她獲得安慰。我有滿滿的心要獻給她。我要不要去找她，然後說：『如果我能獻上的愛不會太微薄，可以換取妳的愛，那麼，以上帝之名，妳願意接受嗎？』」

「因此你來了，並且發現一點也不微薄，反而非常貴重，也是我最需要的，」喬輕聲說。

「起初我根本沒有勇氣這麼想，雖然妳是那樣親切地歡迎我。可是很快地我開始懷抱希望，然後我告訴自己：『我願意不惜生命贏得她的愛。』我真的是這麼想的！」巴爾先生傲然地點頭說道，彷彿環繞身邊的迷霧是他必須攀越或英勇推倒的屏障。

雖然他並沒有以華麗的陣仗騎著戰馬昂首闊步而來，喬仍舊覺得他非常英勇，決心要成為配得上這位騎士的人。

「那你為什麼離開這麼久？」這時她問道，很高興能提出她無法再保持沉默的私密問題，並獲得讓她開心的答案。

「並不容易，但我實在不忍心在自己能給妳什麼未來前，將妳帶離那樣幸福的家，而且可能也要等很久要很努力才會有未來。我怎麼能要妳為了我這種沒有財富、只有那麼一點知識的可憐老頭放棄那麼多？」

「我很高興你沒有錢。我受不了有錢的丈夫，」喬語氣堅定，然後較為溫柔地說：「不要害怕貧窮。我已經習慣貧窮不再害怕，反而能開心地為我愛的人工作，也不要說你自己老，四十歲是人生黃金時期。就算你七十歲了我也會忍不住愛上你！」

教授非常感動，如果拿得到他會很樂於使用手帕。但因為他拿不到，喬替他擦了眼睛，大笑著接過一、兩個包裹：

「我或許固執，但現在沒人能說我踰越了我的身分，因為女人的特殊任務就是要幫忙擦乾眼淚及揹負包袱。弗德里希，我也要分擔責任幫忙賺錢養家。你必須接受這一點，否則我永遠不會跟你走，」她在他試著拿回原本在他手中的包裹時堅決地說。

「再看看吧。喬，妳有耐心等很久嗎？我必須要離開獨自工作。我必須先扶養我的姪子，因為就算是為了妳，我也無法違背對米娜的承諾。妳能否原諒我，然後開心地懷抱希望等待？」

「可以，我知道我做得到，因為我們彼此相愛，剩下的都很容易忍受。我有我的義務，還有我的工作。如果我疏忽了這些，就算是為了你，我也無法真正開心，所以不需要著急或不耐煩。你可以在西部盡你的責任，我可以在這裡盡我的，然後兩人都幸福地做最好的打算，將未來交給上帝的美意。」

「噢！汝給我無比的希望與勇氣，但我除了滿心的愛與空蕩的手，無以回報，」教授情緒非常激動。

喬永遠學不會端莊，因為他說這句話時他們正站在階梯上，她直接將雙手放進他的手裡，溫柔低語：「現在不再空蕩了，」然後彎腰在傘下親吻她的弗德里希。真糟糕，但就算樹籬上那排拖著尾巴的麻雀是人類，她也會這麼做，因為她已經徹底陷入愛河，什麼都不在乎，眼裡只有自己的幸福。雖然以如此簡單的模樣出現，但這就是兩人生命中的勝利時刻，從夜裡的暴雨及孤單轉向家中等著迎接他們的光明溫暖與平靜，在愉快的「歡迎回家！」伴隨下，喬牽著她的愛人走進家中，關上門。

第四十七章 豐收時刻

這一年來，喬與她的教授懷抱著希望與愛各自工作及等待，偶爾會碰面，而且，據小羅說，還寫了篇幅長到必須注意紙價上揚的信件。第二年的開頭頗為嚴峻，前景並沒有更好，因為馬區姑婆驟逝。但在最初的傷痛撫平後（雖然老太太刀子嘴，他們還是深愛她），他們發現有值得歡欣的理由，因為老太太將梅田留給喬，讓各種喜悅都有了可能。

「那是間很不錯的老房子，妳應該會賣掉吧，可以賣不少錢，」幾週後他們討論起這件事時小羅說。

「沒有，我不打算賣，」喬堅定回答，拍著那隻胖貴賓，她基於尊敬這隻狗的前主人而收養了牠。

「妳不會是打算住在那裡吧？」

「沒錯。」

「可是，親愛的喬啊，那棟房子那麼大，要整理維持得要花很多錢。光是花園跟果園就會需要兩、三位男工，但我想巴爾應該不善於農務。」

「如果我提的話，他應該會試試看。」

「妳還打算靠那裡的作物維生？聽起來很像是人間仙境，但妳會發現工作非常辛苦。」

「我們打算種的作物可是會非常值錢，」喬大笑。

「這位太太，那會是怎樣貴重的作物呢？」

「男孩。我打算創辦一所男童學校，幸福快樂的家庭學校，我來照顧他們，老弗來教他們。」

「這個計畫還真有喬的風格啊！就是她會做的事吧？」小羅轉向跟他一樣驚訝的全家人說。

「我贊成，」馬區太太堅定回答。

「我也是，」她丈夫附和，想到有機會在現代年輕人身上嘗試蘇格拉底式教學就很開心。

「對喬來說會是很大的責任，」瑪格撫摸自己的兒子，光他一個孩子便耗去她所有精力。

「喬做得到，而且會做得很開心。這個想法真是太好了，多跟我們說說細節，」羅倫斯先生一直都想幫這對戀人一把，但知道他們會拒絕他的協助。

「我就知道您會支持我，先生。艾美也是，我從她的眼神中看得出來，雖然她非常謹慎都要先仔細思考過才開口。好了，我親愛的家人，」喬誠摯地繼續說，「你們要知道我這不是突然萌發的新念頭，而是規畫珍藏已久的計畫。在老弗出現之前，我經常在想，等我賺了大錢，而且家裡也不再需要我幫忙之後，我就要租個大房子，帶那些沒有母親、可憐孤單的小孩子回來照顧，在還來得及的時候，為他們打造快樂的人生。我看過太多孩子在需要的時刻無法獲得幫助而走上墮落之路，我好希望能為他們做些什麼，我似乎能感覺到他們的渴望，能同理他們的困難，而且我多希望能成為他們的母親！」

馬區太太對喬伸出手，後者微笑牽起，眼中帶淚，然後以她一貫熱切但大家許久未曾見過的方式繼續說：

「我曾經跟老弗分享我的計畫，他說那也是他所希望的，同意等我們有錢的時候來試試。真是的，他這輩子都在這麼做啊，我是指幫助貧窮的男孩，不是指有錢，他應該一輩子都不會有錢。錢在他口袋裡都待不久，沒辦法累積。但是，感謝我親愛的姑婆那麼愛根本不值得的我，現在我有錢了，至少我覺得自己很富有，只要學校發展順利，我們就可以安穩地住在梅田。那裡正好適合男孩子，房子那麼大，家具也都堅固素雅。屋內空間足以容納數十人，外面的空地又那麼遼闊。男孩子可以幫忙花園及果園的工作。這種活對身體健康很有幫助，對吧？然後老弗可以按照自己的方式訓練及教導他們，父親會幫助他，我可以照顧餵養他們，也會寵愛及管教他們，母親隨時都會協助我。我一直都渴望身邊能有很多男孩，但始終都沒能獲得滿足，現在我可以隨心所欲地讓家裡住滿男孩子，盡情跟那些小可愛在一起。光想就覺得奢侈，梅田是我自己的，還有整群男孩跟我分享那個地方。」

喬揮舞雙手吐出狂喜的嘆息，全家人一陣歡樂，羅倫斯先生則大笑到眾人以為他就要中風了。

「我不覺得這樣有什麼好笑的，」在大家聽得見她說話後，喬嚴肅地表示。「沒有什麼比我的教授創辦學校，而我情願住在自己的莊園裡要來得自然妥當。」

「她已經開始擺架子了，」小羅把整件事當成天大的笑話。「但我請問你們打算如何維持學校的營運呢？如果學生都是衣衫襤褸的流浪兒，巴爾太太，你們恐怕賺不了多少錢。」

「多多，不要澆我冷水。我當然也會收有錢的學生，搞不好一開始就只收有錢的學生。等我上了軌道，就可以收留一、兩個流浪兒過過癮。有錢人家的小孩也常需要照顧與安慰，跟窮人家的一樣。我看過被丟給佣人照顧的可憐小孩，還有靦腆害羞的孩子硬被拱上台，真的非常殘忍。有些則是因為沒有受到適當管教或疏忽而調皮，還有些失去了母親。況且，再優秀也得經過少不更事的年紀，那正是他們需要耐性與仁慈的時候。大家會嘲笑他們、把他們推來推去，盡量讓人不要看見他們，然後又期望他們會一夕之間從漂亮的小孩變成英挺的年輕男子。他們不太抱怨，非常勇敢，但內心卻都有所感受。我自己也經歷過類似心情，所以我很了解。我對這些年幼的孩子特別感興趣，希望能讓他們知道，在男孩子笨手笨腳、頭腦混亂的外表之下，我看見的是他們溫暖誠實、用意良好的心。這種經驗我也有過，因為我不就拉拔了一個讓家人感到光榮驕傲的男孩嗎？」

「我可以證明妳試過，」小羅面帶感激。

「而且我做得比自己期望的還要好，因為現在的你是那樣可靠明理的生意人，用你的財富做很多好事，累積來自窮人的祝福而非金錢。但你不只是商人，你也愛善良美麗的事物，自己享受也讓他人分享，如同你過去那樣。多多，我以你為傲，因為你每年都變得更好，雖然你不希望大家說出口，但大家都能感受到。是的，當我有了自己的羊群，我會指向你說：『孩子們，你們的楷模在那裡。』」

可憐的小羅不知道眼睛該看哪裡，因為他雖然已是男人，在眾人因為這番突然的讚美而認同地轉向他時，小時候的那種羞怯還是會湧上。

「我說啊，喬，這樣太誇張了啦，」他以過去孩子氣的方式說。「你為我做的已經多到我無以回報，只能盡量做到最好不要讓妳失望。你最近都不理我了，但我還是有最好的幫手。所以如果我有繼續進步，那妳要感謝這兩位，」他溫柔地將一手放在他爺爺的頭上，另一手在艾美的頭上，因為這三人幾乎形影不離。

「我真的認為家庭是全世界最美麗的東西！」喬脫口而出，當下的心境格外振奮。「等我有了自己的家庭，希望能跟這三個我最熟悉也最愛的家庭一樣幸福。要是約翰與我的老弗也在這裡就好了，那就真的像天上人間，」她低聲接著說。當天晚上，在經歷家人諮詢、希望與規畫的歡樂時光後，她回到房間時內心充滿了幸福，只能藉由跪在永遠靠在自己床邊的空蕩床鋪前溫柔地想念著貝絲，才能夠冷靜下來。

那一年非常驚人，事情進展格外迅速也令人開心。喬還沒意識到自己身在何處，便發現自己已經結婚並且定居梅田。接著六、七個男孩如雨後春筍突然冒出而且表現出奇良好，富有及貧窮男孩都有，因為羅倫斯先生不停找到感人的貧窮案例，拜託巴爾夫婦可憐那些孩子，他則很樂意分擔些許照顧費用。狡猾的老先生靠這個方式戰勝喬的自尊，透過她最喜歡的男孩資助他們。

當然了，起初非常辛苦，喬也犯了許多奇怪錯誤，但有智慧的教授將她安全導向寧靜水域，最猖狂挑釁的流浪兒最終也被征服。喬真的非常享受有「狂野男孩」陪伴，親愛但可憐的馬區姑婆要是看到梅田原本一絲不苟、有條不紊的莊嚴聖地如今被眾多的湯姆、迪克及哈利占據，會有多悲痛啊！說到底，這樣算是報應吧，以前老太太嚇壞了周遭的小男孩，如今這些當初遭到驅逐的人可以隨意享用禁忌的梅子，以弄髒的靴子亂踢礫石也沒人責備，還在大草原上打板球，那兒原本有「牛角彎彎」的憤怒母牛會挑釁衝動的青年，待青年靠近便把他們拋飛。這裡已經成了某種男孩天堂，小羅還建議改名為「巴爾園」，不僅可以像它的主人致敬，也更適合裡面的居民。

這所學校沒有成為時髦的學校，教授也沒能因此累積財富，但這裡確實成了喬希望的模樣——「讓需要教導、照顧及慈悲對待的男孩子，在此能快樂及有家的感覺」。大房子裡的每一間房很快便住滿了。花園裡的每一小塊土地也很快便有了負責人。穀倉及工具屋裡出現了真正的動物園，因為這裡可以養寵物。喬每天吃三餐時都會從長桌另一端對她的老弗微笑，長桌兩旁則滿是快樂的年輕臉龐，他們全都對「巴爾媽媽」投以深情的目光，掏心掏肺、滿心感激並充滿著愛。現在園裡已有足夠的男孩，他們雖然絕非天使，有些還給教授與女教授帶來許多困擾及擔憂，卻一點也不會令人厭倦。她對那些最調皮、最唐突、最會搗蛋的流浪兒心底善良的一面很有信心，因此有了耐性與技巧，最終仍舊成功，因為沒有任何男孩面對巴爾爸爸如暖陽般和藹照耀及巴爾媽媽幾百次的原諒，還能長久堅持不認輸。這些小子的友誼，每回犯錯後的懺悔啜泣及悄悄話，滑稽或感人的祕密，美好的熱忱、希望與計畫，甚至是不幸，對喬來說都彌足珍貴，因為那只讓她更喜歡他們。這裡有些男孩比較遲緩，有些害羞，有些很虛弱，有些躁動，有些口齒不清，有些口吃，有一兩個跛腳，還有一個沒有地方願意收留的混血兒，儘管有些人預言收他入學會毀了學校，「巴爾園」仍舊非常歡迎他。

是的，喬在那裡是非常幸福的女人，儘管工作很辛苦、煩憂不斷，而且永遠喧擾不已。她打從心底喜歡這種生活，覺得這些男孩的掌聲比世上任何讚美都要能滿足她，因為她現在只對這群熱情洋溢的信徒與仰慕者說故事。幾年過去，她自己也生了兩個男孩，讓她更是幸福：跟外公同名的小羅伯，及似乎繼承父親陽光好脾氣及母親活潑精神的快樂寶寶小多多。他們到底怎麼在那樣的男孩漩渦中安然成長，對外婆及阿姨們來說始終是個謎，但他們就如春天的蒲公英蓬勃生長，那些粗魯的保母對他們也疼愛有加。

梅田這所學校有許多節日，其中最開心的便屬年度採蘋果節。當天，馬區家、羅倫斯家、布魯克家及巴爾家會全員出動玩個盡興。喬結婚五年後的某個溫和十月天裡，大家開心地採果，空氣新鮮振奮人心，讓大家興高采烈。老果園換上應景裝扮。生苔牆面上鑲了黃花與紫菀，蚱蜢在乾枯草地上活潑彈跳，蟋蟀如宴會上的精靈笛手唧唧叫。松鼠也為了自己的小小豐收忙碌著。小鳥在小徑裡的赤楊上啼聲道別，每一棵樹都已經準備好一搖便落下紅色或黃色的蘋果雨。每個人都在場。人人大笑、唱歌，爬上去滾下來。大家都說不曾有過如此完美的一天，有如此歡樂的同伴一齊玩樂，每個人都放任自己自由無憂無慮地享受當下單純的快樂。

馬區先生恬靜地散步，對羅倫斯先生引述塔瑟、考利及科魯邁拉的文字，同時享用溫和的發酵蘋果汁。

教授有如健壯的日耳曼騎士在綠色廊道上來回踱步，手上的棍子彷彿長矛，帶領一群假裝是消防隊的男孩翻著筋斗在樹間跳躍。小羅負責照顧小朋友，把小女兒裝在蘋果籃裡提著，抱黛絲看樹上的鳥窩，還要阻止冒險犯難的小羅伯摔斷腿。馬區太太和瑪格像兩位果樹女神波莫娜，坐在蘋果堆中整理不斷湧入的水果，艾美帶著慈愛如母的美麗神情將每群人畫下，同時顧著坐在她身旁仰慕她的蒼白小子，他的拐杖擺在身旁。

當天的喬如魚得水忙進忙出，別起裙襬、帽子亂丟、腋下挾著寶寶，隨時準備應付可能出現的突發情況。小多多日子過得非常美好，從不會發生什麼意外，喬也從來不會擔心他，無論是突然有某個小子抱著他爬上樹，另一個背著他跑掉，或是他過於縱容的爸爸塞酸蘋果給他吃都一樣。巴爾有著德國人的想像力，以為小嬰兒什麼都能消化，無論是醃白菜、鈕子、釘子或嬰兒自己的小鞋子，讓這孩子吃盡苦頭。反正喬就是知道小多多終究會平安且臉色紅潤、髒兮兮但非常平靜地回到家，她也總是熱情歡迎他回來，因為她非常愛她的孩子。

四點時，大家都停下工作，負責採蘋果的人一邊休息一邊比較傷口及瘀青，籃子就空在一旁。接著，支開年紀較大的男孩子後，喬和瑪格在草地上擺好晚餐，戶外晚餐可是這個日子的最大樂趣。在這種時候，梅田彷彿真的成了奶與蜜之地，因為男孩們都不用端坐餐桌前，可以隨自己意思享用餐點，而自由可是男孩心裡最愛的佐料。他們將這難得的殊榮發揮到極致，有些嘗試倒立喝牛奶，有些則為跳背遊戲增添趣味，在彈跳之間吃派，田野上到處都是餅乾屑，蘋果派則窩在樹上宛如新品種鳥類。小女孩有自己的晚餐派對，小多多則隨興地遊走在食物間。

等大家都再也吃不下後，這時總已經喝醉的教授率先舉杯致敬：「願主祝福馬區姑婆！」他不曾忘記自己能擁有這一切是她的功勞，因此他誠心舉杯，靜靜地在從小就知道要將她常記在心的兩個兒子身邊喝酒。

「現在要慶祝外婆六十大壽！願她長壽，要歡呼再歡呼！」

大家都很熱情地歡呼，而歡呼一旦開始便很難停止。他們舉杯祝所有人身體健康，包括他們視為梅田專屬贊助人的羅倫斯先生，到為了尋找小主人而四處遊蕩的受驚天竺鼠。身為年紀最大的孫子，戴米接著為當日皇后獻上各種禮物，多到必須用手推車運送到派對現場。有些禮物很搞笑，但在他人眼裡是瑕疵品的禮物，再外婆眼裡全成了裝飾品，因為孩子們送的禮物都是親手製作。黛絲有耐性地用小手指為手帕縫邊縫的每一針，對馬區太太來說都比刺繡還厲害。雖然無法蓋上蓋子，但戴米的機械技能真是奇蹟；小羅伯做的小凳子長短腳會搖晃，但她堅持那樣具有撫慰效果；而艾美的小孩送她的昂貴書籍裡也沒有任何一頁的文字比她歪斜的字體還美，那寫著「小貝絲送給親愛的外婆」。

儀式進行中，那群男孩離奇消失了，在馬區太太想要謝謝她的孩子卻忍不住痛哭，而小多多用背心裙幫她擦眼淚時，教授突然開始唱起歌來。然後，從他上方傳出一個又一個聲音接著唱，看不見的合唱聲在一棵又一棵樹間迴盪，男孩們放聲大唱的歌由喬寫詞、小羅譜曲，教授帶著孩子們練習到最佳效果。這絕對是新花樣，而且事實證明是空前勝利，因為馬區太太驚喜到堅持要與每一隻沒有羽毛的歡唱鳥兒握手，從高大的法蘭斯與艾米爾到聲音最為甜美的混血兒小不點都沒漏掉。

在這之後，男孩們鳥獸散把握最後機會玩樂，歡樂的樹下僅剩馬區太太及她的三個女兒。

「我覺得我再也不應該說自己是『倒楣的喬』了，因為我最大的願望都已經如此圓滿實現，」巴爾太太將小多多的小拳頭從牛奶罐裡拉出來，他原本正賣力地攪著牛奶。

「但妳的生活卻跟很久以前夢想的很不一樣。妳還記得我們的理想國度嗎？」艾美微笑看著小羅及約翰跟男孩們一起打板球。

「大家真是可愛！看見他們能夠放下工作盡情玩樂真讓我開心，」喬現在說話都充滿對全人類的母愛。「是啊，我還記得，但我當時想要的生活，現在看來既自私孤單又冷漠。我沒有放棄將來有天會寫出一本好書的願望，但我願意等，相信有了這些經驗及實例，以後一定會寫出更好的書，」喬的手指從遠方活潑的男孩身上，移向她倚著教授手臂的父親，在陽光下來回散步的兩人徹底投入他們都很喜歡的話題，最後再指向被女兒們圍繞著的母親，她的腿上坐著她們的孩子，有的還坐在她腳邊，彷彿所有人都在她那張對她們來說永遠不會老的臉上找到支持與幸福。

「我的國度幾乎完全實現了。當然啦，我當初的夢想更為華麗，但我打從心底知道有這樣的家、約翰及親愛的孩子，自己就應該滿足了。這些我全有了，感謝主，所以我是全世界最幸福的女人，」瑪格將手放在高䠷的兒子頭上，臉上充滿溫柔與虔誠的滿足。

「我的國度跟自己最初的計畫很不一樣，但我跟喬一樣不會想要改變，我沒有完全放棄藝術，也沒打算要侷限於協助他人完成他們的夢想。我最近做了嬰兒雕像的模型，小羅說是我畢生最好的作品。我自己也這樣認為，接下來打算做成大理石雕像，這樣無論發生什麼事，我都能留住我小天使的模樣。」

艾美說話的同時，一大滴眼淚落在她懷裡熟睡嬰兒的金髮裡，因為她深愛的女兒非常虛弱，陽光艾美的陰影便是害怕失去她。這個十字架對父母親來說很重要，因為同樣的愛與悲傷會將他們緊緊綁在一起。艾美的天性變得越發甜美、真誠與溫柔，小羅也變得益發認真、堅強與堅定。兩人都已了解，美貌、青春與好運，甚至連愛本身，都無法為最有福者抵禦擔憂或痛苦、失去或悲傷，因為……

生命中總有下雨的時候，
總有日子會黑暗悲傷又沉悶。

「她的身體越來越好了，親愛的，我相信。不要沮喪，要抱持希望繼續幸福，」馬區太太說，慈悲的黛絲跪著俯身向下，把自己紅潤的臉頰貼在小表妹蒼白的臉頰上。

「媽媽，有妳為我打氣，還有小羅分擔大半的重擔，我永遠不該沮喪，」艾美熱情回應。「他從不讓我看見他的擔憂，而是對我如此體貼有耐性，如此深愛小貝絲，他是我永遠的支柱與安慰，讓我怎麼愛他都不嫌多。因此，儘管我背負著十字架，還是可以像瑪格一樣說：『感謝主，我是個幸福的女人。』」

「我根本不用說，因為大家都看得出來我比自己應得的還要幸福多了，」喬望向自己的好先生及在她身旁草地上打滾的胖胖小孩。「老弗頭髮白了也變胖了。我瘦得跟影子一樣而且年過三十。我們永遠不會富有，梅田有天也可能會付諸一炬，因為那個無可救藥的湯米．班格斯儘管已經燒到自己三次，仍會躲在床單下抽香蕨木雪茄。但即便有這些如此不浪漫的事實，我還是沒什麼好抱怨的，而且這輩子沒這麼歡樂過。抱歉啊，跟男孩子生活在一起，偶爾忍不住就會學他們講話。」

「是的，喬，我覺得妳的收穫會非常豐富，」馬區太太嚇走一隻嚇壞小多多的黑色大蟋蟀。

「比不上妳的，母親。妳的收穫就在此，妳的耐性播種與收割是我們再怎麼感謝也不夠的，」喬以永遠不會消失的激昂深情大喊。

「我希望每年都有更多好的收穫，少一點不好的，」艾美輕聲說道。

「妳的收穫滿滿，親愛的媽媽，但我知道妳的心裡裝得下，」瑪格溫柔地接著說。

極為感動的馬區太太只能伸出雙手，彷彿要把孩子跟孫子全抱在一起，然後以滿滿的母愛、感激與謙卑的表情及聲音說：

「喔，我的女兒們，我希望無論妳們活到幾歲，都能像現在一樣幸福！」

（全文完）

國家圖書館出版品預行編目（CIP）資料

小婦人 (全譯本) / 路易莎 . 梅 . 艾考特 (Louisa May Alcott) 著 ; 柯乃瑜譯 . -- 初版 . -- 臺北市 : 商周出版 : 家庭傳媒城邦分公司發行 , 2014.11
面 ;　公分 . -- (商周經典名著 ; 48)
譯自 : Little women
ISBN 978-986-272-664-8(平裝)

874.57　　103018387

商周經典名著 48

小婦人（全譯本 | 含續集好妻子）

作　　者／路易莎．梅．艾考特（Louisa May Alcott）
譯　　者／柯乃瑜
企畫選書／余筱嵐
責任編輯／羅珮芳

版　　權／黃淑敏、吳亭儀、邱珮芸
行銷業務／周佑潔、黃崇華、張媖茜
總 編 輯／黃靖卉
總 經 理／彭之琬
發 行 人／何飛鵬
法律顧問／台英國際商務法律事務所羅明通律師
出　　版／商周出版
台北市 104 民生東路二段 141 號 9 樓
電話：（02）25007008　傳眞：（02）25007759
E-mail：bwp.service@cite.com.tw
發　　行／英屬蓋曼群島商家庭傳媒股份有限公司城邦分公司
台北市中山區民生東路二段 141 號 2 樓
書虫客服服務專線：02-25007718；25007719
服務時間：週一至週五上午 09:30-12:00；下午 13:30-17:00
24 小時傳眞專線：02-25001990；25001991
畫撥帳號：19863813；戶名：書虫股份有限公司
讀者服務信箱：service@readingclub.com.tw
城邦讀書花園：www.cite.com.tw
香港發行所／城邦（香港）出版集團
香港灣仔駱克道 193 號東超商業中心 1F　E-mail: hkcite@biznetvigator.com
電話：（852） 25086231　傳眞：（852） 25789337
馬新發行所／城邦（馬新）出版集團【Cite （M） Sdn Bhd】
41, Jalan Radin Anum, Bandar Baru Sri Petaling,
57000 Kuala Lumpur, Malaysia.
電話：（603） 90578822　傳眞：（603） 90576622
Email: cite@cite.com.my

封面設計／日央設計
印　　刷／韋懋實業股份有限公司
總 經 銷／聯合發行股份有限公司
地址：新北市 231 新店區寶橋路 235 巷 6 弄 6 號 2 樓
電話：(02)2917-8022 傳眞：(02)2911-0053

■ 2014 年 11 月 4 日初版
■ 2021 年 5 月 14 日二版 2 刷
定價 420 元

Printed in Taiwan

城邦讀書花園
www.cite.com.tw

 ISBN 978-986-272-664-8

商周出版

廣　告　回　函
北區郵政管理登記證
北臺字第000791號
郵資已付，免貼郵票

104　台北市民生東路二段141號2樓

英屬蓋曼群島商家庭傳媒股份有限公司城邦分公司　收

請沿虛線對摺，謝謝！

商周出版

書號：BU6048X　　書名：小婦人（全譯本|含續集好妻子）　　編碼：

請於此處用膠水黏貼

商周出版

讀者回函卡

感謝您購買我們出版的書籍！請費心填寫此回函卡，我們將不定期寄上城邦集團最新的出版訊息。

不定期好禮相贈！
立即加入：商周出版
Facebook 粉絲團

姓名：＿＿＿＿＿＿＿＿＿＿ 性別：□男 □女

生日：西元＿＿＿＿＿年＿＿＿＿＿月＿＿＿＿＿日

地址：＿＿＿＿＿＿＿＿＿＿

聯絡電話：＿＿＿＿＿＿＿＿ 傳真：＿＿＿＿＿＿＿＿

E-mail：

學歷：□ 1. 小學 □ 2. 國中 □ 3. 高中 □ 4. 大學 □ 5. 研究所以上

職業：□ 1. 學生 □ 2. 軍公教 □ 3. 服務 □ 4. 金融 □ 5. 製造 □ 6. 資訊
□ 7. 傳播 □ 8. 自由業 □ 9. 農漁牧 □ 10. 家管 □ 11. 退休
□ 12. 其他＿＿＿＿＿＿＿＿

您從何種方式得知本書消息？

□ 1. 書店 □ 2. 網路 □ 3. 報紙 □ 4. 雜誌 □ 5. 廣播 □ 6. 電視
□ 7. 親友推薦 □ 8. 其他＿＿＿＿＿＿＿＿

您通常以何種方式購書？

□ 1. 書店 □ 2. 網路 □ 3. 傳真訂購 □ 4. 郵局劃撥 □ 5. 其他＿＿＿＿

您喜歡閱讀那些類別的書籍？

□ 1. 財經商業 □ 2. 自然科學 □ 3. 歷史 □ 4. 法律 □ 5. 文學
□ 6. 休閒旅遊 □ 7. 小說 □ 8. 人物傳記 □ 9. 生活、勵志 □ 10. 其他

對我們的建議：＿＿＿＿＿＿＿＿＿＿

＿＿＿＿＿＿＿＿＿＿

＿＿＿＿＿＿＿＿＿＿

請於此處用膠水黏貼